Alle Rechte, einschließlich das des vollständigen oder auszugsweisen
Nachdrucks in jeglicher Form, sind vorbehalten.

Der Preis dieses Bandes versteht sich einschließlich der gesetzlichen
Mehrwertsteuer.

Umwelthinweis:
Dieses Buch wurde auf chlor- und säurefreiem Papier gedruckt.

Die Handlung und Figuren dieses Romans sind frei erfunden.
Ähnlichkeiten mit lebenden oder verstorbenen Personen
sind nicht beabsichtigt und wären rein zufällig.

Laura Wulff

Nr. 13

Roman

MIRA® TASCHENBUCH
Band 25730
1. Auflage: März 2014

MIRA® TASCHENBÜCHER
erscheinen in der Harlequin Enterprises GmbH,
Valentinskamp 24, 20354 Hamburg
Geschäftsführer: Thomas Beckmann

Copyright © 2014 by MIRA Taschenbuch
in der Harlequin Enterprises GmbH, Hamburg
Originalausgabe

Konzeption / Reihengestaltung: fredebold&partner GmbH, Köln
Umschlaggestaltung: pecher und soiron, Köln
Redaktion: Thorben Buttke
Titelabbildung: Thinkstock / Getty Images, München
Autorenfoto: © Harlequin Enterprises S.A., Schweiz
Satz: GGP Media GmbH, Pößneck
Druck und Bindearbeiten: CPI – Ebner & Spiegel, Ulm
Printed in Germany
Dieses Buch wurde auf FSC®-zertifiziertem Papier gedruckt.
ISBN 978-3-86278-870-5

www.mira-taschenbuch.de

Werden Sie Fan von MIRA Taschenbuch auf Facebook!

Die Zuckers – zwei unkonventionelle Ermittler

Marie Zucker, 29 Jahre

Aussehen:	1,65 m, krause mittelblonde schulterlange Haare, grüne Augen, sehr schlank, kleidet sich klassisch schick
Beruf:	Kostümbildnerin am Musical Dome, nebenberufliche Gerichtszeichnerin, fertigt auch Phantombilder für die Polizei an
Sie kämpft mit:	Worten, einer Engelsgeduld, Durchhaltevermögen, Leidenschaft, Einfühlsamkeit, guter Menschenkenntnis, durch ihren Nebenberuf geschultes Auge, Pfefferspray
Dämonen:	Ihre Mutter hat sie unter dem Deckmantel der Erziehung als Kind körperlich und seelisch misshandelt.

Daniel Zucker, 36 Jahre

Aussehen:	schwarze Haare, schwarz-braune Augen, Mund-Kinn-Bart, sitzt nach einem Freizeitunfall im Rollstuhl, trotzdem sportlich
Beruf:	Hauptkommissar, zurzeit als „externer Berater/Sonderermittler bei schwierigen (oder unliebsamen) Fällen" beim Kriminalkommissariat 11 im Polizeipräsidium Köln tätig
Er kämpft mit:	Rollstuhl, Stabtaschenlampe, Einsatzmehrzweckstock, Fäusten, Aufnahmegerät und kriminalistischem Spürsinn
Dämonen:	aufgewachsen mit einem gewalttätigen Vater, Querschnittslähmung ab der Hüfte abwärts.

*Es wandern die Schwachen
den Starken in den Rachen.*

Gesetz des Universums
„Cloud Atlas"

Furunkel

Ein **Furunkel** (von lateinisch *furunculus* „kleiner Dieb") ist eine tiefe, schmerzhafte Entzündung des Haarbalgs und des umliegenden Gewebes, die meist durch Staphylokokken (Staphylococcus aureus) oder eine Mischflora entsteht.

Durch Gewebsuntergang (Nekrose) und zentrale Einschmelzung (Eiter) entsteht ein „Pfropf", der die Hautoberfläche durchbrechen und sich somit spontan entleeren kann. Die Abheilung erfolgt unter Narbenbildung.

Die Entzündung des umliegenden Gewebes bewirkt die Schmerzhaftigkeit des Bereichs.

Lokalisation:

Haarbalgentzündungen können an jeder Stelle der behaarten Haut auftreten. Erst wenn sich die Entzündung auf den gesamten Haarbalg und das umliegende Gewebe ausbreitet, spricht man von einem Furunkel. Schmelzen mehrere Furunkel zusammen, führt dies zu einem sehr schmerzhaften, großflächigen Karbunkel.

Sehr gefährlich sind Furunkelbildungen im Gesichtsbereich, da der Plexus pterygoideus in der tiefen Gesichtsregion zwischen den Kaumuskeln sowohl mit den Venen des Gesichts als auch mit dem Sinus cavernosus im Schädelinneren in Verbindung steht. Ebenso kann die *Vena angularis* über die Venen der Augenhöhle mit diesem kommunizieren. Die Entzündung kann sich langsam an den Venen entlang bis ins Gehirn ausbreiten und zu lebensbedrohenden Gehirnentzündungen oder Hirnvenenthrombosen führen.

Furunkel treten spontan und meist ohne erkennbare Ursachen einzeln oder gehäuft auf. Jedoch können auch Hauterkrankungen wie der Impetigo und Sycosis sowie Metastasen bei eitrigen Erkrankungen anderer Organe und einer dadurch entstehenden Septikämie Ursachen der Furunkelbildung sein. Bei schubweisem Auftreten wird von Furunkulose gesprochen. Besonders Diabetiker und Nierenkranke sind anfälliger für Furunkel. Weitere Ursachen sind zu eng anliegende, scheuernde Kleidung oder eine unzureichende Desinfektion nach einer Rasur.

Therapie:

Ein Furunkel sollte operativ aufgeschnitten werden, um durch die entstehende Druckentlastung dem weiteren Vordringen der Erreger in das umliegende Gewebe entgegenzuwirken. Beim „unreifen" Furunkel kann durch Auftragen gefäßerweiternder Salben in günstigen Fällen eine Heilung eintreten, ansonsten kann die Reifung des Furunkels und damit die Zeit bis zur operativen Behandlung beschleunigt werden. Antibiotika können dabei helfen, die Gewebszerstörung zu minimieren.

Eine weitere Behandlungsmöglichkeit ist bei chronischem Auftreten ein Therapieversuch mit Autovaccinen, eine Art Impfung mit dem individuellen Krankheitserreger.

Quelle: http://de.wikipedia.org/wiki/Furunkel

*„Pimmel war ein großer Schwanz
und Pimmelchen ein Zwerg."*

Ängstlich kauerte sich der Junge auf den Fußboden. Der erinnerte ihn an die Straßen in der Altstadt, nur dass dieser unter ihm krumm und schief war. Als wäre die Erde aus Teig, der aufgegangen war, wie Mamas Kuchen. Den mochte er. Sein Magen knurrte. Aber sein Schluchzen klang lauter.

Die Steine des groben Pflasters drückten sich in seinen nackten Hintern, er spürte jeden einzelnen. Sein Papa hätte sie viel besser verlegt. Der, der dieses Loch erbaut hatte, war nicht gut darin gewesen. Vielleicht war der Raum aber auch nur sehr alt und fiel langsam auseinander.

Mit Schrecken dachte er an das Baumhaus im Garten seiner Oma. Irgendwann war der Ast, auf dem es befestigt war, weggebrochen. „Als wäre das Hüttchen ein Geschwür und hätte den Obstbaum krank gemacht", hatte seine Omi gesagt. Der Ast war einfach weggebrochen und der Junge auf die Wiese geplumpst, mitsamt den Bienen, die gerade auf den weißen Kirschblüten saßen und den Nektar aufsaugten. Bei dem Sturz hatte er sich den Fuß gebrochen und ein Zweig hatte ihm die Wange aufgeschlitzt. Seitdem kletterte er nirgendwo mehr hoch, weil er Angst hatte, wieder hinunterzufallen.

Vor Bienen fürchtete er sich auch, denn er reagierte allergisch auf ihr Gift. Seine Haut juckte dann, er zitterte, kriegte schlecht Luft und alles verschwamm vor seinen Augen. Einmal kotzte er auch. Seine Mama war trotzdem nicht böse mit ihm gewesen. Sie sagte, er könnte auch an dem Gift sterben, sich zu übergeben wäre daher nicht schlimm. Ob es hier unten Bienen gab? Er hatte schon ein Summen gehört. Manchmal war es ein Singen. Der Gesang erinnerte ihn an Kaa, die Schlange aus dem Dschungelbuch, die es schafft, dass man sich nicht mehr bewegen kann – und dann schlingt sie einen in einem Stück runter.

Der Junge bekam eine Gänsehaut. Er rieb über seine Oberarme und wünschte, er hätte etwas zum Anziehen. Bibbernd schaute er sich durch das Loch in seinem Pony um. Er fühlte sich eingesperrt wie eine Bienenlarve in ihrer Wabe, nur dass sein Gefängnis nicht aus Wachs bestand, sondern aus Schwärze.

Plötzlich fürchtete er sich davor, dass die Decke auf ihn stürzen könnte. Die in seinem Zimmer war gerade und weiß. Aber die über ihm ließ ihn an eine Suppe aus Blut denken, die an den Seiten herabfloss.

13

Sie erinnerte ihn an den Tunnel aus Glas, durch den er mal gegangen war, nur dass das Wasser in dem riesigen Aquarium klar gewesen war. Über und neben ihm waren Meerestiere lautlos vorbeigeglitten. Vor denen hatte er keine Angst gehabt – nur vor den Haien. Die waren aber in einem eigenen Becken geschwommen, denn sie waren zu gefährlich, um bei den anderen Fischen zu sein. Sie würden die Braven auffressen. Man musste sie unbedingt getrennt halten!

Der Junge krümmte seinen Finger und biss darauf, bis es wehtat, um nicht loszuflennen. Sein Herz pochte so laut, dass es sich anhörte, als steckte ein kleiner Trommler in seiner Brust. Geduckt schlich er zu den Gitterstäben. Seine nackten Fußsohlen tapsten auf den roten Pflastersteinen. Er versuchte, die anderen Fische zu erspähen. Vielleicht, wenn sie sich zusammentaten, könnten sie gegen die Haie kämpfen.

Aber er sah nur einen Gang. Er führte ins Dunkle. Und in der Dunkelheit, das wusste er, hausten Monster.

Plötzlich trat eines von ihnen aus den Schatten. Der Junge wich zurück und drückte sich in die hinterste Ecke. Er wünschte sich, mit der Wand zu verschmelzen, um unsichtbar zu sein. Aber der Mann kam direkt auf ihn zu. Blieb vor den Gitterstäben stehen. Grinste und leckte über seine großen Vorderzähne, als wollte er ihn verschlingen, wie Kaa. Schloss die Tür auf. Trat ein und sagte: „Na, Bubele. Hast du Hunger?"

Der Magen des Jungen war so leer, dass er sogar Grünkohl gegessen hätte – den fand er eigentlich ekelig, weil er wie grüne Kotze aussah –, aber er presste trotzdem seine Lippen ganz fest aufeinander. Der Fremde trug nur ein T-Shirt und Turnschuhe. Das fand der Junge merkwürdig. Er meinte, einen schrillen Alarm zu hören, als ginge der Feuermelder im Kindergarten an, doch das war nur in seinem Kopf. In Wahrheit war es hier unten still wie in einem Grab.

Verlegen zog er seine Beine an. Er schlang die Arme um seine Knie, um sich wenigstens etwas zu bedecken.

Der Mann holte Gummibärchen aus der Tragetasche, die er mitgebracht hatte. Er schüttelte die Tüte, sodass die Bären durcheinanderflogen und es raschelte. Als der Junge sich nicht bewegte, riss er die Verpackung auf und warf ihm eins vor die nackten, schmutzigen Füße. Ausgerechnet ein rotes, die mochte der Junge am liebsten. Sein Freund Nathan behauptete, dass sie alle gleich schmeckten, aber das stimmt nicht. Der Junge hätte das Gummibärchen so gerne aufgehoben und sich in den Mund geschoben, denn er verhungerte fast. Doch der Unbekannte war ihm nicht geheuer. Ihm lief das Wasser im Mund zusammen. Immer wieder schluckte er es runter, aber es sammelte sich sofort neues unter seiner Zunge.

„Ah, du hast Durst, nicht wahr?" Der Mann packte die Tüte zurück in die Tasche, stellte sie ab und ging hinaus. Wasser rauschte, er musste einen Hahn aufgedreht haben. Als er zurückkehrte, stellte er einen Plastiknapf auf den Boden gleich neben den Gitterstäben. Und seinen Füßen. Der Napf war so blau wie seine Augen. Nicht wie der Himmel bei Sonnenschein, so hell und klar, sondern dunkel und ungesund gelb, wie kurz vor einem Gewitter.

„Ich bin kein Hund", war alles, was der Junge herausbrachte. Gerne hätte er weitere Fragen gestellt. Warum man ihn hierhergebracht hatte? Wieso er in dieses Loch eingesperrt war? Und wo seine Klamotten waren? Aber er traute sich nicht. Nervös spielte er mit seinen Zehen. Sein Bauch fühlte sich an, als hätte ihn jemand geboxt. Bittere Flüssigkeit stieg in seinem Hals auf und brannte unangenehm.

„Bist du nicht? Bist ein Bubele, ein sehr hübsches sogar, eines, das noch erzogen werden muss, wie ein Welpe, bis er artig Wasser aus seinem Napf leckt, mit dem Schwanz wedelt und das Beinchen hebt, wenn … nun ja, das werden wir alles trainieren." Vorsichtig machte der Fremde einen Schritt auf ihn zu.

Der Junge hatte keine Ahnung, wovon der Mann redete. So viele Worte, die keinen Sinn machten. Er schaute mit weit aufgerissenen Augen zu ihm auf. Seine Zähne klapperten gegeneinander. Halt! War da nicht ein Wimmern? Aufgeregt lauschte der Junge. Doch da war das Geräusch schon wieder weg. Er musste sich getäuscht haben. Oder es war von ihm selbst gekommen.

„Du zitterst ja vor Kälte", sagte der Fremde voller Mitgefühl. Er langte wieder in die Tasche und holte eine braun-schwarz karierte Wolldecke heraus.

Endlich bekam er etwas, mit dem er sich zudecken konnte, so hoffte der Junge.

Aber der Mann breitete die Decke auf dem Boden aus und setzte sich darauf. Mit einem langen, knochigen Finger winkte er ihn zu sich. „Lass uns spielen, mein junger Freund."

Doch der Junge blieb, wo er war. Dass der Unbekannte ein Bein anwinkelte, gefiel ihm nicht. Er wollte sein Ding nicht sehen, das war nicht richtig. Angewidert erschauderte er. Weiter konnte er sich nicht bewegen. Vor Furcht war er ganz steif.

Der Fremde lächelte, als hätte er Schmerzen und würde versuchen, es nicht zu zeigen. Der Papa des Jungen hatte das mal gemacht, als er eine Lampe an der Decke anbringen wollte und plötzlich fürchterlich geschrien hatte. Er hatte sich wehgetan. Beinahe wäre er von der Leiter gefallen. Doch statt zu weinen, hatte er gelächelt und seinen Sohn beruhigt: „Mach dir keine Sorgen. Der Strom hat mich nur gekitzelt."

Der Junge wünschte, sein Papa wäre bei ihm und würde ihm sagen: „Alles wird gut." Aber hier stank es nach Pisse. Die Luft roch nach alten Socken. Ein Wasserhahn tropfte, der Junge konnte ihn hören, aber nicht sehen. Hier unten gab es zu viele Schatten, in denen sich alles Mögliche verstecken konnte. Licht kam nur von einer einzigen Lampe, einer Art Laterne, die auf dem Gang stand und stank. Der Junge wusste, dass er bald heulen musste, dabei war er bis jetzt so tapfer geblieben.

Als die erste Träne über seine Wange rollte, holte der Mann ein Stofftier aus der Tasche. Der Junge war so überrascht, dass er zu weinen aufhörte, bevor er richtig angefangen hatte. Mit dem Handrücken wischte er über seine Augen. Sein Blick folgte der Plüschkatze, die der Fremde über die Decke springen ließ, als säßen sie auf einer Picknickdecke im Garten und nicht in dieser komischen Höhle.

„Kennst du Kitty Kätzchen?", fragte der Mann.

Der Junge schüttelte den Kopf. Neugierig kroch er näher. Er hockte sich auf die Wolldecke, froh darüber, endlich nicht mehr mit dem nackten Po auf den unbequemen Pflastersteinen sitzen zu müssen. Eigentlich spielte er nicht mehr mit Kuscheltieren. Er kam ja schon bald in die Schule. Aber manchmal, wenn er nicht einschlafen konnte, nahm er heimlich Balu, seinen Stoffbären, mit ins Bett. Dann klappte es doch. Nur seine Mama wusste davon, aber die erzählte es niemandem. Warum kam sie ihn nicht von hier wegholen? War sie böse auf ihn, weil er Papa genauso lieb hatte wie sie? Wollte sie ihn bestrafen?

Als der Fremde in einen Singsang fiel, stellten sich die Nackenhaare des Jungen auf. Der Mann verwandelte sich in Kaa, die Schlange, aber der Junge war schlauer. Wenn er dem Mann nicht in die Augen sah, konnte ihm nichts passieren. Wie gebannt beobachtete er die Katze, die auf ihn zuhopste.

„Hier kommt Kitty Kätzchen
zu meinem kleinen Schätzchen.
Gleich schon ist sie da.
Wir freuen uns, hurra!"

Das Plüschtier strich über die Fußsohlen des Jungen. Der musste daraufhin lachen. Eigentlich war ihm angst und bange, aber das Kribbeln war so stark, dass er kicherte. Er konnte nichts dagegen machen. Das schien dem Unbekannten zu gefallen, denn seine Augen leuchteten. Dadurch wirkte er freundlicher und der Junge entspannte sich etwas.

„Die Kitzelfinger kitzeln dich am Bauch
und an dem Ärmchen auch.
Sie kitzeln gern deine zarte Haut,
denn die ist ihnen ganz vertraut.
Sie hören dich gern glucksen und mehr,
denn sie lieben dich so sehr."

Erst tapste das Kätzchen über die Beine des Jungen, dann über seine Arme und die Haare. Es war überall auf ihm und hinterließ ein Prickeln. Aber der Mann hielt das Stofftier so ungeschickt, dass der Junge mehr den Handballen des Mannes spürte als das Spielzeug.

Bestimmt hatte er keine eigenen Kinder. Vielleicht wollte er gerne welche und hatte den Jungen deshalb geklaut. Die Übelkeit kehrte zurück, doch da krabbelte die Katze über seine Brust und versuchte, unter seine Achseln zu kommen. Da war er besonders kitzelig. Er lachte prustend und vergaß, was er gerade gedacht hatte.

„Eine kleine Krabbelmaus
krabbelt rüber, rein und raus,
krabbelt rauf und runter
und ist froh und munter."

Der Mann ließ ihm das Stofftier einfach in den Schoß fallen. Der Junge konnte nicht anders, er fing es auf und drückte es an sich. Obwohl sein Schulranzen schon zu Hause auf ihn wartete, fühlte es sich gut an, mit dem Kätzchen zu kuscheln wie ein Baby. Vielleicht hatte der Mann niemanden, den er lieb haben konnte oder der ihn lieb hatte, und spielte deshalb noch mit Plüschtieren. Er konnte sich ja nicht einmal eine Hose leisten.

Mit einem Mal tat der Unbekannte dem Jungen leid. Bestimmt war er auch hier eingeschlossen. Aber dann erinnerte er sich daran, dass der Mann einen Schlüssel für die Gittertür hatte. Es kribbelte unangenehm in seinem Nacken, als wäre etwas auf ihm gelandet. Er bekam eine Gänsehaut und wischte mit der Hand darüber, aber da war kein Flugkäfer oder Falter. Hier unten gab es nur den Fremden, der zu ihm heranrückte. Er lächelte die ganze Zeit wie ein Clown, nur ohne Maske. Als wäre sein Gesicht nicht echt, sondern aufgemalt.

Während er weitersang, kitzelte er den Jungen am Bauch, an den Oberschenkeln, am Rücken und am Oberkörper. Seine Finger waren überall auf ihm, wie die ekeligen Beine einer Spinne. Immer, wenn der Junge sie wegschlug, waren sie längst woanders.

„In unserem Häuschen
sind schrecklich viele Mäuschen.
Sie trippeln und trappeln.
Sie zippeln und zappeln.
Und will man sie haschen:
Husch, sind alle Krabbelmäuschen weg!"

Nach dem letzten Reim versteckte der Fremde seine Hände unter dem Po des Jungen. Der war darüber so erschreckt, dass er sich nicht rührte. Er kam sich kalt und starr wie einer der Pflastersteine vor.

Noch immer grinste der Mann ihn an. Er zog sich nicht zurück. Der Junge spürte, wie sich die Finger unter ihm bewegten. Wie zehn dicke Maden. Angeekelt warf er dem Unbekannten das Kätzchen ins Gesicht. Doch der hob locker seinen Arm, sodass es abprallte und zu Boden fiel. Wenigstens waren die Finger jetzt unter ihm weg.

Dennoch schluchzte der Junge laut. Ihm war speiübel. Er wollte nur noch weg von dem fiesen Kerl und versuchte, von der Decke zu kriechen. Doch der Mann schlang die Arme um ihn und riss ihn zurück.

„Scht", machte er und drückte ihn an sich, wie der Junge zuvor das Plüschtier. Mit seinem T-Shirt tupfte er über das tränennasse Gesicht des Jungen. Er wiegte ihn vor und zurück. Das sollte ihn wohl beruhigen, aber dadurch wurde dem Jungen nur noch schlechter.

„So hübsche braune Locken. So große, ängstliche Augen. Du bist so schön, wenn du weinst, Bubele." Der Unbekannte wuschelte ihm durch die Haare. Langsam fuhr er mit einem Finger über die Narbe auf der Wange. Jetzt blies er auch noch seinen Atem auf den Bauch und die Brust des Jungen. Er stank widerlich nach Wurst.

„Peter, Peter Pustewind
huscht herbei ganz windgeschwind.
Peter, Peter Pustewind
mit Zärtlichkeit sein Spiel beginnt.
Peter, Peter Pustewind
kitzelt sanft mein Babykind."

Verzweifelt schob der Junge den Mann weg, denn der hatte aufgehört zu pusten und streichelte ihn nun stattdessen. Aber das wollte er nicht, es beruhigte ihn nicht so, wie wenn seine Mama das tat. Aber der Fremde war unglaublich stark. Der Junge schaffte es einfach nicht, sich von ihm loszureißen. Je mehr er sich wehrte, desto kräftiger presste der Mann ihn an sich.

„Peter, Peter Pustewind
streichelt sacht und leise lind.
Peter, Peter Pustewind
küsst ganz zart mein Babykind."

Plötzlich packte der Fremde sein Kinn. Er drückte es grob hoch. Dann küsste er ihn. Auf den Mund! Das tat sonst nur seine Mama. Nicht einmal sein Papa. Schockiert hielt der Junge still. Der Wurstgeruch ließ ihn würgen. Die fremde Haut fühlte sich heiß an, als würde das Blut des Fremden kochen.

Endlich ließ er ihn los und zog seine Zunge aus ihm heraus. Der Junge hustete, bis seine Kehle wehtat. Angeekelt wischte er sich über seine Lippen, die ganz feucht waren. Wieder dieser Singsang. Er wollte sich die Ohren zuhalten, aber der Unbekannte ließ das nicht zu.

„Kennst du den kleinen Floh?
Er versteckt sich irgendwo!
Aber wo wird er jetzt sein?
Vielleicht unten am Bein,
vielleicht kriecht er empor
und kitzelt dich am Ohr!
Vielleicht sitzt er im Haar,
wär das nicht wunderbar?"

Eifrig nickte der Junge. Damit die Hände des Mannes da oben blieben und nicht wieder nach unten wanderten. Aber er tat ihm den Gefallen nicht, sondern er hob ihn auf seinen Schoß. Das gefiel ihm ganz und gar nicht. Er saß auf etwas, das härter war als die Oberschenkel des Fremden und das zuckte wie ein ekeliger fetter Regenwurm. Sein Herz schlug so heftig, dass er befürchtete, es könnte explodieren.

Aber was sollte er denn machen? Er fühlte sich klein und hilflos. Bienen waren auch klein, aber die hatten wenigstens eine Waffe. Immer wieder bohrte er seinen Finger in die Seite des Unbekannten, aber es kam kein Gift heraus.

*„Vielleicht hüpft er gerade fort,
schnell an einen andern Ort!
Kennst du den kleinen Floh?
Er versteckt sich im …"*

Der Junge kreischte auf, als der Mann ihm einen Finger in den Po schob. Heftig schlug er die große Hand weg. Doch sein Hintern tat immer noch fürchterlich weh, als hätte der Unbekannte ihm ein brennendes Streichholz zwischen die Backen gesteckt.

„Was soll das? Was soll das? Was soll das?", schrie er immer lauter und boxte den Fremden wütend.

Das machte dem aber gar nichts aus. Er hielt den Jungen fest und sang sogar noch fröhlicher weiter, als dieser vor Angst auf die Decke machte.

*„Pimmel und Pimmelchen
stiegen auf einen Berg.
Pimmel war ein großer Schwanz
und Pimmelchen ein Zwerg.
Sie blieben lange da oben sitzen
und wackelten mit den Zipfelmützen."*

Nein, nein, nein! Der Reim ging anders. Der Mann sagte ihn völlig falsch auf. Aber der Junge wusste es besser, er kannte das Fingerspiel von seiner Mutter. Wo war sie nur? Hörte sie nicht, dass er hemmungslos weinte? Er wollte nicht, dass der Fremde seinen Strullermann anfasste. Aber er konnte ihn nicht daran hindern, dass er ihn hin- und herschwang, wie die Mützen in dem Vers.

Plötzlich stieß der Mann ihn von seinem Schoß. Er nahm die Hand des Jungen und legte sie an seinen Pipimann. Der war so schrecklich groß! Da unten roch der Mann noch ekeliger als sein Atem, so wie die Unterhose des Jungen nach dem Sport. Nach Schweiß und Po. Gemeinsam versuchten sie, ihn ebenfalls schlackern zu lassen, aber das funktionierte schlecht, weil er so steif war.

Rotz lief aus der Nase des Jungen, er wischte ihn mit dem Arm ab. Seine Mutter hätte mit ihm geschimpft, aber sie war nicht da. Er war alleine. Ganz alleine. Mit diesem Monster.

Er schluchzte herzzerreißend. Das machte den Mann wild. Er presste seine Hand fest auf die des Jungen und rieb auf und ab. Flennend schaute der Junge weg. Er wimmerte und versuchte so zu tun, als kriegte er gar nichts mit. Als wäre er gar nicht er. Als wäre er jetzt nicht hier. Er stellte sich vor, er würde bei seinem Papa in Sicherheit sein. Aber das funktionierte nicht, denn der Singsang holte ihn in dieses Loch zurück.

„Doch nach fünfundzwanzig Wochen
sind sie in den Berg gekrochen,
schnarchen da in guter Ruh.
Seid schön still und hört mal zu!"

Der Mann schloss für einen kurzen Moment die Augen. Er faltete seine Hände, hielt sie an seine Wange und tat so, als würde er seinen Kopf darauf ablegen, wie auf einem Kissen. Dann schnarchte er.

Der Junge heulte hemmungslos. Dicke Tränen kullerten seine Wangen hinab, sie schmeckten salzig. Er hatte keine Ahnung, was der Mann von ihm wollte und was das alles sollte. Er spähte zur Gittertür, die offen stand, und machte sich bereit dazu, wegzulaufen. Die Monster in den Schatten dort draußen konnten nicht so schlimm sein wie der Fremde. Doch er kam nicht dazu, aufzuspringen.

Plötzlich warf der Unbekannte ihn mit dem Bauch zu Boden. Sein Schnarchen klang jetzt mehr wie Stöhnen. Er legte sich mit seinem ganzen Gewicht auf den Jungen, sodass der meinte, keine Luft mehr zu bekommen.

„Nun bist du doch ein Hund, Bubele", säuselte der Mann. „Denn ich besteige dich wie eine Töle."

Er flüsterte noch andere Dinge mit einer Stimme, die immer kehliger wurde. Aber der Junge verstand ihn nicht mehr, weil seine eigenen Schreie in seinen Ohren so laut dröhnten, dass seine Trommelfelle zu platzen drohten.

1. KAPITEL

Wenn das so weiterging, würde heute noch ein Unglück passieren! Abuu Beti bezeichnete sich als ausgeglichenen Menschen, aber an diesem frühen Nachmittag stand er kurz davor, jemandem den Finger zu brechen. Wenn noch einer aufzeigte und ungläubig nachhakte, als wüsste Abuu nicht, was er referierte, würde er sich vergessen.

Rasch wandte er der Gruppe den Rücken zu, damit sie nicht mitbekamen, dass er seine Zähne zusammenbiss, um nicht laut zu schreien. Die Tour durch die archäologische Zone des jüdischen Viertels entwickelte sich zum Albtraum! Aktuell standen sie im römischen Abwassertunnel des Museums Praetorium in der Kleinen Budengasse 2 und er fühlte sich von Ratten umgeben, obwohl kein Tier weit und breit zu sehen war. Sie waren bekanntlich intelligent, übertrugen aber Krankheiten. In diesem Fall handelte es sich um schlechte Laune.

Alle, die eine Stadtführung inklusive dem ein oder anderen Museumsbesuch gebucht hatten und dann einem Farbigen gegenüberstanden, stutzten erst einmal. Das erwartete niemand. Sondern einen waschechten Kölner. Woran auch immer man die erkannte. Denn er war einer. Wenn Abuu ihnen jedoch in einwandfreiem Hochdeutsch sagte, dass er ebenso in Deutschland geboren und aufgewachsen war wie sie und seit dreiundsechzig Jahren in der Domstadt lebte, war das Eis meistens gebrochen.

Nicht so bei diesem *Jesocks*. Vom ersten Augenblick an hielten die Männer und Frauen Abstand von ihm, als wäre seine schwarze Hautfarbe ansteckend und könnte auf sie abfärben. Die Gruppen, die er herumführte, waren immer sehr unterschiedlich, aber alle machten Abuu auf unterschiedliche Weise Spaß. Akademiker zeigten sich stets gesittet und interessiert, während Kegelvereine, die den Programmpunkt nur hinter sich bringen wollten, um endlich eine der Kneipen zu entern, wenigstens lustig waren. Sie scherzten und lachten die ganze Zeit. Mochte die erste Kategorie auch zu ernst sein und die zweite keine Lust auf Kultur haben, so konnte Abuu dennoch beiden etwas abgewinnen. Sogar in Schulklassen gab es immer einige neugierige Kinder, die an seinen Lippen hingen und ihn mit Fragen löcherten. Aber der mürrische Haufen, der hinter ihm her zurück in den Hauptraum schlenderte, konnte nur eins: nörgeln.

Ein Betriebsausflug der Stadtverwaltung. Deren Mitarbeiter waren die Schlimmsten! Chronisch unzufriedene Besserwisser.

Ständig hakten sie nach, ob er sich sicher war, über das, was er erklärte, dabei beschäftigte er sich nun schon seit über dreißig Jahren mit der Kölner Geschichte. Sie dagegen hatten noch nie eine einzige der Ausgrabungsstätten besichtigt, nicht einmal die der Synagoge, an der sie täglich vorbei zur Arbeit im Rathaus gingen. Es schien eine Museumsallergie unter ihnen zu grassieren. Da das peinlich für die Behörde war, zwang sie ihre Belegschaft im Zuge der Betriebsausflüge eben dazu, die Historie ihrer Heimatstadt kennenzulernen.

„Sind Sie sicher, dass der öffentliche Kanalbesitz damals ausgerechnet an Brauhäuser vermietet wurde?"

„Zur Kühlung ihrer Fässer, ja."

„Die Obrigkeit hätte doch niemals zugelassen, dass Getränke neben Fäkalien aufbewahrt wurden."

„Man kann heute noch sehen, wo die Bierfässer in Ausbuchtungen gelagert wurden."

„Nein, da ist nichts."

„Die Mulden mauerte man mit Feldbrandziegeln zu, genauso wie die antiken Zuleitungen aus den anliegenden Häusern, aber man erkennt sie noch."

„Das kann alles Mögliche sein."

„Übrigens diente der Kanal im Zweiten Weltkrieg als Luftschutzkeller."

„Sie sagten, Sie hätten als Lehrer in einem Gymnasium gearbeitet. Unsereins kann sich nicht erlauben, in Frühpension zu gehen."

„Ich hatte einen Herzinfarkt mit einundsechzig. Entschuldigung, wenn ich keinen zweiten riskieren wollte."

„Sie können Kinder wohl nicht leiden, wenn Ihre Schüler Sie derart aufgeregt haben."

„Ich habe selbst vier Kinder und sechs Enkel."

„Das sind aber viele Nachkommen. Bei uns ist so was ja unüblich. Was haben Sie früher denn unterrichtet?"

„Deutsch und Philosophie."

„Dachte ich's mir doch! Also nicht Geschichte."

Hätte das Museum ein Café gehabt und Abuu nicht Ärger mit seinem Vorgesetzten riskieren wollen, hätte er geantwortet: „Auf der Tafel am Eingang des Kanals, an der Sie achtlos vorbeigegangen sind, stehen auch alle Informationen. Lesen Sie sie sich doch selbst durch. Ich gehe in der Zeit einen Kaffee trinken, und zwar einen schwarzen."

Stattdessen ballte er seine Hand zur Faust. „Hier entlang. Wenn Sie mir bitte folgen wollen. Um zum jüdischen Ritualbad zu gelangen, müssen wir die Ausstellung verlassen."

„Wir müssen raus? Sind Sie sich da ganz sicher?"

Abuu ging einen Schritt schneller. Äußerlich blieb er ruhig, doch innerlich brodelte es in ihm. Niemand beschwerte sich, als sie das Herzstück des Museums, die Mauern des römischen Statthalterpalastes aus dem vierten Jahrhundert mit dem berühmten Oktogon, links liegen ließen. Sie hatten Mühe, hinterherzukommen. Ihre eiligen Trippelschritte hinter ihm klangen wie die Beine einer Schar Ratten. Normalerweise tat er keiner Fliege etwas zuleide, aber heute hätte er sich am liebsten umgedreht und eine unter seinem Schuh zerquetscht, auf dass der Rest davonlief.

Die Vorstellung zauberte ein Lächeln auf sein Gesicht. Er beugte sich zu Christoph, der im Kassenhäuschen saß, hinunter. „Wir gehen in die Mikwe."

„Jetzt schon? Ihr seid doch gerade erst gekommen." Christoph krauste seine Stirn. „Du siehst aus, als würdest du gleich explodieren."

Überrascht hob Abuu seine Brauen. „Ich lächle doch."

„Nein, du fletschst deine Zähne", sagte Christoph und zwinkerte. „Antonio ist noch mit seiner Truppe von der Uni drin."

Ob die Studenten Toni ebenso wenig Glauben schenkten, weil er italienischer Abstammung war? Oder sahen sie aufgrund seiner weißen Hautfarbe darüber hinweg, bemerkten es vielleicht nicht einmal? Seine Kiefer schmerzten, so stark knirschte Abuu mit den Zähnen.

Heute hatte er einfach nicht die Nerven für Probleme. Bisher war der Tag eine Katastrophe gewesen. Gleich nach dem Aufstehen war er mit nacktem Fuß in eine Heftzwecke getreten. Daraufhin hatte er sich mit seiner Frau gestritten, die am Vortag ein selbst gemaltes Bild ihres Enkels aufgehängt hatte, aber Stein auf Bein behauptete, ihr wäre nichts heruntergefallen. Weil es wehtat, wenn Abuu auftrat, war er ungelenk gegangen und dabei auf dem Gehsteig umgeknickt, sodass sein Knöchel nun auch noch schmerzte. Zu allem Übel war sein Pass auch noch abgelaufen, was der Polizist feststellte, den der Nachbar gerufen hatte, weil Abuu sich, als er zu fallen drohte, auf der Motorhaube dessen Autos abgestützt und eine Delle verursacht hatte. Und jetzt musste er sich auch noch mit solchen Idioten herumplagen. Dieser Tag konnte kein gutes Ende nehmen!

Aufgebracht stapfte er voraus und verließ das Praetorium. Obwohl Eiseskälte ihn empfing, schloss er seinen Mantel nicht, denn sein Blut kochte.

Toni kam ihm schon auf dem Theo-Burauen-Platz entgegen. Die gesamte Gruppe redete aufgeregt durcheinander. Die Mienen der Studenten waren finster. Es wurden Köpfe geschüttelt und Nasen gerümpft.

Antonio, einen Kopf kleiner als Abuu, dafür doppelt so füllig, schnaubte, als er Abuu den Schlüssel überreichte. „Mach dich auf etwas gefasst. Eine Schweinerei!"

„Wovon sprichst du?"

„Das wird Konsequenzen haben. Christoph muss die Polizei rufen. Sofort!" Immer wieder strich sich Toni über seine Glatze. Schweiß glänzte darauf. Kleine Atemwölkchen kamen stoßartig aus seinem Mund. „Ich sage ihm Bescheid."

Bevor Abuu fragen konnte, was passiert war, eilte Toni schon weiter. Die Studenten folgten ihm tuschelnd.

Plötzlich kam Leben in Abuus eigene Gruppe. Eben noch waren sie ihm widerwillig hinterhergetrottet, nun liefen sie sogar zum Zelt auf dem Vorplatz des Rathauses voraus. Strahlende Gesichter wie die ihren sah man in diesem düsteren Januar selten. Die Weihnachtsbeleuchtung war längst abgehängt. Zurück blieb die Trostlosigkeit des Winters. Die Wolken hingen tief über den Häusern, die eine Spur schmutziger aussahen als im Sommer. Es lag Schnee in der Luft. Der Himmel wurde immer dunkler, je weiter der Nachmittag voranschritt, und wirkte unheilvoll. Die Geräusche der Großstadt klangen merkwürdig gedämpft, was etwas Bedrohliches hatte, als würde eine große Glocke über Köln gestülpt, sodass niemand dem Schneesturm entfliehen konnte. Abuu konnte sich an keinen Blizzard in Nordrhein-Westfalen erinnern. Aber schon ein paar Flocken konnten die Region ins Chaos stürzen.

Was erwartete ihn wohl im jüdischen Ritualbad? Von außen nahm er keine Auffälligkeiten wahr. Die Ausgrabungen daneben würden wohl noch viele, viele Jahre andauern. Die oberen Mauersteine der freigelegten Häuser schlossen mit den Straßen, die sie umgaben, ab. Noch war die Baustelle in ständiger Bewegung. Holzbrücken und Treppen ermöglichten den Archäologen und Studenten, weitere Teile der antiken Bauten, der ältesten Synagoge nördlich der Alpen und der Ratskapelle aus dem 15. Jahrhundert, freizulegen. Planen bedeckten große Teile des Areals, um es vor Umwelteinflüssen zu schützen. Abuu reizte es immer wieder aufs Neue, auch mal einen Schritt hinab in die Vergangenheit zu machen, aber zum einen war das selbstverständlich verboten, zum anderen hatte er zu viel Respekt vor diesem Kulturgut und wollte nichts zerstören.

Seine Gruppe hastete weiter, ohne der Ausgrabung oder dem Zelt, in dem kleinere Fundstücke von Sand, Lehm und anderen Sedimenten befreit wurden, Beachtung zu schenken.

Er arbeitete sich zurück an den Kopf der Truppe, weil er befürchtete, sie könnte das Tor vor dem Treppenabgang zum Tauchbad, das im achten Jahrhundert erbaut worden war, einfach niederrennen. Er schloss es auf und stieg die Treppe hinab, um die Tür am Ende zu öffnen. Ungeduldig wartete er, bis alle eingetreten waren, und riegelte hinter ihnen wieder ab.

Das Papierschild, das mit einfachem Klebeband außen an der Wand befestigt worden war, würde er später wieder ankleben. Jemand hatte es mit seinem Jackenaufsatz abgerissen. Der Hinweis ermahnte die Stadtführer, darauf aufzupassen, beim Verlassen niemanden einzuschließen, und klärte darüber auf, dass in der Mikwe selbst sogar noch archäologische Arbeiten durchgeführt wurden.

Manche seiner Kollegen ließen die Tür offen, aber das konnte böse Folgen haben. Der Schacht, an dessen Ende das Tauchbad lag, ging siebzehn Meter in die Tiefe. Wenn er dort unten stand, konnte er unmöglich die Tür im Auge behalten.

Bevor er es verhindern konnte, stiegen die Männer und Frauen die gewundene Treppe zum Becken hinab. Abuu eilte hinterher, wobei seine Jacke über den Elbagranit der antiken Säulenspolie schabte, war aber der Letzte, der unten ankam. Er rechnete damit, aufgebrachte Schreie zu hören oder laut ausgestoßene Empörungen, aber das Gegenteil geschah. Es trat betretenes Schweigen ein.

Nervös sah sich Abuu im Ritualbad um, in dem sich in der Vergangenheit alle aus der jüdischen Gemeinde, die das Reinheitsgesetz missachtet hatten, aber auch Frauen, die ihre Regel oder ein Kind geboren hatten, reinigen mussten.

Nichts. Außer, dass das Tauchbecken, das normalerweise durch klares Grundwasser gespeist wurde, nun mit einer bräunlichen Brühe gefüllt war. Als hätte jemand, der an Durchfall litt, hineingemacht.

Die sensationslustige Menge reagierte enttäuscht. Ob des unspektakulären Anblicks machte die Verwaltungsbelegschaft wieder lange Gesichter.

Im Gegensatz zu den anderen Anwesenden verstand Abuu Antonios Entrüstung. Es musste sich entweder um Vandalismus handeln oder etwas stimmte mit dem Grundwasser nicht. Beides war schlecht. Besonders aber Ersteres. Die Zeitungen würden ihrer Gewohnheit nach die Geschichte aufbauschen, es könnte von Neonazis und Judenhass die Rede sein, obwohl es nach den momentanen Anhaltspunkten genauso gut ein Dummejungenstreich gewesen sein könnte. Die jüdische Gemeinde würde auf hundertachtzig sein. Schon im Jahr 1424 wurde sie vertrieben und das Ritualbad zugeschüttet, sogar als Abort missbraucht. Den ebenerdigen Teil funktionierte man zum Stall um. Von dort musste der Sand stammen, den wer auch immer ins Wasser geworfen hatte. Abuu hoffte noch immer, dass es eine geologische Erklärung für die Sauerei gab, während die Stadtangestellten umdrehten und an ihm vorbei nach oben gehen wollten.

Da platzte ihm der Kragen! Er packte einen Mann grob am Arm und hielt ihn zurück. „Wollt ihr denn gar nichts über das Bad erfahren? Habt ihr so wenig Interesse an der Kultur eurer Heimat? Oder glaubt ihr, ich würde eh nur Scheiße …"

Ein Aufschrei unterbrach ihn.

Die Schmutzpartikel im Wasser setzten sich langsam. Es wurde wieder klarer. Langsam. Wie in Zeitlupe. Eine Ewigkeit lang standen sie alle wie angewurzelt da und starrten fassungslos auf das in Rotsandstein eingefasste Becken.

Zuerst kam ein Fuß zum Vorschein. Er war klein, wie von einem Kind. Keine Socken oder Schuhe.

Eine Schulter wurde sichtbar. Ebenfalls nackt. Die Haut war schrumpelig.

Der Körper lag in Fötushaltung am Grund des Beckens. Ein Seil war um den Oberkörper und die angezogenen Beine geschlungen. Verschnürt zu einem kompakten Paket.

Entsetzt stießen die Männer und Frauen Abuu beiseite und rannten nach oben. Das Kreischen einer Frau dröhnte in der kleinen Stätte, die plötzlich etwas von einer Gruft hatte. Ein Mann brüllte die anderen an, gefälligst schneller zu gehen. Tränen flossen.

Abuu schob sich aus der Mulde in der Wand, in der früher die Kleidung deponiert wurde, wieder hervor. Weit würden sie nicht kommen, denn den Eingang hatte er ja abgeriegelt. Damit niemand ungesehen hereinkam. Nun kam auch keiner heraus.

Sie waren eingeschlossen mit einer Leiche.

2. KAPITEL

Daniel Zucker hatte mit eigenen Ohren gehört, wie der Leiter der Direktion Kriminalität Christian Voigt zugab, dass er in ihm ein Furunkel am Arsch des Polizeipräsidiums sah. Lästig, unnütz und sogar gefährlich.

Wie Bakterien oberflächliche Verletzungen nutzen, um in die Haut einzudringen, hatte Daniel die Schwäche des starren und überforderten Polizeiapparates ausgenutzt. Er hatte mithilfe seiner Ehefrau Marie und ihres Cousins Benjamin die Morde in Zusammenhang mit Julia Kranich aufgeklärt, bevor die Kollegen es konnten. Damit hatte er seine Rückkehr ins Kriminalkommissariat 11 auf geschickte und sanfte Weise erzwungen. Die Direktion des Präsidiums wollte unter keinen Umständen von ihm vor Gericht gezerrt werden und riskieren, einen Präzedenzfall zu schaffen. Die Medien hätten sich ohne Zweifel auf Daniels Seite geschlagen. *Kölner Polizei diskriminiert Behinderte* – diese Schlagzeile hätte Voigt den Kopf gekostet. Also hatten sie sich geeinigt. Daniel durfte zwar nicht seine alte Stelle im KK 11 wieder antreten, denn das Gesetz verbot nun mal, einen Rollstuhlfahrer als Mordermittler einzusetzen, und daran gab es nichts zu rütteln – er behielt jedoch seinen Beamtenstatus und die Kollegen sollten ihn bei besonders schwierigen Fällen oder wenn die Abteilung völlig überlastet war, was so gut wie immer zutraf, zu Ermittlungen hinzuziehen.

So weit die Theorie. „Die verdammte Praxis sieht anders aus", murmelte Daniel und schlug die Autotür lautstark zu. Kraftvoll stieß er seinen Rollstuhl an und rollte in Richtung Rathaus.

Da der Leiter der Direktion Kriminalität Daniel jedoch nicht so einfach und schnell wieder loswurde, wie er es sich offenbar wünschte, hatte er einen anderen Weg gewählt, um Daniel mürbe zu machen. Erst zog Voigt das Hamburger Modell durch, obwohl eine stundenweise Eingliederung bei einem externen Berater nicht notwendig war. Danach stellte er sicher, dass Daniel als Sonderermittler nur selten angefordert wurde und dann auch nur bei Fällen mit klarer Sachlage, die wenig Grips erforderten und bald gelöst waren. Die meiste Zeit saß Daniel zu Hause und wartete vergeblich auf einen Anruf seines ehemaligen Vorgesetzten, dem Ersten Kriminalhauptkommissar Karsten Fuchs. Wenn es nach Fuchs gegangen wäre, hätte er das Experiment gewagt und Daniel, der nach einem Freizeitunfall von der Hüfte abwärts querschnittsgelähmt war, wieder als vollwertiges Mitglied des KK 11 eingestellt.

Manchmal hatte Daniel sogar den Eindruck, Voigt erachtete ihn als gefährlich. Eben wie ein Bakterium, das sich längst in die Körperschaft der Kölner Polizei eingelagert und eine Kapsel wie einen Schutzschild um sich herum gebildet hatte, sodass es immer schwerer wurde, ihn wieder zu entfernen. Denn die meisten Kollegen hießen Daniels Mitarbeit willkommen, weil sie ohnehin permanent überarbeitet waren und er bei den meisten beliebt war. Er hatte immer einen guten Job gemacht und das tat er jetzt auch, Querschnittslähmung hin oder her. Die Sympathien für ihn wuchsen, das schmeckte dem Kriminaldirektor gar nicht.

Voigt befürchtete, dass es Schule machen würde. Es könnten noch mehr Behinderte auf der Straße eingesetzt werden, wo sie seiner Meinung nach nur im Weg standen. Erreger wie Zucker schwächten das Immunsystem des gesamten Präsidiums, sie arbeiteten sich in die Tiefe vor, infizierten das KK 11, in dem die Fehlerquote dramatisch anstieg, und Eiter bildete sich. Dieser würde über kurz oder lang die Außenhaut der Polizei durchbrechen, und die Einwohner der Domstadt sowie die Presse würden es bemerken. Dann wäre die Kacke am Dampfen. Voigt rechnete fest damit, dass es unweigerlich zu einem Fiasko kommen würde, das wusste Daniel, seitdem er zufällig ein Gespräch zwischen ihm und der Personalleitung mit angehört hatte.

„Er ist wie ein Abszess. So was wird durch eine Zuckererkrankung begünstigt. Wir haben uns bereits beides eingefangen. Wir müssen ihn loswerden, bevor er uns in der Öffentlichkeit durch seine Selbstüberschätzung bloßstellt. Der denkt ja, er wäre Superman auf zwei Rädern."

„Übertreiben Sie nicht ein wenig?"

„Sie unterschätzen die Bedrohung, die von ihm ausgeht. Obwohl wir versucht haben, es zu verhindern, berichtete der Stadtanzeiger über ihn als Helden im leidigen Kranich-Fall. Er darf aber nicht zum Aushängeschild werden. Das würde unweigerlich in die Katastrophe führen. Sie können mir nicht folgen? Nun, stellen Sie sich nur vor, es würden weitere Menschen mit Behinderungen, welcher Art auch immer, eingestellt werden, weil sich zeigt, dass Zucker gute Arbeit leistet. Womöglich noch in erster Reihe, um das Image aufzupolieren."

„Angestellte mit angezogener Handbremse."

„Wir würden weniger Fälle lösen. Die Verbrecher würden uns auslachen. Die Kriminalpolizei verkäme zum Witz. Weniger gelöste Fälle würden mehr Kriminelle auf den Plan rufen und die Bevölkerung gegen uns aufbringen. Wo soll das hinführen?"

„Wir verstehen Sie. Das müssen wir auf jeden Fall verhindern! Ein Körperbehinderter – ein Problem. Viele Behinderte – viele Probleme. Sie würden das System langsam vergiften und schließlich lahmlegen."

„Ich befürchte, das erfordert etwas mehr Fingerspitzengefühl. Wir müssen uns in Geduld üben. Ein Arzt schneidet ein Furunkel erst auf, wenn es reif ist, damit der Eiter abfließt und die Bakterien nicht noch mehr Gewebe infizieren können. Das heißt für uns: Wir lassen die Zusammenarbeit mit Zucker langsam einschlafen."

„Das wird er sich nicht gefallen lassen."

„Natürlich nicht, darauf warten wir ja nur. Sobald er rebelliert, setzen wir unser Skalpell an und beweisen ihm, dass wir ihn nicht brauchen, sonst hätten wir ihn ja öfter angefordert. Er ist überflüssig, das belegen unsere Unterlagen, und verursacht nur unnötige Kosten."

Sie hatten Daniel reingelegt! Hatte er im letzten Jahr noch triumphiert, da er seinen Arbeitgeber überlistet und ein Schlupfloch im Gesetz gefunden hatte, dass es ihm ermöglichte, trotz Querschnittslähmung weiter aktiv auf Verbrecherjagd zu gehen, statt hinter einem Schreibtisch in der Verwaltung zu versauern, so erkannte er nun, dass Voigt und die Personalabteilung ihn überlistet hatten.

Er besaß zwar einen Sondervertrag mit ihnen, aber niemand zwang sie, ihn tatsächlich anzufordern. Erst jetzt kapierte er, dass er mit seinem Rolli auf ein Abstellgleis geschoben worden war.

Doch so leicht servierte man einen Zucker nicht ab! Er hatte einen Gegenschlag ausgeheckt und den setzte er nun, da er auf das jüdische Ritualbad zusteuerte, um. Statt zu warten, bis man ihn rief, würde er sich seine Fälle ab sofort selbst aussuchen. Sobald ein spektakulärer Mord geschah oder eine Leiche an einem Ort wie der Mikwe gefunden wurde, der als kritisch eingestuft wurde, kamen auch Reporter. Schmutz zog nun mal Schmeißfliegen an. Voigt würde nicht wagen, ihn vor den Augen und Ohren der Berichterstatter und den Kameralinsen wegzuschicken, weil er wusste, dass Daniel ein Heidentheater machen würde. Solch einen Eklat konnte sich nicht einmal der Kriminaldirektor erlauben.

So weit sein Plan. Allerdings bereitete ihm schon der Gehsteig Probleme. Dieser war zwar offensichtlich in der Früh geräumt worden, aber es hatten sich bis zum späten Nachmittag hier und da kleine Eisflächen gebildet, auf denen die Räder seines Bocks ausbrachen. Es war eine Rutschpartie, von seinem Auto zum Vorplatz des Rathauses zu gelangen. Dort wurden mit einer Engelsgeduld die Überreste einer Synagoge und anderer Gebäude vorheriger Epochen freigelegt. Daniel wurde abgelenkt von der Vorstellung, er müsse tagein, tagaus mit einem Pinsel alte Backsteine, Werkzeuge und Münzen von jahrhundertealtem Staub befreien. Als er sich gerade vorstellte, wie er eine Amphore entweder aufgrund seiner fehlerhaften Feinmotorik zerbrach oder vor Ungeduld gegen die Wand des Ausgrabungszeltes warf, passte er nicht auf und rutschte vom Bordstein auf die Straße.

Unglücklicherweise standen zwei Gruppen vor dem Zelt, hinter dem sich die Ausgrabungsstätte befand. Unzählige Augenpaare richteten sich auf ihn. Daniels Hände krampften sich um die Greifringe seines Rollstuhls. Ein Autofahrer musste wegen ihm bremsen und hupte, sodass nun auch Tomasz und Leander, die mit zwei Männern hinter dem Polizeiabsperrband standen und redeten, zu ihm herüberschauten.

Murrend zog Daniel seine Schiebermütze tiefer ins Gesicht. Mit dem Blick auf die Fahrbahn gerichtet, fuhr er so schnell wie möglich auf die andere Seite. Sein Chopper ruckelte, als er das Hindernis aus vereistem Schnee überwand. Die Straßen waren zwar geräumt und die Autos hatten freie Fahrt. Doch der Schnee türmte sich in den Abwasserrinnen und gefror, sodass sie für Rollifahrer kaum zu überwinden waren.

Daniel hasste es, begafft zu werden! Zwar verkroch er sich nicht mehr in den eigenen vier Wänden, um jeder peinlichen Situation aus dem Weg zu gehen. Dennoch fühlte er sich immer noch unwohl, wenn man ihn wegen seiner Krüppel-Harley anstarrte. Diese mitleidigen Blicke, das verlegene Wegsehen und das Tuscheln setzten ihm zu. Er arbeitete daran, sich ein dickeres Fell zuzulegen, aber bis ihm das Gaffen nichts mehr ausmachte, würde es noch etwas dauern. Bis dahin hatte er weiterhin daran zu knabbern.

Immerhin gab er nicht dem Drang nach, umzudrehen und zu flüchten.

Das Teufelchen auf seiner linken Schulter flüsterte ihm zwar zu, dass er sich dieser Peinlichkeit nicht aussetzen musste, schließlich sollte er nicht einmal hier sein. Doch auf seiner rechten Schulter saß ein ausgewachsener Teufel und der stachelte ihn an, Voigt mit seinen eigenen Waffen zu schlagen, nämlich zu tricksen und seinen Gegner hereinzulegen.

Um nicht vor Scham im Boden zu versinken, stellte sich Daniel vor, wie er ein Patent anmeldete, dass Marie und ihn stinkreich machen konnte, sogar noch reicher als ihre Eltern, die anatomische Lehrmittel in Handarbeit herstellten. Viele Gehbehinderte würden sicherlich ihren Rolli mit einem Turbo Boost, wie bei K.I.T.T. in der Fernsehsendung *Knight Rider* oder dem Batman-Tumbler aus der *Dark-Knight*-Trilogie ausstatten, um Hindernisse einfach zu überspringen.

Die Vorstellung, was die Beobachter für Augen machen würden, wenn sein Chopper plötzlich nach vorne stob, abhob und über den Eisschnee flog, heiterte ihn wieder auf. Lächelnd zog er an ihnen vorbei, erntete jedoch nur hochgezogene Augenbrauen.

„Einen schönen Tag", wünschte er sarkastisch.

Die Männer und Frauen, die sich um einen älteren schwarzen Mann scharten, rissen ihre Augen auf. „Wir haben hier eine Leiche gefunden."

„Genau wegen der bin ich extra gekommen. Ich bin ganz heiß darauf, sie zu sehen." Genau genommen konnte Daniel es kaum erwarten, das Gesicht des Kriminaldirektors entgleisen und rot anlaufen zu sehen, weil er sich ohne seine Zustimmung einen Fall aneignete.

Als Antwort bekam er empörtes Schnauben und Kopfschütteln. Hatte man ihn eben mitleidig betrachtet, so musterte man ihn nun missbilligend. Damit kam Daniel weitaus besser zurecht. Er eckte lieber an, als bedauert zu werden. Zufrieden entspannte er sich etwas.

„Da ist man freundlich zu den Menschen und wünscht ihnen einen schönen Tag, und dann das." Er blieb vor dem Absperrband stehen und zuckte in Richtung Tomasz mit den Schultern, konnte ein Schmunzeln jedoch nicht unterdrücken. Er streckte seine Hand nach der Trassierleine aus, um sie hochzuheben.

„He, Moment mal!", rief ein Kollege von der Schutzpolizei, der den Tatort bewachte. Er sprang über das Flatterband und stellte sich breitbeinig vor Daniel, um ihm den Weg zu versperren. „Das ist ein Tatort."

„Verbrechen sind genau mein Ding."

„Darüber macht man keine Späße …" Er schien noch mehr sagen zu wollen, musterte jedoch Daniels Beine, die an die Fußstützen geschnallt waren, und schluckte seine unflätige Bemerkung hinunter.

„Heute versteht man mich ständig falsch." Woran er nicht ganz unschuldig war, denn manchmal machte er sich einen Spaß daraus, sein Gegenüber auf eine falsche Fährte zu locken. „Das trübe Wetter schlägt wohl allen aufs Gemüt."

„Oder dieser Fall", murmelte der Polizist. „Man fordert nicht jeden Tag die Kollegen aus der Rechtsmedizin an und sagt ihnen, sie brauchen nur ein kleines Transportbehältnis mitzubringen."

Schlagartig wurde Daniel ernst.

3. KAPITEL

Er hatte nur gewusst, dass eine Leiche im jüdischen Ritualbad gefunden worden war. Dieser Umstand allein war problematisch genug. Dass es jedoch so schlimm war, hatte er nicht geahnt. Er holte seinen Dienstausweis heraus, zeigte ihn vor und zwinkerte. „Der Adel kommt jetzt nicht mehr zu Fuß, wie das gemeine Volk."

Seine Bemerkung, die auf die unterschwellige Rivalität zwischen Schutz- und Kriminalpolizei anspielte, entlockte dem Streifenpolizisten ein kurzes Lächeln. Bei jedem anderen Kripobeamten wäre er sicherlich beleidigt gewesen. Aber bei einem Rollifahrer verbuchte er diese Art Seitenhiebe wohl unter kameradschaftlicher Neckerei.

Tomasz kam auf ihn zugestürmt. „Zucker! Was machst du hier, verdammt noch mal?"

Es war allerdings nicht sein alter Partner vom Kriminalkommissariat 11, der das Flatterband anhob, sodass Daniel darunter hindurchfahren konnte, sondern der Kollege in der Uniform.

„Sie werden ja schon sehnsüchtig erwartet", spottete der Streifenpolizist und sagte absichtlich laut: „Wir sind netter zueinander. Falls Sie wechseln wollen, stelle ich die Weichen." Mit einem Nicken deutete er auf die Räder des Rollstuhls. „Wir sind eh die coolere Truppe. Nicht umsonst heißt es: Die Kriminalpolizei rät – die Schutzpolizei weiß."

„Vielleicht werde ich bald wirklich auf Ihr Angebot zurückkommen müssen." Wenn sein Plan schieflief und Voigt ihn wegen eigenmächtigen Handelns feuerte, konnte er womöglich immer noch in der Leitstelle der Schupo arbeiten. Zum Gruß hielt Daniel Zeige- und Mittelfinger an seine Schläfe.

Tomasz' Haare besaßen fast denselben rötlichen Braunton wie seine Jacke. An diesem Tag hatte er etwas zu viel Gel benutzt, als erwartete er einen Sturm. Er klappte seinen Kragen hoch. Bei dem rußigen Fleck auf ihrem beigefarbenen Futter musste es sich um Zigarettenasche handeln. Seine Finger waren von der Kälte ganz rot. Sein Gesicht jedoch sah aus, als wäre er zwei Wochen in der Karibik gewesen. Im Winter übertrieb er es immer etwas mit dem Solarium. „Sorry, Kumpel, aber du hast hier nichts zu suchen."

„In der archäologischen Zone des jüdischen Viertels gibt es einen Fall, also bin ich hier richtig." Daniels Lederhandschuhe knarzten, als er seinen Popo-Ferrari um Tomasz herumlenkte, ihn stehen ließ und weiter auf die Mikwe zufuhr.

Er kam an Leander vorbei, der sich gerade von den beiden Männern, mit denen er und Tom gesprochen hatten, verabschiedete. Der mit dem weißen Kittel ging in das Zelt, in dem die kleineren Fundstücke gesäubert wurden, während der im Tweedjackett in Richtung Kleine Budengasse schritt. Vermutlich handelte es sich bei ihm um den Leiter des Museums Praetorium, zu dem das Tauchbad gehörte. Er schien in heller Aufregung zu sein, denn er zückte sofort sein Handy und gestikulierte heftig beim Telefonieren.

Tomasz folgte ihm. „Fuchs hat mir nicht Bescheid gesagt, dass du mit im Boot bist."

Daniel sah sich nach einem Fotoreporter um, doch noch war niemand von der Presse aufgetaucht. Mist! Nur wenn die Medien früh berichteten, dass der „Rollstuhlkommissar" im Jüdischen Museum ermittelte, konnte Daniel den Leiter der Kriminaldirektion dazu zwingen, ihn an der Aufklärung des Falls teilnehmen zu lassen. „Das wird der EKHK bei der nächsten Besprechung nachholen."

„Du willst dich aufzwingen, nicht wahr?" Tom packte die Schiebestangen des Rollis, doch seine klammen Hände rutschten ab, weil Daniel beherzt Gummi gab. „Sei doch vernünftig. Damit machst du dir doch nur alles kaputt. Das wird sich die Präsidiumsleitung nicht gefallen lassen."

„Ich gehe volles Risiko. Alles oder nichts."

Tomasz' Stimme hinter ihm klang leiser. Offenbar hatte er es aufgegeben, seinem Freund hinterherzulaufen, und war stehen geblieben. „Du kannst nicht in die Mikwe."

„Und ob!"

„Selbst deine Zucker'sche Sturheit wird dich diesmal nicht weiterbringen. Verflixt!"

Leander, an dem Daniel gerade vorbeizog, schüttelte seinen Kopf. „Du kannst da wirklich nicht lang."

Seine blonden Locken wippen wie bei einem verdammten Weihnachtsengel, dachte Daniel. Er sah ein, dass der Gang zwischen Ausgrabungszelt und Absperrzaun, hinter dem Baumaterialien gelagert wurden, sehr eng war, aber er wollte sich nicht gleich von jeder kleinen Hürde abschrecken lassen und schon weit vor dem Eingang des Ritualbads aufgeben. Wenn er das tat, konnte er sofort klein beigeben und in den verhassten Innendienst wechseln.

Er musste die Greifringe loslassen und die Räder von oben drehen. Langsam fuhr er weiter. Stück für Stück arbeitete er sich vor. Einmal blieb er beinahe stecken. Aber er übte etwas Druck auf den Draht des Bauzauns aus und es ging glücklicherweise weiter.

Daniels Magen krampfte sich zusammen, je näher er dem Eingang des Ritualbads kam. Er empfand keinen Spaß daran, blutbesudelte Tatorte aufzusuchen, Leichen zu betrachten und Morde en détail zu rekonstruieren, wie ihm seine Schwiegereltern schon einmal durch die Blume vorgeworfen hatten. Es stimmte, dass er seinen Beruf mit Leidenschaft ausübte, aber es ging ihm einzig um Gerechtigkeit!

Die schmalste Stelle des Durchgangs ließ er hinter sich, doch das Gefühl des Triumphs blieb aus, denn er kam an eine Treppe. Ernüchtert blickte er hinab zur Tür, die ins jüdische Ritualbad führte. Der Tatort war so nah und doch unerreichbar für ihn. Aufbrausend boxte er gegen das niedrige Tor am Treppenabsatz, das daraufhin aufschwang.

Tomasz überholte Leander. Seufzend stemmte er die Hände in die Hüften. „Ich sagte doch …"

„Schon gut!" Es tat Daniel leid, dass er seinen Freund anblaffte, aber es war niederschmetternd, so schnell an seine Grenzen zu geraten. „Sind die anderen schon unten?"

„Justus befragt im Praetorium den Typen von der Kasse. Der verkauft nicht nur die Eintrittskarten für das Museum, sondern verwaltet auch den Schlüssel für die Mikwe. Man bekommt den nur, wenn man ein Zusatzticket zahlt und seinen Ausweis hinterlegt."

Daniel vermutete, dass Tom auf einmal so offen über die laufenden Ermittlungen plauderte, weil er ihm leidtat. Das steigerte seine Laune nicht gerade. Er gab sich mürrisch, doch in Wahrheit fühlte er sich verletzt, denn Voigt und die Personalleitung hatten recht. Sein Rolli schränkte ihn schon bei den einfachsten Dingen ein. Er zeigte auf das Hinweisschild mit dem Kamerasymbol. „Folglich müssen wir nur die Aufzeichnungen mit dem Kartenverkauf abgleichen, und schon haben wir den Täter. Aber so leicht ist es wohl nicht, oder?"

„So einfach ist es nie." Mit verschränkten Armen setzte sich Tom auf das kleine Gitter, das den Treppenabsatz einrahmte. „Es gibt Gruppen, wie die zwei da vorne. Manche der Kulturführer lassen die Tür offen oder es gesellen sich Einzelpersonen zu den Gruppen, die sie nicht kennen. In Stoßzeiten gibt es schon mal Chaos. Einmal vergaß sogar jemand, die Tür wieder richtig zu schließen, sodass sie über Nacht offen stand."

„Das Überwachungsvideo…"

„Justus besorgt es." Leander nickte ihm zu. „Stefan und Klaus befragen die Anwohner. Wir werden uns später die zwei Gruppen vorknöpfen."

Daniel sah ihn wohl etwas zu intensiv an, denn er wandte sich verunsichert um und tat so, als würde er zur Straße spähen, um zu sehen, ob Erkennungsdienst, Fotograf und Rechtsmedizin eintrafen. Tatsächlich stiegen gerade die Kollegen von der Spurensicherung aus ihrem Wagen.

Tomasz erhob sich. „Karsten Fuchs trudelt sicherlich auch gleich ein und natürlich der Staatsanwalt. Wird ganz schön voll hier werden."

„Soll das eine Anspielung sein, dass Unbeteiligte den Rathausvorplatz besser verlassen sollten?", fragte Daniel, stützte sich auf den Armlehnen ab und neigte sich zu ihm. Leider war das alles an machohafter Drohgebärde, was er als Rollifahrer an den Tag legen konnte. Wenig beeindruckend.

Schnaubend lehnte er sich wieder zurück. Er wollte auch ins Ritualbad, wollte vor Ort sein und an der Front mitarbeiten und nicht weggeschickt werden wie ein Störfaktor. Als wäre er einer der Schaulustigen, die sich vor dem Absperrband ansammelten, und nicht ein Kriminalhauptkommissar.

Jetzt stand auch noch der Erkennungsdienst vor ihm und musterte ihn auffordernd, weil sie mit ihrem Equipment nicht an ihm vorbeikamen. Der Durchgang zwischen Bauzaun und Mikwe-Abgang war sehr eng konzipiert. Eben nicht für Rollstuhlfahrer, denn sie konnten die Treppe hinab ohnehin nicht überwinden.

Wie auch immer Daniel es drehte und wendete, er würde nicht zum Tatort gelangen. Es sei denn, er ließ sich hinabtragen, aber die Blöße hätte er sich nur in höchster Not gegeben.

Plötzlich hatte er eine Idee! Sein Körper konnte zwar nicht zur Leiche im Ritualbad gelangen, wohl aber seine Augen und Ohren, und auf die kam es an.

Ungeduldig räusperte sich einer vom Erkennungsdienst, während der andere bereits seinen weißen Schutzanzug überstreifte. Auch Tom und Leander hielten bereits die spezielle Bekleidung in Händen, um den Ort des Verbrechens nicht noch mehr zu kontaminieren, als die beiden Gruppen es ohnehin schon getan hatten.

Ohne sich zu verabschieden, zwängte sich Daniel an ihnen vorbei zum Ausgang und fragte sich, warum noch niemand eine Schutzbekleidung für Rollstühle erfunden hatte. Wahrscheinlich weil Krüppel-Harleys sich üblicherweise nicht an Tatorten aufhielten. Nun, er konnte nicht alle Ungerechtigkeiten auf einmal beseitigen. In diesem Moment hatte es Priorität, am Ball zu bleiben.

Sein Blut kochte, als er Gummi gab und ungeachtet der vereisten Stellen auf Gehsteigen und Straßen zuerst zu seinem Auto, wo er seinen Tablet-PC holte, und dann zur Hohen Straße düste. In einem Elektrogeschäft fand er glücklicherweise, was er suchte. Es kostete ihn ein kleines Vermögen, aber das war es ihm wert, allen ein Schnippchen zu schlagen, die ihn belächelten und bereits abgeschrieben hatten. Mit etwas Nachdruck brachte er den Händler dazu, die Installation auf seinem Tablet sofort durchzuführen. Pfeilschnell sauste er zurück zum jüdischen Ritualbad.

Vor dem Flatterband diskutierten Tomasz und Leander heftig mit den Leitern der Besuchergruppen. Offenbar wollten sie nicht noch länger warten, bis sie endlich als Zeugen befragt wurden. Doch Justus, Stefan und Klaus waren noch nicht mit ihren Aufgaben fertig und Tom und Leia, wie Daniel den Hospitanten des KK 11 manchmal scherzhaft nannte, mussten dem Erkennungsdienst in die Mikwe folgen, um eventuelle Spuren aus erster Hand zu sehen.

Daniel drängte sich einfach dazwischen und drückte Tomasz die Kamera in die Hand.

„Was soll das?" Stirnrunzelnd hielt sein Freund sie hoch.

„Das ist eine Actioncam. Setz sie auf, wenn du runtergehst, dann kann ich sehen, was du siehst." Daniel hielt sein Tablet hoch. „Ich bin zwar mit dem Technikkram immer noch überfordert, aber ich weiß ihn mehr und mehr zu schätzen."

Schnaubend legte Tom ihm die Kamera in den Schoß. „Du spinnst doch."

„Livestream über WLAN nennt man das." Daniel zuckte mit den Achseln.

„Ist mir scheißegal. Rechtlich wird das wohl kaum in Ordnung sein, wo du doch nicht…" Tom sprach den Satz nicht aus. Stattdessen warf er den Zeugen einen kurzen Blick zu, der deutlich besagte, dass er sich wünschte, sie hätten keine Zuhörer.

Unbeirrt hielt Daniel ihm seine neue Errungenschaft hin. Innerlich jedoch wuchs seine Verunsicherung. „Das Mikrofon funktioniert nur in eine Richtung, daher müssen wir unsere Handys zusätzlich benutzen, wenn wir uns unterhalten wollen."

„Sorry, Kumpel, aber das ist mir zu heiß. Ich brauche den Job. Du weißt doch, dass Natalia und ich ein Haus kaufen wollen." Mit diesen

Worten drehte er sich um und ließ sowohl Daniel als auch die beiden Gruppen einfach stehen. Er warf ihm einen letzten Blick zu, mit dem er um Verzeihung bat. Mit gesenktem Kopf verschwand er im Tauchbad.

Verlegen kippelte Leander mit den Füßen, vermutlich eine Unart aus Kindertagen, die merkwürdig bei einem erwachsenen Mann wirkte. Er schaute Tom hinterher, dann Daniel an und wieder zum leeren Treppenabgang, als erwartete er, dass sein Kollege zurückkehrte. Aber er kam nicht. Unsicher blieb er stehen. Ein Ruck ging durch ihn hindurch, als wäre er beinahe Tomasz gefolgt und hätte es sich im letzten Moment anders überlegt.

Daniel fühlte sich, als versuchte eine unsichtbare Hand, seine Eingeweide durch den Bauchnabel herauszuzerren. Seine Wangen brannten, was ihm gehörig stank. Unzählige Augenpaare starrten ihn an, nicht nur die der Besuchergruppen, sondern auch die der archäologischen Mitarbeiter und Studenten, die an der Scheibe des Zelts klebten und verfolgten, was draußen vor sich ging.

Sein Plan war gescheitert.

Plötzlich nahm Leander ihm die Actioncam ab. Er betrachtete sie. Schließlich schnallte er das Stirnband, an dem sie befestigt war, um seinen Kopf und schob die Schutzbrille auf seine Stirn. „Rechnest du mit Blutspritzern?"

4. KAPITEL

„Der Laden hatte ansonsten nur noch eine Helmkamera, aber das hätte noch blöder ausgesehen, und du willst die Cam doch nicht die ganze Zeit in der Hand tragen, wie Paris Hilton ihr Schoßhündchen."

Grinsend holte Leander sein Handy aus der Tasche und hielt es hoch. Er schaltete die Kamera ein und Daniel prüfte seinen PC, auf dem er in diesem Moment selbst zu sehen war, da Leander ihn ansah und somit die Linse auf ihn richtete. Aber nicht nur er. Ein Schwarzer neigte sich von hinten über ihn und starrte auf den Bildschirm.

„Hey! Nicht so neugierig."

„Mich interessiert nur die Technik. Ich war schon da unten und habe das ... den kleinen Leichnam gesehen."

Leander schritt zum Treppenabgang. Ihre Blicke begegneten sich und Daniel nickte ihm dankbar zu. Er nahm sich vor, ihn weniger zu ärgern, aber versprechen konnte er nichts. Der Hospitant reizte ihn, nicht weil er ein wehrloses Opfer war, sondern weil er ihm Kontra gab. Das gefiel ihm.

Daniel drehte den Oberkörper zu dem Fremden hinter ihm um. „Wer sind Sie überhaupt?"

„Abuu Beti." Der ältere Mann zog seine buschigen Augenbrauen mit seinem kleinen Finger nach. „Kulturführer."

„In Köln?"

„Wo dachten Sie denn? In Botswana?"

Entschuldigend hob Daniel beide Hände, nachdem er das Tablet kurz auf seinem Schoß abgelegt hatte. „Sie sehen nicht gerade wie ein typischer Kölner aus."

Beti musterte den Rollstuhl. „Und Sie nicht wie ein typischer Kommissar."

Offenbar besaß der Gruppenleiter eine scharfe Beobachtungsgabe, denn er hatte alles, von Daniels Ankunft und dem Gespräch mit dem Schutzpolizisten bis zu den Diskussionen mit Tomasz, mitbekommen. Daniel konnte nicht anders, als ihn breit anzulächeln. Manche Menschen waren einem einfach sofort sympathisch, und solche, die seinen Sarkasmus spiegelten, sowieso.

Beti schien ebenso wenig beleidigt zu sein, denn er entblößte seine Zähne, die einen Gelbstich hatten. Wahrscheinlich rauchte er. Aber er roch nicht nach Nikotin wie Tom oft, und Daniel schätzte ihn als

Genießer ein, daher tippte er darauf, dass Beti sich hin und wieder eine Pfeife oder Zigarre gönnte.

Während Daniel auf dem Bildschirm verfolgte, wie Leander den Schutz über seine Schuhe zog, die Stufen hinabstieg und durch die Eingangstür trat, fragte er über seine Schulter hinweg: „Wie schlimm ist es?"

„Herzzerreißend."

Sie schwiegen eine Weile.

„Verdammt!" Daniel ballte eine Faust und hieb auf sein Bein. Wie immer spürte er nicht das Geringste. „Als wäre ein toter Erwachsener nicht schlimm genug."

„Ziemlich dumm, nicht wahr? Ich meine", Beti breitete seine Arme aus, „es gibt doch tausend bessere Möglichkeiten, eine Leiche zu verstecken. Man könnte sie in das Fundament des eigenen Kellers einbetonieren oder den Körper klein hacken und in den Häcksler stecken."

Mit großen Augen sah Daniel zu ihm auf. „Eine ziemlich blutige Fantasie für einen alten Mann."

„Alte Knochen, wie ich einer bin, haben schon viel mehr gesehen als ihr Jungen." Gedankenversunken kraulte Beti seine grau melierten Bartstoppeln. Sein Blick war zwar auf das Tablet gerichtet, aber er schien nicht wahrzunehmen, dass Leander sich in der Mikwe umsah und somit die Kamera hin- und herschwenkte. „Schlimme Dinge."

„Schlimme Dinge sind mein Job." So nüchtern, wie es klang, fühlte es sich allerdings nicht für Daniel an. Besonders wenn es um die Hilflosesten der Gesellschaft ging. Es grauste ihn jedes Mal aufs Neue, aber er bemühte sich, seine Emotionen zu unterdrücken, weil sie ihn daran hinderten, klar und rational zu denken. „Der Täter kannte die Mikwe. Er musste sich vorher über die Ausgrabungsstätte informiert haben, um herauszufinden, wann und wie er den Leichnam ungesehen hineinschmuggeln konnte, schließlich ist das Ritualbad nicht ohne Weiteres zugänglich. Nein, nein, dumm war er keineswegs, sondern berechnend."

Beti stützte sich auf den Schiebestangen des Rollstuhls ab, als würde eine schwere Last ihn niederdrücken. „Aber es gibt keinen vernünftigen Grund, warum er sein Opfer hier deponiert hat."

„Doch, den gibt es." Daniel massierte seine Handgelenke, die vom Anheizen seines Choppers leicht brannten. Es schonte die Gelenke nicht gerade, wenn der Bock auf Eisflächen ausbrach. Jedes Mal ging ein Ruck durch ihn hindurch, den Daniel auffangen und ausgleichen musste. „Der Täter wollte, dass die Leiche gefunden wird."

„Welcher Mörder will das schon? Haben nicht alle vor, ihre Tat zu vertuschen?"

„Nicht die Angeber unter ihnen." Abfällig schnalzte Daniel mit der Zunge.

Leander wanderte am Eingang auf und ab, wie ein Löwe in Gefangenschaft, da er sich dem Tauchbecken nicht nähern durfte, solange der Erkennungsdienst seine Arbeit machte. Der Boden vor ihm war mit gelben Spurennummern und Spurensicherungsband, mit dem Faserspuren gekennzeichnet waren, gepflastert. Schließlich blieb er an einem Gitter stehen, hinter dem sich ein Sandquadrat befand.

Daniel zeigte auf den Bildschirm. „Der Killer hat die Leiche ja nicht einmal dort vergraben. Nein, er legte sie ausgerechnet ins Becken – wegen dem die Besucher kommen und das sie sich am genauesten anschauen."

„Aber warum hat er das Wasser dann verschmutzt?", fragte Beti.

Daniel zog seine Brauen hoch. „Hat er?"

„Normalerweise ist es klar. Ich tippe darauf, dass er Sand von dort oben", Beti tippte über Daniels Schulter hinweg auf den Bildschirm, „hineingeworfen hat."

„Hm." Ungeduldig, weil Leander untätig herumstand, tippte Daniel mit den Fingerspitzen auf der Armlehne einen unbestimmten Takt. „Dadurch, dass der Sand nur langsam absinkt, dauert es etwas, bis die Leiche zu sehen ist. Das verschaffte ihm Zeit, um zu flüchten. Er hat sich vermutlich einschließen lassen, damit er den Leichnam deponieren konnte. Um herauszukommen, musste er also warten, bis die nächsten Besucher die Tür wieder entriegelten."

„So könnte es gewesen sein."

„Das wird ein Kinderspiel sein." Als Entschuldigung für diese taktlose Bemerkung warf Daniel ihm einen zerknirschten Blick zu. „Es wird ja wohl eher selten vorkommen, dass eine Person eingeschlossen wird, oder?"

„Die meisten passen auf, und so groß ist die Mikwe ja nicht."

„Wir haben die Aufzeichnung der Überwachungskamera und die Rechtsmedizin wird den Zeitpunkt des Todes bestimmen können."

„Wenn Sie beides abgleichen, haben Sie das Schwein." Begeistert schlug Beti die Handflächen aneinander.

Dadurch knallte es dicht an Daniels Ohr. Erschrocken zuckte er zusammen. Die Menschen dachten nicht daran, dass sich sein Gesicht auf der Höhe ihrer Hüften befand. Direkt vor seinen Augen rollten sie ihre Popel zwischen Daumen und Zeigefinger und kratzten sich im Schritt, weil sie glaubten, niemand bekäme es mit. Daniel musste an sein Gespräch mit Tomasz denken.

„Aber so leicht ist es wohl nicht, oder?"
„So einfach ist es nie."

„Na endlich", hörte Daniel die zwei Gruppen stöhnen. Justus war vom Praetorium eingetroffen und begann, die informatorische Befragung durchzuführen. Er hob seine Hand, um Daniel zu grüßen. Dann nahm er die erste Frau beiseite, damit sie ihre Version der Geschehnisse schilderte.

„War nett, mit Ihnen zu plaudern, Herr Kommissar." Lächelnd tätschelte Beti Daniels Schulter. Er machte einige Schritte auf seine Gruppe zu und kehrte dann doch zu ihm zurück. Bevor Daniel wusste, wie ihm geschah, minimierte er den Kameraausschnitt, rief die Notizfunktion des Tablets auf und tippte eine Handynummer ein.

Insgeheim knirschte Daniel mit den Zähnen, aber es imponierte ihm auch. Der nette ältere Herr kannte sich besser mit der Technik aus als er.

„Falls Sie noch Fragen haben", erklärte Abuu Beti.

„Mein Kollege wird Ihre Kontaktdaten aber auch aufnehmen."

Beti winkte ab. „Ich traue Ihnen mehr zu als denen."

„Normalerweise ist es genau andersherum." Als müsste Daniel ihm in Erinnerung rufen, dass er im Rollstuhl saß, rappelte er an den Armlehnen.

„Sie denken kreativer", sagte Beti und deutete auf den Computer. „Außerdem haben Sie eine andere Sicht auf die Dinge."

Daniel schnalzte mit der Zunge. „Ja, von unten."

„Ich meinte den Blickwinkel eines Kindes. Und genau das braucht man bei diesem Fall." Ohne auf eine Antwort zu warten, stapfte er davon.

Betis Worte berührten Daniel. Sein Mund war plötzlich trocken und er fror. Er zog den Reißverschluss seiner Jacke höher und wünschte sich, er hätte auf Marie gehört, die ihn immer wieder ermahnte, einen Schal umzubinden. Aber richtige Männer trugen keine Schals. Sie tranken keinen Sekt, sondern Bier oder etwas Stärkeres, sie lasen keine Romane mit rosa Cover und zupften sich nicht die Augenbrauen. Ben tat Letzteres seit geraumer Zeit. *Was soll man davon halten?*

Daniel zwang sich, wieder an die kleine Leiche zu denken, denn er wusste, dass seine Gedanken absichtlich abschweiften, weg von dem Grausen. Mit einem Knoten im Magen maximierte er das Bild auf seinem Tablet wieder.

Der Erkennungsdienst gab Leander ein Zeichen, dass er endlich zum Ritualbecken hinabsteigen durfte. Zumindest so weit, wie sie die Spuren bereits gesichert hatten. Stück für Stück arbeiteten sie sich vor. Gründlich wie sie waren, kamen sie im Schneckentempo voran.

Als Leander sich zum Abstieg begab, ruckelte das Kamerabild. Ein, zwei Sekunden lang brach die Verbindung ab. Schließlich war sie wieder da. Im ersten Moment war das Bild noch verzerrt.

Rasch griff Daniel zu seinem Handy und rief seinen jungen Kollegen an. „Nicht so schnell. Beweg dich langsamer."

„Ich bin nur nervös. Anders als Tomasz, habe ich den Leichnam noch nicht gesehen."

„Und ich dachte schon, du hättest Angst, Prinzessin Leia." Absichtlich frotzelte Daniel, um Leander von dem Grauen, das sich offenbar in ihm aufbaute, abzulenken. „Durch die forensische Lichtquelle wirkt die Mikwe gruselig, nicht wahr?"

Der Erkennungsdienst setzte das Licht ein, weil er mit einer großen Anzahl von Spuren rechnete. Zudem waren die Oberflächenstrukturen am Tatort als schwierig zu bezeichnen und stark verunreinigt. Die spezielle Funktion der Lampe jedoch machte Beweisstücke fluoreszierend sichtbar und half dort, wo Kontrastpulver oder Ninhydrin, mit dem Schweißrückstände sichtbar gemacht wurden, versagten.

„Ganz im Gegenteil! Es ist faszinierend, dort zu gehen, wo im achten Jahrhundert schon Menschen gegangen sind. Kennst du die Mikwe etwa nicht?"

Statt zu antworten, murrte Daniel nur, denn er konnte sich denken, worauf er hinauswollte.

„Du bist doch Kölner. Solltest du da nicht ..."

„Ja, ja, schon gut." Kultur fiel in Maries Ressort. Er selbst besuchte nur eine uralte Stätte in der Domstadt und das war die Eckkneipe *Zum stolzen Römer*. Zumindest vor seinem Sportunfall, durch den er einen Wirbelkörperbruch im unteren Brustwirbel erlitt. Vielleicht sollte er sie mal wieder aufsuchen. Nach diesem Einsatz würde er dringend einen Schnaps brauchen.

Leander blieb auf der obersten Stufe der Treppe stehen und schaute in die Tiefe. Dort unten im Wasser war ein kleiner Körper zu erahnen. Aber das Bild auf dem Tablet war nicht scharf genug, als dass Daniel hätte Genaueres erkennen können. Außerdem sah Leander zu abrupt weg. Das Bild fror einen Atemzug lang ein. Danach gab es bei der Übertragung intervallartige Verzögerungen, von denen Daniel Kopfschmerzen bekam. Immer, wenn der Fotograf eine Aufnahme machte, blitzte es wie bei einem Gewitter. Er trat zur Seite, damit Leander auf der engen Treppe an ihm vorbeikam, und wartete darauf, die Leiche abzulichten, nachdem sie geborgen worden war.

Daniel spürte die bedrückende Atmosphäre, obwohl er nicht einmal selbst dort unten war. Schnee bedeckte die Glaskuppel über der Mikwe. Kein Tageslicht drang hinein. Die Treppe, die außen am Schacht entlangführte, war schmal. Die Wände schienen immer näher zu kommen, je tiefer Leander hinabstieg, was vielleicht am Lichteinfall oder an der steigenden Nervosität lag. Es war merkwürdig, durch die drei Fensteröffnungen mit Rundbögen nicht ins Freie, sondern lediglich in den Schacht blicken zu können. Das verstärkte den Eindruck, diesen Ort nie wieder verlassen zu können.

Emsig glätteten die Kollegen vom Erkennungsdienst Spurfix- und Gelatine-Folien, um materielle und biologische Spuren zu sichern. Sie pinselten jeden Zentimeter der Wände mit Rußpulver ab, besprühten sie mit Ninhydrin und fanden unzählige Fingerabdrücke. Bei den Schuhabdrücken auf dem Boden sah es nicht besser aus. Er herrschte Chaos! Es waren einfach zu viele, die sich zudem überlappten. Die Apotheker-Briefchen, Pergamintüten und Plastikbeutel in ihren Koffern füllten sich immer mehr. Mithilfe von Luminol und Schwarzlicht suchten sie nach Blutspuren, gaben letztlich auf und nahmen eine Wasserprobe. Schließlich machte sich einer von ihnen auf, einen Spaten aus dem Auto zu holen, um damit den Sand am Eingangsbereich umzugraben, während der andere die Spurensuche am Beckenrand fortsetzte.

Tomasz stand auf der untersten Stufe und zeichnete eine Tatortskizze in seinen Notizblock. Das half ihm dabei, sich in den Täter zu versetzen.

Üblicherweise sprachen sie dabei über ihre Theorien, doch Daniel musste sich diesmal mit Leander begnügen. „Der Mörder hat ein ziemlich großes Ego."

Erschrocken zuckte Leander zusammen. Er brauchte einen Moment, um sich zu sammeln. Noch immer betrachtete er eingehend den Raum, aber nicht das Opfer. „Ja, er glaubt, wir kämen ihm nicht auf die Schliche, sonst hätte er sich einen unauffälligeren Ort ausgesucht."

„So wird man nicht von heute auf morgen." Während Daniel seine Handflächen aneinanderrieb, blies er dagegen. Trotz seiner Lederhandschuhe fror er inzwischen. Er stand schon zu lange auf derselben Stelle. Selbst den verdammten Schal wünschte er sich in diesem Augenblick. „Ich vermute schwer, dass er weitere Verbrechen begangen hat, wahrscheinlich sogar Morde."

„Und ist bisher immer damit durchgekommen", führte Leander den Satz zu Ende. „Er muss antisemitische Gründe haben. Etwas anderes kann ich mir nicht vorstellen."

„Ob das Opfer Jude ist, können wir erst feststellen, nachdem wir seine Identität geklärt haben. Aber wer auch immer es getötet hat, wollte auch diesen Ort beschmutzen."

Die Kamera schwenkte herum, das Bild verschwamm. Wieder bewegte Leander seinen Kopf zu hastig. „Ich sehe keine Kratzspuren am Rand des Beckens, keine Kampfspuren und auch kein Blut, nicht einmal im Wasser."

„Ziehe keine voreiligen Schlüsse", warf Tom ein. Er blickte kurz in die Kamera und zog einen Mundwinkel hoch, was Daniel auf sich bezog. „Lass die Forensik erst die Spuren auswerten."

Es überraschte Daniel selbst, aber er schlug sich auf die Seite des Hospitanten. „Auch für mich sieht es so aus, als wäre dies ein sekundärer Tatort."

„Das Kind ist woanders getötet und hier abgelegt worden. Wozu der Aufwand?", fragte Leander mit belegter Stimme.

„Der Täter wollte, dass sein Opfer gefunden wird." Daniel winkte Abuu Beti zu, der endlich gehen durfte und erleichtert schien. „Ähnelt der Fall vielleicht anderen in letzter Zeit? Erinnerst du dich an was? Kommt dir das Vorgehen zufällig bekannt vor?"

„Nein, aber ich werde das prüfen." Da Leander einen Frosch im Hals zu haben schien, musste er sich erst räuspern, bevor er weitersprechen konnte. „Es könnte auch eine Warnung an jemanden aus der jüdischen Gemeinde sein. Oder an alle Mitglieder."

Die Rechtsmedizin traf ein, musste aber noch warten, weil die Spurensicherung noch nicht fertig war. In Gedanken sah Daniel die Kollegen bereits den Körper vorsichtig und sorgsam bergen und abtransportieren, ohne Spuren zu zerstören. Sie würden ihn in den gekachelten und nach Desinfektionsmittel stinkenden Sektionssaal bringen, auf einen Edelstahltisch legen, aufschneiden und seine Organe entnehmen, wie ein Angler einen Fisch zum Entgräten.

Das ist nicht richtig, dachte Daniel bitter. *Der Junge oder das Mädchen gehört in die Arme seiner Mutter und seines Vaters.*

Sein Geduldsfaden riss. „Sieh dir endlich die Leiche an!"

Ruckartig richtete Leander die Actioncam auf das Tauchbecken. Daniel hörte seine Atemzüge durch das Handy.

Der Sand war weit abgesunken, das Wasser fast vollkommen klar. Die Hämatome wirkten auf dem kleinen blassen Körper auffällig groß, als hätten Pranken ihn herumgestoßen. Obwohl das Gesicht des Kindes nach unten zeigte, fiel der längliche Schnitt an der Kehle auf. Aber ob er die Todesursache war, blieb abzuwarten. Die dünnen Arme lagen an den Seiten und die Beine waren angewinkelt. Beides war mit einem Seil fixiert, das einige Male um die Leiche geschlungen war.

„Das Kind hat sich nicht gewehrt, sonst hätte der Täter es nicht so akkurat verschnüren können." Daniels Stimme war nur ein Flüstern. Sein Brustkorb wurde eng, denn er stellte sich vor, dass die letzte Person, die über die kurzen schwarzen Haare des Kindes gestreichelt hatte, sein Mörder gewesen sein könnte. „Es muss zu diesem Zeitpunkt schon tot gewesen sein."

Leander schwieg.

Immerhin war es nicht qualvoll ertränkt worden, diese Gewissheit baute Daniel nicht sonderlich auf.

„Wie die Nadel im Heuhaufen!", fluchte eine Stimme aus dem Off, die durch den Mundschutz gedämpft klang. „Zu viele Spuren verdecken oft die relevanten Hinweise."

Daniel wusste nicht, ob der Kollege vom Erkennungsdienst mit Leander redete oder Selbstgespräche führte. Der Hospitant reagierte jedenfalls nicht. Stumm starrte er auf das Tauchbecken. Die Kamera bewegte sich keinen Millimeter, als stände sie auf einem Stativ.

„Oh mein Gott!", stieß Leander schließlich hervor. Er schritt die restlichen Stufen schnell hinab und hockte sich an den Beckenrand, sodass Daniel schon befürchtete, er würde die Leiche aus dem Wasser heben und an seinen Oberkörper drücken. „Der arme Junge."

Plötzlich fiel Daniel etwas ins Auge. Er hob das Tablet näher an sein Gesicht heran. „Das ist kein Junge."

„Was redest du da?"

„Kinder haben keine Schambehaarung." Er hatte das Gefühl, das Opfer zu entwürdigen. Aber da der Leichnam auf der linken Seite lag, leicht nach vorne gekippt, konnte er direkt zwischen die Beine schauen. „Bei dem Opfer handelt es sich um eine Frau."

5. KAPITEL

Marie konnte nicht aus ihrer Haut. Immer, wenn Daniel unterwegs war, machte sie sich Sorgen um ihn.

Dabei ging es ihr nicht allein darum, dass er von einem Auto angefahren werden könnte, weil ein Fahrer ihn in seinem Rollstuhl übersah. Sondern sie befürchtete noch mehr, er könnte emotional verletzt werden. Das hätte verheerende Folgen. Er würde sich wieder in sein Schneckenhaus zurückziehen. Seine Seele trug Narben, die noch so frisch waren, dass sie jederzeit wieder aufreißen konnten.

Sie streifte ihre Lammfellhausschuhe ab, legte ihre Beine auf die Couch und nippte an ihrem Glas spanischem Rotwein.

Woher diese Mütterlichkeit kam, konnte sie nicht sagen, denn ihre eigene Mutter war eine Katastrophe. Irene Bast hatte sie mit Härte erzogen, nicht mit Wärme. Glücklicherweise hatte das nicht dazu geführt, dass Marie selbst so unterkühlt geworden war. Das Gegenteil war eingetreten. Sie hatte so viel Liebe zu geben! Bedauerlicherweise war selten jemand da, dem sie sie schenken konnte.

Sie strich zärtlich über das Schwarz-Weiß-Foto des Jungen im *Kölner Stadtanzeiger*. Sein Namen stand darunter. Timmy Janke. Sein Pony hatte vorne ein Loch, als wäre der Versuch, sich selbst die Haare zu schneiden, schiefgegangen. Liebevoll drückte er ein Kaninchen an seinen Hals.

Timmy war tot. Vergewaltigt und erdrosselt von einem der Bewohner aus dem berüchtigten Haus mit der Nummer 13.

Als die Wohnungstür aufschwang, sah Marie auf. Von ihrem Platz im Wohnzimmer aus konnte sie in den Flur schauen. Die Räder des Rollis knirschten auf dem Laminat. Vermutlich klebte Streusalz und -sand an ihnen.

„Hola." Daniel warf seine Handschuhe auf Maries Bücher, die auf dem Schuhschrank standen, wie auch sonst überall im Apartment.

Grüßend hielt sie ihr Glas hoch. Sie ließ die dunkelrote Flüssigkeit einladend rotieren. Die Tageszeitung knisterte, als sie sie auf ihren Schoß legte. „Hola."

Es hatte einige Zeit gedauert, aber inzwischen hatte sie ihn dazu erzogen, als Erstes, wenn er hereinkam, die Räder abzuwischen und Schoner aufzuziehen. Vorher war sie mit dem Wischen nicht nachgekommen. Den Haken, den sie in Sichthöhe von ihm angebracht hatte, hatte er einige Wochen lang ignoriert. Doch irgendwann hatte er seine

Scham abgelegt und hängte seine Jacke auf den „Kinderhaken", wie er ihn nannte, statt sie über den Schirmständer zu legen.

Selten kehrte Daniel im Dunkeln heim wie an diesem Abend. Er wurde nicht oft vom Polizeipräsidium angefordert und stets als Erster in den Feierabend entlassen. Er hasste diese Sonderstellung, aber Marie genoss es, weitaus mehr Zeit mit ihm zu verbringen als vor seinem Freizeitunfall. Seine Querschnittslähmung hatte also auch etwas Gutes.

Sie spülte ihr schlechtes Gewissen über diesen egoistischen Gedanken mit einem Schluck Syrah hinunter. Das kräftige, aber samtige Beerenaroma schmeichelte ihrer Kehle. Der Alkohol wärmte ihren Magen und ihre Seele. Letzteres hatte sie nötig, denn sie fühlte sich aus dem Gleichgewicht geraten.

Daniel löste die Taschen, in denen er seine eigenwillige Ermittlerausrüstung bei sich trug und die an den Armlehnen und unter dem Sitz befestigt waren, und stellte sie auf den Boden. Mit geröteten Wangen kam er zum Sofa. Er arretierte seinen Bock und hievte sich neben Marie auf die Couch. Lächelnd zog er sie in seine Arme und küsste sie, etwas, das er im vergangenen Herbst noch nicht getan hätte, weil er sich ihrer nicht wert fühlte.

Sie schmeckte Schnaps und wunderte sich darüber. „Einen anstrengenden Tag gehabt?"

„Hab die ganze Zeit nur rumgesessen", scherzte er mit einem Blick auf seinen Chopper.

„Du siehst erschöpft aus." Besorgt rieb sie über die dunklen Stoppeln auf seiner Wange. Obwohl er sich jeden Morgen akribisch rasierte und seinen Henriquatre stutzte, hatte er schon wieder einen Bartschatten. „Vielleicht ist der Job doch zu anstrengend für dich."

„Nicht der Job, sondern der aktuelle Fall. Wir dachten die ganze Zeit, wir hätten eine Kinderleiche gefunden. Das geht an die Nieren. Jedes Mal aufs Neue. Aber es stellte sich heraus, dass es eine zierliche junge Frau war, was es zwar nicht besser macht, aber na ja, du weißt schon." Seufzend legte er seine Schiebermütze ab und fuhr mit gespreizten Fingern durch seine Haare, die am Kopf klebten. „Ich habe den Schrecken mit Tom im *Stolzen Römer* runtergekippt."

„Du warst in deiner ehemaligen Stammkneipe?" Freudig überrascht weiteten sich ihre Augen. Daher kam also der Schnapsgeschmack. Er hatte sich aus Scham seit dem Unfall nicht mehr dorthin getraut.

„Wieso ehemalig?" Er zwinkerte.

Zufrieden, dass immer mehr Normalität in ihren Alltag zurückkehrte, schmiegte sie sich in seine Arme. Sie bot ihm Rotwein an, aber er lehnte ab.

„Leander wollte nicht mitkommen, sagte, er wäre nicht der Kneipentyp. Geht wohl lieber heim und dreht seine Goldlöckchen auf", spottete er, dann wurde er ernst. „Natalia setzt Tomasz unter Druck. Er arbeitet so viel, dass sie sich kaum noch sehen."

„Will sie ihn etwa verlassen?" Schockiert schüttelte sie den Kopf. Die beiden waren schon seit der Schulzeit zusammen. Aber der Polizeidienst verlangte viel ab, nicht nur den Gesetzeshütern selbst, sondern auch ihren Familien. Die Scheidungsrate war dementsprechend hoch.

Daniel grunzte. „Nein, sie will ein Haus."

„Merkwürdige Ersatzbefriedigung." Als sie sich Wein nachgoss, hielt sie die Flasche zu hoch. Einige Spritzer blieben auf dem Glastisch zurück. Marie wollte aufstehen, um Küchenkrepp zu holen, doch Daniel hielt sie zurück.

„Entspann dich." Sein Arm um ihre Taille war wie ein Schraubstock. Erst als sie ihn sanft boxte, ließ er lockerer. „Ihre Eltern fragen ständig, warum er noch nicht gebaut hat. Jeder Mann würde seiner Frau doch ein Haus errichten. Scheint fast so, als hätten alle mit ihren Schwiegereltern Probleme."

Marie legte ihren Kopf auf seine Schulter, damit er nicht an ihrem Gesicht ablas, wie sehr sie das Thema belastete. Nachdem er einmal mitbekommen hatte, dass ihre Eltern Marie dazu überreden wollten, ihn zu verlassen, weil er als Polizist unter ihrem gesellschaftlichen Niveau und durch den Unfall kein richtiger Mann mehr wäre, war es zum Eklat gekommen. Irene und Rainer Bast hatten sich zwar bei ihm entschuldigt und Daniel hatte ihre Entschuldigung angenommen, doch beides war an Scheinheiligkeit kaum zu ertragen gewesen.

Das gemeinsame Weihnachtsfest war ein Krampf gewesen. Bisher bemühten sich alle drei nicht etwa darum, sich anzunähern, sondern sich aus dem Weg zu gehen. Sie rissen sich einigermaßen zusammen, weil sie einen gemeinsamen Nenner hatten: die Liebe zu Marie. Marie selbst fühlte sich dadurch zerrissen. Sosehr sie sich bemühte, es allen recht zu machen, es klappte nie.

Aus Verzweiflung hatte sie Daniel damals kurz nach dem Vorfall vorgeschlagen, für ihn mit ihren Eltern zu brechen. Zum Glück hatte er das nicht gewollt. Auch wenn Rainer und Irene nicht gerade vor

Gefühl strotzten, Marie war aus ihnen gewachsen. Die Bindung zwischen Kind und Eltern kappte man nicht, ohne Schaden davonzutragen. Das wusste Daniel am besten, denn er hatte seinen Vater Gerald Zucker hinter Gitter gebracht und sich von ihm losgesagt. Laut seiner Mutter Christiane lag darin die Ursache für seinen Sarkasmus.

Die Zeitung rutschte von ihrem Schoß. Marie fing sie auf. Ihr Blick fiel wieder auf das Foto von Timmy. Mit seinem spitzbübischen Grinsen und den vermutlich mit Schokolade verschmutzten Mundwinkeln wirkte er so unschuldig und naiv. Wie mochten seine Eltern mit dem Verlust leben? War der Schmerz jetzt nach vierzehn Jahren ertragbarer oder schlimmer? Marie konnte den Kummer nur ansatzweise nachvollziehen, da sie selbst keine Kinder hatte.

Überraschenderweise spürte sie ein Bedauern, das ihr neu war. Es schwoll zu einem Brennen in ihrem Brustkorb und ihrem Becken an. Lag das vielleicht an der Endgültigkeit?

Sie löste sich so schnell von Daniel, als wären sie plötzlich zwei gleiche magnetische Pole, die sich abstießen. Etwas zu hastig trank sie aus ihrem Glas, sodass sie husten musste. Ihre Wangen glühten vom Alkohol und der Scham über die Distanz, die sie suchte.

„Als ob ein Haus die Probleme zwischen Natalia und Tomasz lösen würde", nahm sie das Gespräch wieder auf. „Dadurch ist sie auch nicht weniger alleine."

„Ein Nest hat nichts mit der Größe zu tun, sondern mit der Wärme darin." Er sah ihr tief in die Augen, während er die Hand an seinen Mund hob, seinen Ehering bis zum Knöchel hochschob und das Tattoo darunter küsste.

Noch immer konnte sie kaum glauben, dass er sich ihren Namen hatte tätowieren lassen. Nun fühlte sie sich noch schuldiger und umarmte ihn so fest, als würden sie auf stürmischer See treiben und sie befürchtete, von ihm fortgespült zu werden.

„Was ist ‚Das Böse in Nummer 13'?" Über ihre Schulter hinweg tippte er auf den Titel des Artikels, den sie aufgeschlagen hatte.

„Hast du noch nichts davon gehört?" Erstaunt sah sie ihn an. Vermutlich war er zu sehr mit seinen eigenen Problemen beschäftigt gewesen. Zudem fielen Sexualdelikte und Kinderhandel in das Aufgabengebiet des Kriminalkommissariats 12. „Ganz Köln regt sich über die Bruchstraße 13 auf. Dort wohnen aus der Haft entlassene Päderasten in einer Art Hausgemeinschaft."

Daniels Augen weiteten sich. Seine Pupillen wurden so groß, dass das Braun seiner Iriden kaum noch zu erkennen war. „Eine WG von Kinderschändern?"

„Nicht ganz. Jeder hat seine eigene Wohnung."

„Oh, wie schön!" Aufgebracht zupfte er an seinem Kinnbart. „Am besten bezahlt der Staat – also wir Steuerzahler – ihnen die Miete für ein komplettes Kranhaus."

„Sie beziehen zwar Hartz IV, aber ansonsten finanzieren sie sich selbst", warf Marie ein. Mit ihrem Blick folgte sie einem seiner schwarzen Barthaare, das er sich unbemerkt ausgerissen hatte und das auf seine Jeans fiel.

Doch Daniel sprach unbeeindruckt weiter: „Dann können Pädosexuelle aus ganz Deutschland nach Köln ziehen."

„Red keinen Unsinn!"

„Die Domstadt als Mekka der Kindf…"

„Daniel!", fiel sie ihm ins Wort und schaute ihn warnend an.

„Warum verteidigst du diesen Abschaum?"

„Tue ich gar nicht." Sie wusste selbst nicht, wie sie darüber denken sollte. Selbstverständlich verurteilte sie die Straftaten aufs Schärfste. Dennoch fand sie Schwarz-Weiß-Malerei falsch, denn niemand, auch nicht die Täter, waren ausschließlich böse. „Aber vor dem Gesetz haben sie ihre Schuld abgegolten, das müsste doch einem Polizisten wie dir klar sein."

„Ihre Opfer werden nicht wieder lebendig." Er verschränkte die Arme vor dem Brustkorb. „Und ihre Familien leiden bis an ihr Lebensende, während die Täter über kurz oder lang auf freien Fuß kommen."

„Du vergisst die Möglichkeit der Sicherheitsverwahrung nach Beendigung der Haftstrafe", erinnerte sie ihn, setzte sich schräg zu ihm und legte ihren Ellbogen auf der Rückenlehne der Couch ab.

„Einige Pädophile fallen aber durchs Netz, weil sie gute Schauspieler sind. Das waren sie schon immer. Bevor sie geschnappt wurden, verkörperten sie den netten Onkel von nebenan, den stets lächelnden Nachbarn, den kinderfreundlichen Bekannten der Eltern, den väterlichen Priester, den verständnisvollen Trainer oder sogar den liebenden Vater. Sie sind Blender! Nicht wenige von ihnen schaffen es, den Psychologen, der ein Gutachten darüber erstellt, ob sie entlassen werden können oder nicht, zu täuschen." Aufbrausend klatschte er einmal in die Hände, was Marie zusammenfahren ließ.

Aus irgendeinem Grund war sie an diesem Abend dünnhäutig. Sicherlich hatte es mit dem Besuch bei ihrer Mutter zu tun. Danach war sie jedes Mal angespannt. Die ganze Zeit über hatte Irene Bast nur davon gesprochen, dass die Tochter ihrer Freundin ein Baby erwartete. Das hatte Marie nicht gutgetan. Da sie ahnte, dass dieses Gespräch hitziger werden würde, trank sie das halbe Glas Syrah auf einmal. „Es gibt Medikamente, die das sexuelle Verlangen unterdrücken."

„Die kann man jederzeit wieder absetzen." Lapidar zuckte er mit den Achseln.

Sie schenkte sich nach, obwohl sie ihr Glas noch nicht geleert hatte, diesmal bis fast zum Rand, was für sie unüblich war. „Oder eine Totaloperation."

Daniel quittierte dies mit einem Stirnrunzeln, schwieg aber dazu. „Die kaum ein Täter machen lässt. Pädophile haben eine fehlgeleitete Sexualpräferenz. Sie fühlen sich ausschließlich zu Kindern hingezogen. Diese Störung kann man nicht heilen."

„Wusstest du, dass einige von ihnen gar nicht sexuell auf Kinder stehen und sich dennoch an ihnen vergreifen?" Als sie ihren Arm wieder auf die Lehne legte, verschüttete sie beinahe den Wein auf dem Sofa. Er stieg ihr langsam zu Kopf. Sie spülte ihre Verlegenheit darüber mit einem weiteren Schluck hinunter.

„Ja, man unterscheidet zwischen Pädophilen und Sadisten. Die erste Gruppe wird von Kindern erregt, die zweite sucht sie sich nur aus, weil sie wehrloser und somit leichter zu manipulieren sind. Es geht ihnen allein um die Ausübung von Macht. Mädchen und Jungen lassen sich eher einschüchtern und verfügbar machen als Erwachsene." Da sie das Glas schon wieder schräg hielt, nahm er es ihr ab und stellte es auf den Tisch.

Trotzig nahm sie es wieder an sich. Sie hatte das Gefühl, mit ihm auf unterschiedlichen Ebenen zu rangeln. Normalerweise gab sie als Erste nach, um einen Streit zu vermeiden, doch heute würde der Sturkopf Zucker bei ihr gegen eine Wand laufen. *Fahren*, korrigierte sie sich bissig. „Das steht auch in dem Artikel. Mir war nicht klar, dass es Unterschiede gibt."

„Beides ist krank!" Er schnaubte und Marie wusste nicht, ob es wegen dem Syrah war oder dem Thema.

„Du sagst es, es sind Krankheiten." Sie wusste selbst nicht, warum sie permanent dagegenhielt. Vielleicht ging es ihr gar nicht um das Haus in Ehrenfeld, sondern etwas anderes brachte sie gegen Daniel auf. „Müssten die Täter daher nicht vielmehr dauerhaft therapiert werden?"

„Für mich gehören sie weggesperrt!"

„Die Bewohner in Nummer 13 haben ihre Haftstrafen abgesessen und sind somit rehabilitiert."

„Deswegen sind sie trotzdem nicht geläutert." Seine Hand wischte durch die Luft. „Sie sind immer noch gefährlich. Tickende Zeitbomben."

„Es ist unfair, alle über einen Kamm zu scheren." Gallensäure stieg in ihren Rachen. Der Spanier bereinigte das Problem. „Es gibt auch einige korrupte Polizisten. Und deshalb kann man doch noch lange nicht behaupten, der ganze Polizeiapparat sei korrupt und nicht mehr zu retten."

„Unfair ist, dass Sexualstraftäter, bei denen das Gericht nachträglich feststellt, dass sie zu lange in Sicherheitsverwahrung gehalten wurden, eine Entschädigung zugesprochen bekommen. Die sollten nicht auch noch Geld für ihre Verbrechen bekommen." Daniel zog sich die Turnschuhe von den Füßen und schleuderte sie zu Boden.

„Sie haben ein Grundrecht auf Wahrung ihrer Menschenwürde wie jeder andere, ebenso das Recht auf Freiheit." Überrascht bemerkte sie, dass die Flasche zu drei Vierteln leer war. Wann hatte sie das alles getrunken?

„Okay, gehen wir davon aus, dass es sich um eine Krankheit handelt." Er legte seine Handflächen aneinander, als wollte er sie bitten, endlich einsichtig zu sein. „Dann ist sie unheilbar, Marie. Deshalb dürften die Täter nie wieder aus der forensischen Psychiatrie entlassen werden."

„Was weitaus mehr Geld kosten würde, als ihnen Arbeitslosengeld zu zahlen", schlug sie ihn mit seinen eigenen Waffen. Sie feierte ihren kleinen Triumph, indem sie weiter Beerensaft schlürfte. „Die Päderasten gelten vor dem Gesetz als resozialisiert. Wie kannst du das als Hauptkommissar anzweifeln?"

Er knirschte mit den Zähnen. „Gesetz und Gerechtigkeit sind nicht immer ein und dasselbe."

„Liegt nicht Gerechtigkeit im Auge jedes Einzelnen?", fragte sie scharf und blinzelte ihn an. „Wie auch immer man darüber denkt, das Pilotprojekt der ehemaligen Gefängnisinsassen in der Nummer 13 scheint zu funktionieren. Keiner von ihnen ist seit der Entlassung wieder straffällig geworden."

„Soweit man weiß."

Marie wusste, was er damit andeuten wollte. „Das hätte man mitbekommen. Sie werden auf Schritt und Tritt verfolgt. Die Nachbarschaft hat eine Bürgerinitiative gegründet. Das Gebäude wird regelmäßig mit Schmähsprüchen besprüht und die Fensterscheiben werden eingeworfen. Neulich flog sogar ein Molotowcocktail in den Hausflur, aber es ist zum Glück nichts passiert. Findest du dieses Verhalten fair?"

Widerwillig schüttelte er den Kopf. „Feuer bekämpft man nicht mit Feuer. Aber die Menschen haben nur Angst um ihre Kinder."

„Wo sollen die Täter denn hin?" Unentwegt drehte sie ihren Ehering. Er schien ihr plötzlich zu eng. „Überall werden sie ausgegrenzt. Sie werden bespuckt und verprügelt. Kein Vermieter will sie aufnehmen."

„Einer schon." Daniel zog den Kragen seines Pullovers nach unten. Vermutlich war ihm heiß, weil er sich aufregte. „Der von Nummer 13."

„Das ist der Bruder eines der Bewohner. Auch ihm wird seitdem die Hölle heißgemacht." Eigentlich hasste Marie es zu streiten. Erst recht mit Daniel. Sie bemühte sich stets um Harmonie. Doch heute hatte sie keine Lust dazu, einzulenken. Eher das Gegenteil war der Fall. Sie genoss die hitzige Diskussion und goss Öl in die Glut. „Jeder hat eine zweite Chance verdient. Genau deshalb hast du doch um deine Stelle im KK 11 gekämpft. Weil man dich aufgeben wollte, nachdem du in den Rollstuhl gekommen warst. Die Straftäter wurden von der Gesellschaft auch abgeschrieben, doch Menschen können sich ändern."

Daniel neigte sich vor, stützte sich mit den Ellbogen auf seinen Oberschenkeln ab und fuhr sich mit den Händen durchs Gesicht. „Das ist wohl kaum zu vergleichen."

„Weil die Meinung von Hauptkommissar Zucker die einzig wahre ist?", spie sie giftig.

Seufzend lehnte sich Daniel zurück, legte seine Arme auf der Rückenlehne ab und musterte sie intensiv. „Warum bist du heute Abend so stachelig?"

„Ich gebe lediglich ausnahmsweise mal nicht klein bei." Sie leerte ihr Glas und goss sich den in der Flasche verbliebenen Wein ein, obwohl ihre Sicht schon verschwamm.

Mit einem Kopfnicken deutete er auf die Zeitung in ihrem Schoß. „Warum stellst du dich auf die Seite der Täter, wo du doch ständig das Foto dieses Jungen streichelst?"

Er hatte recht. Sie hatte es unbewusst gemacht und hörte nun verlegen damit auf, weil es mehr über ihr Innenleben verriet, als ihr lieb war. Der *Kölner Stadtanzeiger* entglitt ihr. Er fiel zu Boden und sie ließ ihn dort liegen, weil sie befürchtete, dass ihr schwindelig werden würde, wenn sie das Tagesblatt aufhob.

Daniel tat es stattdessen, eine Arbeitsteilung, die ungewöhnlich war, da sie normalerweise auf Ordnung bedacht war. Mit dem Artikel nach oben legte er es auf den Tisch. „Versetz dich doch mal in die Lage der Eltern."

Zu der eben noch empfundenen Empathie war sie nicht mehr fähig. Schuld trug nicht nur der Alkohol, sondern auch starke persönliche Gefühle, die sie blockierten. „Lass es gut sein, Daniel."

„Ihr Kind wurde missbraucht und getötet." Jedes Argument untermauerte er mit einem Schlag auf das Foto neben dem von Timmy. Es zeigte das Haus Nummer 13 in der Bruchstraße. „Sie liebten es wie nichts anderes auf der Welt. Sie waren dafür verantwortlich, dass ihm nichts geschieht. Trotz ihrer Fürsorge wurde es ihnen genommen."

„Ich will nicht weiter darüber reden." Sie stellte ihr Glas so hart auf die Tischplatte, dass sie Angst hatte, den Stiel abgebrochen zu haben, doch er war intakt.

Behutsam rieb er über ihre Schulter. „Du bist doch sonst so einfühlsam."

„Ich habe zu viel getrunken." Sie reagierte nicht auf seine Berührung.

Er nahm seine Hand weg. „Neben dem Verlust nagt auch noch die Schuld an ihnen, weil sie glauben, sie hätten nicht gut genug auf ihren Nachwuchs aufgepasst."

„Von so etwas habe ich keine Ahnung." Es ging Marie längst nicht mehr um die Pädophilen. „Ich habe ja nicht einmal ein Haustier."

„Das ist doch nicht dasselbe."

Natürlich war es das nicht. Das Kind war schließlich aus den Eltern entstanden. Eine Mutter hatte zudem ihr Kind neun Monate unter ihrem Herzen getragen. Sie hatte die Windeln des Babys gewechselt, bei seinen ersten Worten feuchte Augen bekommen und applaudiert, als es seine ersten Schritte machte. Bockig zuckte sie mit den Achseln.

„Stell dir den Schmerz der Mutter und des Vaters vor. Sie werden ihren Jungen oder ihr Mädchen nie wiedersehen."

Marie wischte sich Schweißperlen von der Stirn. Sie fühlte sich fiebrig, als wäre eine Grippe im Anmarsch. „Ich habe meine eigenen Probleme." Lallte sie etwa?

„Was ist, wenn der Junge …"

„Timmy Janke", klärte Marie ihn auf. Er hatte den Artikel ja nicht einmal gelesen. Warum ließ Daniel es nicht bleiben? Diese Rechthaberei ging ihr gehörig gegen den Strich. Es gab Charakterzüge an ihm, die sie nicht ausstehen konnte.

„Wie würde es dir ergehen", wiederholte Daniel, „wenn Timmy dein Junge wäre?"

Plötzlich sah Marie rot. Sie zischte: „Ich werde nie eigene Kinder haben!"

Daniel stutzte. Langsam veränderte sich sein Gesichtsausdruck. Er ließ seine Schultern sinken. Offensichtlich verstand er, was in ihr vorging. „Nicht mit mir. Nein, das nicht." Seine Stimme hatte jegliche Kraft verloren. „Aber du wirst dieses Jahr erst dreißig."

Auf was wollte er damit anspielen? Dass sie sich nach einem neuen Mann umgucken könnte? Ihr war diese Option bewusst. Er hatte sie bereits nach seinem Unfall darauf hingewiesen und ihre Eltern hatten ihr ebenfalls öfters den Ratschlag erteilt, ihr Leben noch einmal neu auszurichten. „Lass uns nicht darüber reden, denn da gibt es nichts zu reden. Die Dinge sind, wie sie sind. Worte ändern gar nichts. Ich bin betrunken und gehe jetzt ins Bett."

Sie murmelte eine Entschuldigung und ließ offen, ob sich diese auf ihr aggressives Verhalten bezog oder auf die Tatsache, dass sie vor ihm floh und wusste, dass er nicht schnell genug folgen konnte. Bevor er sich auch nur von der Couch in seinen Rollstuhl schwingen konnte, schloss sie sich bereits im Bad ein, um sich zu übergeben.

6. KAPITEL

Als Daniel in die Bruchstraße einbog, konnte er kaum glauben, dass Fuchs ihn an diesem Vormittag ausgerechnet nach Ehrenfeld schickte, an den Ort, über den er mit Marie am Vorabend noch so heftig diskutiert hatte.

Noch immer steckte ihm das Ende des Gesprächs in den Knochen. Die halbe Nacht lang hatte er mit offenen Augen im Bett gelegen und die Zimmerdecke angestarrt. Dass Marie ebenfalls wach lag, hatte er an ihren ungleichmäßigen Atemzügen erkannt, obwohl sie ihm den Rücken zugewandt hatte.

Er hatte nicht einmal gegrübelt, sondern sein Kopf war vor Gram leer gewesen. Es gab nichts, worüber er nachdenken konnte. Offenbar wünschte sich Marie ein Kind. Aber das konnte er ihr nicht schenken, selbst wenn die Hölle zufror und Ostern und Weihnachten auf ein und denselben Tag fielen.

Nachdem feststand, dass er ab der Hüfte abwärts querschnittsgelähmt war und sich dieser Zustand niemals wieder bessern würde, hatte sie, die Sanftmütige, um ihn gekämpft wie eine Löwin. Sie hatte gesagt, sie wollte die Ehe mit ihm aufrechterhalten und ihr Leben mit ihm teilen. Dass sie niemals Kinder von ihm haben könnte, hielt sie nicht davon ab, bei ihm zu bleiben.

Er glaubte nicht, dass sie im Herbst vergangenen Jahres gelogen hatte, aber die Dinge änderten sich manchmal. Inzwischen war Ruhe eingekehrt, er arrangierte sich langsam mit seinem Feuerstuhl und ging den Alltag wieder an. Marie konnte sich wieder mehr auf sich selbst konzentrieren, zumal Benjamin, der bei ihnen wohnte, zurzeit im „Urlaub" war, so nannten es alle, weil sie sich schämten, die Wahrheit auszusprechen. Dabei hatte sie wohl festgestellt, dass es ihr doch etwas ausmachte, nie Mutter zu sein. Er machte ihr keine Vorwürfe, sondern verstand sie. Auch ihm bereitete es Kummer, nie „Papa" aus einem Kindermund zu hören.

Leander, der schon zwei Hauseingänge weiter war, blieb stehen und wartete auf ihn. „Hast du nicht genug Spinat gefrühstückt, Popeye?"

„Werd mal nicht frech, sonst demonstriere ich dir, wie ich meinen Rolli als Rammbock gegen GeoGod eingesetzt habe."

„Ich kann dich auch schieben, falls dem alten Mann die Kraft ausgeht."

„Wag es ja nicht!", warnte Daniel ihn und holte auf.

Sie befanden sich auf der Straßenseite mit den geraden Hausnummern. Als sie in Höhe der Nummer 13 ankamen, rollte Daniel aus und betrachtete es eingehend. Das Gebäude kannte er schon von dem Foto, das neben dem Artikel, den Marie gestern aufgeschlagen hatte, und dem Bild von Timmy abgedruckt worden war. Lag es an den tief hängenden Regenwolken oder sah das Gebäude real ebenso düster aus?

Eine der Fensterscheiben im Erdgeschoss war herausgebrochen. Man hatte das Loch notdürftig mit einem Karton zugeklebt. Graffiti auf den roten Backsteinen schimmerten durch die Farbe, mit der man versucht hatte, sie zu überdecken, vermutlich weil sie nicht abzuwaschen waren. Die gesprayten Proteste waren identisch mit denen auf den Pappschildern der zwei Männer und Frauen, die auf dem Bürgersteig auf und ab schritten und ihre Meinung lautstark kundtaten.

„Verpisst euch, ihr kranken Schweine!"

„Hier wohnen Kinderschänder!"

„Kinderficker haben keine Rechte!"

„Ihr seid Abschaum!"

„Wir wollen keine Perversen in der Bruchstraße!"

„Wir fordern ein sauberes Viertel!"

Efeuranken bedeckten große Teile der Front. Sie erinnerten Daniel an die Haare eines Teenagers, der sein wahres Gesicht hinter einem langen Pony verbarg, sodass man nicht sehen konnte, ob er sich gerade ins Fäustchen lachte oder die Zähne fletschte.

„Hast du schon von dem Haus der Pädosexuellen gehört?" Mit einem Kopfnicken deutete Daniel auf das einzige Backsteingebäude in der Nähe. Während die angrenzenden Fassaden längst renoviert und mit hellen Klinkern versehen worden waren, siechte die Nummer 13 dahin und stach heraus.

„Nicht unser Ressort." Leander winkte ab, drehte dem Haus mit der Unglücksnummer den Rücken zu und trat in das gegenüberliegende ein. „Wir haben genug eigene Fälle. Hier entlang, Meister Yoda."

Überrascht über Leanders loses Mundwerk, schaute er ihm hinterher. „Yoda?"

„Du reichst mir bis zur Hüfte und bist clever. Ein Laserschwert besitzt du zwar nicht, wohl aber Rollstuhltaschen voll beeindruckender Ausrüstung. Außerdem kämpfst du gegen das Böse da draußen und den Verräter im Rat der Jedi-Ritter." Amüsiert hielt Leander, der damit auf Daniels Disput mit dem Kriminaldirektor anspielte, ihm die Tür auf.

„Deine gute Laune ist ja toll, aber sie wird dich früher oder später in Schwierigkeiten bringen." Daniel knurrte, aber eigentlich war er froh, dass sein Kollege ihn von den düsteren Gedanken um Marie ablenkte. Wahrscheinlich hatte Leander sich all die Vergleiche ausgedacht, weil er ihn manchmal mit dem weiblichen Kosenamen foppte. „Eher früher."

Geschickt überwand Daniel die einzelne Stufe am Eingang, indem er seinen Schwerpunkt verlagerte und die Balance hielt, etwas, das er dank seines Trainers inzwischen gelernt hatte. Eigentlich brachte er ihm Kampftechniken für Rollstuhlfahrer bei. Er zeigte ihm sowohl Martial-Arts-Griffe als auch, wie er seinen Bock als Waffe einsetzen konnte. Daniel stand noch ganz am Anfang, aber es machte ihm Spaß, im Rahmen seiner Möglichkeiten endlich wieder körperlich aktiv zu sein.

Als die Tür hinter ihm zufiel, hörte Daniel die Protestierenden nur noch gedämpft. Die permanente Lärmbelästigung musste die ehemaligen Gefängnisinsassen schier verrückt machen, zumal sie sofort verbal attackiert werden würden, sobald sie heraustraten. Wenn sich ihre Familien nicht bereits durch die Verurteilung von ihnen abgewandt hatten, taten sie es spätestens jetzt, um nicht ebenfalls ins Visier der Pädophilen-Hasser zu geraten. Ihre Haftstrafe hatten sie zwar abgesessen, doch die Abstrafung ging weiter. Wahrscheinlich war dieses Los für die Verurteilten in der Gemeinschaft leichter zu ertragen. Und wo sollten sie auch hin? Nirgendwo waren sie gerne gesehen.

Während Daniel mit Leander im Aufzug in die vierte Etage fuhr, fragte er: „Gibt es schon Neuigkeiten über die Frauenleiche im jüdischen Ritualbad?"

„Keine Ahnung. Ich bin ja nicht in der Mikwe-Soko, sondern bei dir." Leander verzog sein Gesicht und lockerte seinen Schal. „Wahrscheinlich war EKHK Fuchs dem Irrglauben erlegen, wir beide würden uns gut verstehen, weil ich das mit der Actioncam für dich gemacht hatte."

Daniel grunzte. „Er hat dich wohl eher als Aufpasser mitgeschickt. Diese Befragung hätte ich gut alleine hinbekommen. Aber wahrscheinlich hat Voigt das Füchschen instruiert: ‚Lass den Krüppel nicht auf die Menschheit los, den nimmt niemand ernst.' Vielleicht hat er auch gesagt: ‚Der Zucker baut nur Mist, jemand muss ihm auf die Finger schauen.'"

„‚Und er macht, was er will', zum Beispiel eigenmächtig an Tatorten auftauchen und sich von der Presse ablichten zu lassen, als wäre er der Starermittler." Entschuldigend zuckte Leander mit den Achseln. „Diplomatie ist nicht dein Ding, was?"

Nun gut, ein Teil seines Plans war nach hinten losgegangen, denn die Tagesblätter hatten zwar in den heutigen Ausgaben darüber berichtet, dass der „Kommissar im Rollstuhl" wieder im Einsatz wäre. Gleichzeitig hatten sie sich aber über ihn lustig gemacht, weil er mit seiner Krüppel-Harley nicht einmal an den Ort des Verbrechens herankam, sondern draußen bleiben musste. Das hatte wehgetan.

Der zweite Teil des Plans war sogar vollkommen gescheitert. Statt zu erzwingen, am Mikwe-Fall mitzuarbeiten, hatte der Erste Kriminalhauptkommissar ihm aufgetragen, einer neu hereingekommenen Meldung nachzugehen. Die Anruferin war bettlägerig und konnte nicht aufs Revier kommen, um eine Aussage zu machen, daher der Hausbesuch. Wie sie einen Mord beobachtet haben wollte, war Daniel schleierhaft. Vermutlich sah der Strippenzieher hinter dem Ganzen, Voigt, das ähnlich und hatte ihn darauf angesetzt, weil er nur heiße Luft hinter dem Anruf vermutete.

Um zu bekräftigen, dass er im Rang über Leander stand, drängte sich Daniel vor dem Hospitanten aus dem Lift und klopfte an die Wohnungstür.

Nach einem Moment öffnete eine Frau mittleren Alters. Trotz ihrer Körperfülle trug sie ein rosa Trägerkleid und weiße Pumps. Wärme und der Gestank von abgestandener Luft drangen aus dem Apartment in den Flur. „Ja, bitte?"

„Die Kriminalkommissare Zucker und Menzel", kündigte Daniel sie an, aber es war Leander, der über seine Schulter hinweg Dienstausweis und Marke vorzeigte. „Sind Sie Frau Elisabeth Hamacher?"

„Das ist meine Mutter. Wir wohnen zusammen." Sie lächelte entschuldigend. Immer intensiver strich sie mit ihren Fingernägeln über das Muttermal auf ihrem Oberarm. Es hatte die Größe einer Ein-Euro-Münze. „Ich pflege sie. Mein Name ist Gitte Hamacher."

Ungeduldig, da die Blondine sie nicht hereinbat, trommelte Daniel auf seiner Armlehne. „Dürfen wir reinkommen und mit ihr sprechen? Sie hat uns am Morgen einen Mord gemeldet."

Die Frau lief hochrot an. Nervös spielte sie mit den weißen Plastikkugeln an ihrer Kette. Sie verlagerte ihr Gewicht von einem Fuß auf den anderen. „Das war schon gestern."

Daniel schnaubte. „Und dann melden Sie das erst heute?"

„Sie hat es mir erst in der Früh erzählt. Gestern war sie außer sich. Sie hat getobt. Das macht sie öfters. Ich wusste ja nicht, was los ist. Dachte, das wäre einer ihrer Anfälle. Deshalb gab ich ihr Beruhigungstropfen. Wohl ein paar zu viele. Sie schlief sehr lange. Danach war sie noch eine ganze Weile benebelt." Sie wischte mehrmals mit den Handflächen über ihr Kleid. „Aber ich habe sofort angerufen, als ich davon erfuhr."

Daniel verlor seine Geduld, denn er vermutete, dass Gitte Hamacher ihre Mutter öfters k. o. setzte, um Ruhe vor ihr zu haben. Er machte sich Sorgen um die alte Dame. „Wir möchten Ihre Mutter sprechen!"

„Bitte", fügte Leander an.

„Natürlich." Zögerlich trat Gitte Hamacher beiseite.

Als Daniel in die Wohnung hineinfuhr, wusste er, warum sie sie nicht sofort hineingebeten hatte. Zeitungen stapelten sich rechts und links im Korridor hoch auf. Wahrscheinlich befanden sich noch Ausgaben vom *Völkischen Beobachter* darunter, so vergilbt waren die Seiten. Auf einem Stapel lag etwas, das wie ein Kothaufen aussah. Aber er war schon so schwarz, dass Daniel es nicht mit Sicherheit sagen konnte. Hinter der Tür bemerkte er eine schimmelige Brotscheibe und fragte sich, wie sie dort hinkommen konnte.

Plötzlich fühlte er sich beobachtet. Eine Katze lugte aus einem blauen Plastikeimer, bei dem der Boden fehlte, hervor. Kaum trafen sich ihre Blicke, sprang sie heraus. Sie preschte über die Tagesblätter, riss einige herunter und stürmte in einen Raum, dessen Tür eine Handbreit offen stand. Durch den Spalt machte Daniel Küchengeräte, herausgezogene Schubladen, Kleidung und Möbelstücke aus. Sie lagen wild verteilt herum und türmten sich bis zur Zimmerdecke. Die gelben und braunen Flecke darauf ließen ihn ahnen, dass er das Katzenklo entdeckt hatte.

„Ich bin in den letzten Tagen nicht zum Aufräumen gekommen. Einen alten Menschen zu pflegen macht viel Arbeit. Folgen Sie mir." Es war surreal, wie sie in ihrem Kleid und den Schuhen durch die zugemüllte Wohnung stöckelte. Offenbar hielt sie den schönen Schein nach außen hin aufrecht.

„In den letzten Tagen, so, so", murmelte Daniel, worauf Leander ihn anstieß. Gitte Hamacher wollte bestimmt nicht aus Liebe zu ihrer Mutter keinen Pflegedienst beauftragen.

Er befürchtete ernsthaft, dass sein Rollstuhl nicht durch den schmalen Gang, der zwischen dem Altpapier verblieb, passte, aber irgendwie schaffte er es. Hinter ihm räumte Leander die Zeitungen auf, die er mit seinen Greifringen und Ellbogen heruntergerissen hatte. Immer wieder kreuzten Katzen seinen Weg.

Stirnrunzelnd schaute Daniel einer schwarzen hinterher. Sie verschwand unter einem Stapel mit leeren Plastikflaschen. „Wie viele Katzen haben Sie eigentlich?"

„Sechs, vielleicht auch sieben oder acht." Die Haut um ihren großen Leberfleck war vom nervösen Kratzen schon gerötet.

Überraschenderweise fand Daniel das Zimmer von Elisabeth Hamacher völlig frei von Müll vor. Gemütlich war es allerdings auch nicht und der Gestank ebenso Übelkeit erregend. Die Siebzigerjahre-Blumentapete wies Löcher auf. Darunter kam der raue Putz zum Vorschein. Einen Bodenbelag gab es nicht. Die Räder des Rollstuhls knirschten auf dem Beton, der mit Krümeln und anderen Essensresten übersät war. An einer Wand lagen drei dicke Matratzen aufeinander. Die alte Frau Hamacher, nicht minder füllig als ihre Tochter, richtete sich auf. Sie strahlte die Besucher mit nikotingelben Zähnen an. Der Aschenbecher stand auf einem Röhrenradio, das unter Sammlern bestimmt viel Geld eingebracht hätte, wäre es nicht mit Kot und Asche bedeckt gewesen. Eine Katze sprang aus ihrem Arm und floh.

Daniel wünschte sich, es ihr nachmachen zu dürfen. Aber erst musste er seinen Job erledigen. „Wir sind vom Kriminalkommissariat. Sie haben einen Mord beobachtet, ist das korrekt?"

Ihr Lächeln erstarb. „Oh, ja. Ja, ja! War vor zwei Tagen. Oder eher drei?"

„Nein, Mama. Das war gestern gewesen." Rote Flecken traten auf Gittes Hals. Sie setzte sich auf das provisorische Bett, wodurch der Matratzenturm sich gefährlich in eine Richtung neigte.

Daniel sah Leander, der einen Notizblock zückte, an, dass er dasselbe dachte. Entweder hatte die alte Dame ihr Zeitgefühl verloren oder die Tochter log, um den Medikamentenmissbrauch zu vertuschen. Die Wahrheit würde schwer herauszufinden sein.

Daniel neigte sich vor und stützte sich auf seinen Knien ab. „Können Sie das Bett gar nicht mehr verlassen?"

„Meine Beine wolln mich nich mehr tragen. Früher hatte ich 'ne Bettpfanne. Ekelig! Nu hat mein Kind Windeln besorgt. Groß wie Zelte."

„Mama!" Gitte schüttelte den Kopf. „Das interessiert die Kommissare nicht."

„Entschuldigen Sie, wenn ich so offen bin." Daniel beschleunigte die Befragung. Er befürchtete, hier nur seine kostbare Zeit zu vergeuden. „Aber wo wollen Sie denn den Mord beobachtet haben, wenn Sie dieses Zimmer nie verlassen?"

„Durchs Fenster 'türlich", sagte sie ungehalten, als wäre Daniel schwer von Begriff. „Dort drübn, bei den Perversen."

Leander rutschte der Kugelschreiber aus der Hand. Er bückte sich, hob ihn auf und ließ ihn erneut fallen. Diesmal rollte der Kuli bis zum Ausgang. Fluchend lief er ihm hinterher.

Plötzlich strömte Adrenalin durch Daniels Adern. Sein Blut fühlte sich an wie elektrisiert. Eilig fuhr er zum Fenster und spähte durch die schmutzige Scheibe hinaus.

Er schaute genau auf das düstere Backsteingebäude mit der Hausnummer 13.

7. KAPITEL

„Sind Sie sich ganz sicher, dass Sie einen Mord beobachtet haben?" Daniel gab Elisabeth Hamacher diesen „Wenn Sie jetzt lügen, kommen Sie in die Hölle"-Blick, den er nur bei besonders wichtigen Vernehmungen aufsetzte.

„Nur weil mich meine Kraft verlassn hat und ich nich mehr gehn kann, bedeutet das nich, dass ich blöd inner Birne bin." Aufgebracht drehte Elisabeth Hamacher den Ring an ihrem Finger.

Als dieser seine Farbe von Blau zu Rot wechselte, meinte Daniel zuerst, sich verguckt zu haben.

Leander räusperte sich und schmunzelte. Offenbar dachte er dasselbe wie Daniel, nämlich dass er selbst diese Worte oft in den Mund nahm. Er warnte seinen jungen Kollegen mit einem Murren, wodurch dessen Lächeln noch breiter wurde.

„Wo genau?", fragte Daniel und stellte sich quer hin, sodass er abwechselnd die Zeugin und das Nachbarhaus angucken konnte.

„In dem Zimmer rechts." Aufgeregt fuchtelte sie herum. „Jemand kreischte fürchterlich." Sie hielt sich die Ohren kurz zu. „Erst dachte ich, es wäre 'ne Möwe gewesn. Ja, ja, ich weiß, wir sind nich anner See, aber die gibt's auch in Köln, die nisten auf den Rheinwiesen." Plötzlich zog sie sich augenscheinlich in sich zurück. Gedankenversunken schaute sie aus dem Fenster und schien weit weg zu sein, vermutlich einige Tage in der Vergangenheit.

Ungeduldig, da sie nicht weitersprach, klopfte Daniel auf die Armlehne. „Und was war es wirklich?"

Als sie ihn ansah, schien sie irritiert, als fragte sie sich, wer er war und was er in ihrem Zimmer tat. Ihr Blick glitt über Leander zu ihrer Tochter und klärte sich.

„Der Mord, Mama." Unentwegt strich Gitte Hamacher über die langen grauen Haare ihrer Mutter, die zu einem Zopf zusammengebunden waren und sich über das Kissen ergossen.

„Ich dacht an ein Kind. Bei den Perversen da drübn liegt das ja nah." Elisabeth Hamacher rieb über die Altersflecken auf ihren Armen, als fröstelte sie. „Aber es war 'ne Frau. Dann fragte ich mich, welche Frau traut sich schon in so 'n Haus rein?" Jäh spuckte sie auf den Boden. „Eine Nutte 'türlich. Sie hatte allerdings nich viel zu bietn für 'ne Hure. Kleine Tittchen." Sie zwinkerte Leander zu, worauf dieser errötete. „Kerle wolln doch alle so 'ne Riesenballons haben wie meine."

Bevor sie ihr Nachthemd aufknöpfen und ihren Busen entblößen konnte, hielt ihre Tochter sie davon ab. Gitte Hamacher verließ kurz den Raum, kehrte mit einer Strickjacke zurück und zog sie ihrer Mutter an.

Elisabeths Worte hallten in Daniel nach. Etwas regte sich in ihm. Grübelnd kraulte er seinen Mund-Kinn-Bart. So grausam es auch war, er holte sich das Bild der Mikwe-Leiche vor sein geistiges Auge. Eine Kindfrau, klein mit schmalen Hüften, die zu Lebzeiten keinen Büstenhalter gebraucht hatte. Im jüdischen Ritualbad war sie allerdings nur abgelegt worden, um irgendein Zeichen zu setzen. Hatten sie womöglich soeben den Ort gefunden, an dem das Opfer getötet worden war?

Er warf Leander einen Blick zu und ahnte, dass der Hospitant sich ebenfalls fragte, ob es sich um ein und dieselbe Frau handelte, denn tiefe Falten zeigten sich auf seiner Stirn und er presste seine Lippen aufeinander.

Daniel rollte näher an das provisorische Bett heran. „Welche Haarfarbe hatte die Frau?"

„Blond 'türlich, das sehn Se doch selbst", sagte Elisabeth Hamacher ungehalten und zeigte auf die Hochsteckfrisur ihrer Tochter.

„Die Herren Kommissare meinen nicht mich." Gitte Hamacher verdrehte die Augen. Ihre Geduld bröckelte sichtlich, ihr Lächeln wirkte immer verkniffener. „Sondern die Frau, die so geschrien hat."

Es dauerte eine Weile, bis die alte Dame antwortete. Ihre Pupillen zuckten hin und her, als müsste sie sich das gesamte Gespräch noch einmal ins Gedächtnis rufen, um zu wissen, worum es überhaupt ging. „Rot, wie nur Schlampen es tragn. Ich sach ja, es war 'ne Nutte."

„Verzeihen Sie, ich möchte Ihnen nicht zu nahe treten. Aber ..." Mit seinem Stift tippte Leander gegen seine Unterlippe. „Ich kenne das von meiner Großmutter. Im Alter lässt nicht nur die Kraft nach, sondern auch das Sehvermögen. Sie muss inzwischen eine Brille tragen und stolpert mehr als vorher, weil sie mit der Gleitsicht der Gläser nicht zurechtkommt." Verlegen lächelte er. Dann stellte er sich ans Bettende und zeigte zum Nachbarhaus. „Aber konnten Sie wirklich die Haarfarbe aus dieser Entfernung erkennen? Dabei hätte sogar ich Schwierigkeiten."

Statt sich zu rechtfertigen, holte die alte Dame ein Fernglas unter ihrer Bettdecke hervor. Verärgert blinzelte sie ihn an. Ihr Ring wurde braun.

„Glauben Sie bitte nicht, dass sie die Nachbarn ausspioniert." Das

Rot auf Gittes Wangen breitete sich langsam auf ihren Hals aus und strafte ihre Aussage Lügen. „Sie hat ja nichts anderes mehr. Nur der Blick aus dem Fenster und die Zeitungsartikel, die ich ihr täglich vorlese."

„Das Opfer könnte eine Perücke getragen haben", sagte Daniel zu Leander. Wie immer, wenn er glaubte, einer heißen Spur zu folgen, meinte er, ein Kribbeln unter seinen Fußsohlen zu spüren, doch das war unmöglich.

„Nee, der Kerl hat ihr in die Haare gepackt und ihren Kopf zurückgerissn." Elisabeth Hamacher demonstrierte es an ihrer Tochter, die sich aufbrausend von ihr losriss und sich den Hinterkopf massierte. „'ne Perücke wär dabei abgegangn. Die habn doch miteinander gerangelt."

Daniel knetete eine seiner Armlehnentaschen, weil er immer aufgeregter wurde. „Folglich gab es einen Kampf?"

„Die wurdn immer wilder. Dachte, das gehört zu deren Vorspiel." Als die alte Dame grinste, fiel ihr beinahe das Gebiss aus dem Mund. „Mein Mäxchen und ich, wir triebn es auch wie die Tiere, als er noch lebte."

„Mama!" Entrüstet schlug Gitte mit der flachen Hand auf die Decke.

Ihre Mutter zuckte nicht einmal mit der Wimper. „Davon weißt du nix, du hattest ja noch nie 'nen Mann."

Beleidigt erhob sich ihre Tochter. „Daran bist du nicht ganz unschuldig."

Daniel klatschte in die Hände, um die Aufmerksamkeit der Frauen wieder auf sich zu lenken. „Haben Sie den Mann erkannt, der der Unbekannten Gewalt angetan hat?"

„Ich kenne keinen von den Perversen da drübn." Auffällig unauffällig schob Elisabeth das Fernglas unter ihr Kopfkissen und lehnte sich darauf. Ihr Blick hatte etwas Gehetztes, als befürchtete sie, die Kommissare könnten es ihr abnehmen. „Mit so 'nem Jesocks haben wir nix zu tun."

„Aber Sie könnten ihn beschreiben." Kurz drückte Daniel sich mit beiden Armen hoch, weil die Unruhe in ihm kaum auszuhalten war. Manchmal wusste er nicht, wohin mit seiner Energie, besonders nicht, wenn es um einen Fall ging.

„Wen?" Immer wieder sah sie in eine Zimmerecke, aber die war leer. Dennoch rief sie: „Mietzi, komm bei mir."

Irritiert warf Daniel Leander einen Blick zu, doch der schaute in den Korridor und winkte ihn heran. Als er sah, was sein Kollege entdeckt hatte, stöhnte er. „Gehören die Plakate dort im Raum Ihnen?"

Er deutete auf zirka acht an Holzbretter genagelte Leinwände, die bunt beschriftet waren, als wären sie für einen Kindergarten bestimmt. Sie lehnten gegen mannshohe Wäschehaufen, die mit Flecken übersät waren. Daniel vermutete, dass es sich dabei um Katzenurin handelte. Aber der beißende Geruch mochte auch von dem Schwarzschimmel an den Wänden kommen. Überall lagen Schuhe verstreut. Keiner schien zu dem anderen zu passen. Die Rückenlehne eines Sessels lugte hervor, der augenscheinlich als Kratzbaum zweckentfremdet worden war.

Gitte straffte ihren Rücken und stand stramm wie eine Soldatin. Ihr üppiger Busen drohte das weiße Kleid zu sprengen. „Wir haben eine Bürgerwehr gegründet, weil wir dieses ekelige Pack aus der Bruchstraße … aus Ehrenfeld weghaben wollen."

Wohl am besten sogar aus Köln, dachte Daniel. Er erinnerte sich daran, dass Marie eine Nachbarschaftsinitiative erwähnt hatte, ebenso wie anklagende Graffiti und sogar Molotowcocktails. Letztere mussten nicht von den Nachbarn stammen, aber ausgeschlossen werden konnte es ebenfalls nicht. Die Sprüche auf den Schildern der Personen, die gerade unten auf der Straße protestierten, klangen aggressiv, und die von Gitte Hamacher standen dem in nichts nach, obwohl sie etwas verspielter waren.

Mit hochgezogenen Brauen las Leander vor:

„Peter, Peter Pustewind
haut besser ab ganz windgeschwind.
Peter, Peter Pustewind
kriegt ihr nicht mein Babykind.
Ihr werdet nicht bleiben, wo wir sind!"

Demonstrativ verschränkte Daniel die Arme vor dem Körper. „Soll das eine Drohung an die Bewohner der Hausnummer 13 sein?"

Abwehrend riss Gitte ihre Hände hoch. „Das ist nur ein harmloses Fingerspiel, das wir umformuliert haben. Eine Anspielung auf ihre Verbrechen. Die Kinder, ihre Opfer, werden sich nie von den körperlichen und seelischen Misshandlungen erholen. Warum sollten die Täter nach einer kurzen Haftstrafe wieder in die Gesellschaft aufgenommen werden und ihr Leben so leben dürfen, als hätten sie sich nichts zuschulden kommen lassen? Das ist doch nicht fair!"

„So einfach ist es für sie nicht." Leander schüttelte seinen Kopf. „Meistens finden sie nur schwer einen Job und eine Wohnung. Ihre Familien wollen nichts mehr von ihnen wissen. Ihre Ehen sind zerrüttet."

„Oh, bitte! Was sind das für Probleme im Gegensatz zum Leid der Jungs und Mädchen, die nie ein normales Sexualleben führen werden? Die sich schwertun, Beziehungen einzugehen, weil ihr Grundvertrauen zerstört wurde? Die noch unter Albträumen leiden, wenn sie schon erwachsen sind?" Gitte redete sich in Rage. Die Haut an ihren Oberarmen flatterte, während sie in der Luft nach imaginären Fliegen schlug. „Falls die armen kleinen Stöpsel den Übergriff überhaupt überlebt haben."

„Die Bürgerwehr…" Daniel war sehr wohl aufgefallen, dass sie von *Wehr* und nicht von *Initiative* gesprochen hatte, was ihre Einstellung verdeutlichte. Wenn es hart auf hart käme, würden sie und ihre Bekannten wohl auch nicht vor Gewalt zurückschrecken. „Und Ihre Mutter? Macht sie auch mit?"

„Machen Sie sich nicht lächerlich!" Mit dem Handrücken wischte sie sich über den Mund und verschmierte ihren rosa Lippenstift. „Sie wissen doch, dass sie nicht gehen kann."

„Ich sage ihr die Reime", rief Elisabeth Hamacher freudig. „Sie hat ja selbst keine Kinder. Hat nie 'nen Freund gehabt. Wahrscheinlich ist sie sogar noch…"

Plötzlich blaffte Gitte, sodass Speichelfetzen umherflogen: „Halt die Schnauze, alte Wachtel!"

Leander zuckte zusammen.

Daniel indes dachte, dass die Masken langsam fielen. Gitte Hamacher gab sich nach außen hin gepflegt und freundlich, doch in Wahrheit war sie ein Messie und streitsüchtig. Vielleicht projizierte sie auch die Aggression, die die Pflege ihrer Mutter und deren Sticheleien in ihr auslösten, auf das Haus Nummer 13.

Wie auch immer es sich verhielt, Elisabeth Hamacher bekam mit, dass ihre Tochter die verurteilten Straftäter als Teufel in Menschengestalt betrachtete, sich mit ihren Bekannten traf, eventuell sogar im Nebenzimmer, und öffentlich gegen die Kinderschänder vorging. Es war zu befürchten, dass die alte Dame durch ihr Fernglas eine harmlose Szene beobachtet und sie falsch interpretiert hatte. Gitte Hamacher, die den Groll gegen das Haus Nummer 13 schürte, hatte ihre Mutter offenbar mit ihrem Hass gegen die „Perversen" infiziert.

Seufzend fuhr sich Daniel durch die Haare und warf einen Blick in Richtung Ausgang. Die Aussage der alten Dame war nicht glaubwürdig genug, um einen Anlass zur Ermittlung zu bieten.

„Er hat sie gewürgt", sagte Elisabeth Hamacher in die Stille hinein. Sie legte die Hände an ihren Hals.

Überrascht wachte Daniel aus seinen Gedanken auf. Er fuhr zurück zu ihrem Bett. „Wie bitte?"

„Und hat ihr …" Mit dem Daumen fuhr sie quer über ihre Kehle.

Dasselbe Tötungsvorgehen wie bei der Leiche in der Mikwe, durchfuhr es Daniel. Er setzte sich gerade auf und umgriff die Armlehnen fest. Zudem sahen beide ermordete Frauen burschikos aus. Konnte das Zufall sein? Das eingebildete Kribbeln in seinen Fußsohlen kehrte zurück. Er genoss es. Denn es war alles, was er an den Beinen spüren konnte.

Plötzlich schrie Elisabeth Hamacher wie von Sinnen. „Hiiilfe! Lass sie mich nicht holen kommn, Gittchen. Halte sie auf!"

„Oh, nein! Der Stimmungsring färbt sich rot." Gitte Hamacher stolperte fast über ihre eigenen Füße, als sie zurück zu dem Matratzenlager eilte.

„Biiitteee. Die Kerle wolln mich fressn. Schneidn mich in Häppchen", erneut zog die alte Dame ihren Daumen über ihre Kehle, diesmal hinterließ ihr Fingernagel einen blutigen Kratzer, „schluckn mich in Stückn runter und nehmn mich mit."

„Ist ja gut, Mutter. Beruhige dich. Niemand ist hier, nur die netten Herren von der Polizei." Gitte tätschelte ihr die Wangen, dann rannte sie heraus. Mit einem Glas Wasser kehrte sie zurück. Sie schob ihrer Mutter, die nach ihr schlug, eine Tablette in die Wangentasche und flößte ihr etwas Flüssigkeit ein. Ein Großteil jedoch lief aus ihren Mundwinkeln auf ihre Strickjacke.

Unbeirrt zeigte Elisabeth Hamacher in eine Ecke. „Da stehn se doch. Ihre Augen sind rot wie Feuer. Die habn Messer groß wie Säbel. Peter, Peter Pustewind, blas se weg ganz windgeschwind."

Ihr Brustkorb hob und senkte sich so rasch, dass Daniel befürchtete, sie könnte kollabieren. Leander holte sein Handy heraus, wohl um den Notarzt zu rufen, doch Gitte Hamacher winkte ab.

Eine Weile blies die alte Dame in die Richtung, in der sie die eingebildeten Eindringlinge sah, bis das Beruhigungsmittel wirkte. Ihr Blick wurde stumpf. Ihr Oberkörper wankte. Schließlich ließ sie sich auf das Kissen fallen und starrte an die Zimmerdecke.

„Scht." Wie bei einem Kind strich Gitte Hamacher unentwegt über das Haar ihrer Mutter. „Alles ist gut. Du bist in Sicherheit. Niemand wird dich von zu Hause wegholen. Ich beschütze dich vor den bösen Geistern."

„Und den Perversn … Augen wie glühende Kohlen … starren uns an … tragn Ferngläserbrillen", stammelte die alte Dame wirr.

„Meine Mama leidet an beginnender Demenz. Meistens ist sie klar im Kopf. Aber die Ausbrüche kommen immer öfter. Wir wohnen zusammen, damit ich sie rund um die Uhr pflegen kann." Der Gestank einer vollen Windel breitete sich im Raum aus. Gitte Hamacher drückte ihre Mutter trotzdem eng an ihren Busen. „Bitte, gehen Sie jetzt. Die Befragung hat sie zu sehr aufgeregt."

Daniel verabschiedete sich als Erster und rollte voran durch den Korridor, zwischen den Stapeln alter Zeitungen hindurch, zum Ausgang. Meistens hatte er ein Gefühl, nach dem er sich richten konnte, was einen Fall betraf. Diesmal jedoch blieb pure Verwirrung zurück. Elisabeth Hamacher hatte so sicher in ihrer Aussage geklungen. Doch dann war ebendiese von einer Sekunde auf die andere verpufft.

Kein Gericht der Welt würde aufgrund einer dementen Zeugin einen Durchsuchungsbefehl ausstellen, kein Staatsanwalt überhaupt erst einen beantragen. Wer wusste schon, ob das, was Elisabeth Hamacher angeblich im Haus gegenüber beobachtet hatte, nicht Teil einer ihrer Horrorfantasien war? Anscheinend hatte sie sich den Mord nur eingebildet wie die Katze in der Ecke und später die bösen Dämonen. Ihre Tochter hatte sie gegen die Kinderschänder in der Nummer 13 aufgehetzt. Die Ähnlichkeiten zu dem Mikwe-Leichnam mochte Elisabeth Hamacher aus der Zeitung haben. Gitte hatte ja ausgesagt, ihr täglich daraus vorzulesen.

Vor dem Aufzug, auf den sie warten mussten, lehnte sich Leander gegen die Wand. „Unter den gegebenen Umständen dürfen wir nicht ermitteln. Im Gegenteil, wir müssten Gitte Hamacher aufgrund ihres allzu großzügigen Umgangs mit Beruhigungsmitteln eigentlich wegen Körperverletzung anzeigen."

„Das Haus Nummer 13 ist ohnehin ein heißes Thema in der Stadt und Mord kein harmloser Vorwurf." Ungeduldig trommelte Daniel auf seinen Oberschenkel. Das Ruckeln des Lifts wurde lauter.

„Elisabeth Hamacher ist nur eine alte, verwirrte, gelangweilte und einsame Frau." Als der Fahrstuhl ankam, hielt Leander die Tür auf.

Daniel dankte ihm mit einem Kopfnicken und fuhr in die Kabine. Er war nicht verärgert darüber, dass gar kein Mord stattgefunden hatte – das war das einzig Gute an dem Besuch gewesen –, sondern darüber, dass Voigts Ablenkungsmanöver aufgegangen war. „Du wirst den Abschlussbericht übernehmen. Ich habe Besseres zu tun, als meine Zeit weiter zu verschwenden."

Schien der Fall „Mord in der Bruchstraße" eben noch größer zu sein als erwartet, so hatten sie nun gar keinen mehr.

8. KAPITEL

Marie fühlte sich, als säße sie in einer Nussschale auf stürmischer See und nicht in ihrem Auto. Ihr Magen rebellierte. Säure stieg ihre Speiseröhre hoch. Wenn sie aufstieß, schmeckte sie noch immer den Rotwein. Du hättest vor dem maßlosen Trinken etwas essen und eine Grundlage schaffen sollen, schimpfte sie mit sich.

Am Morgen hatte sie an einer trockenen Scheibe Brot genagt und sie schließlich, genervt über ihre eigene Dummheit, in den Mülleimer geworfen. Das Thema Kinder hatte sie am Vortag weitaus mehr aufgewühlt, als sie erwartet hatte.

Es ging bereits auf Mittag zu, aber ihr war immer noch schwindelig. Die Atmosphäre im Hause Zucker schien elektrisch aufgeladen zu sein. Ein einzelner Funke konnte eine Explosion zur Folge haben. Zu allem Übel fuhr sie Auto, obwohl der Restalkoholgehalt in ihrem Blut noch alarmierend hoch sein musste.

Während sie die Rochusstraße entlangbrauste, wurde die Justizvollzugsanstalt im Rückspiegel immer kleiner. Je weiter sie sich entfernten, desto mehr entspannte sich Benjamin im Beifahrersitz. Schmal war er geworden. Noch dünner, als er vorher schon gewesen war. Dadurch wirkte er jünger als achtzehn Jahre.

„Warum schaust du so traurig? Freust du dich nicht, den Freiheitsentzug hinter dir zu haben?" Sanft knuffte sie ihren Cousin.

Während seine Freunde Denis und Maik langjährige Haftstrafen absitzen mussten, war Ben mit Bewährung davongekommen. Aufgrund der Schwere des Falls hatte der Richter ihm allerdings zur Abschreckung zwei Wochen Warnschussarrest aufgebrummt. Ben hatte sie über die Weihnachtsferien abgesessen. Zum einen, damit er nichts in der Schule verpasste, und zum anderen, weil man laut Gesetz die Strafe innerhalb von drei Monaten nach Verurteilung antreten muss. Trotz allem wollte er versuchen, sein Abitur auf dem Leonardo-da-Vinci-Gymnasium in Nippes in diesem Sommer zu machen. Marie hatte ihre Zweifel, dass er das nach der Hölle, die GeoGod ihm und seinen Eltern im vergangenen Herbst bereitet hatte, packen würde.

Benjamin brummte. „Doch, klar." Seine Skater-Frisur war herausgewachsen. Blonde Strähnen hingen ihm ins Gesicht, als wollte er sich dahinter verstecken.

Sie ließen Ossendorf hinter sich und fuhren in Richtung City. Dabei kamen sie automatisch durch Ehrenfeld. Marie musste an den

Zeitungsartikel denken. *Das Böse in Nummer 13.* Unbewusst las sie die Straßennamen. Vielleicht führte ihr Weg sie ja an der Bruchstraße vorbei. Aber dann schüttelte sie den Kopf über sich selbst. Man sah einem Gebäude nicht an, ob schlechte Menschen darin lebten. Ja, man sah Menschen nicht einmal an, ob sie schlecht waren.

„War es sehr schlimm?", fragte sie Ben vorsichtig.

„Alle machen da drin auf dicke Hose. Wer Schwäche zeigt, hat schon verloren. Wichser!" Immer wieder saugte er seine Unterlippe ein und biss darauf. Sie war schon ganz kaputt. Einige Stellen mussten vor Kurzem geblutet haben.

Ben tat immer cool und lässig, aber in Wahrheit war er ein sensibler junger Mann. Seit geraumer Zeit ließ er sich gehen. Früher hatte er sehr auf sein Äußeres geachtet. Aber der Tod seiner Freundin Julia hatte ihn aus der Bahn geworfen und er hatte bisher nicht wieder zu sich selbst zurückgefunden. „Dann gib acht, dass du nicht wieder in eine Dummheit reingezogen wirst."

„Keine Sorge, ich habe seit der Verhaftung nicht mehr gekifft." Impulsiv zog Ben den Reißverschluss seines blauen Hoodies hoch. „Warum ist Ma nicht mit dir mitgekommen?"

Marie spürte einen Stich im Bauch, aber diesmal kam das Unwohlsein nicht vom Wein. Um Zeit zu gewinnen und nach den richtigen Worten zu suchen, sah sie auf die Uhr, dabei wusste sie genau, wie spät es war. „Sie schaut sich mit deinem Vater gerade eine frei gewordene Wohnung in Dellbrück an. Ihre ... eure Chancen stehen gut, sie zu ergattern, denn sie wurde bisher weder inseriert noch einem Immobilienmakler übergeben. Ist das nicht toll?"

„Dad macht heute frei und hat mich nicht abgeholt?" Entrüstet riss Benjamin seine Augen auf.

„Meine Eltern treiben sie in den Wahnsinn!" Wie jeden anderen auch, fügte Marie in Gedanken hinzu. Nachdem das Apartment der Mannteufels ausgebrannt war, hatten Rainer und Irene Bast ihnen angeboten, so lange in ihrer Villa zu wohnen, bis sie eine neue Bleibe gefunden hatten. Dankbar hatten Heide und Hans-Joachim angenommen, während Ben bei Marie und Daniel untergekommen war. „Dein Vater und deine Mutter haben es lange mit ihnen ausgehalten, aber jetzt wollen sie endlich ein eigenes Zuhause. Leider ist es bei der momentanen Situation auf dem Wohnungsmarkt nicht so einfach, etwas zu finden. Mein Dad hat einen Termin mit einem befreundeten Hausbesitzer in die Wege geleitet, und der ist leider ausgerechnet heute."

„Sie haben mich im Stich gelassen." Als Ben Luft holte, flatterte sein Atem. Er zog sein Kölner-Haie-Cap bis in die Stirn und ließ seinen Kopf hängen.

Marie wurde schwer ums Herz. Sie versuchte, heiter zu klingen, aber selbst in ihren eigenen Ohren klang diese Fröhlichkeit aufgesetzt. „Nach der Besichtigung kommen sie auf direktem Wege zu uns. Sie bringen Kuchen mit. Hast du in der JVA noch zu Mittag gegessen?" Da er schwieg, sprach sie weiter, denn die Stille schmerzte. „Ihr werdet schon bald wieder zusammenleben."

„Da scheiß ich drauf! Vielleicht suche ich mir auch einen Job und ziehe in eine WG ein."

„Auf keinen Fall! Du wirst weiter in deinem Zimmer bei uns wohnen bleiben."

Er verschränkte die Arme vor dem Oberkörper. „Ich habe keine Freunde und keine Eltern mehr."

„Red nicht solch einen Unsinn!", blaffte Marie. Jedoch konnte sie seinen Kummer nachvollziehen. Er war vom Regen in die Traufe gekommen. Erst hatte seine Mutter geklammert. Nun kämpfte sie um ihre Ehe, doch dabei blieb Ben auf der Strecke. Dabei brauchte er sie jetzt dringender denn je. Aber Marie würde sich um ihn kümmern.

„Sie geben mir die Schuld dafür, was GeoGod unserer Familie angetan hat", zischte er und schaltete das Radio an. Ein Rapper feuerte seine Worte wie Pistolenschüsse ab. „Damit haben sie sogar recht."

„Du konntest ja nicht wissen, dass er ein Psychopath ist."

„Das spielt keine Rolle. Sie haben sich von mir abgewandt. Um mich zu bestrafen."

„Das stimmt nicht!" Marie drehte die Lautstärke runter. „Sie haben eben ihre eigenen Probleme. Dir ist doch auch daran gelegen, dass sie ihre Ehe kitten, oder? Und dass sie endlich ein neues Apartment finden, damit ihr wieder zusammenwohnen könnt?"

„Ja, schon." Während Ben aus dem Seitenfenster starrte, knibbelte er an seinem Ohrläppchen.

Der Verkehr stockte vor einer Ampel, die bei jeder Grünphase nur drei Wagen durchließ. Marie schüttelte darüber nur den Kopf. „Aber?"

„Versteh mich nicht falsch." Zögerlich sprach Ben weiter: „Ich wohne gerne bei euch."

„Trotzdem möchtest du lieber zu deinen Eltern zurück", mutmaßte sie. Selbstverständlich hatte sie dafür Verständnis. Sie konnten ihm nur Freunde sein und nicht Mutter und Vater ersetzen, zumal sie beide viel arbeiteten.

„Nein, das ist es nicht. Ich finde es nur zum Kotzen, wie egoistisch sie sich verhalten." Einige Male drückte er seine Nasenflügel zusammen, als wollte er verhindern, zu niesen. „Ihr braucht doch auch mal Zeit für euch, Daniel und du. Ich störe doch irgendwie."

„Tust du nicht!", sagte Marie im Brustton der Überzeugung.

Endlich schafften sie es über die Ampel, die den Verkehr mehr aufhielt, als dass sie ihn regelte.

Benjamin atmete tief durch. „Ich weiß, dass es nach Daniels Unfall, der ihn in den Rollstuhl brachte, zwischen euch gekriselt hat. Aber jetzt versteht ihr euch doch wieder super und braucht meinen Raum doch bestimmt bald als Kinderzimmer."

Seine Worte trafen Marie, als hätte er einen Dolch in ihre Eingeweide gerammt. Schockiert trat sie versehentlich auf die Bremse und gab sofort wieder Gas, damit niemand auffuhr. Ihr Hintermann hupte aggressiv. Sie griff das Lenkrad so fest, dass ihre Handgelenke weiß hervortraten.

Gequält lächelnd sah sie Ben kurz an. „Mach dir darüber mal keine Sorgen. Wir lieben dich wie einen eigenen Sohn! Bleib so lange bei uns wohnen, wie du möchtest."

Rasch schaute sie wieder auf die Fahrbahn. Tränen brannten hinter ihren Augen. Benjamin machte sich keine Vorstellungen über das Ausmaß von Daniels Querschnittslähmung. Nichts war gut zwischen Daniel und ihr. Denn nichts war wie früher.

Marie ertappte sich bei einem gemeinen Gedanken. Sie wollte den alten Daniel Zucker zurück. Hieß das nicht gleichzeitig, sie wollte den neuen nicht mehr?

In diesem Moment kam sie sich unendlich schäbig vor.

9. KAPITEL

Schneeregen färbte den Himmel vor dem Bürofenster im Polizeipräsidium grau.

Daniel ärgerte sich über die vergeudete Zeit in Ehrenfeld. Und dennoch war ein Teil von ihm immer noch unruhig. Sein Unterbewusstsein hatte merkwürdigerweise noch nicht mit dem Mord, den Elisabeth Hamacher im Haus der Pädophilen und Sadisten beobachtet haben wollte, abgeschlossen, während er sich längst die Fallakte der Mikwe-Toten vorgenommen hatte.

Daniel hatte die Einsatzbesprechung am Morgen verpasst. Aufmerksam las er den Bericht, den Tomasz noch in der vergangenen Nacht verfasst hatte. Gegen die dunklen Halbmonde unter den Augen seines Kollegen half auch dessen Sonnenbräune nicht.

„Ob die Fötushaltung des Opfers eine Bedeutung hat?", fragte Daniel.

Tomasz schaute von seinen Unterlagen auf. Einen Moment lang schien er irritiert. Dann klärte sich sein Blick, wohl weil er begriff, dass Daniel über die knabenhafte Frau sprach, die am Vortag wie ein Paket verschnürt ermordet aufgefunden worden war. „Sie hat wohl eher praktische Gründe."

„Er hätte den Leichnam auch zerstückeln können, um ihn zu transportieren."

„Möglicherweise war er zu Letzterem nicht fähig. Es kostet Überwindung und Kraft, einen Menschen in Stücke zu schneiden, und es macht eine Riesensauerei."

„Er hat sie gewürgt und ihr die Kehle mit einem Messer durchtrennt", erinnerte Daniel ihn. „Man kann ihn daher ohne Zweifel als brutal einstufen."

Als Tomasz sich zurücklehnte, ächzte sein Stuhl. „Also muss er von Anfang an geplant haben, sie in die Mikwe zu bringen. Willst du das sagen? Dort fallen blutige Körperteile sofort auf."

„Das tat die Leiche im Tauchbecken sowieso." Daniel nahm einen Kugelschreiber und pochte mit dem oberen Ende auf die Tischunterlage. „Nein, ich denke, dass er nicht vorhatte, so weit zu gehen. Er wollte schockieren, aber nicht über alle Maßen hinaus."

„Meinst du, irgendwer macht da einen Unterschied?" Ungeniert schnaubte Tom. „Die jüdische Gemeinde ist außer sich!"

„Aus dem Wasser eine Bouillabaisse aus Menschenfleisch zu machen ist aber noch ein anderes Kaliber. Es erzeugt nicht nur Abscheu", Daniel warf seinen Kuli auf den Tisch, „sondern Hass!"

„Glaubst du wirklich, der Mörder schert sich darum?" Schnalzend rieb er über sein braun-weiß kariertes Baumwollhemd. Seine Cowboystiefel mussten neu sein.

„Verdammt, ja, das tue ich. Ich glaube, dass er mit dem Deponieren der Leiche ein Zeichen setzen wollte. Wahrscheinlich eine Warnung an die jüdische Gemeinde oder jemanden daraus. Dabei durfte er nicht so weit gehen, dass er denjenigen gegen sich aufbrachte. Er wollte ihn einschüchtern." Erst jetzt, wo Daniel laut darüber nachdachte, fügte sich alles zusammen. „Aber Hass hätte eine Gegenreaktion hervorgerufen."

„Schon möglich." Gähnend streckte sich Tom und ließ dann seine Finger knacken. „Zucker, du bist zu gebrauchen."

Konzentriert hackte Leander seinen Report über ihren Einsatz in der Bruchstraße in den Computer. Ab und zu hörte er auf und schaute nachdenklich aus dem Fenster. Eine tiefe Falte zeigte sich auf seiner Stirn. Er schien seine Kollegen kaum wahrzunehmen, dabei war das Büro zu klein für drei Kommissare.

Das Labor hatte erste Ergebnisse geschickt. Allein, dass sie so schnell kamen, ließ Daniel nichts Gutes erahnen.

Der weiße Strick, mit dem das Opfer gefesselt worden war, hatte sich als handelsübliches Polypropylenseil von acht Millimeter Durchmesser herausgestellt. Das konnte man in jedem Baumarkt und im Internet kaufen. Dadurch, dass es im Wasser gelegen hatte, waren alle Rückstände von DNA, Fasern, Pollen oder Ähnlichem, die möglicherweise daran gehaftet hatten, abgespült worden. Es würde eine Weile dauern, das gesamte Wasser im Becken abzupumpen und zu untersuchen. Die Chancen, Spuren, die zum Täter führen würden, zu finden, waren gering, aber vorhanden, da es keinen Ablauf gab.

Mit der flachen Hand wischte sich Daniel durchs Gesicht. Das Warten auf die Ergebnisse vom Labor und der Rechtsmedizin machte ihn jedes Mal kirre. Wenn sie doch nur schon einen Anhaltspunkt hätten, in welche Richtung sie ermitteln konnten. „Hat Justus schon die Befragung der beiden Gruppen abgetippt?"

„Er ist noch dran." Toms Stimme klang kratzig vor Müdigkeit.

Daniel versuchte näher an den Tisch heranzukommen, aber die Armlehnen seines Choppers hinderten ihn daran. Seit Wochen wartete er auf eine Platte mit Ausbuchtung, damit er sich nicht länger den

Rücken kaputt machte, indem er ständig nach vorne gebeugt dasaß."
„Warum dauert das so lange?"
„Weil es viele Personen sind. Nicht nur die Männer und Frauen, die Abuu Beti und Antonio Monticello – das sind die Kulturführer, die wir am Tatort angetroffen haben – im Schlepptau hatten, sondern auch die Gruppe davor." Tom musste sich räuspern, um weitersprechen zu können. „Aber in der Besprechung heute Morgen gab Justus uns schon alle Infos mündlich weiter. Der Guide, der kurz nach Eröffnung der Mikwe in der Früh dort gewesen war, sagte aus, dass sich ihnen ein Fremder mit einem Rollkoffer angeschlossen hätte."

Daniels Augen weiteten sich. „Und das machte ihn nicht skeptisch?"

„Passiert wohl immer mal wieder." Tom zuckte mit den Achseln. „Das Praetorium hat nicht tausend Schlüssel für das Ritualbad, die es an jeden Besucher einzeln rausgeben kann. Da muss man sich arrangieren. Außerdem war die Gruppe sehr groß, ein Bus voller knipswütiger Amerikaner, die kaum zu bändigen waren. Einer wollte sogar über die Absperrung steigen und in die Ausgrabungsstätte der Synagoge gehen. Der Schäfer hatte alle Hände voll zu tun, seine Schafe beisammenzuhalten. Da war es ihm egal, dass der Fremde plötzlich weg war."

„Wie meinst du das?"

Während Tomasz sprach, rieb er sich die Augen. „Als er zuschloss, sah er den Unbekannten nicht mehr. Also ging er davon aus, dass dieser schon gegangen war."

„Lass mich raten." Daniels Finger schlossen sich um die Lehnen. „Er lag mit seiner Vermutung falsch."

„Später kam dieser Monticello mit seinem Hühnerhaufen und schloss auf. Da stürmte der Mann mit dem Koffer laut schimpfend an ihm vorbei, man hätte ihn eingeschlossen und er würde sich beim Bürgermeister beschweren."

„Monticello hat ihn also gesehen." Freudig klatschte Daniel in die Hände. „Und der erste Fremdenführer auch. Warum liegt dann noch kein Phantombild vor?"

Zerknirscht schüttelte Tom den Kopf. „Der Täter trug einen schwarzen Mantel und dunkle Handschuhe. Er hatte seine Kapuze tief ins Gesicht gezogen und hielt seinen Blick gesenkt."

„Er hat sich absichtlich einschließen lassen", sinnierte Daniel laut und beobachtete die matschigen Schneeflocken, die gegen die Scheibe flogen, schmolzen und hinunterrutschten.

„Der Erkennungsdienst fand Kratzspuren in der Mulde, in der die Kleidung abgelegt wurde, als man die Mikwe noch für rituelle Waschungen nutzte. Sie stammen höchstwahrscheinlich von kleinen Rollen, wie sie an Koffern zu finden sind. Es wird einige Zeit in Anspruch nehmen, die Profile zu vergleichen, um herauszufinden, um welches Modell es sich genau handelt." Tom blinzelte, als könnte er seine Augen kaum aufhalten. „Wir gehen davon aus, dass der Täter sich dort versteckt hat."

Aufmunternd lächelte Daniel. „Uns bleiben immer noch die Aufzeichnungen der Überwachungskamera."

Untermalt vom *Klack! Klack! Klack!* von Leanders Tastatur, kippte Tomasz den Rest seines abgestandenen Kaffees herunter und verzog das Gesicht.

So, wie er Daniel dabei über den Tassenrand ansah, ließ das nichts Gutes erahnen. „Oh nein! Sag mir bitte nicht ..."

„Das Überwachungssystem ist veraltet. Die Kamera ging vor einigen Jahren kaputt." Geräuschvoll stellte Tom den Becher ab. „Man ersetzte sie nicht, da die Summe von dem ohnehin knappen Budget der Ausgrabungsstätte hätte abgezweigt werden müssen."

„Verdammte Sparmaßnahmen!", zischte Daniel.

„Die Verantwortlichen glaubten, dass das Schild, das auf die Überwachung hinweist, als Abschreckung reicht. Außerdem liegen die Ausgrabungsstätte der Synagoge und das Zelt, in dem die Archäologen arbeiten, unmittelbar daneben."

„Sie lagen falsch." Daniel tat so, als wollte er seine Faust auf den Tisch donnern lassen, bremste aber im letzten Moment ab. „Unser Mörder ist abgebrüht. Wahrscheinlich reizte ihn sogar die Gefahr. Er fühlt sich überlegen und muss das immer wieder beweisen. Bestimmt läuft er seit gestern mit einem Steifen rum."

„Apropos." Sachte tippte Tom auf seinen Bildschirm. „Die Rechtsmedizin hat zwar erst mit der Sektion angefangen, aber eins können sie schon sagen. Es liegen keine Anzeichen für eine Vergewaltigung vor."

Das überraschte Daniel. „Dass die Leiche im Wasser lag, erschwert die Spurensuche."

„Wenn du mich fragst, hat der Täter das einkalkuliert, er ist nicht naiv. Er hat der jungen Frau die Fingernägel gezogen."

Daniels Puls erhöhte sich. „Folter?"

„Nein, es geschah post mortem."

Erleichtert stieß Daniel seinen Atem aus. „Dann muss sie ihn gekratzt haben."

„Ihre Arme weisen Abwehrverletzungen auf." Tom nickte. „Ihr Mörder wollte verhindern, dass seine DNA unter ihren Nägeln gefunden wird."

„Das alles beweist, dass er schon kriminelle Erfahrung, vielleicht sogar vorher schon Morde begangen hat." Aus einem unbestimmten Grund musste Daniel wieder an Elisabeth Hamacher denken. Die jungenhafte Frau, deren Ermordung sie beobachtet haben wollte, kämpfte ebenso mit ihrem Mörder, sie wurde ebenfalls gewürgt und ihre Kehle wurde durchgeschnitten. Ob die beiden Frauen doch identisch waren? Verschmolz die alte Dame durch ihre beginnende Demenz unbewusst Fantasie und Wirklichkeit, sodass nicht alles, was sie ausgesagt hatte, Hirngespinste waren? Oder war er nur so verzweifelt, weil noch keine heiße Spur vorlag, sodass er aufspringen und aus diesem stickigen, engen Büro, raus auf die Straße, ermitteln konnte?

Mit dem Aufspringen ist das ja eh so eine Sache, feixte er für sich. Oft zwang sein Bock ihn dazu, langsam zu machen, während seine Gedanken vorauseilten.

Sein Blick glitt über Leander. Er trug ein weißes Hemd unter einem grauen Pullunder und hatte wie immer nur die rechte Seite in die Hose gesteckt. Heimlich lästerten die Kollegen über seinen merkwürdigen Kleidungsstil, und Daniel hatte sich heute in der Kaffeeküche dabei ertappt, dass er ihn verteidigte. Vielleicht bekam er Fieber. „Hast du die Heizung voll aufgedreht, während wir in Ehrenfeld waren?"

„Ist praktisch aus." Tomasz verstellte den Regler nicht, dabei trug er sogar seine gefütterte Jeansjacke. Wenn man müde war, fror man eben.

Das *Klack! Klack! Klack!* hörte auf. Leander schlang seine Finger ineinander, drehte die Handflächen nach außen und streckte seine Arme nach vorne. Nachdem er an seinem stillen Wasser genippt hatte, holte er eine Handcreme aus der obersten Schublade seines Untertischs und cremte sich die Hände ein.

Daniel konnte kaum glauben, was er sah. Der Pfirsichduft erinnerte ihn an die Salben, die Marie benutzte.

Bevor er jedoch einen markigen Spruch loslassen konnte, erhob sich Leander. Geschmeidig schob er mit den Beinen seinen Bürostuhl zurück. Die Rollen quietschen nicht einmal, wie an Tomasz', als hätte er sie geölt. Zuzutrauen war es ihm. „Der Bericht liegt schon in deinem

E-Mail-Postfach. Sobald du ihn abgesegnet hast, kriegt ihn EKHK Fuchs. Soll ich eine Runde Kaffee für uns drei holen?"

„Die perfekte Sekretärin." Daniel wettete, dass unter den Röhrenjeans sogar die langen, schlanken Beine einer Frau steckten.

„Was hast du in der Zeit getan, in der ich den Bericht geschrieben habe?", fragte Leander scharf.

„Und genauso zickig." Zur Vorsicht fuhr Daniel seinen Rollstuhl etwas zurück, denn Leanders Miene verfinsterte sich.

Plötzlich schwang die Tür polternd auf. Sie schlug gegen die Wand, sodass Daniel und Leander erschraken. Nur Tomasz schien zu müde, um mehr Regung zu zeigen, als scharf einzuatmen.

Karsten Fuchs baute sich in der Tür auf. Er machte ein Gesicht, als hätte er Kopfschmerzen. Sein roter Schopf lichtete sich bereits vorne etwas und man konnte hie und da die Kopfhaut sehen. „Ihr wart doch heute Morgen in der Bruchstraße."

„Bei Frau Hamacher, ja." Daniel drehte seinen Rolli zu seinem Vorgesetzten um.

Fuchs stemmte die Fäuste in die Hüften. „Sie ist tot."

„Die alte Dame?", fragte Daniel verwundert. Ihr schien es doch recht gut zu gehen.

Leander stellte sich neben ihn. „Woran ist sie gestorben?"

„Nicht die. Ihre Tochter. Und wenn ihr mich fragt", Fuchs ließ seine Zunge über seine Backenzähne gleiten, als würde er sie nach Essensresten absuchen, „mir schmeckt die Sache nicht."

10. KAPITEL

„Ist sie ...?"

Fuchs nickte, bevor Daniel die Frage ausgesprochen hatte. „Ihr Wagen ging in Flammen auf. Sie konnte sich nicht mehr nach draußen retten."

Das kam seltener vor, als die meisten glaubten. In Kriminalfilmen explodierten Autos allzu schnell, aber in der Realität war das nicht die Regel. Nachdenklich massierte Daniel seine Handgelenke, die vom Schieben des Choppers über die mit Schnee, Eis oder Streusand bedeckten Gehwege überlastet waren und wehtaten. „Gibt es schon erste Erkenntnisse, wie es dazu kam?"

„Die Bremsspuren besagen, dass sie viel zu schnell für die Wetterverhältnisse fuhr. Aus noch ungeklärter Ursache verlor sie die Kontrolle über ihr Fahrzeug." Während Fuchs erzählte, nahm er den Kugelschreiber, der in seiner Brusttasche steckte, und drückte immer wieder auf den Taster am oberen Ende. „Sie muss über die Brühler Landstraße gerast sein, als wäre der Teufel persönlich hinter ihr her gewesen."

„Oder böse Geister", murmelte Leander und warf Daniel einen vielsagenden Blick zu.

Mit dem Kuli kratzte sich Karsten Fuchs am Haaransatz. „Geister?"

„Ihre Mutter sprach davon. Sie fantasiert manchmal." Erst tippte Leander gegen seine Schläfe und dann auf den Bildschirm. „Ich habe den Bericht gerade fertig, aber ich muss ihn noch Korrektur lesen und Daniel ihn absegnen."

„Wir haben zwei Uhr nachmittags. Er sollte mir längst vorliegen." Fuchs schnaubte. „Machen Sie keine Schönschreibübung daraus, Menzel."

„Ich sehe keinen Zusammenhang zwischen dem Unfall von Gitte Hamacher und den Hirngespinsten ihrer Mutter", sagte Leander verschnupft. „Haben die Prostituierten auf dem Strich an der Brühler Landstraße nichts mitbekommen?"

„Die sind von Beruf aus blind und taub." Fuchs winkte ab. „Mich macht es immer skeptisch, wenn jemand, der einen Mord gemeldet hat, umkommt, unmittelbar nachdem er von der Polizei angehört wurde."

„Elisabeth Hamacher will den Mord beobachtet haben", korrigierte ihn Leander. „Aber die leidet an beginnender Demenz und gilt daher als unzuverlässige Quelle. Sie bildet sich ab und zu ein, etwas oder jemanden zu sehen, der gar nicht da ist."

„Und wenn der Mord real war? Sie fantasiert ja nicht ständig", gab Daniel zu bedenken. „Außerdem ist... war Gitte Hamacher eine militante Gegnerin der Hausgemeinschaft in Nummer 13."

„Irgendein Altenheim wird Elisabeth H. im Laufe des Tages abholen. So lange bleibt eine Nachbarin bei ihr." Fuchs steckte sich den Kugelschreiber hinter die Ohrmuschel. „Zufall oder nicht, was meint ihr?"

„Ich glaube nicht an Zufälle." Daniels Kiefer mahlten.

Leander dagegen zuckte mit den Achseln. „Unfälle geschehen nun mal."

„Ein Rädelsführer der Bürgerinitiative weniger", sinnierte Daniel laut. „Ebenso wie eine Voyeurin, die tagein, tagaus nichts anderes zu tun hat, als mit dem Fernglas die Nachbarschaft auszuspionieren. Es kann den entlassenen Kinderschändern, die genau gegenüber wohnen, nur recht sein, wenn beide aus dem Weg geräumt sind."

„Schaut euch mal in der Bruchstraße 13 um." Fuchs wollte den Raum verlassen, blieb jedoch an der Tür stehen und drehte sich noch einmal zu ihnen um. „Aber geht nicht mit der Brechstange ran, denn einen Durchsuchungsbeschluss kann ich euch nicht besorgen. Dafür fehlen handfeste Beweise und die Indizien reichen auch nicht aus."

Leander nickte. „Geht klar, Chef."

„Ich meinte auch mehr den Rallyefahrer von euch zweien. Er darf zwar keine Walther tragen, aber für sein Mundwerk bräuchte er einen Waffenschein." Das Lächeln in Fuchs' Gesicht wuchs zu einem fetten Grinsen heran. Er zwinkerte Daniel zu und ging.

Leander nickte. „Geht klar, Chef."

Während Tomasz und Leander sich sichtlich amüsierten, schrieb Daniel in Gedanken auf seine To-do-Liste, seinen Kampftrainer um etwas zu bitten. Er musste ihm dringend zeigen, wie man einem Flüchtenden den EMS, den Einsatzmehrzweckstock, an den Hinterkopf wirft.

Ausnahmsweise ließ Daniel Leander fahren. Gerade weil er gehandicapt war, bestand er sonst darauf, dass sie seinen umgebauten, behindertengerechten Privatwagen nahmen. Doch er wollte den verurteilten Sexualstraftätern nicht völlig unvorbereitet entgegentreten und so rief er auf seinem Tablet-PC die Akten der Bewohner von Haus Nummer 13 auf. Die Polizeiinspektion West, zuständig für Ehrenfeld, behielt sie im Auge. Aber sie mussten auch schon öfters zu ihrem Schutz ausrücken.

Welch eine Ironie, dachte Daniel, als sie ausstiegen.

Tief hing die graue Wolkendecke über der Bruchstraße. Er beeilte sich, vor dem nächsten Schneeregenschauer zum Eingang zu kommen. Der nasskalte Wind drang unter seinen Kragen und er wünschte sich, er könnte es selbst kaum glauben, einen Schal. So einen wie Leander trug. Dünn wie ein Spargel, schien dieser trotzdem nicht zu frieren.

„Ich wette, Polarforscher wären neidisch, würden sie deinen Winteranorak sehen", frotzelte Daniel. Bei jedem Wort stob eine Atemwolke aus seinem Mund. „Du hast bestimmt eine Jacke für jede Jahreszeit, wie Frauen das haben, stimmt's?" Echte Kerle brauchten seiner Meinung nach nur eine einzige.

„Clevere Menschen tragen clevere Kleidung." Leander tippte gegen seine Brust. „Die Füllung besteht aus 90 Prozent Entendaunen. Innen hat der Parka eine hypermoderne dünne Wattierung aus metallisierten Fasern, die das Aufwärmen beschleunigt." Mit stolzgeschwellter Brust lüftete er einen seiner Ärmel. „Anliegende Bündchen aus Fleece, Kunstfellrand an der Kapuze, langer Schnitt, wind- und wasserabweisendes Obermaterial – nicht einmal ein Blizzard könnte mir was."

Daniel schnaubte. „Wir sind in Köln, nicht in der Arktis."

„Ich bin nicht derjenige, der blaue Lippen hat", antwortete Leander etwas außer Puste, da er kaum mit Daniel mithalten konnte.

Seine Schiebermütze ins Gesicht gezogen, heizte Daniel seinen Feuerstuhl an, damit ihm warm wurde und um schneller aus der Kälte zu kommen. Als der Hauseingang in Sicht kam, drosselte er abrupt sein Tempo.

Je näher sie kamen, desto lauter klangen die aggressiven Schmährufe der Männer und Frauen, die auf dem Bürgersteig auf und ab liefen. Donnernd hieben sie dabei die Stöcke, an denen ihre Protestschilder befestigt waren, auf den Asphalt. Für sechs Personen war die Geräuschkulisse beachtlich. Sie hörten sich an wie ein ganzes Heer zorniger Krieger, die heranstürmten und nichts als verbrannte Erde hinterließen.

Der Mann vor ihnen tauchte immer wieder eine Bürste in einen Eimer und schrubbte damit über die Schmierereien auf der Backsteinfassade. Seine braunen Locken wippten nervös im Rhythmus seiner Bewegungen. Seine Gesundheitssandalen waren ganz nass, ebenso die dicken Wollsocken und die Ränder seiner braunen Cordhose. Er beeilte sich sehr und achtete nicht darauf, dass er sich mit Lauge bespritzte, oder es war ihm schlichtweg egal. Um seine Brille hochzuschieben, kräuselte er jedes Mal seine Nase, statt einen Finger zu benutzen.

Daniel erkannte ihn von dem Foto in seiner Akte wieder. „Stefan Haas, 32 Jahre alt. Hat seinen damals dreijährigen Sohn missbraucht."

„Irgendwelche Vorstrafen?" Auch Leander wurde langsamer.

„Mit 19 wurde er in Polizeigewahrsam genommen. Er protestierte gegen Castortransporte. Als die Einsatzkräfte ihn wegtragen wollten, muss er sich brutal dagegen gewehrt haben."

„Er sieht nicht gewalttätig aus."

„Man kann den Menschen nur vor den Kopf gucken", sagte Daniel, aber er musste Leander recht geben. Wenn er Haas so betrachtete, konnte er sich das gar nicht vorstellen. Das Lockenköpfchen wirkte wie ein gehetztes Kaninchen und nicht wie ein hitzköpfiger Stier.

Leander, dessen Stirn feucht glänzte, öffnete seinen Anorak, lockerte seinen Schal und ignorierte Daniels süffisantes Lächeln. „Kam er in den Knast?"

„Der Richter brummte ihm nur Sozialstunden auf." Nun, da Daniel nicht mehr über den Bürgersteig flog, schienen seine Rollstuhlräder am Untergrund zu kleben. Streusand blieb an ihnen haften und machte das Fortbewegen schwer und Daniels Handschuhe schmutzig. „Vor seiner Inhaftierung arbeitete er als Bilanzbuchhalter in einem Steuerberaterbüro."

„Der kleine Mann, der im Job buckelt und im Privaten den dominanten Macho mimt?"

„Glaube ich nicht. Das ist typisch für Sadisten, aber er ist pädophil. Seine Frau trennte sich von ihm, als ihr Sohn Noel drei Jahre alt war."

„Weil sie ihn dabei erwischte, wie er den Kleinen anfasste?"

„Vermutlich tat er es zu diesem Zeitpunkt schon, aber sie bekam es nicht mit. Haas bekam Besuchsrecht alle 14 Tage. Einmal, als sie den Jungen von seinem Wochenende beim Vater abholte, erwischte sie die beiden gemeinsam nackt in der Badewanne. Sie war außer sich!" Als Daniel seine Handflächen aneinanderrieb, um den Sand loszuwerden, blieb sein Chopper beinahe stehen, aber er gab sofort wieder Gummi. „Noel sagte aus, dass er oft nackt bei Daddy herumlief und Daddy selbst auch. Als die Kollegen ihn später darauf ansprachen, meinte Haas, das wäre doch normal in einer Familie."

„Das kann aber noch nicht alles gewesen sein", mutmaßte Leander. „Für eine Inhaftierung hätte das nicht gereicht."

„Bald stellte die Mutter eine Verletzung am Penis des Jungen fest. Noel bestätigte den Missbrauch durch den Vater, als sie ihn darauf ansprach."

„Auch gegenüber einem Kinderpsychologen?"

„Ja." Daniel wusste, was sein Kollege dachte. Kinder erzählten manchmal Dinge, nur um ihren Eltern zu gefallen, aber Seelenklempner hatten ihre Methoden. „Stefan Haas wurde verurteilt, wurde aber wegen guter Führung und Therapieergebnisse früher entlassen."

Leander blieb stehen. „Und sein Gorilla?"

Lachend ließ Daniel seinen Bock auslaufen. Sie waren inzwischen so nah, dass der Mann, der sich wie eine Wand zwischen Stefan Haas und dem protestierenden Mob postiert hatte, ihn hörte und sich zu ihnen umdrehte. Er zog seine Nase kraus wie ein Rottweiler. Sie schien einmal gebrochen gewesen zu sein, denn sie war schief. Seine Iriden waren so dunkelblau und scheinbar ohne jegliche Einfärbungen, dass sie sich scharf von den Pupillen abhoben. Mit einem stechenden Blick musterte er Daniel und Leander, dann entspannte sich seine Miene und er wandte sich wieder den Frauen und Männern zu.

„Uwe Beck, 46." Daniel schloss seine Hände fest um die Greifringe. „Er glaubt wohl, dass von einem Rollifahrer und einem Spargel keine Gefahr ausgeht, aber er täuscht sich gewaltig."

„Spargel? He!"

Forsch fuhr Daniel zu Stefan Haas und zeigte Dienstausweis und Marke. „Kriminalpolizei. Wir würden gerne mit Ihnen sprechen."

Haas' Augen weiteten sich. Ängstlich sah er von einem zum anderen. Er ließ die Bürste in den Eimer fallen. Das Wasser schwappte über. Statt zu antworten, rief er über seine Schulter hinweg: „Uwe!"

Daniel entging das Zittern in Haas' Stimme nicht. Für einen Moment hörten die Frauen und Männer mit ihrem Getöse auf. Neugierig lauschten sie.

„Können wir bitte reingehen." Daniel steckte seine Legitimation wieder weg. „Wir haben ein paar Fragen an Sie und die anderen Bewohner."

„Wer hat sich diesmal über uns beschwert?" Becks Grinsen war bitter. Er stand so gerade, als wäre er an ein unsichtbares Brett gefesselt.

Haas zupfte an Becks Sweatshirt, der trotz Kälte auf eine Jacke verzichtet hatte. „Hol Roman. Du musst Roman holen."

„Ja doch." Unwirsch schüttelte Beck ihn ab. „Kommen Sie."

89

Er ging an Daniel und Leander vorbei und zog eine Wolke herben Aftershaves hinter sich her. Seine Hand steckte in einer seiner Hosentaschen und musste dem Klacken nach mit zwei Münzen spielen. Daniel wertete das als Zeichen, dass er beunruhigter war, als er vorgab zu sein. Der Streusand knirschte unter Becks Schuhsohlen.

Plötzlich packte er die Griffe von Daniels Rollstuhl. Schneller, als dieser reagieren konnte, schob Uwe Beck ihn zur Haustür. Sie stand weit offen. Vor der einzelnen Stufe drückte er die Nackenstütze des Rollis nach unten, sodass Daniel hilflos wie ein Käfer auf dem Rücken lag oder vielmehr schwebte. Dann hievte er ihn über das Hindernis und schubste ihn ins Treppenhaus.

Wütend packte Daniel die Greifringe, sodass sein Chopper zum Stehen kam. Er flog herum. „Was sollte das, verdammt noch mal?"

„Ich wollte Ihnen nur behilflich sein." Beck rieb über die Aknenarben, die sein Gesicht zu einer Kraterlandschaft machten.

„Das hätte ich auch alleine gekonnt." Daniels Stimme hallte in dem alten Flur wider. Ihm war scheißegal, ob das ganze Haus ... die gesamte Straße es mitbekam. Der Zorn wallte heiß durch seine Adern. „Wenn ich eins hasse, dann ist es, wie ein Krüppel behandelt zu werden!"

„Ich wollte wirklich nur helfen." Beck riss seine Arme hoch und schwenkte ein weißes Taschentuch. „Es ist immer wieder dasselbe. Egal, was wir Ex-Knastis tun, es wird falsch ausgelegt."

Vorsichtig, wohl wissend, dass man Dynamit lieber nicht anfasste, legte Leander seine Hand auf Daniels Schulter. „Beruhige dich."

Haas tauchte hinter ihm auf. Ängstlich prüfte er, was vor sich ging. Seine Augen waren wässrig braun wie Dünnpfiff. Er hielt den Eimer wie einen Schutzschild vor sich. Oder als wollte er Daniel mit einer Dusche abkühlen.

Daniel bekam ein schlechtes Gewissen. Er musste sich eingestehen, dass er Vorurteile gegenüber Kinderschändern hatte. An eine Therapierung glaubte er nicht. Aber weil ihre Sexualität fehlgeleitet war, mussten sie ja nicht durch und durch böse sein. Beck hatte einfach einen wunden Punkt bei ihm getroffen.

„Ich hole den Chef." Statt den Aufzug zu nehmen, wählte Uwe Beck die Treppe. Langsam stieg er Stufe für Stufe hoch, als würde die Anfeindung ihn belasten. Doch bevor er um die Ecke bog und außer Sicht war, warf er Daniel ein Lächeln zu, das er nicht zu deuten wusste.

Haas drückte sich an der Wand entlang an ihnen vorbei und verschwand irgendwo im ersten Obergeschoss. Wahrscheinlich wollte er weder mit den Protestierenden noch mit Daniel und Leander alleine sein.

„*Das* ist ein Sadist", nahm Daniel ihr Gespräch von vorhin wieder auf, bemüht darum, wieder normal zu atmen, aber es fiel ihm schwer. Er wurde nicht gerne vorgeführt.

„Uwe Beck?"

Daniel nickte und riss die Druckknöpfe seiner Jacke auf. Eben hatte er gefroren, nun kochte sein Blut. „Er steht auf Machtspielchen, zeigt aber nur Schwächeren gegenüber Eier – Mädchen, Jungen und, wie wir nun wissen, Menschen mit Behinderungen."

„Vielleicht dachte er wirklich, du könntest die Eingangsstufe nicht überwinden."

„Und Esel scheißen Dukaten", spottete Daniel.

Akribisch säuberte Leander seine Schuhe auf der Matte am Eingang. „Dass er auf beide Geschlechter steht, ist ungewöhnlich."

„Ihm geht es nur darum, dass es ein Kind ist. Die sind leichter zu manipulieren und einzuschüchtern als Erwachsene. In den Achtzigerjahren wurde er ein paar Mal dabei ertappt, wie er sich nackt auf einem Spielplatz zeigte. In den Neunzigern befingerte er einen vierjährigen Jungen. Danach blieb er lange Zeit unauffällig."

„Was nichts heißt, wie wir wissen", warf Leander ein und schloss die Haustür.

Im Treppenhaus wurde es düster, aber es blieb bitterkalt. Daniel vermutete, dass das selbst im Sommer der Fall war, und bekam eine Gänsehaut. Was hatte er erwartet? Jedenfalls nicht das, was er sah. Die Nummer 13 war ein Haus wie jedes andere in der Bruchstraße, nur renovierungsbedürftiger. Der Putz war so grau wie die Haut eines Greises und die hölzernen Fensterläden, die einmal weiß gestrahlt haben mussten, hatten das Gelb von Raucherfingern. Der Wind blies unter der Tür hindurch. Das Schloss hatte Rost angesetzt. Altersschwach und müde zeigte sich das Gebäude von innen, nicht halb so geheimnisvoll wie die mit Efeu berankte Backsteinfassade.

Das machte Daniel bewusst, dass nicht das Gemäuer eine gespenstische Aura besaß, sondern die Bewohner, die es mit Leben füllten. Sie hatten ihre schaurige Vergangenheit mit hierhergebracht.

Sehnsüchtig betrachtete Daniel die Treppe. In diesem Moment hätte er nichts lieber getan, als die abgenutzten Steinstufen noch ein wenig mehr auszutreten. „In den Neunzigern vergewaltigte und tötete Beck ein achtjähriges Mädchen. Dafür kam er in den Bau. Die Kollegen vermuten aber, dass er weitaus mehr auf dem Kerbholz hat, nur leider konnte ihm nichts nachgewiesen werden."

„Niemand wird über Nacht vom Exhibitionisten zum Mörder", dachte Leander laut nach und knibbelte ein Stück Putz, der sich an mehreren Stellen löste, ab. „Er hat sich im Verborgenen weiterentwickelt und flog erst auf, als es zu spät war."

„Seine Taten zu vertuschen war leichter für ihn als für jemanden mit einem festen Wohnsitz. Er jobbte früher als Saisonarbeiter im ganzen Land. Dem Mädchen lauerte er auf einem Feldweg auf. Es ging den Weg jeden Dienstag vom Musikunterricht nach Hause. Alleine."

„Fuck!" Leander fluchte selten und leise und senkte jedes Mal sogleich seinen Blick, als täte ihm der Ausbruch leid. „Ich hasse solche Geschichten."

Daniel behielt für sich, dass Beck die Kleine mit einem Stein erschlug, nachdem er sie gefoltert und missbraucht hatte. „Traust du Haas einen Mord zu?"

„Eher Beck."

„Sadisten, die ihre Minderwertigkeitsgefühle an Kindern abreagieren, greifen keine Erwachsenen an." Der Lift setzte sich in Bewegung. Da er knackte, knarzte und quietschte, warf Daniel einen misstrauischen Blick nach oben, in die Richtung, aus der die Geräusche kamen. „Sie haben Angst vor einer Niederlage."

Lässig lehnte sich Leander mit dem Rücken gegen die Wand und stemmte einen Fuß dagegen. „Und was war das eben?"

„Nur Sticheleien, weil ich ein Bulle bin." Daniel wurmte es, dass Beck ihn als schwach einstufte, nur weil er im Rollstuhl saß. „Was ist mit Haas? Könnte er die Rothaarige, die Elisabeth Hamacher gesehen hat, ermordet haben?"

„Falls der Mord wirklich stattfand. Es wurde keine Leiche gefunden, auf die die Beschreibung zutraf. Weil die DNA-Analyse noch Zeit braucht, habe ich die Vermisstenstelle gebeten, mir Fotos zu schicken, die auf das Profil der Mikwe-Leiche passen."

Daniels Augen weiteten sich. „Das auch noch neben dem Verfassen des Berichts?"

„Ja, aber sie mailten mir nur Bilder der letzten drei Tage, und wir können nicht sicher sein, wie lange die Beobachtung der alten Dame her ist."

„Ich habe im Urin, dass sie länger zurückliegt, als Gitte Hamacher uns weismachen will. Vielleicht sogar eine Woche oder anderthalb."

Kurz lüftete Daniel seine Schiebermütze und massierte seine Kopfhaut. „Also, was denkst du über Haas?"

„Stille Wasser sind tief."

„Und schmutzig." Daniel stutzte. „Wir sind doch wohl nicht einer Meinung?"

„Spinn nicht rum, Zucker." Schwungvoll stieß sich Leander von der Wand ab, denn die Aufzugtür öffnete sich und ein Mann trat heraus.

Daniel wusste nicht, was er erwartet hatte, aber das bestimmt nicht. Den Chef, wie Beck ihn genannt hatte, hatte er sich als beinharten Kerl vorgestellt, vielleicht sogar klischeehaft in Bikermontur und überall tätowiert oder mit akkuratem Seitenscheitel und Oberlippenbärtchen. Aber Pädophilen und Sadisten sah man ihre fehlgeleitete Sexualität und Gewaltbereitschaft nun mal nicht an. Hätte Daniel den Mann vor sich in einem anderen Zusammenhang kennengelernt, so hätte er ihm bedenkenlos seinen Nachwuchs anvertraut.

Innerlich stöhnte er auf. An das Thema Kinder wollte er lieber nicht denken. Zurzeit war das sein wunder Punkt. Ausgerechnet jetzt führte ihn eine Mordermittlung zu einer Hausgemeinschaft von Pädosexuellen.

Manchmal ist das Leben eine Hure, dachte Daniel und bemühte sich darum, seine privaten Sorgen zu verdrängen. Er musste einen klaren Kopf behalten!

„Guten Tag, die Herren Kriminalkommissare. Mein Name ist Roman Schäfer", stellte er sich vor und reichte Daniel als Erstem die Hand.

Ein Punkt für ihn. Normalerweise nahm man den Rollifahrer kaum wahr. Automatisch lächelte Daniel ihn an, obwohl er ihn für das, was er getan hatte, verabscheute. In der Gemeinschaft der Bruchstraße 13 hatte Schäfer nicht umsonst die Stellung des Oberhauptes. So freundlich er sich gab und so kultiviert er auch auftrat, er hatte die meisten Taten begangen!

Während Schäfer Leander begrüßte und dieser ihre Namen nannte, betrachtete Daniel ihn von oben bis unten. Das schwarze Hemd unter seinem dunkelgrünen Pullunder war knitterfrei und bis auf den obersten Knopf geschlossen. Die weiße Borte, die in den Kragen eingearbeitet war, ließ ihn aussehen wie einen Priester. Aber er war keiner. Er konnte keine Sünden vergeben, sondern er hatte welche begangen und zwar mehr als Gott, ganz gleich welcher Religion, ihm jemals vergeben könnte.

Er hatte eine feminine Haltung für einen Mann. Seine Bundfaltenhose schlackerte lose um seine dünnen Beine. Er entdeckte wohl einen Fleck auf seinem Schuh, denn er holte ein Stofftaschentuch aus seiner Brusttasche und wischte über die Spitze. Im Gegensatz zu seinem Haupthaar war sein Bart bereits vollkommen ergraut. Schäfer trug ihn gestutzt. Die Lachfältchen in den Augenwinkeln ließen ihn allerdings jünger wirken als 55. Er sah aus wie jemand, der abends vor dem Kamin saß, ein Bein über das andere geschlagen, und Pfeife rauchend in einem Gedichtband las.

Plötzlich bemerkte Daniel ein Blech, ähnlich einem Nummernschild, das über der Haustür hing. Darauf eingestanzt stand in roter Schrift auf weißem Untergrund:

Lebe entsprechend deiner eigenen Natur!

Offensichtlich richtete sich diese Botschaft nicht an Gäste, sondern an die Bewohner, sonst wäre es außen angebracht worden. Daniel hatte eine düstere Ahnung, worauf der Spruch abzielte. Angewidert schnaubte er.

Roman Schäfer folgte seinem Blick. „Was glauben Sie, daraus ableiten zu können?" Da Daniel nicht augenblicklich antwortete, fuhr er aufgeregter fort: „Bitte, reden Sie mit mir. Das ist eins der Probleme, die wir ehemaligen Gefängnisinsassen haben. Jeder glaubt uns zu kennen, aber niemand sucht das Gespräch mit uns, dabei könnten wir viele Missverständnisse ausräumen."

„Missverständnis?" Daniel schnalzte mit der Zunge. „Stammt das Zitat von Oscar Wilde?"

„Wie kommen Sie denn darauf?"

„Es passt zu dem anderen Kram, den er geschrieben hat." Verlegen wischte Daniel mit der Hand durch die Luft. Er wünschte sich, belesener zu sein. So wie Marie. Sie könnte die Textstellen zitieren. Er dagegen begab sich auf unbekanntes Terrain und musste improvisieren. „Man sollte seine Bedürfnisse befriedigen, um sie loszuwerden, und dass es so etwas wie moralisch und unmoralisch nicht gibt."

„Letzteres schrieb Wilde im Vorwort von ‚Das Bildnis des Dorian Gray', und es bezog sich nur auf Bücher." Mit spitzen Fingern nahm Schäfer die Lesebrille, die an einer grünen Schnur um seinen Hals hing, und nahm den Bügel zwischen seine Lippen.

„Dieser Spruch da gewiss nicht." Daniel zeigte auf das Schild. „Soll er etwa durch die Blume besagen, dass es okay ist, pädophil veranlagt zu sein?"

„Wir sind keineswegs stolz darauf. Im Gegenteil, es quält uns."

„Dass es etwas völlig Natürliches ist, Sex mit Kindern zu haben?"

„Um Gottes willen, nein! Wir schämen uns dafür."

„Dass die Gesellschaft nur noch etwas Zeit brauchte, bis sie diese Neigung versteht, wie das auch bei Schwulen und Lesben der Fall war?" Dieses Argument hatte Daniel einmal von einem Kerl gehört, der Pferde etwas mehr lieb hatte, als es gut für ihn war. Nach einem Darmriss verstarb er.

„Diese Sehnsucht, oder nennen wir sie besser Sucht, hat unser ganzes Leben zerstört!" Seufzend schüttelte Roman Schäfer den Kopf. „Haben Sie schon einmal von den Stoa gehört?"

Daniel stutzte. Versuchte Schäfer etwa das Gespräch auf ein anderes Thema zu lenken?

„Eine Stoa ist eine Säulenhalle. Dort gründete ein weiser Mann um 300 vor Christus eine Philosophenschule, der er denselben Namen gab."

„Was hat das damit zu tun?", fragte Daniel ungehalten.

„Es existiert eine stoische Ethik. Sie besagt, dass man im Einklang mit der Natur leben soll. Man soll nur Ziele anstreben, die erlangbar sind. Dagegen vermieden werden sollen beispielsweise Trauer, Schmerz und Furcht, aber auch Lust und Begierde, da Leidenschaft auch Leiden schafft, wie der Volksmund sagt."

Daniel verstand nur Bahnhof. „Warum erzählen Sie uns das?"

„Die Stoa streben kein Leben ohne emotionale Regungen an, sondern vielmehr eine gleichbleibende Apathie. Nur das kann ihrer Meinung nach gewährleisten, dass Gefühle keinen Einfluss auf unser Denken und Handeln nehmen und wir die Herrschaft über die Vernunft erlangen. Das allein führt zu Tugend und Glück."

„Wollen Sie behaupten, Sie wären alle religiös geworden?" Den Stuss hatte Daniel zur Genüge von Insassen gehört. In seinen Augen war das nur eine Flucht vor dem Gefängnisalltag.

„Philosophie", korrigierte Schäfer ihn, „interessiert mich seit dem Studium. Ich sehe sie als Brücke, als Gehhilfe und als Wegweiser, um ein besserer Mensch zu werden. Ich weiß, ich habe große Schuld auf mich geladen, aber es muss eine Möglichkeit geben, mich reinzuwaschen. Wenn nicht, wollte ich nicht länger leben!" Seine Worte hallten im Treppenhaus wider. „Um mich und meine Freunde täglich daran zu erinnern, habe ich das Zitat aus den Lehren der Stoa über den Ausgang gehängt."

Daniel bekam ein schlechtes Gewissen, weil er die Bewohner der Nummer 13 vorverurteilt hatte. Schäfer schien unter den eigenen Taten zu leiden. Er versuchte nicht nur selbst, auf dem rechten Weg zu bleiben, sondern auch seine Mitbewohner zu motivieren, gegen ihre Pädosexualität anzugehen.

„Aber ja", fügte Schäfer hinzu, „auch meine jüdische Religion hilft mir in diesen schweren Zeiten."

Aus dem Augenwinkel sah Daniel, wie Leander sich anspannte. Es war das erste Mal, dass sich der Hospitant in die Diskussion einmischte. „Sie sind Jude?"

Roman Schäfer nickte und berührte seinen Hinterkopf, als würde er über eine unsichtbare Kippa streichen.

11. KAPITEL

Plötzlich fragte er sich, ob Roman Schäfer ihnen den reumütigen Straftäter nur vorspielte oder seine Qualen echt waren. Offenbar war er ein gebildeter, intelligenter Mann. Mochte er auch noch so väterlich erscheinen, so vergaß Daniel nicht, dass Schäfer genau diese Ausstrahlung dazu genutzt hatte, Jungen zu missbrauchen.

„Was wollen Sie eigentlich hier? Diesmal kann es sich nicht um eine der zahlreichen wie haltlosen Beschwerden der Nachbarn handeln." Schäfer gab einen zischenden Laut von sich. „Die machen uns mit ihren Anzeigen das Leben zur Hölle!"

„Warum ziehen Sie dann nicht weg?"

„Wo sollen wir denn hin? Wir sind nirgendwo gerne gesehen." Mit gefurchter Stirn breitete Schäfer die Arme aus. „Daher kam mir die Idee einer Zuflucht. Wir geben uns gegenseitig Kraft, um durchzuhalten, bis die Bevölkerung erkennt, dass das Pilotprojekt funktioniert."

„Nicht ganz", brummte Daniel.

Breitbeinig stellte sich Schäfer vor ihn hin. „Was wollen Sie damit sagen?"

„Jemand will einen Mord in diesem Haus beobachtet haben."

„Hier?" Entsetzt riss Schäfer die Augen auf. „Wo genau?"

„Erklären Sie mir erst, wer in welchem Apartment wohnt."

„Uwe Beck hat sich im Erdgeschoss einquartiert, gleich hinter der Tür dort drüben." Während Schäfer sprach, zeigte er in die verschiedenen Richtungen wie ein Verkehrspolizist. „Stefan Haas finden Sie im ersten Stock, allerdings auf der gegenüberliegenden Seite. Er musste umziehen, weil Uwe es leid war, dass Stefan ihm ständig auf dem Kopf herumtrampelte. Der Arme leidet unter Schlafstörungen und ist deshalb nachts oft von Zimmer zu Zimmer unterwegs." Schäfer hielt die Hand hoch und spreizte Zeige- und Mittelfinger ab. „Die zweite Etage steht leer. In der dritten habe ich mich eingerichtet."

„Rechts oder links?", unterbrach Daniel ihn, denn er musste es genau wissen.

„Rechts. Das Stockwerk zwischen mir und Stefan Haas steht leer." Schäfer zuckte mit den Achseln. „Wieso?"

Um sich nicht in die Karten gucken zu lassen, setzte Daniel eine undurchdringliche Miene auf. Konnte es sein, dass sich Elisabeth Hamacher, so verwirrt, wie sie zuweilen war, in der Etage geirrt hatte?

Das würde bedeuten, dass die rothaarige Frau in Schäfers Apartment ermordet worden war. Daniel setzte ihn auf die Liste der Verdächtigen. „Und ganz oben?"

„Dort lebt nur Michael Engel."

„Die Tat soll im vierten Obergeschoss verübt worden sein, und zwar in der Wohnung, die rechts vom Treppenhaus liegt." Energisch schob Daniel seinen Bock zum Aufzug. „Wir müssen dringend mit Herrn Engel sprechen!"

„Seine Wohnung ist die auf der linken Seite. In der rechts stehen nicht einmal Möbel drin." Roman Schäfer stellte sich neben ihn vor den Lift, machte aber keine Anstalten, den Fahrstuhl zu rufen.

Es war Leander, der die Taste drückte. „Wann hat dort das letzte Mal jemand gewohnt?"

„Bevor wir eingezogen sind. Die meisten meiner Mitbewohner haben Angst, dass die Nachbarn das Haus in Brand stecken, und bevorzugen eine Bleibe im Erdgeschoss oder im ersten Stock. Einige sind leider schon wieder ausgezogen, weil es Übergriffe gab." Einen Moment lang rieb Schäfer gedankenversunken über seinen Hals, als wäre er selbst auch schon körperlich attackiert worden. „Andere wollen gar nicht erst einziehen, sondern lieber anonym wohnen."

Daniel nickte. Dieses Haus outete seine Bewohner. „Können wir das leer stehende Apartment besichtigen? Bitte."

„Haben Sie einen Durchsuchungsbefehl?" Mit einem Ruck zog Schäfer seinen Pullunder nach unten und strich dann mehrmals über den Baumwollstoff. Er schaute erwartungsvoll, wie ein Kartenabreißer vor einem Horrorkabinett.

Hinter seinem Rücken fuchtelte Leander herum, als hätte er sich die Hand verbrüht. Er wusste um die Brisanz dieser Frage und warf einen Blick zum Ausgang, als ginge er fest davon aus, in der nächsten Minute rausgeworfen zu werden.

„Wir sammeln erst einmal nur Informationen", formulierte Daniel behutsam, denn sie hatten keine Handhabe, einen Einlass zu erzwingen, „und hoffen auf Ihre Kooperation."

„Eigentlich sollte ich Sie wegschicken." Schäfer verzog sein Gesicht, als hätte er in eine Zitrone gebissen. „Ein Kommissar mit Vorurteilen sucht doch nur nach Hinweisen, um seine längst zurechtgelegte Theorie zu bestätigen."

„Wenn keine Beweise da sind, kann ich auch keine sicherstellen. Aber wenn Sie befürchten, ich könnte doch etwas finden ..." Daniel brauchte den Satz nicht zu Ende bringen. Der Stachel saß bereits im Fleisch seines Gegenübers.

„Das ist ein mieser Trick. Aber erfolgreich." Die Tür des Aufzugs glitt auf und Schäfer deutete Daniel an, mit seinem Rolli zuerst in die Kabine zu fahren. „Wir haben unsere Haftstrafen abgesessen und uns seit der Entlassung aus der Vollzugsanstalt nichts mehr zuschulden kommen lassen. Wir haben dieselben Rechte wie alle. Stimmt doch, Hauptkommissar Zucker, oder?"

Da Daniel das Gesetz vertrat, konnte er nicht anders, als ihm beizupflichten. In manchen Situationen war es nicht einfach, seine eigene Meinung hintanzustellen. Marie behauptete, er neige dazu, in Schwarz und Weiß zu denken. Das sah er anders. Aber seiner Einschätzung nach glich jeder aus dem Knast entlassene Sexualstraftäter einer tickenden Zeitbombe. Eine krankhafte sexuelle Neigung war nicht heilbar.

Während sie schweigend hochfuhren, lenkte er sich von dem beunruhigenden Ächzen des altersschwachen Fahrstuhls ab, indem er sich Schäfers Vita in Erinnerung rief.

Roman Schäfer hatte neben Deutsch und Latein auch nordische Philologie am Institut für Skandinavistik und Fennistik an der Philosophischen Fakultät der Universität zu Köln studiert. Einige Jahre verbrachte er als Lehrkraft an Schulen in Finnland und Schweden. Seine Karriere gipfelte darin, dass er zum Studiendirektor befördert wurde und das private Jungeninternat Schloss Wehrich bei Brühl leitete.

Bis herauskam, dass er einige Schüler zu sexuellen Handlungen verleitet hatte.

Laut Aussagen seiner Opfer hatte er niemals körperliche Gewalt angewandt, sondern sich als Tutor und väterlicher Freund ihr Vertrauen erschlichen. Schäfer manipulierte sie geschickt und nötigte sie allein durch verbale Drohungen. Er setzte Worte als Waffe ein. Aus Scham sagten damals nur vier Schüler gegen ihn aus, aber die Ermittler vermuteten, dass er weitaus mehr Minderjährige missbraucht hatte.

Während der Haftzeit gab sich Schäfer vorbildlich. Inzwischen galt er als erfolgreich therapiert. Aber konnte jemand mit seinen verbalen Qualitäten nicht auch Erwachsene in ihrem Urteilsvermögen beeinflussen? Daniel war auf der Hut.

„Haben Sie eine Ahnung, wie schwer es ist, als Ex-Häftling eine Bleibe zu finden?", fragte Schäfer mit bebender Stimme. „Für jemanden, der wegen Pädosexualität verurteilt wurde, ist es nahezu unmöglich."

„Sie haben sich selbst in diese Situation gebracht." Daniel konnte kein Mitleid empfinden.

„Haben Sie noch nie einen Fehler begangen?"

Daniel schwieg und dachte daran, wie er beinahe seinen Vater getötet hatte, als dieser wieder einmal seine Mutter verprügelte. Ihr gebrochener Unterkiefer war nie wieder richtig zusammengewachsen, weshalb sie bis heute Probleme mit dem Essen und Sprechen hatte. Zwar hatte er das Richtige getan, hatte die Polizei geholt, doch es hätte nicht viel gefehlt und er hätte sich für die dunkle Seite entschieden, seinem Hass freien Lauf gelassen und Selbstjustiz geübt. Vielleicht sollte er doch nicht so hart mit den Bewohnern der Nummer 13 ins Gericht gehen. Manchmal gab eine einzige Entscheidung dem Leben eine völlig neue Richtung.

„Uwe Beck und ich hatten denselben Bewährungshelfer." Schäfer hielt sich an dem Geländer fest, das in Hüfthöhe angebracht war. „Als ich hörte, dass das Mietshaus von Uwes Bruder Peter leer stand, weil niemand in dieser Bruchbude wohnen wollte, packte ich die Gelegenheit beim Schopfe."

Leander musste sich in eine Ecke drücken, damit sie in die enge Kabine passten. „Und dazu haben Sie Geld?"

„Ich hatte Rücklagen. Außerdem verdiene ich etwas Geld, indem ich finnische Bücher für einen Verlag übersetze, der sich auf spirituelle Literatur spezialisiert hat." Mit seinen Handflächen fuhr Schäfer über seinen Hintern, als wollte er unauffällig etwas abwischen.

Dumm nur, dass er das genau auf Daniels Augenhöhe tat. Schwitzte er etwa? War er nervös? Daniel fragte sich, was der Grund dafür sein könnte. Bisher war der Anführer der Ex-Knackis doch recht souverän aufgetreten.

Ein kräftiger Ruck ging durch die Sardinenbüchse. Der Fahrstuhl gab ein Keuchen von sich. Dann hielt er an. Die Tür glitt geräuschvoll zur Seite. Daniel fuhr hinaus und machte drei Kreuze, weil sie nicht abgestürzt waren. Ungeduldig wartete er darauf, dass Roman Schäfer die Wohnung aufschloss. Sicherlich verwaltete er als zentrale Figur der Hausgemeinschaft die Schlüssel. Doch Schäfer musste sie nicht entriegeln, denn als er dagegendrückte, schwang sie auf. Sie war nur angelehnt gewesen.

Überrascht hielt Daniel vor der Schwelle an. „Stehen alle Apartments offen?"

„Nur die leeren." Schäfers Lid zuckte.

Das bedeutete, jeder Bewohner oder sogar Fremde, der in die Nummer 13 einstieg, kam in diesen Raum hinein. Innerlich stöhnte Daniel, als er seinen Chopper hineinlenkte. Das grenzte die Verdächtigenliste nicht gerade ein.

Schäfer trat hinter Leander ein. „Die Bewohner schließen selbstverständlich ab. Allein schon deshalb, weil sie Angst haben, dass jemand bei ihnen einbricht, ihnen ein Brotmesser in den After rammt und sie von innen heraus aufschlitzt."

Leander sog scharf die Luft zwischen den Zähnen ein.

„Schauen Sie nicht so pikiert", sagte Schäfer zu ihm. „Genau das hat man uns angedroht. Weil schon einmal Molotowcocktails durch die Fenster geworfen wurden, räumen wir alle Möbel, also alles Entflammbare, in den Keller. Dort sind sie hinter einer Feuerschutztür geschützt."

„Auch die Einrichtung aus diesem …?" Beinahe hätte Daniel diese vier Wände als „Loch" bezeichnet. „Sie sagten doch, es wäre nie bewohnt gewesen, seit Sie das Haus angemietet haben."

„Der Vormieter hatte ein paar Dinge zurückgelassen. Vermutlich gehören sie auf den Müll." Eine zarte Röte zeigte sich auf Schäfers Wangen. „Aber Uwe, Stefan und Michael leben alle von Arbeitslosengeld und mein Honorar geht fast komplett für die Miete drauf. Deshalb haben wir den Schrott behalten."

Obwohl Daniel eine Jacke trug, fror er. In der Wohnung war es kalt wie in einem Eisschrank. Er roch den Schwarzschimmel an den Wänden regelrecht. Feucht, modrig und ungesund. Jemand hatte die Tapete abgerissen und den Putz darunter freigelegt. Vielleicht der Vormieter, um die Missstände aufzudecken und Nachmieter zu warnen.

Daniel fuhr von Zimmer zu Zimmer. Die sandigen Reifen seines Choppers knirschten auf dem Betonboden. Aufmerksam sah er sich um. Nichts. Und dennoch kribbelte Adrenalin in seinen Adern. Seine Nackenhaare stellten sich auf. Er stellte sich vor, wie in diesen Räumen eine Frau um ihr Leben gekämpft hatte. Vergeblich. Am Ende hatte man ihr die Kehle durchgeschnitten. Seine Rollstuhltaschen waren bestückt mit allerlei Equipment, das ihm bei den Ermittlungen helfen konnte. Ausgerechnet Luminol fehlte. Wenn er wenigstens Schwarzlicht dabeihätte. In einer wahnwitzigen Idee malte er sich aus, wie er einen Spurensicherungskoffer unter seinem Sitz befestigen konnte. Wenn er nur irgendetwas finden würde! Einen klitzekleinen

Hinweis, der es ihm erlauben würde, den Erkennungsdienst anzufordern. Der könnte diesem Apartment, so karg wie es war, Geschichten entlocken.

Während Leander nebenan Roman Schäfer in ein Gespräch verwickelte, damit Daniel sich alleine und in Ruhe umsehen konnte, spähte er zu Elisabeth Hamachers Fenster hinüber. Zwei Männer in roten Jacken hantierten dort herum. Er vermutete, dass es sich um Mitarbeiter der Caritas oder des Roten Kreuzes handelte, die die alte Dame abholten und in ein Altersheim brachten. Sie tat ihm leid. Erst verlor sie ihre Tochter, jetzt ihr Zuhause.

Beinahe hätte er in ein Kaugummi, das an seinem Reifen klebte, gefasst. Er musste es gerade erst aufgenommen haben. Angeekelt entfernte er es. Es konnte nicht sehr alt sein, sonst wäre es nicht haften geblieben. Hatte etwa jemand hier gestanden und die Hamachers beobachtet?

Plötzlich sah er aus dem Augenwinkel etwas Rotes. Sein Puls beschleunigte sich. Handelte es sich um Blut? Fest legten sich seine Hände um die Greifringe. Sein Kopf flog herum. Er schaute geradewegs ins Badezimmer hinein. Eine Patina aus Schmutz überzog Fliesen und Armaturen. Dort in der Wanne lag ein Vogel. Er sah aus, als hätte man sein Innerstes nach außen gekehrt, daher konnte Daniel nur anhand der Größe vermuten, dass es sich um eine Taube handelte.

„Sie muss durch das gekippte Fenster reingekommen sein."

Erschrocken zuckte Daniel zusammen. Auf leisen Sohlen hatte sich Schäfer hinter ihn geschlichen. Daniel bekam eine Gänsehaut und dachte, dass Schäfer der geborene Tierfänger wäre. Selbst ein gerissener Hund wie er hörte ihn nicht kommen. Vielleicht hatte er sich aber auch nur von dem entsetzlichen Anblick ablenken lassen. Seine Halsschlagader pochte unangenehm. Er fühlte sich verletzlich und das gefiel ihm nicht. „Durch den schmalen Spalt?"

Mit eingezogenem Bauch schob sich Roman Schäfer an dem Rollstuhl vorbei und schloss das gekippte Fenster. „Wir lüften regelmäßig, wegen des Schimmels."

„Die Taube wurde regelrecht abgeschlachtet!", sagte Daniel aufbrausend. Das Blut war noch nicht vollkommen getrocknet. Da hatte wohl jemand eine Scheißwut gehabt. Aber würde das den Staatsanwalt davon überzeugen, einen Durchsuchungsbefehl für das komplette Haus auszustellen? Wohl kaum.

Lässig setzte sich Schäfer auf den Badewannenrand und schaute auf die zerfleischte Taube hinunter, als handele es sich um ein Stofftier. „Die Nachbarschaft wimmelt von Katzen."

„Lassen Sie mich raten. Auch die ist durch den Spalt rein und wieder raus." Zischend trat Daniel den Rückzug an.

Als er durch den Flur fuhr, hörte er hastige Schritte im Treppenhaus. Jemand huschte auf Zehenspitzen von Etage zu Etage, aber diesmal nahm Daniel es wahr. Jemand belauschte sie! Er fuhr zur Wohnungstür und stieß mit seinem Bock dagegen, sodass sie krachend zufiel. „Ich muss mit Michael Engel sprechen."

„Warum? Ich sage Ihnen doch schon alles, was Sie wissen wollen."

„Er könnte etwas gehört oder gesehen haben, das wichtig ist im Zusammenhang mit dem Mord ... der eventuell hier stattgefunden hat."

Oder er könnte sogar der Täter sein, fügte Daniel in Gedanken hinzu.

Schäfer rieb seine Handflächen aneinander, als wäre ihm kalt. Oder als freute er sich darüber, eine schlechte Nachricht zu überbringen. „Er liegt im Krankenhaus."

„Seit wann?"

„Seit vorgestern."

Während Leander sein Notizbuch zückte, überlegte Daniel. Leider konnten sie den genauen Tag, an dem die Tat verübt worden sein sollte, nicht bestimmen, da die Aussagen von Gitte und Elisabeth Hamacher sich nicht deckten. Aber Engels Einlieferung fiel immerhin in den ungefähren Zeitraum. „Wurde er zusammengeschlagen?"

„Nein."

Es ärgerte Daniel, dass er Schäfer alles aus der Nase ziehen musste. „Blinddarm?"

„Er ist nicht krank."

„Was macht er dann in einer Klinik?"

„Es ist sehr persönlich."

Daniels Skepsis wuchs. „Eine Überdosis?"

„Gott bewahre. Nein! Keine Drogen."

„Ein Suizidversuch?"

Seufzend rieb Schäfer über seinen Nacken. „Er hat sich den Penis abgeschnitten."

„Wie bitte?"

„Kurzschlussreaktion. Der Ekel vor sich selbst wurde zu groß. Da hat er ein Fleischermesser genommen und ..." Schäfer sprach den Satz nicht zu Ende, er wirkte ehrlich betroffen.

Leander wandte sich ab, aber Daniel bekam mit, dass er seine Hände schützend auf seinen Schritt legte. Obwohl er von der Hüfte abwärts nichts mehr spürte, bekam er Phantomschmerzen. Wie verzweifelt musste jemand sein, um so weit zu gehen? Ein Seelenklempner würde bestimmt vermuten, dass Engel seine perversen Sehnsüchte immer noch quälten. Aber Daniel gab nichts auf das Psychogequatsche.

Einen Zusammenhang zu dem rothaarigen Opfer erkannte Daniel nicht. Er fand ja nicht einmal Beweise dafür, dass der Mord überhaupt stattgefunden hatte. Es würde keinen Sinn machen, Uwe Beck und Stefan Haas zu befragen, da sie garantiert nichts gesehen und gehört hatten. Den Ex-Knackis war nichts geblieben außer dieser Gemeinschaft. Die Bruchstraße 13 war ihr Nest. Sie würden es nicht durch Verrat beschmutzen.

Daniel fiel nur eine einzige Sache ein, die es noch zu überprüfen gab. „Ich möchte die Möbel sehen."

Roman Schäfer zog seine Stirn kraus.

„Die, die der Vormieter hiergelassen hat." Vielleicht standen sie noch gar nicht so lange im Keller. Möglicherweise erst seit vier Tagen, dachte Daniel. Vielleicht hatte man sie weggeräumt, um Kampf- oder Blutspuren zu vertuschen. Die Einrichtung zu zerlegen und in die Mülltonnen zu stopfen wäre nicht infrage gekommen, da die militanten Nachbarn den Abfall durchsuchen könnten. Sie wegzutransportieren wäre ebenso zu auffällig gewesen, da das Haus unter ständiger Beobachtung stand und das Umfeld nur auf einen Fehltritt lauerte, um die Männer ans Messer zu liefern. Also konnten sie das Mobiliar dort unten zwischengeparkt haben, bis sich die Chance bot, es ungesehen loszuwerden. Ebenso wie die Leiche.

Aber als Daniel die maroden Habseligkeiten im Keller begutachtete, fand er nichts. Rein gar nichts. Das ärgerte ihn maßlos. Dieser Besuch schien genauso Zeitverschwendung zu sein wie der bei Elisabeth Hamacher.

Mürrisch bugsierte er seinen Chopper in Richtung Fahrstuhl. Fußboden und Wände waren genauso aus Backsteinen gemauert wie die Gebäudefassade. Man sah dem Gemäuer sein Alter an. Für Daniels Rollstuhl war es eine Belastungsprobe, über den unebenen Boden zu fahren. Er bockte wie ein ungezähmter Gaul. Immer wieder drohten die Räder in den Fugen stecken zu bleiben.

Plötzlich hörte das Ruckeln für einen Moment auf. Gleichmäßig und ruhig fuhr er weiter.

Bis die Tortur weiterging und der Hengst unter seinem Hintern ihn erneut hin und her warf.

Daniel bremste, drehte seinen Rolli herum und schaute prüfend hinunter. Ohne sie bei der diffusen Beleuchtung hier unten bemerkt zu haben, war er über eine Platte gefahren. Sie war zwischen den Steinen eingelassen. Da zwei der drei Oberlichter defekt waren, konnte er die Inschrift nicht lesen. Neugierig holte er seine Taschenlampe hervor und leuchtete die Fläche ab. „Eine Gedenktafel!"

„Mut obsiegt!", las Leander, die Hände auf die Oberschenkel gestützt und nach vorne gebeugt. „In Gedenken an die Helfer im Dritten Reich."

„Dies ist ein geschichtsträchtiges Haus. Hier unten", Schäfer zeigte auf die Platte, „haben mutige Menschen mein Volk vor der SS versteckt."

Die Gedanken stürzten auf Daniel ein.
Juden.
Mikwe.
Ein sekundärer Tatort.

12. KAPITEL

Polternd rollte Daniel in sein Dienstbüro im KK 11.

Tomasz schreckte auf. Dabei stieß er seinen Becher um und ein Rinnsal Kaffee verteilte sich auf dem Schreibtisch. „Verdammt!"

„Tut mir leid. Ich bin mit meinen Fußstützen gegen die Tür gekommen." Entschuldigend hob Daniel seine Hände. Er fragte sich, ob sein Freund geschlafen hatte. Vor dem Fenster war es stockdunkel. Nur das Licht des Monitors erhellte den Raum. Als er die Deckenlampe anschaltete, blinzelte Tom. „Geh nach Hause und leg dich hin."

Leander stürmte an ihm vorbei. Mit einigen Lagen Papier, die er in Windeseile aus dem Spender im Toilettenraum geholt haben musste, tupfte er die braune Flüssigkeit auf. Über die Schulter hinweg sagte er zu Daniel: „Das muss Zufall sein."

„Aber ich glaube ..."

„Nicht an Zufälle, ich weiß." Energisch warf der Hospitant die Trockentücher in den Mülleimer. „Aber Roman Schäfer hat sich das Haus nicht nach der Gedenktafel oder dem geschichtlichen Hintergrund ausgesucht, sondern weil sich ihm die Chance bot."

„Wie oft hast du sonst üblicherweise mit der jüdischen Gemeinde zu tun?", fragte Daniel, während er seine Jacke auszog. Er schwitzte und sein Nacken tat durch das Manövrieren seines Bocks über Eisflächen und aufgetürmten Schnee und Sand auf den Gehwegen weh. Der Winter verwandelte seinen Rolli in einen Schleudersitz. „Seit gestern gleich dreimal: Mikwe, Schäfer und die Platte im Keller."

„Glaubst du, das Schicksal hat dir einen Wink geschickt?" Während Tomasz seine Arme streckte, gähnte er herzhaft. „Wirst du jetzt esoterisch?"

Daniel verdrehte seine Augen. „In der Bruchstraße 13 wurde ein Mord beobachtet, aber es gibt keine Leiche. In der Mikwe dagegen haben wir den Leichnam eines Mordopfers, aber es handelt sich um einen sekundären Tatort. Na, klingelt es bei euch?"

„Oberflächlich betrachtet, passt es." Nachdem Leander den Parka über die Rückenlehne seines Stuhls gehängt hatte, ließ er sich erschöpft in den Sitz fallen. „Zu dumm nur, dass die getöteten Frauen unterschiedlich aussehen."

Bei dem Anblick des Mineralwassers in seinem Glas merkte Daniel erst, wie durstig er war. Es stand zwar schon seit mittags dort, aber es hielt ihn nicht davon ab, es herunterzukippen. „Beide sind knabenhaft. Beide wurden gewürgt und es wurde ihnen am Ende die Kehle durchgeschnitten."

„Aber sie haben verschiedene Haarfarben. Die Rothaarige trug keine Perücke." Leander zog an einer seiner Haarsträhnen, um daran zu erinnern, dass der Täter laut Aussage von Elisabeth Hamacher sein Opfer am Schopf gerissen hatte. „Und die Frau in der Mikwe war schwarzhaarig."

„Bei dem Schneewittchen war ein Färbemittel im Spiel", warf Tom ein. „Als die Leiche geborgen wurde, habe ich einen Ansatz gesehen."

Aufgerüttelt neigte sich Daniel vor und stützte sich auf der Schreibunterlage ab. Ein Kribbeln floss zwischen seinen Schulterblättern hindurch und er meinte, es sogar am Steißbein zu spüren, aber das war unmöglich. „Welchen Naturton hatte sie?"

„Darauf möchte ich mich nicht festlegen", sagte Tom kopfschüttelnd. „Nasse Haare sehen immer dunkler aus als trockene."

„Vielleicht hat der Täter ihr die roten Haare abgeschnitten und sie schwarz gefärbt, wenn auch schlampig, um ihre Identität zu verschleiern. Somit könnte es sich bei den Opfern doch um ein und dieselbe Person handeln." Daniels innere Unruhe, die ihn seit dem Besuch im jüdischen Ritualbad nicht mehr losgelassen hatte, wuchs.

„Bedeutet das, ihr habt Hinweise darauf gefunden, dass der Mord im Pädophilen-Haus wirklich stattgefunden hat?" EKHK Karsten Fuchs stand in der Tür, ohne dass es Daniel, Tom und Leander zuvor bemerkt hatten. Breitbeinig stellte er sich in das Büro und fächerte sich mit einer Akte Wind zu.

„Nein, aber da ist etwas nicht koscher", sagte Daniel im Brustton der Überzeugung und lehnte sich zurück.

Stöhnend rieb sich Leander übers Gesicht. „Fang nicht wieder damit an."

„Ich habe meine Beziehungen spielen lassen." Sein Chef zwinkerte Daniel zu. „Das LKA hat die Untersuchung von Gitte Hamachers Auto vorgezogen."

Dankbar nickte Daniel seinem Vorgesetzten zu. Er wusste, dass *der Fuchs* das für ihn getan hatte, damit er weiter an diesem Fall arbeiten durfte. Ansonsten hätte er ihn nach Hause schicken müssen, weil der Fall nicht genug Substanz hatte. „Ich schulde dir was."

„Mach einfach nur deinen verdammten Job." Der Erste Kriminalhauptkommissar warf die Akte auf den Tisch. „Hamachers Wagen wurde mit Flüssiggas betrieben. Die Kollegen stellten ein Leck in der Leitung fest, wodurch sich das Gas ausbreitete."

„Und die Kollision führte dann zur Explosion", mutmaßte Daniel.

„Nicht ganz. Die Reifenspuren zeigen, dass Hamacher auf der Brühler Straße ins Schlittern gekommen ist. Vielleicht wegen Blitzeis. Das müsst ihr rekonstruieren." Fuchs zeigte zuerst auf Daniel und dann auf Leander. „Sie krachte gegen einen Baum, worauf ihr Motor erstarb."

„Aber wie …?" Fragend hob Leander seine Schultern. Er nahm einen Kugelschreiber und tippte aufgeregt mit dem Ende auf die Schreibtischunterlage.

„Erst als sie ihn neu startete, kam es zu einer Verpuffung. Die Spurensicherung vermutet, dass sie sich das Leck bei dem Crash holte. Allerdings kam ihnen etwas merkwürdig vor." Der EKHK kratzte sich an der sommersprossenbesprenkelten Nase. „Solche Leitungen bestehen für gewöhnlich aus Präzisionsstahl oder, wie in diesem Fall, aus Kupferrohr, das mit einem durchsichtigen PVC-Schlauch ummantelt ist, denn sie müssen einiges aushalten können. Die Bruchstelle in dem Auto von Hamacher wies jedoch eine Merkwürdigkeit auf. Sie war oben glatt und unten zerfranst."

Leander zog seine Stirn kraus. „Ich verstehe nicht."

„Mit dem bloßen Auge kann man das nicht erkennen, wohl aber mit einem Mikroskop", erklärte Daniel seinem jungen Kollegen. „Wenn eine Leitung reißt, sind die Enden zerfranst. Sind sie allerdings glatt …"

„Jemand hat sie angeschnitten?" Leanders Augen wurden groß. Er steckte sich das Kuli-Ende in den Mund und biss darauf herum.

„Dann wäre das Fahrzeug schon in der Tiefgarage, oder wo immer Gitte Hamacher geparkt hatte, explodiert. Die Kollegen glauben eher an einen Folgeschaden durch den Unfall." Fuchs winkte ab. „Und ihr seid schon das zweite Mal mit nichts in der Hand aus der Bruchstraße zurückkehrt."

„So würde ich das nicht sagen!", protestierte Daniel. Er fuhr so dicht an seinen Chef heran, dass seine Fußstützen beinahe dessen Unterschenkel berührten, und hob seinen Daumen an. „Es könnte einen Mord im Haus der Pädophilen gegeben haben." Um die Aufzählung seiner Pseudo-Argumente zu unterstreichen, nahm er den Zeigefinger hinzu. „Gitte Hamacher, die Tochter der Zeugin, könnte ermordet worden sein." Daniel spreizte zusätzlich den Mittelfinger ab. „Das Opfer in Nummer 13 könnte identisch sein mit dem in der Mikwe."

Abwehrend riss sein Vorgesetzter die Hände hoch. „Ich höre nur ‚könnte'. Weißt du eigentlich irgendwas bestimmt, Zucker?"

Daniel schüttelte den Kopf und biss für einen kurzen Moment die Zähne so stark zusammen, dass seine Kiefer schmerzten. „Aber ich möchte, nein, ich *muss* den Hinweisen trotzdem nachgehen, denn irgendwas stinkt hier so gewaltig, dass mir übel davon wird." Unbeabsichtigt sprach er lauter als nötig: „Die Pfeile zeigen alle zum Haus mit der Unglücksnummer. Sie mögen keine Spitze haben, aber die Richtung ist eindeutig."

Fuchs schnaubte. „Und wie erkläre ich das Voigt?"

„Zeig ihm einfach Argument Nummer 3." Daniel machte eine Faust und ließ nur den Finger in der Mitte abstehen.

13. KAPITEL

Es freute Marie, dass Daniel und sie einen Weg gefunden hatten, wieder mehr miteinander zu reden: den Job.

Die Situation zwischen ihnen war weiterhin angespannt, aber sie hatten sich nicht mehr gestritten, wie an dem Abend, als der Syrah und der Zeitungsartikel über „Das Böse in Nummer 13" sie aus der Bahn geworfen hatte.

Ihre Absätze klapperten auf dem Asphalt, als sie vom Parkplatz zum Eingang ihres Einsatzortes, den Daniel ihr am Morgen mitgeteilt hatte, schritt. Schneeflocken sammelten sich auf ihren Schultern, aber sie waren so wässrig, dass sie sofort schmolzen. Die dunklen Wolken ließen den Nachmittag wie Abend wirken.

Nun, wieder klar im Kopf, quälte Marie ihr schlechtes Gewissen, weil sie ihre Ehe mit Daniel infrage gestellt hatte. Belog sie sich nicht selbst? Tat sie das nicht immer noch? Nicht nur einmal hatte sie sich dabei ertappt, wie sie ihn beobachtete, ihn geradezu kritisch beäugte, prüfend. Sie tat das nicht bewusst, es passierte einfach.

Gedankenversunken wischte sie auf der Schmutzfangmatte die Stiefel sauber und trat in das Gebäude ein, das genauso alt wie seine Bewohner aussah.

Marie fühlte sich schlecht, elendig, wie eine Betrügerin, als hätte sie Daniel bereits im Stich gelassen. Es war ähnlich wie mit der Frage, wann Fremdgehen anfing. Erst, wenn man es tat, oder bereits, wenn man einen Gedanken daran verschwendete? War sie bereits dabei, sich von Daniel zu lösen, ohne es zu merken?

Begleitet von einem Seufzen, das tief aus ihrem Inneren kam, nahm sie die Mütze ab. Bei Problemen bekam sie immer Magenschmerzen. Sie öffnete ihren Mantel und rieb über ihren Bauch.

Während sie sich anmeldete und einer Altenpflegerin durch die Korridore folgte, versuchte sich Marie zu sammeln.

Sie wollte Daniel.

Aber sie wollte auch eigene Kinder bekommen.

Leider konnte sie nicht beides haben.

Über kurz oder lang musste sie sich entscheiden.

Überall roch es nach Desinfektionsmittel. Darunter mischte sich der Duft von Möhrengemüse und Marie fragte sich, ob er noch immer vom Mittagessen in der Luft lag oder das Abendessen bereits zubereitet wurde. Als sie in das Zimmer eintrat, gesellten sich der Geruch von

Kaffee und der Passionsblume, die auf der Fensterbank stand, hinzu. Vielleicht nahm Marie die Gerüche aber auch nur verstärkt wahr, weil ihr ohnehin übel war.

„Guten Tag, mein Name ist Marie Zucker. Die Kriminalpolizei bat mich, nach Ihren Angaben ein Phantombild des Täters herzustellen, der in Ihrem Nachbarhaus eine Frau ermordet haben soll."

„Ermordet *hat*", korrigierte Elisabeth Hamacher und bleckte ihre nikotingelben Zähne. „Ich bin alt, aber nich deppert."

Marie lächelte entschuldigend, schüttelte der Zeugin die Hand und zog sich rasch auf einen Stuhl zurück, um den Ausdünstungen der Frau zu entgehen. Eine Wolke aus Schweiß und Ammoniak umgab sie. Vielleicht war ihr Blutdruck zu hoch oder sie litt an Diabetes oder beides, was bei ihrem Übergewicht nahelag.

Maries Großmutter Liselotte hatte ebenso transpiriert, bevor ihre Medikamente richtig eingestellt waren. Als ihr breiter Hintern nicht mehr in den Küchenstuhl passte, verbot ihr Mann Gustav ihr, das Haus zu verlassen, weil er sich für sie schämte. Aus Frust, aber auch aus einem niederträchtigen Grund aß Lisel, wie sie genannt wurde, noch mehr. Nach einigen Monaten konnte sie das Bett nicht mehr verlassen. Gustav musste sie bedienen und waschen. Auf diese Weise rächte sie sich an ihm. Über die Jahre wurde aus Liebe Hass. Marie vermutete, dass Irene Bast, ihre Mutter und somit Lisels Tochter, wegen dem häuslichen Terror davon besessen war, schlank zu bleiben, und Marie erzogen hatte, Essen als Notwendigkeit, ja, geradezu als Übel zu betrachten.

Die Heizung war voll aufgedreht. Marie schwitzte. Nachdem sie den Mantel von den Schultern gestreift und ihren Schal gelockert hatte, holte sie ihr Werkzeug gegen das Verbrechen aus ihrer Tasche und breitete es auf dem Tisch vor sich aus: Zeichenblock, Graphit- und Kohlestifte, Papierwischer, Wildlederlappen und mehrere Radiergummis.

Beim Frühstück hatte Daniel ihr das erste Mal seit ihrer Kollision wieder direkt in die Augen geschaut. Er hatte ihr von seinem aktuellen Fall berichtet und sie nach Absprache mit dem Fuchs gebeten, die alte Frau aufzusuchen, da sie bettlägerig war und nicht aufs Präsidium kommen konnte, um den Mörder zu beschreiben. Zwar hatte Marie für alle Fälle einen Laptop der Polizei mit einem Face-Design-Programm dabei, aber sie bevorzugte Handarbeit. Ihrer Meinung nach konnte man dadurch die Nuancen besser herausarbeiten. Die Phantomzeichnungen wurden realistischer, wenn sich die Zeugen allein auf ihre

Erinnerung konzentrierten. Die Beispiel-Bilder konnten auch verwirren. Zudem hielt Marie auch Statur, Haltung und das Tatumfeld fest.

Marie zeichnete in schwachen Schattierungen ein Fenster auf. Einen Abgleich mit der Realität würde sie gleich nach diesem Treffen machen. „War der Täter eher groß oder klein?"

„Er konnte der Frau so eben auf den Kopf spuckn." Frau Hamacher rieb über ihren Ringfinger, als hätte sie dort vor Kurzem noch einen Ring getragen. „Aber er stieß nich an die Zimmerdecke oder so."

„Wie weit stand er vom Fenster entfernt?"

„Weiß nich. Durch das Fernglas sieht alles anders aus. Außerdem haben se sich bewegt, gekämpft, wissen Sie?" Mit der flachen Hand strich die Greisin über ihre mit Altersflecken übersäten Arme.

„Möchten Sie, dass ich Ihnen das Stück Kuchen anreiche?"

„Nee. Kein Hunger seit …"

„Aber den Kaffee möchten Sie doch bestimmt trinken?" Beides stand auf dem Nachttisch, doch die alte Dame hatte nichts angerührt.

„Will gar nichts. Nur Gitte zurück." Frau Hamachers Augen wurden feucht. „Schon immer ist se gerast wie Schumi. Wie oft hab ich gesagt: Fahr langsam, Mädchen. Als ich noch laufen konnte. Sie sagte: Hab alles unter Kontrolle, Mama. Aber da braucht ja nur ein Karnickel übern Weg laufen und schon …"

„Der Unfall Ihrer Tochter tut mir sehr leid", sagte Marie, erstaunt darüber, dass die Zeugin klarer bei Verstand war, als man ihr mitgeteilt hatte. Sie schob das auf die fachmännische Betreuung, denn ihre Tochter hatte es laut Daniel mit den Beruhigungsmitteln übertrieben.

„Wir haben uns immer gestrittn wie die Kesselflicker. Das war alles an Spaß, den ich hatte!" Tränen rannen über die Wangen der alten Dame. Sie wischte sie mit dem Ärmel ihres Nachthemds weg. „Hier redn alle so wischiwaschi, als wär ich nich ganz bei Trost. Und qualmen darf ich auch nich."

Marie wusste nicht, was sie sagen sollte. Sie stellte sich vor, dass ihre Mutter gestorben wäre, und stellte zu ihrem Schrecken fest, dass sie nichts empfand. Höchstens ein bisschen Erleichterung. Erst die Vorwürfe an Daniel, der schon genug vom Schicksal geplagt wurde. Nun diese bösen Gedanken zu ihrer Mutter. Marie war wirklich ein schlechter Mensch geworden, stellte sie fest.

„Gitte hat mir immer über die Haare gestrichen. Hab sie nicht mehr geschnitten, seit mein Mäxchen starb." Sichtlich stolz betrachtete sie ihren langen Zopf. „Die Schwester will sie abschneiden. Sie sind ihr lästig. Erst verliere ich meine einzige Tochter, dann mein Zuhause, meine Katzen und jetzt meine Schönheit."

Maries Herz krampfte sich zusammen. Aber dann sagte die alte Dame etwas, das sie schockierte.

„Aber ich sollte Ihnen nichts vorjammern. Sie sind mit Ihrem Mann auch gestraft." Elisabeth Hamacher hörte auf zu schluchzen. „Der Bulle in dem Krankenkassen-Chopper ist doch Ihrer, oder? Son Nachname kommt nich oft vor."

Entsetzt starrte Marie sie an.

„Sie werden auch niemals was Kleines kriegn, genau wie meine Gitte." Ungeniert zog die Frau ihre Nase hoch. „Was wolln Se noch wissen?"

Maries wollte schreien: *Das geht Sie gar nichts an. Trotz Rollstuhl ist Daniel Zucker ein richtiger Kerl!* Doch ihre Zunge lag wie Blei in ihrem Mund, denn er war eben kein ganzer Mann mehr. Nicht körperlich zumindest. Statt ihn zu verteidigen, spulte sie ihr Programm ab. „War sein Gesicht eher oval oder rund?"

Elisabeth Hamacher zuckte mit den Achseln.

„Erinnern Sie sich an etwas Auffälliges, wie eine Hakennase oder eine Hasenscharte?"

„Da war nur 'n Loch." Hamacher fuhr flüsternd fort. Ihre Stimme zitterte leicht. „Ein großes dunkles Loch, das die junge Frau verschlingn wollt."

Marie bekam eine Gänsehaut. „Das verstehe ich nicht. Was meinen Sie damit? Riss er seinen Mund weit auf?"

„Konnte ich nich erkenn. Der hatte 'ne Kapuze an. Zuerst dacht ich, das wäre son Rollenspiel. Hure und Ordensbruder."

„Er trug eine Mönchskutte?"

„Sagte ich doch."

Innerlich stöhnte Marie. Sie legte den Kohlestift weg und lehnte sich zurück.

„Eine Nutte, die im Kloster Unterschlupf sucht. Doch statt ihr die Sünden zu vergeben, packt der noch welche obendrauf." Während sie anzüglich lachte, streckte sie ihren Busen heraus. „Aber zum Sex kam es gar nich. Der hat die immer wieder runterdrücken wolln, so auffe Schultern, aber das ließ se nich mit sich machen. Da hat er se abgemurkst."

Fieberhaft überlegte Marie, was das zu bedeuten hatte. Hatte sich das Opfer zu stark gewehrt, sodass es nicht zur Vergewaltigung kam?

Oder hatte der Täter nie vorgehabt, sie zu vergewaltigen? Und weshalb die Kutte? Um die Frau einzuschüchtern? Oder war sie Teil eines Kults? Oder doch ein außer Kontrolle geratenes Sexspiel?

Marie blieb nichts anderes übrig, als einen verhüllten Mann zu zeichnen. Daniel würde fluchen.

Was das Opfer betraf, konnte Elisabeth Hamacher nur sagen, dass sie etwas kleiner gewesen war als ihr Mörder und rote Haare gehabt hatte, die ihr bis zum Hintern reichten. „Wie 'ne Apfelsine, nicht wie 'ne Kirsche, verstehen Se?"

„Also eher kupferfarben." Marie kramte in ihrer Tasche nach den Farbstiften.

„Nee, orangerot. Außerdem war se splitterfasernackt. Die Haut war weiß wie Kreide und ihre Tittchen klein und schlaff. Keine Ahnung, was der Typ an der fand, Kind." Die alte Dame musste Marie plötzlich mit ihrer Tochter verwechseln.

„Hing ihr Busen? War er faltig?"

„Nee, aber da war nix drin. Wie Ballons, aus denen die Luft rausgelassen wurde."

Blutjung war sie daher wohl nicht gewesen sein, schlussfolgerte Marie, während sie die Beschreibungen in die Zeichnung einfügte. Vielleicht hatte sie sogar schon ein Kind gestillt. Das sprach gegen Daniels Theorie, dass die Leiche, die in der Mikwe gefunden worden war, identisch mit der in der Bruchstraße 13 war. Wahrscheinlich hatte sich Elisabeth Hamacher von der zierlichen Statur täuschen lassen, was das Alter betraf.

Gegen ihren übermächtigen Gegner hatte die Frau nicht den Hauch einer Chance gehabt. Eine zerbrechliche Person – wie Marie selbst. Vielleicht konnte sie sich deshalb so gut in die Rothaarige hineinversetzen. Oder es lag an ihren eigenen Erfahrungen. Als GeoGod sie angriff, hatte sie keinen Moment daran gezweifelt, dass er sie töten würde.

Mit schlechten Nachrichten für das KK 11 im Gepäck – einem Phantombild des Opfers, aber nicht des Täters, aber immerhin zusätzlichen Hinweisen – verließ sie das Altenheim, denn Elisabeth Hamachers Miene hatte sich plötzlich verändert. Mit leerem Blick starrte sie an die Zimmerdecke und war nicht mehr ansprechbar gewesen.

Maries Magen fühlte sich inzwischen an, als hätte er sich zu der Größe einer Rosine zusammengezogen. Sie musste die ganze Fahrt über zur Bruchstraße an die arme Frau denken. Was musste das Opfer für Todesängste ausgestanden haben! Bestimmt hatte sie um sich getreten, ihn geschlagen und er hatte vermutlich nur gelacht. Ob sie gewusst hatte, das sie sterben würde, als er seine Hände um ihren Hals schlang? Hatte sie Hoffnung geschöpft, nachdem er den Würgegriff gelöst hatte? Und als das Messer ihre Kehle aufschnitt, hatte in ihren letzten Minuten Panik sie erfasst oder Erleichterung, weil die Tortur endlich vorüber war?

Der Hausmeister entriegelte die ehemalige Wohnung von Gitte und Elisabeth Hamacher für sie. Stinksauer ließ er sie alleine. Weil erst ein Vormund für die alte Dame bestimmt werden und dieser in dem Messie-Haushalt nach wichtigen Unterlagen und Wertgegenständen suchen musste, durfte er noch keine Entrümpelungsfirma anfordern. Nur die neun Katzen – drei mehr, als Frau Hamacher angegeben hatte – waren abgeholt und in ein Tierheim gebracht worden.

Angewidert über die Umstände, bemühte sich Marie, nirgendwo dranzustoßen. Sie suchte das Schlafzimmer der alten Dame. Eine Mischung aus kaltem Rauch, Katzentoilette und Pommesbude hing darin, sodass Marie als Erstes das Fenster weit öffnete. Sie blickte unmittelbar auf das Haus Nummer 13 gegenüber. Ihr Puls beschleunigte sich allein aus der Tatsache heraus, dass sie wusste, wer dort lebte. Böse Menschen, so tuschelte man in Köln.

Die Protestrufe der Männer und Frauen, die auf dem Bürgersteig patrouillierten, schallten bis zu ihr hinauf. Immer wieder steigerten sie sich zu einem Crescendo, wurden wieder leiser und stachelten sich erneut gegenseitig an. Die permanente Geräuschkulisse nervte. Maries Haut kribbelte unangenehm. Die Aggression machte sie nervös, daher schloss sie das Fenster wieder.

Plötzlich glaubte sie, beobachtet zu werden. Aus dem Apartment einen Stock tiefer. Doch als sie die dritte Etage des Gebäudes gegenüber musterte, sah sie niemanden. Ihr war, als besäße das Haus mit der Unglücksnummer selbst Augen.

Ihr lief ein Schauer über den Rücken. Sie trat von der Scheibe zurück, doch das Gefühl blieb.

Obwohl sie sich ekelte, legte sich Marie auf das Bett, um die Perspektive in ihrer Kohlezeichnung anzugleichen. Doch sie konnte im Liegen keins der Fenster sehen. Irritiert setzte sie sich auf. Immerhin kam jetzt das linke Fenster in ihr Sichtfeld, doch das war nicht die Wohnung, in der der Mord geschehen sein sollte. Oder hatte sich die alte Dame vertan?

Marie musste sich vorneigen, um in das rechte Apartment spähen zu können, aber immerhin funktionierte es. Gerade so eben. Ob das allerdings mit einer Körperfülle wie der von Frau Hamacher und der daraus resultierenden Unbeweglichkeit funktionierte, musste sie zu einem späteren Zeitpunkt mit der Zeugin testen.

Marie schaute auf ihre Armbanduhr. „Schon so spät?"

In zwei Stunden wurde sie im Musical Dome zu einer außerplanmäßigen Kostümanprobe erwartet und sie musste vorher noch ins Polizeipräsidium, um das Phantombild abzugeben. Dem Intendanten Friedrich Schuster höchstpersönlich gefielen die verspielten Accessoires der Ausstattung für eine neue Inszenierung nicht. Marie hatte sie reduzieren müssen und der Regisseur kochte vor Wut, weil Schuster ihm reinredete.

Nachdem sie die Tür hinter sich zugezogen hatte, atmete Marie erleichtert auf. Wie konnte nur jemand in solch einem Chaos und Schmutz leben? Eilig fuhr sie ins Erdgeschoss und trat auf den Gehsteig hinaus. Die gesamte Nachbarschaft musste sich an der Protestaktion beteiligen, denn sonst würde sich irgendwer sicherlich über die permanenten Schmährufe bei der Polizei beschweren. Sie waren nicht nur Psychoterror für die Ex-Inhaftierten, sondern für die ganze Bruchstraße!

Unbeirrt bahnte sich von hinten ein hochgewachsener Mann durch die Menge. Er stieß eine Frau so harsch beiseite, dass diese ihr Schild verlor. Schimpfend hob sie es auf, doch der Mann beachtete sie nicht.

Wie gebannt starrte Marie hinüber. Zuerst glaubte sie, sich verguckt zu haben, doch er hatte tatsächlich zwei Wülste auf der Stirn. Kurz bevor Benjamin den Warnschussarrest antreten musste, hatte sie sich mit ihm einen Fernsehbeitrag über Tattoos und Piercings angeschaut. Während er dem Thema aufgeschlossener gegenüberstand, war sie regelrecht entsetzt darüber gewesen, dass ein Mann sich die Augäpfel hatte tätowieren und eine Frau sich Schnurrbarthaare hatte implantieren lassen, um wie eine Katze auszusehen.

Nur dank der Dokumentation erkannte sie, dass der Mann auf der anderen Straßenseite Hörner implantiert hatte. Er trug rote Kontaktlinsen und einen Ledermantel. Das alles ließ ihn so dämonisch wirken, dass die Männer und Frauen ihm zwar wie ein Rattenschwanz folgten, sich aber offenbar nicht trauten, ihm den Weg zu versperren oder ihn anzusprechen. Sie wagten es nur noch, zu tuscheln und zu murmeln, was in der Gesamtheit wie ein unheilvolles Summen klang.

Da Marie auf der Seite geparkt hatte, die dem ehemaligen Zuhause von Elisabeth Hamacher gegenüberlag, musste sie die Straße überqueren. Unbeabsichtigt ging sie dadurch auf den Fremden zu. Ihre Blicke begegneten sich. Sein Grinsen entblößte Eckzähne, die spitz gefeilt worden waren.

Unentwegt spielte er mit der Kette um seinen Hals, sodass der tropfenförmige Anhänger hin- und herbaumelte und Maries Aufmerksamkeit auf sich zog. Jemand anders hätte dem keine Beachtung geschenkt. Sie jedoch besaß, aufgrund ihrer Nebentätigkeit als Gerichtszeichnerin, ein geschultes Auge und achtete daher auf Details.

Diesmal jedoch verfluchte sie sich für diese Gabe.

Marie ging davon aus, dass es sich um einen der Sexualstraftäter handelte. Denn wer sonst würde freiwillig in das Haus Nummer 13 eintreten? Kurz bevor er verschwand, deutete er einen Zungenkuss an, aber Marie war sich sicher, dass er sie nicht anbaggern wollte. Sondern er beabsichtigte lediglich, sie durch die obszöne Geste und die Tatsache, dass seine Zunge gespalten war wie die einer Schlange, aus der Fassung zu bringen.

Das schaffte er jedoch nicht, denn etwas viel Schockierenderes lenkte sie ab.

Der blaue Stein kam ihr erschreckend bekannt vor! Er hatte die Form einer Träne, und der Silberhaken, der ihn mit der Gliederkette verband, die filigraner Finger. Sie hatte solch ein Exemplar schon einmal gesehen – an der Halskette von Friedrich Schuster.

„*Als Geste meiner tiefgehenden Liebe zu Thijs*", hatte er im vergangenen Sommer gesagt. „*Ich stelle mir vor, die Fassung ist seine Hand, die meine Tränen hält. Noch immer sehe ich mein Baby vor mir, wie er auf der Wickelkommode liegt. Er strampelte mit nacktem Po herum und quiekte vor Lachen, weil ich ihn kitzelte, während ich ein Fingerspiel mit ihm machte. Seine Haut war so weich. Ich vermisse den kleinen Mann so sehr!*"

Dann hatte er den Reim aufgesagt, den er seinem Sohn immer vorsagte:

„*Eine kleine Krabbelmaus
krabbelt rüber, rein und raus,
krabbelt rauf und runter
und ist froh und munter.*"

Jetzt sah Marie diese Worte in einem völlig anderen Licht. Sie stellte sich mit einem Schaudern vor, wie Schusters Hände Thijs angefasst hatten. Überall.

Stand der Tropfen in Wahrheit symbolisch für einen Phallus? Oder die Liebe zu Kindern, wie sie nur Erwachsene teilen sollten? Handelte es sich etwa um ein geheimes Erkennungszeichen unter Gleichgesinnten? Stand der Intendant mit dem Haus Nummer 13 in Verbindung?

Obwohl der Schnee am Rand schmutzig grau war, nahm Marie etwas davon und drückte es gegen ihre pochenden Schläfen. Sie brauchte dringend eine Kopfschmerztablette, denn der Gedanke, der ihr soeben gekommen war, schien sich durch ihre Schädeldecke bohren zu wollen.

War ihr Chef ebenfalls ein Pädophiler?

14. KAPITEL

Als Tomasz am nächsten Morgen ein Tablett mit Mettbrötchen auf den Schreibtisch stellte, zauberte das ein Lächeln auf Daniels Gesicht. „Ich habe zwar schon gefrühstückt, aber dazu sage ich nicht Nein."

„Was ist mit dir?" Tom sah Leander mit hochgezogenen Brauen an.

„In rohem Fleisch wurden schon antibiotikaresistente Keime gefunden. Dadurch kann man immun gegen Antibiotikum werden. Stell dir nur vor, du bist schwer krank und die Medikamente helfen nicht. Außerdem ist das Zeug schon durch zu viele Hände gegangen und wer weiß, ob die Handschuhe getragen haben: Metzger, Verkäuferin und ..." Leanders Stimme wurde immer leiser, da er wohl das Fettnäpfchen kommen sah, ihm aber nicht mehr ausweichen konnte, „... wer immer die Brötchen geschmiert hat."

„Das war meine Frau", sagte Tomasz scharf. Sein Gesicht glühte vor Entrüstung, als käme er frisch aus dem Solarium.

„Tut mir leid, ich wollte nicht ... Ich hole dann mal Kaffee für euch." Beim Verlassen des Büros murmelte Leander: „Das sind ja nicht einmal Vollkorn- oder Roggenbrötchen. Weiße sind leere Kalorien. Müsli ist sowieso gesünder."

Der Zwiebelgeruch ließ Daniel das Wasser im Mund zusammenlaufen. „Natalia hat uns so ja noch nie verwöhnt. Richte ihr meinen Dank aus."

„Alles Taktik." Am Gürtel zog Tom seine Bluejeans hoch. „Damit glaubt sie, bei mir zu punkten."

„Geht es immer noch darum, dass du ein Haus kaufst?"

„Jetzt wäre ganz sicher der falsche Zeitpunkt." Tom winkte ab und ließ sich in seinen Stuhl fallen. „Es läuft nicht gut zwischen uns."

Zustimmend brummte Daniel, meinte aber seine eigene Ehe. Tomasz würde sich mit dem Kauf einer Immobilie eventuell übernehmen, aber immerhin könnte er seiner Ehefrau theoretisch diesen Wunsch erfüllen. Marie dagegen sehnte sich nach etwas, das er, Daniel, ihr auf keinen Fall geben konnte.

„Jetzt will Natalia auch noch lieber bauen. Wenn es nach ihr geht, hat das Grundstück keinen Garten, sondern eine Parkanlage. Es soll eine frei stehende Villa mit einem überdachten Eingang sein, doppelter Garage und einer Einliegerwohnung für ihre Eltern. Ich mag sie, aber täglich möchte ich sie nicht um mich haben. Sie würden sich mit

Natalia zusammentun und mich bei allem überstimmen." Toms Lachen klang bitter. Er öffnete die obersten Knöpfe seines weiß-orangefarbenen Karohemds, als würde ihm allein die Vorstellung an diese Übermacht den Schweiß aus den Poren treiben.

„Wenn ich meine gar nicht mehr treffen müsste, wäre ich nicht traurig."

„Deine Schwiegereltern sind ja auch wie Medusa und Hades. Meine fahren nur ihre Krallen aus, wenn es um ihre Tochter geht. Ich soll Natalia auf Händen tragen und ihr das Beste bieten, doch das kann ich mir nicht leisten. So viel verdiene ich als OK nicht, du weißt das ja." Tom pulte ein Steinchen aus seiner Schuhsohle. „Sie will, dass ich zum LKA gehe, weil die Chancen, schneller aufzusteigen, dort besser sind."

„Was?" Daniel glaubte, eine Uhr ticken zu hören. Aber als er genauer hinhörte, war da nichts.

„Ich soll Karriere machen."

„Das kannst du doch auch hier."

„Bei der letzten Beurteilung bekam ich vier von fünf Punkten", sprach Tomasz auf das Bewertungssystem der Behörde an. „Ganz okay, aber eine Garantie für eine Beförderung in nächster Zeit ist das nicht. Außerdem dauert das alles zu lang."

„Du meinst wohl, Natalia dauert es zu lang." Daniel fühlte ein Zwacken in seinem Zwerchfell. Er musste vor Schreck falsch geatmet haben. „Willst du denn weg? Ich dachte, du würdest dich hier wohlfühlen."

Bevor sein Kollege und Freund antworten konnte, kam Leander herein und reichte ihnen ihre Becher. Er selbst setzte sich mit seinem Tee an den Schreibtisch, machte dabei einen Buckel wie eine Katze und rief vermutlich, wie sie alle, erst einmal seine E-Mails ab.

„Das LKA hat die Fingerabdrücke der Mikwe-Toten durchs AFIS gejagt." Tom schüttelte seinen Kopf. „Keine Übereinstimmung."

„Ach, schau an!" Geräuschvoll schlürfte Leander an seinem Heißgetränk, während er auf seinen Bildschirm starrte. Er sog scharf die Luft zwischen seinen Zähnen ein, weil er sich offenbar die Zunge verbrannt hatte. Als er in seinen Tee blies, drang Pfefferminzduft zu Daniel herüber.

Dieser zog seine Stirn kraus. „Gibt's was Neues?"

„Die Vermisstenstelle hat weitere Fotos geschickt."

„Bilder von Frauen, die länger als drei Tage vermisst werden, aber auf die Beschreibung der Mikwe-Toten passen? Dann müsste das

Opfer aber länger gefangen gehalten worden sein", überlegte Daniel laut und kam zu dem Schluss: „Möglich wäre es."

Leander winkte ab, ohne aufzuschauen. „Lass sie mich erst einmal in Ruhe anschauen und die Anzeigen studieren."

„Der Leichnam zeigte allerdings keine Anzeichen von Verwahrlosung, daher glaube ich nicht an diese Theorie." Genüsslich biss Tom in ein Mettbrötchen und sprach mit vollem Mund: „Gestern, als ihr weg wart, habe ich am Melatengürtel angerufen, um die Gerichtsmedizin nach ihrer echten Haarfarbe zu fragen. Die Probe liegt noch im Labor, aber der Scheitel sieht dunkelblond aus, nicht rötlich."

„Zäumen wir das Pferd doch mal andersherum auf. Das Opfer in der Nummer 13 könnte blond gewesen sein, seine Haare jedoch rot getönt haben", sagte Daniel hoffnungsvoll und breitete seine Arme aus. „Der Täter hat sie nach der Ermordung abgeschnitten und schwarz gefärbt."

„Zeitlich kommt das nicht hin. Der Ansatz weist eine scharfe Kante auf, sagte der Rechtsmediziner. Soll heißen: Die Färbung war alt und wuchs bereits heraus." Tom spülte mit einem kräftigen Schluck Kaffee nach. „Gib schon zu, Zucker, bei den beiden Mordopfern handelt es sich nicht um ein und dieselbe Frau. Du musst dringend Beweise vorlegen, dass es überhaupt einen Mord im Pädophilen-Haus gab, sonst hast du keinen Fall."

Daniel presste seine Zähne aufeinander, denn sein Freund hatte recht. Gestern Nachmittag hatte Marie ihm die Phantombildzeichnung gebracht und ihm von Elisabeth Hamachers Aussage berichtet, der Busen der Rothaarigen sei schlaff gewesen, wie bei einer älteren Frau oder einer, die gestillt hatte. Die Tote in der Mikwe dagegen hatte in jeder Hinsicht jung ausgesehen.

Das Signal, dass eine neue E-Mail eingegangen war, ertönte. Leander tippte mit dem Zeigefinger auf seinen Screen. „Die Leitstelle hat gerade auf meine Anfrage geantwortet. Gestern gab es kein Blitzeis auf der Brühler Straße."

„Und somit keinen ersichtlichen Grund, weshalb Gitte Hamachers Wagen ins Schleudern gekommen sein könnte", Daniel machte eine bedeutungsschwangere Pause, „außer, dass sie verfolgt wurde."

Bevor Tom einen Einwand äußern konnte, klingelte sein Telefon. Er nahm ab. „Oberkommissar Nowak."

„Vermutlich derjenige, der die Gasleitung angeritzt hatte." Leander nickte. „Sein Plan, dass Frau Hamachers Auto schon beim Starten explodieren sollte, ging nicht auf. Daher provozierte er einen Unfall."

„Ich glaube nicht, dass der Täter wollte, dass das Fahrzeug sofort in die Luft geht. Eine Explosion vor dem Haus, das ohnehin kritisch beäugt wird, wäre schlecht gewesen. Die Pädophilen wären sofort in den Fokus geraten wegen ihres kalten Krieges mit der Nachbarschaftsinitiative."

„Bist du sicher, dass sie es waren? Sie haben sich an Kindern vergriffen. Das ist eine völlig andere Art von Verbrechen."

„Im Moment sind sie die einzigen Nutznießer. Sie schlugen gleich zwei Fliegen mit einer Klappe. Sie wurden eine der Rädelsführerinnen der Bürgerwehr los und ihre neugierige Mutter."

„Eine Mordzeugin?" Dass Leander seine Antwort als Frage formulierte, zeigte Daniel, dass er nicht gänzlich überzeugt war.

„Ich glaube fest daran, dass dieses Verbrechen stattgefunden hat. Ist es nicht sehr auffällig, dass Gitte Hamacher kurz nach unserem Besuch in der Nummer 13 starb? Wir selbst haben den ehemaligen Gefängnisinsassen zu verstehen gegeben, dass wir die Aussage von Elisabeth Hamacher ernst nehmen." Daniel fühlte sich schuldig, weil ihr Besuch der Auslöser gewesen war. „Sie haben ein Motiv und die kriminelle Energie."

Tomasz beendete das Telefonat. „Das war die Gerichtsmedizin. Im Magen der Mikwe-Leiche wurde Blut gefunden."

„Ihr eigenes?" Überrascht über die Neuigkeit hielt Daniel, der gerade trinken wollte, inne. „Hatte sie innere Blutungen?"

Tom schüttelte den Kopf. „Es stammt von einem Mann."

„Das war noch nachweisbar?" Ohne getrunken zu haben, stellte Daniel den Kaffeebecher ab.

„Ja." Mit einem Finger schob Tomasz die Zwiebeln auf seinem Brötchen zurecht. „Eine Leiche verdaut ja nicht mehr. Das Blut wird also erst durch den Fäulnisprozess abgebaut. Bei Raumtemperatur dauert das zirka drei Wochen. Im kalten Grundwasser liegend wohl etwas länger. Aber das hängt natürlich auch von der Menge des Bluts ab."

Mit dem Handballen rollte Leander seinen Kugelschreiber auf der Schreibtischunterlage hin und her. „Vielleicht wurde sie gezwungen, es zu trinken."

„Sie hatte winzig kleine Hautfetzen zwischen ihren Zähnen." Trotz des unappetitlichen Themas biss Tomasz herzhaft in sein Mettbrötchen.

„Dann hat sie den Mörder gebissen." Triumphierend klatschte Leander. „Wunderbar!"

Als Tom den Bissen hinunterschluckte, trat sein Adamsapfel hervor, den man sonst aufgrund seines fleischigen Halses nicht sah. „Kein Grund zur Freude, Menzel. Die Frau ist tot."

„Ich wollte nur sagen, dass wir seine DNA haben", gab sich Leander kleinlaut und widmete sich wieder seiner Arbeit.

„Nur keinen Abgleich." Daniel schnalzte mit der Zunge. „Wir können nicht alle Männer aus Köln zur Speichelprobe bitten."

„Das könnte sie sein." Leander kam mit seinem Gesicht näher an den Computer heran. „Die Angaben stimmen. Meiner Meinung nach ist das unsere Mikwe-Leiche", er räusperte sich und drehte den Bildschirm um, „bevor sie dazu wurde."

Eingehend verglich Daniel das Foto der verschwundenen Frau mit dem des Mordopfers. Sein Blick erhellte sich. „Das ist sie! Offiziell müssen wir zwar noch darauf warten, bis die DNA der Toten vorliegt, um sie mit der der Vermissten abzugleichen, aber für mich besteht kein Zweifel. Endlich haben wir einen Namen. Gut gemacht!"

„Petra Schumann, 21, hat ein Sozialstipendium an der Uni Köln ergattert, weil sie überdurchschnittlich begabt ist, aber aus einer sozial schwachen Familie stammt", fasste Leander die Beschreibung zusammen. „Sie wurde das letzte Mal vor drei Tagen gesehen."

Schwungvoll stand Tomasz auf und stellte sich zwischen seine beiden Kollegen. „Und warum wurde ihr Verschwinden erst jetzt gemeldet?"

„Sie wird als Außenseiterin beschrieben. Ihre Studienkollegen bekamen nicht einmal mit, dass sie in den Vorlesungen fehlte. Nur ihrer Vermieterin Almuth Klein fiel auf, dass Schumann nicht nach Hause kam. Die wohnte bei ihr in einem Zimmer, daher bekam Klein mit, wann sie kam und ging." Leander verdrehte seine Augen. „Zuerst dachte sie, die junge Frau wäre bei ihrem Freund. Denn das letzte Mal, als sie ihre Untermieterin traf, sagte Schumann zu ihr, sie hätte ein Date. Heute Morgen wurde Frau Klein aber doch mulmig und sie wandte sich an die Polizei."

„Ich werde sie heute noch aufsuchen und um eine Vergleichsprobe von Schumann bitten." Tom zeigte auf den Schnappschuss von Petra Schumann, der aus einem Gruppenfoto ausgeschnitten war, vielleicht einem Foto bei der Verleihung ihres Stipendiums. „Die könnte auch für 16 durchgehen."

„Vielleicht hat der Täter sie genau deshalb ausgesucht. Weil sie die Ausstrahlung eines Teenagers hat. Und wer würde so denken?", fragte Daniel, obwohl er die Antwort kannte.

Aufgeregt zupfte Leander an der Haut seines langen, dünnen Halses. „Ein wegen Pädophilie verurteilter Mann, der nicht noch einmal straffällig werden, aber trotzdem nicht auf den Kick verzichten möchte."

„Ihr vermischt schon wieder die Fälle." Tomasz stöhnte genervt. Während Daniel zu ihm aufschaute, knetete er seine Armlehnentasche. „Es ist nur *ein* Fall."

„Das sagt dir was? Dein Bauchgefühl?" Tom schnalzte mit der Zunge. „Ist das nicht ein bisschen zu weibisch für einen Macho wie dich?"

Obwohl Daniel Marie gelobt hatte, sich zurückzuhalten, brach sein Sarkasmus immer wieder durch. „Die Zusammenarbeit mit Leia bringt eben eine völlig neue Seite an mir zum Vorschein."

„Was soll das denn heißen?", fragte Leander und funkelte ihn an.

Besänftigend zwinkerte Daniel ihm zu. „Das war ein Kompliment."

Leander schnaubte. „Du hast eine merkwürdige Art, durchblicken zu lassen, dass du mich magst."

Seine Verlegenheit versteckte Daniel hinter der Kaffeetasse, indem er sie an den Mund hob und sich beim Trinken auffällig viel Zeit ließ.

„Ich glaube eher, du hoffst auf einen medienträchtigen Erfolg, um Kriminaldirektor Voigt ans Schienbein zu pissen, und ihn zu zwingen, dich regelmäßig anzufordern." Als Tomasz sich wieder setzte, gab sein Stuhl ein Geräusch von sich, das einem Furz nicht unähnlich war. Doch niemand lachte, weil er seine Kritik nicht in Watte hüllte. „Deshalb interpretierst du die Fakten so, wie du sie brauchst."

Daniel gab ein Murren von sich. Der Vorwurf tat weh – weil etwas dran war. Er durfte nicht so verzweifelt werden, dass es sein Urteilsvermögen beeinträchtigte.

„Wir müssen noch mal in die Bruchstraße, das Foto von Petra Schumann herumzeigen. Vielleicht hat irgendwer sie in der Gegend gesehen, bestenfalls wie sie die Nummer 13 betrat. Druck es aus und komm", sagte Daniel zu Leander und fuhr aus dem Büro, ohne eins von Toms Mettbrötchen angerührt zu haben.

15. KAPITEL

Benjamin hatte etwas gutzumachen. Er wusste auch schon, wie er das schaffen würde. Wenn Daniel recht hatte, mit dem, wovon er überzeugt war, könnte Bens Vorhaben gefährlich werden. Aber das nahm er in Kauf. Er hatte es wohl nicht anders verdient.

Diesmal würde er alles richtig machen. Diesmal würde er nicht den Schwanz einziehen. Er hatte sich seit dem letzten Jahr geändert!

Die Blicke der anderen ignorierend, weil er trotz Kälte keinen Anorak trug, stieg Benjamin in Ehrenfeld aus der Straßenbahn und zog die Kapuze seines Pullovers über den Kopf.

Nicht der Warnschussarrest hatte ihn geläutert. Der war für den Arsch gewesen. Zwei Wochen eingeschlossen zu sein hatte ihm nichts ausgemacht. Er wusste ja, dass seine Zeit dort begrenzt war. Warum hätte er sich also aufregen sollen? Er hatte schon immer gerne faul auf dem Bett gelegen und vor sich hin geträumt.

Der Schneefall nahm zu, als wollte der Himmel ihn aufhalten. Aber nichts und niemand konnte ihn stoppen!

Mit dem Kiffen hatte er schon im letzten Herbst aufgehört und seitdem keinen einzigen Blunt mehr angefasst. Allein wenn er an die Bong dachte, die Maik, Denis und er sich so oft geteilt hatten, wurde ihm kotzübel. Der ganze Dreck rief Erinnerungen an Schmerzensschreie, Verzweiflung, Blut, Tod und vor allen Dingen Schuld wach.

Wie gerne hätte er jetzt seine Overears aufgesetzt, um seine Gedanken mit lauter Musik zu überdröhnen. Aber die Kopfhörer hätten nicht zu seiner Scharade gepasst.

Er spürte eine Aggression, die ihm neu war. Sein Blut schien zu kochen.

Aber er war meilenweit davon entfernt, abgebrüht zu sein. Denn auch seine Aufregung wurde schlimmer. Ihm war übel. Der Griff des Kochmessers, das er aus Maries Küche genommen hatte, drückte gegen seinen Rücken. Ben befürchtete, die Klinge könnte ihn in den Rücken schneiden, aber er wagte nicht, danach zu tasten, um herauszufinden, ob der Griff noch richtig unter seinem Hosenbund steckte.

Du bist Kick-Ass! Du bist Defendor! Du bist Phoenix Jones! peitschte er sich an. Letzterer kämpfte auf den Straßen von Seattle gegen das Verbrechen. In echt! Gekleidet wie ein Superheld. Er war nicht nur eine Filmfigur wie die anderen beiden. Benjamin trug zwar kein Kostüm, aber er hatte sich auch verkleidet. Normalerweise hätte er sich für diesen abgefuckten Aufzug geschämt, aber dies war nicht der Moment für Eitelkeiten.

Als er in die Bruchstraße einbog, stampfte er so fest auf wie ein marschierender Soldat. Und das war er ja auch irgendwie. Ein Kämpfer für Gerechtigkeit. Niemand sollte so leiden wie Julia. Seine Freundin würde er nicht mehr retten können, aber vielleicht andere, die genauso hilflos waren.

Außerdem – was sollte er sonst mit seiner Freizeit anfangen? Seine Eltern befanden sich auf dem Egotrip und seine Freunde hatte er an die dunkle Seite verloren. Also hatte er beschlossen, diese zu bekämpfen, um Unschuldige zu retten. Und um sich nicht zu Tode zu langweilen.

Als er gestern Nacht noch einmal auf Toilette musste, hatte er gehört, wie sich Marie und Daniel im Bett unterhielten. Obwohl die Beweise fehlten, glaubte Daniel fest daran, dass eine Frau im Haus der perversen Schweine umgebracht worden war. Die Kinderficker würden gegen die Bullerei jedoch blocken. Eine Mauer des Schweigens. Keine Chance! Marie sprach aufgewühlt von ihrem Big Boss und erwähnte einen Artikel über die Wohngemeinschaft der Pädophilen. Die Zeitung hatte Ben in dem Korb, in dem das Altpapier gesammelt wurde, gefunden und mit wachsender Verärgerung gelesen.

Nachdem er sich wieder hingelegt hatte, war er so aufgewühlt gewesen, dass er nicht einschlafen konnte. Diese Idee nagte an ihm. Es gab eine Möglichkeit, die Wahrheit über den Mord, den diese alte Dame beobachtet haben wollte, herauszufinden. Aber weder Daniel noch Marie konnten diesen Weg gehen – er dagegen schon.

Benjamin musste sich in das Haus einschleusen.

Er würde die Leiche für Daniel finden!

Doch nun, da er sich dem Gebäude näherte, sah er seine Felle davonschwimmen. Durch diese Scheiß-Typen, die ständig Parolen schrien und mit ihren Schildern winkten, kam er nicht ungesehen in das Haus rein. Er musste unbedingt unter dem Radar bleiben. Denn wenn er noch einmal mit Verbrechern in Zusammenhang gebracht würde, brächte er keinen Fuß mehr auf den Boden. Niemand würde ihm eine Ausbildungsstelle geben oder eine Wohnung an ihn vermieten. Diese Mission, wie er sein eigenmächtiges Vorhaben nannte, war daher doppelt riskant. Er konnte seinen Ruf endgültig zerstören oder sogar sein Leben verlieren, wie die Frau, die er suchte.

Benjamin scannte die Situation mit seinem Blick. Mülltonnen standen, anders als er erwartet hatte, auch nicht davor. Sein Plan schien schon im Ansatz zu scheitern. Ernüchtert blieb er stehen.

Aber er musste sich reinwaschen. An seinen Händen klebte zwar kein Blut, aber da war ein dunkler Fleck auf seiner Seele und Ben befürchtete, dass er wuchs. Wie ein Melanom, das zu Krebs wird, wenn man es nicht entfernen lässt. Er konnte das nur bereinigen, indem er etwas Gutes tat. Etwas wirklich Gutes. Nichts, das zu einfach war, sondern etwas, das ihm Angst machte, ihn Kraft kostete und riskant war.

Benjamin drehte um, ging in die Parallelstraße und steuerte den Hintereingang an. Obwohl es hier keine Hausnummern gab, erkannte er ihn sofort, denn das Haus war im Gegensatz zu den anderen heruntergekommen und voller Efeu, in dem Spinnen und andere ekelige Viecher lebten.

Als er in Sichtweite kam, hielt er an.

Er bückte sich, doch nicht etwa, weil sein Schnürsenkel locker war, sondern er nahm eine Handvoll schmutzigen Schnee und verrieb ihn auf seiner Jeans. Am Knie hatte er ein Loch in den Stoff geschnitten. Den Saum hatte er ganz entfernt, sodass er ausfranste. Seine Hose erweckte den Anschein, wochenlang an einem Stück getragen worden zu sein.

Benjamin hatte ein Paar alter Turnschuhe geopfert, sie mit einer Schere bearbeitet und bunte Manga- und Disney-Figuren draufgezeichnet. Die weißen Schnürsenkel hatte er durch neonfarbene ausgetauscht. Den grauen Hoodie hatte er in einem Billigladen für ein paar Euro gekauft. Obwohl das alles nur zur Tarnung gehörte, schämte er sich für den Bagger vorne drauf. Aber er wollte jünger wirken und hatte absichtlich zu dem kindlichen Motiv gegriffen.

Während er weiterschritt, deutlich langsamer als zuvor, schlug sein Herz immer heftiger.

Seine Hand glitt in seine Hosentasche und umfasste sein Zeichenbuch. Es gab ihm Mut. *So what?* Schwänze waren nun mal sein beliebtestes Motiv. Was wusste er, warum? Es war einfach so. Benjamin hatte aufgehört, in seinem Kopf herumzuforschen, und akzeptierte es, denn er fand ja doch keine Antwort darauf. Höchstens bekam er Kopfschmerzen vom vielen Grübeln und weil er sich Sorgen machte, nicht normal zu sein. Wenn ihn jemand danach fragte, behauptete er, es wären Raketen oder Drohnen, irgendwas Männliches. Je drakonischer es aussah, desto cooler kam es an und erweckte keine

Skepsis. Er gestand sich inzwischen ein, dass er gerne Penisse zeichnete. Sie waren faszinierend. Weich, konnten aber auch hart werden. So lebendig wie kein anderes Körperteil. Jedes Glied war anders, was Länge, Durchmesser und Form anging. Jeder Schwanz stand anders ab, wenn er steif war. Eines Tages würde er seine Vorliebe für dieses Zeichenobjekt auch gegenüber anderen zugeben. Zu dieser Marotte zu stehen würde ihm leichterfallen, wenn er jetzt bewies, dass er Eier in der Hose hatte.

Endlich sah er sie. Zwei Müllcontainer, die einst geglänzt hatten, aber nun stumpf waren. Ruß bedeckte den rechten, der Unrat darin musste gebrannt haben. Unglücklicherweise standen sie in einem Gitterverschlag. Bens Vorhaben, so zu tun, als würde er hungrig im Abfall wühlen, konnte er daher nicht durchführen. Ferner waren die Fenster im Erdgeschoss mit alten Zeitungen beklebt, sodass die Pädophilen eh nicht auf ihn aufmerksam werden konnten.

„Scheiße, verdammte!" Als Benjamin über seinen Kopf strich, spürte er, dass er schwitzte.

Er hatte sich die blonden Haare raspelkurz geschnitten, weil ihn das jünger wirken ließ. Schon komisch, dachte er. In den letzten Jahren hatte er immer versucht, älter auszusehen. Zudem hatte er im Knast abgenommen und sich am Morgen wie ein Jugendlicher angezogen, der auf der Straße lebte und seine Klamotten aus der Kleidersammlung hatte, wo es drauf ankam, ob etwas passte, und nicht, ob es gut aussah. Als er sich nun in der Scheibe betrachtete, erkannte er sich selbst kaum wieder.

Wütend, dass alle Vorbereitungen umsonst waren, rüttelte er an dem Verschlag.

Plötzlich ging die Hintertür auf. Ein Mann erschien, blieb stehen und musterte Benjamin.

Bens Herz wummerte in seiner Brust. Sein Fluchtinstinkt setzte ein, aber seine Füße waren schwer wie Blei. Dann erinnerte er sich daran, wer er war, oder besser gesagt, wer er werden wollte: ein Kämpfer für die Gerechtigkeit. Wegzulaufen war daher keine Option. *Reiß dich gefälligst zusammen!*

Sauer, weil er kurz unsicher geworden war, stand er da und betrachtete seinerseits den Bewohner der Nummer 13. Der blaue Pullover des Unbekannten saß perfekt. Der Hemdkragen, der darunter herauslugte, war gestärkt, wie ihn Bens Vater im Büro trug, und strahlend weiß. Eine Lesebrille hing an einer Schnur um seinen Hals. Sein Gesicht war frisch rasiert und er hatte seine Augenbrauen gezupft, wie Benjamin es ebenfalls heimlich tat. Sein herbes Aftershave duftete so stark, dass Ben es noch zwei Schritte entfernt roch. Offenbar trug er selbst im Haus Straßenschuhe und keine Pantoffeln oder Ähnliches. Seine Fingernägel waren gepflegt. Benjamin achtete stets auf so etwas, womit seine ehemaligen Freunde ihn früher aufzogen. Der weiße, gestutzte Bart ließ den Mann weise wirken. Oder lag es an seiner gelassenen Ausstrahlung, seiner geraden Haltung oder seinem warmen und dennoch selbstsicheren Blick?

Benjamin wunderte sich. War das wirklich ein Kinderschänder? Er wusste nicht, was er erwartet hatte. Jedenfalls nicht jemanden, der so harmlos, ja, geradezu sympathisch und kultiviert aussah. Er musste sich daran erinnern, dass Äußerlichkeiten täuschen konnten, um sich innerlich nicht zu sehr zu entspannen, denn genau das tat er. Wie hatte Daniel einmal gesagt? *„Statt Hörner tragen Teufel in der Realität oft ein Lächeln, dem man nur schwer widerstehen kann."*

„Wie alt bist du?"

„Alt genug", gab Ben trotzig zurück.

„Für was?"

„Um meinen eigenen Weg zu gehen."

„Du lebst auf der Straße?"

„Die Platte ist mein Zuhause." Diese Worte hörten sich fremd für Ben an. „Ich brauche niemanden."

Mitfühlend schaute der Mann an Ben auf und ab. „So siehst du aber nicht aus."

Beinahe hätte Ben triumphierend gegrinst, doch er hielt sich im letzten Moment davon ab. Das Blut rauschte in seinen Ohren. Er wischte seine schwitzigen Handflächen an der Hose ab.

„Du gehst nicht zur Schule, oder?"

„Alles, was ich brauche, lerne ich vom Leben direkt."

„Klingt philosophisch für einen Fünfzehnjährigen." Schmunzelnd strich der Unbekannte über seinen Bart. „So alt bist du doch in etwa, oder, Junge?"

„Meine Kumpels nennen mich Kobold." Ben hatte den Namen im Gedenken an seine Hausratte ausgewählt. Sie war brutal niedergemetzelt worden. Noch jemand, dem er nicht hatte helfen können. Er ballte eine Faust in der Tasche.

„Ich heiße Roman. Hast du Hunger?"

Eifrig nickte Benjamin, obwohl ihm speiübel vor Aufregung war.

Roman trat beiseite und machte eine einladende Geste. „Ich habe Käse und Mortadella da. Magst du italienische Schinkenwurst?"

Ben hatte den Eindruck, Köder vor die Nase gehalten zu bekommen. Instinktiv tastete er nach dem Kochmesser, das zwischen Hosensaum und Rücken steckte.

„Was hast du da?"

„Nichts", sagte Ben etwas zu eilig. „Der Pulli kratzt nur."

„Du kannst bei mir baden." Romans Lächeln wurde breiter. „Vielleicht finde ich auch neue Klamotten für dich. In diesen schmutzigen Kindersachen kannst du dich unmöglich wohlfühlen. Die sind bestimmt aus der Kleiderkammer, oder? Hatten die nichts für dein Alter?"

Benjamin schwieg. Denn hätte er den Mund geöffnet, wäre ein Schrei herausgekommen. So lief das also ab. Mit Freundlichkeit, Geschenken und Hilfsbereitschaft.

Aber er war kein potenzielles Missbrauchsopfer, sondern ein Undercover-Agent, ein Superheld, ein Soldat auf einer Mission. Um herauszufinden, was mit der Rothaarigen, die in diesem schaurigen Gebäude getötet worden war, geschehen war, musste er es betreten. Daran führte kein Weg vorbei. Das hatte er vorher gewusst. Das war es, was er gewollt hatte.

Doch nun schlotterten seine Knie. Schweiß floss seine Wirbelsäule hinab. Der dunkle Korridor hinter Roman sah aus wie ein weit aufgerissenes Maul. Das Gebäude schien ihn fressen und verschlingen zu wollen. Die Finsternis zog ihn auf schaurige Weise an. Er konnte sich dem Sog kaum widersetzen. Als würde das Gebäude langsam einatmen und ihn einsaugen.

Als Ben über die Schwelle in die Bruchstraße 13 trat, war seine Kehle wie zugeschnürt. Er bekam kaum Luft. Die Tür schlug hinter ihm zu. Dunkelheit umgab ihn. Kein Licht brannte. Es roch muffig. Er bekam eine Gänsehaut, denn Roman stand dicht hinter ihm.

Erst jetzt fiel ihm auf, dass sein ach so toller Plan einen Fehler hatte.

Niemand wusste, dass er hier war. Er hatte niemanden eingeweiht, nicht einmal eine Nachricht für den Notfall hinterlassen.

Sollte ihm etwas zustoßen, wusste keiner, wo man ihn suchen sollte.

16. KAPITEL

Als Daniel und Leander in der Bruchstraße ankamen, fanden sie die Situation unverändert vor. Dunkle Wolken hingen tief über den Dächern, als hätten sie sich seit gestern nicht fortbewegt. Dicke, puffige Schneeflocken schwebten sanft zur Erde und schmolzen sogleich auf dem Asphalt, weil der Boden nicht kalt genug war.

Die Straßenschlucht machte den Eindruck, der Vorhof zur Hölle zu sein. Das Haus Nummer 13 hätte besser in einen Gruselfilm gepasst als nach Ehrenfeld.

Noch immer patrouillierten einige Mitglieder der Bürgerinitiative, doch es handelte sich nur um eine kleine Gruppe von drei Frauen mittleren Alters, eine davon mit Kopftuch. Daniel vermutete, dass es sich um Hausfrauen handelte. Ein Kinderwagen stand in einem Hauseingang. Vermutlich mussten ihre Mitstreiter arbeiten und sie hielten die Stellung.

Ihm fiel etwas auf, das er beim letzten Besuch zwar unbewusst wahrgenommen, aber nicht näher darüber nachgedacht hatte. Die Protestierenden postierten sich niemals direkt vor dem efeuberankten Gebäude, sondern vor dem daneben. Fürchteten sie sich etwa vor den verurteilten Sexualstraftätern mehr, als dass sie sie verabscheuten?

Daniel fuhr geradewegs auf die drei Damen zu und überließ es Leander, sie vorzustellen. Da der Hospitant zwar sagte, dass sie vom Polizeipräsidium kamen, aber das Kriminalkommissariat für Tötungsdelikte unerwähnt ließ, interpretierten die Frauen die Situation falsch. Wild plapperten sie durcheinander.

„Sie waren doch die beiden Typen, die Gittchen aufgesucht hatten, bevor se …"

„Ein schrecklicher Unfall."

„Wollten Sie sie einbuchten, weil se zu viele Knöllchen bekommen hatte?"

„Darüber dürfen wir keine Aussagen machen." Daniel wunderte sich, dass Gitte Hamacher ihren Nachbarn nichts über die Zeugenaussage ihrer Mutter berichtet hatte. Warum? Glaubte sie Elisabeth nicht? Oder hatte sie Angst, dass sie damit Öl ins Feuer gießen würde, der Hass der Bürgerwehr überschwappen und sie Selbstjustiz üben würden?

„Gittchen ist immer gerast wie 'ne Irre."

„Irgendwann musste das ja mal passieren."

„Da ist was schrecklich schiefgegangen, wenn ihr mich fragt."

„Wie meinen Sie das?" Leander lächelte zwar freundlich, schaute sie jedoch fordernd an.

Als hätte sie ihr Kind schreien gehört, tat die Frau aufgeregt und ging eiligen Schrittes zum Kinderwagen. Sie zog ihn aus dem Hauseingang und kehrte zurück. Unentwegt tippte sie ihn an, dabei hatte Daniel den Eindruck, dass das Schaukeln das Baby erst aufweckte. Nutzte sie dies als Ventil für ihre Nervosität?

Mit fester Stimme sagte Daniel: „Wir verlangen eine Erklärung!"

„Gittchen, bei der war das Portmariechen immer leer, das wusste jeder. Als der Amtsarzt vorbeikam, war die Alte gerade klar im Kopf. Sie ist noch nicht vollkommen gaga, sondern hat ihre Phasen. Die Heinis erkannten ihre Demenz nicht an, auch nicht, dass se schwerst pflegebedürftig ist, weil se noch alleine essen und sich waschen kann, wenn man ihr alles ans Bett bringt. Also sagten se Nee zur Pflegestufe 3."

„Und?" Leander beugte sich über den Kinderwagen und streichelte die Wange des Babys.

„Das Doofe war, dass Gittchen sich davon keinen Pflegedienst leisten konnte. Sie musste ihren Job kündigen und die Alte selbst pflegen. Zaster fehlte hinten und vorne, wenn Se verstehen."

Dieses Gerede um den heißen Brei machte Daniel ungehalten. „Wenn Sie etwas zu sagen haben, dann raus damit!"

„Ihre Kutsche warn Montagsauto, musste ständig in die Werkstatt. Letzte Woche erst. Aber Gittchen konnte nicht zahlen. Das wissen die aber noch nicht. Dann machte die Alte auch noch Ärger, redete Stuss und hatte Albträume. Das war zu viel für Gittchen. Wissen Se, wie scheiße es ist, jemandem morgens, mittags und abends den Arsch abzuwischen?"

„Nein, das weiß ich nicht", sagte Leander mitfühlend, „aber ich kann es mir vorstellen. Wie wollte Frau Hamacher das Problem mit der Rechnung lösen?"

Daniel wusste, warum Leander nicht nach der Mutter fragte. Anscheinend hegte er dieselbe Ahnung wie er selbst. Elisabeth musste ihre Tochter mit der Mordbeobachtung genervt haben, sodass Gitte sie mit Tabletten ruhigstellte, um sich darauf konzentrieren zu können, an Geld zu kommen.

Die Frau druckste herum.

Schwungvoll drehte Daniel seinen Bock herum. „So kommen wir nicht weiter. Bitte, folgen Sie uns aufs Präsidium, um eine Aussage zu machen."

„Was sollen denn die Leute von mir denken?" Entsetzt riss sie ihre Augen auf und schaute Hilfe suchend die anderen beiden Frauen an. „Hatte Gittchen euch denn nicht von ihrem Plan erzählt?"

Ihre beiden Nachbarinnen schüttelten die Köpfe.

„So was aber auch!" Sie wand sich, knibbelte an ihrer Unterlippe und sagte schließlich: „Sie wollt 'nen Unfall bauen, absichtlich, und es so aussehen lassen, als sei die Werkstatt dran schuld, als hätten die das Auto nicht richtig repariert. Statt Kohle zu blechen, wollte sie welche von denen kriegen, als Wiedergutmachung, auch Schmerzensgeld."

„Ist das nicht ein wenig viel Aufwand, um eine Rechnung nicht begleichen zu müssen?" Leander hob seine Schultern und breitete seine Arme aus.

„Die Karre wäre eh nicht mehr übern TÜV gekommen, ohne mächtig viel Zaster reinzustecken. Außerdem hatte Gittchen viele Punkte in Flensburg und befürchtete, beim nächsten Knöllchen gar nicht mehr ans Lenkrad zu dürfen. Sie fuhr halt gerne schnell. Weil se durch ihre Massen zu Fuß langsam vorankam, wenn Se mich fragen."

Daniel schüttelte den Kopf über so viel Dummheit. Fremdverschulden konnte folglich bei Gitte Hamachers Crash ausgeschlossen werden. Ein Freispruch für Schäfer, Beck, Haas und Engel. Zumindest in diesem Fall. Hamacher hatte einen Unfall fingieren wollen, um die Werkstatt nicht nur übers Ohr zu hauen, sondern sie auch noch auszunehmen, und war übers Ziel hinausgeschossen. Anders als von ihr geplant, endete ihr Vorhaben für sie nicht im Krankenhaus, sondern auf dem Friedhof.

„Danke." Leander reichte ihr seine Visitenkarte. „Ich befürchte, Sie müssen trotzdem eine Aussage bei der Polizei machen. Aber Sie brauchen nicht sofort mit uns mitkommen. Rufen Sie mich bitte in den nächsten Tagen an, um einen Termin auszumachen."

„Aber Sie sagten doch ..."

Mit einer geschmeidigen Bewegung griff Leander in die Innentasche seiner Polarjacke und zückte einen Computerausdruck, der Petra Schumann zeigte, und unterbrach die Frau: „Kennen Sie diese Person? Haben Sie sie vielleicht schon einmal hier in der Gegend gesehen?"

„Nee. Ihr etwa?", fragte sie ihre Freundinnen, doch sie zuckten mit den Achseln. „Was hat die denn ausgefressen?"

„Tut mir leid." Cool lächelte Leander die Abfuhr weg.

Bis der DNA-Abgleich bewies, dass es sich bei der Mikwe-Leiche um Petra Schumann handelte, waren ihnen eigentlich die Hände gebunden. Aber Daniel war sich hundertprozentig sicher, dass sie es war, daher hatte er sich über die Vorschriften hinweggesetzt – das schien zur Gewohnheit zu werden –, denn die Zeit war zu kostbar, um sie zu verschwenden.

Während Leander zwei Männern, die hinzukamen, das Bild von Schumann zeigte, drifteten Daniels Gedanken ab.

Leander machte sich. Das hatte er nicht erwartet. Am Anfang hatte er den Hospitanten für einen Warmduscher und Arschkriecher gehalten, aber das war er nicht. Er ermittelte mit mehr Freundlichkeit und Diplomatie, als Daniel und Tomasz es taten. Vielleicht stumpfte man mit den Dienstjahren ab.

Aber konnte er Tom ersetzen? Es gab keine festen Teams im KK 11. Daniel und Tom hatten jedoch an vielen Fällen zusammengearbeitet und sie teilten sich das Büro schon eine halbe Ewigkeit. Nun drohte Daniel seinen Partner zu verlieren. Tom war mehr als das, er war ein Freund für ihn. Wie oft hatten sie im *Zum stolzen Römer* ein Kölsch gezischt? Bevor Daniel in den Rollstuhl kam, hatten sie regelmäßig Sport zusammen getrieben. Aber, was viel mehr wog, Tomasz war der einzige Kollege, dem er gebeichtet hatte, einmal im Affekt beinahe seinen Vater getötet zu haben.

Daniel wurde es schwer ums Herz, denn er drohte nicht nur Marie zu verlieren, sondern auch Tom.

Doch dann fragte er sich, ob Tomasz ihre Bindung noch als ebenso eng ansah. Seit Daniels Unfall im März letzten Jahres hatten sie wenig Zeit zusammen verbracht, und zugegeben, er war nicht immer einfach gewesen. Außerdem kritisierte Tom ihn in den letzten Wochen oft. Sollte er ihm nicht eigentlich helfen, wieder ein vollwertiges Mitglied des KK 11 zu werden?

Im nächsten Moment verteidigte Daniel ihn vor sich selbst. Natalia und ihre Eltern setzten Tom ziemlich unter Druck. Außerdem hatte er zigmal versucht, Daniel aus seinem Schneckenhaus zu locken, als dieser frisch aus der Reha-Klinik entlassen zu Hause saß, alles schwarzmalte und seine Umwelt mit seinem Sarkasmus tyrannisierte. Jetzt war es an Daniel, seinem Freund beizustehen und seine Launen zu ertragen.

Deshalb bekam Tomasz mildernde Umstände. Vorerst.
Aufgeregtes Getuschel der drei Damen riss Daniel aus seinen Grübeleien. Ein Mann stapfte an ihnen vorbei und warf ihnen einen diabolischen Blick zu, worauf sie enger zusammenrückten und er zufrieden grinste. Die Schnallen seiner Springerstiefel klackten bei jedem Schritt.
Der Mann mit den implantierten Hörnern!

17. KAPITEL

Maries Beschreibungen trafen genau zu. Die roten Kontaktlinsen erweckten den Anschein, als glühten seine Augen. Der Saum des Ledermantels schwang hin und her, als versteckte sich darunter ein Wesen vor dem Tageslicht, während der tropfenförmige Anhänger an seiner Halskette auf und ab hüpfte.

Er klingelte bei der Nummer 13 und stellte einen Fuß auf die Treppenstufe. Während er wartete, dass ihm geöffnet wurde, drehte er seinen Kopf in Richtung Daniel, Leander und der Frauen. Er fauchte wie ein Tiger und entblößte dabei seine spitz gefeilten Eckzähne.

Jemand öffnete die Tür, ließ ihn aber nicht hinein. Als Daniel näher fuhr, sah er, dass es Roman Schäfer war. Demonstrativ stellte dieser sich in den Eingang, breitbeinig und sichtlich angespannt. Während er mit dem Mann diskutierte, schaute er ihn zwar freundlich an, aber er schob ständig seine Armbanduhr an seinem Handgelenk hin und her. Warum machte der Fremde ihn nervös?

„Stefan möchte das nun mal nicht. Das hast du zu akzeptieren." Schäfer klang wie der Internatsdirektor, der er einmal gewesen war: höflich, aber bestimmt und über seine Schäfchen wachend.

„Aber ihr müsst doch sogar abzählen, wie viele Blätter vom Klopapier ihr abreißt, bevor ihr euch den Arsch abwischt."

„Das Geld reicht gerade so, aber es reicht."

„Du hast doch auch mitgemacht. Warum nimmst du Haas jetzt in Schutz? Lass mich noch mal mit ihm reden. Dann überzeuge ich ihn schon."

„Er hat Angst vor dir. Herrgott, wer kann es ihm verdenken, bei diesen blasphemischen Teufelshörnern? Was versuchst du damit zu kompensieren?"

Provokativ strich der Fremde über die rechte Wulst auf seiner Stirn. „Dann macht auch keiner Mätzchen mit mir."

„Soll das eine Drohung sein?"

„Sei nicht schräg drauf, Roman. Wir sind doch Kumpels."

„Geschäftspartner", korrigierte Schäfer ihn.

„Wir ziehen an einem Strang. Ihr braucht Zaster, ich brauche Zaster. Ich habe ein Business und ihr die Ware. Du musst mit Haas reden. Überzeug ihn, dass er einen Deal mit mir machen muss."

„Er muss gar nichts."

„Ich kann auch etwas für ihn tun. Du weißt schon, was ich meine. Ein kleiner Bonus."

„Kriminalpolizei." Daniel wurde es zu bunt. Er fuhr zu dem Freak und zeigte Dienstmarke und Polizeiausweis. „Ich verlange zu wissen, worum es geht."

„Weil Ihre Stelzen nicht funktionieren, haben Sie wohl größere Ohren." Nur der auffällige Mann lachte über seinen Scherz.

Nervös schaute Schäfer hinter sich. Zu auffällig für Daniels Geschmack lehnte er sich mit der Schulter gegen den Türrahmen, als wollte er ihm den Blick ins Innere versperren. Verheimlichte er etwas? Ließ er deshalb diesen windigen Kerl nicht hinein?

Doch Schäfer hatte eins nicht bedacht. Daniel hatte den Sichtwinkel eines Kindes und brauchte sich lediglich etwas ducken, um zwischen Rahmen und seinen Beinen hindurchspähen zu können.

Zuerst sah er nur Dunkelheit. Doch da war etwas. Denn er hörte ein Zischen. Immer wieder. So, wie wenn Luft aus Schuhsohlen entweicht. Bei jedem Schritt. Das Geräusch wurde leiser. Jemand schlich durch den Korridor von ihnen fort. Wage machte Daniel in der Finsternis eine Bewegung aus.

Bevor er reagieren konnte, öffnete die Person die Tür am Ende des Ganges einen Spaltbreit und schlüpfte ins Freie. Daniel konnte gerade noch den langen dunklen Wollmantel erkennen, in dem der Flüchtende versank, und eine graue Kapuze. Der Mann, so vermutete Daniel, hatte die Größe eines Erwachsenen, aber die schlechte Haltung eines Jugendlichen.

Alarmiert setzte sich Daniel auf. „Leander!"

„Ich stehe direkt hinter dir."

„Jemand hat sich durch den Hinterausgang verdrückt. Du musst ihn stellen." Daniel umfasste die Armlehnen so fest, als wollte er sie abreißen. Hatte der Bock ihm eben noch einen Vorteil verschafft, so bremste er ihn nun aus. „Ich brauche zu lange, um die Stufen zu überwinden."

„Haben Sie einen Durchsuchungsbeschluss?", fragte Roman Schäfer und verschränkte die Arme vor dem Oberkörper. „Wenn nicht, dann tut es mir leid."

„Heuchler!", unterdrückte Daniel mit Mühe. „Unter besonderen Umständen dürfen wir uns auch ohne richterliche Ermächtigungsgrundlage Zutritt verschaffen."

„Sie suchen jemanden, aber dieser Jemand befindet sich nicht in meinem Haus, daher haben Sie keine rechtliche Handhabe, dieses

Gebäude zu betreten." Schäfer zuckte mit den Achseln, während sein Bekannter ihm stumm mit einem Grinsen applaudierte.

Wie ein Verkehrspolizist winkte Daniel immer wieder in dieselbe Richtung. „Lauf um den Block zur Parallelstraße."

„In der Polarjacke?" Leander stöhnte, sprintete jedoch los. „Na bravo."

Mit finsterer Miene wandte sich Daniel wieder Schäfer zu. „Ich könnte Sie wegen Behinderung von polizeilichen Ermittlungen drankriegen."

„Wegen was ermitteln Sie denn? Bei Ihrem letzten Besuch ging es nur um eine fakultative Befragung, die ich bereitwillig über mich habe ergehen lassen. Liegen inzwischen Beweise für die diffamierenden Vorwürfe vor? Offenbar nicht, sonst hätten Sie mich oder meine Freunde längst verhaftet."

Daniel hatte den Eindruck, gerade gefickt worden zu sein. Schäfer war clever. Sie durften ihn nicht unterschätzen, weil er so bequem aussah. Wütend presste Daniel seine Kiefer so fest aufeinander, bis es wehtat.

„Um was geht es hier eigentlich?" Der Unbekannte hob beide Hände. „Ich kann keinen Ärger gebrauchen."

Daniel drehte seinen Bock zu ihm. „Können Sie sich ausweisen?"

„Sicherlich haben Sie schon von *Vincente* gehört." Sachte tippte er sich auf seine stolzgeschwellte Brust. Als Daniel den Kopf schüttelte, stieß er enttäuscht Luft aus. „Vinzent Quast – mit qu, nicht mit kw, wie viele denken. Ich mache in Fanartikeln."

„Ich verstehe nur Bahnhof."

„Devotionalien. Von Berühmtheiten wie unserem Prof hier."

„Professor?"

„Professor Doktor, um genau zu sein. Darauf muss ich bestehen. Intelligente oder besonders brutale Verbrecher bringen die meiste Knete ein." Vincente rieb Daumen und Zeigefinger aneinander.

Unruhig trat Schäfer von einem Fuß auf den anderen. „Nur für nordische Philologie."

„Sie verkaufen Kram von Kriminellen?" Daniel traute seinen Ohren kaum.

„Ex-Knackis. Eine coole Geschäftsidee, was? Bringt verdammt viel ein." Rasch fügte Quast hinzu: „Für alle Beteiligten."

„Wie kommt man auf so etwas?" Mit gerunzelter Stirn sah Daniel Schäfer an, der seinem Blick auswich. Offenbar schämte er sich dafür, Vincente zu beliefern. Aber seine Beschämung schien nicht so groß zu sein wie der Wunsch, die Hausgemeinschaft aufrechtzuerhalten.

„Weil ich selbst ein Fan bin", sagte Vincente im Brustton der Überzeugung.

„Von Verbrechern?"

„Vom *Kalten Walter.*"

Daniels Augen weiteten sich. „Dem Kannibalen?"

„Dem Menschen dahinter. Ich kenne ihn besser als jeder Nachbar, der nach seiner Verhaftung in eine Kamera sagte, dass er sich schon immer vor Walter Steinbeißer gefürchtet hätte, nur um zwei Minuten Ruhm zu genießen." Vincente hielt den tropfenförmigen Anhänger fest, als würde er ihm helfen, seine Verärgerung im Zaum zu halten. „Besser als die Journalisten, die Walter in ihren Artikeln zu einem brutalen Schlächter ohne Gewissen machten."

„Was ein Mann, der seine Opfer tötet und verspeist, auf keinen Fall ist, nicht wahr?", fragte Daniel sarkastisch.

„Er liebte sie. Aus ganzem Herzen." Vincente küsste die dunkelblaue Träne. „Alle. Das bewies er ihnen, indem er sich für immer an sie band. Wie ein Treueschwur. Er schenkte ihnen Wärme und Nähe."

Angewidert schnaubte Daniel. Das war doch Bullshit!

„Er suchte sich nur Menschen aus, die von ihren Familien, Freunden und Bekannten schlecht behandelt wurden", verteidigte Vincente ihn inbrünstig.

„Seltsamerweise waren sie alle jung."

„Ein Typ, dessen Alter ihn ständig schikanierte. Ein Mädchen, das zwei Zentner wog und von seinen eigenen Eltern versteckt wurde. Eine Dreißigjährige, die noch nie einen Freund gehabt oder auch nur gefickt hatte. Ein Vater, dem seine Ische den Kontakt zu seiner eigenen Brut per Gerichtsbeschluss untersagt hatte. Der Lehrer, der von seiner Schulklasse tyrannisiert wurde."

„Jeder von uns hat irgendeine traurige Geschichte zu erzählen." Demonstrativ klopfte Daniel auf seine Armlehne. „Sie vergessen die sexuelle Komponente. Der Kalte Walter gab zu, dass es ihn erregte, Menschenfleisch zu essen."

„*Lebe entsprechend deiner eigenen Natur!*", zitierte Vincente den Stoa-Leitspruch, der von innen über der Tür hing. Bevor Daniel protestieren konnte, hob Vincente abwehrend eine Hand. „Wer sagt uns, was richtig und was falsch ist?"

Daniel war es egal, dass er zu laut sprach. Am liebsten hätte er sein Gegenüber angeschrien und dessen Gesicht in den Schnee gedrückt, damit er wieder klar wurde. „Eine gesunde Moralvorstellung."

„Die das Kollektiv uns aufzwingt. Darunter sind auch die ach so ehrenwerten Bürger, die mir meine Devotionalien abkaufen." Triumphierend zwinkerte Quast. „Ich mag Individualisten und alle, die anders sind. Die sich nicht an diese Scheiß-Gesellschaft anpassen. Die Dreck gefressen haben wie ich."

„Den Dreck haben Sie selbst verursacht."

„Nicht jeder kommt aus gutbürgerlichen Verhältnissen wie Sie, Herr Kommissar."

Daniel war froh, dass Vincente ihm über den Mund fuhr und hitzig weitersprach, sonst hätte er womöglich den Fehler gemacht und zu viel über sich preisgegeben.

„Ich bin ein Kämpfer, der andere Kämpfer unterstützt. Die, die sich nicht unterkriegen lassen, müssen zusammenhalten. Bestell das Haas", wandte sich Quast an Schäfer.

Er wollte gehen, doch Daniel hielt ihn auf. „Warum will Stefan Haas bei diesem ... Fanartikelhandel nicht mitmachen?"

„Er findet es makaber", schaltete sich Schäfer ein. Er klang zerknirscht. Immer wieder rieb er über sein Gesicht. „Er meint, man sollte sich für seine Taten schämen und nicht daran verdienen. Und er hat recht. Aber uns bleiben nicht viele Möglichkeiten, um Geld zu verdienen. Daher sind wir gezwungen, jede, die sich uns bietet, wahrzunehmen, wenn wir diese Hausgemeinschaft aufrechterhalten wollen."

Anscheinend war das Schäfers oberste Priorität. Daniel erinnerte sich an ihre erste Begegnung. Es schien dem Anführer der Sexualstraftäter nicht allein darum zu gehen, endlich wieder ein Zuhause zu haben, sondern auch, der Welt zu beweisen, dass Menschen sich ändern und wieder eingegliedert werden konnten. Nun fragte sich Daniel, ob er dafür auch einen Mord vertuschen würde.

„Mein Laden ist legal. Meine Geschäftspartner verdienen durch mich ehrliche Kohle. Ich bin ihr Ticket zurück ins Leben, und das sogar, während einige von ihnen noch im Knast sitzen." Frenetisch erhob Vincente seine Stimme. „Das ist Resozialisierung!"

Ob sein Business wirklich legal war, würde Daniel nachprüfen. Ebenso ob seine Leidenschaft für das, was er tat, nicht schon mal ins Hitzige ging, wenn einer seiner Partner nicht mitspielen wollte.

In einiger Entfernung hörte Daniel ein Schnaufen. Er drehte seinen Kopf in die Richtung. Keuchend kam Leander, die Jacke im Arm, auf ihn zu. Alleine. Sein Kopfschütteln sagte genug.

Wer Roman Schäfers rätselhafter Besucher war, würden sie nicht erfahren. Mist! fluchte Daniel innerlich. Aber eins war ihm nun klar: Schäfer hütete ein Geheimnis. Oder mehrere. Er wandte sich wieder an Vincente. „Wie verkaufen Sie die Devotionalien?"

„Über private Kontakte, Empfehlungen und über meinen Online-Shop. Für den mache ich Werbung auf einschlägigen Plattformen, in Real-Crime-Fan-Foren und so was halt. Allen Produkten wird ein Echtheitszertifikat mitgeliefert. Die Übergabe der Ware an mich durch meine Koops, wie ich sie nenne, halte ich mit einem Foto fest. Sollte ich jemanden nicht persönlich treffen können, lichte ich eben den Umschlag aus dem Knast ab. Sie erhalten eine prozentuale Beteiligung. Die Gelder, die fließen, kann ich belegen. Es ist alles sauber dokumentiert. Ich habe einen Gewerbeschein und führe regelmäßig Steuern ab. Ob es Ihnen passt oder nicht, wie ich meine Kohle verdiene, ich gehöre auch zu den ehrenwerten Bürgern Kölns." Vincente steckte sich den tränenförmigen Stein wie ein Bonbon in den Mund. Während er breit grinste, schob er ihn mit der geteilten Zungenspitze hin und her.

Obwohl die lüsterne Geste ihn anekelte, konnte Daniel seinen Blick nicht davon abwenden. Konnte der Anhänger, wie Marie vermutete, wirklich ein Erkennungszeichen in der Pädophilen-Szene sein? Kannten sich Quast und Schäfer daher?

Ein beunruhigender Gedanke kam Daniel.

Vincente war ein ausgefuchster Typ und mit allen Wassern gewaschen. Ein Geschäftsmann, der vermutlich aus allem, was sich bot, Geld machte. Modern, skrupellos. Er kannte sich im Internet aus, nutzte dessen Möglichkeiten.

„Ich kann auch etwas für ihn tun", hatte er Schäfer eine Botschaft für Haas mitgegeben. *„Du weißt schon, was ich meine. Ein kleiner Bonus."*

Vielleicht waren die Mitglieder dieser skurrilen Hausgemeinschaft nicht nur Partner, sondern auch Kunden. Versorgte er sie etwa mit Kinderpornos? Als Köder? Oder als Zusatzeinkommen unter der Hand?

Daniel hielt ihn auf jeden Fall für brandgefährlich, denn er hatte dieselbe kranke Denkweise wie sein Idol, der Kalte Walter.

Außerdem zählte er zum kleinen Kreis der Personen, die Zutritt zur Nummer 13 hatten. Somit hätte er durchaus den Mord an der Rothaarigen begehen können.

18. KAPITEL

Marie ertappte sich dabei, wie sie Friedrich Schuster anstarrte, wie sie jede kleinste Bewegung, jede Äußerung von ihm auf Hinweise prüfte. Aber natürlich sah man einem Pädophilen seine krankhafte Neigung nicht an. Er trug weder sein Haar anders als andere Menschen noch erkannte man ihn an seiner Kleidung oder seinem Sprachhabitus. Pädosexuelle verstanden sich gut darin, ihre Sehnsüchte zu verbergen, weil sie durchaus wussten, dass diese von der Gesellschaft nicht anerkannt waren. Dennoch kamen sie entweder nicht gegen diese Gelüste an oder fanden sie völlig in Ordnung für sich oder beides, das hatte Marie durch ihre Anwesenheit bei Gerichtsverhandlungen mitbekommen.

Der Intendant des Musical Domes und der Regisseur Pillner stritten sich wie die Kesselflicker, während hinter ihnen auf der Bühne eine Probe stattfand. Man hörte das Gezanke sogar trotz lauter Musik und mikrofonverstärkten Gesangs. Auf Anweisung von Schuster hatte Marie die verspielten Accessoires von der Garderobe der Schauspieler und Sänger entfernen müssen.

„Die Kostüme wirken langweilig, ohne Akzente, einfallslos. Sie gehen völlig unter." Pillners Gesicht lief rot an vor Wut.

„Haben Sie keine Augen im Kopf?", schrie Schuster und stemmte seine Hände in die schmalen Hüften. Seine faltigen, hängenden Wangen blähten sich kurz auf. „Durch den Minimalismus setzen sie sich erst von der Szenerie ab."

„Das ist Dilettantismus."

„Das ist Kunst!"

„Jetzt passen die Gewänder gar nicht mehr zum märchenhaften Hintergrund."

Schuster machte eine wegwerfende Geste. „Der muss ohnedies angepasst werden."

„Auf keinen Fall! Das ist *mein* Stück."

„Und das ist *mein* Theater."

Die beiden Streithähne standen so dicht beieinander, dass sich ihre Nasenspitzen fast trafen. Peinlich berührt schaute Marie neben ihnen im Saal umher. Sie war es von Haus aus nicht gewohnt, dass man vor den Augen anderer derart die Fassung verlor.

Annett, die in der zweiten Reihe saß, winkte Marie zu sich. Auffordernd klappte sie den Sitz neben sich hinunter und klopfte darauf.

Marie ließ sich mit einem Seufzen neben ihr nieder.

„Lehn dich zurück und genieße das Schauspiel."

„Lass mich raten, du meinst nicht die Probe, nicht wahr?", sagte Marie schmunzelnd. „Glaubst du, sie werden sich prügeln?"

„Wer weiß." Als Annett ihre Aktentasche öffnete, kam eine Tüte Mäusespeck zum Vorschein. Sie bedeutete Marie, zuzugreifen, doch diese schüttelte den Kopf. „Wir werden es bald erfahren."

„Du scheinst dich gut zu amüsieren."

„Die beiden haben sich verdient, findest du nicht?", fragte Annett, schob sich eine Schaumzuckermaus in den Mund und kaute genüsslich darauf herum.

Neben Pillners Assistentin kam sich Marie farblos vor. Wie eine Motte neben einem Schmetterling. Obwohl Annett kein Make-up benutzte, war sie eine der schönsten Frauen, die Marie kannte. Sie hatte ihre langen kupferblonden Haare zu einem lockeren Bauernzopf gebunden. Ihre smaragdgrünen Augen strahlten. Durch die Sommersprossen sah sie immer gut gelaunt aus. Nur dass sie ihre üppigen Rundungen in wallende Leinenkleider steckte, gefiel Marie nicht.

Maries Blick wurde immer wieder von dem tränenförmigen Stein um Friedrich Schusters dünnen Hals angezogen.

Plötzlich kam ihr ein Gedanke. Pillners Assistentin sah und hörte mehr als jeder andere im Team. Dadurch, dass der Regisseur sich nicht mit dem Intendanten verstand, musste sie oft zwischen ihnen vermitteln. Vielleicht bekam sie bei ihrer Arbeit auch etwas über deren Privatleben mit, was Marie ihr entlocken konnte.

Sie neigte sich zu ihrer Nachbarin. „Schuster macht selbst mir Angst, wenn er so herumschreit. Wie gut, dass er keine Kinder hat."

„Hatte er doch."

„Hatte?" Marie tat überrascht. In gespieltem Erstaunen runzelte sie die Stirn.

„Wusstest du, dass seine Frau Holländerin ist?"

„Nein."

„Und 14 Jahre jünger als der alte Knacker?"

„So alt ist 52 nun auch wieder nicht", wandte Marie ein. Sie und Daniel trennten immerhin auch sieben Jahre. „Was war mit ihrem Kind?"

„Leentje, das ist seine Frau, ihre Uhr tickte wohl. Ich habe die beiden einmal beinahe dabei erwischt, wie sie über seinem Schreibtisch hingen."

Maries Augen weiteten sich. Das hätte sie Schuster gar nicht zugetraut. Sie hatte ihn noch nie ohne Krawatte und Jackett gesehen, zugeknöpft bis auf den obersten Knopf und mit steifem Schritt wie ein Feldwebel. Selbst ein Lächeln kam bei ihm selten vor.

„Aber eben nur fast." Annett biss einer Maus den Kopf ab und sprach mit vollem Mund: „Leentje wollte, na du weißt schon, und zwar sofort in seinem Büro, weil sie zu dem Zeitpunkt täglich ihre Temperatur nahm und die Zeit gut war, um ein Baby zu machen."

Marie staunte nicht schlecht darüber, was ihre Kollegin alles wusste.

„Der dröge Knochen fand das allerdings unmöglich. Sie stritten sich darüber, als ich gerade an seiner Bürotür klopfen wollte. Ich hatte nicht beabsichtigt, zu lauschen, ehrlich nicht, aber die beiden haben sich angeschrien." Entschuldigend zuckte Annett mit den Achseln.

Marie nickte nur, um ihren Redefluss nicht zu unterbrechen.

„Getrieben haben sie es dann doch nicht. Er hat sie angebrüllt und sie rausgeworfen. Ich konnte gerade noch so tun, als ginge ich zufällig vorbei." Grinsend aß die Blondine den restlichen Speck.

Eine düstere Ahnung beschlich Marie. „Wollte er gar keinen Nachwuchs?" Hatte er etwa Angst, seine Finger nicht im Zaum halten zu können?

„Doch, ich glaube schon. Wann immer er etwas Kleines sah, taute er auf. Mir kam es manchmal so vor, als wäre er nur zu Kindern freundlich und hätte etwas gegen Erwachsene. Er wollte es wahrscheinlich bloß nicht auf der Arbeit mit seiner Frau treiben. Zu Hause muss Leentje ihn auf jeden Fall rumgekriegt haben", Annett zwinkerte frivol, „denn kurz darauf war sie schwanger."

„Ich habe ihn nie über Nachwuchs reden hören", log Marie.

„Er spricht nicht über Thijs. Und verbietet es auch allen anderen."

Marie horchte auf. „Normalerweise sind Väter stolz auf ihren Stammhalter. Stimmte etwas nicht mit dem Kleinen?"

„Der war kerngesund."

„War er ein Kuckuckskind?"

Annett prustete. „Schuster hätte Leentje geteert und gefedert."

Verlassen hatte sie ihren Ehemann nicht, denn Marie hatte sie noch in der letzten Woche im Musical Dome gesehen.

Verschwörerisch dämpfte Annett ihre Stimme. „Thijs verschwand spurlos."

„Was?" Maries Gesicht flog zu ihr herum.

„Da war er erst drei Monate alt. Mag Schuster auch eine doofe Nuss mit einer harten Schale sein, aber er hat einen weichen Kern, ich weiß es genau. Er hat oft heimlich in seinem Büro geweint. Nicht, dass ich gelauscht hätte …"

„Schon klar." Marie glaubte ihr kein Wort. „Wann war das?"

„Im letzten Sommer. In der Zeit danach hat er oft Termine vergessen. Er war richtig durch den Wind. Hat stark abgenommen, weshalb seine Wangen jetzt flattern wie Fahnen, wenn er den Kopf schüttelt." Annett kicherte über den Vergleich. „Hat ihn sympathischer gemacht."

Das tat Marie sehr leid. „Wie ist das passiert?"

„Ich weiß nichts Genaues. Es darf ja niemand darüber reden." Ein weiteres Stück Mäusespeck landete in Annetts Mund.

Aus einem unerfindlichen Grund tauchte Timmy Janke vor Maries geistigem Auge auf. Der Junge, der von einem der Pädophilen aus der Nummer 13 umgebracht wurde. Auch er war eine Zeit lang wie vom Erdboden verschluckt. Bis seine geschändete Leiche auftauchte. War Friedrich Schuster gar nicht einer von ihnen, sondern der Vater eines ihrer Opfer?

Vor Aufregung bekam Marie nichts mehr um sich herum mit. Nichts von den Proben und auch nichts von dem Ausgang des Streits zwischen dem Intendanten und dem Regisseur. Eine einzige Frage beherrschte ihre Gedanken.

Was geschah mit dem kleinen Thijs?

19. KAPITEL

Ben legte den dunklen Mantel, den Roman Schäfer ihm bei ihrem ersten Treffen geschenkt hatte, auf einen abgewetzten Ohrensessel. Eigentlich versank er darin, aber er wusste die Geste sehr zu schätzen. Roman besaß selbst wenig und trotzdem war er großzügiger als Irene und Rainer Bast, die nur spendeten, wenn die Presse es mitbekam.

Gestern hatte er lediglich die Küche von Romans Wohnung gesehen. Jetzt stand er im Wohnzimmer. Neugierig schaute er sich um. Die Möbel sahen aus, als hätte Roman sie auf dem Flohmarkt erstanden. Der Schrank musste noch aus den Siebzigerjahren stammen. Er hatte überall Katschen, als wäre er schon oft durch enge Treppenhäuser getragen worden, und sollte abgeschliffen und neu lackiert werden. Aber Roman machte auf Ben den Eindruck, als könnte er mit Worten besser umgehen als mit Werkzeug.

Am Couchtisch splitterte hier und da Holz ab. Die vielen Abdrücke von Gläsern machten ihn nicht gerade ansehnlich. Ein beigefarbener Teppich sollte den Raum, der wie das ganze Apartment mit grauen Linoleumplatten ausgelegt war, wohl gemütlicher machen, doch er hatte Flecken und gehörte nach Benjamins Empfinden in den Müll.

Das einzig Schöne im Zimmer war eine Akustikgitarre, deren Klangkörper von einem warmen Gelbton war. Sie hing in einer einfachen Halterung hinter dem Sofa und Ben fragte sich, ob man darauf noch spielen konnte.

Vielleicht hatte er beim Betrachten der heruntergekommenen Einrichtung unbewusst die Nase gerümpft, denn Roman sagte: „Wenn man ganz unten ist, kann man sich den Luxus nicht erlauben, anspruchsvoll zu sein."

Benjamin hörte weder Schwermut heraus noch eine Anklage, womit er gerechnet hatte. Roman wirkte keineswegs geknickt oder verbittert, sondern betrachtete seine Situation realistisch und nüchtern. Das überraschte Ben. Und ein wenig imponierte es ihm auch.

„Ich bin selbst schuld an meinem tiefen Fall. Niemand trägt die Verantwortung, außer ich selbst." Roman tippte sich gegen die Brust. „Ich habe mich in diese Absteige gebracht, also muss ich mich auch selbst wieder hier herausbringen."

Bevor er sich auf das Sofa setzte, zog er seine Hose an den Oberschenkeln hoch. Das erinnerte Ben an seinen Opa. Er hatte das auch immer getan, bevor er an Krebs verstorben war.

„Und wie willst du das schaffen?"

„Indem ich meine Mitmenschen davon überzeuge, dass meine Freunde und ich vertrauenswürdig sind. Dass sie keine Angst vor uns haben brauchen. Wir haben uns in der Haftanstalt gebessert. Dazu ist die Gefängnisstrafe schließlich da, nicht wahr?"

„Die Menschen wechseln auf die andere Straßenseite, wenn sie an diesem Haus vorbeigehen müssen."

„Woher weißt du das?" Roman kniff seine Augen zusammen, aber er lächelte. „Hast du uns etwa beobachtet?"

Bens Wangen wurden heiß. „Das habe ich auf dem Hinweg gesehen."

„Man macht nur einen Bogen um uns wegen der Nachbarschaftsinitiative. Findest du nicht, dass die Protestierenden aggressiver wirken als wir?"

Dem musste Ben zustimmen. Es brachte ihn zum Grübeln. Es schien ihm wie eine verkehrte Welt. Offenbar waren die Dinge nicht so, wie er geglaubt hatte. Verlegen schob er seine Hände in die Hosentaschen.

„Als wir neu in die Bruchstraße zogen, standen unsere Türen für jedermann offen. Wir suchten das Gespräch mit den Anwohnern, um ihnen zu zeigen, dass wir Menschen wie sie sind."

Roman kam Benjamin auf jeden Fall harmloser vor als die Männer und Frauen auf der Straße. Sie schwenkten die Protestschilder über ihren Köpfen wie Morgensterne. Ihre Rufe klangen wie Kriegsgeschrei. Vielleicht hatte Roman recht und Passanten wollten gar nicht die Nummer 13 umgehen, sondern die Bürgerwehr.

„Und was war die Antwort?", fuhr Roman fort. „Zerbrochene Fensterscheiben, Molotowcocktails und eine gebrochene Nase."

„Eine gebrochene Nase?"

Der Schneefall vor dem Fenster nahm zu. Es wurde noch dunkler im Raum.

„Unbekannte überfielen Uwe Beck, als er nachts von seiner Arbeit als Gebäudewachmann zurückkehrte. Sie schlugen auf ihn ein und traten ihm in den Bauch, in die Weichteile und ins Gesicht. Daraufhin kam er ins Krankenhaus. Er verlor seinen Job, weil er noch in der Probezeit war, und findet seitdem keine neue Anstellung mehr. Seine Nase ist immer noch schief und er bekommt schlecht Luft. Aber die Ärzte verweigern ihm eine Operation. Sie behaupten, dass eine Begradigung der Nasenwand nichts bringen würde. Ich glaube ja eher, sie wollen das Geld der Krankenkassen nicht für einen Ex-Kriminellen ausgeben." Roman zischte. „Dabei hat Uwe vor seiner Verhaftung einbezahlt wie jeder andere auch."

„Ziemlich unfair."

Plötzlich neigte sich Roman vor. Er stützte sich mit den Ellbogen auf den Oberschenkeln ab und legte seine Handflächen aneinander. „Du musst von der Straße runter, Kobold, bevor es zu spät ist. Lebst du zu lange in der Gosse, kommst du dort nicht mehr heraus."

Benjamin wollte nicht über sich reden. Dummerweise hatte er sich keine Geschichte für seine falsche Identität ausgedacht. *Du bist ein toller Real Life Superhero!* Aber er hatte auch nicht damit gerechnete, dass jemand danach fragen würde. Er wunderte sich nun darüber, dass ein Fremder sich Sorgen um ihn machte, während seine Eltern nicht einmal wissen wollten, was er in seiner Freizeit machte. Sie interessierten sich nur dafür, ob seine Leistungen im Gymnasium trotz der Sache mit GeoGod und der räumlichen Trennung der Familie stabil blieben.

Dankbar lächelte er Roman an und nahm neben ihm Platz. Um von sich abzulenken, deutete er auf die Gitarre. „Ist die nur Deko?"

Eine Weile hörte Benjamin ihm beim Spielen und Singen zu. Er konnte sich Roman gut mit einer Gruppe von Pfadfindern oder Schülern auf Klassenfahrt am Lagerfeuer vorstellen. Plötzlich wünschte er sich, einen Lehrer wie ihn zu haben. Ruhig, besonnen und tiefgründig. Selten fühlte er sich derart von einem Erwachsenen ernst genommen.

Roman Schäfer war so anders, als Benjamin sich einen Pädophilen vorgestellt hatte. Er baggerte ihn nicht an und begrapschte ihn auch nicht. Oder war er zu jung für Roman? Fiel Ben einfach nur nicht in sein Beuteschema?

Ihre Blicke trafen sich. Romans fröhlicher Gesang steckte ihn an. Eigentlich war Benjamin nach Ehrenfeld gekommen, um etwas über den Mord an der Rothaarigen herauszufinden, um die Kinderficker fertigzumachen. Doch jetzt, ausgerechnet in der Nummer 13, ging es ihm gut. So gelöst hatte er sich seit Langem nicht mehr gefühlt. Als wäre Roman seine Therapie. Es tat Ben gut, mit ihm zusammen zu sein.

Hatte dieser Mann neben ihm sich wirklich an Kindern vergriffen? Prüfend musterte Benjamin ihn. Nein, er konnte sich das beim besten Willen nicht vorstellen. Er war irritiert, aber glücklich.

Plötzlich hörte Roman auf zu spielen. „Willst du ein Bier?"

Ben nickte etwas zu eifrig.

„Warte hier", sagte Roman und stellte die Gitarre zurück in die Wandhalterung. „Ich gehe eben zum Kiosk an der Straßenecke und hole einige Flaschen für uns."

„Ich dachte, du hättest welches da. Für mich brauchst du nicht los."

„Das mache ich gerne." Lächelnd tätschelte Roman Bens Rücken und erhob sich. „Außer Polizisten, die einmal mehr von Nachbarn wegen einer Nichtigkeit alarmiert wurden, und diesem windigen Vincente kommt niemand zu Besuch."

„Extra für mich?" Ben fand es toll, dass jemand etwas für ihn tat. Seine Eltern sah er selten und Marie und Daniel arbeiteten viel. Wenn er etwas wollte, musste er sich selbst darum kümmern.

„Extra für dich, Kobold."

Innerlich zuckte er bei seinem Decknamen zusammen. Mit einem Mal kam es ihm falsch vor, Roman zu belügen. „Ich bin doch erst 15 und darf noch keinen Alkohol trinken."

„Das bleibt unser kleines Geheimnis." Roman neigte sich zu ihm hinunter und führte seinen Zeigefinger an seine Lippen.

Nun wurde Ben doch mulmig. Wollte Roman ihn etwa erst betrunken und wehrlos machen, damit er sich an ihm vergreifen konnte? Panik ergriff ihn. Er überlegte, ob er abhauen sollte, während Roman einkaufen war. Seine Fußsohlen kribbelten.

„Möchtest du sonst noch etwas? Erdnüsse vielleicht?", fragte Roman und berührte ihn an der Schulter. Da Ben den Kopf schüttelte, winkte er ab. „Ach, sei nicht so bescheiden. Ich bringe einfach ein paar Sachen mit und dann veranstalten wir eine kleine Privatparty zu zweit." An der Tür drehte er sich noch einmal um. Mit ernster Miene nickte er Ben zu. „Danke, dass du anders bist und mich nicht für ein Monster hältst. Das bedeutet mir viel."

Roman ging und ließ die Wohnungstür einen Spaltbreit offen stehen, als wollte er Benjamin an die Möglichkeit erinnern, dass er jederzeit gehen konnte, dass er sich nicht eingeschlossen und gefangen vorkommen sollte.

Seufzend rieb Ben mit den Handballen über seine Augenlider, bis er Sterne sah. Wie konnte er Roman das jetzt noch antun, in ein leeres Apartment zurückzukehren? Er bemühte sich wirklich um ihn.

Wahrscheinlich deutete er die Zeichen falsch. War das nicht eins der Probleme der Pädophilen, wie Roman angedeutet hatte? Jede Freundlichkeit wurde als Hinterlistigkeit ausgelegt. Aber waren nicht in Wahrheit die Menschen schlecht, die so über andere dachten? Bewies das nicht ihre eigene Niederträchtigkeit? So wollte er nicht sein, schließlich hatte er sich vorgenommen, ab sofort das Richtige zu tun.

Ben entschied zu bleiben.

Plötzlich ging knarrend die Tür auf. Ein Mann trat zögerlich in den Flur. An seiner krummen Nase erkannte Benjamin ihn. Uwe Beck! Er hatte so stechend blaue Augen, wie Ben sie einmal in einem Film bei einem SS-Offizier gesehen hatte. Damals hatte er gedacht, dass das Kontaktlinsen sein mussten. Diese jedoch schienen echt.

Der ängstliche Blick von Beck passte so gar nicht zu ihnen. „Er ist weg, oder?"

Ben schwieg, denn das Verhalten verunsicherte ihn. Eben hatte Roman doch noch so getan, als wären sie Freunde.

Doch nun trat Uwe Beck so vorsichtig auf, als wollte er vermeiden, Fußabdrücke auf dem Linoleum zu hinterlassen, die Roman verraten könnten, dass er in seinem Apartment gewesen war. „Du solltest nicht hier ... nicht alleine mit ihm sein."

Überrascht hob Benjamin seine Augenbrauen.

Beck blieb am Eingang zum Wohnzimmer stehen. „Weißt du denn nicht, was er getan hat?"

„Doch, das ..." Bens Mund war mit einem Mal so trocken, dass ihm die Worte im Hals stecken blieben.

„Sei nicht leichtsinnig, Junge", sagte Beck mit gedämpfter Stimme. „Schäfer hat früher Burschen wie dich zum Frühstück verspeist."

„Quatsch." Oder doch nicht?

„Nicht wortwörtlich natürlich." Beck rieb über die grobkörnige Haut seiner Wange. „Aber er war Lehrer und missbrauchte seine Schüler, Knaben wie dich, etwas jünger vielleicht, aber heutzutage kann er nicht mehr wählerisch sein."

So etwas Ähnliches hatte Roman auch gesagt, nur in Bezug auf seine Möbel. Etwas Dunkles rührte sich in Benjamin.

„Er ist gebildet und kann gut reden. Ein Wolf im Schafspelz, falls dir das etwas sagt."

„Er war immer freundlich zu mir."

Beck lachte abfällig. „Da haben wir die Scheiße. Er hat dich längst um den Finger gewickelt."

Eine Alarmsirene schrillte in Ben. Er sprang von der Couch auf und blieb mitten im Raum stehen. War er zu vertrauensselig gewesen? Hatte er sich einlullen lassen?

„Geh lieber, bevor es zu spät ist." Im Erdgeschoss fiel eine Tür zu. Beck zuckte zusammen. „Er ist zurück. Lauf weg."

„Er hat Bier und Knabberzeug geholt."

„Damit ködert er dich doch nur. Stefan Haas von unten hat Kinder mit Süßigkeiten in seine Wohnung gelockt und Michael Engel von oben kaufte seiner Schwester immer kleine Geschenke, nachdem er sie gefickt hatte."

„Und was haben Sie Ihren Opfern geschenkt, um sie zu blenden?"

„Gar nichts, Junge. Ich habe nie eine Maske getragen. Habe fair gespielt. Sobald sie mich sahen, wussten sie, mit wem sie es zu tun hatten. Aber Schäfer hat die meisten Kerben in seinem Gürtel. Er ist gefährlich! Ein verdammter Magier. Er verzaubert dich. Alles an ihm ist Illusion. Die Seifenblase platzt erst, wenn es schon zu spät ist." Immer wieder spähte Beck über seine Schulter zurück. „Flieh und komm nie wieder hierher!"

Er verschwand so schnell, wie er aufgetaucht war. Aber seine Warnung hing noch in der Luft.

Kurze Zeit später betrat Roman das Apartment. Lächelnd stellte er das Bier auf den Sofatisch und drapierte Nüsse, Chips und Gummizeug drumherum.

„Ich glaube, ich sollte besser gehen." Selbst Benjamin hörte die Angst heraus, obwohl er sie zu vertuschen versucht hatte.

„Warum? Was ist passiert?"

„Nichts. Ich …" Ben fiel keine Ausrede ein. Unauffällig wischte er seine schweißnassen Hände an seinem Po ab.

Das Strahlen in Romans Gesicht erstarb. „Während ich weg war, hast du nachgedacht, stimmt's? Und Angst bekommen."

Da Benjamin nicht wusste, was er darauf sagen sollte, schwieg er. Sein Herz schlug hart gegen seinen Brustkorb. Würde Roman böse werden? Stand er kurz davor, sein wahres Ich zu zeigen? Ben versteifte sich. Für den Fall eines Angriffs stellte er sich breitbeinig hin. Hinter seinem Rücken ballte er die Hände zu Fäusten, denn unglücklicherweise hatte er das Messer diesmal zu Hause gelassen.

Roman wirkte betroffen und ließ die Arme hängen. „Ich hatte gehofft, dass die ungezwungene Atmosphäre dich auflockert."

Das hatte sie. Aber aufgrund von Becks Mahnung war Ben sich nicht mehr sicher, ob das etwas Gutes war. Er hatte sich durch Romans harmlose Fassade davon ablenken lassen, dass er ein verurteilter Kinderschänder war.

„Und dass meine Ehrlichkeit und Offenheit dir zeigt, was für ein Mensch ich wirklich bin."

Als Roman sich auf die Couch setzte, öffnete Ben seine Fäuste. Er entspannte sich wieder etwas.

„Ich habe schlimme Dinge getan und bereue sie von Herzen, aber ich kann sie nicht ungeschehen machen. Alles, was ich tun kann, ist sicherzustellen, dass sie nie wieder passieren."

„Dafür gibt es aber keine Garantie."

„Bei mir doch."

Machte Roman ihm etwas vor oder sich selbst? Benjamin schnaubte.

„Bei mir haben die Ärzte einen Riegel vorgeschoben."

Von einer Sekunde auf die andere bekam Benjamin Phantomschmerzen zwischen den Beinen. Roman hatte sich doch nicht etwa seinen Schwanz abschneiden lassen? Ging das überhaupt? „Wie meinst du das?"

„Ich habe mich für eine Depot-Therapie entschieden. Freiwillig."

Weil Ben keine Ahnung hatte, was das war, zuckte er nur mit den Achseln.

„Das ist eine chemische Kastration."

Also doch! „Chemisch?"

„Ich muss regelmäßig Medikamente gespritzt bekommen, die verhindern, dass meine Hoden und Nebennieren Testosteron produzieren."

Eigentlich wollte Ben nicht über so etwas mit Roman sprechen, aber er war einfach zu neugierig. Außerdem gab diese Information ihm Sicherheit. „Aber sobald du sie absetzt …?"

„Ich muss sie ein Leben lang einnehmen. Alle drei Monate wird die Spritze wiederholt. Dadurch habe ich ein paar Kilos zugenommen, aber das ist mir egal. Weitaus wichtiger ist, dass ich von dieser Geißel befreit werde."

„Geißel?" Ben kam sich schon vor wie ein Papagei.

„Ich meine damit die fehlgeleitete Lust." Mit den Fingern wischte Roman unsichtbare Tränen unter seinen Augen fort. „Zu keinem Zeitpunkt habe ich sie als Freude betrachtet. Sie ist eine Qual!"

So hatte Benjamin das noch nicht gesehen.

Kurz saugte Roman seine Unterlippe ein und biss darauf, als wollte er sich mit dem Schmerz selbst bestrafen. „Wie eine Sucht zwingt sie einen, dieser krankhaften Neigung nachzugehen. Obwohl man weiß, dass sie falsch ist, kann man sich nicht gegen sie wehren. Einmal habe ich sie dem Gefängnispsychologen gegenüber als Geschwür bezeichnet. Bedauerlicherweise kann es nur entfernt werden, indem ich sterbe."

Erschrocken hielt Ben die Luft an. Mit solch einer krassen Aussage hatte er nicht gerechnet.

„Aber dazu bin ich nicht bereit."

Geräuschvoll atmete Ben aus. Er fühlte mit Roman mit und konnte förmlich spüren, wie sehr er darunter litt, auf Kinder abzufahren.

„Deshalb die medikamentöse Kastration. Auf eigenen Wunsch. Sie unterdrückt den Sexualtrieb." Mit dem Blick eines verletzten Hundes sah er zu ihm auf. „Du bist also in Sicherheit vor mir."

Benjamin lief hochrot an. Er empfand Mitleid und schämte sich dafür, Roman angeklagt zu haben, ihn verführen zu wollen. Dabei hatte er ihn zu keinem Zeitpunkt angegraben.

„Wenn ich das richtig mitbekommen habe, stehen noch Wohnungen frei. Vielleicht kann ich hier einziehen", sagte Ben, nicht allein, um einzulenken, sondern er hatte einen Hintergedanken. Schließlich hatte er dieses düstere Gemäuer mit dem spinnwebenartigen Efeu aus einem bestimmten Grund betreten.

Romans Miene erhellte sich. „Mit 18. Ja, das würde mich sehr freuen. Im Moment wäre das nicht angebracht."

„Warum nicht?"

„Abgesehen davon, dass du zu deinen Eltern zurückkehren solltest, ist es riskant, hier zu wohnen. Einige von uns befürchten, im Schlaf von den Nachbarn umgebracht zu werden, aber ich finde das übertrieben. Dennoch … wir werden beschimpft, zusammengeschlagen und geächtet. Das ist kein Ort für einen Teenager wie dich."

„Und du gehst davon aus, dass sich das in drei Jahren ändern wird?"

„Ich hoffe es. Dafür bete ich."

„Du bist religiös?"

„Ich bin Jude. Und du?"

„Neugierig auf die leer stehenden Apartments", antwortete Benjamin ausweichend. „Kann ich sie sehen? Dann habe ich etwas, wovon ich träumen kann."

Roman öffnete zwei Flaschen Bier, reichte Ben eine und stand auf. „Folge mir."

Vor dem Rundgang stießen sie an. Benjamin hatte den Eindruck, dass diese Geste ihre Freundschaft endgültig besiegelte.

Roman war kein durch und durch guter Mensch. Aber wer war das schon? Er selbst ja auch nicht. Aber sein neuer Kumpel bemühte sich, besser zu werden, genau wie Ben auch. Sie waren sich ähnlicher, als Benjamin gedacht hatte.

Wohnung für Wohnung suchte er nach Hinweisen auf einen Mord ab, fand jedoch nichts. Vielleicht war die Zeugenaussage ebenso ein großer Irrtum wie seine Annahme, Roman wollte ihm an die Wäsche.

Als er sich später verabschiedete, war er müde. Hinter ihm fiel die Tür ins Schloss. Gähnend reckte er sich und sah zum Himmel hinauf. Es hatte aufgehört zu schneien und es schaute sogar ein bisschen Blau durch den Wolkenteppich hindurch. Er fühlte sich nicht mehr ganz so einsam wie am Morgen.

Plötzlich hörte er Stimmen von jenseits der Hintertür. Zwei Männer stritten sich. Einer davon war Roman. Um besser zu hören, um was es ging, drückte Ben sein Ohr dagegen. Der andere Kerl musste dieser Haas sein. Oder vielleicht dieser Engel? Zu Beck passten die Worte jedenfalls nicht.

„Du darfst ihn nicht reinlassen."

„Er sieht und hört nur das, was ich will."

„Du glaubst, du hast immer alles unter Kontrolle, aber das hast du nicht."

„Euch zum Beispiel nicht, das ist korrekt und ich bedauere es."

„Du bringst uns in Gefahr."

„Ihr geht ein viel größeres Risiko ein und ich war niemals damit einverstanden."

„Mitgehangen, mitgefangen."

„Willst du wieder in den Knast? Diesmal für immer wegen der Scheiß-Sicherheitsverwahrung?"

„Eben nicht. Deswegen sage ich ja: Keine Besucher!"

„Lass den Jungen meine Sorge sein."

„Ich werde das regeln."

„Finger weg von ihm!"

„Dein Problem ist, dass du emotional wirst."

„Er gehört mir. Halte dich von ihm fern, oder …"

„Oder was?"

Stille trat ein. Plötzlich hatte Benjamin Angst, dass sie seine Anwesenheit erahnten. Auf leisen Sohlen verließ er das Grundstück. Doch sobald er die Straße erreicht hatte, rannte er, bis er Seitenstiche bekam. Keuchend kam er an der Bushaltestelle an. Er hielt sich die Hüften, war außer Puste und versuchte, seine Gedanken zu ordnen.

„*Ben gehört mir.*" Was hatte das zu bedeuten? Wollte sich Roman schützend vor ihn stellen oder meldete er Besitzansprüche an?

Harmonie herrschte jedenfalls nicht zwischen den Bewohnern. Es klang eher nach einer Art internem Ringen. Sie hatten etwas zu verbergen und der fremde Typ hatte eine Heidenangst, dass Ben es entdeckte. Nur was? Ging es um die Ermordung der Rothaarigen oder etwas völlig anderes?

Ben musste unbedingt herausfinden, wovon die Männer gesprochen hatten, weil er doch Daniel helfen und die Sache mit Julia wiedergutmachen wollte. Aber nicht nur deshalb. Er wollte auch unbedingt wissen, ob Roman ihn wirklich mochte oder nur seine Spielchen mit ihm trieb. Allein die Vorstellung, dass alles, was sein neuer Freund getan und gesagt hatte, nur eine Riesenshow gewesen war, verletzte ihn. Benjamin fühlte sich zu ihm hingezogen. Er wusste nicht, warum das so war, und wollte auch besser nicht genauer darüber nachdenken, aber es war so.

„Das ist doch purer Wahnsinn", sagte er zu sich selbst und erntete komische Blicke von den anderen Leuten, die auf den Bus warteten.

Es war lebensgefährlich, aber er musste noch einmal die Bruchstraße 13 betreten.

20. KAPITEL

Daniel ließ seinen Bock vor dem Krankenhaus in Köln-Holweide ausrollen und schaute zu dem mehrstöckigen Gebäudekomplex auf. Warum mussten Kliniken immer so hässlich aussehen? Wieso konnte man sie nicht einladend gestalten, damit der Patient sich auf den ersten Blick wohlfühlte? Stattdessen dachte jeder sofort an Flucht.

Von außen waren sie Justizvollzugsanstalten nicht unähnlich. Grauer Beton, leblose Fenster und eine Aura der Trostlosigkeit.

Seine Handflächen schwitzten. Aber er zog seine Spezialhandschuhe nicht aus, damit niemand mitbekam, wie nervös er war. Das war auch der wahre Grund, weshalb er Leander nicht mitgenommen hatte.

Auf dem Präsidium hatte Daniel zu Leander gesagt, er hätte die Schnauze voll davon, dass er wie ein Wachhund hinter ihm herdackelte, nur weil Voigt befürchtete, sein Sarkasmus könnte seine Diplomatie mindern oder er könnte seinen Rollstuhl als Rammbock missbrauchen. Diese eine Befragung könnte er auch alleine durchführen, schließlich lag Michael Engel im Bett und Hospitäler waren behindertengerecht gebaut. Der Hospitant des KK 11 wurde von Tomasz dringender gebraucht, weil dessen private Situation an seinen Nerven zerrte, ihn dünnhäutig machte und erschöpfte. Außerdem konnte das Team, das den Mikwe-Fall bearbeitete, jede Unterstützung gebrauchen, um das Umfeld von Petra Schumann zu untersuchen.

Als Leander sich überraschenderweise ohne zu murren fügte, war Daniel beleidigt, hatte es sich aber nicht anmerken lassen.

Genauso wie seine Antipathie gegenüber Kliniken, nun, da er seine Krüppel-Harley hineinlenkte. Sein linkes Augenlid zuckte. Er versuchte, seine Übelkeit niederzuringen, und erkundigte sich an der Information, wo er Engel finden konnte, und steuerte den Aufzug an. Während er mit dem Lift in die Urologie fuhr, kribbelte es ständig in seinem Nacken. Doch jedes Mal, wenn er über die Stelle wischte, war dort nichts. Vielleicht ein Tier, das unter den Kragen seiner gefütterten Lederjacke rutschte und wieder hochkroch. Oder ein loses Haar. Bestimmt ein Haar, ja, so musste es sein.

Du bist nicht wegen dir hier. Vergiss, was vor etwas weniger als einem Jahr geschah. Du bist nur ein Besucher, kein Patient. Atme tief ein und langsam wieder aus. Beruhige dich. Dein Herz rast wie bei einem Marathonläufer. Krieg das endlich in den Griff, Mann!

Zögerlich rollte er durch den Flur und fragte sich, ob dieses Gefühl – als würde ein Lastwagen auf seinem Brustkorb parken –, das sich immer einstellte, wenn er ein Krankenhaus aufsuchte, jemals ausbleiben würde. Das Quietschen der Rollstuhlräder auf dem PVC-Boden, der Geruch von Desinfektionsmittel und die weiße Kleidung des Krankenhauspersonals saugten all seine Energie auf, sodass er nur schleppend vorwärtskam. Alles in ihm konzentrierte sich darauf, die Umgebung zu ignorieren, sodass er zuerst an Engels Patientenzimmer vorbeifuhr und umdrehen musste.

Erst als er vor dem Bett stand und Dienstausweis und Marke vorzeigte, fühlte er sich etwas besser. Er klammerte sich an die Routine seines Jobs, aber in seinem Inneren bluteten die alten Wunden wieder. „Kriminalhauptkommissar Zucker. Ich muss Ihnen ein paar Fragen stellen."

„Das haben Ihre Kollegen doch schon."

Verwirrt krauste Daniel die Stirn. Dann verstand er, worauf Michael Engel hinauswollte. „Nicht nur zu Ihrem ... Unfall, auch wegen einer anderen Sache."

„Was wirft die Bürgerinitiative mir jetzt schon wieder vor? Ich habe Chem net angerührt, ich schwör's! Verfickte Scheiße, ich bin keine Schwuchtel. Bevor diese Spinner mir son Scheiß vorwerfen, hätten sie sich erst einmal schlaumachen sollen, was ich verbrochen hab. Aber so viel Grips habn die net."

Daniel dagegen hatte dessen Akte studiert. Michael Engel stand nicht auf Jungen, sondern auf Mädchen, deshalb konnten die Vorwürfe nicht stimmen. Offenbar schreckte die Nachbarschaft nicht vor Verleumdung zurück. Fiel Elisabeth Hamachers Aussage in dieselbe Kategorie?

Eingehend musterte Daniel den Einundzwanzigjährigen und fragte sich, ob er ihm leidtat, weil Engel selbst ein Missbrauchsopfer war. Bleich wie das Laken unter ihm lag der junge Mann da. Seine Unterlippe war blutverkrustet. Vielleicht kaute er aus Nervosität darauf herum. Unentwegt bewegten sich seine Hände unter der Bettdecke. Löcher in den Ohrmuscheln, den Augenbrauen und der Lippe zeugten davon, dass er normalerweise Piercings trug, die man ihm vermutlich vor der Notoperation herausgenommen hatte.

Offenbar war Engel ein Nervenbündel. Möglicherweise hatte er aber auch Schmerzen. Unter dicken Verbänden musste sein Unterleib unnatürlich geschwollen und mit einem Netz aus OP-Nähten überzogen sein.

Sein Vater hatte ihn jahrelang missbraucht, genauso wie seine Schwester Anja, die drei Jahre jünger war als er. Als Michael 16 wurde, dachte Daddy, es wäre an der Zeit, dass er vor seiner Ausbildung zur Fachkraft für Rohr-, Kanal- und Industrieservice ein richtiger Mann wurde. Er forderte ihn auf, sich an Anja zu vergehen. Zuerst weigerte sich Michael. Doch ein Schlag in die Weichteile überzeugte ihn davon, ein gehorsamer Sohn zu sein. Beim ersten Mal klappte es nicht, hatte er bei seiner Verhaftung ausgesagt. Aber die Pubertät machte ihn leicht erregbar und sein Vater redete ihm ein, dass es okay wäre. Der Sex bliebe schließlich in der Familie, das wäre normal, alle machten das zu Hause. Obwohl etwas in ihm ahnte, dass das nicht stimmte, zählte der inzestuöse Sex für ihn schon lange zum Alltag. Außerdem wollte er nicht noch einmal zwischen die Beine geboxt werden, sondern endlich das machen, wovon er immer träumte, wenn er wichste. Und es tat Anja ja schließlich nicht weh. Wenn sein Daddy sie vögelte, lag sie ganz still da, als wäre sie tot. Aber das war sie nicht, denn sie starrte an die Zimmerdecke und ihre Brüste hoben und senkten sich sehr schnell.

Also vergriff er sich ebenfalls an seiner Schwester. Er gab zu Protokoll, dass er sich von da an wie ein richtiger Mann fühlte. Sein Vater packte ihn nicht mehr an, sah aber gerne zu, wenn seine Kinder sich lieb hatten.

Der familiäre Missbrauch flog erst auf, als Anjas After riss und sie notoperiert werden musste.

Kurz zuvor hatte sein Vater Anja vergewaltigt. Er forderte seinen Sohn auf, es ihm gleichzutun, weil die Kleine förmlich um mehr betteln würde, dabei schwieg sie wie ein Grab. Michael wollte nicht schon wieder als Schlappschwanz, Nichtsnutz und Schwächling beschimpft werden, denn das tat ihm ebenso weh wie die Prügel, daher gehorchte er. Aber er wollte, so stand es in der Fallakte, nicht dasselbe Loch benutzen und das Sperma seines Vaters am Schwanz haben, daher stieß er heimlich in Anjas Anus – was gehörig schiefging.

Sein Vater saß immer noch in Haft. Michael bekam als Opfer mildernde Umstände und wurde nach einem hervorragenden Gutachten bald wieder entlassen. Der Gutachter glaubte, dass Michaels Sexualität nicht generell auf Minderjährige fixiert wäre, sondern er als Teenager von seinem Erziehungsberechtigten manipuliert worden war. Er sei psychisch labil und leicht beeinflussbar.

In der Bruchstraße 13 hatte er ein neues Zuhause gefunden. Doch vor drei Tagen hatte er plötzlich ein Messer genommen und seinen

Schwanz abgeschnitten. Die anderen Bewohner fanden ihn blutüberströmt und riefen den Notarzt. Hatte er den Drang verspürt, rückfällig zu werden, und eine krasse Entscheidung gefällt? Oder hatten ihn Schäfer, Haas und Beck kastriert, weil Engels fehlende Selbstkontrolle drohte, den Ruf des ganzen Hauses und somit des ehrgeizigen Projektes zu beflecken?

Um die Reaktion eines Verdächtigen zu testen, fiel Daniel gerne mit der Tür ins Haus. „In dem Apartment gegenüber Ihrem wurde ein Mord beobachtet."

„Ich war das net!" Engels Hals bekam rote Flecken.

Daniel horchte auf. Sein Puls beschleunigte sich. Energisch rollte er näher an ihn heran. „Dann wissen Sie, wovon ich spreche?"

„Natürlich net. Aber Sie denken doch, ich war's, sonst wären Sie net hier." Langsam stieg die Röte auch in Engels Wangen. „Wann wurde das Mädchen getötet?"

„Das Mädchen?" Daniel setzte sich kerzengerade auf. Hatte sich Engel soeben verraten?

„Na, wenn Sie mich dazu befragen, muss es sich wohl um 'ne Minderjährige handeln, oder? Trag ja jetzt den Stempel Kinderficker."

Klang logisch. Innerlich seufzend lehnte sich Daniel wieder zurück. „Den Zeitpunkt des Todes können wir nicht hundertprozentig bestimmen." Weil die Leiche fehlte.

„Dann machen Sie eben eine neunundneunzigprozentige Zeitangabe, Herr Kommissar, aber irgendwas muss ich wissen, um 'ne Aussage dazu zu machen."

„Dazu kann … darf ich keine Angaben machen. Haben Sie oder einer der anderen Bewohner der Bruchstraße 13 eine rothaarige Frau in Ihrem Bekanntenkreis?"

„Das ist alles, was Sie haben? Nee, sorry, Mann, ich kann Ihnen net weiterhelfen."

Natürlich nicht, dachte Daniel zerknirscht. „Ist Ihnen etwas an Ihren Mitbewohnern aufgefallen?"

„Freunden", korrigierte Engel ihn.

„Hat sich einer von ihnen merkwürdig verhalten?"

„Wir sind doch alle Freaks."

„Waren Sie mal in der Wohnung, die gegenüber von Ihrer liegt?"

„Warum sollte ich, wenn da nix ist?"

„Hatten Sie in den vergangenen Wochen Damenbesuch?"

„Welche Frau würde sich schon in das Haus trauen, in dem das Böse haust?" Engel lachte abfällig. „Welche würde sich überhaupt mit uns abgeben? Glauben Sie echt jetzt, ich könnte noch jemals 'ne Freundin bekommen? Ich werd die restlichen 60 Jahre allein sein, weil ich als Halbstarker drei Jahre Bockmist gebaut habe. Net gerade fair."

„Ihre Schwester leidet ebenso ihr ganzes Leben lang unter dem Missbrauch von Ihnen und Ihrem Vater, und das bestimmt mehr als Sie", schrie Daniel ihn an. Nach seinen Erfahrungen wählten viele Opfer den Suizid, weil sie keine andere Möglichkeit sahen, sich von den Erinnerungen, dem Schmutz und dem Ekel vor sich selbst zu befreien. „Wie sieht es mit Schäfer aus?"

„Weiß net."

„Und Stefan Haas?"

„Geschieden und von den Weibern kuriert."

„Uwe Beck?"

„Der legt sich net gerne fest, sondern hüpft lieber von Blume zu Blume, zumindest als er noch als Saisonarbeiter in ganz Deutschland unterwegs war."

Wanderarbeiter suchten auch oft Prostituierte auf. „Aber wir Kerle haben doch Bedürfnisse", probierte Daniel die versöhnliche Masche. „Bestimmt holen Sie sich, was jeder von uns braucht, vom Strich."

„Nee, Mann. Die Zeitungen haben unsere Gesichter abgedruckt und selbst die Nutten meiden uns."

Wenn das stimmte, was Engel sagte, staute sich das Testosteron in der Nummer 13. Wohin mit dem sexuellen Druck, wenn es kein Ventil dafür gab? Zu Wichsen würde die Bewohner nicht lange zufriedenstellen.

Daniel hatte vermutet, dass eine rothaarige Bordsteinschwalbe in die Nummer 13 geflattert war, aber die Pädophilen waren Geächtete und standen nicht nur im Knast in der Hierarchie ganz unten. Auch Huren hatten Kinder.

Ohne viel Hoffnung zeigte Daniel das Foto von Petra Schumann vor. Vielleicht hatte Engel die Tote aus dem jüdischen Ritualbad ja mal mit Roman Schäfer zusammen gesehen.

„So eine Tussi aus gutem Haus würde mich Triebtäter net einmal mit der Kneifzange anfasse." Obwohl Engel die Worte angewidert aussprach, verzog er keine Miene. Sein Gesicht war zu einer Maske gefroren. Nur seine Hände unter der Bettdecke zuckten hin und her. Er saugte seine Unterlippe ein und kaute auf den Krusten herum, bis Blut hervorquoll. „Nee, kenn ich net. Nie gesehen."

Seufzend steckte Daniel den Ausdruck wieder weg. Der Einundzwanzigjährige sah erwachsen aus, schien aber noch nicht trocken hinter den Ohren zu sein, wenn er schon bei dem Foto einer Frau nervös wurde. Was würde er dann erst machen, wenn eine, die er attraktiv fand, leibhaftig vor ihm stand? Sich einnässen?

Erneut stellte er sich Engels Unterleib vor. Wie der von Frankensteins Monster! Aus Stücken zusammengebaut. Daniel überlief ein eiskalter Schauer. „Warum haben Sie sich selbst verstümmelt?"

Rasch sah Engel weg.

„Selbsthass?"

Michael Engel guckte starr aus dem Fenster, dabei war dort nichts zu sehen, außer grauen Wolken, die Schneeregen ausspuckten.

„Hatten Sie doch wieder Lust auf einen halb reifen Pfirsich und wollten verhindern, dass Sie ihn pflücken?"

Demonstrativ presste Engel seine Lippen aufeinander.

„Oder hat Ihnen jemand das angetan?"

Überrascht schaute Michael Engel ihn an. Sein Gesicht glühte. Blut sammelte sich auf seiner Lippe. „Ich war das! Mit dem Brotmesser! Das wissen Sie doch längst. Ich war alleine. Mutterseelenallein. Da war keiner. Ich brauche keinen, um Mist zu bauen. Das schaffe ich selbst."

„Warum?"

„Geht niemanden nix an!" Speichelfetzen stoben aus Engels Mund. „Das werd ich mit ins Grab nehmen!"

21. KAPITEL

Daniel fand seine Reaktion merkwürdig. Engel tat ja gerade so, als hütete er ein Geheimnis. Konnte es sein, dass er rückfällig geworden war und sich selbst bestraft hatte?

Da Engel dichtmachte wie ein bockiger Teenager, ließ Daniel ihn alleine. Der junge Mann kam ihm nicht ganz koscher vor. Er war ihm zu nervös. Zudem blockte Engel. Defensive Menschen hatten für gewöhnlich etwas zu verbergen.

Um sich ein umfassendes Bild zu machen und weil er schon mal da war, entschied Daniel, noch mit dem Chirurgen, der Engel operiert hatte, zu sprechen. Glücklicherweise hatte Dr. Krishan Bakshi kurz Zeit für ihn, wie eine Krankenschwester für ihn herausfand.

Sich noch nicht ganz im Klaren, ob sich der Weg in die Chirurgie lohnte, fuhr er in den Aufzug. Im Lift fiel sein Blick auf die Infotafel, auf der die einzelnen Abteilungen aufgeführt waren. An einem Schriftzug blieb sein Blick hängen:

Frauenklinik/Entbindungsstation/Kreißsaal

Er spürte einen Stich knapp unter dem Herzen. Marie würde nie ein Kind gebären, nie vor dem Bettchen stehen, um ihr Fleisch und Blut zu beobachten, nie die winzigen Fingerchen streicheln und niemals *Mama* gerufen werden – nicht, wenn sie mit ihm zusammenblieb jedenfalls.

Natürlich gab es andere Wege und Mittel wie Samenbank und künstliche Befruchtung, aber die hatten nichts mit ihm zu tun. Er würde immer ein Außenstehender bleiben, ein Beobachter, der höchstens die Vaterrolle spielen, aber nie biologisch Vater sein konnte.

Wohin sollte das führen? Was brachten medizinische Schritte? Ob Marie mit einer Alternative glücklich werden könnte, stand auf einem anderen Blatt, aber immerhin bekäme sie, was sie wollte.

Nur, wie sah das mit ihm aus?

Daniel horchte in sich hinein, während der Fahrstuhl hielt und Besucher zustiegen. Würde er ein fremdes Kind, die Frucht aus dem Sperma eines unbekannten Mannes, aufziehen wollen? Es würde immer noch zur Hälfte von Marie abstammen. Jedoch würde Daniel sich nie in ihm wiedererkennen. Es würde keine Merkmale von ihm haben – nicht seine Zehen, nicht seine Nase und nicht sein Lächeln. Rein gar nichts!

„*Diese großen Hände, die hat der Bub von seinem Vater, das ist kaum zu leugnen.*"

„*Die Ohrläppchen von der Kleinen sehen genau aus wie die vom Papa!*"

Wenn jemand, der nicht Bescheid wusste, solche Bemerkungen machte, was sollte Daniel darauf antworten? Und solche Kommentare würden kommen, da war er sich sicher, sie kamen immer, egal ob eine Ähnlichkeit vorhanden war oder nicht. Die Menschen interpretierten sie einfach hinein, wollten den Eltern ein Kompliment machen oder wussten nicht, was sie sonst sagen sollten.

Solche Floskeln würden Marie jedes Mal in Verlegenheit bringen und ihn verletzen.

Eventuell würde der Junge oder das Mädchen ihn sogar täglich an sein Versagen erinnern, daran, dass nicht er, sondern ein Fremder, der für Geld in einen Becher gewichst hatte, Marie ihren sehnlichsten Wunsch erfüllt hatte. Er war unsicher, ob er es schaffen konnte, diese Denkweise abzulegen. Das Kind konnte schließlich nichts dafür. Würde er es lieben können, als wäre es sein eigenes?

Seufzend verließ Daniel den Aufzug. Als wäre der Boden der Chirurgischen Abteilung mit Sand aufgeschüttet, kam er nur beschwerlich mit seinem Chopper voran. Er fühlte sich kraftlos und fragte sich, ob er nicht doch besser einen Schreibtischjob im Polizeipräsidium angenommen hätte.

Aber dann dachte er an Michael Engel, seine merkwürdigen Antworten und seine schreckliche Tat. Viele Männer betrachteten ihren Penis als etwas Heiliges. Seit sie sich ihres Schwanzes bewusst waren, fassten sie ihn gerne an und ließen ihn seit der Pubertät auch gerne anfassen. Wenn jemand den krassen Schritt machte, ihn abzuschneiden, musste vorher etwas Gravierendes passiert sein. Nur was?

Als er in Dr. Krishan Bakshis Büro hineinfuhr, fand er ihn an seinem Schreibtisch sitzend vor. Für einen Inder war er recht stämmig, fand Daniel zumindest. Seine Haut hatte dieselbe Farbe wie der leicht milchige Schwarztee in der Tasse vor ihm. Die grauen Strähnen in seinem Haar konzentrierten sich auf die Partie über seinen Ohren.

Seine Zähne müssen gebleicht sein, dachte Daniel. *Niemand hat so weiße Beißerchen. Außerdem muss er seine buschigen Augenbrauen kämmen.*

Vor den Besucherstühlen standen zwei goldene Kästchen mit Visitenkarten auf dem Tisch. Darauf stand Bakshis Name in fett gedruckten Großbuchstaben, darunter zwar etwas kleiner, dafür farblich abgehoben: *Facharzt für plastische und rekonstruktive Chirurgie, Ausbildung in Neurochirurgie, Urologie und Mikrochirurgie,* und in einem blassen Ton seine Kontaktdaten.

Der Arzt stand weder auf noch reichte er ihm die Hand. „Was wollen Sie? Ich bin ein vielbeschäftigter Mann und habe zu tun!"

„Kommissar Zucker." Daniel holte weder Dienstausweis noch seine Marke heraus. Bei der Begrüßung hatte er schlichtweg keinen Bock dazu.

Stirnrunzelnd musterte Dr. Bakshi den Rollstuhl.

„Ja, ich bin wirklich ein Bulle", beantwortete Daniel die unausgesprochene Frage seines Gegenübers, bemüht, seine Verärgerung nicht so deutlich zu zeigen, wie er es gerne getan hätte. „Kriminalhauptkommissar, um genau zu sein. Man hatte mich angemeldet."

„Ja, ja. Was wollen Sie von mir? Ich muss gleich in den OP. Ein komplizierter Eingriff. Und vorher noch diesen", energisch deutete der Arzt auf seinen Computer, „Bericht schreiben. Machen Sie es kurz."

„Die Befragung wird so lange dauern, bis ich zufriedengestellt bin. Oder soll ich Sie aufs Präsidium vorladen? Das würde noch mehr Ihrer kostbaren Zeit in Anspruch nehmen."

Bakshi ließ die ganze Zeit seine Maus nicht los. Unruhig warf er erneut einen Blick auf den Bildschirm. Er machte einige Klicks, bevor er Daniel sichtlich genervt wieder anschaute. „Das wird nicht notwendig sein. Nun, was kann ich für Sie tun?"

„Es geht um Michael Engel. Ich weiß, meine Kollegen haben Sie bestimmt schon zu seiner Selbstverstümmelung befragt."

„Niemand war bei mir."

„Nicht?" Verwundert strich Daniel über seinen am Morgen frisch gestutzten Henriquatrebart.

„Wozu auch? Es liegt ja keine Straftat vor."

Vermutlich dachten alle so, vielleicht sogar, dass die Kastration Engel recht geschähe. Die Kollegen hatten kein Verbrechen gesehen, nur den Verbrecher, der sich selbst eine gerechtere Strafe zugefügt hatte als die Justiz zuvor.

„Natürlich bin ich mir bewusst, dass Sie der Schweigepflicht unterliegen."

„Gilt das auch für Pädophile?" *Klick, klick.* „Meiner Auffassung nach nicht."

Sie wussten beide, dass das nicht stimmte, aber Daniel schwieg dazu.

Es ging immerhin nicht um eine Zeugenaussage, die vor Gericht Bestand haben musste, sondern nur um ein unbestimmtes Gefühl, das Daniel antrieb. „Wann wird er denn in eine psychiatrische Einrichtung überwiesen?"

„Solange der Heilungsprozess dauert, bleibt er bei uns. Danach würde es den Richtlinien nach eigentlich in die Psychiatrie gehen. Aber er stellt keine Gefahr für andere dar und die Betten sind voll. Nun, ja, er wird nach Hause geschickt werden, weil er eingewilligt hat, eine ambulante Psychotherapie zu machen."

„Das lassen Sie zu? Er sollte unter ständiger Beobachtung stehen, damit er sich nicht noch einmal etwas antut."

„Mir ist egal, was mit ihm passiert." *Klick, klick.*

Daniel war klar, was das Desinteresse auslöste. Aber auch ein verurteilter Sexualstraftäter besaß Rechte und sollte vor sich selbst geschützt werden. Es machte den Anschein, als würde sich niemand eingehend mit Michael Engel befassen, als hätten weder die Kollegen noch die Ärzte oder sein Bewährungshelfer etwas dagegen, wenn er das Messer beim nächsten Mal höher ansetzen und lebenswichtige Organe treffen würde.

„Was war genau passiert?"

In einer arroganten Weise hob Bakshi eine Augenbraue. „Wollen Sie wirklich alle ekeligen Details?"

„Die Kurzform reicht. Sie sind ja furchtbar in Eile."

Der Chirurg schmunzelte abfällig. „Bei der Einlieferung fehlte dem Patienten Engel ein Großteil seines Glieds. Alles, was ich tun konnte, war die Blutung zu stillen und einen Harnkatheter zu legen."

„Sein Penis konnte nicht angenäht werden?"

„Ich bin verdammt gut in meinem Job, aber Tote kann nicht einmal ich zum Leben erwecken."

Daniel stutzte. Laut Akte hatten Schäfer, Beck und Haas Michael Engel zeitnah gefunden und sofort einen Krankenwagen gerufen. Das konnte aber nicht stimmen, weil sonst Engels bestes Stück nicht schon abgestorben gewesen wäre.

Es sei denn, Dr. Krishan Bakshi hatte sich an einem Kinderschänder gerächt, als das Schicksal ihm die Chance dazu bot. Grüblerisch schaute sich Daniel um. Bei den vielen Auszeichnungen und Zeitungsartikeln über ihn, die an den Wänden hingen, konnte er sich das nicht vorstellen. Abgesehen davon, dass ihm sein Berufsethos so etwas verbot, hatte Bakshi einen Ruf zu verlieren.

Folglich mussten die Pädophilen gelogen haben. Was war in der Zeit zwischen Engels Verzweiflungstat und dem Anruf beim Notarzt geschehen? „Und jetzt? Was wird aus Engel da unten?"

Klick, klick. „Haben Sie den Begriff *Penoid* schon einmal gehört?" Während Daniel den Kopf schüttelte, fragte er sich, was das für ein Bericht war, da Bakshi ständig nur die Maus benutzte und nicht die Buchstaben auf der Tastatur.

„Das ist ein chirurgisch aufgebauter Penisersatz."

Daniels Augen weiteten sich.

„Unfallopfer und Transsexuelle sind, trotz der eingeschränkten technischen Möglichkeiten, froh, dass es heutzutage möglich ist, sie mit einem Neophallus auszustatten. Er ist als Annäherung an das Glied zu betrachten, nicht als vollwertiger Ersatz. Aufgrund der funktionalen und kosmetischen Anforderung stellt solch eine Operation eine hohe Anforderung dar. Nur die besten Chirurgen – Spezialisten – sind fähig, sie erfolgreich durchzuführen, davon gibt es nicht einmal eine Handvoll in Deutschland, wenn Sie mich fragen."

„Selbstverständlich sind Sie eine von diesen Koryphäen."

Bakshi kommentierte diesen Seitenhieb mit einem Lächeln. „Dazu entnehme ich dem Unterarm des Patienten einen Hautlappen, konstruiere damit eine Phalloplastik und anastomosiere die Nerven und Gefäße mikrochirurgisch mit der Leiste."

Das bedeutete Narben und noch mehr Schmerzen für Engel. Auch wenn er sich die Suppe selbst eingebrockt hatte, er tat Daniel leid.

„Die künstliche Harnröhre muss mit dem natürlichen Ausgang verbunden werden. Nach dem zwölften Tag kann der Patient bereits im Stehen urinieren. Das Penoid wird Berührungen spüren können und eine gewisse Erregung ebenfalls, aber das dauert mindestens ein halbes Jahr, meistens länger, je nachdem, wie schnell die Nerven einwachsen."

„Kommen Abstoßungen vor?"

„Selten, da Eigengewebe transplantiert wird und der Neophallus an die Aorta femoralis angeschlossen wird." *Klick, klick.* „Die Oberschenkelarterie versorgt das Transplantat ausreichend mit Blut."

Daniel hatte mehr erfahren, als er wissen wollte. Von den Beschreibungen war ihm flau im Magen. Ohne es zu merken, hatte er schützend die Hände über den Schritt gelegt.

Er wollte sich gerade verabschieden, als Bakshi sagte: „Für den gesamten Aufbau ist nur eine einzige Operation nötig. Allerdings kann der Eingriff erst durchgeführt werden, nachdem die Entzündung abgeklungen ist." Der Arzt schnalzte genervt mit der Zunge und machte ein paar weitere Klicks.

„Wie meinen Sie das?"

„Die Klinge, die Engel benutzte, muss sehr verschmutzt gewesen sein. Jedenfalls haben Bakterien bei ihm eine Entzündung hervorgerufen, und dass ich ihn unter größtmöglicher Sorgfalt versorgt habe, steht außer Frage." Bakshi redete sich in Rage. „Was weiß ich! Möglicherweise zog er sich auch über den verdreckten Boden zur Tür und hat dabei seinen zerfransten Stummel ..."

„Moment mal", unterbrach Daniel ihn. „Was soll das heißen?"

„Das Glied sah aus, als hätte er mehrmals ansetzen müssen."

„Es wies keine glatte Schnittfläche auf?"

Konzentriert sah der Arzt auf seinen Bildschirm und schob ständig die Maus hin und her. „Nein, sagte ich doch. Außerdem war zu viel Zeit vergangen. Die Bakterien hatten Zeit, sich ins offene Fleisch reinzufressen und sich festzusetzen."

Vor seinem geistigen Auge sah Daniel ein Fleischmesser mit einer Klinge, die so glatt und scharf war, dass man Knochen auslösen und Sehnen durchtrennen konnte. Am Tatort war ein solches mit dem Blut von Engel sichergestellt worden. Das bewies jedoch gar nichts. Hätte Engel mehrmals angesetzt, wären mehrere glatte Schnittstellen vorhanden gewesen, anders als bei einer Wellenschliffklinge.

Handelte es sich bei dem Fleischmesser etwa nicht um die Tatwaffe? Daniel sah keinen Grund, warum Engel und seine Freunde Schäfer, Haas und Beck gelogen haben sollten. Selbst wenn jemand anders die Kastration durchgeführt hätte, hätten sie Engel das Schneidinstrument einfach unterschieben können.

Was geschah wirklich in dem düsteren efeuberankten Gebäude? Wie hatte Michael Engel seinen Schwanz verloren?

Statt eins der Geheimnisse der Bruchstraße Nummer 13 zu lösen, hatte Daniel bei Dr. Krishan Bakshi nur neue Fragen gefunden. Er verabschiedete sich von ihm und drehte seinen Bock herum. Dabei fiel sein Blick auf das Spiegelbild des Bildschirms in der Fensterscheibe.

Der Chirurg spielte Online-Poker. *Klick, klick.*

22. KAPITEL

Manchmal geschahen kleine Wunder. Jedenfalls bekam Daniel den Durchsuchungsbefehl für Michael Engels Wohnung nach ein paar Tagen, obwohl die Indizien für ein Verbrechen dürftig waren – aber sie waren da! Er hatte der Staatsanwältin Lioba Zur seine Argumente so leidenschaftlich vorgebracht, dass diese schließlich zugestimmt hatte, den vermeintlichen Tatort genauer unter die Lupe nehmen zu lassen.

Es rankten sich immer mehr Geheimnisse um das Haus der Pädophilen. Zu viele Spuren führten zu der Wohngemeinschaft. Daniel konnte Zurs Skepsis wecken. Sie hörte ihm zu, bis er die komplette Geschichte erzählt hatte, was bei allem Gegenwind eine Wohltat war.

Vielleicht hatte sie ein offenes Ohr für ihn, weil sie als Kleinwüchsige wusste, dass man als Mensch mit einer Behinderung doppelt so viel strampeln musste, um sich durchzusetzen. Daniel mochte sie nicht nur, sondern er empfand großen Respekt. Er nahm sie sich als Vorbild, noch gelassener mit seiner Querschnittslähmung umzugehen. Andere konnten den Rollstuhl nur übersehen, wenn er ihn selbst vergaß.

„Ihre Kollegen scheinen nicht gut auf Sie zu sprechen zu sein." Roman Schäfer deutete auf die beiden Polizisten, die das Apartment mit deutlichem Widerwillen auf den Kopf stellten und Daniel, der ungeduldig in der Diele wartete, böse Blicke zuwarfen.

Daniel gab lediglich ein Murren von sich. Er hatte ihnen seine Erkenntnisse mitgeteilt, aber sie hatten sie als Hirngespinste eines unterforderten Kommissars abgetan. Die Akte sei längst geschlossen. Sie hätten Wichtigeres zu tun, als sich um einen Pädophilen zu scheren. Sie glaubten weiter an Selbstverstümmelung, denn dass man sich an Kindern vergriff, bewies doch bereits, dass man eine Schraube locker hatte. Daniel sah das anders. Eine abnorme sexuelle Neigung wies nicht auf eine generelle psychische Erkrankung hin. Sein Gerechtigkeitssinn ließ gar nichts anderes zu, als den Hinweisen nachzugehen. Also hatte er selbst mit dem Fuchs und Lioba Zur gesprochen.

Wieder ein paar Feinde mehr! jubelte er ironisch.

„Machen Sie sich nichts daraus. Das Richtige zu tun macht oft einsam, das habe ich durch dieses Wohnprojekt am eigenen Leib erfahren." Freundschaftlich tätschelte Schäfer Daniels Schulter. Dann hielt er ihm auffordernd seine Hand hin. „Ich möchte Ihnen danken, Kommissar Zucker, dass Sie diesem Verbrechen nachspüren, auch wenn es an einem verurteilten Sexualstraftäter begangen wurde. Dazu gehört Mut. Sie sind einer der aufrichtigsten und couragiertesten Männer, die ich je kennengelernt habe!"

„Fall es denn so war."

„Immerhin besteht ein Anfangsverdacht, sonst hätten Sie keinen richterlichen Beschluss erwirken können."

Na bravo, dachte Daniel. *Ich habe es mir mit meinen eigenen Leuten verscherzt und stehe nun auf der Seite der Kinderschänder.*

Vor wenigen Tagen hätte er niemals geglaubt, dass das hätte passieren können. Aber wenn Michael Engel kastriert worden war, aus welchem Grund auch immer, musste der Täter gefasst und verurteilt werden, egal was Engel getan hatte.

Daniel erinnerte sich an seinen ersten Besuch mit Leander in diesem geächteten Gebäude.

„Die Bewohner schließen selbstverständlich ab", hatte Schäfer ihnen versichert. *„Allein schon deshalb, weil sie Angst haben, dass jemand bei ihnen einbricht, ihnen ein Brotmesser in den After rammt und sie von innen heraus aufschlitzt."*

Seitdem die Mitglieder der Bürgerwehr gesehen hatten, dass die Polizisten in die Bruchstraße 13 gegangen waren, brüllten sie ihre Parolen noch lauter. Hatte einer von der Nachbarschaftsinitiative Michael Engel erwischt?

Daniel fiel auf, wie aufgeräumt und reinlich Engels Wohnung war. „Halten Sie hier während seines Krankenhausaufenthalts alles sauber?"

„Stefan Haas hat sich dazu bereit erklärt."

„Warum?"

„Weil Michael sonst ausflippen würde, sobald er aus dem Spital nach Hause kommt. Er hat da so einen Tick, verstehen Sie?"

„Sie meinen, er hat einen Putzfimmel?" Daniel waren solche Menschen suspekt. Nicht jeder mit Reinlichkeitsmanie hatte selbstverständlich eine Leiche im Keller, aber entweder kompensierten sie eine Schwäche oder versuchte, ein Geheimnis zu vertuschen.

„Wenn Sie mich fragen, lenkt er sich damit von der Einsamkeit ab. Er hat am meisten von uns allen an der Isolation zu knabbern."

Wenn es im Apartment immer blitzblank war, wie konnte dann das Fleischmesser, mit dem Engel sein Glied abgetrennt hatte, schmutzig gewesen sein? Daniel sah das als Beweis für seine Theorie an, dass es sich dabei nicht um die Tatwaffe handelte.

Natürlich konnte Engel an einem anderen, dreckigen Ort entmannt und in seine Wohnung transportiert worden sein. Aber die Blutlache auf dem Küchenboden, die in der Fallakte erwähnt wurde, besagte etwas anderes. Folglich blieb nur eine Möglichkeit: Der Täter musste die Tatwaffe mitgebracht haben. Daniel dachte an die mysteriöse Rothaarige, an Vincente und den Mann, der durch den Hinterausgang geflüchtet war. Hatten doch mehr Personen Zutritt zu diesem Haus, als Schäfer ihm weismachte?

„Sie behindern unsere Ermittlungen. Warten Sie gefälligst draußen", sagte einer der Polizisten und scheuchte Daniel und Roman Schäfer ins Treppenhaus. Doch bevor er die Wohnungstür schließen konnte, stellte sich Daniel mit seinem Bock in den Eingang. Er erntete ein Brummen und heimste einen weiteren Minuspunkt ein, bekam jedoch seinen Willen.

Eigentlich hatte Daniel hier nichts mehr zu suchen und seine Kollegen hatten ihm das überdeutlich klargemacht, es war nicht sein Fall. Aber da Elisabeth Hamachers Zeugenaussage mit dem Haus zu tun hatte, behauptete er einfach, einer Spur nachzugehen. Kriminaldirektor Voigt drängte darauf, die Mordsichtung als Halluzination einer dementen Greisin abzutun und Daniel nach Hause zu schicken, wo er nicht länger im Weg stand. Keine Leiche, keine Spuren, was tat Daniel hier noch?

Plötzlich kam einer der Polizisten mit einem absonderlichen Kleidungsstück aus dem Schlafzimmer in die Diele. Er rief seinen Kollegen und zeigte es ihm, worauf beide lästerten, als wären sie alleine. Der braune Stoffgürtel, der locker um den Bügel hing, rutschte und fiel zu Boden.

Daniels Augen wurden groß wie Bullaugen. „Eine Mönchskutte?"

„Oh nein." Schäfer lachte. „Na ja, jeder andere sieht in dem braunen Kapuzenumhang eine Ordenstracht. Aber Michael besteht darauf, es sei das Gewand von Obilan Knobi."

„Obi-Wan Kenobi."

Schäfer zuckte mit den Achseln. „Aus irgend so einem Filmquatsch über Marsmenschen."

„Star Wars."

„Er träumte immer davon, eine dieser … dieser Conventions zu besuchen und dort seine Traumprinzessin kennenzulernen."

„Leia", antwortete Daniel, ohne richtig hinzuhören. Sein Herz wummerte in seinem Brustkorb.

Schäfer schien keine Ahnung von all dem zu haben, denn er runzelte die Stirn. „Wenn Sie mich fragen, war das nur der Wunsch eines jungen Mannes nach einem anderen Leben mit einer neuen Identität, wo er die Chance hätte, geliebt zu werden. Hier schlägt ihm nur Hass entgegen."

Elisabeth Hamacher hatte Marie gegenüber ausgesagt, dass der Mann, der die rothaarige Unbekannte getötet hatte, eine Kutte getragen hatte. Angeblich fand die Tat in der leer stehenden Wohnung statt. Aber diese konnte die Dame nur einsehen, wenn sie sich nach vorne beugte oder gar auf die Kante setzte, falls sie das bei ihrem Alter und ihrer Körperfülle überhaupt noch schaffte. Dagegen hatte sie eine gute Sicht auf die Fenster von Engels Apartment. Hatte sich Frau Hamacher in den Wohnungen vertan? Immerhin litt sie an beginnender Demenz und bekam von ihrer Tochter Beruhigungspillen verabreicht.

Daniel stieß einen verzweifelten Seufzer aus. Dieses Haus mit der Unglücksnummer trieb ihn noch in den Wahnsinn! Hier war nichts normal. Momentan deutete der Fund darauf hin, dass er den Täter identifiziert hatte, aber von der Leiche gab es weiterhin keine Spur.

„Schickt den Umhang ins Labor. Er muss sofort kriminaltechnisch untersucht werden!" Seine Kollegen schauten Daniel verdutzt und auch ein wenig wütend an, weil er sich schon wieder in ihre Ermittlungen einmischte, doch ihn scherte das nicht. Das Blut rauschte in seinen Ohren. Er glaubte, ein Jucken an Stellen wahrzunehmen, an denen er eigentlich nichts mehr spüren konnte, was er als gutes Zeichen deutete. Wahrscheinlich hatte er das erste Beweisstück in einem Fall gefunden, von dem alle dachten, es gäbe ihn gar nicht. „Und ruft den Erkennungsdienst, damit er Engels Wohnung auf den Kopf stellt."

Es waren nicht die Polizisten, die ihm antworteten, sondern Roman Schäfer. „Sie erkennen anhand dieses Obi-Wan-Dingsbums-Kostüms, dass hier ein Gewaltverbrechen, eine Zwangskastration, stattfand?"

„Nein, aber ein Mord." Daniel hatte ein Puzzleteil aufgespürt, musste aber erst noch herausfinden, an welche Stelle es gehörte.

23. KAPITEL

*Baby auf Rastplatz entführt
Polizei setzt Hubschrauber ein*

Utrecht. Am Dienstagvormittag wurde auf dem Rastplatz Maarsbergen an der A 12, von Arnheim nach Utrecht Höhe Leersumche Veld, ein drei Monate altes Baby aus dem Auto seiner Eltern entführt. Die Polizei Utrecht löste Großalarm aus. Eine Hundertschaft durchkämmte das Gebiet, dabei kamen Spürhunde und ein Hubschrauber zum Einsatz. Vom Täter fehlt jedoch jede Spur.

Der erste Urlaub zu dritt sollte für eine Familie aus Köln zum Horrortrip werden. Am Dienstag gegen elf Uhr machten sich Friedrich (51) und Leentje Schuster (37) mit ihrem drei Monate alten Sohn Thijs von Köln aus auf den Weg ins holländische Leiden, um dort die Eltern der Ehefrau zu besuchen.
Die Familie machte Halt auf dem Rastplatz Maarsbergen. Während die Mutter auf einer angrenzenden Wiese einen Picknickplatz suchte und der Vater das öffentliche WC aufsuchte, verschwand der Junge aus dem Wagen.
„Ich verstehe das nicht", sagt Leentje Schuster unter Tränen. „Ich war nur 15 Meter vom Auto entfernt und vielleicht zwei Minuten weg. Als ich zurückkam, um den Picknickkorb zu holen, war mein Baby verschwunden." Gehört oder gesehen habe sie nichts. Auch Friedrich Schuster zeigte sich schockiert. „Es war doch niemand außer uns da. Ich hatte Panik, rief sofort die Polizei."
Als eine erste Suche auf dem Parkplatz durch die Beamten aus Maarsbergen erfolglos blieb, wurde Großfahndung ausgelöst. Eine Hundertschaft der Polizei Utrecht suchte das Gebiet im Radius von 20 Kilometern ab. Auch Spürhunde und ein Hubschrauber mit Wärmebildkamera kamen zum Einsatz.
Bis zum Abend blieb die Suche ergebnislos.
„Wir gehen davon aus, dass der Täter den Rastplatz zu Fuß ansteuerte. Zur Tatzeit hielt sich kein weiteres Fahrzeug dort auf. Es muss ein Profi am Werk gewesen sein, wir haben keinerlei Spuren feststellen können", sagte Kommissar Brouwer von der Polizei Utrecht.

Die deutschen Polizeibehörden wurden informiert und in die Fahndung eingebunden.
Friedrich Schuster, der als Intendant des Musical Domes in Köln arbeitet, und seine Ehefrau Leentje mussten noch am Abend psychologisch betreut werden. Die Polizei bittet um Mithilfe der Bevölkerung. Thijs war bekleidet mit einem uniblauen Strampelanzug mit kurzen Ärmeln und Beinen und dem Aufdruck Papas Liebling. *Auffällig ist sein hellblondes Haar. Zeugen werden gebeten, sich an das Revier vor Ort oder direkt an die Polizei Utrecht unter folgender Rufnummer zu wenden ...*

Während Marie den News-Artikel eines Internetmagazins vom August des vergangenen Jahres auf Daniels Tablet-PC ein zweites Mal las, wurden ihre Augen feucht.

Thijs wurde aus einem parkenden Wagen gestohlen! Während sich seine Eltern in der Nähe aufhielten. Das Kind, das Leentje neun Monate unter dem Herzen getragen hatte, das ein Wunschkind gewesen war, auf das die beiden so verbissen hingearbeitet hatten – es war weg. Spurlos verschwunden. Geraubt von einem Unbekannten.

„Grauenvoll", stieß Marie entsetzt aus.

Sie wickelte die Fleecedecke enger um ihren Körper, drückte sich tiefer in den Sessel und wünschte sich, Daniel wäre zu Hause, damit sie sich an ihn kuscheln konnte. Ihre Gefühle für ihn waren noch nicht tot. Doch zurzeit hatten sie beide zu viele andere Dinge im Kopf, um über ihre Ehe zu sprechen, Dinge, die ihnen zeigten, wie lächerlich ihre Probleme im Gegensatz zu Mord und Kidnapping waren.

Lebte Thijs seit fast fünf Monaten bei seinem Entführer? Oder wurde der Junge im letzten Sommer getötet und verscharrt? Aber wenn es so war, warum hatte man trotz des massiven Polizeiaufgebots seinen kleinen Leichnam nicht gefunden?

Unter der Decke massierte Marie ihren Bauch. Er tat weh, als hätte jemand sie geboxt. Sie hatte Friedrich Schuster unrecht getan. Ihr Chef war kein Pädophiler, sondern selbst Opfer eines Verbrechens.

Blieb immer noch die Frage, was es mit dem tränenförmigen Stein auf sich hatte.

Was verband den Intendanten mit Vinzent „Vincente" Quast? Die beiden Männer waren so unterschiedlich – Schuster bieder und streng und der Devotionalienverkäufer rebellisch und schräg –, dass ein zufällig gleicher Modegeschmack für Marie völlig abwegig war.

Es musste jedoch einen gemeinsamen Nenner geben. Marie würde nicht eher ruhen, bis sie ihn gefunden hatte!

24. KAPITEL

Der Junge dachte an Bienen. Die sahen niedlich aus, aber ihr Gift war gefährlich für ihn. Wenn sie ihn stachen, konnte es sein, dass sein Hals zuschwoll. Dann bekam er keine Luft mehr. Wären doch nur Bienen hier unten! Eine einzige würde reichen.

Sein Rachen tat so weh, als wäre sein Wunsch wahr geworden. Aber kein Tier hatte ihn gestochen, sondern der Mann, und der war nicht giftig. Leider.

Der Junge spülte seinen Mund aus, doch er schmeckte ihn immer noch. Er musste würgen und beugte sich über den Eimer, in den er machen musste. Darin stand noch sein Pipi von gestern. Das machte seine Übelkeit noch schlimmer. Angeekelt schob er ihn fort.

Er wollte raus aus diesem Loch! Seine Augen hatten sich inzwischen an das schummrige Licht gewöhnt. Wenn der Mann ihn besuchen kam, brachte er eine Laterne mit und leuchtete in die Zelle. Er stellte sich vor die Gitterstäbe und schaute ihn lange an. Dabei kratzte er sich zwischen den Beinen, als hätte er Flöhe in seiner Unterhose.

Jedes Mal wurde dem Jungen schlecht vor Angst. Er verkroch sich in die hinterste Ecke, doch sein Gefängnis war klein. Nirgends war er vor dem Monster sicher.

„Sollen wir wieder Fingerspiele machen?", hatte der Mann eben, als er wieder vor der Zelle stand, gefragt und fies gegrinst.

Nein, nein. Ganz bestimmt nicht. Nie wieder! Eifrig schüttelte der Kleine seinen Kopf. Seine Haare waren bis über die Ohren gewachsen. Die Locken klebten im Nacken, denn er schwitzte vor Angst. „Ich habe Durst. Mein Napf ist leer."

„Das musst du dir erst verdienen."

„Hab schrecklichen Hunger. Bitte, bitte, krieg ich was zu essen?"

„Musst du dir verdienen."

„Mir ist furchtbar kalt." Außerdem taten die Steine an seinem Po weh. Sie lagen nicht richtig aneinander. Zwischen ihnen war so viel Platz, dass Käfer und Spinnen darin herumkrabbelten. Das fand er gruselig.

„Wenn du eine Decke haben willst, musst du mir einen Gefallen tun."

Das Tor knarrte, als der Mann eintrat. Der Junge bekam eine Gänsehaut. Er versuchte stark zu sein, aber er konnte nicht aufhören zu zittern. Seine Zähne klapperten.

Der Fremde strich ihm übers Haar, dann streichelte er das Messer in seiner Hand und dann über seinen offenen Hosenschlitz. Darunter war seine Jeans ganz dick.

Als er ihm sein Ding in den Mund schob, schrie der Junge. Er zappelte, aber der Mann hielt seinen Kopf fest. Dann drückte er auch noch die Klinge gegen seine Wange. Der Junge bekam Panik. Er heulte und boxte gegen die Beine des Mannes, aber er war zu schwach.

Das Monster lachte. Bald stöhnte es nur noch.

Der Mann war wieder gegangen, aber der Junge musste immer wieder weinen.

„Pst", machte es leise in der Dunkelheit. „Stell dir vor, du bist weit weg."

Mit der Decke wischte er sich übers nasse Gesicht. „Was?"

„Wenn er das mit dir tut, mach die Augen zu und denke an Schokoladeneis oder ans Freibad."

„Ich will nach Hause."

„Das ist jetzt unser Zuhause."

Der Junge schluchzte laut.

„Manchmal musst du stillhalten und brav sein. Dann ist es nicht ganz so schlimm. Manchmal musst du aber auch jammern und flennen. Sonst macht er, dass du das tust, denn er mag das. Das wirst du schon noch rausfinden."

Der Junge verstand nur die Hälfte, er war verwirrt und wollte heim. Hier unten war ihm, als wäre er begraben und trotzdem nicht tot. Suchte sein Vater ihn denn nicht? Machte sich seine Mutter keine Sorgen um ihn? Warum ließen sie zu, dass das Monster ihm mit seinem Stachel wehtat?

Hemmungslos heulte er los. Er presste sein Gesicht in die Decke und wünschte sich, er könnte einfach aufhören zu atmen. Für immer.

25. KAPITEL

Daniel öffnete die Tür, damit wenigstens die Stimmen vom Korridor und aus den umliegenden Büros zu ihm drangen. An diesem Vormittag hielten sich Tomasz und Leander nicht im Präsidium auf. Dieser kleine Raum, der mit drei Personen überfüllt war, wirkte nun unangenehm leer.

Es gefiel Daniel nicht, an einem anderen Fall zu arbeiten als seine beiden Kollegen. Tom und er waren in den vergangenen Jahren meistens Mitglieder derselben Mordkommission gewesen. Doch nun forderte EKHK Fuchs ihn – auf Anweisung von Christian Voigt, so vermutete Daniel – häufig bei Tötungsdelikten an, bei denen die Sachlage von vornherein klar waren. Ein Sonderermittler ohne besondere Fälle. Diesmal jedoch hatte sich der Kriminaldirektor geschnitten und zwar so tief, dass es heftig bluten und wehtun musste.

Daniel war der Rothaarigen ein gutes Stück näher gekommen. Noch hatte er ihre Leiche nicht gefunden, wohl aber ihren Mörder, so schien es.

Grübelnd saß er in seinem Büro und vermisste sogar Leander. Vor allem Leander.

„Verflucht!" Die Dinge änderten sich, ohne dass Daniel etwas dagegen tun konnte. Dabei mochte er es, wenn alles so blieb, wie es war. Beständigkeit entspannte ihn, weil er in seiner Kindheit in ständiger Angst vor plötzlichen Übergriffen seines Vaters gelebt hatte. Er hatte so hart an einem stabilen Umfeld gearbeitet, nun jedoch brach es auseinander. Stück für Stück verlor er die Kontrolle in jedem Bereich seines Lebens, und das drückte auf seine Stimmung. Er fühlte sich einsam: im Präsidium und auch zu Hause in der Südstadt, denn Benjamin war oft unterwegs – Daniel hoffte, dass neue Freunde oder gar eine Freundin der Grund dafür waren – und Marie arbeitete bis spätabends an den Kostümen für ein neues Musical, das bald Premiere feierte. Denkbar auch, dass sie ihm aus dem Weg ging, um weitere Diskussionen zu vermeiden.

Daniel stieß einen Seufzer aus und las den Bericht des forensischen Labors über die Untersuchung der braunen Kutte. Egal ob man sie für eine Mönchstracht oder ein Star-Wars-Kostüm hielt, sie konnte eine Rolle in einem Mordfall gespielt haben und Elisabeth Hamachers Zeugenaussage belegen.

„Ha!", gab er von sich und klatschte in die Hände. Seine Vermutung bestätigte sich!

Die Kriminaltechniker hatten auf dem Kapuzenumhang neben Blut auch den Speichel einer weiblichen Person gefunden. Daniels Freude darüber hielt sich allerdings in Grenzen. Ohne Leichnam oder auch nur die Identität des Opfers zu kennen, konnten sie an keine DNA-Vergleichsprobe herankommen.

Aber dann stutzte er. „Was zum Henker …?" Er las den Satz erneut, über den er gestolpert war.

Zu seiner Überraschung stammte das Blut nicht von der Unbekannten, sondern von Michael Engel. Als sie sich wehrte, hatte sie ihn da etwa gekratzt? Gegen diese Theorie sprach allerdings die große Menge Blut, die der Stoff aufgesogen hatte. Es handelte sich nicht nur um ein paar Tropfen, sondern eine handtellergroße Fläche, die notdürftig ausgewaschen worden war. Nicht gut genug, denn es konnte noch nachgewiesen werden.

„Mm", machte Daniel. Noch etwas anderes irritierte ihn.

Die Mitarbeiter der Forensik fanden nur Schuppen und herausgerissene oder abgebrochene Haare von Engel und von zwei weiteren Personen – jedoch kein karottenfarbenes. Wenn es ein Gerangel gegeben und der Täter das Opfer am Schopf gezogen hatte, wie Frau Hamacher ausgesagt hatte, hätte doch wenigstens ein einziges rotes Haar an dem Baumwollstoff haften bleiben müssen.

Nachdenklich strich Daniel über seinen Bart.

Er musste daran denken, was Marie ihm von ihrem Treffen mit der alten Dame im Altersheim berichtet hatte, als sie das Phantombild nach Angaben der Augenzeugin hatte zeichnen sollen. Das Opfer besaß schlaffe Brüste, was vermuten ließ, dass entweder eine oder mehrere Schwangerschaften hinter ihr lagen oder sie im fortgeschrittenen Alter war.

So oder so passte sie nicht in Michael Engels Beuteschema, einem wegen Pädophilie verurteilten jungen Mann.

„Irgendetwas stimmt hier nicht", sagte Daniel zu sich selbst. Er lehnte sich in seinem Chopper zurück und starrte aus dem Fenster, ohne wahrzunehmen, was sich am Himmel zusammenbraute, denn sein Blick richtete sich nach innen. Er ließ seine Gedanken in die nahe Vergangenheit reisen.

Plötzlich fiel ihm ein Gespräch ein, das sich auch um Blut gedreht hatte.

„*Das war die Gerichtsmedizin*", hatte Tomasz nach einem Telefonat gesagt. „*Im Magen der Mikwe-Leiche wurde Blut gefunden.*"

„*Ihr eigenes? Hatte sie innere Blutungen?*" Daniel erinnerte sich noch gut, wie überrascht er über diese Neuigkeit gewesen war.

„*Es stammt von einem Mann.*"

„*Das war noch nachweisbar?*"

„*Ja. Eine Leiche verdaut ja nicht mehr. Das Blut wird also erst durch den Fäulnisprozess abgebaut. Bei Raumtemperatur dauert das zirka drei Wochen. Im kalten Grundwasser liegend wohl etwas länger. Aber das hängt natürlich auch von der Menge des Bluts ab.*"

Leander warf eine Theorie in den Raum. „*Vielleicht wurde sie gezwungen, es zu trinken.*"

„*Sie hatte winzig kleine Hautfetzen zwischen ihren Zähnen.*" Das unappetitliche Thema hielt Tomasz nicht von einem zweiten Frühstück ab.

„*Dann hat sie den Mörder gebissen. Wunderbar!*", jubelte Leander.

Doch Tom zügelte ihn: „*Kein Grund zur Freude, Menzel. Die Frau ist tot.*"

„*Ich wollte nur sagen, dass wir seine DNA haben.*"

„*Nur keinen Abgleich*", hatte Daniel bemerkt. „*Wir können nicht alle Männer aus Köln zur Speichelprobe bitten.*"

„Vielleicht brauchen wir das gar nicht mehr", sagte er nun, einige Tage später, zu sich selbst, da niemand da war.

Daniel war davon ausgegangen, dass Michael Engel generell Probleme mit Frauen hatte, da allein der Anblick von Petra Schumanns Foto ihn nervös machte. Aber möglicherweise hatte seine Unruhe einen ganz anderen Grund.

Während Daniels Finger auf der Tischplatte einen undefinierten Rhythmus trommelten, stellte er sich vor, wie Engels Penisrudiment aussah.

Was hatte Bakshi genau gesagt? „*Für den gesamten Aufbau ist nur eine einzige Operation nötig. Allerdings kann der Eingriff erst durchgeführt werden, nachdem die Entzündung abgeklungen ist.*"

„*Wie meinen Sie das?*"

„*Die Klinge, die Engel benutzte, muss sehr verschmutzt gewesen sein. Jedenfalls haben Bakterien bei ihm eine Entzündung hervorgerufen, und dass ich ihn unter größtmöglicher Sorgfalt versorgt habe, steht außer Frage. Was weiß ich! Möglicherweise zog er sich auch über den verdreckten Boden zur Tür und hat dabei seinen zerfransten Stummel ...*"

„*Moment mal. Was soll das heißen?*"

„*Das Glied sah aus, als hätte er mehrmals ansetzen müssen.*"
„*Es wies keine glatte Schnittfläche auf?*"
„*Nein, sagte ich doch.*"

Forsch griff Daniel nach dem Telefon und wählte die Rufnummer des kriminaltechnischen Labors. Er nannte die beiden Fallnummern. „Ich brauche einen Abgleich der DNA von Petra Schumann sowie dem Blut, das in ihrem Magen gefunden wurde, mit dem Blut und dem Speichel auf der Kutte aus Michael Engels Wohnung. Der schriftliche Auftrag folgt. Danke."

Querdenker, kam ihm schmunzelnd in den Sinn.

Wenn er die Puzzleteile an ihre richtigen Stellen setzte, kam es ihm so vor, als spürte er dank des Adrenalins, das seinen Körper elektrisierte, seinen Unterleib wieder. Das war selbstverständlich nur eine Illusion, aber eine, die süchtig machte.

Nur wie die Rothaarige ins Bild passte, blieb ihm ein Rätsel. Sie war ein Mysterium. Langsam befürchtete er, dass es sie tatsächlich nie gegeben hatte.

26. KAPITEL

So ist das eben, wenn man verlassen wird, dachte Marie. *Man steht plötzlich alleine da und muss schauen, wie man klarkommt.*
Erst einmal war man irritiert und orientierungslos. Man wünschte sich, gewisse Dinge nicht gesagt, nicht herumgeschrien zu haben. Man musste kämpfen, um die Situation wieder in den Griff zu bekommen. Und Friedrich Schuster versagte dabei gerade kläglich.

Der Regisseur hatte sich am Morgen der Premiere des neuen Stücks krankgemeldet und alle im Musical Dome geschockt.

„Burn-out", hatte Pillner der Personalabteilung telefonisch mitgeteilt. „Der gelbe Schein ist schon in der Post."

Bei der Diagnose würde er länger ausfallen. Wie Marie aus Krankheitsfällen in ihrem Umfeld wusste, würden allein Monate ins Land ziehen, bis er überhaupt einen Therapieplatz bekäme.

Zuerst war Schuster ausgeflippt, nun blieb ihm nichts anderes übrig, als die Generalprobe an diesem Tag selbst über die Bühne zu bringen. Die Verzweiflung stand ihm ins Gesicht geschrieben. In einer Minute schrie er die Schauspieler cholerisch an, in der nächsten ließ er sich wie ein Häufchen Elend in einen Sitz fallen und rieb immer wieder über seine Stirn.

Mitfühlend dreinblickend, reichte seine Frau Leentje ihm eine Tablette und ein Glas Wasser.

Kaum hatte er die Pille eingenommen, sprang er auf und rief über die Musik hinweg: „Nicht so herumspringen wie irre Hampelmänner. Auch Märchenadaptionen können mit Ernsthaftigkeit vorgetragen werden. Herrgott noch mal, hört mir überhaupt einer von euch dort oben zu?"

Leentje setzte sich neben Marie in die erste Reihe, lächelte entschuldigend und neigte sich zu ihr herüber. „Eigentlich ist er *niet zo*. Er steht nur unter Strom."

„Verständlich." Ihr blumiges Parfüm kitzelte Marie in der Nase. Sie behielt für sich, dass ihr Mann auf der Arbeit schon immer aufbrausend gewesen war. Vielleicht spielte er ja zu Hause den Pantoffelhelden. Es stand ihr nicht zu, jemanden schlechtzumachen, besonders nicht bei dessen Ehefrau.

Verzweifelt bemühte sich Pillners Assistentin, zwischen dem Ensemble und Schuster zu vermitteln. Möglicherweise befürchtete Annett, die Darsteller könnten sich ebenfalls krankschreiben lassen, weil sie seine Launen satthatten.

Leentje stellte das Glas auf den Boden. Dabei rutschte ihr Dekolleté tiefer. Als sie sich wieder aufrichtete, fiel Marie der Anhänger ihrer Kette auf. Sie hatte ihn vorher nicht bemerkt, weil er sich unter dem Pullover versteckt hatte.

Blau. Tropfenförmig. Gehalten von einer handförmigen silbernen Fassung.

Überrascht starrte Marie ihn an. Sie konnte kaum glauben, was sie da sah. Nicht nur ihr Ehemann und Vinzent Quast trugen eine Träne, sondern auch Leentje Schuster. Das verwirrte Marie vollends. Der Online-Artikel hatte ihre These, dass es sich dabei um ein Zeichen aus der Pädophilen-Szene handelte, nicht bestätigt, und so hatte sie diesen Gedanken erst einmal beiseitegeschoben. Aber durch ihre erste Vermutung hatte sie fälschlicherweise erwartet, es würde damit zusammenhängen, dass die beiden Männer waren. Doch das schien nicht der gemeinsame Nenner zu sein, den sie suchte.

Wie sie jetzt feststellte, hatte ihr Unterbewusstsein ihren Chef doch noch nicht vollkommen von dem Verdacht freigesprochen, dass er ein Kinderschänder sein könnte. Auch Pädophile wurden Opfer von Verbrechen. Wie sie von einem Gespräch mit Daniel wusste, war Michael Engel, den jemand entmannt hatte, das beste Beispiel dafür.

Vielleicht hatte irgendwer Schuster sein Spielzeug gestohlen.

Möglicherweise ein anderer Kinderschänder, der scharf auf Thijs war, oder ein Eingeweihter, der den Säugling retten wollte, bevor er in das Alter kam und perverse Gelüste bei seinem Vater auslösen konnte. Marie wollte gerne an die letzte Theorie glauben, denn dann wäre der Junge in Sicherheit.

Was wusste Leentje? Verstohlen sah Marie sie von der Seite an. Zum Kreis der Pädosexuellen zählten zwar zum Großteil Männer – aber ein Anteil von zehn bis fünfzehn Prozent entfiel auf Frauen!

Zwei dicke hellblonde, fast weiße Strähnen von vorne wurden an ihrem Hinterkopf von einer Schildpattklammer zusammengehalten. Leentje löste die Klammer, strich verlegen einige ihrer Haare zurück und steckte sie fest. Durch diese Bewegung schwang der Anhänger hin und her.

Er zog Maries ganze Aufmerksamkeit auf sich. „Einen hübschen Stein haben Sie da."

„Ein Diamant. *Een karaat.*"

„Trägt Ihr Mann nicht auch so einen?"

Kreisrunde rote Flecken traten auf Leentjes Wangen. Bestätigend lächelte sie.

„Ein wirklich wunderschöner Schmuck! Darf ich mal sehen?"

Mit gefurchter Stirn schaute Leentje zu ihrem Ehemann, der gerade seine Handflächen aneinanderlegte und sie gen Bühne reckte. „Er wurde in der Schweiz angefertigt."

„Bestimmt ein Geschenk Ihres Mannes. Eine Art Paarschmuck, richtig?" Marie hatte ein schlechtes Gewissen, weil sie ihr Honig um den Mund schmierte, nur um mehr über diese mysteriöse Kette zu erfahren.

„Ich wollte den Anhänger unbedingt haben. Friedrich war zuerst dagegen. Er fand es makaber."

„Makaber?"

Hektisch klimperte Leentje mit ihren schwarz getuschten Wimpern. „Das ist das falsche Wort. Ich lebe schon viele Jahre in Köln, aber mit *het Duits* habe ich immer noch *problemen*."

Das war Marie noch nicht aufgefallen.

„Merkwürdig, er fand es merkwürdig, wollte ich sagen. Ein Mann trägt keinen Schmuck, meinte er, außer *zijn trouwring*, es sei denn, er ist vom anderen Ufer."

„Allein diese Fassung! So filigran gearbeitet."

Endlich ließ Leentje zu, dass Marie den Anhänger anfasste und näher betrachtete. Die Träne war von einem bemerkenswert hellen Blau, klar, ohne Einschlüsse oder Luftblasen. Mit der Fingerspitze fuhr sie die Konturen entlang, eine sorgfältige Arbeit. Sie konnte sich nicht vorstellen, dass es sich um einen natürlich vorkommenden Stein handelte. Denn wer würde schon von einem Diamanten so viel abschleifen, damit eine Tränenform entstand? Der finanzielle Verlust wäre zu groß oder das Preis-Leistungs-Verhältnis stimmte nicht mehr. Handelte es sich etwa um Zirkonia? Oder synthetisch hergestelltes Moissanit? Warum tat Leentje dann so, als handelte es sich um ein Schmuckstück, das so kostbar war, dass sie es unter dem Pullover trug? Oder gab es einen anderen Grund dafür?

„Wissen Sie, woher der Stein stammt? Australien vielleicht, Russland oder Afrika?"

„Schweiz. Wir haben ihn in Chur anfertigen lassen. Ich meine, ihn gekauft. Nur die Fassung konnten wir uns selbstverständlich aussuchen."

„Nicht in Deutschland oder Ihrer Heimat?"

„Sagte ich doch schon."

„Tut mir leid. Ich habe mich nur gewundert. Ihr Mann hat einmal gesagt, die Schweizer wären zu dumm, um Käse zu machen, sonst würden sie keine Löcher reinmachen."

„Das hat er nicht so gemeint. Seine Scherze sind manchmal etwas *ruw*."

„Seiner Auffassung nach machten nur Idioten in der Schweiz Urlaub, weil dort alles doppelt so teuer sei."

„Wir waren dort nicht im ... Wir sind ... Es war eine berufliche Reise."

„Für den Musical Dome?"

„*Nee*. Nicht beruflich. Was erzähle ich da? Freunde haben dort geheiratet. Friedrich blieb nichts anderes übrig, als mitzukommen."

So, wie sie sich wand, war das eindeutig gelogen. *Warum verheimlicht sie den wahren Grund für die Reise?*

Sie mochte Leentjes holländischen Akzent. Sie fand ihn genauso süß wie die Niederländerin selbst mit ihren strahlenden Augen, die so hell waren wie der Diamant, den dünnen, in dezentem Apricot nachgezogenen Lippen und den kleinen Händen, die sich besitzergreifend um den tränenförmigen hellblauen Stein schlossen, sobald Marie ihn losließ.

In letzter Sekunde erhaschte Marie einen Blick auf die Gravur am Anhänger. *In memoriam amantem* – in liebevoller Erinnerung. *Thijs*.

Friedrich Schusters Worte aus dem letzten Sommer drängten in ihr Bewusstsein: „*Als Geste meiner tiefgehenden Liebe zu Thijs. Ich stelle mir vor, die Fassung ist seine Hand, die meine Tränen hält. Noch immer sehe ich mein Baby vor mir, wie er auf der Wickelkommode liegt. Er strampelte mit nacktem Po herum und quiekte vor Lachen, weil ich ihn kitzelte, während ich ein Fingerspiel mit ihm machte. Seine Haut war so weich. Ich vermisse den kleinen Mann so sehr!*"

Mochten sich die Schusters auch beide das gleiche Juwel gekauft haben, das sie an ihren entführten Sohn erinnerte, so beantwortete das nicht die Frage, warum Vinzent Quast ein identisches Schmuckstück besaß.

Marie lag auf der Zunge zu fragen, ob Leentje Vincente kannte. Aber sie wollte sie nicht wissen lassen, dass sie noch jemanden mit solch einer Kette gesehen hatte, da diese Person mit Kriminellen zusammenarbeitete. Falls die Schusters in unlautere Geschäfte verwickelt waren und Dreck am Stecken hatten, durfte Marie sie keinesfalls vorwarnen, dass sie sich an ihre Fersen geheftet hatte.

Und Leentjes Geheimniskrämerei schien Maries Verdacht zu bestätigen. Etwas stank gewaltig.

Außerdem konnte sich Marie keinen Reim darauf machen, warum ein Edelstein die Eltern an ihren Säugling erinnern sollte. Ein Stofftier, ja, ein Mobile oder eine Trinktasse, aber doch kein Diamant.

„Ein schönes Andenken an Ihren Sohn", sagte Marie so einfühlsam wie nur möglich.

Nun, da Leentje direkt auf Thijs angesprochen wurde, erstarrte sie förmlich. In ihre Augen trat jedoch keine Verletzlichkeit, sondern sie riss sie unnatürlich auf.

So angestarrt zu werden irritierte Marie. Sie hoffte, keinen Schock ausgelöst zu haben. „Es tut mir leid. Ich hätte nicht davon anfangen sollen. Das Thema geht Ihnen verständlicherweise noch nah."

„*Geen probleem.*"

„Ein Kind zu verlieren, darüber kommt man wahrscheinlich nie hinweg."

„Man muss nach vorne schauen, um nicht daran kaputtzugehen."

Marie hasste es, dieses Gespräch zu führen. Es war nicht richtig, alte Wunden aufzureißen. Sie sah, wie Leentje mehrmals schwer schluckte, und hätte sie am liebsten in ihre Arme gerissen und vorgeschlagen, nicht mehr darüber zu reden. Aber das ging nicht. In der Kette Friedrich Schuster, Vincente und sie war sie nun mal das schwächste Glied. Wenn sie etwas herausfinden konnte, dann über Leentje.

Zärtlich strich diese über den hellblauen Stein. „Woher wissen Sie von Thijs und dem *juweel*?"

„Ihr Ehemann hatte es letzten Sommer erwähnt."

„*Echt waar?* Was genau hat er gesagt?"

Marie stutzte. Was sollte die Frage? „Nur, dass der Edelstein ein Andenken an Ihren Sohn ist."

Leentje lächelte bestätigend.

„Warum ein Anhänger? Sie haben doch sicher noch vieles behalten."

„Sein Kinderzimmer steht noch da, als würde *mijn zoon* zurückkommen."

„Vielleicht tut er das ja."

„Wie könnte er?" Leentje schnaubte, als hätte Marie etwas völlig Abwegiges von sich gegeben. Ihre Hand krampfte sich um den Stein und ihre Augen wurden feucht.

„Es ist durchaus denkbar, dass er bei seinem Entführer lebt. Wenn er in den Kindergarten kommt, spätestens aber bei der Einschulung, wird auffliegen, dass etwas nicht stimmt."

„Ach so."

„Ihr Mann liebte den Kleinen sehr, das merkt man, wenn er über ihn redet."

„Wir sprechen eigentlich nicht mehr mit anderen über Thijs!", sagte Leentje hart, als wollte sie das Gespräch hier beenden. Offenbar wurde ihr bewusst, dass ihre Worte auf Außenstehende gefühlskalt klingen mochten, denn sie sah Marie erschrocken an und fuhr sanfter fort: „Aber ja, natürlich. Er hat den Kleinen vergöttert. Für ihn bedeutete Thijs alles. Es war seine Idee, ein Kind zu bekommen. Er hat mich förmlich gedrängt. Und als *het Jochie* da war, hat er ihn auf Händen getragen. Der wird mal ein kleiner Pascha, habe ich ihn gewarnt, aber er hat die ganze Zeit Fingerspiele mit ihm gespielt, obwohl Thijs noch viel zu klein dafür war. Er war der beste *vader op de wereld*!"

Eine weitere Lüge. Marie schaute zu Pillners Assistentin hinüber, die versuchte, Schuster zu beruhigen. Wie Annett Marie erzählte, hatte sie mitbekommen, wie Leentje ihren Mann dazu zwang, Sex nach der Temperaturkurve zu haben. Beide mochten Nachwuchs gewollt haben, aber es war eindeutig Leentje gewesen, die Druck gemacht hatte, und nicht er. Warum behauptete sie es dann?

Maries weiblicher Instinkt, die Ehe mit einem Kriminalkommissar und ihre Anwesenheit in Gerichtssälen sagten ihr, dass etwas mit der Familie Schuster nicht stimmte.

„Leentje Schuster hat mir ein einziges Lügengebilde präsentiert", schloss Marie ihren Bericht am Abend. Sie schob Daniel einige Schachteln mit chinesischem Essen, das sie auf dem Heimweg gekauft hatte, über den Tisch zu.

Die Generalprobe war selbst für sie anstrengend gewesen, obwohl sie keine Kostüme mehr hatte ändern müssen. Immer wieder war Friedrich Schuster explodiert. Marie war in ständiger Alarmbereitschaft gewesen, um ihn zurückzuhalten, falls er versuchen sollte, einem der Darsteller den Hals umzudrehen.

Jetzt knurrte ihr Magen. Der köstliche Duft von Ente, Hühnchen, Sojasauce, Gemüse und asiatischen Gewürzen breitete sich in der Küche aus.

„Und du glaubst, das hat etwas mit Thijs zu tun?"

„Ich denke nicht. Er wurde im letzten August auf einem niederländischen Rastplatz von einem Unbekannten aus ihrem Wagen entführt. In diesem Fall sind die Schusters Opfer." Nur um ihn zu necken, hielt sie ihm die Essstäbchen hin, obwohl sie wusste, dass er abwinken würde. Er kam mit ihnen einfach nicht klar.

Daniel gab ein Knurren von sich und nahm die Gabel, die Marie vorsorglich herausgelegt hatte. „Was vermutest du dann?"

„Wenn wir herausfinden, was es mit dem Diamanten auf sich hat, wissen wir auch, welches Geheimnis die Schusters hüten." Sie brach ihre Stäbchen so behutsam auseinander, dass kaum ein Laut zu hören war.

Daniel, der gerade in eine Frühlingsrolle beißen wollte, hielt in der Bewegung inne. Seine Stirn krauste sich. „Wir?"

Lächelnd nahm Marie ein Stück Tofu mit Bambussprossen und Mungobohnenkeimen auf und wollte ihn damit füttern.

Beim Anblick des Tofus verzog er sein Gesicht und schüttelte den Kopf. „Und wie sollen *wir* das anstellen?"

„Ich kann Vinzent Quast nicht auf den Zahn fühlen. Dafür habe ich weder die Lobby noch den Mumm, um ehrlich zu sein. Bei dem Mann bekomme ich eine Gänsehaut. Außerdem könnte das deine Ermittlungen in der Bruchstraße 13 gefährden."

„Mir schwant, ich bin längst in deinen Plan eingespannt, ohne es zu wissen", sagte er über den Rand seines Glases mit Reiswein hinweg. Seine dunklen Augen funkelten belustigt.

„Du musst Quast in die Mangel nehmen. Quetsch ihn aus wie eine Zitrone." Langsam schloss sie ihre Faust, als würde sie genau das tun.

„Baby, so kenne ich dich ja gar nicht."

Verlegen kicherte sie und nippte an ihrem grünen Tee. Nach all den Tagen angespannten Zusammenlebens seit ihrer Diskussion über eigene Kinder tat es gut, endlich einmal wieder zu lachen. „Lass aber die Schusters außen vor, so lange es geht. Ich möchte sie nicht in Gefahr bringen."

„Ich werde sehen, was ich tun kann." Während Daniel in seinem Essen herumstocherte, sagte er leise, ohne aufzusehen: „Hast du mal über Adoption nachgedacht?"

Der plötzliche Themenwechsel erwischte sie kalt. Sie brauchte einige Sekunden, um sich zu sammeln. Wahrscheinlich wollte er ihre gute Laune ausnutzen, um dieses ernste Thema anzusprechen. Das war ein Fehler gewesen. „Nein."

„Über Samenbanken?"

„Red keinen Unsinn! Ich will kein Kind von einem Fremden."
„Aber mein Schwanz ist nutzlos und meine Ei… Hoden auch." Der Chinaimbiss hatte nur einen Glückskeks in die Tüte gepackt. Mit einer versöhnlichen Miene schob er ihn zu Marie hinüber. „Du solltest über Alternativen nachdenken."

Er hatte nicht *wir* gesagt, bemerkte Marie. Offenbar saßen sie, was diese Angelegenheit betraf, nicht in einem Boot. Für ihn schien die Sache klar zu sein: Er konnte keine Kinder zeugen, also wollte er auch keine haben. Wenn sie Nachwuchs wollte, würde sie sich selbst und alleine darum kümmern müssen. Aufbrausend gab sie Daniel den Keks zurück, indem sie ihn auf sein Set knallte, sodass er zerbröselte. „Dann soll es eben nicht sein."

„Im Alter wirst du bereuen, nie Nachwuchs gehabt zu haben."
„Ich bin stärker, als du glaubst."
„Du bist zerbrechlich wie ein Grashalm, sieh dich doch an."
„Du kannst mich mal!", rutschte ihr heraus. Sie erschrak über sich selbst. So etwas hatte sie noch nie zu ihm gesagt.

Im nächsten Moment schämte sie sich bereits für ihren Gefühlsausbruch. Weil sie von ihren Eltern gelernt hatte, stets die Haltung zu wahren. Weil sie wusste, dass Daniel es nur gut meinte. Aber vor allen Dingen, weil er bewies, dass das Thema sie emotional aufwühlte.

Daniel zwang sie, sich dieser Verletzlichkeit, die sie so verzweifelt zu verdrängen versuchte, zu stellen. Das brachte sie erneut gegen ihn auf.

Einen Schritt vor und zwei zurück.

Wütend darüber, dass Daniel die lockere Stimmung zerstört und sie seine Aussage durch ihren Ausbruch bestätigt hatte, zerriss sie das Tütchen mit dem zerbrochenen Glückskeks. Der Inhalt fiel auf die Tischplatte. Zwischen den Krümeln fischte sie den länglichen Zettel heraus und las:

Werde nie zornig, sonst könntest Du an einem
einzigen Tag das Holz verbrennen, das Du
in vielen sauren Wochen gesammelt hast.
(chinesische Weisheit)

27. KAPITEL

Daniel schloss die Tür des Behinderten-WCs hinter sich und massierte seinen Bauch. Das chinesische Essen vom Vorabend lag ihm immer noch schwer im Magen. Oder die Unterhaltung.

Er hatte geahnt, dass es nicht leicht werden würde, mit Marie über künstliche Befruchtung und Adoption zu sprechen, weil es nicht das war, was sie wollte. Aber irgendwann hatte er das Thema anschneiden müssen. Nur wenn sie darüber sprachen, konnte sich die unsichtbare Trennwand zwischen ihnen auflösen. Sie küssten sich weder morgens zum Abschied noch abends zur Begrüßung. Nähe und Intimität schienen erst wieder möglich zu sein, nachdem sie eine Lösung gefunden hatten. Doch wie sollten sie das schaffen, wenn Marie das Problem lieber totschwieg, weil es ihr zu wehtat, sich damit auseinanderzusetzen?

Daniel leerte seinen Katheterbeutel, wusch sich die Hände und fuhr zum Vernehmungsraum des Kriminalkommissariats 11, in dem Vinzent Quast schon auf ihn wartete.

„Wieso bin ich wirklich hier?"

„Was meinen Sie?", fragte Daniel und ließ seinen Blick unauffällig über den Diamanten schweifen, den Quast auch heute wieder trug.

„Sie behaupten, dass Sie Fragen zu den Jungs in der Nummer 13 haben. Aber in Wahrheit geht es doch um mich, nicht wahr?"

Hatte er etwas zu verbergen? „Erläutern Sie das."

„Es ist doch so." Vincente neigte sich vor und stützte sich mit den Ellbogen auf dem Tisch ab. „Sie sehen mich und denken: Was für ein abgefuckter Typ! Die spitzen Eckzähnen die schwarzen Klamotten und die roten Kontaktlinsen, das ist doch nicht normal. Schon malen Sie sich die wildesten Dinge über mich aus. Der feiert doch bestimmt schwarze Messen. Der beißt Frauen wie ein Vampir und trinkt ihr Blut. Nichts davon tue ich. Die Weiber betteln lediglich darum, von mir geleckt zu werden, da ich mit meiner gespaltenen Zunge wahre Wunder wirken kann, und ich besorg's ihnen." In einer obszönen Geste formte er mit Daumen und Zeigefinger einen Kreis, schob eins seiner implantierten Hörner hindurch und imitierte den Geschlechtsakt.

Was für ein Arsch! dachte Daniel. „Eine solche Geste bessert Ihr Image nicht gerade auf."

Vinzent Quast lehnte sich in seinem Stuhl zurück, legte einen Arm über die Ecke der Rückenlehne und saß großkotzig da, wie der Pate von Köln. „Ich kenne Tschakos wie Sie."

„Don Vincente, Sie erschüttern mein Selbstbild. Bis eben glaubte ich, als Ermittler im Rollstuhl einzigartig zu sein."

„Sie schikanieren gerne."

„Offenbar sind Sie derjenige mit den Vorurteilen."

Quast musterte den Rollstuhl. „Besonders Bullen wie Sie, die in der Hackordnung der Blauschimmelbande ganz unten stehen. Die suchen sich ihre Prügelknaben außerhalb."

Daniel kochte vor Wut. Am liebsten hätte er über den Tisch gelangt und Quast eine runtergehauen, sodass der Sternchen sah. Doch er wusste, dass Vincente nur versuchte, ihn zu provozieren, weil er seinen Spaß daran hatte und vermutlich die Befragung vorschnell beenden wollte. Denn wenn Daniel sich reizen ließ, würde er gehen können, ohne Auskunft über seine Geschäftspartner geben zu müssen, woran ihm gelegen war. Falls er es sich mit den Pädophilen verscherzte, bedeutete das finanzielle Einbußen für ihn. Innerlich war Daniel auf hundertachtzig, aber nach außen hin blieb er gelassen, weil er der Einzige war, der Vincente die Wahrheit über den Edelstein entlocken konnte.

„Aber Sie riefen mich an und ich kam, ohne zu zögern. Ich bin kooperativ, habe heute Morgen extra geduscht und mir eine frische Unterhose angezogen."

„So sind Sie, ein Vorbild an Spießbürgertum." Daniel hatte es satt, seine Zeit mit Kräftemessen zu vergeuden. „Die Bewohner der Bruchstraße 13 sind eine gute Einnahmequelle für Sie, habe ich recht? Die Männer haben durch das einzigartige Projekt einen gewissen Bekanntheitsgrad, den in Deutschland nicht viele Ex-Häftlinge vorweisen können."

„Die Medien mit ihrer Panikmache spielen mir in die Hände." Nun, da Vincente breit grinste, blitzte sein Lippenbandpiercing hervor. „*Das Haus des Bösen*, titeln die Zeitungen, worauf ich die Besitztümer der Jungs für 100 Euro mehr verscherbeln kann."

„Was verkaufen Sie so?"

„Alles, was sie mir geben. Je gebrauchter es aussieht, desto besser. Die Spinner da draußen holen sich doch einen runter, wenn sie etwas in der Hand halten, was ein Mörder, Kinderschänder oder Vergewaltiger angefasst hat. Verbrechen wie zum Beispiel Wirtschaftsspionage interessieren keinen Schwanz."

„Fördern Sie dadurch nicht die Bereitschaft der Kunden, die Straftaten nachzuahmen?"

„Das sind doch nur Flachwichser, die vom Chef fertiggemacht werden und ihr Maul nicht aufkriegen. Die von der Ehefrau betrogen wurden und sie trotzdem nicht vor die Tür setzen. Sie träumen nur davon, es allen, die sie triezen, heimzuzahlen, aber das sind und bleiben feige Arschkriecher. Die haben doch keine Eier in der Hose. Deshalb verehren sie ja die Typen, die sich gegen ihre Peiniger aufgelehnt haben."

Mit einem Anflug von Sarkasmus dachte Daniel daran, wie er als Teenager beinahe seinen Vater getötet hatte, als dieser der Mutter den Unterkiefer brach, und was für eine Mörderkohle er mithilfe von Quast machen könnte, wenn die Welt davon wüsste. Aber wahrscheinlich reichte es nicht, nur beinahe eine Bluttat zu begehen, um das Interesse von Sammlern zu wecken. *Was für ein krankes Hobby!* „Als wir uns zufällig in Ehrenfeld trafen, standen Sie mit Roman Schäfer zusammen. Sie diskutierten über Stefan Haas, der keine Geschäfte mit Ihnen machen will."

„Den kriege ich schon noch rum."

„Sie sagten zu Schäfer, dass Sie auch etwas für Haas tun könnten. Es ging um eine Art Bonus. Was meinten Sie damit?" *Videos, die nackte Jungs und Mädchen zeigten, etwa?* Daniels Puls stieg.

„Ihre Ohren sehen gar nicht so groß aus." Vincente pulte etwas aus seinen Zähnen und wischte es an seiner Hose ab. „Es ging um eine kleine Internetkampagne. Ich wollte ihn noch bekannter machen, um seinen Marktwert zu steigern. Ein Köder, um ihn endlich an die Angel zu kriegen. Aber der Fisch hat nicht angebissen."

„Dann lassen Sie ihn ab sofort in Ruhe?"

„Haas ist ein wenig scheu. Aber stille Wasser sind tief."

Daniel ging nicht darauf ein. Er wollte jetzt nicht über Stefan Haas reden, sondern ihm ging es darum, Quast auf den Zahn zu fühlen, nicht nur, was den Stein betraf. Er musste mehr über ihn erfahren, damit er ihn einschätzen konnte. Außerdem brannte ihm eine bestimmte Frage auf der Zunge. Um seine Reaktion zu testen, konfrontierte er ihn direkt. „Versorgen Sie die Pädophilen mit Kinderpornos?"

„Was?" Vincente flog nach vorne. Seine Handflächen klatschten auf die Tischplatte, sodass die Cola in seinem Glas hin und her schwappte. „Sind Sie bescheuert, Mann?"

„Sie sind eine Art Dealer und die Pädosexuellen brauchen Stoff."

„Quatschen Sie keinen Bullshit. So einen Dreck rühre ich nicht an!"

„Sie machen Ihr Geschäft mit Plunder von Kriminellen. Als was bezeichnen Sie das?"

„Das sind saubere Geschäfte. Ich würde niemals … niemals!"

„Sie erwecken eher den Eindruck, aus allem, was sich Ihnen bietet, Geld zu machen. Filmchen, die ausschließlich unter der Theke verkauft werden, bringen einen satten Gewinn."

Vincentes Gesicht verzerrte sich vor Zorn. Er stützte sich auf der Tischplatte ab. „Ich habe selbst eine Tochter. Katharina ist vor einer Woche acht Jahre alt geworden."

„Katharina?", fragte Daniel verdutzt, hatte er doch mit einem außergewöhnlichen Namen gerechnet. In manchen Dingen war Vincente wohl kleinbürgerlicher, als er aussah.

„Sie bedeutet alles für mich! Ich bin geschieden. Meine letzte Freundin kam nicht damit klar, dass ich jeden Sonntag mit meinem Mädchen verbringen möchte. Deshalb habe ich sie gekickt. Katharina ist mein Ein und Alles. Wenn jemand sie anfasst, werde ich ihn töten. Ist das klar?"

„Und trotzdem arbeiten Sie mit den Bewohnern der Nummer 13 zusammen?"

„Man muss seine Partner nicht mögen, um mit Ihnen Geschäfte zu machen. Oder sind Sie und Ihre Kollegen alle ein Herz und eine Seele?"

Voigt tauchte vor Daniels geistigem Auge auf, sodass er recht heftig mit dem Kopf schüttelte. „Und dennoch ist das mit den Fanartikeln nicht nur ein Job für Sie. Sie sagten bei unserem ersten Zusammentreffen selbst, Sie würden den Kalten Walter verehren."

Nachdem Quast tief durchgeatmet hatte, setzte er sich wieder aufrecht hin und verschränkte die Arme vor dem Oberkörper.

„Sie haben die Straftaten des Kannibalen sogar verteidigt."

„Nicht seine Taten, sondern was ihn dazu gebracht hat, die Menschen zu töten und zu essen. Er wollte sie vor der Welt, die sie schlecht behandelt hatte, beschützen. Menschen sind nicht nur gut oder böse."

„Aber er war krank. Er tickte nicht richtig."

Zischend zeigte Vincente seine Zähne und schloss eine Hand um den Diamanten.

„Seine Mithäftlinge dachten wohl genauso, denn vier von ihnen brachten ihn vor einem Jahr gemeinsam um."

„Das ist doch wieder so eine beschissene Anspielung von Ihnen. Ich wurde nicht angeklagt, weil ich unschuldig war."

„Da komme ich nicht mit", sagte Daniel verwirrt. „Wovon sprechen Sie?"

„Spielen Sie nicht das Unschuldslamm, Kommissar Zucker. Sie haben es faustdick hinter den Ohren, das habe ich schon spitzgekriegt. Wenn Sie nicht cleverer als Ihre Kollegen wären, hätte man Sie längst wegen Ihrem Opastuhl geschasst. Sie haben sich doch bestimmt über mich erkundigt. Man warf mir vor, die Häftlinge für den Mord an Walter Steinbeißer bezahlt zu haben."

„Wieso das?"

„Deswegen." Stolz hielt Vincente seine Träne hoch. Das Blau war dunkler als die Farbe von dem Stein der Schusters. Laut Maries Aussage war dieser so hell wie der Himmel an einem Frühlingsmorgen, während dieser hier eher mit Lupinen zu vergleichen war.

„Ich verstehe nicht."

„So gewitzt sind Sie also doch nicht. Walter schrieb ein Testament. Darin stand, dass er verbrannt und mir seine Asche übergeben werden sollte." Quast hielt die silberne Fassung so, dass Daniel die zwei gestanzten Worte lesen konnte: *In memoriam* – zum Gedenken an.

Daniel krauste seine Stirn, denn er kapierte immer noch nicht, worauf Quast hinauswollte. Langsam kam er sich dumm vor.

Genervt rollte Vincente mit den Augen. „Er war sofort begeistert von meiner Idee, denn er hatte Angst vor dem Tod, glaubte, er käme in die Hölle, aber ich konnte ihn davor bewahren. Ich bin persönlich nach Graubünden gefahren. Im ersten Schritt werden Kohlenstoffreste rausgefiltert, die mit einer 60 000-Bar-Presse erst zu Grafit und dann zu einem synthetischen Diamanten gepresst werden. Hab mich für einen mit 0,4 Karat entschieden. An die 5 000 Euro habe ich dafür hinblättern müssen. Aber die Kohle kriege ich bestimmt schnell wieder rein, denn Walter war der Start für ein neues Geschäftsmodell."

„Aus menschlicher Asche Juwelen pressen zu lassen?" Daniel traute seinen Ohren kaum.

„Oder tierischer. Schon einige Kunden haben diesen Service in Anspruch genommen. Ein Paar legte sogar 20 000 hin, um einen Einkaräter zu bekommen."

„In Deutschland herrscht aber Bestattungspflicht."

„Deswegen habe ich mir einen Helvetier als Geschäftspartner gesucht. Die da drüben sind viel lockerer."

In Daniel schwelte eine böse Vorahnung, die seine Magenschmerzen verschlimmerte. „Kann es unterschiedliche Farbtöne geben?"

„Sehen Sie, auch Sie sind begeistert! Im Körper ist Bor enthalten. Das ist ein Halbmetall. Jeder trägt unterschiedlich viel in sich. Und die Menge entscheidet über den Blauton."

„Ich muss Ihre Rechnungen einsehen."

Überrascht starrte Vincente ihn an. Er drehte unentwegt seinen Totenkopf-Ring am Finger. Dann fasste er sich an sein Tragus-Piercing, wohl um zu prüfen, ob der Stecker noch fest saß. Er schaute zum Fenster hinter sich, als wäre ihm plötzlich eingefallen, dass es heiß im Raum war, roch unter seinen Achseln und ließ seinen schwarzen Ledermantel über seine Schultern gleiten. Wieder das Piercing am Ohr. Er trank einen Schluck Cola und warf dabei einen Blick zum Venezianischen Spiegel. Tragus, die dritte.

Daniel fragte sich, ob Quast etwas zu verbergen hatte, weil er plötzlich so nervös wurde. Seinen Kundenstamm? Von welchen Verstorbenen die Asche stammte? Oder dass er seine Buchhaltung doch nicht sauber führte?

Schließlich zuckte Vincente mit den Achseln. „In Ordnung. Damit Sie sehen, dass bei mir alles legal zugeht. Und dass ich ein netter Kerl bin."

„Ja, sicher."

Am Nachmittag brachte Vincente den Ordner, der sowohl die offenen als auch die beglichenen Forderungen der Kunden, die Asche eines Angehörigen über ihn zu einem Diamanten hatten pressen lassen, im Präsidium vorbei.

Aufgeregt schaute Daniel sie durch. Es musste sich ein Hinweis auf Leentje und Friedrich Schuster finden! Die Spur war zu heiß, um ins Nichts zu laufen.

Das Telefon lag bereits neben ihm, damit er Marie sofort anrufen konnte, sobald er seine Theorie bestätigt fand. Er wollte ihr nicht nur helfen, den Verbleib von Thijs zu klären, sondern auch bei ihr punkten und damit den letzten Streit wiedergutmachen, denn der ging auf sein Konto.

Aber in den Unterlagen tauchten die Schusters nicht auf.

28. KAPITEL

„Bist du ein Kaninchen, oder was?" Kopfschüttelnd betrachtete Daniel den Teller in Leanders Hand. Auf einem Haufen Grünzeug lagen einige mickrige Stücke gebratenes Hähnchenfleisch.

Der Hospitant setzte sich ihm gegenüber. Die Kantine im Polizeipräsidium hatte sich bereits bis auf wenige Plätze geleert, da die Mittagszeit fast vorbei war. „Das ist wenigstens gesünder als Schnitzel mit Pommes, beides frittiert."

„Ich lebe vielleicht kürzer als du, aber glücklicher."

„Wir sprechen uns in 20 Jahren wieder."

Daniel fragte sich, ob er sich das nur einbildete, aber Leander wirkte anders als sonst. Sein Lächeln hielt nie lange an. Normalerweise saß er immer mit aufrechtem Oberkörper, steif, wie ein englischer Aristokrat. Jetzt jedoch machte er einen Buckel und ließ seine eckigen Schultern hängen.

„Alles in Ordnung?", fragte Daniel beiläufig.

Lustlos schob Leander einen Streifen roter Paprika hin und her. Er zögerte, schien in sich hineinzuhorchen. Schließlich rückte er stockend mit der Sprache heraus: „Ich ... ich weiß nicht, ob ... der Polizeidienst etwas für mich ist."

Bestürzt hörte Daniel mit dem Kauen auf. Damit hatte er nicht gerechnet. Mit gerunzelter Stirn schaute er sein Gegenüber an. Er schluckte den Bissen Fleisch, den er gerade im Mund hatte, hinunter. Seine Kehle fühlte sich an, als wäre sie enger als zuvor. „Du schlägst dich doch prima. Verstehst dich gut mit allen."

„Mein Vater hielt nie mit seiner Meinung hinterm Berg. Alle fanden seine Ehrlichkeit toll. In meinen Augen verletzte er damit viele Menschen."

Daniel hatte keine Ahnung, was das mit dem Job zu tun hatte, fragte aber dennoch: „Dich zum Beispiel?"

„Er wollte nie, dass ich zur Polizei gehe, meinte, dort bräuchten sie echte Kerle und keine Weicheier."

„Das drückte er sicherlich anders aus."

„Genau das sind seine Worte gewesen."

„Alles nur dummes Geschwätz!" Als Daniel den Schraubverschluss der kleinen Flasche Cola öffnete, zischte es. Er spülte die Verärgerung über die Dreistigkeit von Leanders Erzeuger hinunter. „Die Menschen lesen Kriminalromane und schauen sich Krimiserien an, in denen all diese toughen Helden und coolen Typen vorkommen, und machen sich ein falsches Bild von unserem Beruf."

„Mein Vater arbeitet beim LKA in Düsseldorf, Abteilung 2."

Daniel, der sich gerade eine Gabel Fritten in den Mund schieben wollte, hielt überrascht inne. „Beim Staatsschutz? Du wolltest doch nicht etwa Gesetzeshüter werden, um deinem Vater zu beweisen, dass er dich falsch einschätzt, oder?"

„Ich weiß, dass das die falsche Motivation war."

„Und jetzt hast du keine Lust mehr, weil Daddy seine Meinung über dich trotzdem nicht ändert." Enttäuscht kaute Daniel die Pommes weich.

„Du hast wirklich gute Instinkte. Er wird in mir nie den Sohn sehen, den er sich gewünscht hat. Aber das ist es nicht. Ich bin ständig müde, fühle mich schlapp."

„Das ist eine der Schattenseiten unseres Jobs. Viele Überstunden, kurze Nächte."

„Mal schickt EKHK Fuchs mich zu dir. Dann soll ich die MK Mikwe unterstützen. Heute soll ich wieder mit dir zusammenarbeiten. Ich gehöre zu keinem Team, sondern komme mir vor, als würden alle versuchen, mich schnellstmöglich abzuschieben." Noch hatte Leander sein Essen nicht angerührt.

„Das liegt nicht an dir, sondern an mir."

„Verstehe ich nicht."

„Denk nur an Michael Engels Kastration. Ich deckte auf, dass die ermittelnden Beamten schlampig gearbeitet hatten. Weil sie sich weigerten, tiefer zu graben, musste ich selbst bei der Staatsanwältin einen Durchsuchungsbeschluss beantragen. Das war natürlich nicht der Amtsweg, aber ich hatte keinen Bock zu betteln und noch mehr Zeit zu vergeuden. Daraufhin bekamen die Kollegen und ihr Vorgesetzter einen Denkzettel verpasst. Jetzt sollst du mir auf die Finger schauen, mich bremsen, damit ich meine Kompetenzen nicht weiter überschreite. Mein eigenmächtiges Handeln hat zwar einen Zusammenhang zwischen Engel und Petra Schumann aufgedeckt, aber intern eine Menge Ärger gebracht."

Mit offenem Mund lehnte sich Leander zurück.

„Du solltest deinem Vater mal erzählen, dass du den härtesten Bullen des Präsidiums an die Zügel genommen hast. Der Fuchs würde diese Aufgabe nur dem Stärksten und Cleversten übergeben."

Leander rollte mit den Augen, lachte dann jedoch. „Iss dein

Schnitzel, sonst wird es kalt. Außerdem würde mein Dad das eh nicht glauben. Er will sogar, dass ich meine Freundin auf die Straße setze."

„Du hast eine ...?"

„Was dachtest du denn?"

Daniel spürte, wie Hitze in seine Wangen stieg. Umständlich schnitt er ein Stück Fleisch ab.

Leander bewarf ihn mit einer Gurkenscheibe. „Du hast geglaubt, ich hätte einen Liebhaber, habe ich recht?"

„Entschuldige bitte, aber du benutzt Handcreme, isst Grünzeug, du schlägst sogar die Beine übereinander." Weil ihm die Situation unangenehm war, redete Daniel weiter, bevor Leander etwas erwidern konnte. „Wie heißt deine Kleine?

„Melanie. Sie schreibt Krimis. Ich habe sie bei ihrer Recherche kennengelernt." Leander lächelte in sich hinein.

„Wie lange seid ihr schon zusammen?"

„Erst seit einem Jahr. Aber weil es ihr schlechter ging, zog sie schon nach dreieinhalb Monaten bei mir ein."

„Schlechter? Wenn dir das zu persönlich ist, wenn du nicht darüber reden möchtest, ist das okay."

Leander nickte, sprach jedoch weiter: „Weißt du, in jedem ihrer Bücher verarbeitet sie einen realen Kriminalfall. Das ist das Markenzeichen ihrer Romane."

„Ein spannender Ansatz."

„Inzwischen allerdings hat sie sich so intensiv mit Verbrechen, die tatsächlich geschehen sind, auseinandergesetzt, dass sie sich immer mehr zurückzieht. Sie verlässt kaum noch unsere Wohnung. Hat Angst vor der Welt, weil überall das Böse lauern würde."

„Wie das?"

„Wenn Jugendliche, die sich gegenseitig foppen, in die Straßenbahn steigen, denkt Mel sofort an Pöbeleien, Messerattacken und zu Tode geprügelte Helfer auf Bahnsteigen. Sie sieht nicht mehr die Idylle im Wald und die Schönheit der Natur, sondern Vergewaltiger hinter Bäumen versteckt und Frauenleichen unter Laub verborgen."

„Es ist eine Herausforderung, das Grauen nicht an sich heranzulassen, auch für uns." Daniel wusste selbst nicht, wie er es ertrug, täglich mit Tötungsdelikten zu tun zu haben. So viele Leichen, all diese Gewalt und Niedertracht. Wegen der psychischen Belastung im Kriminalkommissariat 11 wurde damals die Hospitanz eingeführt. Zu viele neue Kollegen hatten schon nach kurzer Zeit einen Abteilungswechsel beantragt. „Ist sie in psychologischer Behandlung?"

„Mel weigert sich, sie braucht noch Zeit, die gebe ich ihr. Mit Druck würde man nur erreichen, dass sie sich vollkommen in sich verkriecht. Ich habe Angst, dass ich dann gar nicht mehr an sie herankäme. Mein Vater ist anderer Meinung", erzählte Leander und krauste die Nase. „Er hält sie für schwach und spinnert, denkt, sie würde mich ausnutzen. Ich soll sie rauswerfen. Schocktherapie. Ich würde mich wundern, wie schnell sie wieder auf die Beine käme, wenn ich sie nicht mehr verhätscheln würde."

„Dein Dad scheint ein kalter Mann zu sein."

„Genauso hart und herzlos wie Stahl. Ein perfekter Diener des Staates, aber der schlechteste Vater der Welt. Nur gut, dass er wegen seines Berufs selten zu Hause war und ich praktisch alleine bei meiner Mutter aufwuchs."

Daniel wunderte sich, dass Leander rein gar nichts von seinem Erzeuger abbekommen hatte. Seine Erziehung hatte offenbar sogar das Gegenteil bewirkt und Leander noch sanfter gemacht. Nun, da er etwas über das Privatleben seines jungen Kollegen wusste, verstand er ihn viel besser. „Du bist genau richtig, so, wie du bist."

„Gefühlsbekundungen von dir? Für einen anderen Kerl? Du wirst doch wohl keine weiche Seite haben. Vielleicht trägst du ja heute deinen rosa Slip heimlich unter den Shorts mit den Playboy-Häschen."

„Übertreib es nicht, Spargel!" Energisch spießte Daniel einige Pommes auf. Ohne aufzusehen, sagte er: „Es wäre mir übrigens egal gewesen."

„Wovon sprichst du?"

„Wenn du vom anderen Ufer wärst."

„Du möchtest nur selbst nicht für schwul gehalten werden."

„Mach heute früher Feierabend. Wegen Mel. Falls jemand fragt, sag, ich hätte dich weggeschickt." Als Daniel Fleisch und Fritten in den Mund schob, war beides nur noch lauwarm. Er verzog das Gesicht.

„Das geht nicht. Ich habe da etwas gefunden, das ich mit dir besprechen muss."

„Und das betrifft was?"

„Stefan Haas." Leander schob sich eine Gabel Kopfsalat mit einem Stück Hähnchen in den Mund. Nun, da er nicht mehr über seinen Vater redete, schien er seinen Appetit wiedergefunden zu haben.

„Haas?"

„Pfefferkorn", zischte Leander kurzatmig, wedelte mit der Hand vor seinem Mund herum und trank die Hälfte seiner kleinen Wasserflasche auf einmal. Erleichtert stieß er die Luft aus. „Mel kann am besten schreiben, wenn ich zu Hause bin. Nur dann ist sie vollkommen entspannt und schreckt nicht bei jedem Geräusch auf. Die ganze Nacht über hat sie am Computer gesessen. Aber wenn das Bett neben mir leer ist, kann ich schlecht schlafen. Also habe ich mir meinen Laptop geschnappt und das Internet nach den Pädophilen durchforstet."

„Wozu? Wir kennen doch die Strafakte von Haas. Er wurde wegen Missbrauchs seines Sohns Noel zu drei Jahren und neun Monaten Gefängnis verurteilt. Wie so viele, beteuerte er seine Unschuld. Körperlich gab es keine Auffälligkeiten bei dem Jungen, außer einer Verletzung am Penis. Aber die Vernehmung des damals Dreijährigen durch einen Psychiater untermauerte den Vorwurf."

Leander spießte ein Hähnchenstück auf und wedelte damit herum, während er sprach: „Bisher haben wir uns aber nur die Urteile angesehen und alle Vermerke, die unmittelbar mit der Bruchstraße 13 zu tun haben. Ich habe mich darauf konzentriert, was nicht in den Akten steht."

„Spann mich nicht auf die Folter."

„Verena, die geschiedene Frau von Haas, und sein Sohn sind bei der Explosion ihres Fahrzeugs umgekommen."

„Wann war das?"

Leander, der sich gerade den Fleischhappen in den Mund gesteckt hatte, kaute schneller, weil Daniel auf eine Antwort wartete. Nachdem er den Bissen hinuntergeschluckt hatte, hielt er Zeige- und Mittelfinger hoch. „Vor zwei Wochen."

„Das wirft ein anderes Licht auf Stefan Haas", überlegte Daniel laut. „Als wir ihn vor einer Woche vor der Nummer 13 trafen, machte er einen scheuen Eindruck, aber wahrscheinlich ist er nur mit den Nerven fertig. Er verarbeitet den Verlust noch. Vielleicht nicht den von seiner Frau, die brachte ihn ja in den Knast, aber den von Noel. Das tut mir trotz allem leid für ihn. Aber soll mir das irgendetwas sagen?"

„Ihr Wagen ging auf einem Parkplatz in Flammen auf. Dafür gibt es mehrere Zeugen. Nachbarn, die sich gerade zur Arbeit aufmachten. Sie sagten aus, dass Frau Haas mit Noel zur Grundschule fahren wollte, wie jeden Morgen. Dort jobbte sie vormittags auch als Hilfssekretärin."

„Ein Auto brennt nicht so leicht." Diesen Gedanken hatte Daniel schon einmal gehabt, vor gar nicht langer Zeit. Bei einem Fall, der ihn das erste Mal nach Ehrenfeld geführt hatte.

„Als Verena Haas den Motor startete, explodierte das Fahrzeug. Die beiden verbrannten bis zur Unkenntlichkeit."

„Verpuffung und Feuer waren so heftig?"

„Frau Haas fuhr ein Auto mit einem bivalenten Antrieb. Beide Tanks, der mit Benzin und der mit Flüssiggaskraftstoff, waren komplett gefüllt. Die Kriminaltechniker stellten später fest, dass die Leitung zum Autogas einen Riss hatte. Durch den trat Gas aus. Durch die Funken beim Starten kam es zur Explosion. Es sah alles nach einem furchtbaren Unglück aus."

„Wie bei Gitte Hamachers Autounfall. Doch da wurden die Techniker skeptisch, weil die Risse auch Schnitte sein konnten." Daniel wischte sich mit der Papierserviette über den Mund. „Bei Frau Haas gab es keine Zweifel?"

„Die alleinerziehende Mutter war wohl chronisch klamm. Das Fahrzeug war zehn Monate über den TÜV. Dem Zustand nach, schien es noch nie gewartet worden zu sein."

Wahrscheinlich suchte man deshalb nur oberflächlich. Ungehalten warf Daniel die Serviette auf den Tisch. „Hatte Stefan Haas ein Alibi?"

„Er, Schäfer, Engel und Beck bestätigten, zusammen gesessen zu haben." Geräuschvoll kaute Leander auf einer Radieschenscheibe herum.

„Also ist es nichts wert."

Nachdenklich zupfte Daniel an einem Barthaar unter seinem Kinn, das er am Morgen bei der Rasur übersehen hatte und das ihn nur nervte, weil es länger war als der Rest. Alle Ereignisse, die mit der Nummer 13 zusammenhingen, waren in den letzten zwei Wochen passiert.

Die Fahrzeugexplosion von Verena und Noel Haas.

Elisabeth Hamacher, die den Mord an einer Rothaarigen beobachtete.

Gitte Hamachers tödlicher Autounfall.

Petra Schumanns Ermordung.

Der Fund ihrer Leiche im jüdischen Ritualbad.

Michael Engels Kastration.

Es war fast so, als stünden die Geschehnisse in Zusammenhang, als bildeten sie eine kausale Kette, die Daniel nur noch nicht erkannte. Einzelne Glieder, wie dass Schumann und Engel sich mit großer Wahrscheinlichkeit gekannt hatten, das ja, aber nicht das große Ganze.

Stefan Haas hatten sie bisher am wenigsten durchleuchtet. Er schien ein Angsthase zu sein, der mit niemandem etwas zu tun haben wollte. Ein Mitläufer, den man leicht übersah. Schweigsam und leise, wie ein Schatten. Er ließ lieber andere reden und die Dinge regeln. Aber das bedeutete nicht, dass er harmlos war. Immerhin hatte er sich an seinem Sohn vergriffen.

Was hatte Vincente in Bezug auf ihn fallen lassen? Daniel hatte den Satz kaum wahrgenommen, da er ihm aus dem Zusammenhang gerissen erschien, mehr wie der Marketingslogan aus dem Mund eines Verkäufers, der Haas' Kram feilbot: *„Haas ist ein wenig scheu. Aber stille Wasser sind tief."*

Und schmutzig, fügte Daniel jetzt in Gedanken hinzu.

Auch, wenn die beiden noch keine Geschäfte miteinander machten, so war der Freak einer der wenigen, die hinter die Kulissen des Kinderschänder-Hauses blicken durften. Sicherlich kannte Quast Stefan Haas besser. Nicht so gut wie seine Kumpels Schäfer, Beck und Engel, aber auf jeden Fall weitaus besser als die Polizei.

Hatte Daniel soeben ein weiteres Bindeglied zwischen den Ereignissen entdeckt? War der unscheinbare Stefan Haas nicht nur ein Pädophiler, sondern auch ein Killer?

29. KAPITEL

Ben bekam eine Gänsehaut, als er das Haus Nummer 13 betrat. Nach dem Gespräch, das er bei seinem letzten Besuch zufällig mitgehört hatte, wäre es klüger gewesen, nie wieder auch nur in die Nähe zu kommen:
„*Du darfst ihn nicht reinlassen.*"
„*Er sieht und hört nur das, was ich will.*"
„*Keine Besucher!*"
„*Lass den Jungen meine Sorge sein.*"
„*Ich werde das regeln.*"
„*Finger weg von ihm!*"
„*Dein Problem ist, dass du emotional wirst.*"
„*Ben gehört mir. Halte dich von ihm fern, oder ...*"
Stefan Haas, der ihn durch die Hintertür hineingelassen hatte, zeigte durchs Treppenhaus nach oben. „Fahr ruhig schon rauf. Roman wartet oben auf dich. Ich gehe zu Fuß in den ersten Stock."

Unsicher nickte Ben. Noch konnte er weglaufen. Er tat es aber nicht. Flucht war keine Option mehr für ihn, seit er sich übers Kiffen in den Rausch geflüchtet hatte und dadurch zum Feigling geworden war. Er hatte sich vorgenommen, ab sofort seinen Mann zu stehen, also würde er jetzt nicht den Schwanz einziehen.

Merkwürdigerweise wartete Haas mit ihm vor dem Lift. Seine Miene wirkte verschlossen, als würde er krampfhaft die Zähne aufeinanderbeißen, aber auch ein wenig traurig. Vielleicht war er auch nur schläfrig. Benjamin mochte nicht, wie er ihn anstarrte. So von unten herauf. Wie ein lauernder Wolf, der auf den Moment wartete, dass sein Opfer unaufmerksam war. Deshalb ließ Ben ihn nicht aus dem Blick. Haas war angespannt. Er versuchte, es sich nicht anmerken zu lassen, aber Ben merkte es trotzdem.

War Stefan Haas der Mann, mit dem Roman sich so hitzig unterhalten hatte?

Nachdem sich die Türen geschlossen hatten, fühlte sich Benjamin wohler. Ruckelnd setzte sich der Fahrstuhl in Bewegung. Es quietschte und knarzte, aber Benjamin war zu müde, um sich allzu große Sorgen zu machen. In der Fensterscheibe des Busses hatte er gesehen, dass die Schatten unter seinen Augen noch immer da waren. Die ganze Nacht über hatte er an seinen Freund denken müssen. Musste er Angst vor Roman Schäfer haben? Immerhin hatte der sich an minderjährigen Jungen vergriffen.

Aber Ben war vor dem Gesetz volljährig und keine leichte Beute. Seine Eltern sahen das bestimmt anders, nach dem Drama um Julia. Aber das gehörte der Vergangenheit an, und was wussten sie schon von ihm? In den letzten Monaten hatten sie sich nur darum gekümmert, ihre Ehe zu kitten und eine neue Bleibe zu finden. Gestern Abend waren seine Mutter Heide und sein Vater Hajo vorbeigekommen und hatten ihm seinen Schlüssel für ihr frisch gekauftes kleines Häuschen in Rodenkirchen vorbeigebracht. Sobald sie renoviert hatten, konnten sie einziehen und wieder als Familie unter einem Dach wohnen. Er sollte sich die Farben für sein Zimmer aussuchen, hatte sich aber nicht entscheiden können. Welcher Achtzehnjährige wollte schon am Stadtrand leben, wo die Bürgersteige um acht Uhr abends hochgeklappt wurden? Außerdem fühlte er sich wohl bei Marie und Daniel.

Der Gedanke, der Benjamin jedoch am meisten erschreckt hatte und der ausschlaggebend dafür gewesen war, dass er doch wieder in den Bus nach Ehrenfeld gestiegen war, war, dass es ihn mehr zu Roman Schäfer hinzog als zu seinen Eltern. Er konnte an nichts anderes denken als an ihn. Roman war etwas Besonderes, so gelassen und offen, ein besonnener Kämpfer, gebildet, belesen und er strahlte ihn jedes Mal an, wie Julia es zuletzt getan hatte. Doch Julias Strahlen hatte ihn nicht angesteckt. Er hatte sich in ihrer Gegenwart wohlgefühlt, mehr nicht – aber Roman dagegen reizte ihn. Gerade weil er im Gefängnis gewesen war. Er wirkte nicht gefährlich, aber Benjamin wusste, dass er es unter gewissen Umständen sein konnte.

Während der Lift im dritten Stockwerk hielt, korrigierte er sich: *gewesen war*. Die Depot-Therapie hinderte Roman daran, rückfällig zu werden. Ben war also in Sicherheit. Er spielte nicht mit dem Feuer, sondern er kostete nur den Reiz des Verbotenen aus und hing mit einem Ex-Häftling ab.

Das Gesicht von Stefan Haas tauchte vor seinem geistigen Auge auf. Das machte ihm bewusst, dass seine Besuche in der Bruchstraße keineswegs ohne Risiko waren.

Roman wartete schon auf Benjamin. Herzlich schloss er ihn in die Arme und führte ihn in sein Apartment. Er schien sich ehrlich zu freuen, ihn zu sehen.

Benjamin hatte das Gefühl, einen Kumpel zu treffen. Und waren sie das nicht längst – Freunde? Der einzige, den Ben hatte, seit das Rat Pack auseinandergebrochen war. In der Schule machten die Mitschüler entweder einen Bogen um ihn, weil er zu Warnschussarrest verurteilt worden war, oder sie hielten ihn gerade deshalb für cool. Aber mit Letzteren wollte er nichts zu schaffen haben. Es war nichts, absolut gar nichts cool daran, was er getan hatte.

„Komm, ich habe dir etwas besorgt." Lächelnd schob Roman ihn ins Schlafzimmer.

Ben wurde heiß. Aber den Mantel auszuziehen, den Roman ihm beim letzten Treffen geschenkt hatte, hätte ein falsches Zeichen gesetzt. Ein Schweißtropfen rann seine Wirbelsäule hinab.

Die Möbel waren zusammengewürfelt, wie in der restlichen Wohnung. Sie hätten auch bei seinem verstorbenen Opa stehen können. Das Bettgestell war aus honigfarbenem Holzimitat, das merkwürdig schimmerte und ihn an Perlmutt erinnerte. Das Kopfkissen hatte eine Kuhle, dort, wo Romans Kopf gelegen hatte, und die Bettdecke war zerwühlt. Da die anderen Zimmer aufgeräumt waren, tippte Benjamin darauf, dass er ein Nickerchen gemacht hatte und aufgesprungen war, als er hörte, dass er Besuch bekam. Haas musste ihn alarmiert haben. Ben meinte sogar noch, den Duft von Schlaf im Zimmer wahrzunehmen, aber er mochte sich das auch nur einbilden.

Seine Beine wurden weich. Am liebsten hätte er sich auf die Kante gesetzt, aber er befürchtete, sich aus einem Impuls heraus ganz hineinzulegen. Was war plötzlich nur los mit ihm? Er fühlte sich schwach, kriegte kaum Luft und es juckte ihn penetrant am Unterbauch, dort, wo sich sein Schamhaar in Richtung Bauchnabel verjüngte.

Die Kleidungsstücke, die auf der Bettdecke lagen, nahm er erst wahr, als Roman ihn näher heranschubste. „Die sind nicht aus der Kleiderstube, sondern ich habe sie gekauft."

„Das kann ich nicht annehmen."

„Waren im Angebot. Zieh sie an."

„Hier?" Benjamin lief hochrot an. „Jetzt?"

„Du schämst dich doch nicht etwa vor mir?" Roman lachte. „Warum denn? Du hast nichts, was ich nicht auch habe."

Ben konnte das nicht tun. Das war unmöglich. Das Jucken wurde so stark, dass er es kaum aushielt. Er schwitzte selbst am kleinen Zeh. Sein Körper schien in Flammen zu stehen. Und das musste er vor Roman verbergen.

„Ich mache uns schon mal ein Bier auf und setze mich ins Wohnzimmer, okay?" Bevor Roman den Raum verließ, drehte er sich noch einmal um. „Aber ich erwarte eine kleine Modenschau. Sollten die Sachen nicht passen, gebe ich sie zurück."

Das brauchte er nicht. Die Jeans, die beiden Sweater und das T-Shirt passten perfekt. Genauso wie die fünf Unterhosen. Eine davon behielt Ben sofort an, aus einem Impuls heraus, über den er nicht weiter nachdenken wollte.

Roman betrachtete ihn von allen Seiten. Ermunternd drückte er seine Schultern. „He, du siehst ja gar nicht so übel aus in altersgerechter Kleidung." Er reichte ihm eine Flasche Kölsch.

Ben kippte die Hälfte hinunter, als wäre er am Verdursten. Er wusste selbst nicht, weshalb er so nervös war. Es war sogar schlimmer als bei seinem ersten Besuch. Unauffällig wischte er seine feuchten Handflächen an der Hose ab.

„Hast du mit Ralle gesprochen?"

Ben schüttelte den Kopf. Wie konnte er?

„Das musst du aber. Es gibt nur wenige gute Streetworker, er ist einer davon. Er wird dir helfen, von der Straße wegzukommen. Versprich mir, dass du das nachholen wirst, Kobold!"

„Aber ich habe in dem Obdachlosenasyl übernachtet, das du mir empfohlen hattest", antwortete Ben ausweichend. Er bekam ein schlechtes Gewissen, weil Roman sich um ihn sorgte und er ihn dagegen belog.

„Sehr gut." Mit ernster Miene klopfte Roman ihm auf die Schulter und ließ seine Hand dort einen Moment lang liegen.

Ben wich seinem Blick aus, denn er ging ihm durch und durch. Immerzu musste er schlucken, deshalb trank er hastig, doch der Kloß im Hals blieb. Überrascht schaute er auf die Flasche. „Schon leer?"

„Ich hol dir eine neue. Hab einen ganzen Kasten geholt." Roman verschwand in der Küche.

„Willst du mich etwa betrunken machen?"

„Das schaffst du schon ganz alleine. Trink langsamer." Mit einem tadelnden Schnalzen reichte Roman ihm eine zweite Flasche. „Hast du eine Freundin?"

Ben schüttelte den Kopf. Er fühlte sich unwohl und wollte nicht über das Thema sprechen. Es gab immer Mädchen, die für ihn schwärmten, selbst jetzt, wo er als Bad Boy galt, aber nie eins, bei dem er ans Küssen oder Flachlegen dachte. Einmal hatte er befürchtet, dass etwas da unten nicht mit ihm stimmte. Um sich zu testen, hatte er sich einen runtergeholt und damit das Gegenteil bewiesen. Er hatte gedacht, er wäre einfach nur ein Spätzünder, doch er fühlte sich noch immer in der Gegenwart von Männern wohler.

„Einen Freund?"
„Natürlich nicht!"
„Das ist doch nicht schlimm. Wir leben in Köln, nicht in der Provinz."

In einer Geste, die ihn wohl beruhigen sollte, legte Roman ihm die Hand in den Nacken. Sie lag dort vollkommen ruhig. Nur für ein paar Sekunden. Aber die Hitze, die von ihr ausstrahlte, schien sich in Bens Haut einzubrennen. Seine Hose wurde ihm zu eng. Das musste an dem neuen Slip liegen. Er hätte ihn nicht anbehalten sollen, nur weil er von Roman kam.

Entsetzt über die Reaktion seines Körpers sprang Ben auf. Er setzte die Flasche an den Mund und wollte trinken, aber es flossen nur ein paar Tropfen heraus. Wann hatte er sie geleert? Verlegen wankte er zur Wand und zupfte an den Gitarrensaiten. „Jetzt, wo ich zwei Pullen intus habe, kann ich bestimmt auch spielen."

Roman lachte. Fürsorglich nahm er Benjamin die leere Flasche ab, brachte sie in die Küche und kehrte mit einem Glas Leitungswasser für ihn zurück. Er stellte sich dicht hinter Ben, griff an ihm vorbei, sodass ihre Oberarme aneinanderrieben. Seine Fingerspitzen glitten sachte über die Saiten und brachten sie zum Klingen.

Ein heißkalter Schauer rieselte durch Benjamin hindurch. Er spürte die Wärme von Romans Körper. Sie ging auf ihn über und bewirkte, zusätzlich zum Alkohol, dass ihm noch schwindeliger wurde.

Roman nahm die Gitarre von der Wand, setzte sich auf die Couch und klopfte neben sich. Ben nahm Platz, doch noch immer drehte sich alles in seinem Kopf. Er ahnte, dass das Bier, das er vor Aufregung förmlich inhaliert hatte, nur einen kleinen Teil dazu beitrug. Einen viel größeren machte Roman aus. So angeschaut zu werden. Ihm so nah zu sein. Die beiläufigen Berührungen. Bestimmt dachte Roman sich nichts dabei, er war nur nett zu ihm, dem vermeintlichen Straßenkind, dem er helfen wollte. Es lag an ihm, Ben, selbst.

Als Roman ihn von sich wegdrehte und von hinten die Arme um ihn schlang, hielt Ben für einige Sekunden die Luft an. Doch sein Freund legte ihm nur die Gitarre auf den Schoß, was Benjamin recht war, da Roman so nicht sehen konnte, was dort los war. Roman schmiegte sich an seinen Rücken und zeigte ihm einige Griffe. Ben konnte sich kaum konzentrieren. Er bemühte sich, war aber zu abgelenkt von dem Gefühlschaos, das in ihm tobte.

Mühsam lernte er einige Akkorde. Damit Roman ihn nicht für

total verblödet hielt, schob Ben seine Hände weg und spielte alleine. Es klappte ganz gut.

Bis Roman seinen Arm auf Benjamins Oberschenkel ablegte.

Erschrocken fuhren Bens Fingerspitzen über alle Saiten gleichzeitig. Eine schräge Tonfolge erklang. Er versteifte sich. Die neue Unterhose zwickte noch mehr. Inzwischen war sie eindeutig zu eng. Roman hat sie zu klein gekauft, redete er sich ein, dabei wusste er genau, was los war.

„Konzentrier dich", forderte Roman ihn mit leiser Stimme auf. Sein Atem streichelte dabei Benjamins Hals.

Ben hätte aufstehen und gehen sollen, aber er wollte nicht. Er musste herausfinden, was passieren würde. Selbst wenn die Welt unterginge, hätte er nicht flüchten wollen.

Ihm war, und diesen Gedanken fand er verrückt, als hätte er lange auf diesen Moment gewartet. Unbewusst, tief in sich drin, um sich nicht bewusst damit auseinandersetzen zu müssen, und weiter unten, dort, wo der Verstand keine Rolle spielt.

30. KAPITEL

Als Roman die Hand in Benjamins Schritt legte, ohne sie zu bewegen, schaffte Ben es irgendwie, die Akkorde weiterzuspielen. Viele davon klangen falsch, aber Roman schien es nicht zu merken oder es war ihm egal. Das Blut sammelte sich weiter zwischen Benjamins Beinen.

Langsam bewegte Roman seine Finger. Er massierte Ben immer genau mit dem richtigen Druck. Zuerst behutsam, dann, je kurzatmiger Benjamin wurde, zunehmend fester. Sie achteten beide nicht darauf, dass Ben wahllos an den Saiten zupfte und die Melodie schräg war. Sie überdeckte kaum das Rascheln des Stoffs, Romans laute Atemzüge und Benjamins Stöhnen.

Als Ben in seiner Hose kam, sprang er auf. Er ließ die Gitarre achtlos fallen, rannte aus Romans Wohnung und runter bis ins Erdgeschoss.

„Es tut mir so unendlich leid", rief Roman durchs Treppenhaus. „Ich mag dich, Kobold. Ich mag dich wirklich. Bitte, verzeih mir."

Ben hörte die Verzweiflung heraus, reagierte jedoch nicht. Durch die Hintertür stürmte er ins Freie, ohne ein einziges Mal anzuhalten. Obwohl er den Mantel in Romans Apartment vergessen hatte, lief er weiter in Richtung Bushaltestelle. Er drehte sich nicht um und hielt erst an, als er dort ankam.

Keuchend krümmte er sich. Er verfluchte die teuflischen Seitenstiche. Es tobte ein Sturm in seinem Kopf und in seinem Brustkorb. Erschöpft fiel er auf die harte Sitzschale. Er spürte die Kälte nicht, nahm aber plötzlich die Menschen um sich herum wahr, die ihn verwundert anstarrten, und senkte seinen Blick.

Seine Wangen brannten. Er schämte sich, nicht so sehr, weil er sich von seinem väterlichen Freund hatte verführen lassen, sondern weil er es genossen hatte.

Jetzt verstand er auch, weshalb er bei Nina, mit der er im Sommercamp geschlafen hatte, nicht zum Orgasmus gekommen war.

Und sich in Julia, die er wirklich mochte, nicht verlieben konnte, obwohl er es versucht hatte.

Und beim Weitwichsen mit seinen Kumpels damals so schnell kam, als er deren steife Schwänze sah.

Plötzlich ergab alles einen Sinn. Selbst diese verdammten Schwänze in seinem Zeichenbuch. Natürlich wusste er, dass er Kerle als Aktvorlagen interessanter fand, aber er hatte den Gedanken nicht zu Ende gedacht. Nun gab es keinen Zweifel mehr daran, was er war. Aber es fühlte sich merkwürdig an, richtig und falsch zugleich. Er kannte niemanden, mit dem er darüber reden konnte, niemanden, der so war wie er – außer Roman. Ihm jedoch würde Benjamin nie wieder unter die Augen treten können.

Nicht nur, dass er sich von ihm hatte befriedigen lassen, er hatte es sogar herausgefordert. Ben war es, der den Kontakt gesucht hatte, nicht Roman. Wie ein Teenager gekleidet, war er bei ihm aufgetaucht, war im Haifischbecken, das die Bruchstraße 13 war, herumgeschwommen und hatte sich als Beute angeboten. Roman war lediglich seinem Instinkt gefolgt und hatte zugeschnappt.

Nein, Halt! dachte Benjamin, als der Bus ihn zurück in die Südstadt brachte. Sein Freund war nicht auf seine Kosten gekommen. Er hatte sich nicht an Ben befriedigt. Bedeutete das nicht, dass Roman wirklich etwas an ihm lag?

Jedenfalls traf Roman keine Schuld und Ben fühlte sich nicht als sein Opfer, denn er hätte sich wehren können. Genau genommen war sogar Roman das Opfer, denn er war auf Bens Scharade hereingefallen.

Zu Hause duschte er lange und heiß. Er konnte nicht aufhören, an Roman zu denken, er durchlebte den Moment mit ihm immer wieder. Schließlich kam er nicht mehr gegen den Drang an und onanierte unter der Dusche.

Danach drehte er das Wasser kalt und weinte, weil er verwirrt war. Er wusste nicht, was er von all dem halten sollte. War es ein Ausrutscher? Würde er sich wieder einkriegen und normal werden? Was würden seine Eltern von ihm denken, wenn sie es wüssten? Dass sie etwas falsch gemacht hatten? Dass sie nie Enkelkinder erwarten konnten? Würde er die Blicke der Schulkameraden ertragen? Bis zum letzten Schultag vor den Abiturprüfungen Mitte April wäre es ein Spießrutenlauf und er war ja schon als Krimineller verschrien.

Völlig fertig und mit leichten Kopfschmerzen trocknete er sich ab. Das Bier gärte in seinem Magen. Ben schmeckte es auf der Zunge und schloss nicht aus, dass er es auskotzen würde. Er konnte kaum fassen, dass er immer noch etwas erregt war. Nur mit einem Handtuch um die Hüften trat er aus dem Bad – und lief beinahe in Marie hinein, die mit einem Becher dampfendem Tee aus der Küche kam.

Schnell rollte er die Kleidung von Roman, die er mit in sein Zimmer hatte nehmen wollen, zusammen, damit sie nicht fragte, woher er die neuen Klamotten hätte. „Ich wusste nicht, dass du zu Hause bist."

„Ist das schlimm?" Mit einer Hand schob sie eine krause Strähne unter die Spange über ihrem Ohr, eine Haarnadel mit einer dezenten rosafarbenen Perle.
„Ich hatte mich nur erschreckt."
„Du hast eher ertappt ausgesehen."
Ben spürte, wie jegliche Farbe aus seinem Gesicht wich. Hatte sie gehört, wie er sich einen runtergeholt hatte?
Sie schaute ihn intensiver an und wartete. Doch da er schwieg, fragte sie: „Hast du geweint?"
„Wie kommst du denn darauf?"
„Deine Augen sind gerötet."
„Das kommt vom Duschen." Er war zu erschöpft, um rot zu werden, weil er log.
„Wir haben erst fünf Uhr."
„Ich dachte, es wäre schon später." Mit einem Nicken deutete Benjamin zur Dachterrasse. „Draußen ist es so dunkel."
„Es regnet mal wieder. Typisches Kölner Winterwetter." Sie setzte sich auf das Sofa im Wohnzimmer und stellte den Becher neben die Tageszeitung auf den Tisch.
Erst jetzt nahm Benjamin die leise Musik wahr. Laith Al-Deen sang mit schwermütiger Stimme über ein Paar, das grundverschiedene Lebenseinstellungen besaß, und schmetterte ein „Geh!" in den Raum. Wenn Ben mies drauf war, hörte er erst recht Songs mit einem fetten Beat. Er fand, dass melancholische Lieder einen noch mehr runterzogen. Ging es Marie nicht gut? Ihre Mundwinkel hingen herab. Sie schaute kurz zum Fenster hinaus und schien innerlich zu seufzen.
Trotz der beiden Duftkerzen, die brannten und einen intensiven Geruch verströmten – eine stand auf dem Couch- und eine auf dem Beistelltisch –, folgte Ben ihr. Er mochte keine Kerzen. Sie erinnerten ihn an die Beerdigung seines Großvaters.
Benjamin kannte den Grund nicht, aber er spürte, dass dicke Luft zwischen Marie und Daniel herrschte. Sie wussten das gut vor ihm zu verbergen, sprachen freundlich miteinander und schrien sich nicht an, wie seine Eltern es taten, wenn sie Streit hatten. So waren die beiden einfach nicht. Aber die Atmosphäre war bedrückend. Sie küssten sich nicht und nahmen sich auch nicht in den Arm, was untypisch war. Das belastete auch ihn. Er wollte, dass die beiden glücklich waren. Sie hatten es verdient.

Vorsichtig, damit das Handtuch nicht vorne aufklaffte, nahm er neben ihr Platz. „Das mit Daniels Tätowierung ist krass. Dein Name an seinem Ringfinger. Das würden nicht viele Männer tun."

„Ist auch weiser."

Verdutzt über ihre Antwort, brauchte er einen Moment, um etwas Aufmunterndes zu erwidern. „Manchmal muss man etwas Verrücktes tun, um seine Liebe zu beweisen."

„Er muss nichts beweisen."

„Dann weißt du auch so, dass er dich liebt?"

Endlich lächelte sie, aber das Lächeln konnte nicht den Kummer aus ihren Augen vertreiben. „Natürlich."

Aber was war mit ihr? Liebte sie ihn auch noch? Ben wagte nicht, danach zu fragen. Über Gefühle zu reden, fiel ihm schwer. Daher machte er eine weitere Anspielung. „Den Ehering könnte er verlieren, das Tattoo dagegen ist für die Ewigkeit."

„Es setzt einen aber auch ganz schön unter Druck." Verlegen schlug sie die Zeitung auf.

Als Benjamin sich gerade ein Herz gefasst hatte zu fragen, ob sie damit meinte, sich auch eins stechen lassen zu müssen, oder ob Daniels Tätowierung verhinderte, dass sie – jetzt oder eines Tages – die Trennung von ihm verlangte, sah er Roman.

Nicht in Person, sondern sein Konterfei neben einem Artikel. Unter dem Foto stand: *Der clevere Kopf der Pädophilen, Prof. Dr. Roman Schäfer, ehemaliger Leiter des privaten Jungeninternats Wehrich.*

Ungehalten klopfte Ben mit dem Zeigefinger auf die Titelzeile, die da lautete: *Das Böse in Nummer 13.* „Das Scheiß-Blatt zettelt ja eine regelrechte Hetzkampagne an."

„Sie klären nur die Bevölkerung darüber auf, wer in ihrer Nachbarschaft wohnt. Hätte ich Kinder und würde in Ehrenfeld leben, würde ich das auch wissen wollen."

„Sie prangern sie an! Mit Foto! Bald können Ro... dieser Schäfer und seine Kumpels nicht mal mehr zum Einkaufen gehen, ohne Angst haben zu müssen, erschlagen zu werden."

„Beruhige dich. Du bist ja ganz aufgeregt." Sanft rieb Marie über seinen Handrücken. „Köln ist nicht die Bronx."

„Sie haben ihre Strafe abgesessen. Wofür haben wir denn das verdammte Justizsystem, wenn man nach dem Knast immer noch als schuldig gilt?"

„Ich verstehe dein Argument ja, aber ..."

„Das sind doch auch nur Typen. Der da sieht doch eigentlich recht nett aus."

„Das ist Teil ihrer Masche."

„Wie meinst du das?"

„Sie werfen lächelnd einen Köder aus und hoffen, dass ihr Opfer anbeißt." Marie nahm ihren Tee und blies auf die Oberfläche. Vorsichtig nippte sie und trank einige kräftige Schlucke.

Dialoge tauchten in Bens Erinnerung auf. Gespräche, die ihm zunehmend Bauchschmerzen bereiteten.

„Ich heiße Roman. Hast du Hunger? Ich habe Käse und Mortadella da. Magst du italienische Schinkenwurst? Was hast du da?"

„Nichts. Der Pulli kratzt nur."

„Du kannst bei mir baden."

„Sie geben sich betont sympathisch und kumpelhaft, nicht wie Erwachsene, sondern eher wie Gleichaltrige." Marie stand auf, ging zum Wohnzimmerschrank und öffnete eine der unteren Schubladen. Lautlos, da sie ihre Lammfellhausschuhe trug, kehrte sie zu Ben zurück und hielt ihm eine Kekspackung hin.

Benjamin schüttelte den Kopf. Er hätte keinen Bissen hinunterbekommen, obgleich es sich um seine Lieblingssorte handelte, mit Schokoladentropfen und Nüssen. Das Gespräch mit Roman, das in seinem Kopf erneut stattfand, bewirkte, dass ihm speiübel wurde.

„Willst du ein Bier? Warte hier. Ich gehe eben zum Kiosk an der Straßenecke und hole einige Flaschen für uns."

„Ich dachte, du hättest welches da. Für mich brauchst du nicht los."

„Das mache ich gerne."

„Extra für mich?"

„Extra für dich, Kobold."

„Ich bin doch erst 15 und darf noch keinen Alkohol trinken."

„Das bleibt unser kleines Geheimnis."

Zuerst reagierte Marie überrascht, dass er das Gebäck ablehnte, wahrscheinlich hatte sie es extra für ihn gekauft. Dann zuckte sie mit den Achseln und nahm selbst eins. Doch bevor sie ein Stück abbiss, sprach sie weiter: „Sie machen Geschenke, geben sich großzügig. Mit Speck fängt man Mäuse."

„Die sind nicht aus der Kleiderstube, sondern ich habe sie gekauft."

„Das kann ich nicht annehmen."

„Waren im Angebot. Zieh sie an."

„Hier? Jetzt?"

„Du schämst dich doch nicht etwa vor mir? Warum denn? Du hast nichts, was ich nicht auch habe."

Nachdem Marie den Keks gegessen hatte, spülte sie mit Tee nach.

„Pädophile sind geschickt im Manipulieren. Sie gaukeln Freundschaft und Freundlichkeit nur vor. Ihr Ziel ist einzig und allein der Missbrauch. Sie sind wie der Rattenfänger von Hameln, der auf seiner Flöte bezaubernde Lieder spielt und die Kinder damit zum Lachen und zum Tanzen bringt. Doch er hat nichts Gutes im Sinn, denn die Melodie bindet sie an ihn, sodass er sie entführen kann. Durch die Fröhlichkeit, die er verbreitet, merken sie erst, was er vorhat, wenn es zu spät ist."

Der Duft von Ingwer, der aus dem Becher aufstieg, verschlimmerte Benjamins Übelkeit. Oder lag es an dem, was Roman ihm im Treppenhaus hinterhergerufen hatte, als Ben geflüchtet war? Was waren seine Worte wert?

„Es tut mir so unendlich leid. Ich mag dich, Kobold. Ich mag dich wirklich. Bitte, verzeih mir."

Marie zog den Kragen ihres beigefarbenen Rollkragenpullovers vom Hals, als wäre ihr warm vom Tee geworden. Kurz schaute sie zum Fenster. Vielleicht überlegte sie, es zu öffnen, entschied sich aber offenbar dagegen. Sie nahm die Zeitung hoch und musterte Roman.

„Sie erschleichen sich das Vertrauen eines Mädchens oder eines Jungen, mit der Absicht, sie zu missbrauchen. In ihren Augen haben sie kein Kind vor sich, sondern ein Sexobjekt."

Benjamin legte die zusammengeknüllte Kleidung, die Roman ihm geschenkt hatte, neben sich auf die Couch, weil er es plötzlich nicht mehr ertrug, sie festzuhalten. Damit nicht auffiel, dass er zitterte, packte er seine Knie fest.

Alles, was Marie gesagt hatte, traf auch auf Roman und ihn zu. Aber Roman konnte nicht an Sex interessiert sein, das war unmöglich.

„Während ich weg war, hast du nachgedacht, stimmt's? Und Angst bekommen. Ich hatte gehofft, dass die ungezwungene Atmosphäre dich auflockert. Und dass meine Ehrlichkeit und Offenheit dir zeigt, was für ein Mensch ich wirklich bin. Ich habe schlimme Dinge getan und bereue sie von Herzen, aber ich kann sie nicht ungeschehen machen. Alles, was ich tun kann, ist sicherzustellen, dass sie nie wieder passieren."

„Dafür gibt es aber keine Garantie."

„Bei mir doch. Bei mir haben die Ärzte einen Riegel vorgeschoben."

„Wie meinst du das?"

„Ich habe mich für eine Depot-Therapie entschieden. Freiwillig. Das ist eine chemische Kastration."

„Chemisch?"

„Ich muss regelmäßig Medikamente gespritzt bekommen, die verhindern, dass meine Hoden und Nebennieren Testosteron produzieren."

„Aber sobald du sie absetzt ...?"

„Ich muss sie ein Leben lang einnehmen. Alle drei Monate wird die Spritze wiederholt."

Hatte Roman ihn belogen? Er konnte die Therapie gar nicht erst begonnen haben oder er hatte sie abgebrochen und keine Auffrischung der chemischen Kastration durchführen lassen. Ohne Zweifel konnte er gut mit Worten umgehen. Er hatte Übung im Manipulieren, denn er hatte bereits einige Schüler des Internats, das er geleitet hatte, missbraucht.

Ben stöhnte gequält und rieb über seine Brust, weil er Stiche spürte, von denen er keine Ahnung hatte, woher sie kamen.

„Alles okay?", fragte Marie und drückte seinen Arm.

Unfähig etwas zu erwidern, nickte Benjamin nur. Es tat weh, dass der einzige Freund, den er hatte, ihn womöglich verarschte. Dass sein erstes Mal mit einem Mann, wenn sie es auch nicht richtig miteinander getrieben hatten, durch hässliche Vermutungen beschmutzt wurde.

Ben konnte den Verrat nicht glauben. Er wollte es vor allen Dingen nicht, denn er mochte Roman. Als Kumpel. Als Mentor. Und mehr.

Aber vielleicht machte er sich etwas vor. Möglicherweise war er nur ein weiteres Opfer des Pädophilen Roman Schäfer.

31. KAPITEL

Der Zettel, der Daniels Parkplatz in der Garage des Polizeipräsidiums markierte, war ein Provisorium. Der Hausmeister hatte die Ziffern von Daniels Autokennzeichen mit der Hand übertragen, das Stück Papier in eine Klarsichtfolie gesteckt und mit Tesafilm aufgehängt.

„Damit es schnell und jederzeit wieder entfernt werden kann", murmelte Daniel, der es abfällig betrachtete, während sein Chopper vor seinem Wagen ausrollte. „Bestimmt auf Anweisung von Direktor Voigt."

Daniel dachte über das nach, was Leander in der Kantine über die Wertschätzung der Kollegen gesagt hatte. Vielleicht traf das in Wahrheit auf ihn selbst genauso zu: *Ich gehöre zu keinem Team, sondern komme mir vor, als würden alle versuchen, mich schnellstmöglich abzuschieben."*

Der Status „externer Sonderermittler" ermöglichte ihm, entgegen der Statuten wieder beim KK 11 mitzuarbeiten. Jedoch bedeutete das gleichzeitig, dass er nicht dazugehörte. Er war nur Gast, nur hin und wieder geduldet, der arme Krüppel, dem man nicht den Todesstoß geben wollte, indem man sagte, dass er ein Klotz am Bein war und zu Hause bleiben konnte, der durch eigenmächtige Ermittlungen seine Rückkehr erzwungen hatte und der mit seinem Rollstuhl nur im Weg stand.

On-off-Beziehungen waren eigentlich nicht Daniels Ding. Scheidungen ebenso wenig. Plötzlich konnte er es kaum abwarten, nach Hause zu kommen und Marie zu sagen, dass er mitziehen würde, egal welche Entscheidung sie traf, denn er konnte sich ein Leben ohne sie nicht vorstellen.

Als er gerade in der Rückenlehnentasche nach seinem Schlüssel kramte, klingelte sein Handy. Er holte es hervor und schaute aufs Display. Ein Balken, immerhin. Kurz fragte er sich, ob er den Namen, unter dem er Leanders Nummer in sein Telefonbuch eingetragen hatte, ändern sollte, aber *Spargel* klang auch nicht respektvoller als *Leia*. Grinsend meldete er sich: „Ich bin schon auf der Straße."

„Lügner."

„Woher willst du wissen, dass es nicht so ist?", fragte Daniel und grüßte Vasili „Papa" Papadopoulos. Der Goth aus dem KK 35, zuständig für Computerkriminalität, schwebte wie ein kolossaler, aber lautloser Schatten an ihm vorüber.

„Du hast keine Freisprechanlage und gehst wegen der Handschaltung nie ran."

Daniel drückte auf die Taste am Autoschlüssel. Die Lichter an seinem behindertengerecht umgebauten Wagen blinkten kurz auf. „Ich habe Anfang Mai Geburtstag. Jetzt weißt du, was du mir schenken kannst."

„Tierkreiszeichen Stier. Wie passend!"

„Wolltest du nur mit mir flirten oder warum hältst du mich von meinem wohlverdienten Feierabend ab?"

„Die Ergebnisse aus der Gerichtsmedizin sind gerade eingetroffen. Der Abgleich der Blut- und Speichelproben von Michael Engel und Petra Schumann." Leander machte eine Pause. „EKHK Fuchs ist hier."

„Ich komme hoch." Eilig schloss Daniel sein Fahrzeug über die Funkfernbedienung wieder ab und raste wie der Wind ins Kriminalkommissariat 11. Wenn der Abteilungschef im Büro stand, musste sich eine Spur ergeben haben. Unter Umständen war der Fuchs jedoch auch nur gekommen, um Daniel einen auf den Deckel zu geben, weil sich sein Verdacht als falsch herausgestellt hatte und er die Kollegen, die die beiden Fälle Engel und Mikwe bearbeiteten, übergangen hatte. Tomasz zum Beispiel.

Als er oben ankam, war er nicht einmal aus der Puste. Das Training zahlte sich aus.

Eine Zigarette wippte in Toms Mundwinkel, vermutlich hatte er gerade nach Hause aufbrechen wollen. Daniel konnte nicht anders, als ständig auf die Tränensäcke seines Freundes zu schauen. Bei Tomasz traten sie immer dann auf, wenn er sehr müde war, aber so extrem wie an diesem Tag waren sie noch nie hervorgetreten. Ein Bartschatten entfremdete sein Gesicht. Ungewöhnlich, denn im Gegensatz zu Daniel, der seit einer Ewigkeit einen Mund-Kinn-Bart trug, mochte er sein Gesicht nur glatt rasiert.

Aber etwas bereitete Daniel ernsthaft Sorgen. Tomasz' Teint war blass. Er schien länger nicht ins Solarium gegangen zu sein. Egal wie viele Überstunden sie kloppten, für gewöhnlich schaffte er es immer unter die Sonnenbank. Wie oft hatten sie schon darüber gestritten. Daniel betrachtete exzessives Sonnenbaden als Vergewaltigung des eigenen Körpers. Die Schädigung der Haut fiel erst dann auf, wenn es bereits zu spät war. Tom dagegen wollte nichts von Hautkrebs hören, meinte, das wäre reine Panikmache und man sollte nicht päpstlicher als der Papst sein. Offenbar sah er sich mit ganz anderen Augen, denn er fand sich schon kalkweiß, wenn er nur einen der drei wöchentlichen Termine ausfallen ließ.

Sein ungebügeltes Hemd ließ Daniel vermuten, dass der desolate Zustand etwas mit Natalia zu tun hatte. Aber den ganzen Tag waren sie nie alleine gewesen, sodass er ihn hätte fragen können, wie es mit dem Hauskauf aussah. Eventuell machte der Ehestreit ihn mürbe. Denkbar war auch, dass Tom und Natalia längst gegen Toms Willen einen Kredit aufgenommen hatten und die finanzielle Last ihn bedrückte.

Karsten Fuchs schob Leander zur Seite, damit Daniel mit seinem Rolli ins Büro hineinfahren konnte. „Wolltest du heute nur einen halben Tag arbeiten, Zucker?"

„Ich wäre froh, wieder Überstunden fürs KK 11 zu machen. Aber man lässt mich ja nicht."

„Das kannst du haben, vielleicht schneller, als dir lieb ist. Du hast ja mal wieder deine Kompetenzen überschritten und das Labor beauftragt, die DNA von Petra Schumann und dem Blut in ihrem Magen mit dem Speichel und dem Blut auf Michael Engels Kutte abzugleichen, bevor weder ich noch die Kollegen, die die beiden Fälle bearbeiten, Bescheid wussten."

Hinter ihm hielt Leander den Atem an. Selbst die Zigarette in Toms Mundwinkel wippte nicht mehr.

„Es war nur so eine Ahnung. Ich weiß, ich war zu impulsiv", entschuldigte sich Daniel, „und habe dich zu spät ins Bild gesetzt. Es tut mir leid, aber die Zeit drängte und …"

Fuchs hob die Hand und brachte ihn zum Schweigen. „Du hattest den richtigen Riecher, daher Schwamm drüber."

Sichtlich erleichtert stieß Leander die Luft aus und drehte sich weg, als der Erste Kriminalhauptkommissar ihm einen fragenden Blick zuwarf.

Als Tom sprach, fiel die Zigarette. Geschickt fing er sie auf. „Das Blut, das Schumann geschluckt hatte, stammte von Engel. Meine Mikwe-Leiche hat irgendetwas mit deinen Pädophilen zu tun."

Daniel war nicht nach Jubeln zumute, weil er mit seiner Vermutung richtiggelegen hatte. Die Studentin wurde dadurch auch nicht wieder lebendig. Außerdem stand nicht fest, ob Engel wirklich ihr Mörder war. Etwas regte sich in Daniels Unterbewusstsein, aber er bekam den Gedanken nicht zu fassen.

„Dr. Krishan Bakshi, der Chirurg, der Engel operierte, sagte mir, dass der abgetrennte Penis nicht so aussah, als wäre er mit einem

Messer abgeschnitten worden. Dafür wäre die Schnittstelle zu", bei der Vorstellung grauste es ihm, „zerfranst gewesen, so hatte er es ausgedrückt."

„Willst du damit andeuten, dass ...?" Leanders Augen wurden immer größer.

„Es liegt doch wohl auf der Hand, dass die kleine Schwarzhaarige Engel einen geblasen hat", sagte Fuchs in seiner ureigenen Art direkt heraus. „Und dann ..." Er bleckte seine Zähne und ließ seine Kiefer zuschnappen, wie ein Hund, der sich in eine Wade verbiss.

„Die Zeugin Elisabeth Hamacher hat einen Kampf in der Bruchstraße 13 beobachtet. Entweder hat Engel Schumann zum Oralsex gezwungen oder sie kam freiwillig mit ihm und etwas lief bei der Fellatio schief." Daniel zuckte mit den Achseln. „Vielleicht gerieten die Turteltauben in Streit oder er forderte zu viel von ihr. Deepthroat zum Beispiel."

„Nicht jede Frau mag Blowjobs", warf Leander ein. „Laut ihrer Vermieterin Almuth Klein hatte Petra Schumann einen Mann kennengelernt. Denn bevor die junge Frau spurlos verschwand, sagte sie zu ihr, sie hätte ein Date. Davor hatte Klein sie jedoch nie mit einem Freund gesehen."

„Schumann hatte Michael Engel möglicherweise schon zwei- oder dreimal getroffen", dachte Daniel laut nach. „Gerade so viel, um ihm zu vertrauen und ihm nach Hause zu folgen. Ein festes Paar waren sie jedoch nicht."

„Ich glaube nicht, dass sie von seiner Vorstrafe gewusst hat." Leander, der bisher halb von Fuchs verdeckt worden war, trat nun hinter ihm hervor und setzte sich auf die Tischkante seines Schreibtischs. „Keine Frau würde sich mit einem Pädophilen einlassen."

Tap! Tap! Tap! Tomasz klopfte seine Zigarette auf die Armlehne, als befürchtete er, der Tabak könnte herausrieseln, bevor er dazu kam, sie zu rauchen. „Höchstens eine, die auf Bad Boys steht, und das trifft nicht auf das Opferprofil von Petra Schumann zu."

„Oder eine Käufliche." Der Erste Kriminalhauptkommissar baute sich vor dem Rollstuhl auf. „Sagte Elisabeth Hamacher nicht aus, sie hätte beobachtet, wie eine *Rothaarige* getötet wurde?"

Daniel murrte. Sein Chef hatte den Finger genau in die Wunde gelegt. „Das bleibt ein großes Fragezeichen."

„Bildete sie sich das eventuell ein? Sie ist doch krank."

„Beginnende Demenz, ja, aber ich glaube, da ist noch mehr. Wir sehen erst einen Teil des Puzzles, und die Unbekannte mit den orangeroten Haaren befindet sich in dem Bereich, den wir noch nicht zusammengesetzt haben." Die alte Frau Hamacher hatte ausgesagt, dass der Mord im leeren Apartment gegenüber von Engels Wohnung stattgefunden hab. Konnte sie sich wirklich nur falsch erinnert haben? Sie schien so sicher zu sein.

Stöhnend fuhr sich Daniel übers Gesicht, denn nun, da sie ein Rätsel gelöst hatten, stellte sich ihm eine neue Frage. Sie war ihm eben schon gekommen, doch er hatte sie noch nicht packen können. Nun wusste er plötzlich, was ihn störte. Doch erneut kam er nicht dazu, das Problem zu diskutieren.

Mahnend zeigte Fuchs auf Daniel und Tomasz. „Ab sofort arbeitest du, Zucker und deine Ein-Mann-Mordkommission, mit der MK Mikwe zusammen. Und wenn ich sage zusammen, dann meine ich das auch. Kein eigenmächtiges Handeln mehr, sonst reiß ich dir den Kopf ab. Aber du kennst dich nun mal bestens mit dem Pädophilen-Haus aus und spürst, wenn etwas nicht koscher ist."

Sichtlich angesäuert, weil er übergangen worden war, kniff Leander die Lippen zusammen.

Als Fuchs ihm plötzlich auf den Rücken schlug, sprang er von der Tischkante auf. „Du fungierst als Bindeglied, Menzel."

Durch Leanders kantige Schultern wirkte seine Haltung, als würde er vor seinem Chef strammstehen.

„Das ist ein wichtiger Job. Herr Sonderermittler meint nämlich, er hätte auch Sonderbefugnisse, aber damit liegt er falsch. Und Herr Ichqualme-seit-Tagen-wie-ein-Schlot braucht zurzeit einen Tritt in den Hintern. Er ist ständig mit den Gedanken woanders."

Während Tomasz die Augen verdrehte, strahlte Leander übers ganze Gesicht.

„Steck dein Hemd richtig in die Hose." Fuchs zupfte an der Seite, die aus der Jeans hing.

Für einen Moment sah es so aus, als wollte Leander seine Hand wegschlagen. Stattdessen wischte er einige Male über den Stoff, aber die Falten vom Sitzen blieben. „Das ist modern."

„Manche Menschen schließen vom Aussehen auf die Ermittlungsweise. Wir wollen doch nicht, dass die Leute denken, wir würden schlampig ermitteln."

„Nein, EKHK Fuchs."

„Fehlt nur noch, dass du *Sir* zu mir sagst. Werd endlich lockerer. Und lass dich nicht von den Jungs als Laufbursche einspannen. Du bist kein Bote, sondern der Mittler! Bist ja eh unser Tausendsassa. Du hast als Einziger schon bei beiden MKs mitgearbeitet. Kriegst du das hin?"

„Aber so was von!" Zögerlich hielt Leander den Daumen hoch und wirkte dabei wie ein kleiner Junge, obwohl er Fuchs um einen halben Kopf überragte.

Daniel schmunzelte in sich hinein, da der Hospitant rot wurde. Er ahnte, was in ihm vorging. Nun, da er eine eigenverantwortliche Aufgabe erhalten hatte, gehörte Leander wieder ein Stück mehr zum KK 11 dazu, und das freute Daniel.

Nachdem Karsten Fuchs gegangen war, fragte Leander: „Was zum Henker ist ein Tausendsassa?"

„Eine Bezeichnung aus einem vergangenen Jahrhundert." Tom zwinkerte. „Ein Teufelskerl, ein toller Hecht, ein Hansdampf in allen Gassen."

Die Furchen auf Leanders Stirn wurden noch tiefer. Hinzu kam, dass er seine Nase krauste. Offenbar konnte er sich nicht mit den Bezeichnungen in Zusammenhang bringen.

„Einer mit vielen Begabungen", klärte Daniel ihn auf und schob seinen Chopper näher an seine Kollegen heran. „Ein Multitalent."

Leanders Brust schwoll an. Seinen Hemdzipfel stopfte er trotzdem nicht in die Hose. Er fand das stylisch, wie er, den Frotzeleien der Kollegen zum Trotz, nicht müde wurde zu betonen.

Daniel konnte mit diesem Modetick nichts anfangen. „Wir müssen noch einmal über Michael Engel sprechen."

„Kann das nicht bis morgen warten?", fragte Tomasz und erhob sich demonstrativ. „Ich bin fertig für heute, siehst du das nicht?"

„Etwas daran lässt mir keine Ruhe."

„Engel und Schumann gingen aus. Sie entschieden sich, zu ihm zu gehen, um Spaß zu haben. Es gab Stress. Vielleicht mochte sie es nicht oral oder der Typ stieß der Kleinen seinen Schwanz zu brutal oder zu tief in den Rachen und da flippte sie aus. Sie biss zu und er tötete sie. Punkt."

Schützend legte Leander die Hände vor seinen Schritt. „So kann es nicht gewesen sein."

„Er versteht mich." Daniel lächelte breit.

„Ihr scheint ja eh seit Neuestem dieselbe Sprache zu sprechen." Schnaubend steckte Tom die Zigarette wieder in den Mundwinkel.

Daniel stutzte. War sein Freund womöglich doch eifersüchtig, weil er sich mit Leander gut verstand? Jedenfalls musste er tatsächlich sehr müde sein, denn normalerweise versetzte er sich gut in Verbrechenssituationen hinein. „Engel kann Petra Schumann nicht ermordet haben. Es mag ein Gerangel gegeben haben, das ja. Schließlich beißt man einen Penis nicht so einfach durch."

Scharf sog Leander die Luft zwischen den Zähnen ein, wohl weil er sich das Geschehene vorstellte. „Er versuchte sie abzuwehren, aber sie verbiss sich in ihn. So viel steht fest, sonst hätte sie es am Ende nicht geschafft, das Glied ... Oh Mann!"

„Genau das ist der Punkt", griff Daniel den Faden auf. „Irgendwann muss der Schmerz so groß gewesen sein, dass Michael Engel keine Kraft mehr besaß, um gegen Schumann zu kämpfen. Seine Beine gaben nach, er fiel auf die Knie. Unter Umständen wurde er sogar ohnmächtig."

Tomasz setzte sich wieder. „Die Gerichtsmedizin stellte Verletzungen auf ihrer Schädeldecke fest, aber die Kratzer und Hämatome waren nicht sehr schlimm."

„Schumann gewann die Oberhand", fuhr Daniel fort. „Sie setzte Engel k. o. So und nicht anders muss es sich zugetragen haben. Aber wer schnitt ihr dann die Kehle durch?"

„Michael Engel ganz bestimmt nicht!" Leander schüttelte den Kopf. „Das erforderte eine gezielte Handlung. In seinem Zustand war er dazu nicht mehr in der Lage."

„Jemand hat sie schachmatt gesetzt, nachdem Engel bereits kastriert war." Sehnsüchtig schnupperte Tom am Tabak.

„Nicht nur das. Der große Unbekannte hat auch ihre Leiche aus der Nummer 13 weggeschafft und einen Krankenwagen für seinen Kumpel gerufen." Daniel schnalzte mit der Zunge. „In meinen Augen kommen nur vier Personen infrage."

„Vier?" Fragend schaute Tom ihn an.

Unruhig lief Leander im Raum auf und ab. „Roman Schäfer steht auf meiner Verdächtigenliste ganz oben. Schumanns Leiche wurde immerhin in der Mikwe deponiert und er ist Jude."

„Aber würde er das jüdische Ritualbad mit einer Toten entweihen?" Daniel schloss Schäfer keineswegs aus, aber er hatte Bedenken.

„Vielleicht sieht er das anders. Eventuell wollte er sie von der Sünde der Unzucht reinwaschen, indem er sie ins Wasser legte." Abrupt blieb Leander stehen. „Es könnte doch sein, dass sie in seinen Augen die Schuldige ist. Sie hat seinen Freund verführt und ihn am Ende auch noch für seine Schwäche bestraft."

„Möglich." Daniel legte seine Handflächen aneinander und tippte mit den Fingerspitzen gegen seine Lippen, während er nachdachte. „Ich sehe ja auch die Verbindung zwischen Schäfer und der Mikwe, aber wir sollten keine voreiligen Schlüsse ziehen."

„Auf jeden Fall würde er alles dafür tun, dass sein persönliches Pilotprojekt, eine Hausgemeinschaft für rehabilitierte Sexualverbrecher, anerkannt wird." Als Leander sich in seinen Sitz fallen ließ, wich die Luft geräuschvoll aus dem Sitzpolster. „Wenn du mich fragst, ist er mit allen Wassern gewaschen. Und was ist mit Uwe Beck? Er wirkte auf mich wie ein Pitbull."

„Hunde, die bellen, beißen nicht. Er ist nicht so hart, wie er sich bei unserem ersten Besuch gegeben hat. Sonst hätte er sich nicht vor seiner Verhaftung an Kindern, sondern an Erwachsenen vergriffen."

„Was ist, wenn er seine krankhafte Seite weiterentwickelt hat? Manche Inhaftierten werden erst im Knast zu richtigen Verbrechern."

„Kommt leider vor."

„Er ist ein Sadist und vergriff sich nur an Minderjährigen, weil er Stress mit seiner Ehefrau, seinen Kollegen oder seinem Chef hatte." Während Leander sprach, malte er auf seinen Notizblock unruhige Linien und Kreise. „Durch die Verurteilung und die Haftstrafe ist seine Wut auf Erwachsene möglicherweise so stark angewachsen, dass er nicht länger Substitute benötigt, sondern sich seine Aggression nun auf das eigentliche Hassobjekt richtet."

Daniel ließ seinen Kopf kreisen, weil sein Nacken wehtat. „Ungewöhnlich, aber denkbar."

„Er sieht gewaltbereit aus."

„Auf mich wirkte das eher wie ein Image, das er sich zugelegt hat. Eine Maske, um als stadtbekannter Pädosexueller zu überleben."

„Manche Kriminellen passen eben nicht in die Täterprofil-Schablone. Wir sollten uns nicht zu streng ans Lehrbuch halten. Das Leben ist nie schwarz oder weiß." Leander zuckte mit den Achseln. „Bleibt noch Stefan Haas."

„Er ist mir zu nervös, das mag ich nicht. Solche Menschen sind unberechenbar. Tiere, die in die Ecke getrieben werden, greifen oft an, egal wie scheu sie sonst sind."

„Du meinst, Haas hat Schumann und Engel erwischt? Aber für seinen Kumpel war es schon zu spät. Also ist er ausgetickt und erledigte die Studentin."

„Klingt für mich nachvollziehbar. Eine Tat im Affekt. Ein klares Motiv sehe ich nur bei Schäfer."

„Du hast von vier Tatverdächtigen gesprochen." Tom rieb sich über die Stirn und zog die Haut nach oben zum Haaransatz, als würde das helfen, seine Augen offen zu halten.

„Vinzent Quast. Er machte mit allen außer Stefan Haas Geschäfte. Auch er ging in der Nummer 13 ein und aus." Wenn nicht gerade Roman Schäfer ihn davon abhielt, seinen geheimnisvollen Besucher zu entdecken. Daniel behielt den Fremden, der zur Hintertür getürmt war, als fünften Verdächtigen im Hinterkopf.

„Glaubst du wirklich, er könnte jemanden umbringen?" Mit dem Ende seines Kugelschreibers tippte Leander gegen seine Schläfe. „Er ist nicht vorbestraft."

„Quast hat tagtäglich mit Kriminellen zu tun. Er verteidigt sogar die Verbrechen des Kalten Walter."

„Aber er hat kein Motiv. Ich sehe keine kriminelle Energie bei ihm."

„Du hast deine Hausaufgaben nicht gemacht." Daniel neigte sich vor und stützte sich auf seinen Oberschenkeln ab. „Auch er hat schon eine Haftanstalt von innen gesehen."

„Vincente war im Kittchen?"

„Mit 18 fing er eine Ausbildung zum Mechatroniker an. Nach acht Monaten brach er sie ab, weil er ständig mit seinem Chef aneinanderrasselte. Der Gute hat es nicht so damit, sich unterzuordnen."

„Was hat das mit Engel und Schumann zu tun?" Ungeduldig guckte Tomasz auf seine Armbanduhr. Er holte sein Feuerzeug heraus und klappte den Deckel auf und zu.

Genervt nahm Daniel es ihm ab und legte es auf den Tisch. „Danach arbeitete Vincente bei einer Drückerkolonne. Auch dort bekam er Ärger. Er wilderte im Revier seiner Kollegen, bis sie ihn krankenhausreif prügelten."

„Ein typischer Einzelgänger und Troublemaker. Und?" Leander winkelte sein Bein an und legte den Knöchel auf seinem Knie ab.

„Eine Zeit lang hielt er sich mit einer Art Ich-AG über Wasser", sagte Daniel und zwinkerte. „Er klaute Luxuskarossen, baute sie auseinander und verkaufte die Einzelteile an alte Bekannte aus seiner Mechatronikerzeit."

„Lass mich raten. Er flog auf?"

Daniel nickte. „Er kam hinter schwedische Gardinen. Dort lernte er den Kannibalen Walter Steinbeißer kennen und hatte vermutlich die glorreiche Idee, den Nippes von Kriminellen zu verscherbeln. Es dauerte jedoch einige Jahre, bis er sich ausreichend Kontakte zu beiden Seiten, Täter und Kunden, erarbeitet hatte."

„Er hat allerdings nie Gewaltverbrechen verübt."

„Aber er hat ein Motiv. Würde Engel sterben oder wegen Vergewaltigung wieder in den Knast kommen, würde das ihre Zusammenarbeit erst einmal auf Eis legen." Auf Dauer würde es zwar Engels Marktwert steigern, wie Quast es ausdrücken würde, aber die Geldquelle wäre erst einmal eingefroren und Vincente brauchte den Zaster jetzt, um seine Schulden bei der Schweizer Firma, die den Diamanten für ihn angefertigt hatte, abzuzahlen.

Mit der Zungenspitze fuhr Tomasz über die Naht seiner Zigarette, als handelte es sich um eine selbst gedrehte, und blinzelte Daniel darüber hinweg an. „Verbuchst du nun endlich das Mordopfer mit den orangeroten Haaren, das die demente alte Dame gesehen haben will, als Halluzination?"

„Geh eine rauchen. Oder besser zwei oder drei. Und leg dich früh schlafen. Du bist unausstehlich, mein Freund!" Daniel gab ungerne auf, aber diesmal war er so weit. Es musste sich um eine falsche Spur handeln.

Schweren Herzens fuhr er seinen Computer hoch, um die Akte offiziell zu schließen, konnte sich aber nicht dazu überwinden. Stattdessen rief er noch einmal seine E-Mails ab, bevor er nach Hause fahren wollte.

Zu seiner Überraschung fand er eine Nachricht aus der Schweiz, die Marie brennend interessieren würde.

32. KAPITEL

Daniel legte Marie die Ausdrucke vor. Es handelte sich um die Anhänge der E-Mail, die er vor knapp einer Stunde erhalten hatte. Während Marie las, beobachtete er ihr Gesicht. Sie musste auf der Couch gelegen haben, denn an einer Seite klebten ihre krausen Haare am Kopf. Ihre grünen Augen weiteten sich immer mehr. Sie hob die Füße mit den Lammfellschuhen auf das Sofa. Ihr beige-braun karierter Rock rutschte höher. Obwohl eine blickdichte Strumpfhose ihre Beine verhüllte, fand Daniel sie sexy, auch wenn ihre Knie zu knochig waren. Immerhin hatte sie offenbar eine halbe Schachtel Kekse verputzt. Die Krümel hatte sie mit der Tageszeitung aufgefangen. Ausgerechnet Roman Schäfer schaute ihn von einem Foto an.

Zuvor hatte Daniel Benjamin begrüßt und ihn in seinem Zimmer auf dem Bett vorgefunden. Die Musik aus seinen Kopfhörern plärrte so laut, dass Daniel dazu hätte tanzen können. Aber das hätte er selbst dann verweigert, wenn er nicht im Rollstuhl säße. Er bezeichnete sich als Grobmotoriker. Fließende Bewegungen überließ er lieber Männern wie John Travolta oder Leander Menzel.

Marie legte die Papiere auf den Couchtisch. Ihre Wangen waren vor Aufregung gerötet. „Das hätte das Unternehmen nicht machen brauchen. Wie hast du sie dazu gebracht?"

„Ich habe eine E-Mail von meinem offiziellen Account geschickt."

„Und das hat gereicht?"

„Zuerst kam eine Absage. Ihre Unterlagen seien vertraulich, antworteten sie. Damit hatte ich gerechnet. Niemand lässt sich von einem Bullen so leicht in die Karten schauen."

„Nun sag schon! Wie hast du sie dazu gebracht, dir die Urkunde zu schicken?"

Als Marie kurz ihre Hand auf seinen Oberschenkel legte, spürte er die Berührung zwar nicht, aber sie ging ihm dennoch durch und durch. Hatte sie ihm verziehen, dass er über das Kinderproblem zwischen ihnen hatte reden wollten, bevor sie bereit dazu war? „Ich rief sie an und machte Druck, indem ich Zweifel an der Legalität einräumte."

„Hoffentlich nicht grob."

„Natürlich nicht."

„Du könntest Ärger auf dem Präsidium bekommen."

Das Risiko war er eingegangen. Für Marie. Er hatte seine Stellung als Kriminalhauptkommissar ausgenutzt, um an Informationen zu kommen, die nichts mit dem Fall zu tun hatten, an dem er arbeitete, und ohne Fuchs, seinen Vorgesetzten, in Kenntnis darüber zu setzen. Wenn das herauskäme, würde ihm der Vorfall das Genick brechen, was das KK 11 betraf. Anfangs tat er es nur aus Liebe. Er wollte Marie einen Gefallen tun, um sie zu beruhigen und bei ihr zu punkten. Die E-Mail jedoch hatte auch ihn aufgewühlt. Sie war der Beweise dafür, dass etwas bei Maries Chef, dem Intendanten des Musical Dome, und seiner Ehefrau bis zum Himmel stank. „Sie fühlten sich genötigt, zu beweisen, dass alles bei ihnen sauber abläuft. Also schickten sie mir das notarielle Gutachten und die Bescheinigungen."

Mehrmals schob Marie die Papiere auf der gläsernen Platte hin und her. „Glaubst du, es handelt sich um Fälschungen?"

„Nicht von Schweizer Seite."

Marie legte die Handflächen an ihre Wangen und stöhnte. „Das alles verwirrt mich. Ich stelle mir die möglichen Erklärungen vor und keine davon ist gut. Wie kommst du nur damit zurecht? Ich könnte deinen Job niemals ausüben."

„Es ist ein täglicher Kampf. Man darf die Grausamkeiten nicht an sich heranlassen. Bis zu einem gewissen Grad schafft man das über die Jahre hinweg – oder hört frühzeitig auf." Daniel musste an Leander denken. Würde der Hospitant bleiben oder bald das Handtuch schmeißen, wie er angedeutet hatte? Daniel hoffte sehr, dass er ihnen erhalten blieb. Der Spargel besaß Potenzial.

„Aber nie ganz, oder?"

„Ich wäre kein Mensch, wenn die Tötung eines Säuglings, der von seiner Mutter in der heißen Badewanne absichtlich so stark verbrüht wurde, dass er daran starb, damit sie mit ihrem neuen Freund alleine sein konnte, mich nicht erschütterte. Oder der Fall eines weiblichen Opfers, das von einer Gruppe Kerle vergewaltigt wurde und schließlich daran starb, dass man ihr einen Besenstiel bis in die Eingeweide unten reinrammte. Oder der eines Vaters, der über Stunden zu Tode geprügelt wurde, nur weil er in den Augen der Täter die falsche Hautfarbe hatte. Es quält dich, aber du musst den psychischen Schmerz akzeptieren, um den Job zu ertragen."

„Du bist ganz schön tapfer. Ihr alle." Sie drückte seine Hand und diesmal spürte Daniel die Berührung.

Er schlang seine Finger so gierig in ihre, als befürchtete er, jeden Moment könnte sich ein großes Loch im Sofa auftun und Marie verschlingen.

„Was wirst du jetzt wegen Thijs Schuster unternehmen?"

„Ich werde die Kollegen in Utrecht informieren, Leentje und Friedrich Schuster zur Vernehmung nach Kalk bitten und sie mit dem Indiz konfrontieren." Gerade als sich Daniel zu ihr hinüberbeugen und sie nach dem Streit das erste Mal wieder küssen wollte, klingelte sein Handy. „Mist."

Er holte es aus seiner Hosentasche hervor, sah, dass es Leander war, und nahm den Anruf an. „Kannst du selbst nach Feierabend nicht mehr ohne mich?"

„Du bist zu borstig für meinen Geschmack, und ich meine damit nicht deinen Bart."

Schmunzelnd wechselte Daniel das Telefon in die andere Hand. „Sei nicht so übereifrig, morgen ist auch noch ein Tag. Widme dich deiner Schriftstellerin und schalte ab bis morgen früh."

„Wir haben doch noch keinen Dienstschluss. Stefan Haas hat uns da einen Strich durch die Rechnung gemacht."

„Was hat er ausgefressen?" Eine düstere Befürchtung beschlich ihn. Hatte sich der Päderast wieder an einem Jungen vergriffen?

„Man hat ihn auf die Motorhaube genommen."

„Haas wurde angefahren?" Damit hatte Daniel nicht gerechnet. Es gab zu viele Autounfälle im Dunstkreis der verurteilten Kinderschänder. „Absicht oder Zufall?"

„Das gilt es herauszufinden."

Eigentlich war das nicht Aufgabe des Kriminalkommissariats für Tötungsdelikte. Aber sie mussten über alles Bescheid wissen, was mit der Pädophilen-Wohngemeinschaft zu tun hatte. Schließlich suchten sie immer noch nach dem Mörder von Petra Schumann. Auch die Fahrunfälle von Gitte Hamacher und Verena und Noel Haas standen im Verdacht, in Wahrheit Morde zu sein. Nun war wieder ein Fahrzeug beteiligt, möglicherweise sogar als Waffe eingesetzt worden. Hatte an diesem Abend jemand versucht, Stefan Haas aus dem Weg zu schaffen? Oder ihm die beiden Unfälle mit Todesfolge, die er womöglich inszeniert hatte, mit gleicher Münze zurückzuzahlen? „Ist er tot?"

„Es hätte schlimmer für ihn kommen können. Ein Allgemeinmediziner, der an der Unfallstelle wohnt, hat ihn notversorgt. Laut seiner Aussage hat Haas Abschürfungen und einige gebrochene Rippen, aber keine lebensbedrohlichen Verletzungen. Der Krankenwagen ist unterwegs. Die Schutzpolizei ist bereits vor Ort. Ich steige gerade in meinen Wagen, um hinzufahren und mir ein eigenes Bild zu machen."

„Wo ist es passiert?"

„Ehrenfeld. Ecke Bruchstraße, Altwasserstraße. Ganz in der Nähe vom Haus Nummer 13."

„Ich fahre sofort los." Allerdings bedeutete *sofort* bei ihm nicht dasselbe wie bei Personen ohne Sulky unter dem Hintern. Wertvolle Minuten gingen verloren. Das ärgerte Daniel in Momenten wie diesen immer wieder aufs Neue.

„Ich komme bei dir vorbei und hole dich ab."

„Brauchst du nicht."

„Ist kein großer Umweg. In 20 Minuten bin ich bei dir."

„Ich sagte, Nein! Danke." Seit er im Rollstuhl saß, hatte Daniel stets das Bedürfnis, zu beweisen, wie selbstständig er zurechtkam. Nachdem er aufgelegt hatte, gab Marie ein tadelndes Zischen von sich. Er wusste selbst, dass er sich im Ton vergriffen hatte. Aber es würde noch eine ganze Weile dauern, bis er sich vollkommen mit seinem Zustand abgefunden hatte.

Früher war er stolz darauf gewesen, wenn andere Männer Marie hinterherschauten. Jetzt tat es weh, weil er Angst hatte, sie an einen Kerl zu verlieren, der weniger problembehaftet war. Ebenso machte es ihn rasend, wenn er nicht mit seinen Kollegen mithalten konnte, weil die Krüppel-Harley ihn ausbremste, denn damit bestätigte er das Vorurteil, ein gehbehinderter Kommissar dürfte nicht aktiv ermitteln.

Plötzlich sank seine Laune in den Keller. Er nahm die Ausdrucke vom Tisch, faltete sie und schob sie in die Tasche unter seinem Sitz. „Ich kümmere mich um die Schusters, sobald ich Zeit dazu finde, versprochen."

Als Daniel seine Hände an die Greifringe legte, sprang Marie auf und stellte sich ihm in den Weg. Sie neigte sich zu ihm hinab und drückte ihn. „Danke, dass du das für mich tust, obwohl du genug anderes um die Ohren hast und eine verschwundene Person kein Fall für die Mordkommission ist."

„Vielleicht ja doch", flüsterte er ihr seine Befürchtungen ins Ohr. Wie gut sie roch! Eine Mischung aus blumigem Parfüm und ihrem Körperduft. Da sie in letzter Zeit eher auf Distanz gingen, nahm er nun ihren Geruch intensiver wahr. Er erinnerte ihn daran, wie schmerzlich er die Nähe zu ihr vermisste.

Doch bevor er sie umarmen konnte, löste sie sich auch schon von ihm und richtete ihren Oberkörper auf. Die Situation versetzte ihm einen Stich, denn der Höhenunterschied führte ihm jedes Mal aufs Neue vor Augen, dass er nur an ihr Gesicht herankam, wenn sie es wollte. Er musste lernen, seine Scham zu überwinden und um etwas zu bitten. Es war nichts Falsches daran, seine Gefühle auf der Zunge zu tragen und zu sagen: „Beug dich noch mal zu mir runter, damit ich dich küssen kann." Aber der Moment ging vorbei, ohne dass er sein Verlangen deutlich gemacht hatte. *Esel, so wird das nie was!*

Marie nahm die Zeitung vom Tisch und brachte sie zum Korb, indem sie das Altpapier sammelten. Zerknirscht schaute Daniel ihr hinterher und fragte sich, wie lange er diese emotionale Achterbahnfahrt noch aushielt. Es quälte ihn, darauf zu warten, dass Marie eine Entscheidung fällte. Er hätte sich ein Bein ausgerissen, um diese zerbrechliche und gleichzeitig starke Frau glücklich zu machen. Doch was war diese Beteuerung wert, wenn sie von einem Mann kam, der von der Hüfte abwärts gelähmt war? Nicht viel.

Als Daniel an der Unfallstelle ankam, stellte er seinen Wagen in zweiter Reihe ab. Verboten hin oder her, es war inzwischen halb elf Uhr durch. Zu dieser Nachtzeit waren die meisten Menschen zu Hause und das machte es nahezu unmöglich, in ganz Ehrenfeld einen Parkplatz zu finden. Es machte ihn zwar verlegen, vor den Augen der Schutzpolizisten und der Schaulustigen, die aus den Fenstern der umliegenden Häuser das Geschehen verfolgten, seinen Rollstuhl mühsam aus dem Auto zu hieven, ihn aufzuklappen und sich hineinzuschwingen. Aber immerhin brannten die Straßenlaternen in der Gegend nicht, sodass er schlecht zu sehen war. Einen Stromausfall konnte es nicht gegeben haben, denn die Beleuchtung der Parallelstraßen und in den Wohnungen funktionierte. Ob der Unfall etwas damit zu tun hatte?

Daniel schob seinen Bock etwas schneller auf die Kreuzung zu. Der Schneeregen fiel fast senkrecht vom Himmel hinab. Er stach in Daniels Augen und kroch unter den Kragen seiner Jacke. Als Daniel bei Leander ankam, schüttelte er sich wie ein Hund. Er zog die Schiebermütze tiefer in die Stirn und den Kopf zwischen die Schultern. Die Temperaturen waren wieder gesunken. Der Wetteransager im Radio hatte für die kommenden Tage Schnee angekündigt. Das bereitete Daniel Kopfschmerzen. Für Popo-Ferraries gab es keine Kufen.

Zu allem Übel räumte man die Unfallstelle bereits auf. Stefan Haas war offensichtlich schon abtransportiert worden. Die Kollegen von der Polizeiinspektion West machten sich letzte Notizen zum Hergang und koordinierten den wenigen Verkehr, der noch herrschte. Das Fahrzeug des Unfallverursachers wurde gerade auf dem Abschleppwagen verzurrt.

Daniel kam zu spät. Obwohl er sich beeilt hatte, kam er zu spät. Wütend schlug er auf die Armlehne seines Bocks, denn er gab ihm die Schuld.

„Ich sagte doch, ich hätte dich abgeholt."

„Halt den Mund." Sein rechter Schuh stand unnatürlich schräg auf den Fußstützen. Daniel richtete ihn leicht verschämt.

„Wenn schlechte Laune eine Krankheit wäre, würde ich sagen, Tomasz hat dich angesteckt."

„Entschuldigung. War nicht so gemeint. Es ist nur … Ich möchte nicht wie ein Kleinkind … Zu Hause läuft es nicht … Ach, verdammt!", fluchte Daniel, stellte den Kragen seiner Jacke auf und merkte, wie Wasser unter seinen Pullover rann. „Hast du Haas vernehmen können?"

„Ich habe den Krankenwagen nur noch von hinten gesehen. Die Kollegen von der Schupo haben die informatorische Befragung gerade beendet."

„Schon?"

Leanders blonde Locken sahen frisch gewaschen aus. „Sie haben die Aussagen von einem Paar aufgenommen. Die jungen Leute standen im Hauseingang dort drüben und knutschten herum, als ein Schatten an ihnen vorbeihuschte. Stefan Haas. Sie hörten das Quietschen von Reifen, traten auf den Gehweg und sahen gerade noch, wie das Auto Haas erwischte."

„Mehr nicht?"

Als Leander den Kopf schüttelte, schwang sein Regenschirm hin und her und verteilte Tropfen auf Daniel. „Anwohner, die schon im Bett lagen, schreckten durch den Aufprall hoch und stürmten zum Fenster. Sie alarmierten den Arzt, der bei ihnen im Haus wohnt und die Erstversorgung von Haas übernahm."

„Ist das alles?" Daniel schaute zornig zum pechschwarzen Himmel, doch es schüttete weiter wie aus Kübeln.

„Der Unfallverursacher", Leander warf einen Blick auf den Notizblock in seiner Hand, „Konrad Schmidt, kam mit einem Schock ins Krankenhaus."

„Also hat man Stefan Haas nicht absichtlich über den Haufen gefahren."

„Schmidt kannte Haas nicht. Das müssen wir zwar noch nachprüfen, aber ich glaube ihm. Ich war bei seiner Befragung dabei. Der alte Mann war fix und fertig. Er stammelte nur herum. Das wirkte auf mich echt."

„Aber wie konnte das passieren? Hat er Haas in der Dunkelheit nicht gesehen? Waren die Straßenlampen da schon defekt?"

„Als ich ankam, waren sie es. Für die Schupo ist der Fall klar. Sie werden nicht weiter ermitteln. Dafür sehe ich auch keinen Grund." Leander steckte Block und Stift in die Tasche seines Anoraks. „Unfälle passieren nun mal, auch Pädophilen."

„Du gibst dich zu früh mit dem Offensichtlichen zufrieden. Für meinen Geschmack gab es viel zu viele Autounfälle im Umkreis von Schäfer, Beck, Engel und Haas." Wasser tropfte von Daniels Mütze hinab. Entgeistert beobachtete er, wie ein Rinnsal daraus wurde. Seine Kopfbedeckung musste so durchnässt sein, dass sie den Regen nicht mehr aufnahm.

„Ich werde dir morgen einen Schirm mitbringen."

„Witzbold. Und wie soll ich den halten, während ich den Rolli anschiebe?"

„Du kannst ihn mithilfe von Kabelbindern und Gaffa-Tape an einer der Stangen deiner Rückenlehne festmachen. Ich helfe dir dabei."

„Mary Poppins auf Rädern?" Schnaubend nahm Daniel sein Cap ab und wrang es aus. „Verzichte."

„Weil nur Weicheier Regenschirme benutzen?"

Leander hatte ihn durchschaut. Daniel schenkte ihm ein breites Lächeln, aber das Wasser lief ihm in die Augen, sodass er ständig blinzeln musste und sich schließlich mit der Hand über das Gesicht wischte.

„Wir Softies sind eben cleverer als ihr Machos."

Murrend musterte Daniel Leanders trockene Kleidung. Er dagegen war längst durchweicht. Vielleicht hatte der Grünschnabel recht. Schaudernd, weil mit der Nässe auch die Kälte unter seine Kleidung drang, zeigte er auf den Kiosk eine Straßenecke weiter. „Ich höre mich dort mal um."

„Der ist zu weit weg von der Unfallstelle. Du verschwendest nur deine Zeit. Dort findest du bestimmt niemanden, der etwas gesehen hat."

Aber ein trockenes Plätzchen, dachte Daniel, und im besten Fall sogar einen heißen Kaffee.

Den bekam er. Seine Hoffnung, einer der Zeugen hätte sich ebenfalls hierher verkrochen, weil er entweder den Uniformierten aus dem

Weg gehen oder dem Schneeregen entkommen wollte, bestätigte sich allerdings nicht. Was die Entfernung anging, sollte Leander ebenfalls recht behalten. Wenigstens konnte Daniel sich aufwärmen, bevor er heimfuhr.

Er zog seine Handschuhe aus, nahm den Kaffee entgegen und ignorierte die Blicke der zwei Anwesenden, die mit unverhohlener Neugier sein Gefährt musterten. Während er sich die klammen Finger am Becher wärmte, schaute er sich um.

Ein Tresen grenzte ein Drittel des Verkaufsraums ab. Dahinter saß die füllige Verkäuferin – von ihrem besitzergreifenden Blick leitete Daniel ab, dass es sich um die Besitzerin oder Pächterin handelte – auf einem Rollator mit pinkfarbenem Einkaufskorb und rosa Plüschschonern über den Handgriffen. Ihr nachtblaues Kleid verhinderte, dass man ihre Körperkonturen erahnte, denn es floss in einer einzigen Stoffbahn von ihrem Hals hinab bis zu ihren Fußknöcheln. Trotz kurzer Ärmel schien die Frau mittleren Alters nicht zu frieren. Als sie sich als Gloria vorstellte, war sich Daniel nicht sicher, ob er einen Transvestiten vor sich hatte, aber das spielte für ihn, ob nun menschlich oder beruflich, ohnehin keine Rolle. Tatsächlich machte er an ihrem Kinn einen dunklen Flaum aus, doch das hieß nichts. An ihrem Scheitel fiel ihm ein weißer Ansatz auf, ihre schulterlangen schwarzen Haare waren also gefärbt. Möglicherweise war sie doch schon einige Jahre älter, als er zuerst vermutet hatte.

Die gut gefüllte Kaffeekanne auf der Warmhalteplatte neben der Kasse, die Zigaretten hinter ihr sowie die Süßigkeiten in dem durchsichtigen Schubladensystem zu ihrer Linken befanden sich in Griffweite, sodass sie nur die Arme ausstrecken brauchte, um alles zu erreichen.

Die Tür zum Lager stand weit offen. Leergut und volle Getränkekästen stapelten sich neben Kartons mit Ware. Alles sah sauber und aufgeräumt aus. Gloria konnte sich wohl kaum eine Putzfrau leisten. Wie schaffte sie es, ihr Büdchen in Ordnung zu halten, fragte sich Daniel und blies in sein dampfendes Getränk.

Zwei Stehtische belegten einen weiteren Teil des Verkaufsraums. Der einzige Gast lehnte über dem rechten und stützte sich darauf ab, als schaffte er es nur mit Mühe, sich auf den Beinen zu halten. Wahrscheinlich traf das sogar zu. Die drei Flaschen Bier vor ihm sprachen jedenfalls für Daniels Theorie. Theo, so hatte Gloria ihn genannt, trug einen ockergelben Freizeitanzug. Der Reißverschluss des

Oberteils war bis oben geschlossen. Während es an Theos Schultern viel zu locker hing, füllte der hervorstehende Bauch es in der Mitte etwas zu gut aus. Seine Füße steckten in grauen Baumwollsocken, die früher einmal weiß gewesen sein mussten, und die wiederum in Outdoor-Sandalen. Daniel dachte daran, wie nass sie sein würden, bevor Theo zu Hause war, aber vermutlich merkte dieser das bis dahin eh nicht mehr. Er hatte eine silberne Kreole in seinem Ohr und eine Armbanduhr aus Goldimitat an seinem Handgelenk. Ob seine Haare fettig oder nass waren, konnte Daniel nicht sagen. Er schätzte ihn auf um die 60.

„Warum sind die Laternen draußen dunkel?", fragte Daniel die beiden über seinen Becher hinweg. „Der komplette Straßenzug ist nicht aus, nur die hier in der Ecke."

Als Theo schnaubte, stob ein Bierregen über den Tisch. „Kids."

„Nee." Glorias Stimme klang so energisch, dass Daniel vermutete, wenn sie erst einmal richtig loslegte, konnte sie den Fernseher der Nachbarn gegenüber übertönen. „Das waren keine Kinder, sondern Jugendliche."

„'ne ganze Clique." Gelassen nippte Theo an seiner Flasche, deren Boden genauso dick war wie die Gläser seiner Hornbrille.

„Nee. Das war 'ne Gang. Die haben die Lampen gelöscht. Jawoll."

„Das klingt ja, als hätten sie die Lichter ausjeblasen. Du musst es dem Herrn Kommissar schon richtig sajen. Die Mischpoke hat sie ausjetreten." Er überhörte das schnippische Grunzen der Frau. „Ich wollte schon rausjehen und sie anblaffen."

„Aber du hast dich nicht getraut, haste nicht." Sie lächelte herablassend.

„Hätteste ja auch machen können."

Daniel war noch nie jemandem begegnet, der sich weniger bewegte als Gloria. Weder gestikulierte sie noch änderte sich ihr Gesichtsausdruck, während sie redete. Sie saß auf ihrem Rollator, auf dessen Sitzfläche ihr Hintern kaum passte, und erweckte den Anschein, dort festgewachsen zu sein. Wie ein Fels in der Brandung dieses Viertels.

„Ich bin doch nicht lebensmüde, nee, bin ich nicht."

„Eben. Ich auch nicht. Der eine ließ ständig ein Klappmesser auf- und zuspringen, wie in diesen Serien, bei denen ich immer wegschalte, weil mir das zu jruselig ist, diesen Krimis. Sie schwangen jroße Reden, schlugen jejen Fensterläden und Eingangstüren. Mit denen legt man sich besser nicht an."

Daniel nickte. Jetzt verstand er. Unter diesen Umständen handelte es sich offenbar wirklich um einen Zufall, dass es ausgerechnet Stefan Haas erwischte. „Die Dunkelheit führte zu dem Autounfall auf der nächsten Kreuzung."

„Das jlaube ich nicht."

Überrascht hielt Daniel, der gerade mehrere Schlucke hintereinander getrunken hatte, inne. Angenehm warm floss der Kaffee seine Kehle hinab. „Wie meinen Sie das?"

Theo hielt seine leere Flasche hoch. „Ich will noch 'n Bier."

Ohne großartig den Rücken zu krümmen, öffnete Gloria einen kleinen Kühlschrank unter der Ladentheke. „Hier unten ist nichts mehr. Nix. Hast alles weggesoffen."

Murrend schlurfte Theo ins Lager und füllte den Bestand auf.

Jetzt wusste Daniel auch, wie Gloria die Arbeit geschafft bekam, obwohl sie sich kaum rührte. Sie hatte ihre Stammgäste gut erzogen. *Chapeau!* „Sie sagten, Sie glauben nicht daran, dass die fehlende Straßenbeleuchtung schuld an dem Unfall war."

„Ich weiß, was ich gesagt hab." Mit einem Öffner, der mit einem Stück gelber Wäscheleine an den Verkaufstresen festgemacht war, entkronte Theo die Flasche und schleppte sich an seinen Platz zurück.

„Was war es dann?"

„Der Typ ist jerannt, als wäre der Beelzebub persönlich hinter ihm her. Hier vorbei, am Kiosk, direkt vor diesem Fenster."

„Er wurde gejagt?", stieß Daniel überrascht aus. Wer könnte hinter ihm her gewesen sein? Als Erstes fielen Daniel die protestierenden Nachbarn ein. „Wollen Sie das andeuten?"

„Jenau. Er lief vor jemandem weg. Hat sich immer wieder umjeguckt mit Augen groß wie Dachluken."

„Was erzählste für einen Blödsinn? Er war es, der jemanden verfolgt hat. Jawoll!" Gloria langte in eine der Boxen mit Süßigkeiten und schob sich ein Gummitier in den Mund.

„Und deshalb jlotzt er ständig über seine Schulter zurück?" Nonchalant tippte sich Theo mit dem Flaschenboden gegen die Schläfe oder er hatte das vor, denn er erwischte den Bügel seiner Brille. „Du bist ja irre."

„Ich hab das Kind deutlich gesehen. So 'n Momoverschnitt. Es ist an der Tür vorbeigelaufen. Die stand offen, weil du hier drinnen paffst, obwohl es nicht erlaubt ist. Es ist verboten, aber das kratzt dich ja nicht."

„Das ist 'n Büdchen und keine Kneipe oder Wirtschaft."

„Aber hier ist Ausschank. Außerdem ist Passivrauchen tödlich. Du bringst mich noch ins Grab mit deiner Qualmerei." Erneut griff sie in die Box und krächzte mit vollem Mund: „Ins Grab!"

„Deine Fresserei bringt dich inne Kiste und nix anderes." Demonstrativ steckte sich Theo eine an.

Daniel, peinlich berührt von der schroffen Unterhaltung, räusperte sich. „Der Mann war hinter einem Kind her?" Hatte Stefan Haas ein neues Missbrauchsopfer auserkoren? Aufgebracht griff er seinen Becher fester, als notwendig gewesen wäre.

„Zuerst hat er gerufen: Bleib stehen! Dann: Lauf! Vielleicht habe ich mich aber auch verhört, denn das kann ja nicht sein. Kann es nicht", plauderte Gloria schmatzend. „Der Kleine hielt jedenfalls nicht an, nein, das tat er nicht, ich erinnere mich genau. Hab ein ausgezeichnetes Gedächtnis. Ich sollte zum *Supertalent* gehen."

„Was für ein Käse! Der jlauben Sie ja wohl nicht." Theo blies Rauchwölkchen aus.

Daniel stellte den lauwarmen Kaffee ab und holte seinen Notizblock heraus. „Sind Sie sicher, dass es ein Junge war, den er vor sich her durch die Straße trieb?"

Als Gloria schnaubte, stob ein Spuckeregen über die Theke. „Hab doch Adleraugen. Der Kerl ist hinter dem Bub hergerannt, hat weder rechts noch links geguckt, ist einfach über die Straße drüber und da hat es ihn volle Kante erwischt."

„Du sitzt doch viel zu weit vom Fenster weg. Die Kreuzung kannst du jar nicht einsehen." Tief inhalierte Theo den Rauch und stieß ihn während des Redens aus: „Du kannst das nicht beobachtet haben."

Dem musste Daniel zustimmen. Aber das Kind mochte sie dennoch gesehen haben. Wahrscheinlich hatte sie sich zusammengereimt, was passiert war. Aber das, was sie sagte, klang nachvollziehbar. So könnte es sich zumindest zugetragen haben.

„Dein Nasenfahrrad hat Gläser dick wie Glasbausteine und es war dunkel, aber die Angst auf dem Gesicht des Kerls haste erkannt, ja? Willst du mich für dumm verkaufen?" Gloria machte den Ansatz, sich vorzulehnen. „Wie sah denn sein Verfolger aus? Erzähl schon, komm, erzähl es uns."

Eine gute Frage, fand Daniel und schaute Theo erwartungsvoll an.

Dieser löschte seine Kippe auf einem Flaschendeckel. Verschnupft sagte er: „Hatte 'nen langen schwarzen Mantel mit Kapuze an. Mehr konnte ich nicht erkennen."

Wie der Mann, der aus der Bruchstraße 13 floh, als Daniel mit Vincente und Schäfer davorgestanden hatte. Aber dann dachte er: *Wie vermutlich unzählige Männer in ganz Köln.*

„Dumm jelaufen", äffte Gloria ihn nach. „Vielleicht war das nur der Schatten des Kerls, der umkam. Jawoll, nur ein Schatten."

Auch das Szenario konnte sich Daniel vorstellen. Stefan Haas, der versuchte, einen Jungen einzufangen, den er bereits befingert hatte. Womöglich konnte sich das Opfer befreien und Haas musste ihn daran hindern, ihn an die Polizei zu verraten. Jäger oder Gejagter, welche Rolle hatte er eingenommen?

Dann erwähnte Theo etwas, das Daniel auf eine weitere Möglichkeit brachte. „Jeweint hat er. Sein Jesicht war janz nass."

„Es regnet, du Ochse. Das ist das Zeug, was von oben kommt." Lachend klopfte sich Gloria auf ihren Schenkel, der unter ihrem Kleid nur zu erahnen waren. „Ist auch feucht."

„Er hat jeheult, ich schwöre. Ich habe seine Augen nur einmal jesehen, nur kurz, aber das Licht aus dem Kiosk fiel auf sie." Theo schluckte mehrmals, bevor er fortfuhr. „Sie waren voller Schmerz und Verzweiflung, als wüsste er nicht mehr ein noch aus, als stünde er kurz davor, alles zu verlieren, als würde er sich mit etwas Jewaltigem herumquälen."

„Das hast du alles in einer Sekunde in seinen Augen gelesen. Wo du doch nie liest. Du bist betrunken." Gloria machte eine Geste in Richtung Ausgang. „Geh heim und leg dich aufs Ohr. Aber du kommst doch morgen wieder, oder?" Da er nicht antwortete, fragte sie, diesmal behutsamer: „Kommst du? Kriegst auch ein Brötchen mit Knoblauchwurst und Senf. Das magste doch gerne."

Theo nickte geistesabwesend. Betroffen blickte er durchs Fenster auf den Gehweg, dorthin, wo er Stefan Haas, für ihn ein Fremder, gesehen hatte, kurz bevor er vor ein Auto lief.

Daniel schaute sich seine Notizen an und konnte nicht sagen, welche Version er für wahrscheinlicher hielt. Sowohl Gloria als auch Theo klangen überzeugt von dem, was sie ausgesagt hatten. Aber er musste vorsichtig sein, denn es bestand die Möglichkeit, dass sich beide nur wichtigmachen und gegenseitig übertrumpfen wollten.

Mit seinen letzten Angaben hatte Theo ihn auf eine dritte Erklärungsmöglichkeit gebracht. Eine, die den Kreis schließen würde. Das letzte Puzzleteil, das zur Aufklärung des Mords an Petra Schumann fehlte.

Unter Umständen handelte es sich bei dem Zusammenstoß in dieser Nacht doch nicht um einen Unfall – sondern um versuchten Suizid. Haas machte einen labilen Eindruck auf ihn, als wäre er leicht zu erschrecken. Es war denkbar, dass seine Nerven blank lagen, da die Polizei im Haus Nummer 13 ein und aus ging. Weil er etwas zu verbergen hatte. Weil sie ihm Stück für Stück auf die Schliche kamen und er sich in die Enge gedrängt fühlte. Weil er kurz davor stand, als Killer identifiziert zu werden.

Hatte er Schumanns Kehle durchgeschnitten und ihre Leiche in der Mikwe entsorgt? Nicht wenige Ex-Häftlinge wollten lieber sterben, als ein zweites Mal eingesperrt zu werden. Besonders für Pädophile war der Knast die Hölle! Und Stefan Haas machte den Eindruck eines in die Ecke getriebenen Tieres, das nur noch eine Möglichkeit hatte, um der Bedrohung zu entkommen.

Es musste zubeißen.

33. KAPITEL

Am nächsten Vormittag war Daniel in die Universitätsklinik gefahren, um Stefan Haas zu befragen, aber es stellte sich heraus, dass dieser nicht ansprechbar war. Bei den Untersuchungen hatten die Ärzte festgestellt, dass seine inneren Verletzungen doch schlimmer waren, als der Allgemeinmediziner, der ihn am Unfallort notversorgt hatte, meinte. Er hatte mehrere gebrochene Rippen. Eine davon drohte sich in seinen linken Lungenflügel zu bohren, weshalb er noch in derselben Nacht in den Operationssaal geschoben worden war.

Zerknirscht war Daniel zurück ins Präsidium gefahren und hatte sich auf die Befragung von Leentje und Friedrich Schuster vorbereitet.

Nun, kurz nach Mittag, ließ er diese genüsslich zappeln. In Seelenruhe schaute er aus dem Fenster des Vernehmungsraums und beobachtete die dicken Schneeflocken, die Kalk weiß färbten. Da Weihnachten vorbei war und das neue Jahr voranschritt, hatte niemand mehr Lust auf Winter, aber ausgerechnet jetzt, nach einem Monat mit ständigem Wechsel von Regen, Schneeregen und vereinzelten Flocken, setzte er sich doch noch durch.

Nebenbei nahm Daniel im Spiegelbild der Scheibe wahr, wie sich das Ehepaar immer wieder nach ihm umdrehte, denn er stand mit seinem Rollstuhl in ihrem Rücken. Sie wurden zunehmend unruhiger. *Gut so!*

Aus dem Augenwinkel heraus warf er einen Blick zu dem Venezianischen Spiegel zu seiner Rechten. Dahinter warteten EKHK Fuchs, zwei Ermittler aus Utrecht und einer der Polizisten, die im vergangenen August mit den niederländischen Behörden zusammengearbeitet hatten, darauf, dass Daniel den Schusters auf den Zahn fühlte. Er würde bohren müssen, so viel stand fest. Es würde wehtun und alte Wunden aufreißen, Wunden, die sie sich aller Wahrscheinlichkeit nach selbst zugefügt hatten.

Es kribbelte in seinem Nacken. Er war auf der Jagd. Auf der Jagd nach der Wahrheit. Ein Jäger ohne Beine, der nicht einmal eine Dienstwaffe tragen durfte. In diesem Fall jedoch machte das nichts, denn es kam nur auf seinen scharfen Verstand an. Er brauchte keine Walther, er schoss mit Worten. Innerlich peitschte er sich hoch, machte sich bereit für den Kampf, für das Ringen mit den Schusters – weil sein Erzfeind zusah. Kriminaldirektor Christian Voigt höchstpersönlich wartete ebenfalls hinter der Scheibe. Wartete auf Daniels Versagen, auf das große Fiasko, wenn sich herausstellen sollte, dass er mit seiner Vermutung völlig falschlag, um ihn endgültig loswerden zu können.

Gleich am Morgen, noch vor der Dienststellenkonferenz, hatte er den Fuchs über Maries Entdeckung und die Parallele zu Vinzent Quast in Kenntnis gesetzt. Er wusste noch nicht genau, welche Rolle der windige Vincente bei der Entführung von Thijs Schuster spielte. Ebenso blieb eins der Geheimnisse, die in Zusammenhang mit der Wohngemeinschaft der verurteilten Kinderschänder standen. Der Erste Kriminalhauptkommissar rief sofort bei den Kollegen in den Niederlanden an und teilte die Informationen auch den hiesigen Ermittlern von damals mit. Alle waren sich einig, dass Daniel das Verhör leiten sollte. Durch seine Ehefrau Marie bestand eine gewisse Verbindung zwischen ihnen, die bestenfalls half, das Eis frühzeitig zu brechen. Außerdem hatte die Angelegenheit auch mit seinem Fall zu tun und die Fakten waren ihm frisch im Gedächtnis, während sich die anderen Polizisten erst wieder in die Akten einarbeiten mussten.

Der verletzte Teil seiner Seele vermutete, dass sie nur neugierig darauf waren, mit eigenen Augen zu sehen, ob ein Rollstuhlfahrer anders an die Sache heranging. Die Blicke der Kollegen beim Eintreffen im Polizeipräsidium waren ihm nicht entgangen. Mehr oder minder verstohlen hatten sie seinen Drahtesel gemustert, Fuchs irritiert angeschaut und eine teils skeptische, teils amüsierte Miene gemacht. Aber vielleicht interpretierte er auch zu viel in ihre Reaktion hinein. Immerhin hatten sie weder eine abschätzige Bemerkung fallen gelassen noch ihn ignoriert oder sich dagegen ausgesprochen, dass er das Ruder übernahm.

Voigt allerdings, der Wind von der Vernehmung bekommen hatte – Daniel ging von einem Spitzel im KK 11 aus, denn Fuchs war ihm gegenüber loyal –, hatte nur nicht interveniert, um ihn grandios scheitern zu sehen.

Daniel nahm sich vor, nicht mehr so empfindlich zu sein, obwohl er wusste, dass er nie wieder das dicke Fell wie vor der Querschnittslähmung haben würde, und drehte seinen Rolli um. Langsam fuhr er an seinen Platz gegenüber den Verdächtigen zurück.

„Nun?" Ungeduldig trommelte Friedrich Schuster auf den Tisch, der sie trennte. „Welche neuen Ergebnisse wollen Sie uns mitteilen, Kriminalhauptkommissar Zucker?"

Daniel runzelte die Stirn. Selbstverständlich hatte er sie nicht schon am Telefon mit den Vorwürfen konfrontiert, aber er hatte ihnen ebenfalls keine Hoffnungen auf weitere Erkenntnisse über den Verbleib ihres Sohnes Thijs gemacht. Wie hätte er das auch gekonnt? „Es muss ein Missverständnis gegeben haben."

„Warum forschen Sie überhaupt noch nach? Ich dachte, die Ermittlungen wären längst abgeschlossen."

„Wie könnten wir die Akte schließen? Thijs wurde ja nicht gefunden." Wenn der Rollstuhl das Ehepaar irritierte, zeigten sie es nicht. Daniel vermutete, dass sie zu sehr damit beschäftigt waren, ihre Angst zu verbergen. Es gelang ihnen nur dürftig.

„Als cold case deklariert." Das Trommeln wurde hektischer. „So nennt man das doch, nicht wahr? Hab ich aus dem Fernsehen. In der Realität werden die doch nie wieder hervorgekramt. Ungelöst, abgelegt, verstaubt und vergessen."

Mahnend legte Leentje die Hand auf die ihres Mannes, sodass er gezwungen war, seine Finger still zu halten. Es war das erste Mal, das sie überhaupt den Mund aufmachte. Ihre Stimme zitterte leicht. „Aber jetzt haben Sie *een* Spur?"

„Das kann ich kaum glauben." Ihr Mann schnaubte verächtlich. Plötzlich blinzelte er, löste den Knopf, der sein graues Jackett vorne zusammenhielt, und lockerte die anthrazitfarbene Krawatte. „Ich meine, nach all den Monaten."

Beide trugen die Diamanten, allerdings verborgen unter ihren Oberteilen. Daniel sah nur die feingliedrigen Silberketten, die um ihre Hälse hingen, die Steine konnte er nur erahnen. Um das Gespräch darauf zu lenken, sagte er: „Meine Frau Marie feiert Ende Februar ihren 30. Geburtstag. Sie hat bei Ihnen einen tropfenförmigen blauen Anhänger gesehen und findet ihn wunderschönen. Sie schwärmt von nichts anderem mehr. Verraten Sie mir, woher Sie den Diamanten haben?"

„Het Juweel? Das ist alt, ganz alt", krächzte Leentje, als wäre sie plötzlich heiser. Während sie mit aufgerissenen Augen Daniel anstarrte, strich sie unbewusst über ihren weißen Mohairpulli, genau über die Wölbung des Steins. Auch ihre Stoffhose und ihre Schuhe, die Daniel noch winziger als die von Marie vorkamen und seiner Meinung nach auch einer Puppe passen würden, waren von einem unschuldigen Weiß. Als wollte sie sich dahinter verstecken.

Genervt winkte ihr Mann ab. „Der hat *ein* Karat, das können Sie sich von ihrem Polizistengehalt nicht leisten."

„Er ist *inspecteur*", warf sie leise ein.

Friedrich ignorierte sie vollkommen. „Was ist nun mit … mit Thijs? Ich muss zum Musical Dome zurück. Im Gegensatz zu Ihnen kann ich meine Zeit nicht mit Rumsitzen vertun."

„Friedrich! Wie kannst du nur?" Empört wurde ihr Teint so bleich wie ihre Haare. Sie hatte sie streng zurückgekämmt. Eine Schildpattklammer hielt sie im Nacken zusammen. Leentjes Silberohrringe sahen so klein und so bescheiden aus wie sie selbst.

Daniel reagierte nicht auf die vermeintliche Anspielung. Denn eine Erinnerung schwemmte ihn gedanklich zurück in die Vergangenheit. Vor wenigen Tagen erst hatte er mit Vinzent Quast in diesem Raum gesessen.

„*Hab mich für einen mit 0,4 Karat entschieden*", hatte Vincente mit stolzgeschwellter Brust erzählt. „*An die 5 000 Euro habe ich dafür hinblättern müssen. Aber die Kohle kriege ich bestimmt schnell wieder rein, denn Walter war der Start für ein neues Geschäftsmodell. Schon einige Kunden haben diesen Service in Anspruch genommen. Ein Paar legte sogar 20 000 hin, um einen Einkaräter zu bekommen.*"

Für Daniel war das der Beweis, dass die Schusters Vincente beauftragt hatten, die Anfertigung der morbiden Edelsteine in der Schweiz zu übernehmen. Denn Quast hatte nur von einem einzigen Auftrag in dieser Größe gesprochen, eine Ausnahme, die die Schusters weitaus teurer zu stehen kommen sollte als 20 000 Euro. Daniel kannte auch den Grund, weshalb ihr Name nicht in seinen Unterlagen auftauchte. Die Sache war für Vincente zu heiß, um damit nachweislich in Verbindung gebracht zu werden. Wahrscheinlich hatte er schon unmittelbar nach der Transaktion im letzten Sommer alle Dokumente vernichtet. Die Firma in Chur jedoch arbeitete zu hundert Prozent legal und hatte alles vorschriftsmäßig archiviert. Aber Quast hatte einen Fehler begangen: Er hatte den echten Namen des toten Säuglings auf die Sterbeurkunde, die das Unternehmen Daniel per E-Mail zugeschickt hatte, geschrieben. Er war eben doch nicht so clever, wie er von sich dachte.

„So war das doch nicht gemeint." Schuster rutschte in seinem Stuhl tiefer.

„Sie haben auch solch eine Kette wie Ihre Ehefrau. Man könnte glatt meinen, es handelte sich um eine Art Paarschmuck, wenn da nicht …" Daniel beendete den Satz absichtlich nicht. Geschickt schürte er die Nervosität der beiden.

„Was wollen Sie damit andeuten?"

„Verzeihung, aber Sie sehen nicht gerade wie der romantische Typ aus."

„Lassen Sie solche Frechheiten!"

„Vinzent Quast." Daniel warf den Namen in den Raum und beobachtete mit Genugtuung, wie Friedrich erstarrte und Leentje rote Flecken auf dem Hals und den Wangen bekam. „Er würde gerne der Pate von Köln sein, ein großes Tier. Aber er ist kein Mafioso, nur ein kleiner Geschäftsmann, der knapp an der Illegalität vorbeischrammt und sie dann und wann auch schon mal übertritt."

„Warum erzählen Sie uns das?"

„Er besitzt auch solch ein Schmuckstück."

„Na und?", stieß Schuster mürrisch hervor und prüfte, ob die Knöpfe an seinem Anzughemd geschlossen waren. „Das tun viele."

„Ich kenne keinen Einzigen, bis auf Sie beide und Quast." Daniel stützte die Ellbogen auf den Armlehnen ab und legte die Fingerspitzen aneinander. „Sie etwa?"

Betretenes Schweigen setzte ein. Friedrich konzentrierte sich scheinbar vollkommen darauf, an der Knopfleiste auf und ab zu streichen, als wäre das das Wichtigste der Welt, und ging dann dazu über, den Sitz seines gestärkten Haifischkragens zu ertasten, bevor er die Ärmel seiner Jacke hochzog, um zu sehen, ob seine Manschettenknöpfe richtig saßen.

Sichtlich verärgert, weil, so vermutete Daniel, ihr Mann zuerst den Karren in den Dreck gesetzt hatte und ihn nun nicht wieder herauszog, schaute Leentje ihn an. Sie wischte sich den Schweißfilm von der Oberlippe. *„Het edelsteen is geen bijzonderheid."*

„Aber Sie sagten doch eben, es handele sich um einen Einkaräter", bohrte Daniel nach. „40 000 Euro für zwei Steine, das muss man sich mal vorstellen."

„Eine Investition." Schuster zuckte mit den Achseln.

„Auch für Sie als Intendant ist diese Summe kein Pappenstiel. Warum haben Sie damit nicht die Hypothek auf Ihr Haus abbezahlt?"

„Sie haben in meiner Privatsphäre herumgestochert? Mit welchem Recht? Ich werde Sie verklagen, Sie und das ganze Präsidium!" Vor Wut lief Schuster hochrot an. Als Leentje ihn erneut zu beruhigen versuchte, wehrte er ihre Hand recht grob ab. Erschrocken wich sie vor ihm zurück, so weit es ihr Sitzplatz zuließ.

Fürchtete sie sich etwa vor ihm? Daniel sah zu, während Schuster noch eine Weile tobte, und fragte sich, warum er derart aus der Haut fuhr. Der Intendant schien leicht in die Luft zu gehen. Ein Choleriker, nicht nur was den Disput mit dem Regisseur der neuen Märchenadaption betraf, von dem Marie berichtet hatte.

Leentje griff den Stein samt Pulli, als suchte sie nach etwas, das ihr Kraft spendete. Wäre der Anhänger ein Kreuz gewesen, hätte Daniel gedacht, sie würde beten.

Nachdem Friedrich gemerkt hatte, dass von Daniel keinerlei Rechtfertigung oder Beschwichtigungen zu erwarten waren, verstummte er und schaute sich verlegen im Zimmer um. Offenbar war ihm sein Ausbruch peinlich. Sein Blick schweifte über den Einwegspiegel. Ein Ruck ging durch Schuster hindurch. Ihm war offenbar bewusst geworden, dass weitere Polizisten hinter der von dieser Seite reflektierenden, aber von der im Nachbarraum durchsichtigen Scheibe stehen und alles beobachten und mithören konnten. Aber er fragte nicht danach, sondern zog nur sein Hemd gerade und knöpfte sein Jackett wieder ordentlich zu. Rein oberflächlich betrachtet, hatte er sich wieder im Griff.

Daniel jedoch fiel auf, dass sein Gegenüber immer noch heftig atmete. „Ich glaube, Sie kennen Herrn Quast. Rein geschäftlich natürlich. Er hat Ihnen die Tränen in der Schweiz besorgt."

„Wir pflegen keine Kontakte mit Kleinkriminellen." Die Hände in Schusters Schoß lagen ruhig, doch seine Finger waren in ständiger Bewegung. Unentwegt schob er die Nagelhäute zurück, bis die am Zeigefinger blutete.

„Er hat ein offizielles Geschäft und macht nebenher einige krumme Dinger. Sein Ruf ist nicht gerade der beste, weil er mit Verbrechern zusammenarbeitet." Gelassen lehnte sich Daniel nach vorne und nickte ihm zu. „Das haben Sie ausgenutzt."

Leentje holte ein Papiertaschentuch aus ihrer Handtasche und reichte es ihrem Mann.

Dieser band es stramm um das blutende Nagelbett. „Wir verkehren nicht in solchen Kreisen. Woher sollten wir diese zwielichtige Person kennen?"

„Sagen Sie es mir."

„Wir hatten nie Kontakt mit ihm. Herrgott noch mal, ich habe bis eben nie etwas von einem Vincente gehört."

Schmunzelnd lehnte sich Daniel in seinem Rollstuhl zurück. „Ich hatte nicht erwähnt, dass Vinzent Quast sich selbst Vincente nennt." Mehr brauchte er nicht zu sagen, um dieses selbstgefällige Arschloch aus dem Konzept zu bringen. Aber diesmal kostete er diesen Moment nicht aus und gab den Schusters auch keine Zeit, sich wieder zu fangen, sondern setzte sogleich nach.

Plötzlich wechselte Daniel sein Temperament. Er schlug mit der Handfläche so hart auf die Tischplatte, dass die Kollegen hinter dem Spiegel bestimmt ebenso erzitterten wie die Schusters direkt vor ihm. „Schluss mit dem Theater! Das Schauspielern sollten Sie den Darstellern im Musical Dome überlassen, denn Sie sind nicht besonders gut darin. Im letzten Sommer beauftragten Sie Herrn Quast, für Sie in der Schweiz zwei blaue tropfenförmige Diamanten herstellen und sie jeweils in eine silberne Hand einfassen zu lassen."

„Unfug! Das ist doch … Warum sollten wir …", stotterte Friedrich herum. „In Köln gibt es hervorragende Juweliere."

Daniel fuhr energisch zu Leentje und blieb neben ihrem Stuhl stehen. „Zeigen Sie mir bitte Ihren Anhänger."

Ängstlich schaute sie von Daniel zu ihrem Mann.

Daniel setzte eine finstere Miene auf. Er hatte keine Lust mehr auf Spielchen. „Den Edelstein, ich will ihn sehen. Sofort!"

Keuchend fischte sie ihn unter ihrem Oberteil hervor. Die feinen Härchen ihres Mohairpullovers zitterten.

Er nahm ihn in die Hand und hielt ihr die Gravur hin. „Wären Sie so freundlich und würden vorlesen, was darauf steht?"

Mit starr auf ihn gerichtetem Blick schluckte sie mehrmals hintereinander, öffnete ihren Mund und schloss ihn wieder, als bekäme sie keinen Ton heraus, als wäre ihr Hals plötzlich zu eng.

„Bitte, Frau Schuster."

Ihr Atem beschleunigte sich. Ihre Lider flatterten. Sie benetzte ihre Lippen und leckte dann immer wieder über ihre Schneidezähne.

„Lesen Sie, verdammt noch mal!" Daniel rechnete fest damit, dass ihr Mann ihm jeden Moment eine langen würde oder Voigt in den Vernehmungsraum gestürzt kam, um ihn zu fragen, was zur Hölle er sich dabei dachte, die Frau derart anzugehen. Aber nichts dergleichen geschah.

„In memoriam amantem", las Leentje endlich mit fipsiger Stimme.

„Und was bedeutet das?" Intensiv guckte Daniel ihr in die Augen.

„Könnten Sie das bitte für mich übersetzen?"

Neben ihr gab Friedrich einen verächtlichen Laut von sich.

Schweißperlen traten auf Leentjes Stirn. Ihr Make-up wurde fleckig. „In liebevoller *herinnering*."

„An wen? Wen meinen Sie damit?"

„Niemand *concreed*", sagte sie fast gleichzeitig mit Friedrich, der allerdings etwas völlig anderes von sich gab: „Ihre Großmutter, sie starb vor zwei Jahren."

Erschrocken sah Leentje ihren Mann an, der am Saum seines linken Hosenbeins herumzupfte, obwohl es gar nichts zu richten gab.

Daniels Stimme wurde etwas sanfter. „Erzählen Sie mir von dem Tag, als Thijs verschwand."

„Das haben wir schon gefühlte tausendmal." Schuster spreizte Daumen und Zeigefinger ab und wischte sich den Speichel aus den Mundwinkeln. „In den Niederlanden und hier."

„Dann wiederholen Sie es eben ein weiteres Mal."

„Lesen Sie die Akte."

„Ich will aus Ihrem Mund hören, was geschehen ist." Daniel erwartete keine Kooperation. Er wollte nur den Druck erhöhen, indem er andeutete, dass er die Zusammenhänge längst kannte, um ein Geständnis zu bekommen.

Schuster weigerte sich demonstrativ.

„Vielleicht erinnern Sie sich mit dem zeitlichen Abstand an Details, die zur Klärung des Falls führen können", warf Daniel einen Köder aus.

Wäre Thijs wirklich entführt worden, wäre spätestens in diesem Moment bei seiner Mutter ein Funke Hoffnung aufgeglommen und sie hätte zu sprechen begonnen. Aber Leentje presste ihre dünnen Lippen so fest aufeinander, dass das Blut aus ihnen entwich und sie kränklich blass wurden.

Betont langsam zog Daniel die Papiere aus der Rollstuhltasche, die unter seinem Sitz angebracht war. Er ließ sich Zeit beim Entfalten der Ausdrucke und legte sie vor sich auf den Tisch, eine Hand darauf. „Ich habe sogar Beweise, dass Sie Vinzent Quast nicht nur kannten, sondern auch geschäftlich mit ihm zu tun hatten, nicht der Musical Dome, sondern Sie privat."

Ein jäher Wechsel zurück von Thijs zu Vincente und dem Diamanten.

Daniel konnte sich vorstellen, dass Voigt gerade gegen ihn wetterte: „Durch seine lange Krankheitsphase ist Zucker total raus aus dem Job. Er hat ja nicht einmal mehr Ahnung von den einfachsten Dingen wie Vernehmungsstrategien. Was er da veranstaltet, ist ein einziges Chaos. Wie ein Hase schlägt er Haken, statt das Verhör kontinuierlich aufzubauen. Weiß er überhaupt, wo er hinwill? Das hat keinen Sinn mit ihm."

Falls es tatsächlich so war, hoffte Daniel, dass Fuchs ihn durchschauen und in Schutz nehmen würde: „Alles Taktik. Zucker will die beiden verwirren, aus der Reserve locken und ihren Panzer knacken. Er ist darauf aus, Fehler zu provozieren, will, dass sie die Nerven verlieren und die Wahrheit verraten, wie Herr Schuster mit dem Versprecher eben. Lassen Sie ihn gewähren. Er weiß genau, was er tut."

Die Tür blieb geschlossen. Niemand kam, um die Befragung an sich zu reißen und ihn zu blamieren. Erleichtert bemühte er sich, seine Konzentration zurückzugewinnen.

Das Ehepaar Schuster starrte die Zettel an, zuerst entsetzt, dann zunehmend ängstlicher.

Leentje knabberte auf der Innenseite ihrer Wange herum. Ihr Fuß wippte. Einmal stieß ihr Absatz gegen die Querstange ihres Stuhls, worauf sie zusammenfuhr und damit aufhörte. Aber sie konnte nicht still sitzen bleiben und drehte schließlich unentwegt ihr Bead-Armband um ihr Handgelenk. Element für Element schob sie mit dem Daumen der anderen Hand voran, als würde sie den Rosenkranz beten.

Ungehalten lehnte sich Friedrich Schuster vor und versuchte zu erspähen, was auf dem Ausdruck geschrieben stand. „Das kann nicht sein. Sie können nichts haben, was uns mit ihm in Verbindung bringt."

„Weil Sie mit Herrn Quast ausgemacht haben, dass er alle Unterlagen schreddert?"

Schusters Blick flackerte. „Unsinn."

„Oder verbrennt?"

„Was wollen Sie überhaupt von uns?"

„Die Wahrheit über den Verbleib von Thijs."

Während Tränen in Leentjes Augenwinkeln schimmerten, polterte ihr Ehemann wieder lauter: „Er wurde aus unserem Auto gestohlen! Auf dem Rastplatz Maarsbergen! Im August des vergangenen Jahres. Wenn Sie keine neuen Erkenntnisse haben, werden wir jetzt gehen."

Bevor er aufstehen konnte, nahm Daniel die Hand von den Dokumenten. „Ich glaube nicht an eine Entführung."

„Sondern?"

„Sagen Sie es mir?" Daniel brauchte nur in Richtung der Papiere zu nicken, und schon schossen Schusters Finger vor und griffen sie sich.

Leentje wagte kaum einen Blick darauf zu werfen. Mühsam hielt sie ihre Tränen zurück.

Friedrichs Körper bebte, als er die Sterbeurkunde seines Sohnes las, die das Schweizer Unternehmen mit den anderen Unterlagen Daniel am Tag zuvor geschickt hatte, aus Kulanz, um jeden Vorwurf, sie könnten in illegale Machenschaften verstrickt sein, im Keim zu ersticken. Daniel hatte sich weit aus dem Fenster gelehnt und die Firma einweihen müssen. Am Ende hatte er bekommen, was er wollte, und sich bedankt. Allerdings gab es Probleme.

Zum einen existierte das Krematorium nicht, das Thijs angeblich eingeäschert hatte. Der Name auf dem Auftrag an die Anstalt war genauso gefälscht wie die Todesbescheinigung. Vincente hatte sich offenbar durch seinen Devotionalienhandel allerhand Kontakte in die Unterwelt erarbeitet.

Zum anderen hatte nur Quast den Vertrag mit der Schweizer Firma unterzeichnet. Wenn Daniel die Schusters nicht dazu brachte, die Karten auf den Tisch zu legen, hatte er nichts gegen sie in der Hand.

Tränen rannen über Leentjes Wangen hinab, aber sie gab keinen Laut von sich. Zärtlich fuhr sie mit den Fingerspitzen über die Sterbeurkunde und, obwohl Daniel es nicht sehen konnte, hätte er schwören können, dass sie über den Namen ihres Sohnes strich.

„Reiß dich zusammen", zischte Friedrich ihr zu.

Daniel zog den Strick um ihre Hälse enger. „Sie wissen ja bereits, welche Dienste die Firma in Graubünden anbietet."

„Wir wissen gar nichts."

„Aber Sie tragen doch die Gedenkkristalle an Ihren Ketten. Ein einzigartiger Service, der nur dort angeboten wird, soviel ich weiß."

„Die haben wir in den Niederlanden erstanden."

„Sie, Frau Schuster", anklagend zeigte Daniel auf Leentje, um einen Keil zwischen sie und ihren Ehemann zu treiben, „sagten meiner Frau Marie aber, Sie hätten die Diamanten aus der Schweiz."

Leentje spürte offenbar den brennenden Blick ihres Mannes auf sich und sank in sich zusammen. Ein Schluchzer entwich ihr. Rasch kramte sie in ihrer Handtasche nach einem Taschentuch und trocknete ihr Gesicht. Dabei wischte sie einen Großteil ihres Make-ups ab. Darunter kam leichenblasse Haut zum Vorschein.

Die Masken fallen, kam Daniel nicht umhin zu denken.

34. KAPITEL

Noch wusste er nicht genau, was passiert war, und sprach Leentje keineswegs frei von Schuld, dennoch tat sie ihm leid. Sie erweckte den Anschein, jeden Moment in tausend Stücke zu zerbrechen.

„Sie ist oft zerstreut und erinnert sich falsch." Schuster bedachte seine Frau mit einem tadelnden Blick. „Wir waren noch nie in der Schweiz. Das können Sie sicherlich überprüfen. Außerdem steht auf keiner dieser Unterlagen meine Unterschrift."

Daniel ballte eine Hand zur Faust. Natürlich, Schuster war nicht dumm. Sonst hätte er die Ermittler von damals nicht täuschen können. Gepresst brachte er hervor: „Quast hat die Transaktion ja auch für Sie durchgeführt."

„Haben Sie dafür Beweise, Kriminalhauptkommissar Zucker?" Schuster sprach den Titel noch verächtlicher aus als beim ersten Mal.

Arrogantes Arschloch! Daniel hatte nichts. Wütend stieß er die Fingernägel in die Handballen, damit der Schmerz ihn davon ablenkte, das Grinsen mit einem Schlag aus Schusters Gesicht zu wischen.

„Anscheinend nicht. Dann beende ich hiermit diese Farce. Ich werde Ihrem Vorgesetzten eine Rechnung über meine Dienstausfallzeit schicken und behalte mir rechtliche Schritte wegen Schikanierung und Verleumdung gegen Sie persönlich vor." Schuster stützte sich auf den Armlehnen ab und stand so schwerfällig auf, als würde eine Last ihn in die Knie zwingen.

Er wollte gerade seine Ehefrau auf die Beine ziehen, die kraftlos sitzen blieb, als Daniel zu einer Notlösung griff, einer List, die er nur anwandte, wenn alle Möglichkeiten ausgeschöpft waren. Damit wagte er sich rechtlich auf dünnes Eis und, falls der Trick schiefging, machte er sich endgültig zum Idioten. Aber er sah keine andere Möglichkeit mehr, das Ruder noch herumzureißen. Er entschied, zu bluffen.

Daniel setzte sein toughes Pokerface auf. Seine Stimme dröhnte durch den Raum: „Setzen!"

Überrascht über Daniels schroffen Ton, hielt Schuster in der Bewegung inne.

„Hinsetzen, sagte ich!", brüllte Daniel lauter, als er es üblicherweise tat. Wenn schon nicht seine Größe einschüchterte, dann wenigstens seine Stimmgewalt. „Sie werden erst gehen, wenn ich es Ihnen erlaube."

Zu seiner Verwunderung nahm Schuster artig wieder Platz, ohne zu widersprechen. Fast hätte Daniel darüber gelacht, wie leicht der Intendant eingeknickt war. Nur um Leentje sorgte er sich, denn sie schien innerlich zu zerfallen. Dunkle Schatten breiteten sich unter ihren vor Kummer getrübten Augen aus. Ihre Lider waren halb geschlossen. Es schien ihr schwerzufallen, aufrecht zu sitzen. Sie weinte zwar nicht mehr, aber die Trauer um ihren kleinen Thijs, die durch die Befragung wieder hochkam, stand ihr ins Gesicht geschrieben.

„Sie denken wohl, Sie haben es hier mit Polizisten zu tun, wie man sie zu meinem Leidwesen häufig in deutschen Kriminalfilmen sieht. Wortkarge Deppen, die den Fundort einer Leiche mit weißem Farbspray markieren und damit Spuren zerstören, die Beweismittel mit ihren Fingerabdrücken kontaminieren und mitten durch Tatorte stapfen. Bullshit auf Leinwand!"

Während Leentje kaum wagte, Luft zu holen, schaute Friedrich ihn verwirrt an.

„Das hier ist die Realität. Bullen sind keine Dummköpfe. Wir sind in Köln, einer modernen Großstadt. Sie unterschätzen uns." Daniels Faust krachte auf die Tischplatte. „Sie unterschätzen uns gewaltig." Ein zweites Mal. „Uns und die kriminaltechnischen Möglichkeiten." Schlag Nummer drei.

Zufrieden nahm er wahr, dass selbst Friedrich Schuster bei jedem Schlag zusammenzuckte. Er musste gestehen, dass er es genoss, den Bösen zu spielen.

„Der Forensik sind heutzutage keine Grenzen mehr gesetzt", log er. „Die Kollegen im Labor sind Genies und ihre Hightech-Ausstattung besteht aus lauter kleinen Wunderapparaten."

Schuster runzelte die Stirn, breitete seine Arme aus und öffnete seinen Mund.

Doch Daniel ließ ihn nicht zu Wort kommen. „Unsere Labortechniker haben den Diamanten von Vinzent Quast untersucht und nachweislich festgestellt, dass er aus der Asche des Kannibalen Walter Steinbeißer, bekannt als der Kalte Walter, gepresst worden ist."

Leentje wimmerte.

Ein Schweißtropfen lief an Friedrich Schusters Schläfe hinab, aber er wischte ihn nicht weg. Wie eine Wachsfigur saß er regungslos da.

„Vincentes Anhänger ist identisch mit Ihrem", fuhr Daniel erbarmungslos fort. „Ich könnte innerhalb einer Stunde einen richterlichen Beschluss erwirken, der mich dazu berechtigt, Ihre beiden *Steentjes* forensisch untersuchen zu lassen." Was in Wahrheit nichts bringen würde, denn in Asche kann man keine DNA nachweisen, aber das schienen die Schusters nicht zu wissen.

Es entlockte ihm beinahe ein Lächeln, dass Leentje und Friedrich simultan ihre Hände zum Schutz über die Edelsteine unter dem Stoff legten.

„Mein Rollstuhl bedeutet mir viel. Nicht weil ich emotional an ihm hänge, sondern weil er wichtig für mich ist. Ohne ihn komme ich nicht vom Fleck. Ich wäre ein Krüppel, der nicht von der Stelle käme, wäre ständig auf fremde Hilfe angewiesen, und das würde an meinem Selbstwertgefühl kratzen, sodass ich einginge wie eine Pflanze ohne Licht und Wasser." Anklagend zeigte Daniel zuerst auf Friedrich Schuster. „Aber ich würde meinen Bock darauf verwetten, dass Ihre beiden Diamanten aus menschlicher Asche bestehen." Und dann auf seine Frau. „Und dass diese Asche von Ihrem Sohn Thijs stammt. Wollen Sie es darauf ankommen lassen?"

Schuster ließ das Papiertaschentuch mit den Blutsprenkeln aus der Wunde an seinem Fingernagelbett achtlos zu Boden fallen. Sein Kopf schaukelte hin und her. Plötzlich kippte er nach vorne. Schuster presste Daumen und Zeigefinger auf seine geschlossenen Lider, als versuchte er, seine Tränen zurückzuhalten. Vergeblich. Er weinte leise, aber herzzerreißend. Augenscheinlich gab er sich geschlagen.

„Es war ein *ongeluk*", stammelte Leentje. „Ein Unfall. Er hat es nicht gewollt. Hat es nicht extra … nicht absichtlich … Er hat *zijn zoon* geliebt."

Sie streichelte den Rücken ihres Mannes, aber der schien das gar nicht wahrzunehmen. Wie ein geprügelter Hund heulte er vor sich hin.

„Was ist wirklich passiert?", fragte Daniel butterweich. Er hatte den Schutzpanzer des Paares mit der Brechstange aufgehebelt. Nun bluteten ihre Seelen und es wurde Zeit, die Samthandschuhe anzuziehen, damit sie nicht wieder dichtmachten.

Leentjes Wangen schimmerten feucht, aber sie hatte sich für den Moment gefangen. Sie schaute ihren Mann an, wartete offenbar darauf, dass er gestand, was sich zugetragen hatte, doch er wimmerte nur. Unerwartet tauschten sie die Rollen. Er, der die ganze Vernehmung über die Position des Wortführers eingenommen hatte, war kaum noch ansprechbar, während Leentje wieder an Kraft gewann. Vielleicht wollte sie stark für ihn sein, möglicherweise war Friedrich immer der Schwächere von ihnen beiden gewesen, nur dass er dies hinter schroffem Verhalten verbarg, um sich keine Blöße zu geben, Daniel wusste es nicht.

„Sie müssen das *verstaan*. Friedrich wuchs in einem Waisenhaus auf. *Het huis* befand sich in einer dörflichen Gegend in der Eifel. Nonnen leiteten es. Sie waren sehr streng, haben ihn oft gezüchtigt. Einmal hat die Mutter Oberin sogar ihren Schuh ausgezogen und ihn mit der Sohle ins Gesicht *geslagen*, sodass der Abdruck tagelang auf seiner Wange zu sehen war."

Daniel ahnte, dass sie um Verständnis für ihren Mann bat. Eigentlich interessierte ihn nur, was Thijs zugestoßen war, aber er ließ sie sprechen.

„Er und die anderen mussten oft beten und viel in der Schneiderei *werken*, die dem Heim angeschlossen war, um den Aufenthalt und die Erziehung zu finanzieren. Wenn sie sich etwas zuschulden kommen ließen, wenn sie auch nur lachten, denn *plezier* war eine Sünde, wurden sie in den Hundezwinger im Hof gesperrt, egal bei welchem *weer*. Nie ein nettes Wort, eine tröstliche Berührung, nur Unterdrückung, *werk en straf*."

Friedrich schluchzte und verdeckte sein Gesicht mit den Händen.

„*Liefde* hat er erst durch mich kennengelernt." Zärtlich kraulte Leentje seinen Nacken und küsste ihm seine Haare. „Seitdem verträgt er es schlecht, wenn jemand zu laut ist. Als *jongen* stand er permanent unter Druck. Er war nervös und machte noch lange nachts ins Bett. Heutzutage ist er immer noch ein unruhiger Geist und ... oft gereizt. Er fährt schnell aus der Haut, ist streng mit sich und seiner Umwelt, weil er es als *jochie* selbst so erlebt hat. Mein Mann meint es nicht böse. Es liegt an seiner Vergangenheit."

„Thijs", sagte Daniel einfühlsam, um sie zurück zum Fall des vermeintlich entführten Säuglings zu lenken.

„Er war ein unruhiger Säugling, hat von Anfang an nie durchgeschlafen und litt unter heftigen Dreimonatskoliken. Wir litten auch." Verlegen lächelte Leentje. „Seine Bauchschmerzen und *flatulentie* waren nur schwer zu bekämpfen. Die Schreiattacken waren abends am schlimmsten, *uitgerekend* dann, wenn Friedrich von der Arbeit nach Hause kam und seine Ruhe brauchte. Unsere Nerven lagen blank. Das Baby hatte *pijn*, mein Mann brüllte aus Verzweiflung mal ihn und mal mich an, und ich war völlig übermüdet und magerte so stark ab, dass meine Muttermilch nicht mehr floss und ich Thijs nicht mehr stillen konnte. Damit kamen neue *problemen*. Thijs verweigerte anfangs die

Flaschenmilch, schrie noch mehr und Friedrich stand kurz davor auszuziehen. Zu der Zeit nahm er schon Beruhigungstabletten."

„Da kam ein Urlaub gerade recht", lenkte Daniel sie geschickt zu dem Tag, an dem Thijs verschwand.

„Vielleicht sind wir *te laat* Eltern geworden. Wir hatten das mit dem Baby nicht gut im Griff. Friedrich wuchs, wie erwähnt im Waisenhaus auf, also entschlossen wir uns, *mijn moeder en mijn vader* zu besuchen, um sie um Rat zu fragen, und hofften, dass sie sich ein wenig um den Kleinen kümmern würden, damit wir mal ein paar Tage Ruhe und für uns hatten. In unserer Ehe lief es schon vor Thijs' Geburt nicht gut." Sie zupfte imaginäre Flusen von der Jacke ihres Mannes. „Als er auf die Welt kam, freuten wir uns beide. Für mich war er ein Wunschkind, für meinen Mann nicht. Aber als er Thijs im *hospitaal* das erste Mal auf dem Arm hielt, eroberte der Junge sein Herz im Sturm. Es war Liebe auf den ersten Blick. Er war es, der ihm die erste Windel wechselte, nicht ich. In den ersten Wochen war Friedrich so ausgeglichen wie noch nie, ruhiger und zufriedener als jemals zuvor. Durch und durch glücklich! Wann immer er zu Hause war, kümmerte er sich rührend um Thijs, spielte mit ihm, brachte immer neue Stofftiere, Mobiles und Bilderbücher mit heim."

Erst hatte sie um Mitleid für Friedrich gebuhlt, nun versuchte sie, ihn als liebenden Vater darzustellen, durchschaute Daniel. Aber die friedvolle Situation klang eher wie die Ruhe vor dem Sturm. „Die Fahrt nach Leiden verlief nicht reibungslos, nicht wahr?"

Leentje schluchzte ein einziges Mal. Ihre Augen wurden feucht und er befürchtete schon, sie würde wieder in Tränen ausbrechen. Aber sie hielt sich tapfer, im Gegensatz zu ihrem Mann, der sich wimmernd nach vorne beugte und die Stirn auf den Tisch legte.

„Es war einer von Thijs' ganz schlechten Tagen. Morgens fuhr ich noch zum *kinderarts*, aber der gab mir nur die üblichen Mittel, die ich schon probiert hatte. Mein Mann hatte schlechte Laune, weil wir dadurch erst mittags losfahren konnten. Wir standen schon hinter der Haustür im Stau. Ganz Köln war dicht. Bei der Abfahrt schlief Thijs, daher setzte ich mich auf den Beifahrersitz. Aber durch das *stop and go* wurde er wach und quengelte. Das und der zäh fließende Verkehr machten Friedrich nervös. Also hüpfte ich bei der nächsten Gelegenheit auf den Rücksitz, wo Thijs im angeschnallten Maxi-Cosi lag und nölte. Ich versuchte, ihn mit Fingerspielen und Reimen abzulenken, aber es half nicht. Es wurde immer *erger*."

„Und Ihr Mann immer aufgebrachter."

Leentje senkte ihren Blick, ein stummes *Ja*. „Als Friedrich ihn über die Schulter hinweg anbrüllte, er solle endlich still sein, fing Thijs an zu kreischen und zu *huilen*. Der Kleine schrie und schrie und schrie. Es war auch für mich kaum zum Aushalten."

Daniel wettete, dass sich nicht nur der Säugling in das Schreien hineinsteigerte, sondern auch sein Vater.

„Plötzlich fuhr Friedrich in Porz auf das Gelände einer verlassenen Spedition. Das Tor stand offen. Das war dort, wo es auf dem Nachbargrundstück bis letzten Herbst eine Volksküche gab. Sie musste schließen. Ein Mädchen wurde *vermoord*. Wahrscheinlich erinnern Sie sich nicht. Sie haben ja täglich mit so was zu tun."

Und ob Daniel sich erinnerte! Er nahm einen bitteren Geschmack auf der Zunge wahr, hatte aber nichts zu trinken griffbereit.

„Und dort geschah es dann?", fragte er behutsam. Was auch immer ‚es' war.

„Der Motor ging aus. Ich wusste, dass etwas Furchtbares passieren würde. Aber ich konnte mich nicht rühren. Ich war so *bang*."

Sie gab sich die Schuld an dem, was ihrem Sohn zugestoßen war, Daniel sah es ihr an. Wahrscheinlich glaubte sie, sie hätte ihn retten können, wenn sie nur nicht wie paralysiert dagesessen hätte. Aber sie hatte sich, so Daniels Vermutung, ihrem Mann immer unterworfen. Außerdem war sie selbst erschöpft gewesen, wie sie ausgesagt hatte, spindeldürr und kraftlos, nur noch ein Schatten ihrer selbst. Er konnte sich bildlich vorstellen, wie sie ausgesehen hatte. Es gab Frauen, die opferten sich auf, und Leentje gehörte dazu.

„*Razend* stürmte Friedrich aus dem Auto. Er kam zur Hintertür." Sie verschluckte sich an ihrer eigenen Spucke und musste husten. „Riss Thijs aus der Babyschale."

Das Kribbeln, das Daniel am Anfang des Verhörs erfasst hatte, weil die Lösung eines Falles in Sichtweite kam, war verschwunden. Kein Adrenalin, kein Triumph. Er verspürte sogar kurzzeitig den Wunsch, Leentje möge nicht weiterreden, weil die Geschichte, die sie so tapfer erzählte, die Geschichte ihrer kleinen Familie, an deren Entstehung – Daniel dachte an den Sex nach Zeitplan, um endlich schwanger zu werden – sie so hart gearbeitet hatte, kein gutes Ende nahm.

Ihr Brustkorb bebte. Tränen strömten über ihre Wangen. Ihre Stimme zitterte. „Je lauter Friedrich ihn angebrüllt hat, desto mehr schrie Thijs. Er hielt ihn so hoch wie möglich. Warum, *ik weet het niet*, vielleicht damit er vor Schreck aufhörte. Aber der Kleine heulte nur heftiger. Sein Plärren verfolgte mich bis in meine Albträume. Es ging mir durch Mark und Bein. Es war das Letzte, was ich jemals von ihm hörte."

Daniel wartete angespannt. Hatte Schuster seinen Sohn fallen lassen? Hatte er ihm das Genick gebrochen oder ihn lebendig in den Rhein geworfen? Wie ein Häufchen Elend hing der Intendant in seinem Stuhl, hielt den tränenförmigen Diamanten fest und küsste ihn zwischen dem Schluchzen immer wieder. Ein gebrochener Mann, der sein Innerstes zeigte. Etwas musste an dem Tag im vergangenen August in ihm kaputtgegangen sein. So sah kein eiskalter Mörder aus. So benahm sich nur ein Täter, der bereute, der unter seiner Tat litt.

„Friedrich schüttelte ihn. Mehr nicht", machte Leentje einen letzten Versuch, ihren Ehemann zu verteidigen. „Etwas zu heftig. Er hat das sicher nicht gemerkt, denn er war in Rage. Ich sah, wie Thijs' Köpfchen hin und her flog, und streckte meine Arme nach ihm aus, aber *de gordel* hielt mich zurück. Als ich ihn Friedrich endlich entreißen und ihn an meine Brust drücken konnte, war *mijn zoon* still. Siehst du, sagte mein Mann, so macht man das. Aber ihm stand die Angst ins Gesicht geschrieben."

„Thijs starb gar nicht in den Niederlanden, sondern schon in Köln?" Ausgerechnet auf dem Gelände der insolventen Spedition, auf dem schon einmal ein junges Leben beendet wurde.

Während Leentje ihre Finger knetete, nickte sie. „Zuerst dachten wir, *hij slaapt*. Dann merkte ich, dass er nicht mehr atmete."

Seufzend fuhr sich Daniel über die Stirn und merkte, dass er schwitzte. Thijs Schuster war nicht der erste Säugling, der zu Tode geschüttelt wurde, weil ein Elternteil gestresst war. Bei der Autopsie hätte der Gerichtsmediziner Hirnblutungen festgestellt, wie sie bei einem Schütteltrauma auftraten. Um strafrechtlich nicht belangt zu werden, mussten die Schusters sicherstellen, dass Thijs' kleiner Leichnam niemals gefunden wurde. „Sie haben die Entführung inszeniert, habe ich recht?"

„Wir fuhren zurück *naar huis.*" Leentjes Bericht wurde nun immer wieder von Heulattacken unterbrochen. Sie konnte kaum noch weiterreden. „Packten ihn in einen Müllbeutel." Rotz lief ihr aus der Nase. Sie wischte ihn mit dem Ärmel ihres Pullis weg, obwohl sie das Taschentuch noch in der Hand hielt. „Legten ihn in die Gefriertruhe." Sie erschauderte und bekam eine Gänsehaut am Hals. „Fuhren über *de Nederlandse grens.*"

Ihre Stimme brach endgültig ab, sodass Daniel den letzten Satz formulierte: „Und behaupteten, er wäre Ihnen auf dem Rastplatz Maarsbergen aus dem Auto entführt worden, dabei lag er tot in Ihrem Eisschrank zu Hause."

Plötzlich flog sie von ihrem Platz auf und rannte zur Tür. Im ersten Moment dachte Daniel, sie wollte fliehen. Doch sie griff den Abfalleimer neben dem Eingang und erbrach sich hinein.

„Es tut mir leid", murmelte Friedrich weinerlich. „Es tut mir so schrecklich leid. Ich bin ein Monster."

Daniel gab dem Ehepaar Zeit, sich zu fangen, bevor er die Vernehmung fortsetzte. Im Grunde wusste er, wie es weitergegangen war, aber er musste es aus ihrem Mund hören. Höchstwahrscheinlich waren sie durch Vincentes Website, auf der er die Fanartikel von verurteilten Kriminellen und den Gedenkkristall-Service anbot, auf ihn gestoßen. Sie hatten ihm eine hübsche Stange Geld gezahlt, damit er ihren Sohn verbrennen und seine Asche samt gefälschter Sterbeurkunde nach Chur überführen ließ. Von dort kam Thijs als Diamant zurück. Seither trugen die Schusters ihren Sohn an Silberketten stets bei sich.

Ganz schön makaber, dachte Daniel und streckte sich. Nun, da die Anspannung vollkommen von ihm abfiel, taten ihm alle Knochen weh. Das, was er gehört hatte, nahm ihn mit. Die Schusters waren anders als die Mörder, die er sonst enttarnte. Sie wurden nicht getrieben von Eifersucht, Rache, Habgier, politischen oder religiösen Gründen. Auch Marie lag mit ihrem Erstverdacht falsch.

Friedrich Schuster war kein Pädophiler, nur ein überforderter Vater. Ein unausgeglichener Mann, weitaus unreifer, als er auftrat, der sein Umfeld tyrannisierte, weil er als Junge selbst tyrannisiert worden war, und der seine Verwundbarkeit hinter Wut verbarg. Die Misshandlungen in seiner Kindheit und die daraus resultierende Persönlichkeitsstörung schützten ihn jedoch nicht davor, wegen Körperverletzung mit Todesfolge angeklagt zu werden. Ob Leentje eine Teilschuld vorgeworfen werden würde, musste die Justiz entscheiden.

Und Vincente? Er würde bald seine eigenen Devotionalien verkaufen können.

35. KAPITEL

Daniel schaute auf seine Armbanduhr und fragte sich, wo die Zeit geblieben war. Die Vernehmung des Ehepaars Schuster, die Verabschiedung der Kollegen und das abschließende Gespräch mit Fuchs hatten länger gedauert als gedacht.

Nun saß er schon seit unglaublichen anderthalb Stunden an diesem verdammten Bericht. Er hasste den ganzen Papierkram! Selbstverständlich verstand er die Notwendigkeit, Fallakten und Datenbanken zu führen. Aber manchmal hatte er den Eindruck, er musste für jedes Blinzeln, jedes Kratzen hinterm Ohr und jeden Gang zur Toilette ein Formular ausfüllen.

Um schneller voranzukommen, hatte er sich mit seinem Laptop in den Konferenzraum zurückgezogen, in dem – oh, Wunder! – mal kein Meeting stattfand. Inzwischen machte es ihm nichts mehr aus, sich mit Tomasz und Leander ein Büro zu teilen. Aber wenn man sich konzentrieren musste, war es eine Qual. Einer der beiden telefonierte immer, so kam es Daniel jedenfalls vor. Ständig kam ein Kollege herein, der eine Frage hatte, Unterlagen brauchte oder auch nur plaudern wollte. Selbst wenn einer von ihnen sich einen Kaffee holte – oder in Leanders Fall Tee –, fragte er vorher in die Runde, ob er weitere Getränke mitbringen sollte. Nett, aber störend.

Trotzdem hatte Daniel – erneut schaute er auf die Uhr – inzwischen eine Stunde und 45 Minuten gebraucht, um den Abschlussbericht zu schreiben. Davon hatte er die letzten 15 Minuten auf die Winterwunderlandschaft vor dem Fenster gestarrt und Zeit vergeudet, indem er sich über die vergeudete Zeit geärgert hatte.

„Wie clever von dir!", sagte Daniel zu sich selbst, schloss den Laptop und klemmte ihn zwischen seinem Körper und der Seitenwand seines Choppers ein.

Die nächste Dreiviertelstunde verbrachte er damit, Marie davon zu berichten, was Leentje Schuster ausgesagt und ihr Ehemann Friedrich durch seine Unterschrift unter dem Protokoll später bestätigt hatte. Amtsverschwiegenheit hin oder her, ohne Marie hätte nie jemand erfahren, was dem kleinen Thijs zugestoßen war.

Nun, da der Fall abgeschlossen war, konnte Daniel sich wieder Stefan Haas zuwenden.

Als er in sein Büro fuhr, knurrte sein Magen laut. Seit dem Frühstück hatte er nichts mehr gegessen. Der Nachmittag schritt schnell voran. Muffins! Sein Gesicht erhellte sich. Ein Unterteller mit hellen und dunklen Küchlein stand auf Leanders Tisch.

Tomasz saß nicht auf seinem Platz, aber er musste noch im Präsidium sein, denn sein Rechner lief. Auf seinem Bildschirmschoner räkelte sich einladend eine Blondine in Dessous. Was hatte das zu bedeuten? Bis gestern flimmerte noch die unverfängliche Aurora borealis über einer Winterlandschaft.

„Wo warst du so lange? Ich hatte schon befürchtet, deinem Popo-Ferrari wäre der Sprit ausgegangen." Lächelnd drückte Leander immer wieder die Rückenlehne seines Stuhls zurück.

„Die Nadel der Tankanzeige befindet sich schon im roten Bereich."

„Greif zu!" Leander blieb so abrupt auf der Kante seines Stuhls sitzen, dass die Lehne in ihre aufrechte Ausgangsposition schnellte und geräuschvoll einrastete.

Kopfschüttelnd legte Daniel den Laptop auf den Schreibtisch. Er biss in einen Schokomuffin und sprach mit vollem Mund, da er zu hungrig war, um zu warten, bis er ihn hinuntergeschluckt hatte: „So kriegst du ihn bald kaputt."

„Das sind Übungen. Gut für die Rückenmuskulatur. He, erfinde doch etwas in der Art für Rollstühle."

Skeptisch runzelte Daniel die Stirn und aß lieber weiter, statt auf so einen Blödsinn zu antworten.

„Bewegliche Rückenteile, um jederzeit Übungen machen zu können, die helfen, dass sich die Muskulatur nicht abbaut. Das ist doch ein Problem der Rollifahrer, habe ich recht?" Leanders Augen strahlten. „Außerdem Gewichte in den Armlehnen, ein Zugmechanismus oder so etwas in der Art."

„Die Arme trainieren wir, indem wir ihn anschieben." Daniel verdrehte die Augen und nahm sich einen hellen Muffin. Vanille und Kokos. Das traf zwar eher Maries Geschmack als seinen. Aber in diesem Moment war sein Hunger so groß, dass er ein halbes Schwein auf Toast hätte verschlingen können.

„Entwickele ein Konzept, lass es patentieren und finde eine Firma, die den Work-out-Rollstuhl auf den Markt bringt. He!" Begeistert klatsche Leander in die Hände. „Dein Schwiegervater stellt doch anatomische Hilfsmittel her."

„Ich würde eher sterben, als mit Rainer Bast zusammenzuarbeiten."

„Du könntest eine Mörderkohle machen."

„Und bräuchte nicht mehr beim KK 11 zu arbeiten. Ist es das, worauf du mit deinem schwachsinnigen Vorschlag hinauswillst?" Die Kokosflocken in dem Küchlein schmeckten plötzlich muffig und die Vanille wie aus dem Chemiebaukasten. „Willst du mich loswerden?"

„Die Hoffnung mache ich mir erst gar nicht." Sein Lächeln verriet, dass Leander ihn auf den Arm nahm. „Dich wird man in den Ruhestand zwingen müssen. Wahrscheinlich eröffnest du einen Tag später eine Privatdetektei. Oder wirst die Miss Marple von Köln."

„Werd nicht frech! Wenn du wenigstens Hercule Poirot gesagt hättest."

„Ohne Verbrecherjagd kannst du doch gar nicht leben. Weißt du überhaupt noch, was Freizeit ist? Wann hast du das letzte Mal ein Buch gelesen, bist ins Kino gegangen oder mit deiner Frau in ein Restaurant, ins Theater oder was ihr mögt?"

Autsch! Die Worte trafen Daniel mehr, als er es sich anmerken ließ. „Freie Zeit hatte ich nach meinem Unfall viel zu viel." Aber hatte er sie für schöne Dinge genutzt? Nein. Er bemühte sich mehr darum, wieder in seinem Job Fuß zu fassen als im Privatleben. Falls Marie das ebenso sah, stand es schlecht für ihn bei der Entscheidung, ob sie bei ihm blieb oder nicht.

Aber es war nie zu spät, um sich zu ändern. Er nahm sich fest vor, an diesem Tag früher Feierabend zu machen. In ihm reifte bereits ein Plan. Er würde sie mit ihrem Lieblingswein und frischem Manchego von der Käsetheke überraschen, einen Spielfilm, den sie aussuchen durfte, ausleihen und den Abend mit ihr genießen, als wäre es ihr letzter gemeinsamer. Denn es konnte unter Umständen tatsächlich der letzte sein.

Leander merkte, dass er mit seinen flapsigen Bemerkungen in ein Fettnäpfchen getreten war, und schwieg peinlich berührt. Zur Versöhnung holte er Daniel einen Kaffee und schob den Teller mit dem Kuchen auf seinen Tisch. Er setzte sich, schaute verdrießlich drein und verschränkte die Arme vor dem Brustkorb. „Hab noch mal den Unfall von Gitte Hamacher sowie den von Verena und Noel Haas unter die Lupe genommen."

„Sie sind ähnlich, aber nicht identisch."

„Ich hatte gehofft, einen Hinweis zu entdecken, wer die Fahrzeuge manipuliert hat."

„Stefan Haas steht auf meiner Liste der Verdächtigen ganz weit oben."

Leander nickte. „Er ist zum jetzigen Stand der Ermittlungen der Einzige, der ein Motiv hatte, die drei umzubringen."

„Frau Hamacher war eine der Nachbarinnen, die gegen die Pädophilen protestieren. Ich tippe mal darauf, dass sie eine der aggressivsten, aber auf jeden Fall engagiertesten war, wenn sie ihre Wohnung zur Verfügung stellte, um dort die Schilder zu bemalen." Daniel fuhr zu Leanders Schreibtisch und blieb neben seinem Kollegen stehen. Auch sein Bildschirmschoner war aktiv. Von unsichtbaren Händen geführte Laserschwerter kämpften in der Dunkelheit gegeneinander. Schmunzelnd nahm Daniel seinen Becher.

„Und er schlug zwei Fliegen mit einer Klappe. Ihre Mutter kam ins Altenheim und konnte die verurteilten Sexualstraftäter nicht mehr mit ihrem Fernglas ausspähen." Leander nahm einen Muffin, zupfte mit zwei Fingern ein Stück ab und schob es sich in den Mund.

„Seine Frau Verena deckte den Missbrauch auf, sodass er ins Gefängnis kam und sein Leben aus der geordneten Bahn geriet." Nachdenklich blies Daniel in seinen Kaffee. „Aber was für ein Motiv soll er gehabt haben, seinen Sohn umzubringen?"

„Nicht wenige Väter töten ihre Kinder, wenn sie nach der Scheidung der Mutter zugesprochen werden, weil sie sie der verhassten Frau nicht gönnen oder sie sogar vor ihr schützen wollen. Außerdem fand der tödliche Unfall nach seiner Entlassung statt."

„Aber er kennt sich nicht mit Autos aus. Er arbeitete als Bilanzbuchhalter in einem Steuerberatungsbüro."

„Vielleicht hatte er Hilfe."

„Möglich", murmelte Daniel, dem die Aussage von Theo aus dem Kiosk einfiel. Dieser wollte beobachtet haben, dass Stefan Haas verfolgt wurde, bevor dieser angefahren wurde. Allerdings erwähnte er etwas von Verzweiflung und Angst in Haas' Augen, als er zu dem anderen zurückschaute. Das passte nicht zu der Theorie, dass irgendwer mit ihm unter einer Decke steckte.

Erneut riss Leander mit den Fingern ein Stück von seinem Küchlein ab.

„Sag mal, kannst du den Muffin nicht wie normale Menschen essen und reinbeißen?"

„Du meinst, wie ein richtiger Kerl?"

„Fehlt nur noch, dass du den kleinen Finger abspreizt."

„Nach zwei Bissen muss er weg sein, sonst hat man keine Eier in der Hose?"

„Sag mal, von wem hast du eigentlich die Sprüche gelernt? Als du hier angefangen hast, warst du ganz anders." Daniel bekam den Eindruck, dass Leander ihn öfter aufzog als andersherum, wie es am Anfang der Fall war. Letzteres hatte ihm besser gefallen. Inzwischen schlug Leia ihn mit seinen eigenen Waffen. Daniel zog ihn gerne mit seiner weiblichen Seite auf, doch immer öfter spielte Leander darauf an, er wäre ein Supermacho – dabei sah Daniel das natürlich ganz anders. Er hatte lediglich das Gefühl, als Kommissar im Rollstuhl tougher auftreten zu müssen als seine Kollegen, um ernst genommen zu werden. Wahrscheinlich lag er damit falsch. Aber es war nicht einfach, eine Marotte, die in Fleisch und Blut übergegangen war – seinen Sarkasmus –, abzulegen.

Es tat weh, mit den eigenen Fehlern konfrontiert zu werden. Etwas zu ungestüm stellte Daniel seinen Becher auf den Schreibtisch. Dabei stieß er an die Maus. Der Bildschirmschoner verschwand. Ein Foto kam zum Vorschein. Überrascht riss Daniel seine Augen auf. Er schnappte nach Luft.

„Von dir selbstverständlich", hörte er Leander wie aus weiter Ferne sagen. „Du warst mein Lehrmeister."

Daniel konnte es kaum fassen. Er kannte nur eine der drei Personen, ahnte aber, dass es sich um ein Bild von der damals noch intakten Familie Haas handelte. Es war in einem Studio aufgenommen worden. Schlecht ausgeleuchtet stand Stefan Haas steif hinter einem Stuhl, auf dem seine Ehefrau mit einem affektierten Lächeln saß. Seine Hand lag auf ihrer Schulter, ihre berührte den Lockenkopf von Noel, der vor ihnen auf dem Boden hockte und als Einziger so natürlich wie die Sonne strahlte. Damals musste der Junge um die zwei Jahre alt gewesen sein, schätzte Daniel.

Der rosafarbene Hintergrund erinnerte Daniel an Zuckerwatte, viel zu süßlich und künstlich –, und er biss sich mit der Haarfarbe von Verena Haas. „Das ist das rothaarige Mordopfer!"

„Wie bitte?" Leander ging wohl ein Licht auf, denn sein Gesichtsausdruck veränderte sich. Er legte den halb zerrupften Muffin auf den Teller, trank einen Schluck und betrachtete das Foto intensiv. „Du meinst die Frau, die Elisabeth Hamacher in der Bruchstraße 13 gesehen haben will?"

„Sie hat einen orangeroten Schopf, ist schmächtig und hat einen kleinen Busen."

„Aber die Frau, die sie beschrieb, war jung."

„Von hinten sah Frau Haas bestimmt jünger aus, als sie war. An der ist kein Gramm Fett zu viel." Daniel fand sogar, dass sie dadurch recht kiebig aussah. „Außerdem war sie wie ihr Mann erst knapp über 30. Als Marie Frau Hamacher im Altenheim aufsuchte, um ein Phantombild vom Täter zu zeichnen, sagte sie ihr, das Opfer hätte schlaffe, hängende Brüste gehabt, wie bei einer älteren Person oder einer Mutter."

„Und Verena Haas hat einen Sohn. Bleibt aber noch ein Problem. Ein gravierendes. Eins, das deine Theorie zunichtemacht, dass Verena Haas die Frau sein könnte, die vor dem Feldstecher von Frau Hamacher ermordet wurde." Leander drehte sich zu ihm. „Sie war bereits tot – umgekommen bei der Autoexplosion –, als die Rothaarige ermordet wurde." Daniel wollte etwas sagen, doch Leander hob seine Hand, um ihm zu bedeuten, dass er noch nicht fertig war. „Selbst wenn wir davon ausgehen, dass Elisabeth Hamacher einige Tage früher Zeugin des Mordes war, als sie angab, weil ihre Erinnerung durch die Beruhigungstabletten ihrer Tochter getrübt ist, liegen Beobachtung und Todeszeitpunkt zu weit auseinander."

Damit hatte er recht. Daniel wusste selbst keine Erklärung dafür. „Gloria, die ich nach dem Unfall von Stefan Haas im Kiosk befragt habe, hat einen Jungen gesehen, der vor ihm weglief. Haas konzentrierte sich so sehr auf ihn, dass er ohne nach rechts und links zu sehen über die Straße lief und den Wagen nicht kommen sah, der ihn dann anfuhr."

„Und?"

„Gloria bezeichnete ihn als Momoverschnitt. An dem Abend wusste ich damit nichts anzufangen. Ich hatte den Hinweis nicht weiter beachtet. Doch jetzt ist mir klar, was sie damit meinte." Daniel zeigte auf das Bild. „Er hatte dunkle Locken wie Radost Bokel in dem Film."

„Du glaubst, er ..." Leander schnappte nach Luft. „Noel Haas könnte noch leben?"

„Die Möglichkeit besteht."

„Aber wie kann das sein? Er starb vor anderthalb Wochen bei dem Crash."

„Die Leichen von ihm und seiner Mutter waren laut Polizeibericht stark verkohlt. Anlass für eine Obduktion gab es nicht. Schließlich wurde die Explosion des Fahrzeugs als Unglück deklariert." Daniel kraulte seinen Bart und sagte leise, mehr zu sich selbst: „Aber war er das wirklich?"

„Du willst doch wohl nicht andeuten … Du meinst doch nicht ernsthaft … Grundgütiger!"

„Die Gerichtsmedizin muss eine Autopsie an den Leichen vornehmen."

„So neugierig ich auch bin, ich möchte nicht mit denen tauschen. Fast zwei Wochen alte Leichen." Leanders Adamsapfel hüpfte mehrfach, als er ein Würgen andeutete. Angewidert verzog er das Gesicht. „Ich bin allerdings nicht sicher, ob die Indizien ausreichen, um einen Richter davon zu überzeugen, die Exhumierung zwecks richterlicher Leichenschau anzuordnen."

„Noel könnte noch leben! Das allein sollte Grund genug sein, alle Hebel in Bewegung zu setzen und alle Möglichkeiten auszuschöpfen. Ich werde nicht eher ruhig schlafen können, bis wir Gewissheit haben." Daniel rang nach Atem. „Ich kenne eine Staatsanwältin. Lioba Zur."

„Die Kleinwüchsige?"

„Ach, ist sie das? Ist mir gar nicht aufgefallen, als ich mich mit ihr traf, um einen Durchsuchungsbefehl für Engels Wohnung zu erwirken", sagte Daniel mit ernster Miene. Für ihn spielte es keine Rolle, ob sie besonders klein oder besonders groß war, genauso wie er hoffte, dass es irgendwann keine Rolle mehr spielen würde, dass er im Rollstuhl saß. „Sie macht einen verdammt guten Job und ist aufgeschlossener als andere der Anzugträger."

„Du willst *Gefahr im Verzug* melden, stimmt's?"

„Wenn ich ihr die Dringlichkeit verdeutlichen kann, hat sie die rechtliche Grundlage, die Exhumierung selbst anzuordnen, und in meinen Augen dürfen wir keine Zeit verlieren. Wenn es tatsächlich Noel Haas war, den Gloria gestern gesehen hat, bedeutet das, er läuft allein und ziellos, wahrscheinlich verwirrt, durch Köln. Wäre alles in Ordnung mit ihm, hätte er sich längst an einen Erwachsenen gewandt oder jemand hätte ihn aufgegabelt. Doch nichts." Daniel pochte mit der Faust auf die Armlehne. „Er muss dort draußen durch den Schnee und die Kälte irren und könnte kurz vor dem Erfrieren sein. Wie alt ist er inzwischen, sieben oder schon acht?"

„Ich werde herumtelefonieren, ob ein desorientierter Junge bei einer der Polizeiinspektionen abgegeben wurde." Sofort griff Leander den Hörer.

„Und ich rufe Zur an." Eine Fahndungsmeldung konnten sie erst herausgeben, wenn sie sicher wussten, ob der Leichnam in dem Grab der Familie Haas tatsächlich Noels war.

Vorsätze waren löblich, doch nicht den Dreck wert, der an den Rollstuhlrädern hing, wenn man sie nicht einhielt. Früher Feierabend zu machen konnte er vergessen. Daniel hoffte, dass Marie an diesem Abend länger im Musical Dome arbeiten musste, aber die Chancen standen schlecht. Vor der Premiere waren Überstunden die Regel. Nachher bekam Marie die Chance, sie abzubauen. Vor seinem geistigen Auge sah er sie alleine auf dem Sofa sitzen. Immer wieder schaute sie auf die Uhr und zur Eingangstür. Oder traf sie sich mit jemandem? Einem anderen Mann? Eifersucht packte ihn so fest am Schlafittchen, dass ihm der Nacken wehtat. Vielleicht kamen die Schmerzen jedoch auch von dem ständigen Sitzen. Durch die Ermittlungen hatte er seine Übungen vernachlässigt. Eventuell war die Idee mit dem Work-out-Rollstuhl gar nicht so dumm. Dann könnte er jederzeit und überall trainieren.

Glücklicherweise sah Lioba Zur ausreichende Anhaltspunkte für die Notwendigkeit einer Exhumierung und ordnete sie an. Am nächsten Morgen wartete sie auf dem Friedhof neben Daniel, Leander und Dr. Karl Sachs, einem Mitarbeiter der Gerichtsmedizin, und zwei Männern vom Bestattungsunternehmen, das mit der Überführung der Leichen zum Institut für Rechtsmedizin beauftragt war, einige Schritte neben dem Grab und schaute einem Minibagger zu. Mühsam kratzte die Schaufel Schicht für Schicht die gefrorene Erde ab. Sobald die Särge freigelegt und herausgehoben worden wären, würde Dr. Sachs einen ersten Blick darauf werfen und dann die Leichname zur Sektion zum Universitätsklinikum am Melatengürtel mitnehmen.
Zur zitterte vor Kälte, Daniel vor Aufregung. Leander dagegen, eingepackt in seinen Hightech-Parka, wie ihn, da war Daniel sicher, auch Arktisforscher trugen, beobachtete das Geschehen gelassen.
Eigentlich hätte Stefan Haas als Angehöriger über die Exhumierung informiert werden müssen. Da er jedoch im Verdacht stand, etwas mit dem Unfall, bei dem seine Ehefrau und sein Sohn angeblich starben, zu tun zu haben, tat man das nicht. Inzwischen war er ansprechbar, wie Daniel bei einem Anruf im Krankenhaus am Morgen erfuhr.
Obwohl die Ausgrabung eine gefühlte Ewigkeit gedauert und der Friedhofsgärtner, der den Bagger bediente, zahlreiche Flüche von sich gegeben hatte, setzte er die Särge, einen nach dem anderen, erstaunlich sanft neben dem ausgehobenen Loch ab.

Daniels Aufregung wuchs. Er brauchte viel Kraft, um seinen Rolli durch den Schnee näher heranzufahren. Schweiß lief seinen Rücken hinab.

Lioba Zur neben ihm zog ihre Wollmütze tiefer ins Gesicht und ihren Schal enger um ihren Hals. Auch sie war nervös. 14 Tage alte, verkohlte Leichen mit Knochenbrüchen sah man nicht jeden Tag. Zum Glück, dachte Daniel und schob die Hand unter seine Jacke, um die aufkeimende Übelkeit zu mildern, indem er über seinen Bauch rieb.

Die Staatsanwältin stand, war aber genauso groß wie Daniel, was er als wohltuend empfand. Normalerweise musste er zu seinen Gesprächspartnern aufschauen und sie auf ihn hinunter, wodurch er sich klein und unmündig fühlte. Ihre weizenblonden Haare wellten sich über ihren Rücken bis hinab zu ihrer Hüfte. Sie hatte Augen wie Eiswürfel, schön und selten, von einem so hellen Blau, dass die Iriden fast durchsichtig wirkten. Er hegte keinen Zweifel daran, dass sie im Gerichtssaal der Gegenpartei einen Blick schenken konnte, der unmissverständlich klarmachte, sie würde kämpfen, bis der Gerechtigkeit Genüge getan wurde. Jetzt jedoch, am Grab der Haas, schaute sie eher melancholisch, als täte es ihr leid, die Totenruhe zu stören.

„Bereit?", fragte sie.

Daniels Stimme klang kratzig. „So bereit, wie man in diesem Fall sein kann."

Sie nickte den Mitarbeitern des Bestattungsunternehmens zu. Die beiden Männer versuchten, die Schrauben mit Flügelgriff an den Sargdeckeln zu lösen, schafften es jedoch nicht. Es sah martialisch aus, als sie Brecheisen zu Hilfe nahmen. Sie hebelten die Deckel auf – das laute Knacken störte die Ruhe auf dem Friedhof und ging Daniel durch Mark und Bein –, hoben sie hoch und trugen sie zum Weg, auf dem sie sie hinlegten.

Dr. Sachs reichte Tigerbalsam herum, nahm aber selbst keinen. Er beugte sich über den geöffneten Sarg. Seine Stirn krauste sich. Dann hockte er sich hin. Er setzte seine Brille auf, die beschlug. Nachdem er sie mit dem Saum seines Pullovers poliert hatte, neigte er sich so weit über die erste Leiche, dass sein Kopf beinahe in der mit hellem Stoff ausgekleideten Buchenholzkiste verschwand. „Das ist ja merkwürdig."

36. KAPITEL

„*Es tut mir so unendlich leid! Ich mag dich, Kobold. Ich mag dich wirklich. Bitte, verzeih mir.*" Roman Schäfers Worte verfolgten ihn. Sie surrten ständig durch seinen Hinterkopf wie ein Schwarm Hornissen, der ihn verfolgte. Benjamin versuchte, sie mit lauter Musik zu übertönen. Er hämmerte Abi-Stoff in sein Hirn, aber nichts davon blieb hängen, weil Roman seine ganze Gedankenwelt einnahm.

Es war hart. Ben fühlte sich wie auf Entzug. Dabei ging es doch gar nicht um Dope, sondern um einen Mann. Einen Kerl, der ihn mit der Hand dazu gebracht hatte, in seiner Hose zu kommen.

Gestern in der Schule hatte Ben sein Käppi selbst im Unterricht aufbehalten, weit ins Gesicht gezogen, obwohl die Lehrer das nicht mochten. Er bewegte sich durch die Straßen Kölns wie ein Geist in der Hoffnung, dass niemand ihn wahrnahm. Weil sie ihn bedrängten, schaute er für eine halbe Stunde bei seinen Eltern in Rodenkirchen vorbei, die mitten in der Renovierung des neu erworbenen Häuschens steckten. Auch sie sprachen ihn nicht auf eine Veränderung an. Dabei hatte Ben den Eindruck, jeder müsste ihm ansehen, was passiert war, dass er anders war und nie wieder der Alte sein würde. Es gab kein Zurück. Aber nichts. Die Welt drehte sich weiter und nahm kaum Notiz von ihm.

Durch diese Erkenntnis entspannte er sich ein wenig.

Noch cooler würde er durch einen Blunt werden. Das erste Mal seit das Rat Pack zerfallen war, verspürte er wieder den Drang zu paffen. Er saß an diesem frostigen Februarmorgen in der Straßenbahn und meinte förmlich, den süßlichen Duft von Marihuana zu riechen, aber das bildete er sich natürlich nur ein. Seine Hände zitterten, als er die Schultasche auf den Schoß hob, damit sein Sitznachbar nicht merkte, dass er einen Steifen hatte. Schon wieder. Seine Gedanken brauchten Roman nur zu streifen und schon war er hart. Sogar die Akkorde der Akustikgitarre in einem Song erregten ihn. Eben hatte er lediglich einen Blick auf die Zeitung der Frau, die ihm gegenübersaß, geworfen und spürte ein Kribbeln in seinen Hoden – bis er die Überschrift des Artikels zu Ende las: „Das Böse in der Nummer 13: Ermittlungen gegen den kastrierten Engel."

Warum berichten die Medien immer noch über die Hausgemeinschaft der Pädophilen? dachte Benjamin aufgebracht. *Wieso lassen sie die Männer nicht endlich in Ruhe? Sie wollen doch auch nur geliebt werden.*

Wollten sie das wirklich? Hatte Roman ihn nicht vielmehr ausgenutzt? Vielleicht geilte er sich daran auf, Benjamin zu verführen, ihn dazu zu bringen, sich von ihm anfassen zu lassen und später von ihm das Gleiche zu verlangen.

Enttäuscht stöhnte Benjamin und erntete schiefe Blicke von den Personen, die um ihn herum saßen. Ben merkte selbst, dass das Stöhnen erregt geklungen hatte. Er wusste nicht, was er denken und fühlen sollte. Alles in ihm drehte sich, er war verwirrt und ständig den Tränen nah.

Roman hatte nicht versucht, ihm ein schlechtes Gewissen einzureden, hatte nicht behauptet, es sei seine eigene Schuld gewesen, dass es zu dem *Handjob* gekommen sei. Machten Kinderschänder das jedoch nicht üblicherweise? Weder hatte Roman ihm eingeredet, er hätte das Petting herausgefordert, noch hatte er ihm einen Maulkorb verpasst, indem er ihn bedrohte und ihm Angst einjagte. Im Gegenteil, er hatte sich entschuldigt und von aufrichtiger Zuneigung gesprochen. Konnte Benjamin ihm glauben?

Nervös schaute er auf die Armbanduhr des Mannes neben ihm. Der Unterricht hatte vor zehn Minuten angefangen. Benjamin hatte die Wohnung von Marie und Daniel zur gleichen Zeit wie immer verlassen, vor der Haustür im Sekretariat des Leonardo-da-Vinci-Gymnasiums angerufen und sich krankgemeldet. Wie an jedem Wochentag fuhr er von der Südstadt in den Nordwesten Kölns, doch nicht Nippes war sein Ziel, sondern das benachbarte Stadtviertel.

Wenn er nicht bald mit jemandem über „diese Sache", wie er sie nannte, redete, würde er verrückt werden. Bloß mit wem? Er hatte keine Freunde, höchstens Bekannte, mit denen er ganz bestimmt nicht über solch ein intimes Erlebnis sprechen würde. Seine Eltern würden sich vor Gott und der Welt schämen und sich vermutlich sofort mit Rainer und Irene Bast treffen, um gemeinsam bei einem oder mehreren Gläsern Sherry darüber zu jammern, dass sie als Einzige in ihrem Bekanntenkreis von ihren Kindern nie Nachwuchs erwarten konnten. Marie und Daniel mochte er nicht mit seinen Problemen belasten, da sie an ihren eigenen zu ersticken drohten und zudem viel arbeiteten. Also blieb in Bens Augen nur eine einzige Person auf dem gesamten Erdball: Roman.

Als er in Ehrenfeld ausstieg, merkte er, dass er vor Aufregung kurzatmig war, als wäre er 80 und nicht 18 Jahre alt, und nahm auf einer der Sitzmöglichkeiten an der Haltestelle Platz. Während er die Stra-

ßenbahnen kommen und abfahren sah, zweifelte er an seinem Vorhaben. Falls er tatsächlich nur ein weiteres Opfer von Roman war, war es dumm, zu ihm zurückzukehren. Konnte es sein, dass er am Stockholm-Syndrom litt?
Was gäbe ich jetzt für einen Schluck Wodka! kam es ihm in den Sinn. Sehnsüchtig spähte er zum Kiosk an der Ecke der Parallelstraße. Aber so wie er Blunts und der Bong abgeschworen hatte, hatte er sich auch vorgenommen, keinen Alkohol mehr zu trinken. Denn wenn er trank, wurde er lockerer, und wenn er lockerer wurde, war ihm alles egal und er würde der Versuchung zu paffen nicht widerstehen können. Sein Verstand gratulierte ihm zu seinem Durchhaltevermögen, aber ihm ging es scheiße dabei. Er war seinen Gefühlen hilflos ausgeliefert. Nichts konnte ihn beruhigen.
Plötzlich sprang er auf. Das Mädchen, das neben ihm gesessen hatte, erschrak. Entschuldigend schenkte er ihr ein bemühtes Lächeln. Er rieb über seine Oberarme und stapfte durch den Schnee an der Trinkhalle vorbei. Träge schwebten dicke Schneeflocken herab und gaben der Parallelstraße der Bruchstraße einen weißen Anstrich.
Als sich Benjamin daran erinnerte, wie er das erste Mal von hinten an die Nummer 13 herangeschlichen war, schnaubte er verächtlich. Er hatte sich für einen Superhelden gehalten, einen Normalo wie in den Filmen *Kick-Ass* und *Defendor* oder den realen Phoenix Jones, ohne besondere Fähigkeiten oder Waffen, einfach nur ein junger Mann, der mit seinem Mut für die Gerechtigkeit kämpfte. Doch nun hatte er erkannt, dass Schwarz nicht immer Schwarz und Weiß nicht Weiß war. Das Böse hatte er im Haus der Pädophilen nicht angetroffen, nur Männer, die ums Überleben kämpften, weil sie von allen Seiten angefeindet wurden.
Sei nicht naiv! ermahnte ihn seine Vernunft, *du bist missbraucht worden.*
Abrupt blieb Benjamin stehen. Sein Herz wummerte hart in seinem Brustkorb wie ein Technobeat. Er keuchte, als wäre er gerannt. Aus einem Impuls heraus, einem Anflug von Panik, drehte er um und lief zurück zur Kreuzung, wo er erneut stehen blieb, sich vorneigte, auf seinen Knien abstützte und nach Luft rang. Er beobachtete die Atemwölkchen aus seinem Mund. Dann schüttelte er den Kopf.
Er war kein Opfer! Weder war er minderjährig noch hatte er nicht geahnt, was geschehen würde. Freiwillig hatte er stillgehalten, hatte es sogar herbeigesehnt, von Roman berührt zu werden. Es war unfair,

Roman die Schuld zu geben. Niemand traf überhaupt eine Schuld. Es war gut so, es hatte passieren müssen. Roman hatte ihm gezeigt, wer er war, was er war. Tief in sich drin hatte er es bereits gewusst, aber erst durch ihn war die Erkenntnis in sein Bewusstsein getreten.

Ben rannte zurück zum Hinterausgang. Der Schnee knirschte unter seinen Sohlen. Schwer atmend ging er zu den Mülltonnen, versteckte seine Schultasche hinter dem Gitterverschlag und starrte auf die Tür. Er konnte sich nicht dazu überwinden, zu klingeln oder zu klopfen. Was sollte er sagen? Wie konnte er ein Gespräch über solch ein intimes Thema beginnen? Unmöglich.

Wie lange er dort stand, konnte er nicht einschätzen, aber es musste eine ganze Weile sein, denn Schnee sammelte sich auf seinen Schultern und sogar auf den Kappen seiner Turnschuhe. Als plötzlich die Tür aufgerissen wurde, zuckte er zusammen und machte einen Schritt rückwärts.

„Nicht gehen!" Roman streckte die Hand nach ihm aus, war aber zu weit weg, um ihn zu packen, und kam auch nicht näher. „Bitte."

Ben blieb, wo er war. Durch einen Vorhang aus Flocken sah er Roman an. Sein Puls stieg. Eben noch hatte er ihm so viele Fragen stellen wollen, jetzt fiel ihm keine einzige davon ein. Sein Kopf war wie leer gefegt. Seine Füße kribbelten, sie wollten losrennen, nur bekamen sie keinen klaren Befehl, wohin – zu Roman, um sich im Schutz des Hauses in seine Arme zu werfen, um dort Trost und Erklärungen zu finden? Oder zurück zur Straßenbahn, damit sie ihn ein letztes Mal aus Ehrenfeld wegbrachte, weit, weit weg von Roman, der dieses Gefühlschaos erst in ihm ausgelöst hatte?

Die Lesebrille an dem Band um Romans Hals schaukelte hin und her, während er zu den Fenstern der gegenüberliegenden Gebäude hochschaute. „Komm besser rein."

Verunsichert rührte sich Ben nicht. Das alles erinnerte ihn an ihr erstes Zusammentreffen. Die Vergangenheit wiederholte sich. Auch diesmal wusste er nicht, ob sich die Nummer 13 nicht als Schlund entpuppen würde, der ihn für immer verschluckte.

„Man sollte dich nicht hier sehen. Es ist besser für dich, wenn du nicht mit uns in Verbindung gebracht wirst. Das brächte dir nur Schererein."

Benjamin wankte. Handelte es sich um einen Trick, wieder diese vorgegaukelte Freundlichkeit, um ihn zu umgarnen? Oder war die Fürsorge echt? Vor Tagen hatte Roman ihn mit der Aussicht auf ein

Frühstück, ein Bad und neue Kleidung hineingelockt. Diesmal köderte er ihn mit Antworten.

„Peter Beck, der Bruder von Uwe, hat all seine Freunde verloren, seit er uns diese Bruchbude", Roman wischte mit einer Geste durch die Luft und meinte damit das Gebäude, „zu günstigen Konditionen vermietet hat. Sogar seine Frau hat ihn mit den beiden Kindern verlassen. Sie konnte akzeptieren, dass ihr Mann einen Sexualstraftäter in der Familie hat, schließlich hatte er sich ja selbst nichts zuschulden kommen lassen. Es war okay für sie, solange Uwe sie nicht zu Hause besuchte. Aber als sie hörte, dass Peter uns hier für wenig Geld wohnen lässt, machte sie ein Heidentheater und zog aus." Seufzend fuhr er sich durch die Haare. „Dieses Haus hatte er von einem Onkel geerbt. Eigentlich arbeitet er als Beamter im Rathaus. Er war dabei, als die Leiche in der Mikwe gefunden wurde. Seine Abteilung machte einen Betriebsausflug. Jedenfalls wird er von seinen Kollegen geächtet. Er ist jetzt ganz alleine. Obwohl er keine Straftat begangen hat, wird er wegen seiner Verbindung zu uns wie ein Aussätziger behandelt. Ich möchte nicht, dass dir das auch passiert. Also, bitte." Eindringlich sah er Ben an und faltete seine Hände. „Lass uns in meiner Wohnung reden. Ich ... ich verspreche, dich nicht anzufassen."

Roman sah ehrlich besorgt aus, fand Benjamin. Und er sprach wie ein väterlicher Freund. Aber Ben wusste auch, dass Roman gebildet war und Worte geschickt einzusetzen wusste. Worte konnten wirken wie die Blunts, nach denen er sich aufgrund der Anspannung schmerzlich sehnte, nämlich den Verstand vernebeln. „Woher wusstest du, dass ich hier bin?"

„Uwe hat dich zufällig gesehen und mir sofort Bescheid gesagt."

Benjamin fiel das Gespräch zwischen Roman und einem der anderen Bewohner ein, das er belauscht hatte, ohne zu wissen, mit wem Roman sprach.

„Du darfst ihn nicht reinlassen."
„Er sieht und hört nur das, was ich will."
„Keine Besucher!"
„Lass den Jungen meine Sorge sein."
„Ich werde das regeln."
„Finger weg von ihm!"

„Er mag nicht, dass wir uns treffen, oder?", fragte Ben geradeheraus.
„Uwe? Unsinn. Wenn es so wäre, hätte er dich weggejagt." Roman

trat ins Haus, drehte sich noch einmal um und legte die Hand an die Tür. „Komm jetzt oder geh! Ich kann nicht verantworten, dass dich jemand mit mir sieht."

Endlich schaffte es Benjamin, sich zu bewegen. Als er an Roman vorbei in den Korridor trat, wurde ihm heiß. Seine Wangen brannten. Je näher er Roman kam, desto mehr fühlte er sich zu ihm hingezogen. Das war die Wahrheit. Deswegen hatte er gezögert. Aber nun hatte er eine Entscheidung getroffen und schritt forsch voran.

Plötzlich schwang der Vordereingang auf. Ein Mann, nur wenige Jahre älter als Ben, mit zahlreichen Piercings in der Lippe, den Augenbrauen und den Ohren kam herein und knallte geräuschvoll die Tür hinter sich zu. Seine Unterlippe blutete. Er saugte sie immer wieder ein, vielleicht um das Blut aufzufangen. Die dunkelblaue Sporttasche in seiner linken Hand war zerschlissen und hatte ein Loch, durch das man etwas aus Feinripp sah, eine Unterhose vielleicht oder ein Unterhemd. In seiner Rechten hielt er eine Zigarette, die er sich frisch angesteckt haben musste.

„Michael?" Roman schob sich vor Benjamin, was diesen verwunderte, denn die Geste hatte etwas Beschützendes. „Was tust du denn hier? Du solltest doch im Krankenhaus sein."

Wie auf rohen Eiern ging der Fremde zum Fahrstuhl und drückte auf den Schalter, um den Lift zu rufen. „Bin da weg."

„Das sehe ich. Aber es wird doch gegen dich ermittelt wegen ..." Aus dem Augenwinkel sah Roman Ben an und sprach nicht weiter.

„Auch Bullen müssen pinkeln. Hab drauf gewartet, dass der vor meiner Tür auf Klo geht, und bin abgehauen."

„Was ist mit der Penoid-Operation?"

Michael zuckte mit den Achseln. Tief inhalierte er den Rauch und stieß ihn beim Reden aus. „Bin es leid, mich wie Dreck behandeln zu lassen. Da war so 'ne Tussi vom Sozialamt da und 'ne Type von der Krankenkasse. Die haben über mich geredet, aufm Gang vor meinem Zimmer. Die wolln meinen neuen Schwanz net zahlen, sagen, das wäre sauteuer und keine medizinische Notwendigkeit, sondern mehr wie 'ne Schönheits-OP. Schwachmaten!"

„Das darfst du dir nicht gefallen lassen!"

„Der Chirurg war da, dieser Inder. Dr. B nenn ich ihn, weil ich den Namen net behalten kann. Er hat nur schwach protestiert, meinte dann aber, mit 'nem Dauerkatheter käme ich auch so durchs Leben." Michaels Tasche schlug gegen die Tür des Aufzugs, weil er eintrat, bevor sie sich ganz geöffnet hatte. „Is besser, wenn ein Kinderficker keinen Schwanz hat, das denken die doch."

„Der Eingriff steht dir zu. Lass dir das nicht gefallen." Michaels nikotingelber Mittelfinger schwebte über den Etagenknöpfen. „Kommt ihr?"

Roman schaute Benjamin an, doch dieser schüttelte den Kopf und stieg die Treppen hoch. Auf keinen Fall wollte er in dieser Sardinenbüchse eingepfercht sein, mit einem Typ, einem Ex-Knacki, dem die Polizei ein neues Vergehen vorwarf. Das musste „der kastrierte Engel" sein, von dem in der Zeitung berichtet wurde. Ben mochte ihn nicht. Er fühlte sich unwohl in seiner Gegenwart. Mochte er ihn auch nicht vergewaltigen können, so gab es doch andere Möglichkeiten. Während Roman ruhig und gelassen war, schien dieser Kerl zappelig und unberechenbar.

Plötzlich wollte Ben das Gespräch mit Roman so schnell wie möglich hinter sich bringen und verschwinden. Michael Engel war ihm nicht geheuer. Außerdem würde sicherlich bald die Polizei nach ihm suchen und hier auftauchen.

Schweigend folgte Roman ihm durchs Treppenhaus ins Obergeschoss. Kurze Zeit später saßen sie in seinem Wohnzimmer, Ben in dem abgewetzten Kordsessel und Roman auf der Couch.

„Es tut mir weh, wie du mich ansiehst, Kobold, so vorwurfsvoll." Seufzend rieb Roman über die ergrauten Stellen über seinen Ohren. „Wahrscheinlich hast du sogar recht. Ich bin zu weit gegangen und habe unsere Freundschaft zerstört. Ich mag dich wirklich, das musst du mir glauben."

„Hast du das den Schülern im Internat, das du geleitet hast, auch erzählt?" Denen, die er missbraucht hatte, aber das wagte Benjamin nicht auszusprechen. Romans Schweigen und sein schuldbewusster Blick waren für ihn Antwort genug. Er ballte eine Faust, weil er sauer wurde, aber gleichzeitig spürte er, wie seine Augen feucht wurden. „Also bin ich wie sie."

„Nein, du bist etwas Besonderes für mich, da du einer der wenigen Menschen bist, die wissen, was ich bin, und mir trotzdem eine Chance geben. Außerdem bist du älter als sie."

„Wie bist du so geworden?"

„Meinst du pädophil oder homosexuell?" Roman lächelte milde.

„Beides."

„Es gibt viele Theorien. Ich persönlich denke, man wird schwul geboren. Manchmal gibt es sicherlich auch Auslöser. Zum Beispiel wenn ein Junge im prägenden Alter von Frauen schlecht behandelt wird, wendet er sich unter Umständen Männern zu, aber das war bei mir nicht der Fall. Ich habe schon lange aufgehört, mir darüber Kopfschmerzen zu machen. Hab kein Problem damit, Männer zu lieben."

„Aber du liebst keine Kerle, sondern Jungs."

„Das allerdings kann ich dir erklären." Mit kummervoller Miene schaute Roman aus dem Fenster und schien für einen Moment weit weg. „Ich wusste schon früh, dass ich schwul bin. Mit 13 fuhr ich auf Klassenfahrt. Ich war in einen Mitschüler verliebt und ich glaubte, Klaus mochte mich auch. Wir zelteten auf einem Campingplatz, der mitten im Wald lag. In der Nähe gab es einen kleinen See. In der Nacht schlichen Klaus und ich dorthin, gingen nackt baden und setzten uns nachher auf den Steg. Es war romantisch, aufregend – geil. Das Mondlicht ... nur wir beide ... hüllenlos." Roman neigte sich vor und stützte sich mit den Ellbogen auf seinen Knien ab. „Mir hätte auffallen müssen, dass mein Glied erigiert war, seins jedoch nicht. Dass nur ich ihn immer wieder kurz an unverfänglichen Stellen berührte und näher an ihn heranrückte, aber damals dachte ich, das wäre ein lustvolles Spiel. Als ich mich zu ihm hinüberbeugte, klopfte mein Herz wie wild. Es würde das erste Mal für mich sein, dass ich einen Jungen küsste, dass ich überhaupt jemanden küsste. Ich zitterte, mir war flau im Magen und gleichzeitig hätte ich die Welt umarmen können." Roman gab einen tiefen Seufzer von sich. „Doch bevor sich unsere Münder trafen, sprang Klaus auf. Er gab einen Schrei von sich, keinen willkürlichen, sondern es schien irgendein Zeichen zu sein. Die anderen aus unserer Klasse stürmten aus dem Wald. Sie hatten sich die ganze Zeit über versteckt und alles mit angesehen. Sie machten sich lustig über mich, stießen mich herum und spuckten mich an. Irgendwann war ihnen das zu wenig." Unruhig setzte sich Roman wieder gerade auf, zog den Fuß am Hosensaum heran und legte das Fußgelenk auf den Oberschenkel des anderen Beins. „Jemand holte ein Seil. Damit banden sie mich an einen Baumstamm. Sie bewarfen mich mit Kuhscheiße. Sie schlugen mich mit Zweigen und rieben meinen Schwanz mit Brennnesseln ab. Ich konnte nicht schreien. Hätte ich es getan, wären die Klassenlehrerin und die Aufseher sicher auf uns aufmerksam geworden, aber das hätte meine Schande nur vergrößert. Ich wollte nicht, dass mich noch mehr Menschen so sahen und erfuhren, dass ich auf Jungs stand."

Roman legte die Handflächen an seine geröteten Wangen. Er sprach immer leiser: „Also ertrug ich die Schmerzen und die Erniedrigung und nahm mir vor, nie wieder jemandem von meiner Homosexualität zu erzählen."

„Aber …" Der Kloß in seinem Hals machte es für Benjamin unmöglich, mehr zu sagen. Er empfand Mitleid und fürchtete sich davor, dass es ihm genauso gehen konnte, sollte er sich outen.

„Diese sexuelle Gesinnung lässt sich nicht unterdrücken. Ich hätte heiraten und so tun können, als führte ich ein normales Leben, aber das schaffte ich nicht. Ich blieb alleine und konzentrierte mich auf mein Studium. Als der Drang zu groß wurde, wusste ich mir keine andere Möglichkeit, als …"

Stöhnend rieb Ben mit den Handflächen über seine geschlossenen Lider. Wäre Roman nicht so etwas Schlimmes zugestoßen, hätte man ihn nicht beim ersten Versuch, einem Klassenkameraden seine Liebe zu gestehen, misshandelt und gedemütigt, dann hätte er später zu seiner Homosexualität gestanden und sich nicht aus Hilflosigkeit Kindern zugewandt.

„Später, als ich als Lehrer arbeitete, verliebte ich mich in einen Schüler. Genau wie damals. Nur, dass ich diesmal der Stärkere von uns beiden war."

„Dann ging es dir nur um Macht?"

„Ganz und gar nicht. Sie war nur Mittel zum Zweck. Ich hasse mich dafür! Nichts kann entschuldigen, was ich getan habe, aber das mit dir ist anders, Kobold. Du bist älter und selbstständiger. Ich habe mich in dir wiedererkannt – ein Junge, der sich wie eine Insel fühlt, der sich abkapselt und einsam ist – und fühlte mich dir nah."

„Aber die chemische Kastration."

„Mein Depot ist aufgebraucht. Ich hätte längst die nächste Spritze bekommen müssen."

„Warum bist du nicht zum Arzt gegangen?"

„Weil ich eine Chance sah, mit dir zusammen zu sein."

Ben fühlte sich geschmeichelt, wusste aber nicht, ob Roman damit eine Beziehung oder nur Sex meinte.

„Jetzt sehe ich ein, dass ich mich einer Illusion hingegeben habe. Solange diese Hetzjagd auf uns Pädosexuelle stattfindet, darf ich keinen Partner haben. Es wäre zu gefährlich für ihn." Nun sah Roman ihn direkt an. „Ich will nicht von Liebe sprechen, denn das wäre gelogen. Aber ich empfinde etwas für dich, ich habe dich wirklich gern.

Genau aus diesem Grund möchte ich dich bitten, zu gehen und nie wieder hierherzukommen."

Überrascht riss Ben seine Augen auf. Damit, dass er weggeschickt wurde, hatte er am allerwenigsten gerechnet. „Was?"

„Du bist hier in Gefahr!" Romans Blick glitt zur Tür, als befürchtete er, jemand könnte dahinterstehen und lauschen.

„Warum hast du mich dann angefleht, reinzukommen?"

„Ich wollte noch ein letztes Mal mit dir sprechen, dir erklären, dass ich nicht geplant hatte, dich zu verführen. Aber ich erkenne die alten Muster an mir. Ich tue alles, um dir zu gefallen, hole Bier, besorge neue Kleidung und schenke dir meine ganze Aufmerksamkeit."

Dann war das also doch alles nur Masche gewesen! Das versetzte Ben einen Stich. Und dennoch war etwas anders als damals, bei Roman und seinen Schülern. Er brach ab, bevor er zu weit ging. Bedeutete das nicht, dass er sich gebessert hatte? Dass Roman ihn aufrichtig mochte?

„Die Depot-Therapie hält mich zwar davon ab, sexuell aktiv zu sein, aber ich fühle mich immer noch zu Jungs hingezogen. Das steckt im Kopf." Betrübt tippte Roman gegen seine Schläfe. Seine Stimme bekam einen warnenden Ton. „Und jetzt, wo die chemische Kastration nachlässt, wächst meine Geilheit."

„Du redest immer nur von dir. Was ist mit mir?"

„Tut mir leid. Du hast recht." Roman legte die Handflächen aneinander und rieb die Fingerspitzen an seinem Kinn. „Steh zu deiner Homosexualität, Kobold. Es sind andere Zeiten heutzutage als zu meiner Jugend, und du lebst in Köln, die manche als Schwulenstadt Deutschlands bezeichnen. Nirgendwo ist die Toleranz größer. Und wenn du auf Gegenwehr stößt, kämpfe! Denn wenn du dein wahres Ich versteckst, könntest du eines Tages wie ich werden – ein Monster – und deine Lust in krankhafte Bahnen lenken."

„Das ... Nein ... Ja, das sehe ich ein", das tat Ben wirklich, „aber das meinte ich nicht."

„Sondern?"

Es fiel Benjamin schwer, die Worte über die Lippen zu bringen. Er trug sein Herz nie auf der Zunge. Sein Vater hatte mal gesagt, dass Ben es im Leben nicht weit bringen würde, wenn er weiterhin so introvertiert bliebe. Nun sprang er über seinen eigenen Schatten und sein Dad wäre trotzdem nicht stolz auf ihn gewesen. „Mit ... mit uns?"

Überrascht hob Roman seine Augenbrauen an. „Du willst mit mir zusammen sein? Nach allem, was du über mich weißt?"

Ben schluckte schwer, er wusste es nicht. Es blieben Zweifel, ob Roman ihn vielleicht nicht doch geschickt manipuliert hatte und kurz davor stand, sein Ziel zu erreichen. Schließlich hatte dieser den Internatsschülern auch nie Gewalt angetan, sondern sie bezirzt. Benjamin war so unsicher, wie man nur sein konnte. Aber würde das bei einem anderen Mann anders sein? Vermutlich nicht.

Außerdem befürchtete er, nie wieder einem Homosexuellen zu begegnen, mit dem er seine Sexualität ausleben konnte. Morgen war er wieder ein Schwuler unter Heteros. Heute jedoch könnte er sein erstes Mal mit einem Mann haben, das erste Mal Sex, das ihm bestimmt richtig Spaß machte, anders als mit Nina im Sommercamp vor drei Jahren. Damals hatte es ihn nicht richtig erregt, in ihr zu sein, sodass weder er noch sie gekommen waren. Jetzt, nur mit der Aussicht darauf, mit einem Kerl ins Bett zu gehen, pulsierte das Blut zwischen seinen Beinen.

„Dann beweise es mir." Roman stand auf, ging zum Schlafzimmer und öffnete einladend die Tür.

37. KAPITEL

„Was ist merkwürdig?", fragte Daniel ein wenig ungehalten, weil der Gerichtsmediziner nicht weitersprach.

In aller Seelenruhe betrachtete Dr. Karl Sachs die Leichen in den geöffneten Särgen. Er beugte sich so weit vor und steckte seinen Kopf in die Kisten, als würde er an den Verstorbenen riechen. Schließlich richtete er sich auf. „Verena Haas, falls sie es denn ist, trägt keine Schuhe."

„Wie bitte?" Überrascht hob Daniel seine Augenbrauen. Inzwischen war er näher herangekommen und hielt jetzt neben dem Rechtsmediziner. Tatsächlich! Nun sah er es mit eigenen Augen. Ihre Füße waren nackt. Aber er schaute nur kurz hin und ließ seinen Blick dann über die verkohlten Überreste gleiten. Sein Magen rebellierte im ersten schockierenden Moment, beruhigte sich jedoch danach. „Bei dem Wetter?"

„Wir haben Winter!", hörte er Leander hinter sich atemlos ausstoßen. „Wer geht bei den Temperaturen ohne Schuhe aus dem Haus?"

Verwundert sah Daniel ihn über die Schulter hinweg an. Beide Arme waren um seinen Bauch geschlungen. Statt die Leichname zu betrachten, schaute er in der Gegend herum. Sein Gesicht hatte jegliche Farbe verloren. Grinsend schüttelte Daniel den Kopf. „Du solltest dir ein eigenes Bild machen, zum Beispiel falls es zu einer Anklage von Stefan Haas kommt und wir bezeugen müssen, dass seine Ehefrau barfuß war."

„Als ob das wichtig wäre." Leander schnaubte. Offenbar wurde er unsicher, denn er trat einen Schritt näher. „Bei der Sektion müssen wir aber nicht dabei sein, oder?"

Daniel lachte.

„Das mit dem Schuh könnte durchaus wichtig sein", sagte Dr. Sachs in diesem versnobten, anmaßenden Tonfall, der Daniel zunehmend gegen den Strich ging. „Wurden Frau Haas am linken Fuß alle Zehen amputiert?"

Lioba Zur hielt den Schal über die Nase, dabei schwächten Frost und Tigerbalsam den Leichengeruch ab, und guckte in den Sarg. Gedämpft durch den Baumwollstoff, stieß sie ein „Wie bitte?" aus.

„Sie werden ja wohl wissen, ob die Dame irgendwelche Besonderheiten aufwies?" Tadelnd schnalzte Dr. Sachs mit der Zunge. „Sie haben sich doch wohl auf die Exhumierung vorbereitet, oder etwa nicht?"

„Es musste schnell gehen."
„Vergleichsproben?"
„Werden wir besorgen, während Sie obduzieren."
„Sie hätten besser auf den richterlichen Beschluss gewartet, statt eigenmächtig vorzupreschen, Frau Staatsanwältin. In diesem Fall wäre genug Zeit gewesen."
„Hören Sie mir gut zu, Dr. Sachs. Ich sage das nur ein einziges Mal. Ich habe meine Kompetenzen keineswegs überschritten, sondern handele nach dem Gesetz und nach bestem Wissen und Gewissen."
Zur musste zwar zu ihm hochschauen, begegnete ihm aber trotzdem auf Augenhöhe, ein Umstand, der Daniel imponierte, weil er, was ihn betraf, ein Problem mit dem Höhenunterschied hatte. „Es ist Gefahr im Verzug. Ein Junge könnte noch am Leben sein und verwirrt durch Köln irren. Wie lange, meinen Sie, wird er bei dieser Kälte durchhalten?"
Mit einem herablassenden Lächeln zeigte er auf den Kindersarg. „Nun ja, seine Leiche ist da, nicht wahr?"
„Falls es denn die von Noel Haas ist. Das sollten eigentlich Sie feststellen. Wenn Sie allerdings derart befangen mir und dieser Exhumierung gegenüber sind, werde ich Sie dieser Aufgabe entheben und sie einem Ihrer Kollegen übergeben."
„Ich bin aber gut in meinem Beruf!"
„Es gibt zahlreiche fähige Rechtsmediziner, die Ihnen problemlos das Wasser reichen können und ihren Job auch noch gerne ausüben." Kühl fügte sie hinzu: „Sie sind ersetzbar."
Dr. Sachs wandte ihr den Rücken zu. Er klang verschnupft, aber demütiger: „Bringen wir es hinter uns."
Schmunzelnd rieb Daniel seine Handflächen aneinander. Trotz Handschuhen wurden seine Finger immer steifer vor Kälte. „Könnten die Schuhe im Feuer verbrannt sein?"
„Man würde Rückstände finden, aber da ist offensichtlich nichts." Der Gerichtsmediziner beugte sich wieder über die Kiste. Schneeflocken fielen auf seinen Rücken und schmolzen sofort, während die Flocken auf den Leichen liegen blieben.
„Und die Zehen, könnte die Explosion sie …?" Leander schluckte den Rest der Frage hinunter.
„Der restliche Fuß ist intakt. Die Flammen haben das Fleisch von den Knochen gefressen. Noch ein Indiz dafür, dass der Fuß ungeschützt war." Dr. Sachs hustete und wandte sich rasch zur Seite, um

den Leichnam nicht zu kontaminieren. „Auf den ersten Blick sieht es so aus, als wären die Zehen chirurgisch amputiert worden."

„Dadurch dürfte es leicht werden, herauszufinden, ob das vor uns Verena Haas ist." Endlich eine gute Nachricht für Daniel.

Plötzlich räusperte sich einer der beiden Träger von dem Bestattungsunternehmen, die die exhumierten Körper zum Institut für Rechtsmedizin überführen würden. „Haben nicht von Maike Lange gehört? Lesen keine Zeitung?"

Verdutzt sahen alle den kräftigen Mann an, der zwar ein junges Gesicht, aber graue Haare hatte wie ein Greis. Seinem Akzent nach, so tippte Daniel, kam er aus Russland.

Ihm war das Schweigen wohl unangenehm, denn er plapperte nervös weiter. „Nikolai, das bin ich, aber nennen mich Kolja."

„Stören Sie uns nicht!", zischte Dr. Sachs.

„Maike Lange, die Nationalspielerin?", fragte Leander und erntete von Daniel einen schiefen Blick, worauf er die Achseln zuckte. „Was denn? Damenfußball ist interessant. Frauen spielen taktischer als Männer. Das gefällt mir."

Daniel wandte sich wieder Kolja zu und machte eine ausladende Geste. „Was hat Lange mit dem hier zu tun?"

„War kaputt, fertig. Der Leistungsdruck, wissen Sie? Krank, immer krank." Kolja öffnete seine Jacke, als wäre ihm heiß, dabei waren seine Wangen gerötet vor Kälte. „Außerdem lieben Frau."

„Na und? Sie war eine Lesbe. Das ist Köln, mein Guter, kein Dorf im tiefsten Sibirien. Hier ist so was normal. Und jetzt schließen Sie den Deckel wieder." Dr. Sachs winkte hektisch, um die beiden Träger anzuweisen, sich zu beeilen, aber sie rührten sich nicht vom Fleck.

Unbeirrt erzählte Kolja weiter: „Ist in Sport nicht normal. Keiner will umkleiden zusammen mit Frau, die mit Frau schläft. Maike Lange waren verlobt. Aber wenn sie heiraten Freundin, kein Geheimnis mehr. Also, sie machen schlimme Entscheidung."

„Krasse Sache", warf sein Kollege ein, der sich das erste Mal zu Wort meldete. Er zog seine Fellmütze aus und drückte sie gegen seinen Bauch.

Kolja klopfte ihm aufmunternd auf die Schulter. „Frauen wohnen in Haus mit Mauer. Dort können sie heimlich küssen und Liebe machen im Garten. In Einfahrt, Freundin steigen in Auto. Großer Wagen, Jeep. Lange ziehen Schuh aus, stellen Fuß hinter hinterste Rad.

Freundin fahren rückwärts. Hat bestimmt furchtbar wehgetan und laut geknackt."

„Sie ist ihr absichtlich über den Fuß gefahren?" Fassungslos schnappte Lioba Zur nach Luft. „Warum das, um alles in der Welt? Damit war ihre Karriere doch vorbei."

„Genau. Vor einem Monat oder so." Kolja nickte. „Brauchen nicht mehr in Umkleide, kann bleiben zu Hause bei Schatz, ist glücklich und kriegen viele Euro."

„Das kann nur eins bedeuten." Daniel verschränkte die Arme vor dem Oberkörper, weil er fror. Still auf einer Stelle zu sitzen, im Freien, im Winter, war unklug. Eigentlich hätte er die Hälfte seines Körpers, die noch funktionierte, besser schützen sollen, aber noch waren sie hier nicht fertig. „Ihr Fuß war hoch versichert."

„Beide. Rechts und links. Sagte, wäre Unfall mit Fahrerflucht gewesen. Täter weg. Versicherung zahlte. Nette Abfindung für Neustart und muss nicht sagen wahre Grund für Karriereende."

„Aber sie ist doch nicht tot", wandte Leander ein.

„Kennen Kevin Kaufmann?"

Dr. Sachs stöhnte genervt. „Noch mehr Namen? Spielen wir hier *Wer kennt wen?* Oder fahren wir mit der Arbeit fort?"

„Lesen keine Zeitung? Sollten wirklich tun. Ist jüngster Paparazzo von Köln. Erst 13. Macht Fotos und Videos mit Smartphone." Kolja lachte. „Mit Handy! Nix Kamera. Hat eigene YouTube-Kanal und Blog. Manchmal verkaufen er an Zeitungen oder Fernsehen."

Nun wurde auch die Staatsanwältin ungeduldig. Sie schob den Ärmel ihres Mantels hoch und schaute auf ihre Armbanduhr. „Was hat dieser Kevin mit unserer Sache zu tun?"

Daniel hatte da so eine Vermutung. „Er hat Fotos davon geschossen, wie Langes Freundin ihren Fuß mit dem Jeep platt walzte, richtig?"

„Besser! Hat Video gemacht. Ist auf einen Baum geklettert und hat geguckt über Mauer, denn für private Schnappschüsse es gibt mehr Zaster." Zwinkernd rieb Kolja Daumen und Zeigefinger aneinander. „Cleverer Junge. Hat Versicherungsbetrug aufgenommen und online gestellt. Kriegen viele, viele Klicks. Jemand sagen Polizei. Maike Lange und Liebste werden verhaftet. Kriegen kein Geld. Nur Schande."

„Doch Lange lebt, Herrgott noch mal. Außerdem muss ihr ganzer Fuß zertrümmert worden sein." Das arrogante Näseln war in Dr. Sachs' Stimme zurückgekehrt. „Warum vergeuden wir unsere Zeit mit Geschichten?"

„*Njet.*" Energisch schüttelte Kolja den Kopf. „Hat darauf geachtet, nur Zehen abzufahren. Arzt nehmen sie ab. Maike wollen nur genug verlieren, um nicht mehr Fußball spielen zu können."

Sein Kollege setzte seine Mütze wieder auf. „Krass, wirklich krass."

„Aber", und es fiel Daniel nicht leicht, dem unsympathischen Rechtsmediziner zustimmen zu müssen, „Lange dürfte sich in der Vollzugsanstalt befinden."

„*Njet*. Kam ins Hospital, zur Operation. Polizei sie dort nach Eingriff besuchen und sagen, sie verhaftet. Sie zeigen ihr Video von Kevin. Nachdem sie gegangen, Lange springen aus Fenster."

„Knochenbrüche erkennen Sie aber, ja?", fragte Zur den Rechtsmediziner scharf.

Dr. Sachs lief durch Zurs unausgesprochenen Vorwurf, er würde ja nicht einmal etwas so Offensichtliches erkennen, so Daniels Vermutung, hochrot an. „Der Leichnam ist stark verkohlt. Durch die große Hitzeentwicklung krümmte er sich zusammen und musste, damit er in den Sarg passte", er räusperte sich, „unsanft gestreckt werden. Es könnte jedoch durchaus sein ... nun, da ich weiß, wonach ich suchen muss ... aber sicher feststellen kann ich das erst bei der Leichenöffnung. Außerdem brauche ich eine Vergleichsprobe."

Die Staatsanwältin stieß einen ungehaltenen Seufzer aus und gab ein vielsagendes „Ich verstehe" von sich.

„Wurde geklaut, die Leiche von Lange. Ich sollte sie aus Kühlfach holen, für Präparieren vor der Beerdigung." Kolja zuckte mit den Achseln. „Aber war weg."

„Wann war das?" Daniels Puls beschleunigte sich.

Nachdenklich spähte Kolja zu den Wolken auf, als könnte er dort die Antwort lesen. Sein Mund bewegte sich stumm, vielleicht rief er sich Eckdaten in Erinnerung, um das Datum zu ermitteln. Als er den Zeitpunkt nannte, klatschte Daniel in die Hände. „Einen Tag später ging das Fahrzeug mit Verena und Noel Haas in Flammen auf."

„Die Leichen von Frau Haas und dem gefallenen Fußballprofi wurden ausgetauscht?" Endlich kam auch Leander dichter heran. Seine Neugier überwog am Ende.

„Fest steht nur", so Daniels Einschätzung der Situation, „dass sich der Leichnam von Lange in dem manipulierten Wagen von Verena Haas befand."

„Die Frau könnte also auch noch leben!"

Die Freude in Leanders Stimme war Daniels Ansicht nach deplatziert. „Sie war noch lebendig – bis ihr einige Tage später in der Bruchstraße 13 die Kehle durchgeschnitten wurde, unter den neugierigen Blicken von Elisabeth Hamacher."

„Wofür es keine Beweise gibt", warf Lioba Zur ein.

Leander gab einen Laut von sich, der zwischen Enttäuschung und Entsetzen lag. „Was um alles in der Welt ist da los? Erst entgeht Frau Haas dem Mordversuch, dann wird sie doch getötet. Und von Noel keine Spur, bis er eines Nachts kurz vor dem Kiosk in der Parallelstraße der Bruchstraße auftaucht und dann wieder spurlos verschwindet."

„Moment mal." Dr. Sachs holte eine kleine Stabtaschenlampe aus der Innentasche seines Anoraks hervor und leuchtete in den Kindersarg. „Ist das ein …? Wie kann das sein? Nein. Doch, jetzt bin ich mir ganz sicher. Ein Schmetterling."

„Ein …?" Skeptisch runzelte die Staatsanwältin die Stirn.

„Eine Haarklammer. Sie ist mit der verbrannten Kopfhaut verschmolzen, aber ich erkenne die Umrisse vage."

Stöhnend wandte sich Leander ab. Erneut hielt er sich den Bauch. Mit einem Taschentuch tupfte er sich den Schweißfilm von der Oberlippe und drückte es dann gegen seinen Mund.

„Jungen tragen keine Spangen." Daniel ahnte, dass er eine schnippische Antwort erhalten würde, aber er stellte die Frage trotzdem. „Sind Sie sicher?"

Pikiert steckte der Gerichtsmediziner die Lampe weg und stand auf. Er klopfte sich aufgebracht den Schmutz von den Knien. „Entnehmen Sie die Details meinem Bericht. Fakten kann ich Ihnen nur in den Sektionsräumen am Melatengürtel liefern. Diese erste Besichtigung vor Ort bei dem widrigen Wetter und der Gefahr der Spurenübertragung durch uns auf die Leiche ist ohnehin zu groß. Ich war von Anfang an nicht von diesem Außeneinsatz begeistert."

„Schmetterlinge?" Der Friedhofsgärtner, der, wie Daniel von der Begrüßung wusste, Robert Kanthein hieß und bisher schweigend am Rande darauf gewartet hatte, die Gräber wieder zuschaufeln zu können, kam nun zu dem kleinen Sarg und linste zögerlich hinein. Er war groß und hager. Die Haut in seinem Gesicht hing schlaff herab. Dicke Tränensäcke setzten sich dunkel vom Rest ab. Seine Unterlippe war doppelt so dick wie die obere und feucht von Speichel. Die Jacke hing ihm viel zu locker um seine Schultern. Mit der Handkante wischte er sich den Rotz von der Nase und verrieb ihn verstohlen auf seinem Hintern.

Dr. Sachs fuhr ihn an: „Haben Sie etwa auch etwas zu sagen? Unfassbar! Hinz und Kunz will den Job von Leuten machen, die jahrelang studiert haben, um die Qualifikation zu erreichen, die sie haben."

Verunsichert senkte Kanthein den Blick.

„Wissen Sie etwas über Noel Haas?" Daniel nickte ihm ermutigend zu. „Oder wer immer in dem Sarg liegt."

Robert Kanthein zeigte zum anderen Ende des Friedhofs. „Da drübn. Da is 'n ganzes Einzelgrab voll davon."

„Von was?"

„Schmetterlingen. Figuren, Stofftiere und so 'ne Stecker für Pflanzen, wo die oben drauf sind wie Mini-Fähnchen. Weiß nich, wie das heißt. So 'n Dekorationskrempel halt. Aber hübsch isses. 'n bisschen kitschig, aber hübsch."

„Und?"

„Der Heimatverein wollte das nich. So 'n Zeug gehöre nicht aufn Totenacker. Das sähe lächerlich aus, dabei isses doch für 'n verstorbenes Kind. Das passt doch, finden Se nich?" Kanthein wartete Daniels Antwort nicht ab. „Die Eltern wollten die Erinnerungsstücke aber nich wegräumen. Der Heimatverein beschwerte sich beim Friedhofsamt der Stadt Köln, aber die hatten mehr Herz und sachten, jeder darf trauern wie er will und dass die Eltern die Begräbnisstätte nicht verunstalten und auch den Nachbargräbern nich schaden."

Dr. Sachs stöhnte theatralisch. „Noch mehr unsinnige Geschichten. Wenn ich so viel Zeit für Klatsch und Tratsch hätte wie Sie, würde ich meine Arbeit nie getan bekommen."

Kanthein überging die Stichelei, weil Daniel ihn aufforderte weiterzusprechen. „Eines Tages war das Grab ein einziges Chaos. Sah aus wie 'n Acker im Spätsommer, wenn die Bauern die Felder umpflügen. Die Schmetterlinge lagen ringsherum verstreut. Der Boden drumherum war voller Dreck. Einiges von dem kitschigen Zeugs war untergehoben."

„Eine Rache des Heimatvereins?"

„Viele denkn das, andere sagn, das sei nur böses Gerede."

Lioba Zur stopfte die Ärmel ihres Mantels unter die Handschuhe. „Was wollen Sie uns damit sagen?"

„Nix." Kanthein zuckte mit den Achseln. „Nur dass das Mädchen da drüben auch Schmetterlinge gernhatte. Deshalb habn die Eltern die Deko ausgesucht."

„Na bravo." Dr. Sachs sah auf die Uhr. „Unnützes Friedhofsgeschwätz."

„Wenn das Grab durchwühlt aussah und die Randbereiche schmutzig waren", dachte Daniel laut nach, „könnte es dann nicht sein, dass das Grab ausgehoben und wieder zugeschüttet wurde?"

Leander hielt noch immer das Taschentuch vor seine Nase. „Um an die Leiche zu kommen?"

„Weil man sie brauchte, um ein Kind bei einer fingierten Autoexplosion zu ersetzen?", führte die Staatsanwältin den Gedanken zu Ende.

„Jungen tragen keine Haarspangen, aber Mädchen. Wahrscheinlich nahm der Täter sie der kleinen Toten nicht ab, weil er davon ausging, dass das Plastik vollkommen schmelzen würde." Unbewusst hatte Daniel die Hände an die Greifringe gelegt und seinen Bock vor- und zurückgeschaukelt. Nun, da er es bemerkte, hörte er damit auf. „Aber das ist nicht passiert."

Dr. Sachs gestikulierte wild. „Haben Sie nicht gesehen, wie schwer es ist, den gefrorenen Boden auszuheben? Selbst mit einem Bagger."

„Der Sarg der Kleinen ist noch nich lange im Boden drinne." Robert Kanthein sprach leise, als fürchtete er sich davor, noch einmal vom Gerichtsmediziner angeschnauzt zu werden. „Das Grab hatte sich noch nich mal gesenkt."

„Also war es Schwerstarbeit, aber möglich." Daniels Kiefer schmerzte, weil er schon eine ganze Weile mit den Zähnen knirschte.

„Wo ein Wille, da ein Weg." Leander holte Block und Stift heraus und machte sich Notizen. „Besonders, wenn man ausreichend kriminelle Energie besitzt."

„Und über die Todesanzeige konnte der Grabschänder von der Beerdigung erfahren haben." Womöglich hatten Familienangehörige und Freunde diese Information auch über soziale Netzwerke bekannt gegeben. Daniel hatte auch schon Gedenk-Websites gesehen, auf denen das vermerkt stand.

Wutentbrannt schnaubte Dr. Sachs. „Alles bloß wilde Theorien."

„Und Sie werden sie verifizieren." Lioba Zur verlagerte ihr Gewicht ständig von einem Fuß auf den anderen, wohl weil sie fror.

„Oder entkräften", sagte er mit einem herablassenden Lächeln, aber in seiner Stimme schwangen Zweifel mit.

Wenn Verena und Noel Haas nicht bei der Fahrzeugexplosion ums Leben kamen, was geschah wirklich mit ihnen? Zeitgleich verschwanden sie von der Bildfläche. Das musste geplant worden sein. Aber von wem? Von ihnen selbst? Wollten sie nun, da Stefan Haas aus der Haft entlassen worden war, untertauchen, weil sie Gefahr witterten?

Oder waren sie Opfer geworden? Daniel fragte sich, ob Stefan die beiden die ganze Zeit, in der alle dachten, sie wären tot, gegen ihren Willen festgehalten hatte. Vielleicht hatte er seiner Frau den Verrat, der ihn ins Gefängnis brachte und seinen Ruf zerstörte, heimgezahlt, indem er Noel wieder missbrauchte und sie zwang, zuzuschauen.

Und was, wenn es gar nicht Noel war, den Gloria gesehen haben wollte? Hieß das, der Junge war längst genauso tot und spurlos entsorgt wie seine Mutter? Glaubte Daniel der an beginnender Demenz erkrankten Frau Hamacher?

Leander steckte Notizblock und Stift weg. „Ich besorg als Erstes die Vergleichsproben."

„Und ich werde zu Stefan Haas fahren, um ihm auf den Zahn zu fühlen." Noch während Daniel sprach, schob er seinen Chopper ein Stück rückwärts und drehte ihn geschickt um 180 Grad. Schnee knirschte unter den Rädern. „Im Krankenhaus gibt es keinen Uwe Beck, der für ihn redet, und keinen Roman Schäfer, der sich schützend vor ihn stellt. Nur ihn und mich."

„Wenn du so redest, machst du mir Angst", sagte Leander, grinste jedoch.

38. KAPITEL

Diesmal benutzten sie den Fahrstuhl. Während sie ins Untergeschoss fuhren, schwieg Benjamin betreten. Weil er schlecht über Roman Schäfer gedacht hatte. Und weil er vermutlich einen Fehler begangen hätte, wenn Roman ihn nicht davon abgehalten hätte.

„Du willst doch wohl nicht dein erstes Mal mit einem wegen Pädophilie verurteilten Sexualstraftäter verbringen, Kobold", hatte Roman ohne jegliche Verachtung in der Stimme gesagt, sondern wieder ganz der väterliche Freund. „Such dir einen Jungen in deinem Alter, warte auf die große Liebe und dann gib dich mit Haut und Haaren hin." Noch bevor Ben eine Entscheidung getroffen hatte, schloss Roman die Schlafzimmertür, die er einladend aufgehalten hatte, wieder. „In dir steckt viel Leidenschaft, das spüre ich. Vergeude sie nicht an eine Bestie wie mich. Du hast etwas Besseres verdient."

Ben bedauerte die verpasste Chance, erste homosexuelle Erfahrungen zu sammeln, war aber erleichtert. Mit Roman zu schlafen hätte sich nicht richtig angefühlt. Nachdem falsche Kumpels beinahe sein Leben zerstört hatten, suchte er eigentlich keine Freundschaften zu Typen, die Dreck am Stecken hatten, und wäre beinahe doch schwach geworden.

Wie gut, dass Roman die Notbremse gezogen hatte. Am Ende hatte sich der Sexualstraftäter wie ein edler Ritter verhalten.

Aber warum fasste er ihn bei jeder Gelegenheit an?

Beim Verlassen der Wohnung hatte Roman ihm den Vortritt gelassen. Als Ben an ihm vorüberging, hatte Roman ihm unnötigerweise die Hand auf den Rücken gelegt. Jetzt, in der Kabine, stand er so nah bei ihm, dass sich ihre Arme berührten. Mit einem unergründlichen Blick musterte Roman ihn von oben bis unten, was Ben, nun, da klar war, dass sie getrennte Wege gehen würden, unangenehm war.

Im Lift stank es immer noch nach Michael Engels Zigarette, dabei musste es bereits Mittag sein, vielleicht sogar später. Kalter, abgestandener Rauch, der sich mit dem herben Duft von Romans Aftershave mischte und Ben auf den leeren Magen schlug.

Er war froh, als er der stinkenden Enge entkam. Im Flur gab es keine Heizung. Es war eiskalt. Durch die geschlossene Haustür hörte Ben die Protestrufe der Nachbarn. Entweder standen sie unmittelbar davor oder es waren an diesem Tag eine ganze Menge mehr Personen als üblicherweise, vermutlich beides. Bestimmt war der Artikel über Michael Engel der Auslöser für das offensivere Verhalten.

Durch die aggressiven Rufe, das Schlagen von Stöcken von außen gegen die Hauswand und die Trillerpfeifen bekam Benjamin eine Gänsehaut. So musste es sich in belagerten Burgen angefühlt haben, die früher oder später vom Feind gestürmt werden würden.

Ben fragte sich, warum die Anwohner die Nummer 13 nicht auch von der Parallelstraße aus tyrannisierten. Für ihn lag nur eine Erklärung nah. Reine Taktik. Die Anwohner des Viertels wollten mediale Aufmerksamkeit, wollten die Zeitungen, die Stadt Köln und die Politik gegen das Wohnprojekt aufhetzen, bis irgendwer Offizielles entschied, dass die Hausgemeinschaft der Pädophilen aufgelöst werden musste, bevor es zum Eklat kam. Bisher war dieser Plan jedoch nicht aufgegangen. Deshalb rückten die Widersacher vor.

War Bens bisheriger Durchschlupf längst versperrt?

Während Benjamin über die Bedrohung nachdachte, begleitete Roman ihn zum Hinterausgang. Noch in Gedanken bei dem gefährlichen Mob, der sich da draußen zu bilden schien, weil die Bürgerwehr keine Unterstützung von der Obrigkeit erhielt und die Reinigung ihres Viertels darum selbst anging, nahm er Uwe Beck erst wahr, als er ihm den Weg versperrte. Breitbeinig, die Daumen in die Hosentaschen gesteckt, stellte er sich vor die Tür, durch deren Ritzen frostige Luft hereindrang. Immerhin war es dahinter still.

In Ben wuchs die Hoffnung, doch ungesehen das Gebäude verlassen zu können – falls er an Beck vorbeikam.

Wie ein angriffslustiger Rottweiler zog Romans Mitbewohner die schiefe Nase kraus. Seine dunkelblauen Augen sahen Ben mit einem stechenden, kalten Blick an. Die Gelassenheit, mit der er über seine Aknenarben rieb, als würde er darüber nachgrübeln, ob er Benjamin sofort oder erst später verspeisen sollte, jagte Ben Schauer über den Rücken.

„Wir müssen reden", sagte Beck.

Benjamin wünschte sich, dass Roman sich vor ihn stellen würde, wie er es bei Engel getan hatte, aber er legte ihm lediglich von hinten die Hand auf die Schulter. Ben war unsicher, ob er das tat, um ihn zu beruhigen, oder ob es eine besitzergreifende Geste war.

Roman rückte von hinten näher an Benjamin heran. „Lass erst den Jungen gehen."

„Das sollten wir uns gut überlegen, mein Freund."

„Was soll das, Uwe? Die Diskussion hatten wir doch schon und ich habe klargemacht, dass ich hier die Entscheidungen bezüglich Kobold treffe."

Das angenehme Kitzeln, das der Schweißtropfen, der zwischen Benjamins Schulterblättern hinablief, verursachte, passte so gar nicht zu dem Schrecken, den er empfand. Endlich wusste er, wer das hitzige Gespräch mit Roman geführt hatte, wer gesagt hatte, er wollte nicht, dass Ben das efeuberankte Haus betrat. Es war derselbe Mann, der ihn in diesem Moment daran hinderte, es wieder zu verlassen, der ihn vor einigen Tagen vor Roman gewarnt hatte, während dieser zum Kiosk gegangen war, um Bier zu holen, der sich als Gutmensch getarnt hatte und ihm in Wahrheit eine Scheißangst einjagen wollte, damit er, wie Ben in diesem Moment erkannte, nie mehr zurückkehrte. Da das nicht funktioniert hatte, fühlte er sich wohl gezwungen, seine Maske zu lüften und wie angedroht das Problem „selbst zu regeln".

Beck pulte etwas aus seinen Zähnen und schnippte es weg. „Was weißt du eigentlich über ihn?"

„Ich habe keine Lust auf kryptische Fragen. Wenn du etwas zu sagen hast, dann sag es!" Ungehalten zeigte Roman durch den Korridor zum Vordereingang. „Die stacheln sich gegenseitig auf und machen Stimmung gegen uns. Sie könnten jeden Moment die Tür aufbrechen, um uns zu lynchen. Bis dahin muss Kobold verschwunden sein!"

„Die Polizei wird das für uns erledigen." Beck schüttelte seinen Arm, sodass die Armbanduhr bis zum Handgelenk hinunterrutschte und unter dem Sweatshirt-Ärmel hervorkam, und schaute darauf. „Mittag ist fast rum. Im Krankenhaus gab es bestimmt schon Essen. Spätestens jetzt wissen die Bullen, dass Michael auf und davon ist. Und wo werden sie ihn als Erstes suchen? Na, hier natürlich. Sie werden die nicht angemeldete Protestaktion auf dem Bürgersteig zerschlagen."

„Die Polizei darf Kobold hier nicht finden. Er hat genug eigene Probleme."

„Aber nicht weil er auf der Straße lebt, wie er dir erzählt hat, sondern wegen seiner schlechten Schulnoten. Oder weißt du längst, dass er kurz vor dem Abi steht? Ich denke nicht, denn der Nachhilfeunterricht des Herrn Professors beschränkt sich ja auf Sexualkundeunterricht."

Erschrocken keuchte Benjamin. Offenbar wusste Uwe Beck weitaus mehr, als er sollte. Beck schien darüber im Bilde, was zwischen ihm und Roman lief. Aber nicht nur das, auch dass Ben zur Schule ging, was wohl kaum jemand tat, der auf der Straße lebte. Woher hatte er diese Informationen? War Uwe Beck ihm nach einem seiner Besuche gefolgt? Hatte Beck womöglich herausgefunden, wo er wohnte und dass er mit dem ermittelnden Kommissar verwandt war?

„Was redest du da?" Aus Romans Stimme war Unsicherheit herauszuhören.

Mit einem siegessicheren Lächeln auf den Lippen öffnete Beck die Loge des Hausmeisters, einen kleinen leer stehenden Raum neben der Tür, griff hinein und zog Bens Tasche heraus. Mit sichtlicher Genugtuung warf er sie auf den Boden. „Schau selbst nach. Darin sind seine Schulsachen und noch ein wenig mehr, wie ein Skizzenbuch. Wusstest du, dass unser Benni gerne Schwänze zeichnet?"

Verdammt! fluchte Benjamin in Gedanken. Seine Knie waren weich wie Pudding. Natürlich, Beck hatte ihn ankommen sehen und dabei auch mitbekommen, dass er seine Tasche hinter den Mülltonnen versteckt hatte.

Roman, dessen Hand immer noch auf Bens Schulter lag, drehte Benjamin zu sich herum. Seine Finger bohrten sich in Bens Fleisch. „Sag mir, dass das nicht wahr ist. Dass du mich nicht nach Strich und Faden belogen hast."

Ich bin am Arsch, dachte Ben und hielt den Atem an. Er wünschte sich, die Welt würde aufhören, sich zu drehen, und das Leben um ihn herum würde anhalten, sodass er sich von Roman losreißen, an Beck vorbeirennen und aus dem Haus flüchten könnte.

Geräuschvoll stieß er die Luft aus, ein Laut der Kapitulation. Alles drehte sich in seinem Kopf. Er ging die möglichen Antworten, die ehrlichen und die verlogenen, durch und keine hörte sich gut an. So oder so würde Roman sauer auf ihn sein. Würde er ihn dann Beck überlassen? Oder selbst mit ihm abrechnen?

Benjamin sah zwischen den beiden Männern hin und her, er überlegte, wie hoch seine Chance war, an ihnen vorbeizustürmen, und nannte sich selbst einen Idioten, weil er ein Real Life Superhero hatte sein wollen, aber keinerlei Waffen bei sich trug. Das Brotmesser hatte er nur am ersten Tag dabeigehabt, denn Roman hatte schon bei ihrem ersten Treffen sein Mitleid geweckt und Bens Vorurteil, Pädophile hätten nichts anderes in der Birne als Sex mit Minderjährigen, widerlegt. Doch jetzt erkannte Ben, dass die Sicherheit, in der er sich geglaubt hatte, trügerisch gewesen war.

Kinderschänder waren verletzlich wie jeder andere Mensch auch. Blieb abzuwarten, wie sie mit Enttäuschungen umgingen. Uwe Beck, so wusste Ben aus dem Kölner Stadtanzeiger, hatte zumindest schon getötet. Timmy Janke. Auf dem Schwarz-Weiß-Foto in der Zeitung hatte der Junge ein Loch im Pony gehabt und ein Kaninchen an seinen

Hals gedrückt. Benjamin erinnerte sich haargenau. Ein verzweifelter Schluchzer blieb ihm im Halse stecken. Ben wollte nicht so enden wie der kleine Timmy.

Seine Sorge wuchs. Er beobachtete, wie sich Romans Miene verfinsterte. Es machte ihn verrückt, dass er den Ausdruck in Romans Augen nicht deuten konnte. War dieser traurig oder wütend? Ben kam zu dem Schluss, dass es eine Mischung aus beidem war. Was würde am Ende überwiegen? Würde Roman sich bekümmert in seine Wohnung zurückziehen oder zornig nach ihm schnappen wie eine Viper?

Unsanft schüttelte Roman ihn. „Sag schon! Bist du ein obdachloser Teenager oder nicht?"

„Wenn er die zwölfte Klasse besucht, muss Benni mindestens 18 Jahre alt sein", legte Beck seinen Finger in die Wunde und bohrte tiefer. „Frag doch mal beim Leonardo-da-Vinci-Gymnasium nach einem Benjamin Mannteufel."

Ben biss auf seine Unterlippe, bis es wehtat. Dieses Schwein hatte seine Tasche durchwühlt und nach Informationen über seine wahre Identität gesucht. Hilflos ballte er die Fäuste und wusste doch, dass er gegen die beiden kräftigen Männer nichts ausrichten konnte.

„Die Bullen müssen bald hier sein", sagte Beck in geschäftsmäßigem Ton. „Bringen wir ihn rechtzeitig in unser Lupanar."

„Was? Das kannst du nicht ernst meinen." Endlich nahm Roman die Hand von Benjamin.

Für Ben fühlte es sich an, als wäre eine schwere Last von seinen Schultern genommen worden. Jetzt musste er nur noch an einem der beiden Männer vorbeikommen. Vielleicht schaffte er es, wenn er sich beim Rennen duckte, um auszuweichen, wenn sie nach ihm griffen, oder wenn er antäuschte, er wollte rechts vorbei, und plötzlich links vorbeischoss.

Roman massierte seine Schläfen und stöhnte gequält. „Euer Lupanar."

„Mitgefangen, mitgehangen. Es ist auch deins. Also kannst du es auch nutzen." Grinsend zwinkerte Beck. „Besonders jetzt, wo du nicht mehr die Depot-Therapie machst."

Uwe Beck wusste wohl über alles Bescheid, das gefiel Ben nicht. Bisher dachte er, Roman Schäfer würde die Zügel dieser Hausgemeinschaft in der Hand halten. Vielleicht wirkte das aber nur nach außen hin so und intern war der Kerl mit der grobkörnigen Haut der Strippenzieher. Oder Roman versuchte mühsam, seine Vision einer

Gemeinschaft von Ex-Knackis aufrechtzuerhalten, jedoch gab es einige Mitbewohner, die sich nicht kontrollieren ließen. Oder, was für Benjamin am wahrscheinlichsten schien, all diese Gründe hatten ihren Anteil daran, dass Roman die Situation entglitt.

Roman hauchte auf die Gläser der Brille, die an einem Band um seinen Hals hing, und polierte sie eins nach dem anderen. „Ich werde mir die Auffrischung bald holen."

„Bald bedeutet: nie." Verächtlich schnaubte Beck. „Genieße deine Freiheit."

Ben ahnte, dass Beck nicht von der Zeit nach der Entlassung aus der Haftanstalt sprach. Bildlich stellte er sich vor, wie sich die Medikamente, die die chemische Kastration verursachten, in Romans Körper abbauten und die Gefühle, die sie betäubt hatten, zu neuem Leben erwachten. Ihm wurde übel, denn er wusste, dass Roman nicht stark genug sein würde, um seinem krankhaften Drang zu trotzen, da er das vor der Depot-Therapie auch nicht geschafft hatte. Ben rückte ein Stück von ihm weg. Sein Puls raste, was das Denken nicht gerade einfacher machte.

„Das hat nichts mit Freiheit zu tun. Diese Sucht ist eine Geißel!" Der Steg der Brille brach, da Roman die Gläser zu heftig poliert hatte. Fluchend warf er sie durch den Korridor. Er rieb sich die geschlossenen Lider und stöhnte.

Lässig lehnte sich Beck gegen die Wand. „Er hat dich betrogen, Kumpel, hat dir etwas vorgemacht."

„Das hat er wohl."

„Aber du willst ihn trotzdem noch, nicht wahr? Ich kenne dich zu gut. Mach mir nichts vor."

Zögerlich gab Roman ein „Ja" von sich, leise, fast verschämt.

„Dann bring ihn ins Lupanar. Dort wird er dir gehören, für immer."

Roman achtete tunlichst darauf, so Benjamins Eindruck, ihn nicht anzugucken. Seine Kiefer mahlten. Er stieß mit seiner Schuhspitze immer wieder gegen eine Fußleiste, die locker war.

Das Geräusch trieb Benjamin in den Wahnsinn. Es klang wie ein Countdown, der immer schneller heruntertickte. Seine Zeit lief ab. Wenn er die beiden nicht mit einem Angriff überraschte, war er verloren.

„Benni wird alles das für dich sein, was du möchtest", säuselte Beck verführerisch. „Der ungehorsame Schüler, der bestraft werden muss, der Straßenjunge, der eine Lektion in Homosexualität braucht – alles!"

Fassungslos lauschte Benjamin der Aufzählung. Er konnte kaum fassen, was hier geschah. Roman hatte sich und die anderen als völlig harmlos dargestellt, manchmal sogar als Opfer, wenn er über den Hass der Nachbarn sprach, doch nun fielen die Masken.

Leise und eindringlich sprach Beck weiter: „Zum Greifen nah."

Nun wich Ben vor ihm zurück und kam daher Roman wieder näher. Er war von den beiden eingeschlossen. Im Flur gab es nur das Fenster über der Tür und das in der Hausmeisterloge, aber um das eine oder das andere zu erreichen, musste er an Beck vorbei.

„Und niemand wird es jemals erfahren", zischelte dieser weiter.

„Das ist ..." Freiheitsentzug und Vergewaltigung, wollte Ben sagen, denn das Wort *Mord* brachte er nicht raus, aber dazu kam er nicht.

„Kein Kindesmissbrauch!", fiel Beck ihm ins Wort. „Er ist volljährig, Roman. Trotzdem sieht er jünger aus. Knusprig. Mit einem jungfräulichen Hintern."

Plötzlich sah Roman Benjamin unverwandt an. Sein Ton war scharf wie die Klinge eines frisch geschliffenen Jagdmessers. „Was wolltest du hier? Haben unsere ehrenwerten Nachbarn dich geschickt, damit du herumschnüffelst?"

Bens Kehle fühlte sich so eng an, als würde ein Strick darum liegen und zugezogen werden. Verzweifelt schüttelte er den Kopf. Ihm war heiß, aber die Luft um ihn herum wirkte frisch auf seinem schweißbedeckten rasierten Schädel.

„Hast du das, was ich dir anvertraut habe, an die Presse verkauft? Bist du hier, um dein Taschengeld aufzubessern, oder für ein kleines bisschen Ruhm, wenn du mit deinen Erlebnissen mit dem", Roman zeichnete Anführungsstriche in die Luft, „*Bösen in der Nummer 13* an die Öffentlichkeit gehst?"

Krächzend brachte Ben ein „Nein" heraus.

„Wolltest du dir die Freaks mal aus der Nähe anschauen?"

„Wirklich nicht."

„Was war es denn? Weshalb hast du dich hier eingeschlichen, Kobo... Benjamin?"

Fest presste Ben die Lippen aufeinander. Wenn er jetzt zugab, dass er hier war, um der Polizei zu helfen, war er so tot wie die rothaarige Frau, die in diesem Haus ermordet worden sein sollte.

„Ich war völlig offen zu dir, hab immer die Wahrheit gesagt und mein Herz auf der Zunge getragen. Und was hast du gemacht? Du hast mich von Anfang an hintergangen." Roman machte einen Schritt auf ihn zu. „Hast dich wahrscheinlich noch lustig über mich gemacht."

„Wir sollten ihn durchsuchen. Er könnte eine Kamera dabeihaben oder ein Aufnahmegerät. Sein Handy müssen wir auch überprüfen. Ich ziehe dein neues Spielzeug aus und du machst die Leibesvisitation." Beck lachte fies. „Aber erst im Lupanar. Bringen wir ihn zum Spielplatz, solange wir noch Zeit dazu haben."

Statt Ben zu packen, verschränkte Roman die Arme vor dem Oberkörper. Mit verkniffener Miene betrachtete er Ben.

„Komm schon, Roman. Wir sind Freunde, wir halten zusammen. Nur wir können uns auf uns verlassen." Vergnüglich spuckte Beck in seine Hände und verrieb den Speichel. „Du bedeutest dem Wichser nichts. Er hat dir nur was vorgespielt."

Ben schwitzte Blut und Wasser. Er stand Todesängste aus. Flehend schaute er Roman an, konnte aber nicht ausmachen, wie dieser sich entscheiden würde. Für oder gegen ihn. Ben schätzte seine Chancen schlecht ein. Roman war sein einziger Verbündeter in diesem Haus, und ausgerechnet ihn hatte er verärgert.

Plötzlich griff Uwe Beck Benjamin an.

Ben öffnete seinen Mund, doch bevor er schreien konnte, war Beck schon bei ihm.

39. KAPITEL

Beim zweiten Besuch dieses furchtbaren Orts innerhalb der vergangenen zwei Tage fiel es Daniel nicht leichter, seinen Chopper in das Hauptgebäude an der Kerpener Straße zu bugsieren. Genau genommen war nicht der Ort furchtbar, sondern die Erinnerungen, die er mit ihm verband. Sich zu fragen, warum Stefan Haas ausgerechnet in der Universitätsklinik lag, brachte allerdings auch nichts. Aber die starke Abneigung, die Daniel gegen dieses Krankenhaus hegte, hatte nichts mit dem Spital selbst zu tun. Er wurde im vergangenen Frühjahr hier bestens versorgt. Genutzt hatte es nichts, und das war das Problem.

Bevor er in eine Spezialklinik überwiesen worden war, um alle Möglichkeiten auszuschöpfen, hatten die Ärzte hier alles Erdenkliche versucht. Nur allzu lebhaft erinnerte sich Daniel an das Wechselbad der Gefühle, die emotionale Achterbahn, die ihm die letzten Kraftreserven geraubt hatte, das ständige Auf und Ab, den Strudel von Hoffnung und Verzweiflung, der ihn immer tiefer hinabgezogen hatte. Die Uniklinik hatte ihn als Wrack wieder ausgespuckt.

Er nahm es den Ärzten und dem Personal nicht übel. Sie hatten getan, was sie konnten. Auch wenn das in seinem Fall nicht genug gewesen war, aber sie besaßen nun mal keinen Zauberstab, der sie befähigte, Wunder zu wirken und einen Wirbelkörperbruch im unteren Brustwirbel zu heilen.

Mit den Nerven am Ende hatte er die Uniklinik vor etwas weniger als einem Jahr verlassen. Nun war er zurück und versuchte mühsam zu verbergen, wie hundeelend er sich dabei fühlte, als er sich zu Stefan Haas durchfragte. Dieser typische Krankenhausgeruch nach Desinfektionsmitteln und Pfefferminztee, das Quietschen seiner Räder auf dem Linoleumboden und die leisen Unterhaltungen, als dürfte in diesem Gebäude nicht gelacht werden, bewirkten, dass sich seine Nackenhaare aufstellten, während er seinen Rolli durch die Abteilung schob.

Als er endlich vor Haas stand, kehrte die Wut auf ihn zurück, wodurch er die Umgebung etwas besser ausblenden konnte. Er versuchte, sich auf den Kinderschänder, auf seinen Job zu konzentrieren und seine eigene Abneigung gegenüber dem Hospital beiseitezuschieben.

Stefan Haas hatte nicht nur seinen Sohn missbraucht, sondern er musste auch wissen, ob Noel noch lebte oder nicht. Falls Gloria den Lockenkopf tatsächlich gesehen hatte. Und falls die exhumierte Kinderleiche wirklich ein Mädchen war. Daniel hasste das Warten auf

Untersuchungsergebnisse. Das bremste die Ermittlungen aus. Aber vielleicht kam er weiter, wenn er den Verdächtigen in die Mangel nahm.

„Wie geht es Ihnen?", fragte Daniel der Höflichkeit halber.

„Die Ärzte haben mir eine Rippe gebrochen, die drohte, meine Lunge zu durchbohren. Ich habe Prellungen, Verstauchungen, Abschürfungen", zum Beweis hielt Hass seine bandagierten Hände hoch, „und, verdammt noch mal, Schmerzen. Mir geht es prima!"

Sarkasmus! Das kam ihm bekannt vor. Daniel unterdrückte ein Grinsen und die aufkeimende Sympathie für den Verdächtigen. „Sie könnten die Schwestern und Pfleger um Schmerzmittel bitten."

„Bekomme ich schon." Haas zeigte auf den Tropf neben seinem Bett. Träge rann die durchsichtige Flüssigkeit vom Infusionsbeutel durch den Schlauch in die Kanüle in seiner Armbeuge. „Einen Cocktail aus Novalginsulfon und Paspertin. Hilft aber nicht genug. Daher muss ich zusätzlich Tramadol nehmen. Die Wirkung lässt noch auf sich warten. Das Nächste wäre Morphium, aber das will ich auf keinen Fall. Ich hasse diesen ganzen Chemiekram! Er macht den Körper nur noch mehr kaputt. Aber ohne geht es noch nicht. Also versuche ich durchzuhalten. Irgendwann wird es schon besser werden." Haas warf den Latexhandschuh, der auf seiner Bettdecke lag, auf den Beistelltisch. „Den soll ich regelmäßig aufblasen. Tut höllisch weh!"

Da Daniel zu schwitzen anfing, zog er seine Jacke aus und legte sie quer über seinen Schoß. Die Fenster waren geschlossen und der Regler der Heizung stand auf Maximum. „Sie sind zäher, als Sie wirken."

„Was meinen Sie damit?"

„Bei unserer ersten Begegnung waren Sie recht scheu. Ich hätte Sie als fragil eingeschätzt." Und weinerlich. Aber nun hatte Daniel einen Mann vor sich, der gebildet sprach und ihm direkt in die Augen sah. Er hatte Haas unterschätzt.

„Worauf spielen Sie an, Kommissar Zucker?"

Daniel ließ ihn zappeln, damit er nervös wurde und sich verplapperte oder im Laufe der Befragung bestenfalls zusammenbrach und gestand. Und er hatte Erfolg.

Unruhig verlagerte Stefan Haas zuerst sein Gewicht auf die Seite. Er verzog sein Gesicht, versuchte sich hochzudrücken, aber das schien ihm noch mehr wehzutun, sodass er am Ende wieder so lag wie zuvor.

„Vergeuden wir keine Zeit, sondern sprechen Sie es frei aus."

„Wie kam es dazu, dass Sie von einem Auto erfasst wurden?"

„Die Kreuzung war dunkel."

„Ich begreife das nicht."
„Die Straßenlaternen brannten nicht. Es muss einen Defekt gegeben haben." Jugendliche hatten sich einen Spaß daraus gemacht, sie zu löschen, indem sie dagegentraten, aber das erwähnte Daniel nicht, denn es war unwichtig. „Unbedarfte Kinder laufen vor Fahrzeuge, ebenso ältere Menschen, bei denen Gehör und Sehkraft nachlassen, aber doch keine Männer unter 40."

„Tut mir leid." Mit verzerrter Miene rieb Stefan Haas über sein Schlafanzugoberteil, unter dem eine Bandage hervorlugte. „So trug es sich nun mal zu. Ich war müde und wollte schleunigst ins Bett."

Daniel erinnerte sich, dass er um halb elf nachts an der Unfallstelle eingetroffen war und aufgrund seines Bocks länger gebraucht hatte. Zu dem Zeitpunkt war Haas schon auf dem Weg in die Uniklinik gewesen. Das Unglück musste sich zwischen neun und halb zehn ereignet haben. „So spät war es doch noch gar nicht."

„Ich gehe früh schlafen und stehe früh auf."

„Sie liefen aber *über*", das letzte Wort betonte Daniel, „die Bruchstraße. Hätten Sie zur Nummer 13 gewollt, hätten Sie nach links abbiegen müssen."

Die Finger von Stefan Haas' linker Hand hatte man nicht bandagiert. Sie krallten sich nun in die Bettdecke und hielten sich krampfhaft fest, als befürchtete er, Daniel könnte sie ihm wegziehen. „Wie gesagt, ich konnte meine Augen kaum aufhalten, dazu die Finsternis."

„In einer Großstadt wie Köln ist es nie wirklich dunkel."

„Ich brauche schon seit Längerem eine Brille, aber ich habe andere Probleme."

Das klang für Daniel wie eine lahme Ausrede und ließ sich durch eine Augenuntersuchung oder das Gespräch mit seinem Augenarzt leicht verifizieren oder widerlegen. „Ach ja, welche denn?"

„Aggressive Anwohner, Geldnot, spekulative Verdächtigungen …"

„Sind Sie vor einem Nachbarn geflohen?", fragte Daniel, stützte sich auf seinen Knien ab, ohne die Berührung an den Beinen zu spüren, und neigte sich vor. „Ist es so zu der Kollision mit dem Wagen gekommen?"

Haas' Zehen unter der Decke waren in ständiger Bewegung. „Ich bin nicht weg … da war niemand hinter … wie kommen Sie nur darauf?"

Wieso wurde er nervös? Umso gelassener lehnte sich Daniel zurück. „Es gibt einen Zeugen, der jemanden gesehen haben will, der Ihnen auf den Fersen war."

„Das muss Zufall sein." Stefan Haas wurde weiß wie die Wand hinter ihm, wodurch die Kratzer auf seiner rechten Gesichtshälfte stark hervortraten. „Wahrscheinlich ging nur irgendjemand hinter mir und Ihr Zeuge zog falsche Schlüsse."

„Weshalb sind Sie dann weggerannt?"

„Bin ich nicht."

„Sie sind gelaufen."

„Es war kalt. Ich bin lediglich schnell gegangen."

Lässig legte Daniel den Arm über die Rückenlehne. „Warum haben Sie die Bruchstraße 13 nicht durch den Hintereingang betreten? Sie kamen doch an der Parallelstraße vorbei, an der die Rückseite des Gebäudes liegt." Und an dem Eckkiosk mit Gloria und Theo.

Stefan Haas öffnete seinen Mund und schloss ihn wieder, ohne einen Ton von sich gegeben zu haben. Er sah hilflos aus. Einen Augenblick bröckelte seine Fassade und hinter dem gefassten Mann kam ein Häufchen Elend zum Vorschein. Betreten schwieg er, wohl weil ihm kein Vorwand einfiel.

Er hütete ein Geheimnis, so viel stand für Daniel fest. Kurz vor seinem Unfall musste etwas passiert sein, etwas, das ihn alle Vorsicht vergessen und blind über die Kreuzungen sprinten ließ, etwas Dramatisches, das ihm die Angst und Verzweiflung ins Gesicht getrieben hatte, wie Theo beschrieben hatte.

Plötzlich kam Daniel ein Gedanke. Konnte es sein, dass Haas an besagtem Abend gar nicht nach Hause gewollt hatte, sondern eben erst von dort gekommen war? Wenn das stimmte, wohin hatte er gehen wollen? Vielleicht war der Mann, der ihn laut Theo gejagt hatte, gar kein Verfolger, sondern ein Begleiter. Schäfer, der weise Ratgeber und Anführer möglicherweise, oder Beck als Bodyguard.

Eventuell sogar Vincente, der ihn doch noch herumgekriegt hatte, mit ihm zu kooperieren. Wie hatte er das geschafft? Hatte Quast Haas ein Date mit einem Jungen verschafft, einem, der seinem Sohn ähnlich sah, damit er in Erinnerungen schwelgen konnte? Daniel fand diese Idee schlüssig. Das Kind, hinter dem Stefan Haas hergerannt war, konnte ein minderjähriger Stricher sein, der Haas anhand der Medienberichte erkannt hatte und geflüchtet war, weil er es nicht mit einem Pädophilen treiben wollte.

Nachdenklich zupfte Daniel an seinem gestutzten Kinnbart herum. Das Verhör von Leentje und Friedrich Schuster hatte kurz vor Mittag stattgefunden und sich bis in den frühen Nachmittag hingezogen. Er musste prüfen, ob Vinzent Quast von den Kollegen noch am selben Tag verhaftet wurde oder abends mit Stefan Haas hätte unterwegs sein können.

Daniel entschied sich für einen Frontalangriff. „Wer war das Kind, das Sie verfolgten?"

„Das ... welches ... das ist doch absurd!" Stefan Haas' Augen wurden feucht.

Zuerst war sich Daniel nicht sicher. Vielleicht täuschte er sich auch. Aber als er genauer hinsah, machte er ein Schimmern aus, das ihn überraschte. „Sie wurden dabei beobachtet, wie Sie einen Jungen durch die Straßen trieben."

„Erst soll ich gejagt worden sein, jetzt bin ich plötzlich der Jäger? Ich bitte Sie." Haas' Stimme klang kratzig, aber er räusperte sich nicht. „Sie sollten die Verlässlichkeit Ihrer Informationsquellen prüfen."

„Es wird vermutet, dass es sich um einen Jungen handelt."

„Aber Sie wissen es nicht."

„Einer, der aussah wie Momo."

Stefan Haas wollte etwas erwidern, aber es kam nur ein Krächzen heraus. Mit beiden Händen nahm er ein Glas Wasser und trank. „Das war doch ein Mädchen."

„Mit braunen Locken."

Hektisch blinzelte Haas, als versuchte er zu verhindern, dass er zu weinen anfing.

„Wie Sie sie haben."

Haas schaute aus dem Fenster, dabei gab es dort nichts zu sehen, außer dunklen Wolken, die unentwegt Schneeflocken ausspuckten.

„Und Ihr Sohn."

Mit einem Ruck flog Haas' Kopf herum. Schrill gab er von sich: „Er ist tot."

„Ist er das wirklich?"

Das Glas, klein und dickwandig, fiel ihm aus den bandagierten Händen. Es knallte auf den Linoleumboden. Wie durch ein Wunder zerbrach es nicht. Das Wasser spritzte bis zu Daniels Fußstützen.

„Natürlich ist er das!" Aufgebracht nannte Haas den Namen des Friedhofs und die Grabnummer. Sein Körper bebte. „Er war ein Wunschkind. Nach seiner Geburt ging nicht meine Frau in Elternzeit, sondern ich. Ihr war es wichtiger, ihre Karriere als Marketingleiterin weiterzuverfolgen. Sie war damals schon kalt wie ein Fisch, zu mir und zu Noel. Ich war es, der ihm die Windeln gewechselt hat und der nachts aufstand, wenn er schrie, und ihn mit der abgepumpten Muttermilch von Verena fütterte. Sie wollte nicht gestört werden, denn sie brauchte ihren Schlaf, um im Job die volle Leistung abrufen zu können. Dieselben Ambitionen hatte sie als Mutter nicht. Also war ich für Noel beides: Mama und Papa." Dicke Tränen liefen seine Wangen hinab. „Ich liebe ihn! Ich liebe ihn mehr als mein eigenes Leben."

Daniel wurde hellhörig. „Sie sprechen in der Gegenwartsform von einem Verstorbenen?"

„Das war nicht so … Sie verdrehen mir die Worte … Wahre Liebe geht über den Tod hinaus."

Er weiß es, dachte Daniel, *weiß, dass Noel noch lebt.* Warum gab er es nicht zu? Das konnte nur bedeuten, dass er seinen Aufenthaltsort kannte und dass er nach der Entlassung aus dem Krankenhaus wieder mit ihm zusammen sein wollte. In besagter Nacht war er tatsächlich hinter Noel hergerannt. Aber wie konnte er wissen, wo er seinen Sohn finden würde? Immerhin irrte Noel durch Köln.

„Zuerst hat er gerufen: Bleib stehen! Dann: Lauf! Vielleicht habe ich mich aber auch verhört, denn das kann ja nicht sein. Kann es nicht", hatte Gloria ausgesagt. *„Der Kleine hielt jedenfalls nicht an, nein, das tat er nicht, ich erinnere mich genau. Hab ein ausgezeichnetes Gedächtnis. Ich sollte zum* Supertalent *gehen."*

Das konnte Daniel absolut nicht einordnen. Warum sollte Stefan Haas seine Meinung innerhalb von Sekunden geändert haben? Wahrscheinlich war die Lösung ganz einfach. Er hatte das Auto doch kommen sehen und Angst gehabt, dass es Noel erfasste. Zuerst hatte er seinen Sohn ermahnt, auf dem Bordstein stehen zu bleiben, und dann, als der Kleine nicht hörte, er auf die Straße lief und es zu spät war, ihm zugerufen, er solle schneller rennen, in der Hoffnung, dass er auf der anderen Seite ankam, bevor der Wagen ihn erreichen konnte. Höchstwahrscheinlich hatte Stefan Haas sich selbst in Gefahr begeben, hatte Noel im letzten Moment weggestoßen und ihn damit gerettet, sich selbst jedoch geopfert. Aber wenn er ein Held war, warum verschwieg er seine Heldentat dann?

Kräftig massierte Daniel seinen Nacken. Ihm waren die Hände gebunden. Bevor er nicht die Bestätigung aus der Rechtsmedizin bekam, dass es sich bei den exhumierten Leichen im Grab der Familie Haas nicht um Verena und Noel handelte, durfte er Stefan Haas nicht damit konfrontieren. Diesmal ging er besonnener vor und überschritt seine Kompetenzen nicht. Ermittlungsfehler würden in einem

Gerichtsverfahren zu Haas' Gunsten ausgelegt werden. Dieser Fall war zu fragil, um mit der Brechstange ranzugehen. Es ging schließlich nicht nur um das Verschwinden von Noel, sondern auch den Mord an seiner Mutter.

In seinem Inneren hörte Daniel das Ticken einer Uhr. Ihnen lief die Zeit davon und er wollte Noel unter allen Umständen lebend finden. *Er ist noch ein Kind, verdammt!* Die Pädophilen hatten schon genug Minderjährige auf dem Gewissen. Aber das war es nicht allein, was ihn zur Eile antrieb. Momentan schien Noel der Einzige zu sein, der Licht in den Fall bringen konnte.

Er verließ einen völlig aufgelösten Stefan Haas und empfand kein Mitleid. In wenigen Stunden, wenn ihm der Bericht von Dr. Karl Sachs vorlag, würde er zurück in diesem Krankenzimmer sein und dann würden die Wände wackeln, das schwor er sich!

Aufgewühlt und unzufrieden, weil er sich zurückhalten musste, fuhr er in den Aufzug. Der Lift setzte sich überraschend geschmeidig in Bewegung. Daniels Blick glitt über die Tafel mit den Abteilungen und blieb an einem Wort kleben. Seine Eingeweide zogen sich zusammen.

Plötzlich kam ihm eine Idee.

Seine Hand schnellte vor und drückte auf den Knopf. Eigentlich war er im Dienst, aber diese Sache ließ ihn nicht in Ruhe. Wo er schon mal in der Uniklinik war, konnte er auch eben kurz vorbeischauen. Wahrscheinlich würde man ohnehin keine Zeit für ihn haben, schließlich kam er unangemeldet. Er war kein Patient und würde vermutlich keinen Arzt mit dem Fachgebiet Andrologie antreffen.

Als sich die Fahrstuhltüren öffneten, rührte er sich zuerst nicht vom Fleck. Kurzzeitig verließ ihn der Mut. Er schob den Ehering ein Stück hoch und rieb über Maries tätowierten Namen. Hatte der Besuch dieser Abteilung überhaupt einen Sinn? War es nicht schon zu spät? Nein, lautete sein Fazit, denn Marie hatte ihn noch nicht verlassen.

Bevor sich die Türen wieder schlossen, schoss er mit seinem Rollstuhl hinaus. Er kollidierte beinahe mit Dr. Bingen, den er noch von seinem Krankenhausaufenthalt nach dem Unfall kannte.

„He, passen Sie doch auf! Moment mal. Sind Sie nicht – gleich fällt es mir ein", Dr. Bingen strich über seine weißen, buschigen Augenbrauen, „Daniel Zucker?"

„Sie erinnern sich an mich?" Kein gutes Zeichen, ahnte Daniel.

„Natürlich. Der Mann mit dem süßen Nachnamen, aber der Sauren-Drops-Miene."

„Ich habe nur eine Frage, eine einzige", beeilte sich Daniel zu sagen, weil er befürchtete, doch noch einen Rückzieher zu machen. Als er sie aussprach, lief er rot an, da er sich zu seiner eigenen Überraschung verzweifelt anhörte.

Keine 25 Minuten später verließ er die Urologie. Ein Lächeln umspielte seine Lippen.

Kaum war er in sein Fahrzeug gestiegen, klingelte sein Handy. Er kannte die Nummer nicht. Auf dem Display stand eine Kölner Nummer. Zu seiner Überraschung meldete sich Gloria aus dem Kiosk in Ehrenfeld.

Nachdem er den Anruf beendet hatte, war er völlig aufgelöst. Er konnte kaum glauben, was er gerade gehört hatte! Adrenalin rauschte durch ihn hindurch, aber es war nicht belebend, sondern brannte wie Säure in seinen Adern.

Obwohl seine Nerven flatterten, informierte er sachlich die Kollegen vom KK 11 und der Polizeiinspektion West, ebenso Marie, die noch während des Telefonats ihren Mantel und ihren Autoschlüssel griff und den Musical Dome ohne sich abzumelden verließ. Danach startete er eilig den Motor und fuhr mit quietschenden Reifen davon.

„Verdammt, Benjamin." Aufgebracht schlug Daniel auf das Lenkrad. „Scheiße, Scheiße, Scheiße!"

40. KAPITEL

Bevor Beck Benjamin packen konnte, trat Roman seinem Mitbewohner in den Magen. Dieser krümmte sich vor Schmerz, blieb aber auf den Beinen.

Wutentbrannt richtete er sich bereits wieder auf, als Roman keifte: „Ich kann das nicht. Kann das nicht mehr!"

„Du hast schon immer geglaubt, was Besseres zu sein. Aber du bist wie wir – ein Kinderficker."

„Ich bin nicht wie du. Hab meine Jungs immer geliebt und ihnen nie ein Haar gekrümmt. Du dagegen bist in erster Linie ein Sadist. Du willst nur zerstören! Die Unschuld, die die Kleinen präsentierten. Oder die Kindheit, die du nie hattest."

„Deine Hobbypsychologie ist fürn Arsch. Du hast sie gefickt wie ich auch. Da gibt es keinen Unterschied."

„Ich will mich ändern!"

„Es steckt in dir. Du kannst nicht dagegen an. Verdammter Warmduscher!"

„Außerdem mag ich ihn." Voller Gram schaute Roman Ben an, dann wieder Beck. „Du gefährdest das ganze Resozialisierungsprojekt. Das tust du schon die ganze Zeit mit deinem ... eurem Lupanar."

„*Unserem* Lupanar. Behaupte nicht, du wärst nicht interessiert. Du warst heimlich dort unten und hast es dir angeschaut. Ich hab das mitgekriegt."

„Gut, ich gebe es zu, aber ich war schockiert!"

„Du hattest einen Ständer."

„Hatte ich nicht", protestierte Roman scharf und wurde rot.

Ben wusste nicht, wem er glauben sollte, aber es war ihm auch egal. Alles, was er wollte, war hier raus! Plötzlich wirkte das Gebäude erdrückend auf ihn, wie eine Gruft. Die Dunkelheit im hinteren Bereich des Erdgeschosses, wo das Deckenlicht nicht funktionierte und die Fenster zugeklebt waren. Die Kälte, die durch die Ritzen des renovierungsbedürftigen Baus kroch. Die vom Wetter und den Jahren mitgenommenen roten Backsteine von außen. Der Efeu, der wie ein Geschwür an der Außenwand wuchs, und in dem Spinnen lebten. Ben hasste Spinnen! Er hätte niemals hierherkommen sollen. Niemals! Aber er hatte seine Hände ja unbedingt reinwaschen wollen. Außerdem fühlte er sich zu den Ausgestoßenen der Gesellschaft hingezogen, weil er seit dem Prozess und dem Warnschussarrest selbst einer war.

„Du weißt doch, wie es heißt." Uwe Beck gab einen unmenschlichen Laut von sich, der entfernt an ein wölfisches Jaulen erinnerte. Eine dunkle Zornesfalte teilte seine Stirn in zwei Hälften. „Schließe dich dem Wolfsrudel an oder werde von ihm zerfleischt."

Er ballte seine Hände zu Fäusten, hielt sie wie zwei Rammböcke vor den Körper. Knurrend preschte er auf seinen Mitbewohner und auf Benjamin zu.

Im letzten Moment krallte Roman seine Finger in Bens Hoodie und schleuderte ihn in die Hausmeisterloge hinein. Wild ruderte Benjamin mit den Armen. Er konnte zwar verhindern, dass er sich langlegte, fand jedoch erst Halt, als er gegen die gegenüberliegende Wand stieß. Seine Jacke, die er am Ausgang hatte anziehen wollen und bis dahin in den Händen getragen hatte, fiel zu Boden. Er machte sich nicht die Mühe, sie aufzuheben. Hier ging es um weit mehr als um Besitztümer.

Keuchend erlangte er sein Gleichgewicht zurück. Roman hatte ihn aus der Gefahrenzone gebracht und sich auf seine Seite geschlagen. Ben flog herum und sah, dass sein Retter gerade dafür die Prügel kassierte. Die beiden Männer waren längst in einen Kampf verwickelt.

Völlig unpassend musste Ben lächeln. Roman hatte sich gegen die Dunkelheit und für das Licht entschieden, obwohl er wusste, dass die Wohngemeinschaft, für die er sich mit viel Engagement und Herzblut eingesetzt hatte, damit dem Untergang geweiht war.

Er schlug sich erstaunlich tapfer, kam aber kaum gegen Beck an. Wie Ben wusste, war er kein Typ für eine körperliche Konfrontation – sondern er kämpfte mit Worten und Intellekt, er hatte viel zu kleine Hände mit filigranen Fingern, die dazu gemacht waren, Buchseiten umzublättern und Gitarrensaiten zu zupfen – ganz im Gegensatz zu Uwe Beck. Dieser konnte nicht nur austeilen, er besaß zu allem Übel auch Nehmerqualitäten. Er steckte die wenigen Treffer von Roman weg und boxte sofort zurück. Seine Augen leuchteten und er grinste dämlich. Offenbar machte ihm die Prügelei sogar Spaß. Als seine Unterlippe aufplatzte und Blut über sein Kinn rann, scherte er sich nicht darum.

Benjamin ahnte, dass Roman nicht lange durchhalten würde.

Es sei denn, der Mob auf dem Bürgersteig durchbrach die Haustür.

Oder die Polizei kam bald, um Michael Engel zu suchen.

Oder Ben holte Hilfe.

Aufgeregt schaute er sich in dem kleinen Raum nach einer Waffe um. Entgegen seiner ersten Annahme war er nicht leer. An einer Wand stand ein schwarzer Metallschrank. Staubfäden verbanden ihn mit dem einfachen Aluminiumregal daneben. Auf dessen mittlerem Boden lag eine Rolle mit Mülltüten, die so schmutzig war, dass Ben die blaue Farbe nur noch erahnen konnte. Die Leuchtröhre in der Neonlampe an der Decke hing nur noch an einer Seite in der Fassung.

Eine dicke Staubschicht überzog die Werkbank unter dem zweiflügeligen Fenster. Die Scheiben waren mit alten Zeitungen beklebt, das Papier war gelbstichig und die Schrift verblasst. An einer Seite hatte sich das Klebeband gelöst. Eine Ecke des Sichtschutzes war heruntergeklappt, sodass etwas Helligkeit hereindrang. Da es draußen jedoch wie verrückt schneite, war das nicht viel.

Ben spürte seinen Puls an der Halsschlagader. Unangenehm stark pochte es dort. Als er sich auf den Tisch kniete und nach dem Fenstergriff langte, rutschte er ab, weil seine Handflächen schweißnass waren. Er fing sich ab, indem er sich auf der Tischplatte abstützte. Als er es erneut versuchte, klebte Dreck an seiner Hand. Ungehalten und fluchend zog er an dem Hebel, aber er ließ sich nicht bewegen. Er musste beide Hände benutzen, um ihn drehen zu können. Offenbar wurde der Raum seit einer Ewigkeit, vermutlich jahrelang, nicht mehr gelüftet.

Zitternd zog er am Griff.

Nichts rührte sich.

Er zerrte daran. Fester. Ungehalten.

Nichts.

Dass Gefühl, hier eingeschlossen zu sein, verstärkte sich. Eingesperrt mit einem Wahnsinnigen, der erst Roman und dann ihn fertigmachen würde. Selbst Benjamins Atem zitterte vor Aufregung und Bestürzung. Schnaufend untersuchte er den Rahmen nach einer Sperre, konnte aber keine entdecken. Das Fenster schien eingerostet zu sein oder hatte sich verhakt.

Oder die Pädophilen hatten es zugeklebt mit einem Industriekleber, Beton oder Silikon, kam es Benjamin in den Sinn.

Verzweifelt rüttelte er am Griff, er stieß tausend Flüche aus und fragte sich, warum die Angst ihn nicht stärker machte. Sollte sie nicht eigentlich ungeahnte Kräfte in ihm mobilisieren? Doch er fühlte sich schwach und wehrlos. Er kam sich unendlich dumm vor, weil er selbst die Schuld an der Gefahr trug, in der er sich befand. Beck würde ihn töten oder in dieses Lupanar bringen, was immer das war. Beides verursachte bei ihm Magenkrämpfe.

Ben schmeckte bittere Galle auf der Zunge, gab einen Laut der Verzweiflung von sich und rüttelte wie von Sinnen am Hebel.

Gerade als er einen Ruck spürte und Hoffnung in ihm aufkam, dass, was immer das Fenster festhielt, kurz davor stand, zu brechen, riss Uwe Beck ihn brutal an der Kapuze zurück. Schmerzhaft schnitt der Bund des Pullis in Benjamins Hals. Ein paar Sekunden lang bekam er keine Luft mehr. Der Schreck fuhr Ben in die Glieder und lähmte seine Gegenwehr ebenso sehr wie die Luftnot.

Aus einem Reflex heraus strampelte er mit den Beinen, fand jedoch keinen Halt. Als wäre er nur ein Sack mit Altkleidern, warf Beck ihn mühelos zu Boden. Dabei schlug Bens Hinterkopf gegen den Metallschrank. Es tat so weh, dass er im ersten Moment schwarz sah. Seine Glieder erschlafften. Wehrlos lag er da, wie ein hilfloser Käfer auf dem Rücken.

Mit aller Wucht trat Uwe Beck ihm in die Nieren. Benjamin krümmte sich zusammen, schloss unwillkürlich die Lider. Für ihn existierte nur noch der flammende Schmerz in seiner Seite.

Er merkte erst, dass bei seinem Sturz, den der Metallschrank aufgefangen hatte, eine der Schubladen aufgegangen war, als jemand ihn hochzog und er mit dem Schädel dagegenstieß. Aber es war nicht Beck, sondern Roman, der Ben auf die Füße half. Er sagte etwas, das Benjamin nicht verstand, weil das Blut in seinen Ohren laut rauschte. An den Lippen meinte er die Worte „Entschuldigung" und „Flieh" abzulesen. Im nächsten Moment vergrub Beck seine Finger in Romans Haaren, zerrte ihn zum Fenster und knallte seine Stirn auf die Platte des Tischs davor. Er erinnerte Ben an einen Rottweiler, der sich von der Leine befreit hatte und sich in seinem Besitzer verbiss.

Aufgrund seines dröhnenden Schädels brauchte Ben ein paar Sekunden länger, um die Situation zu erfassen. Der Weg zum Hinterausgang war frei! Nur das kleine Stück durch den Korridor, und er würde im Schnee stehen, den Duft der Freiheit tief in seine Lungen inhalieren und erleichtert aufatmen können. Die Schmerzen im Kopf und in der Seite entzogen ihm Energie. Unsicher auf den Beinen, wankte er durch den Raum.

Doch bevor er ihn verlassen konnte, tauchte Michael Engel in der Tür auf. „Was is 'n hier los?"

„Kümmere du dich um den kleinen Wichser da. Der darf uns nicht entkommen!" Uwe Becks grobkörnige Wangen bebten, während er zuerst auf Benjamin, dann auf Schäfer zeigte, der sich gerade mühsam aufrichtete und an die Stirn fasste. „Dieser Scheißgelehrte hier gehört mir! Er wollte uns vorschreiben, was wir zu tun und zu lassen haben. Jetzt tut er so, als wäre er plötzlich ein verdammter Heiliger, als wäre er besser als wir! Das hat er nun davon."

Kaum hatte er zu Ende gesprochen, schlug Beck wieder auf Roman ein. Aber er hatte zu viel Zeit mit Reden vertan, sodass sein Gegner sich etwas erholt hatte. Lautlos bot Schäfer ihm Paroli. Beck dagegen brüllte zornig, wobei sein Speichel durch die Gegend stob.

„Wenn du dich freiwillig hinkniest wie 'n Köter und auf sein Urteil wartest, wird er dir vielleicht nix tun." Mit seiner Zungenspitze bewegte Engel das Lippenpiercing hin und her.

Benjamin ging eigentlich jeder Konfrontation aus dem Weg, besonders einer körperlichen, aber jetzt und hier war er bereit dazu. „Eher würde ich sterben."

„Kannste haben."

Engel schoss nach vorne. Er versuchte, den Arm um Benjamins Hals zu legen, um ihn in den Würgegriff zu nehmen. Ben, in Alarmbereitschaft, wehrte ihn jedoch rechtzeitig ab. Das ging leichter, als er erwartet hatte. Engel war eben nicht Beck, kein Fels in der Brandung, sondern ähnlich gebaut wie Ben selbst. Er erkannte, dass er eine reelle Chance gegen Michael Engel hatte. Wie alt mochte er sein? Bestimmt nur zwei, drei Jahre älter als Ben.

Den Baum kannst du fällen, das schaffst du, feuerte sich Benjamin an, als er hinter sich eine Bewegung wahrnahm. Erschrocken fuhr er herum.

Uwe Beck langte in die Schublade, die durch Bens Aufprall aufgegangen war, da sie auf Rollen lief. Seine Miene hatte etwas Gruseliges, etwas Irres an sich, sodass Benjamin einen Schritt von ihm weg machte.

Breit grinsend, als hätte er den Topf mit Gold am Ende des Regenbogens gefunden, entnahm Beck einen Gummihammer. Er betrachtete ihn. Wog ihn in der Hand. Und schwang ihn einige Male durch die Luft.

Ängstlich riss Ben seine Augen auf. Er schaute zu Roman, aber der wischte sich gerade Blut aus dem Auge, da seine linke Augenbraue aufgeplatzt war, und bekam nichts mit.

Benjamin wich weiter von Uwe Beck zurück und öffnete seinen Mund, um Roman zu warnen. Da legte Michael Engel seinen Arm von hinten um Bens Hals. Vor Sorge um seinen Freund hatte Ben seine eigene Deckung vernachlässigt. Das rächte sich nun!

Der Schrei blieb ihm in der Kehle stecken. Blitzschnell duckte er sich, um der Umklammerung zu entgehen. Sein Plan klappte aber nur zur Hälfte. Engel konnte ihn zwar nicht würgen, aber er schlang beide Arme um Bens Taille und hielt ihn fest.

Nackte Angst ergriff Benjamin! Denn während er versuchte sich loszumachen, drehte sich Uwe Beck um und schlug mit dem Hammer auf Roman ein.

Immer und immer wieder.

Gnadenlos. Unbarmherzig. Lachend.

Michael Engel war nicht viel stärker als Ben, aber auch nicht schwächer. Minutenlang rangelten sie, ohne dass sich etwas an ihrer Situation änderte. Die Zeit spielte Engel in die Hände, erkannte Ben, denn der verurteilte Sexualstraftäter brauchte ihn nur festzuhalten, bis Beck mit Schäfer fertig war und ihn übernahm.

Dann wäre es aus! Aus und vorbei. Bye-bye, Leben.

Panisch hieb er hinter sich, in der Hoffnung, Michael Engel so wehzutun, dass er ihn freigab, aber er traf ihn kaum. Auch Engel schwitzte. Ben spürte seine Schweißtropfen im Nacken und auf seinem kurz rasierten Schädel.

Plötzlich schrie Beck: „Hör auf mit dem Kinderkram, Michael! Mach ihn endlich fertig. Da ist noch Werkzeug drin."

Vor Furcht bekam Ben eine Gänsehaut. Seine Haut zog sich so sehr zusammen, dass es schmerzte. Aber ihm wurde auch bewusst, dass die Zeit vielleicht nicht der Verbündete seiner Gegner war, sondern seiner. Irgendwann würde die Polizei eintreffen und nach Engel suchen. Bis dahin konnte es jedoch für ihn zu spät sein.

Grob schob Engel ihn vorwärts, näher an den Metallschrank heran. Um in die Schublade greifen zu können, musste er Ben mit einer Hand loslassen. Dieser nutzte den Moment. Mit aller Kraft riss er sich los. Brutal stieß er Engel gegen die Wand und rannte los. Er schoss aus der Hausmeisterloge. Flink wie ein Wiesel bog er nach links und streckte seine Hände nach der Türklinke aus. Noch drei Schritte bis in die Freiheit.

Plötzlich taumelte er. Seine Füße steckten fest. Es fühlte sich an, als würde er durch Sand laufen.

Verwundert schaute er an sich herab. Seine Jacke, die er achtlos auf den Boden geworfen hatte, hatte sich um seine Schuhe gewickelt. Sein Herz pochte hart und aufgeregt in seinem Brustkorb. Hektisch strampelte er sich frei. Er keuchte erleichtert. Machte einen Schritt auf die Tür zu.

Jemand riss ihn an der Schulter herum. Engel! Er stach mit etwas auf ihn ein, das weder spitz noch stumpf war. Ben erkannte zuerst nicht, was es war, da er zu beschäftigt damit war, der Waffe auszuweichen. Vom Abwehren waren seine Hände bald zerkratzt. Er behielt Schrammen am Hals zurück, die brannten, doch das Adrenalin, das sein Körper ausschüttete, verhinderte, dass er dem größere Beachtung schenkte. Bald erkannte Benjamin, mit was Engel ihn traktierte. Es handelte sich um einen Schraubendreher, mit speckigem Holzgriff und rostiger Klinge.

Plötzlich stieß Engel ihn in Bens Seite. Hätte Benjamin sich nicht pfeilschnell weggedreht, hätte sich das Werkzeug in seine Hüfte gebohrt. Offenbar verlor Michael Engel die Lust daran, mit ihm zu spielen, und wollte Blut sehen.

Hätte diese verdammte Jacke mich nicht aufgehalten, fluchte Ben stumm und trat wütend gegen den Stoff. Sein Blick blieb an der Schultasche hängen, die noch immer dort lag, wo Beck sie hingeworfen hatte, um ihn an Schäfer zu verraten.

Ben sah die Tasche. Schaute zu Engel auf. Und wusste, wie er ihn überwältigen konnte.

Ohne weiter darüber nachzudenken, bückte er sich. Der Schraubenzieher streifte seinen Rücken. Er durchstieß den Pullover und schabte etwas Haut ab. Vor Schmerz stöhnte Ben auf, ließ aber den Schulranzen nicht los. Er krallte sich förmlich daran fest. Hob ihn auf und donnerte ihn mit einem lauten Aufschrei in Engels dämliche Visage.

Benommen taumelte dieser rückwärts. Erst fiel seine Waffe, dann rutschte er an der Wand zu Boden.

Ben schöpfte Hoffnung, doch noch lebendig die Nummer 13 zu verlassen. Quer durch den düsteren Korridor spähte er zum Vorderausgang. Engel versperrte nun dummerweise die Hintertür. Das hatte sich Ben so nicht vorgestellt. Aber war es nicht ohnehin besser, auf die Bruchstraße zu fliehen? Auf dem Bürgersteig hielten sich immer noch die protestierenden Nachbarn auf. Er konnte hören, wie sie ihre Hetzparolen schrien. Sie würden ihm helfen und nicht nur Beck überwältigen und die Polizei rufen, sondern auch Erste Hilfe für Roman leisten.

Voller Enthusiasmus lief er los – und wurde abrupt zurückgerissen. Vor Schreck vergaß Ben kurzzeitig zu atmen. Sein Herz blieb fast stehen.

Beck zerrte ihn in das Kämmerchen. Erbarmungslos boxte er ihn in den Rücken. Der Schlag schleuderte Ben nach vorne, dorthin, wo Roman blutüberströmt lag und vergeblich versuchte aufzustehen. Er fiel vor ihm auf die Knie. Seine Augen wurden feucht. Ihre Blicke begegneten sich und Ben hätte beinahe hemmungslos losgeheult. Tapfer hielt er jedoch seine Tränen zurück, um Beck nicht die Genugtuung zu geben, ihn wie eine Memme weinen zu sehen, und Roman nicht den Eindruck zu vermitteln, er würde kapitulieren. Denn ohne ein Wort über die Lippen zu bringen, bat Roman ihn: Gib nicht auf!

Derb griff Beck Benjamins Kinn. Er bohrte seine Finger in den Unterkiefer, hob es an und zwang Ben, ihn anzusehen. „Dein Mentor liegt in den letzten Zügen. Gleich wirst du genauso aussehen, Bubele."

Er schleuderte Bens Gesicht so fest weg, dass dessen Oberkörper zur Seite geworfen wurde. Ben fand sich auf allen vieren wieder. Entsetzen breitete sich in ihm aus. Wie sollte er nur dieser Hölle entkommen? Roman war ihm keine Hilfe. Bald würde er Uwe Beck nicht einmal mehr von ihm ablenken. Dann würde er zwei Gegnern gegenüberstehen und nicht den Hauch einer Chance haben.

Über sich hörte er Beck sagen: „Mach ihn fertig. Das Schäfchen fällt weder in mein noch in dein Beuteschema und weiß zu viel. Ich übernehme seinen Hirten."

Als der Gummihammer auf Romans Schädel traf, vernahm Benjamin ein Knacken. Es verursachte, dass der Inhalt seines Magens augenblicklich die Speiseröhre emporkroch. Trotz Würgen schaffte er es, ihn wieder hinunterzuschlucken. Aus dem Augenwinkel sah er Engels Turnschuhe. Sie kamen auf ihn zu.

Mit einem Satz war Ben auf den Füßen. Eine Flüssigkeit lief seine Wange hinab. Er wischte sie ab in dem Glauben, dass es sich um eine Träne handelte, so sehr er auch versucht hatte, sie zurückzuhalten. Doch seine Finger waren rot.

Ekel. Kummer. Grausen.

Sein Herz krampfte sich vor Todesangst zusammen.

Weil ihm nur ein Fluchtweg blieb, kletterte Ben auf den Tisch. Während er verzweifelt am Fenster rüttelte, sah er in seinem Spiegelbild die roten Flecken in seinem Gesicht. Spritzer von Romans Blut.

Ihm war kotzübel.

„Geh auf, verfluchte Scheiße!", schrie er, zog am Griff und drehte ihn hilflos hin und her. „Geh schon auf!"

Plötzlich glühte ein Schmerz in seiner rechten Wade auf. Weil Ben so erschrocken war, spürte er ihn im ersten Moment nur wie den Stich einer Impfnadel. Lokal, ein kleiner fieser Punkt, der einen ärgerte, mehr nicht. Doch innerhalb weniger Sekunden breitete sich das Brennen aus, wurde größer und schmerzhafter. Als er hinter sich schaute, um zu erfahren, was geschehen war, und den Schraubendreher aus seinem Unterschenkel herausragen sah, loderten die Flammen auf und wurden zu einem alles verzehrenden Feuer.

Benjamin hyperventilierte. Abgehacktes, atemloses Stöhnen drang aus seinem Mund. Der Anblick verstörte ihn.

Aus einem Impuls heraus schnellte seine Hand vor, packte den Schraubenzieher und zog ihn heraus. Gequält schrie Ben auf. Seine Augen wurden feucht. Schweiß drang aus jeder Pore seines Körpers. Kaum dass er wieder etwas klarer denken konnte, fiel ihm ein, dass er das besser hätte lassen sollen. Aber jetzt war es zu spät. Die Wunde blutete zwar, aber es schoss keine Fontäne heraus. Es tat teuflisch weh.

Engel schlug auf ihn ein. Mit bloßen Fäusten wollte er ihn also fertigmachen. Doch er war genauso wenig ein Schläger wie Ben. Außerdem war Benjamin jetzt sauer. Stinkwütend! Er mobilisierte seine letzten Kräfte und wehrte ihn ab. Immer weiter schob er ihn zum Ausgang. Er boxte und trat ihn, als wäre er von Sinnen, und machte ihn glauben, er wollte durch die Zimmertür fliehen. Ben erkannte sich selbst nicht wieder. Härter als jemals zuvor kämpfte er. Der Schmerz in seiner Wade stachelte ihn an. Er nutzte das Brennen, die Flammen und das Feuer in seinem Bein wie Treibstoff für seinen Motor. Damit überrumpelte er Engel. Dieser war völlig perplex. Schließlich wehrte er die Angriffe nur noch ab.

Doch trotz seines neu erwachten Kampfgeistes schaffte es Ben nicht, den Raum zu verlassen. Zumindest nicht durch die Tür. Aber es gab eine Öffnung, die unbewacht war – die einzige und vermutlich letzte Möglichkeit, dem Tode zu entkommen.

Ohne über die Konsequenzen nachzudenken, hob er sein Knie. Er rammte es dem kastrierten Engel in den, so hoffte er, noch nicht verheilten Unterleib. Dieser klappte zusammen. Aber er fiel nicht, wie erhofft, zu Boden. Sondern er fing sich viel zu rasch wieder.

Benjamin verbot sich zu grübeln. Denn dann wäre er unsicher geworden. Und diese Unsicherheit hätte ihn gelähmt. Er zog die Kapuze seines Hoodies auf und die Ärmel über die Hände.

Ein letztes Mal schaute er zu Roman. Er sah dessen deformiertes, blutüberströmtes Gesicht und seine geschlossenen Augen und hoffte, dass sein Freund längst tot oder immerhin bewusstlos war und nicht mehr mitbekam, wie der Hammer ihn entstellte und Stück für Stück die Lebensgeister aus ihm herausschlug.

Dann rannte Ben los.

Er sprang auf den Tisch.

Zog den Kopf zwischen die Schultern.

Und brach mit dem Rücken durch das Fenster.

Die Scheibe barst in tausend Stücke. Er flog durch einen Regen aus Scherben. Einige bohrten sich durch den Pulli in seine Haut, aber es scherte ihn nicht. Nicht einmal, als er im Schnee ausrollte und sie dadurch tiefer in ihn hineingetrieben wurden.

Mühsam stand er auf. Er schaute kurz zur Hausmeisterloge. Verdattert, mit offenen Mündern und aufgerissenen Augen gafften Beck und Engel zu ihm herüber. Ben empfand keinen Triumph, nicht einmal Erleichterung, nur Schmerz, der sich langsam wieder in sein Bewusstsein stahl.

Am Ende seiner Kräfte humpelte Benjamin eilig in Richtung Kreuzung. Er hatte das Gefühl, wenn er anhielt, würde er nicht mehr die Energie aufbringen können, um weiterzugehen.

Tausend Gedanken kamen und gingen. Er konnte keinen einzigen von ihnen fassen. Sie flackerten auf und erloschen sogleich. Wahrscheinlich war er sogar zu erschöpft zum Nachdenken.

Erst als er sich fragte, warum Uwe Beck am Anfang versucht hatte, ihn von der Wohngemeinschaft der Pädophilen fernzuhalten, dann jedoch eine Hundertachtzig-Grad-Wendung gemacht hatte und ihn gefangen nehmen und später sogar töten wollte, konnte er sich durch Grübeln von den Schmerzen ablenken.

Becks Verhalten war merkwürdig. Unlogisch. Etwas stimmte nicht mit ihm. Mit allen, die in der Bruchstraße 13 wohnten. Roman Schäfer eingeschlossen, denn er schien gewusst zu haben, wovon Beck sprach.

Ben fiel nur eine Erklärung ein. Beck hatte etwas zu verheimlichen. Sie alle.

Das Lupanar!

Was hatte Roman Beck noch gleich vorgeworfen? *„Du gefährdest das ganze Resozialisierungsprojekt. Das tust du schon die ganze Zeit mit deinem ... eurem Lupanar."*

„Unserem Lupanar", hatte Beck höhnisch erwidert. *„Behaupte nicht, du wärst nicht interessiert. Du warst heimlich dort unten und hast es dir angeschaut. Ich hab das mitgekriegt."*

„*Gut, ich gebe es zu, aber ich war schockiert!*"
„*Du hattest einen Ständer.*"
„*Hatte ich nicht*", hatte Roman scharf protestiert, war aber errötet. Schnee knirschte unter Benjamins Schuhsohlen. Schwerfällig schleppte er sich vorwärts durch einen weißen Vorhang aus großen schweren Flocken. Er spürte keine Kälte, nur Schmerz und Fassungslosigkeit über das, was er soeben durchgemacht hatte. Der grausame Anblick von Romans zerschmettertem Gesicht hatte sich auf seine Netzhaut gebrannt.

Als er endlich im Kiosk ankam, rief er Entsetzen bei der fülligen Verkäuferin – oder war es ein Mann in Frauenkleidung? –, die hinter der Verkaufstheke auf einem Hocker oder etwas Ähnlichem saß, hervor. Aber sie erhob sich nicht, sondern schlug lediglich die Hand vor ihren Mund.

Bens Zähne klapperten so sehr, dass er eine Weile brauchte, um sie zu fragen, ob er ihr Telefon benutzen dürfte. „Weiß nicht, wo mein Handy ist."

„Versuch's mal mit deiner Gesäßtasche", lallte der Mann in dem ockergelben Freizeitanzug, der an einem der Stehtische stand und sich an einer Bierflasche festhielt. Trotz des Schneefalls trug er Outdoor-Sandalen und graue Socken.

Irritiert tastete Ben nach seinem Smartphone. Einen Moment lang kam er sich unendlich dumm vor. In der Nummer 13 hätte er einfach selbst die Polizei rufen können. Doch dazu hätte er gar nicht die Zeit gehabt. Das Handy hätte ihm nichts geholfen.

Da die Verkäuferin ihm schon ihr Telefon hinhielt, nahm er es auch. Als er es jedoch in seinen Händen hielt, vertippte er sich ständig, da er stark zitterte.

Die Frau übernahm das für ihn. „Wen soll ich anrufen? Oh, Kommissar Zucker! Den kenne ich. Von dem möchte ich auch mal verhaftet werden."

Benjamin verstand nicht, was sie damit meinte. Plötzlich wusste er nicht mehr, wo er sich befand. Warum er blutete. Und weinte. Und höllische Schmerzen in der Wade hatte. Eine bleierne Müdigkeit legte sich über ihn. Eine starke Kraft zog ihn zu Boden. Er konnte sich nicht dagegen wehren.

Erschöpft brach er zusammen.

41. KAPITEL

„Wir beide brauchen ein portables Blaulicht", sagte Daniel zu seinem behindertengerecht umgebauten Privatwagen und sich selbst, als er durch Ehrenfeld raste. Prüfend schaute er in den Rückspiegel, dann auf die Gegenfahrbahn und zog in einer großen Lücke zwischen zwei entgegenkommenden Autos auf die andere Seite rüber. „Und ein Martinshorn."

Wie ein Verkehrsrowdy war er durch die Stadt gerast. Er hatte am Telefon nicht viel von Benjamin erfahren können. Just als Gloria ihn in der Leitung hatte, war Ben sogar erschöpft zusammengebrochen. Aber Theo, der sich wieder im Kiosk aufhielt, hatte ihm Cola eingeflößt und einen Lappen, in dem Eiswürfel eingewickelt waren, in den Nacken gelegt, was geholfen hatte. Am Ende hatte Daniel doch noch mit Ben sprechen können. Das, was er zu berichten gehabt hatte, war einfach unfassbar gewesen!

Entgegen der Fahrtrichtung parkte Daniel hinter dem Krankenwagen, in dem Benjamin vermutlich erstversorgt wurde. Marie, die Arme um den Oberkörper geschlungen und eine Ballonmütze tief in die Stirn gezogen, um ihre Augen vor dem Schneefall zu schützen, lief auf dem Bürgersteig davor unruhig hin und her. Als sie Daniel bemerkte, kam sie zu ihm.

Er öffnete gerade die Fahrertür, als sein Handy klingelte.

„Moment", sagte er zu Marie. Genervt schaute er auf die Zeitanzeige. In seinem Kopf hörte er eine Uhr ticken. Er musste zum Tatort, musste Beck und Engel verhaften! Missmutig nahm er den Anruf an. „Kommissar Zucker."

„Lioba Zur hier." Die Stimme der Staatsanwältin klang wie flüssiger Honig.

Daniel hatte jedoch auf dem Friedhof, während der Diskussion mit Zur und dem Rechtsmediziner, miterlebt, dass sie damit auch scharf schießen konnte. „Geht es um die Ausgrabung der Särge?"

„Dr. Sachs hat sich beeilt. Wahrscheinlich weil er hoffte, dass es sich bei den Leichen im Familiengrab der Haas entgegen unserer Theorie doch um Verena und Noel handelt, und er damit meine unterstellte Profilneurose bestätigen könnte. Aber ich habe nicht den Drang, besonders erfolgreich sein und mich hervorheben zu wollen, nur weil ich kleinwüchsig bin. Ich will nur meinen Job gut machen!"

Amen, Schwester, hatte Daniel auf der Zunge liegen, schwieg jedoch, weil er ihren Redefluss nicht aufhalten wollte. Abfällig schaute er auf seinen zusammengeklappten Bock. Wären seine Beine noch funktionstüchtig, würde er jetzt im Gehen telefonieren. Durch seine Querschnittslähmung war er gezwungen, im Auto zu warten, bis das Gespräch beendet war.

„Wie sich herausstellte, war es völlig korrekt, Gefahr im Verzug geltend zu machen und nicht auf den richterlichen Beschluss zu warten, sondern die Exhumierung selbst anzuordnen." Sie sagte das völlig sachlich, ohne jeglichen Triumph.

„Folglich lagen nicht ..."

„Bei dem erwachsenen, weiblichen Leichnam handelt es sich tatsächlich um Maike Lange, wie der Mitarbeiter des Bestattungsunternehmens richtig vermutete."

Daniel nickte, obwohl Zur das nicht sehen konnte. „Die Fußballerin, die sich das Leben nahm."

„Die Kinderleiche wurde als Charlotte Friedrich identifiziert. Die Kleine mit der Vorliebe für Schmetterlinge, von deren Grab uns der Friedhofsgärtner erzählte. Erinnern Sie sich?"

„Also hatte Kanthein den richtigen Riecher gehabt, auch wenn ich mir nicht sicher bin, ob er sich dessen überhaupt bewusst war." Daniel schenkte Marie ein entschuldigendes Lächeln, weil sie warten musste. Ungeduldig klopfte er auf das Armaturenbrett und hinterließ Abdrücke im Staub.

„Sie, Hauptkommissar Zucker, hatten den richtigen Riecher. Feststeht, dass nicht Verena und Noel Haas zur letzten Ruhe gebettet wurden. Nur, wo halten sich die beiden auf?"

„Verdammt!" Mit der flachen Hand schlug Daniel aufs Lenkrad. „Manchmal wünschte ich, falschzuliegen."

„Warum? Die beiden könnten noch leben. Das ist doch ein gutes Zeichen."

„Unter gewissen Umständen ist es besser, tot zu sein", murmelte er.

Was die geschiedene Ehefrau von Stefan Haas betraf, war Daniel sicher, dass sie in der Nummer 13 umkam. Unglücklicherweise blieben die Umstände nebulös. Michael Engel, die Mönchskutte und der Mord an einer Frau hätten zu den Beobachtungen von Elisabeth Hamacher gepasst. Doch wie sich herausgestellt hatte, handelte es sich bei dem Opfer um die Mikwe-Leiche, Petra Schumacher, die Studentin, die bei einem One-Night-Stand an den Falschen geraten war.

Am anderen Ende der Leitung nieste Lioba Zur.

„Gesundheit", sagte Daniel und fuhr mit seinen Überlegungen fort. Er spähte an der Trinkhalle vorbei in die Straße hinein. Er sollte längst Beck und Engel Handschellen anlegen. Aber vermutlich würde er wieder als Letzter zum Einsatzort kommen. „Verena Haas hat ihren Tod und den ihres Sohnes nicht vorgetäuscht, weil sie Angst vor ihrem geschiedenen Ehemann hatte, das glaube ich einfach nicht. Sie war eine Geschäftsfrau, die trotz Kind ihre Karriere weiterverfolgt hat. Das zeugt von Selbstbewusstsein und Zielstrebigkeit. Auch, dass sie ihren Mann anzeigte, als es erste Anzeichen für den Missbrauch an Noel gab. Jemand wie sie wäre nicht untergetaucht, sondern hätte Stefan Haas die Stirn geboten."

„Sie war kein Mäuschen, sondern eine Löwin, meinen Sie. Haben wir es Ihrer Theorie nach hier mit einer Entführung zu tun?"

„Jemand hat die beiden in seine Gewalt gebracht und eine Autoexplosion fingiert, bei der sie angeblich bis zur Unkenntlichkeit verbrannten." Er wollte sich nicht vorstellen, was für eine Tortur sie seitdem durchlebt hatten. Aus irgendeinem Grund hatte der Kidnapper Verena dann doch umgebracht, in der Bruchstraße 13. Vielleicht weil sie zu aufsässig war. Möglicherweise hatte ihre Selbstsicherheit sie am Ende das Leben gekostet.

Und Noel? Was war mit ihm in der Zeit nach seinem vorgetäuschten Tod geschehen? Die Chancen, dass sie ihn lebend fanden, standen Daniels Einschätzung nach gut, denn Gloria hatte ihn erst kürzlich recht munter gesehen, bevor Stefan Haas vor ein Auto lief. Aber wo hielt er sich jetzt auf? „Ich habe gerade einen Einsatz. Sobald ich hier fertig bin ..."

„Ich werde eine nationale Personenfahndung des vermissten Noel Haas beantragen und Foto und Steckbrief für Sie an die Presse weiterleiten. Sie übernehmen, sobald Sie können. Deal?"

Daniel bekam ein schlechtes Gewissen. Es gab gleich zwei Brandherde, die sofortiges Handeln erforderten, und er konnte sich nun einmal nicht zweiteilen. Er am allerwenigsten, der ohnehin nicht voll funktionstüchtig war. Oben lebendig und unten nahezu tot. „Wie kann ich das jemals wiedergutmachen?"

„Ich würde mich mit einem Abendessen bestechen lassen."

Daniel tat so, als würde er etwas im Handschuhfach suchen, damit Marie nicht mitbekam, dass ihm das Blut in die Wangen stieg. „Ja, das machen wir so", erwiderte er verlegen und in möglichst neutralem

Tonfall. Die Staatsanwältin hatte ihn kalt erwischt. Mit ihrem Vorschlag hatte er nicht gerechnet. Was sollte er davon halten? Er wusste es nicht.

Überstürzt beendete er das Telefonat, indem er darauf hinwies, dass er dringend am Tatort erwartet wurde. Seiner Einschätzung nach hatte ein Wettlauf mit der Zeit begonnen. Beck und Engel würden wohl kaum vor Ort bleiben und artig auf ihre Verhaftung warten. Eilig hob er seinen Chopper aus dem Auto.

Marie übernahm den Rollstuhl, klappte ihn auf und stellte ihn in die richtige Position.

„Ich kann …" *das alleine*, hatte Daniel sagen wollen.

Doch sie kam ihm zuvor. „Auch mal Hilfe annehmen", beendete sie seinen Satz.

Murrend schwang er sich in seinen Bock, schwieg jedoch, weil jetzt nicht der richtige Moment war, um Grundsatzdiskussionen über Eigenständigkeit und Selbstwertgefühl zu führen. Sie meinte es ja nur gut.

„Der Notarzt entfernt gerade die Scherben aus Bens Körper."

„Wie geht es ihm?"

„Er hält sich tapfer."

Gerade als Daniel die Autotür zuwarf, schaute einer der Ersthelfer aus dem Krankenwagen und rief Marie zu: „Wir sind fertig."

„Ich fahre mit ihm ins Krankenhaus", teilte Marie Daniel mit.

„Hast du Bens Eltern informiert?"

„Heide und Hajo kommen direkt ins Spital." Sie drückte seine Schulter – etwas zu kumpelhaft für Daniels Geschmack – und wollte los.

Spontan hielt er sie zurück. Er zog Marie am Handgelenk zu sich nach unten und küsste sie auf den Mund. In der Öffentlichkeit. Ohne jegliches Schamgefühl wegen des Größenunterschieds.

Überrascht sah sie auf ihn hinunter. Dann lächelte sie so herzlich wie schon lange nicht mehr, rannte zum Rettungsfahrzeug und stieg ein.

Ein bisschen zu machohaft, aber es ist ein Anfang, dachte Daniel zufrieden und spürte plötzlich die Winterkälte gar nicht mehr, obwohl seine Jacke offen stand.

Er zog seine Schiebermütze auf. Mühsam bugsierte er seinen Rolli durch den Pulverschnee. An diesem Nachmittag wollte es gar nicht mehr aufhören zu schneien. Seine Räder drohten immer wieder stecken zu bleiben. Er musste viel Kraft aufwenden, um zum Hintereingang der Nummer 13 zu gelangen.

Von irgendwoher schallte Tim Bendzko zu Daniel herüber. Er schaute sich nach der Quelle um, fand sie jedoch nicht. Dafür fiel ihm auf, dass sich in der Nachbarschaft die Gaffer die Nasen an den Scheiben platt drückten und mit unverhohlener Neugier die Schutzpolizisten, die den Tatort sicherten, beobachteten. Der Kollege, mit dem sich Daniel vor der Mikwe gekabbelt hatte, war auch wieder dabei. Er grüßte ihn, worauf dieser das Absperrband anhob, damit Daniel darunter hindurchfahren konnte.

Der Schnee auf den Efeuranken sah aus wie Zuckerguss. Er türmte sich in den Regenrinnen und auf den Fensterbänken. Frost glitzerte auf den Mülltonnen. Obwohl der Tatort abgesperrt war, war die Schneedecke hinter dem Flatterband mit Fußspuren übersät. Nun kamen auch noch dünne Reifenspuren hinzu. Es wimmelte von Polizisten.

Daniel wusste ja, dass er nicht der Erste am Tatort sein würde. Aber, und ihm war klar, wie kindisch das war, er hatte gehofft, Uwe Beck und Michael Engel wenigstens mit einem echt fiesen Grinsen die Handschellen anlegen zu können. Dass sie Ben verletzt hatten, nahm Daniel persönlich. Doch sein Wunsch würde sich wohl kaum erfüllen. Dafür kam er mal wieder zu spät. Diesmal traf allerdings seinen Rolli keine Schuld, sondern Lioba Zur. Hatte sie mit ihm geflirtet oder interpretierte er zu viel in ihren Vorschlag hinein?

Vor dem Hinterausgang hielt er an. Er betrachtete das zerbrochene Fenster, die Furche im Schnee, dort, wo Benjamin sich abgerollt hatte, und die Glassplitter, die auf dem freigelegten Asphalt verteilt lagen. Daniel malte sich aus, wie Ben voller Verzweiflung durch die Scheibe gesprungen war. Mutig. Verrückt. In Todesangst.

Wütend schob Daniel seinen Bock an. „Wo sind diese Schweine?"

42. KAPITEL

Aufgepeitscht durch seinen Zorn, überwand er die Eingangsstufe mit Leichtigkeit. Fast prallte er mit Leander zusammen, der gerade aus einem kleinen Raum neben der Tür in den dunklen Korridor trat.

„Hast du Benjamin noch einmal gesprochen?" Leander spähte auf den Hof hinaus, als könnte er den Krankenwagen mit ihm dort draußen sehen.

„Ich wurde aufgehalten. Die Staatsanwältin rief an und teilte mir die Autopsieergebnisse der exhumierten Leichen mit." Daniel fasste das Gespräch kurz zusammen.

„Noel lebt. Irgendwo. Gute Neuigkeiten."

„Wir müssen Stefan Haas bewachen lassen."

Leander nickte. „Ein Kollege ist schon unterwegs in die Uniklinik."

„Hoffentlich jemand, der fähiger ist als derjenige, der sich von Engel hat austricksen lassen."

„Der schämt sich in Grund und Boden. Aber sein Vater ist letzte Woche gestorben. Durch den Todesfall ist er noch immer durch den Wind, wollte sich aber nicht krankschreiben lassen oder Urlaub einreichen, weil er hoffte, dass die Arbeit ihn von der Trauer ablenkt."

„Die Trauer hat ihn wohl eher von der Arbeit abgelenkt." Bei allem Verständnis, das Daniel für dessen Kummer aufbrachte, er hätte vielleicht den Mord an Roman Schäfer verhindern können.

„Nachdem das Mittagessen im Krankenhaus serviert wurde und er merkte, dass Engel ausgeflogen war, alarmierte er sofort seinen Vorgesetzten und fuhr hierher." Leander machte eine ausladende Geste, zückte seinen Notizblock und berichtete, was er erfahren hatte. „Er klingelte lange und stürmisch an der Haustür, aber niemand öffnete ihm. Schließlich forderte er Verstärkung an, um gewaltsam einzudringen, da der dringende Verdacht bestand, dass der Flüchtige sich in seiner Wohnung verschanzt hatte. Ein Nachbar erzählte ihm, dass auf der Hinterseite des Gebäudes ein Fenster kaputt wäre und er dort einsteigen könnte. So fand er Roman Schäfer, der hatte noch einen schwachen Puls. Daher schätze ich, dass er Benjamin nur knapp verpasst hat."

Daniel raufte sich die Haare. Wäre der Kollege nur etwas früher gekommen, hätte er Ben beistehen können. „Schäfer?"

„Als der Notarzt eintraf, war er bereits verstorben."

„Wo sind Beck und Engel?" Daniel presste seine Kiefer so fest aufeinander, dass es wehtat. Er war kurz davor zu explodieren. Am liebsten würde er den beiden eine runterhauen, aber dann wäre er nicht besser als sie. Stattdessen würde er sie mit einer tiefen Genugtuung festnehmen und ihnen haarklein erzählen, was für ein Spießrutenlauf sie im Gerichtssaal und in der Haft erwartete.

Etwas veränderte sich an Leanders Haltung. Sein Mund bewegte sich, ohne dass Worte herauskamen, vielleicht musste er sich erst die Sätze zurechtlegen. Wie merkwürdig, dachte Daniel. Leander machte einen konsternierten Eindruck und erinnerte ihn in diesem Moment an Stan Laurel aus den Schwarz-Weiß-Filmen der *Laurel und Hardy*-Reihe.

Er drehte sich zur Seite, als hätte ihm jemand auf die Schulter getippt, doch da war niemand. Vielleicht hatte er auch gehört, wie Tomasz Nowak durch den Vordereingang das Haus betrat. Daniel bemerkte diesen erst, da sich Leander ihm zuwandte.

Tom stapfte durch den Korridor zu ihnen. Die schlechte Laune stand ihm ins Gesicht geschrieben. Er sah aus wie ausgekotzt. Die Schatten unter seinen Augen waren noch dunkler geworden. Seine Bartstoppeln ließen ihn ungepflegt erscheinen, ebenso wie sein zerknautschtes weiß-beiges Hemd. Die braune Lederjacke hatte vorne ein Brandloch. Tom, der sonst stets auf sein Äußeres achtete, stank nach kaltem Zigarettenrauch, was Daniel vermuten ließ, dass er das Hemd länger nicht gewaschen hatte, und er hatte zu allem Übel versucht, den Gestank mit einem herben Männerparfüm zu überdecken. Die Mischung war widerlich.

„Wo warst du?", fragte Leander und musterte seinen Kollegen mit gerümpfter Nase. „Ich habe dich auf dem Handy nicht erreicht. Zu Hause auch nicht."

„Ich wohne … ich bin hier, was willst du noch?" Ungehalten breitete Tom seine Arme aus und schlug beinahe Daniel versehentlich ins Gesicht. „Sorry, Mann."

„Ist nicht leicht zurzeit, was?" Daniel bemerkte Toms gerötete Augen und ahnte, dass das Lospoltern nur eine Schutzreaktion war.

Offenbar durchschaute Leander dieses Schauspiel nicht. Er steckte seine Notizen wieder weg. „Anscheinend hast du meine SMS gelesen."

„So wird es wohl sein." Tom schnaubte. „Sonst wäre ich wohl nicht hier."

„Aber dann funktioniert dein Mobiltelefon doch. Warum bist du dann nicht rangegangen, als ich anrief?"

„Musst du immer den Ermittler raushängen lassen?"

„Lass es gut sein, Leander." Daniel hegte eine Ahnung, was passiert war, und es hatte nichts mit dem Job zu tun.

Er bereitete sich auf einen hässlichen Anblick vor und fuhr mit seinem Bock in das Zimmer. Eiskalte Luft wehte durch das kaputte Fenster herein. Sie milderte etwas den Gestank von Blut, rohem Fleisch und Tod. Schneeflocken stoben bis zu Roman Schäfers Leiche. Obwohl Daniel von Ben erfahren hatte, dass Beck mit einem Gummihammer auf seinen Mitbewohner eingeschlagen hatte, war er nun, da er das Ergebnis sah, zutiefst schockiert. Sein Magen krampfte sich zusammen. Schäfers Gesichtszüge waren nicht mehr zu erkennen. In einer breiigen Masse aus blutigem Fleisch, Knochenstücken und Zähnen machte er vage die Augen aus. Der Schädel war zertrümmert, die Schultern unter dem Hemd wirkten deformiert. Einige Finger waren gebrochen und standen unnatürlich ab, vermutlich weil er versucht hatte, die Hiebe abzuwehren. In Beck hatte sich offensichtlich ein regelrechter Hass auf Schäfer angestaut, der sich in der Tat entladen hatte.

Daniel empfand den Raum plötzlich als zu eng. Er musste raus! Denn er stellte sich unweigerlich vor, dass Benjamin jetzt neben Schäfer liegen könnte, ebenso grausam zugerichtet, wäre er nicht mit einem waghalsigen Sprung durch die Scheibe geflüchtet. Betont gelassen, um sich keine Blöße zu geben, fuhr er in den Korridor. „Jetzt haben wir den Beweis, dass Beck seine Gewaltfantasien nicht länger nur an Kindern auslebt."

„Du meinst, er könnte hinter dem Verschwinden von Verena und Noel Haas stecken?" Während Leander seine Handflächen aneinanderrieb, wärmte er sie zusätzlich mit seinem Atem.

„Und Verena umgebracht haben, ja."

Tomasz schob sich eine Zigarette in den Mundwinkel, zerknüllte die leere Packung und stockte. Anscheinend erinnerte er sich daran, dass dies ein Tatort war und Rauchverbot galt, und schaute betreten auf die zusammengedrückte Verpackung, denn die Fluppe konnte er nun nicht mehr zurücktun. „Aber du hast keine Beweise."

„Er stand auf meiner Verdächtigenliste ganz unten. Ich wollte ihn nur an die Spitze schieben." Plötzlich erinnerte sich Daniel an ein Detail. Er legte ein weiteres Puzzleteil an seinen Platz. „Die Forensiker hatten doch auf der Mönchskutte ... oder dem Obi-Wan-Kenobi-Kostüm – was auch immer man darin sehen will – neben den Spuren von Michael Engel und Petra Schumann noch die einer weiteren Person festgestellt."

„Vielleicht von dem Vorbesitzer. Engel schwimmt nicht gerade in Geld." Der Nikotinlutscher wackelte hin und her, während Tom sprach. „Wahrscheinlich hat er den Kapuzenumhang gebraucht gekauft."

„Oder ihn einem Freund ausgeliehen." Das war für Daniel am wahrscheinlichsten. Uwe Beck und Michael Engel schienen sich ja bestens zu verstehen und an einem Strang zu ziehen. Er vermutete sogar, dass Beck den labilen Engel manipuliert hatte, wie Michaels Vater das schon getan hatte. „Ich verwette meinen tauben Arsch darauf, dass die DNA der unbekannten Person auf dem Jedi-Kostüm mit der von Beck übereinstimmen wird. Er trug es, als er Verena Haas ermordete, wie Elisabeth Hamacher ausgesagt hatte."

„Ich leiere das an." Tomasz hielt einen uniformierten Polizisten auf, der an ihnen vorbeiging, und erteilte ihm den Auftrag, eine Vergleichsprobe aus Becks Apartment zu beschaffen und sofort an das Labor weiterzuleiten.

Auffordernd nickte Daniel Leander zu. „Also, wo haltet ihr Engel und Beck fest?"

„Sie sind weg." Leanders Wangen bekamen einen rosigen Schimmer.

„Sie sind ...?"

„Sie müssen sofort getürmt sein, nachdem Ben ihnen entwischt war, sonst hätte der Polizist, der Engel auf den Fersen war, sie noch gesehen."

„Das darf doch wohl nicht wahr sein!", tobte Daniel.

„Seltsam ist nur ..."

„Ja?"

„Der Kollege sagte aus, dass nur Benjamins Fußspuren vom Haus wegführten. Ansonsten war die Schneedecke intakt."

Plötzlich kribbelte es unangenehm in Daniels Nacken, denn er hatte das Gefühl, beobachtet zu werden. „Dann müssen sie sich noch im Gebäude aufhalten."

„Die Kollegen durchsuchen das Haus noch." Leander zuckte mit den Achseln. „Aber bisher keine Spur von ihnen."

Aufbrausend schlug Daniel auf seine Beine. Er spürte den Schlag zwar nicht, blaue Flecken würde er dennoch bekommen. „Wie kann das sein?"

„Sie haben sich wohl kaum in Luft aufgelöst." Tomasz kaute auf dem Filter herum. Immer wieder entzündete er sein Feuerzeug kurz.

„Wie auch immer", sagte Leander verschnupft. „Beck und Engel sind wie vom Erdboden verschwunden."

Keine Handschellen, kein fieses Grinsen bei der Verhaftung, keine Gerechtigkeit. Die beiden Flüchtigen konnten überall sein. In Köln. Oder schon über die Stadtgrenze hinaus. Oder sie hatten einen Nachbarn als Geisel genommen und hockten in seiner Wohnung. Viel eher glaubte Daniel aber an die Theorie, dass sich Beck und Engel in entgegengesetzte Richtungen abgesetzt hatten, um die Suche nach ihnen zu erschweren.

Aber nicht nur das machte Daniel zu schaffen, sondern auch, dass er sie nicht bezüglich Noel Haas ausquetschen konnte. Bisher hatte die skurrile Wohngemeinschaft wie Pech und Schwefel zusammengehalten. Das war nun vorbei. Falls Stefan Haas etwas mit der Entführung von Noel zu tun hatte, und etwas anderes konnte Daniel sich nicht vorstellen, dann wussten Beck und Engel bestimmt davon und würden ihn ans Messer liefern, in der irren Hoffnung auf Strafminderung.

Sein Handy klingelte. Er kramte es aus der Tasche und warf einen Blick aufs Display. Es war Benjamin. Bestimmt wollte er wissen, ob sie Michael Engel und Uwe Beck geschnappt hatten. Was sollte Daniel darauf antworten? Dass die beiden flüchtig waren? Dass das KK 11 noch keine Ahnung hatte, in welche Richtung sie suchen sollten? Dass erst eine Fahndung herausgegeben werden musste? Dass sich die Suche Tage oder sogar Wochen hinziehen konnte und er, Ben, bis dahin Polizeischutz erhalten würde? Keine dieser Antworten würde Benjamin zufriedenstellen. Ab sofort würde er keine Nacht mehr ruhig schlafen.

„Es tut mir leid", meldete sich Daniel. Er suchte nach einer feinfühligen Methode, ihm die schlechten Neuigkeiten schonend beizubringen, und sprach die Wahrheit am Ende doch geradeheraus aus. „Beck und Engel sind auf und davon."

Eine Weile schwieg Ben. Dann sagte er etwas, das Daniel überraschte: „Ich glaube, ich weiß, wo sie sind."

43. KAPITEL

Daniel legte seine Stirn in Falten. „Lupanar, was soll das sein?"
„Hatte ich vorher auch noch nie gehört", sagte Benjamin. Im Hintergrund waren Stimmen aus dem Krankenhaus zu hören. „Sie wollten mich dorthin bringen."
„Dich? Warum zum Henker?"
„Darüber möchte ich lieber nicht nachdenken."
„Ich verstehe nicht."
„Roman Schäfer, er mag mich."
„Mochte", korrigierte Daniel ihn sanft. Er hatte keinen blassen Schimmer, was zwischen Ben und Schäfer gewesen war. Dass die Recherche für den Jungen jedoch persönlich geworden war, hatte er schon beim ersten Telefonat herausgehört. Was für eine verrückte Idee, ihm bei diesem Fall helfen zu wollen! Ausgerechnet Benjamin, der ein Händchen dafür hatte, in Schwierigkeiten zu geraten. Aber auch ziemlich mutig, musste er zugeben. „Er ist tot."
Am anderen Ende der Leitung wurde es still. Als Ben sprach, zitterte seine Stimme. „Er war nett. Nicht das Monster, für das er gehalten wird."
„Er mag gute Seiten gehabt haben, aber er besaß auch eine dunkle, vergiss das nicht. Schließlich wollte er dich in dieses Dings, dieses Lupanar verschleppen." Ob Stefan Haas mit Noel zu diesem Ort unterwegs gewesen war, in der Nacht, als er von dem Wagen erfasst wurde? Daniel dachte über die Möglichkeit nach, ob der Kleine vielleicht unter Drogen gestanden haben könnte und sich deshalb bisher an niemanden gewandt hatte. Denkbar, dass er high, dehydriert und halb tot irgendwo im Schnee lag, wo er niemandem auffiel.
„Nicht er, sondern Beck und Engel. Roman war unsich… Er wollte das verhindern und hat mit seinem Leben dafür bezahlt. Er ist der einzige Gute in der Nummer 13. Ich meinte, er *war* der …"
War er das wirklich? Daniel wollte jetzt keine Grundsatzdiskussionen führen, da Ben körperlich und seelisch schwer mitgenommen war. Aber Schäfer hatte von dem Lupanar gewusst – um was immer es sich dabei handelte, es war das düstere Geheimnis der verurteilten Sexualstraftäter, und düstere Geheimnisse besaßen stets einen bitterbösen Kern, bei dem es meistens um Schuld ging – und er hatte geschwiegen. „Erinnere dich an jedes Wort. Was genau wurde gesagt?"

„Weiß nicht. Hab starke Kopfschmerzen. Bei dem Kampf bin ich mit dem Schädel gegen einen Schrank geknallt."

„Haben dir die Ärzte keine Schmerztabletten gegeben?"

„Marie kümmert sich gerade darum. Hier ist die Hölle los. Ich bin gerade in der Radiologie, weil mein Unterschenkel erst geröntgt werden muss, bevor die Wunde versorgt wird. Hoffentlich muss ich nicht operiert werden."

„Ich drücke dir die Daumen."

„Ständig muss man hier warten. An der Anmeldung, in der Notaufnahme, jetzt hier. Das macht mich kirre. Darum habe ich mit meinem Smartphone im Internet nach ‚Lupanar' gesucht."

Cleverer Bursche, dachte Daniel und fühlte sich steinalt, weil er noch nicht auf die Idee gekommen war. Aber die Ereignisse überschlugen sich auch gerade.

„Das Wort stammt aus der Römerzeit."

„Römer?" Etwas regte sich in Daniel. „Was haben die damit zu tun?"

„Früher nannten sie ... also, sie ... das waren Begriffe für ..."

„Rück raus mit der Sprache. Uns läuft die Zeit weg!"

„Fickbunk..." Ben räusperte sich. „Bordelle."

„Ein Lupanar ist ein Puff?"

„Vielleicht gibt es weitere Bedeutungen. Diese Erklärung muss ja nicht zutreffen." Verlegenheit war aus Bens Worten herauszuhören. „Doch, ja, wenn ich genauer darüber nachdenke, ich glaube, sie meinten ein Freudenhaus. Uwe Beck sagte etwas von Ausziehen und Leibesvisitation und dass er Roman dort runtergehen sah und Roman einen Steifen gekriegt hätte. Der sagte wiederum, das wäre Bullshit, doch er wurde rot."

Daniel schüttelte den Kopf. Das machte keinen Sinn. „Pädosexuelle leben ihre Sexualität meistens nur als Alibifunktion mit Erwachsenen aus. Zum Beispiel, um eine Ehe aufrechtzuerhalten und nach außen hin als normal zu gelten. Ihre erotischen Wünsche sind jedoch auf Kinder fixiert. Nur dadurch erlangen sie echte Befriedigung."

Geräuschvoll stieß Ben die Luft aus. „Beck nannte das Lupanar auch Spielplatz."

Daniel wurde von unheilvollen Vorahnungen heimgesucht. Auf Spielplätzen tummelten sich Kinder. Aber von einem öffentlichen Platz konnte Beck wohl kaum gesprochen haben, wenn er Ben dort hatte festhalten wollen. Es musste sich um einen geschlossenen Raum handeln, alles andere klang unlogisch.

Ein Kinderbordell! Daniel biss sich auf die Innenseite der Wange und schmeckte Blut.

Das untermauerte seine These, dass Haas seinen Sohn in ein Versteck bringen wollte. Der Autounfall hatte ihn daran gehindert. Gut möglich, dass sie zu diesem Eros-Center der perversen Art unterwegs waren. Es musste sich um ein inoffizielles Etablissement handeln, das nur Eingeweihten bekannt war. Insidern, wie den Bewohnern der Bruchstraße 13. Kunden und den Betreibern, verbunden durch Verbrechen. Durch Schuld.

Ein dunkles Geheimnis, echote es in Daniel.

Doch Roman Schäfer war tot, Stefan Haas hielt dicht, wie Daniel bei seiner Befragung im Krankenhaus selbst erfahren hatte, und Michael Engel und Uwe Beck waren auf der Flucht. Wer sonst könnte Bescheid wissen? Im ersten Moment beantwortete er seine Frage selbst: *Niemand.* Doch dann fiel ihm jemand ein, der in engem Kontakt mit den verurteilten Sexualstraftätern stand und mit allen Wassern gewaschen war.

Vinzent Quast.

Er hatte zwar geschworen, dass die Geschäfte mit den Bewohnern der Nummer 13 legal waren. Aber im Fall des verschwundenen Thijs hatte er ebenso behauptet, das Ehepaar Friedrich und Leentje Schuster nicht zu kennen, was sich als Lüge herausgestellt hatte. Gut möglich, dass er doch tiefer mit drinsteckte. Keiner gab freiwillig zu, Pädophilen Kinder zugeführt zu haben.

Aufgeregt winkte Daniel Leander zu sich. Er teilte ihm seine Theorie mit. „Instruiere die Kollegen in der Haft, Vincente auf den Zahn zu fühlen."

„Ich kann auch selbst schnell hinfahren."

„Nein. Ich brauche dich hier. Wir suchen ein Kinderbordell."

„Vielleicht sind Engel und Beck dort untergekrochen", warf Benjamin ein, der das Gespräch durchs Telefon mitbekommen hatte.

„Schon möglich, ein gutes Versteck", sagte Daniel zu ihm, während er Leander hinterherschaute, der tiefer ins Treppenhaus ging, um zu telefonieren. „Dieser Ort muss sich in der Nähe befinden und er ist nur wenigen Menschen bekannt."

„Und die, die davon wissen, halten den Mund, sonst sind sie mit dran."

„Moment. Bin gleich wieder dran." Daniel legte das Handy in seinen Schoß und fuhr nach draußen, um der Spurensicherung Platz zu machen. Leander und Tomasz konnten sich im Gang an die Wand drücken, sodass der Erkennungsdienst mit seinen Koffern voller Equipment an ihnen vorbeikam. Sein Bock dagegen blieb sperrig.

Es hatte aufgehört zu schneien. Die Wolkendecke riss auf. Es dämmerte. In der kommenden Nacht würden die Temperaturen weit unter null Grad sinken. Die Oberfläche des Schnees war bereits gefroren. Wenn Daniel mit seinem Bock darüberfuhr, knackte sie leise. Erneut musste er an Noel Haas denken. Hoffentlich hatte ihn jemand entdeckt und mit in seine Wohnung genommen. Sollte er im Freien benommen liegen, mit dem Schnee von unten und der Kälte von oben, würde er womöglich am Morgen nicht mehr leben.

Als Daniel das Handy wieder nahm, meldete sich Marie. „Ben nimmt gerade die Tabletten ein. Außerdem habe ich das mit dem Kinderbordell mitbekommen."

„Wir haben keinen Anhaltspunkt, wo wir es suchen sollen." Verärgert gab er einen zischenden Laut von sich.

„Das tut mir leid. Ich weiß auch nur, dass Lupanar von Lupa, die Wölfin, abstammt und früher Häuser der käuflichen Liebe damit gemeint waren. Dort gab es Nischen, die in den Stein geschlagen waren. Zimmer, in denen Prostituierte, oft Sklavinnen, ihre Körper anboten, auf Steinbetten und nur von einem Vorhang geschützt. Ein kalter und grausamer Mikrokosmos."

Völlig unpassend in der Situation lächelte er. Natürlich, seine belesene und kulturinteressierte Frau wusste, was es damit auf sich hatte. Wäre sie nicht das Schmerzmittel für Ben holen gegangen, hätte sie ihn schon früher aufklären können, was es damit auf sich hatte.

„Diese römischen Freudenhäuser nannte man auch Lustra, was ‚ausschweifendes Leben' bedeutet."

Daniel schwankte zwischen Verzweiflung und Wut. „Mir wird kotzübel, wenn ich daran denke, was das in unserem Fall heißt."

„Und Fornix", fuhr Marie etwas zu enthusiastisch fort, hörbar froh, helfen zu können. „Weil sich die Stundenhotels oft in Gewölben befanden, deswegen bestand auch alles aus Stein. Erotische Fresken dienten als Wandschmuck. Sie erregten die Freier und zeigten ihnen das Angebot. Düstere und trostlose Orte."

Etwas klopfte in Daniels Hinterkopf. Ein bohrender Gedanke, den er nicht greifen konnte. Gewölbe. Gewölbe. *GEWÖLBE*. Plötzlich bekam er ihn zu packen und begriff!

„Bin wieder dran", meldete sich Ben. „Muss aber gleich zum Röntgen rein."

„Warum sagst du ständig ‚dort unten', wenn du über das Lupanar sprichst?", fragte Daniel und pochte mit dem Handballen nervös auf seine Armlehne.

„So hat Beck es ausgedrückt. Er warf Roman vor, heimlich dort unten gewesen zu sein."

„Unten, wie in einem Gewölbe?"

Benjamin schien zu überlegen, denn es dauerte ein paar Sekunden, bis er antwortete. „Oder im Kölner Süden, in Rodenkirchen oder Porz. Das kann alles heißen."

„Nein, das glaube ich nicht! Damit spielte Beck auf einen Keller an, wahrscheinlich auf einen sehr alten. Warum hätte er sonst eine altmodische lateinische Bezeichnung gewählt? In NRW gibt es viele, die noch aus der Römerzeit stammen. Manchmal wurden sie zu Restaurants umgebaut oder zugemauert, denn sie dienten nicht nur als Lagerplatz, sondern auch, um Müll loszuwerden." Ein bisschen was weiß ich auch, dachte Daniel stolz. „Viele wurden von den Hausbesitzern bisher nicht einmal entdeckt."

Ben klang skeptisch. „Wie kannst du dir so sicher sein?"

„Weil Michael Engel vor seiner Inhaftierung als RKI-Arbeiter tätig war." Und sicherlich mehr von der Unterwelt Kölns kannte als die meisten Bewohner.

„Als was?"

„Als Fachkraft für Rohr-, Kanal- und Industrieservice."

„Eine Kanalratte, sag das doch gleich. Ich werde reingerufen. Muss Schluss machen." Schon hatte Ben aufgelegt.

Puzzleteil fügte sich an Puzzleteil. Das Bild wurde immer deutlicher. Doch was es preisgab, war widerlich, schmutzig und abstoßend.

Immerhin hatten sie jetzt eine erste Spur. Die Suche nach den flüchtigen Michael Engel und Uwe Beck kam langsam in Fahrt. Und Daniel war sicher, dass sich beide noch ganz in ihrer Nähe aufhielten.

Da war es wieder, das Kribbeln im Nacken. Erneut hatte er das Gefühl, beobachtet zu werden. Doch diesmal konnte er es nicht als Einbildung abtun.

Möglicherweise hatten die Ratten das sinkende Schiff gar nicht verlassen.

44. KAPITEL

Daniels Jagdtrieb erwachte vollends.
Etwas kitzelte ihn am Fußgelenk. Darum neigte er sich vor und kratzte sich unter der Socke. Als er die Berührung nicht spürte, wurde ihm bewusst, dass er auch das Kitzeln nicht gespürt haben konnte. Seine Psyche spielte ihm mal wieder einen Streich. Das machte sie gerne, wenn er am liebsten aufspringen und losrennen würde.
Verlegen richtete er den Oberkörper wieder auf. Er winkte Leander und Tomasz zu sich. „Wir müssen das Tiefgeschoss untersuchen."
„Haben die Kollegen schon. Das ganze Haus. Von oben bis unten."
Leander klopfte gegen die Außenwand. Pulverschnee rieselte von den Efeuranken herab. „Nichts."
„Dann machen wir es noch einmal."
„Wozu?"
„Sie müssen dort unten sein!"
Leanders Augen weiteten sich. „Beck und Engel?"
„Glaubst du etwa, du bist der Einzige, der seinen Job gut macht?" Tom stieg über das Flatterband, zündete die Zigarette an und inhalierte den Rauch tief. „Wenn die Kollegen sie nicht gefunden haben, halten sich die beiden auch nicht mehr im Gebäude auf."
„Es führten keine Fußspuren vom Haus weg, außer die von Ben, erinnerst du dich? Wenn Beck und Engel nicht übers Dach geklettert sind, müssen sie sich noch in der 13 befinden."
„Willst du damit andeuten, dass das Lupanar sich unter unseren Füßen befinden könnte?" Leander sah nach unten, als erwartete er, dass der Schnee plötzlich durchsichtig werden und den Blick auf einen geheimen Kellerabschnitt freigeben würde.
„Ein eigenes Bordell für die Vorzeige-Ex-Häftlinge." Selbst in Daniels Ohren hörte sich das verrückt an, aber die Fakten sprachen für diese Theorie. „Damit würden sich die Kinderschänder unabhängig machen. Und es gäbe für sie nicht das Risiko, durch andere Kunden, die Betreiber oder eine Polizeirazzia aufzufliegen."
„Je weniger davon wissen, desto besser und sicherer." Leander zog den Reißverschluss seiner Arktisjacke bis unters Kinn hoch und schloss sogar die Knöpfe darüber. „Aber auch kaltblütig."
„Das würde allerdings deine These widerlegen, dass Stefan Haas seinen Sohn in den Privatpuff bringen wollte, als er den Unfall hatte und Noel ihm entwischte." Tomasz musste den Bericht gelesen haben.

Zerknirscht schwieg Daniel, denn Tom hatte recht. *Wohin sonst sollte der Pädophile mit seinem Sohn unterwegs gewesen sein?*

Plötzlich hörte Daniel Stimmen in seinem Hinterkopf. Die eine krakeelte, die andere lallte. Gloria und Theo aus der Trinkhalle in Ehrenfeld. Verbunden durch eine Art Hassliebe. Ständig stritten sie. Daniel war sich sicher, dass es kein Thema gab, über das sie sich einig waren. Vielleicht hatten sie ein Hobby daraus gemacht, immer das Gegenteil zu behaupten wie der andere. Medizin gegen die Langeweile.

„*Wie sah denn sein Verfolger aus?*", hatte Gloria ihn in der Nacht von Stefan Haas' Unfall gefragt. „*Erzähl schon, komm, erzähl es uns.*"

Theo war sich seiner Beobachtung sicher gewesen. „*Hatte 'nen langen schwarzen Mantel mit Kapuze an. Mehr konnte ich nicht erkennen.*"

„*Dumm jelaufen. Vielleicht war das nur der Schatten des Kerls, der umkam. Jawoll, nur ein Schatten.*"

„*Jeweint hat er. Sein Jesicht war janz nass.*"

„*Es regnet, du Ochse. Das ist das Zeug, was von oben kommt. Ist auch feucht.*"

„*Er hat jeheult, ich schwöre. Ich habe seine Augen nur einmal jesehen, nur kurz, aber das Licht aus dem Kiosk fiel auf sie. Sie waren voller Schmerz und Verzweiflung, als wüsste er nicht mehr ein noch aus, als stünde er kurz davor, alles zu verlieren, als würde er sich mit etwas Jewaltigem herumquälen.*"

Ruckartig tauchte Daniel aus seiner Erinnerung wieder auf. „Eventuell wollte Stefan Haas Noel nicht dorthin, sondern ihn von dort wegbringen."

„Das ist doch verrückt!" Tomasz aschte so forsch ab, dass seine Zigarette erlosch und er sie neu anzünden musste.

„Ich habe einen Zeugen. Der hat ausgesagt, dass ein Mann Haas verfolgte, bevor dieser von dem Wagen erfasst wurde. Es könnte jemand hinter ihm und Noel her gewesen sein. Wenn Beck oder Engel, vielleicht sogar Schäfer, gemerkt hatte, dass Haas seinen Sohn vor ihnen in Sicherheit bringen wollte, hat er ihn wahrscheinlich versucht aufzuhalten."

„Warum schweigt Haas dann?"

Nachdenklich rieb Daniel über seinen Mund-Kinn-Bart. Eine gute Frage. Ihm fiel keine plausible Antwort darauf ein. Falls es sich tatsächlich so verhielt, musste Haas doch daran gelegen sein, den durch das winterliche Köln alleine umherirrenden Noel so schnell wie möglich zu finden. „Weiß nicht."

Bibbernd trat Tom von einem Fuß auf den anderen. „An dem Punkt hakt deine Theorie."

„Vielleicht hat er ihn nach seiner Entlassung erneut missbraucht." Inzwischen war Leander der Einzige von ihnen, der nicht vor Kälte schlotterte. „Wenn Noel gefunden wird, würde er seinen Vater belasten und Haas würde wieder in den Bau wandern, diesmal mit Sicherheitsverwahrung."

„Das würde sein Schweigen erklären. Aber auch die Verzweiflung, die Qual und den Kummer, die dem Zeugen an Haas aufgefallen waren?" Daniel wurde das Gefühl nicht los, dass sie noch nicht auf den Grund dieses schmutzigen Gewässers sehen konnten. „Ich bin im Kellergeschoss."

„Mit deinem Verhalten stößt du die Kollegen vor den Kopf", rief Tom ihm hinterher.

Früher hatten sie einen Tatort zehnmal untersucht, wenn auch nur der Hauch einer Chance bestand, dass sie etwas übersehen hatten. „Wo ist dein Biss geblieben, Kumpel?"

„Sturer Bock!"

„Geh heim und leg dich hin. Dann stehst du wenigstens nicht im Weg rum." Langsam, aber sicher, ging es Daniel gegen den Strich, dass sein Freund jede Theorie von ihm abtat, sich ständig querstellte und schlechte Laune verbreitete.

Als er in den Korridor fuhr, hörte er Tomasz hinter sich fluchen und mehrmals aufstampfen. Er wusste nicht, ob Tom nur seine Fluppe austrat oder bockig wie ein Kind auftrat, schaute sich jedoch nicht um.

Leander huschte an ihm vorbei. „Ich nehme die Treppe. Dem Lift traue ich nicht."

Diese Option hatte Daniel nicht, was ihm einen Stich versetzte. Vor dem Aufzug blieb er stehen und hämmerte auf den Rufknopf ein. Seine Aufregung stieg. Er konnte kaum ruhig sitzen bleiben und war doch genau dazu verdammt.

Gut möglich, dass er sich gerade zum Narren machte. Sich noch einmal dort unten umzuschauen war bar jeder Vernunft. Natürlich hatten die Kollegen bereits jeden Winkel untersucht und er wusste, dass sie gute Arbeit geleistet hatten. Aber er war schon immer ein Querdenker gewesen. Nur, weil etwas unmöglich wirkte, musste es nicht auch unmöglich sein. Das hatte er am eigenen Leib erfahren. Ein Kriminalhauptkommissar, der im Rollstuhl saß, durfte laut der Statuten nicht auf der Straße ermitteln. Und was tat er? Genau das. Er hatte seinen sturen Kopf – Tomasz kannte ihn zu gut – durchgesetzt und er würde es diesmal wieder tun. Denn wenn er seinem Spürsinn nicht nachgab, würde er sich ewig Vorwürfe machen, einer Spur, selbst wenn sie irrwitzig erschien, nicht nachgegangen zu sein.

Als er endlich im Tiefparterre ankam, wirbelte Leander bereits umher. Er schaute in die Schränke, die hier zwischengelagert waren, durchsuchte Wäschetruhen und leuchtete die Ecken mit einer Taschenlampe aus, da zwei der drei Oberlichter defekt waren. Er klopfte sogar die Wände ab und drückte auf den einen oder anderen Backstein, wohl in der Hoffnung, er würde sich bewegen.

Noch erstaunlicher jedoch war, dass Tomasz am Treppenabsatz stand. Er hatte zwar die Arme verschränkt, um zu demonstrieren, dass er ihnen nicht helfen würde, aber er war ihnen immerhin gefolgt.

„Du rechnest nicht ernsthaft damit, einen Geheimgang zu finden, oder, Menzel?"

„Warum nicht?"

„Du liest zu viele Krimis deiner Freundin."

„Die Idee ist gar nicht so weit hergeholt." Daniel bat Leander um die Taschenlampe und überprüfte die Ritzen zwischen den Steinen darauf, ob sie intakt waren. „Es muss einen Zugang zum Lupanar geben."

Leander nahm eine unterarmlange Metallfeile, die auf einem Schrank lag und verbogen war, und klopfte mit dem Holzgriff gegen die Wand. „Oder zumindest einen Übergang zum Nachbarhaus, durch den Beck und Engel ungesehen entkommen konnten."

„Es gibt Baupläne", warf Tom spöttisch ein. „Die liegen im Archiv des Bauamts oder beim Besitzer oder bestenfalls bei beiden."

„Römische Keller sind darauf aber nicht verzeichnet." Daniel verdrehte die Augen. „Viele davon wurden bisher nicht einmal entdeckt."

In Leanders Stimme schwang ein Lächeln mit. „Und geheime Durchgänge sind sicherlich auch nicht markiert, denn dann wären sie ja nicht geheim."

„Womöglich aber auf den Bauplänen der Nachbargebäude." Tom blieb beharrlich.

„Sie anzufordern dauert zu lange." Inzwischen konnte Daniel seine Gereiztheit nicht länger überspielen.

„Und was gedenkt der clevere Kopf dieser Mordkommission nun zu tun?"

„Ist das dein Problem? Findest du, ich spiele mich auf?"

„Das habe ich nicht gesagt."

Daniel schluckte seine Verärgerung hinunter, denn er wollte keine Zeit mit Querelen vergeuden. Aber wie sollte er weiterkommen? Sollte er seine Niederlage eingestehen und darauf hoffen, dass die bereits laufende Sofortfahndung etwas brachte? Aber falls er richtiglag, würde eine Ringalarmfahndung kein Ergebnis bringen.

Ein Polizist kam zum Treppenabsatz, sah, dass Daniel und Leander die Wände abtasteten, und runzelte die Stirn. Zu Tom sagte er: „Die Kühlschränke sind leer. Ein paar Klamotten und Hygieneartikel fehlen auch, aber vor allen Dingen Nahrungsmittel."

„Weil sich Engel und Beck irgendwo verschanzt haben", gab Daniel zurück, „um zu warten, bis die Luft rein ist." Im Lupanar. Einem römischen Gewölbe. Aus Backsteinen. Wie man sie in Ausgrabungsstätten sieht. Freigelegt in archäologischen Zonen. Die man besichtigen kann. Und von Kulturführern erklärt bekommt …

Plötzlich tauchte ein Gesicht vor seinem geistigen Auge auf. Ein älterer Mann mit einem intelligenten, wachen Blick, buschigen Augenbrauen, nikotingelben Zähnen und einem freundlichen Grinsen.

Daniel wäre am liebsten aufgesprungen und zu seinem Wagen gelaufen, doch die Querschnittslähmung hinderte ihn daran. Sie bremste ihn aus, machte ihn langsam wie eine Schnecke. Frustriert bat er Leander, ihm seinen Tablet-PC aus dem Handschuhfach zu holen, da sein Kollege zwei funktionierende Beine hatte und schneller war. Es tat weh, mit seinen Unzulänglichkeiten konfrontiert zu werden, aber die Situation war nun mal nicht zu ändern und er musste lernen, Hilfe anzunehmen, ja, sogar darum zu bitten.

Als der junge Hospitant zurückkehrte, hatte er auch die Actioncam mitgebracht. „Ich dachte …"

„Ich brauche nur mein Tablet." Die Kamera sicherte Daniel zwischen seinem Körper und dem Sitz. Er rief die Notizen auf, fand, was er suchte, und gab die Telefonnummer in sein Handy ein.

„Abuu Beti hier. Hallo?"

„Kriminalhauptkommissar Zucker vom …"

„Kommissar Zucker! Ich würde mich ja freuen, von Ihnen zu hören, wenn ich nicht wüsste, dass Sie sich mit Morddelikten befassen."

„Im Moment suchen wir zwei flüchtige Personen", Daniel beschloss, das Kinderbordell nicht zu erwähnen, „und brauchen Ihre Fachkenntnisse."

„Ich wüsste nicht, wie ich Ihnen helfen könnte."

„Genauer gesagt, versuchen wir ihr Versteck zu finden. Sie kennen sich doch mit der Unterwelt Kölns aus."

„Mit der antiken, ja. Nicht mit der Mafia oder was auch immer." Auf der Seite von Abuu Beti waren merkwürdige Geräusche zu hören. Zuerst als stopfte er etwas in einen Behälter, dann stießen seine Zähne an etwas, das sich nah an der Sprechmuschel befand, als Nächstes das Zischen eines Feuerzeugs und schließlich mehrmaliges Schmatzen.

Daniel vermutete, dass er sich soeben eine Pfeife angesteckt hatte. „Gibt es in Ehrenfeld unterirdische Geschosse aus der Römerzeit?"

„Sicherlich, aber erwarten Sie von mir bitte nicht, die Geschichte jedes Gebäudes zu kennen." Dann bestätigte Beti Daniels Aussage über römische Abwasserkanäle und Vorratskeller.

Daniel unterdrückte ein Seufzen. Was hatte er erwartet? Definitiv zu viel. Er drehte seinen Rolli so, dass Tomasz ihm seine Enttäuschung nicht ansehen konnte.

„Gehen Sie in die Souterrains der Wohnhäuser und schauen Sie sich nach zugemauerten Öffnungen um. Die können nicht größer als Fenster sein, da die Menschen damals kleiner waren als wir heutzutage, oder weil es sich nur um Luken handelte. Oft gibt es Hinweise auf einen früheren Durchgang."

„Haben wir schon getan. Nichts."

„Der Zugang könnte hinter Putz liegen."

Seufzend rieb sich Daniel über die geschlossenen Lider. „Die Wände sind nicht verputzt."

„Dann existiert wohl unter dem Gebäude kein römischer Keller oder Rudimente der Kanalisation", sagte Beti mit Bedauern in der Stimme. „Wenn es relativ neu ist, stehen die Chancen ohnehin schlecht …"

„Kein Neubau." Wie alt, wusste Daniel allerdings nicht. Vielleicht nicht alt genug.

„Tut mir leid."

„Schon gut." In Gedanken hakte Daniel seine Theorie schon ab. Tom hatte recht gehabt, er gab sich Wunschdenken hin. Es wäre einfacher, das Suchgebiet auf ein Haus einzuschränken, als Beck, Engel und das Kinderbordell in ganz Köln ausfindig machen zu müssen. Eventuell wollte er sich nur profilieren, um den Kriminaldirektor mit einem weiteren Ermittlungserfolg in die Knie zu zwingen, damit er ihm nicht ständig Knüppel in die Speichen warf.

„Eine Möglichkeit gibt es allerdings noch."
Daniel horchte auf. Sein Puls beschleunigte sich wieder.
„Die römischen Abwasserkanäle dienten im Zweiten Weltkrieg manchmal als Luftschutzbunker. In den Gewölben brachte sich die Bevölkerung vor den Bombardierungen der Alliierten in Sicherheit. Auch Juden wurden dort unten von mutigen Bürgern vor Hitlers Schergen verborgen." Sehr lange stieß Beti seinen Atem und, so vermutete Daniel, auch Rauch aus. „Gut möglich, dass Sie zwar keinen Hinweis auf die Römerzeit finden, aber auf das Dritte Reich."

„Die Gedenkplatte!" Daniel hatte sie bei seinem ersten Besuch gesehen, sie aber völlig aus seinem Gedächtnis gestrichen, da er fixiert auf die Römerzeit gewesen war. Er bedankte und verabschiedete sich von Abuu Beti.

„Dies ist ein geschichtsträchtiges Haus. Hier unten", hatte Schäfer gesagt, *„haben mutige Menschen mein Volk vor der SS versteckt."*

Mein Volk, die Juden. Mit einem Mal wurde Daniel klar, warum die Leiche von Petra Schumann ausgerechnet in der Mikwe abgelegt worden war. Schäfer verabscheute das Lupanar. Uwe Beck hatte Schäfer erschlagen. Er musste die Studentin ermordet haben, nachdem sie Michael Engel, seinem Freund und einzigen Verbündeten, den Schwanz abgebissen hatte. Danach brachte er die Tote ins jüdische Ritualbad, um Schäfer zu warnen, dass, sollte er das Stillschweigen über das Kinderbordell brechen, er der Nächste wäre.

„Mut obsiegt!", las er laut die Inschrift vor. „In Gedenken an die Helfer im Dritten Reich."

Plötzlich wurde ihm klar, dass er noch einen Fehler begangen hatte. Mit „hier unten" hatte Roman Schäfer nicht den Keller der Bruchstraße 13 gemeint. Nun, da sich Daniel die Situation genauer ins Gedächtnis rief, fiel ihm ein, dass Schäfer auf die Platte gezeigt hatte.

„Natürlich!" Um den Tablet-PC zu sichern, schob er ihn unter sein Bein. Damit hatte es wenigstens ein einziges Mal einen Nutzen. „Wir suchen die ganze Zeit die Wände ab, dabei befinden sich die römischen Tiefgeschosse und Kanäle selbstverständlich nicht parallel zu den Kellern der heutigen Gebäude, sondern *darunter!*"

45. KAPITEL

Tomasz kam keinen Schritt näher. „Deine Ideen werden immer sonderbarer."

„Wir müssen die Platte hochnehmen." Aufgeregt fuhr Daniel um sie herum. Er betrachtete sie von allen Seiten, konnte aber keinen Spalt entdecken. Sie schien sich homogen in den Boden einzufügen.

„Hast du eine Ahnung, wie schwer die ist?"

„Der Eingang zum Lupanar, er befindet sich direkt vor uns."

„Da ist nicht einmal ein Griff dran", stellte Tom fest und setzte sich auf die unterste Treppenstufe. „Wie sollen die Pädophilen denn geschafft haben, sie hochzuheben?"

Vor Nervosität waren Daniels Hände schweißgebadet. Er streifte seine Rollstuhlhandschuhe ab und wischte die Handflächen an den Oberschenkeln ab. „In Wahrheit handelt es sich um einen Deckel."

„Eine Tür ohne Griff." Verächtlich schnaubte Tomasz. „Wie sinnvoll!"

Leander kam näher. Obwohl er skeptisch dreinblickte, bückte er sich und betastete den Boden. „Geheimverstecke kann man nie sofort erkennen."

„Du bist in letzter Zeit gegen alles, was ich sage." Schwungvoll wendete Daniel seinen Bock und bugsierte ihn eine Radumdrehung auf Tom zu. „Hast du ein Problem mit mir?"

Tomasz riss seine Arme hoch. „Natürlich nicht. Du bist mein Kumpel. Darf man jetzt nicht mehr Freunden gegenüber seine ehrliche Meinung äußern?"

„Bist du eifersüchtig, dass ich mich mit Leander gut verstehe?"

„Ich bitte dich! Red keinen Unsinn."

„Bist du Voigts Meinung, dass ein Krüppel bei der Kripo nichts zu suchen hat?"

„Du bist kein Krüppel."

„Dann schau nicht so verflucht herablassend."

„Das tue ich gar nicht."

„Warum stellst du alles infrage, was ich mache und sage?"

Tom schnellte hoch. „Meine Frau hat mich verlassen, verdammt noch mal."

„Was?"

„Natalia ist weg", verlegen rieb Tomasz über seine hochroten Wangen, „weil ich ihr kein Haus kaufen wollte. Sie glaubt, ich bin dagegen, weil ich mich nicht an sie ketten will. Die Abtragungen hätten uns bis ins Rentenalter aneinandergebunden."

„Dabei willst du dich nur nicht finanziell ruinieren, stimmt's?"

„Nein, sie hat recht. Das ist ja das Schlimme. Ich habe ihre ständigen Forderungen satt. Ich habe ihr Nörgeln satt. Aber das ist mir erst jetzt bewusst geworden. Bin zu meinen Eltern gezogen."

Deshalb hatte Leander ihn zu Hause nicht erreichen können. Daniel wusste nicht, was er dazu sagen sollte, außer: „Scheiße!"

„Das ist jetzt unwichtig." Tom schlurfte so schwerfällig zu ihnen, als würde er eine schwere Last auf seinen Schultern tragen. „Ich glaube einfach nicht an deine Theorie. Das da ist eine schwere Steinplatte, die man nicht mal so eben hochheben oder verschieben kann."

„Vielleicht gibt es einen versteckten Mechanismus." Leander setzte die Feile an, doch sie verbog sich noch weiter, als hätte jemand vor ihm dasselbe ebenfalls ausprobiert. Sichtlich verärgert ließ er sie fallen und versuchte, die Backsteine auf dem Boden zu verschieben und zu drehen. Mit den Handballen drückte er darauf, als wären es zu groß geratene, kunstvolle Klingelknöpfe.

„Wir befinden uns nicht in einem Horrorfilm." Tomasz schüttelte den Kopf.

„Irgendwie schon", murmelte Daniel. Zerknirscht schaute er sich um.

Möglicherweise gab es einen abnehmbaren Griff, den man einhaken konnte, damit nicht sofort auffiel, dass es sich um eine Luke handelte.

Er nahm ein merkwürdiges Kitzeln in der Magengrube wahr.

Leider erspähte er nichts, was infrage kam. Hier unten standen nur Möbel, die die meisten Menschen auf den Müll geworfen hätten. Nicht einmal Kartons machte er aus, in denen sie hätten suchen können. Daniel schob seinen Chopper hinüber und prüfte die Schubladen und Schränke. Bis auf zwei benutzte Arbeitsanzüge herrschte gähnende Leere. Staub bedeckte die Blaumänner. Aus den Taschen rieselten Sand und winzige Gesteinssplitter, so rot wie die Backsteine um sie herum.

Das Kribbeln in ihm wurde stärker. Er kratzte sich am Bauch, dort, wo er noch Gespür besaß, aber es half nicht.

Ansonsten waren die Räume leer. Es gab keine Kartons, in denen man einen portablen Henkel verbergen könnte. Aber vielleicht erkannte Daniel ihn auch nur nicht. Gut möglich, dass er nicht wie ein Griff aussah und deshalb nicht zu erkennen war.

Der Kitzel in ihm wuchs zu einem Ziehen heran, das zunehmend schmerzhafter wurde. Dass Leander nun den Boden mit dem Holzgriff der Feile abklopfte, machte es nicht besser. Durch das unrhythmische Pochen konnte sich Daniel schlecht konzentrieren.

Etwas offen liegen zu lassen, dass harmlos aussah – ein besseres Versteck gäbe es nicht. Daniel ließ seinen Blick durch das Tiefparterre schweifen. Hier war nichts. Weder lagen Gegenstände herum noch hing Werkzeug an der Wand.

Der Schmerz in seinen Eingeweiden wurde so schlimm, dass er in seinen Kopf ausstrahlte.

Genervt flog er zu Leander herum. „Könntest du bitte damit aufhören? Der Krach nervt und bringt ni…"

Leander, auf allen vieren, hielt in der Bewegung inne, das Werkzeug erhoben und bereit, es ein weiteres Mal auf einen Stein unter ihm hinuntersausen zu lassen.

Plötzlich fiel Daniels Blick auf etwas Rotes. Es schien unter der letzten Stufe der Treppe zu kleben. Wenn man stand, konnte man es nicht sehen. Aber dadurch, dass er saß, hatte er einen anderen Winkel. Wie merkwürdig, dachte er. Was mochte das sein?

Als er hektisch daraufzurollte, rief Leander ihm hinterher: „Da habe ich schon nachgeguckt."

„Ob etwas in dem Hohlraum darunter liegt, ja." Daniels Bock holperte über den unebenen Boden. Abrupt bremste er an seinem Ziel ab. „Aber nicht, ob etwas unter dem Abgang befestigt ist."

Er beugte sich vor, neugierig und aufgeregt. Dort, unter der letzten Stufe, verborgen im Schatten, hing ein Brecheisen an zwei Haken. Sein Herz schlug ihm bis zum Hals, als er es an der Gedenkplatte aus der Nachkriegszeit ansetzte. Beim ersten Mal rutschte er ab. Es war nicht einfach, den Kuhfuß richtig anzusetzen. Er stocherte eine Weile herum, bis er eine Kerbe fand. Seine Finger drohten abzurutschen, weil sie feucht waren. Er musste fester zupacken. Mit einem Ächzen beugte er sich vor. Die Platte bewegte sich nicht.

Tomasz gab ein Zischen von sich, während Leander auf seiner Unterlippe herumkaute.

Im Sitzen war Daniel nicht in der Lage, die nötige Kraft aufzubringen. Er konnte nur die Armmuskulatur einsetzen und davon auch nur einen Bruchteil, weil seine Beine im Weg waren. Es kostete ihn Überwindung, seine Schenkel mithilfe der Hände zu spreizen, um sich dazwischen strecken zu können. Aber das brachte auch nicht den gewünschten Effekt.

Verärgert hob er die Stange an, um sie in die Ecke zu knallen. Im letzten Moment hielt er sich davon ab. Ein Wutanfall nutzte ihm auch nichts! Er war einfach zu schwach. Wenn jemand ihn angriff, konnte er seine Fäuste schwingen. Sein Trainer hatte ihm zudem Abwehrgriffe gezeigt. Diese beschränkten sich nicht nur auf seine Arme und seinen Kopf, den er seinem Gegner in den Magen rammen konnte, sondern auch sein Chopper konnte zur Waffe werden.

„Hör auf damit", sagte Tom. „Das hat doch keinen Sinn. Du verrennst dich in etwas."

„Lass mich das machen." Leander streckte die Hände aus, um das Brecheisen anzunehmen, doch Daniel hielt es fest.

Daniel wusste, dass seine Sturheit die Oberhand gewann. Er wollte das selbst hinkriegen. Nicht um den anderen etwas zu beweisen, sondern sich selbst. Noch steckte Saft in ihm drin. „Der Rollstuhl! Ich Idiot."

Hastig setzte er das Eisen erneut an. Als es feststeckte, ließ er es los, legte die Hände an die Greifringe und fuhr quer über die Gedenkplatte. Fuhr weiter auf die Stange drauf. Sein kleinerer Vorderreifen rutschte ab und der Rolli drohte, zur Seite zu kippen. Fluchend setzte Daniel zurück.

Er musste von vorne anfangen. Musste sich darauf stärker konzentrieren, die Balance zu halten!

„Soll ich wirklich nicht …?", setzte Leander an, aber Daniel winkte ungehalten ab.

Tomasz' Worte bekräftigten ihn nur darin, es alleine schaffen zu wollen: „Dein Egotrip wird langsam peinlich für uns alle. Wenn du willst, kann ich dir auch beweisen, dass du falschliegst."

Daniel ließ ihn nicht ran. Er befürchtete, dass Tom nur halbherzig an die Sache heranging und zu früh wieder aufhörte, und Leander, dünn wie er war, nicht die nötige Kraft besaß. Daniel dagegen hatte neben seinem Körper noch ein weiteres Gegengewicht: seinen Rolli. Mit großer Mühe blieb er in der Spur. Doch schließlich schaffte er es, mit den beiden rechten Reifen auf der Brechstange entlangzufahren. Immer höher. Am Ende rutschte er wie erwartet mit dem kleinen Rad ab. Diesmal jedoch hielt er seinen Chopper gerade. Durch Schaukeln brachte er sein Hinterrad noch höher. Millimeter für Millimeter. Keuchend verlagerte er sein gesamtes Körpergewicht auf die rechte Seite. Durch die Hebelwirkung wurde die Platte eine Handbreit angehoben. Plötzlich war ein entferntes Hämmern zu hören.

Scharf sog Leander die Luft ein.

„Das darf doch wohl nicht wahr sein!", brüllte Tomasz. Sofort zog er seine Walther. „Wir haben sie."

Als Daniel in den Spalt guckte, aus dem flackerndes Licht und Arbeitsgeräusche drangen, verlor er sein Gleichgewicht. Er war gezwungen, seine Position aufzugeben, um nicht umzufallen.

Scheppernd fiel der Kuhfuß auf den Boden.

„Ich hole Verstärkung und Kevlarwesten", rief Leander im Laufen und hechtete bereits die Treppe hinauf.

„Dazu bleibt keine Zeit." Wie von der Tarantel gestochen preschte Tom heran. Er hebelte die Luke ganz auf und schob die Platte beiseite, sodass der Zugang offen lag. Schwer atmend bückte er sich und spähte in die Öffnung. „Die schlagen ein Loch in die Wand dort unten. Dahinter scheint ein Hohlraum oder so etwas zu sein. Die Schweine versuchen abzuhauen."

In einer hilflosen Geste streckte Daniel die Hände nach Tom aus, um ihn aufzuhalten. „Warte! Du kannst da nicht alleine runter."

„Engel zwängt sich schon da durch."

Schweißgebadet und keuchend verfolgte Daniel, wie Tom die steinerne Treppe hinunterhastete. Er selbst konnte nicht mit seinem Rollstuhl hinterher. Die Treppe stellte eine unüberwindbare Barriere für ihn dar. In seiner Vorstellung zog er die Möglichkeit in Betracht, mit seinem Bock Stufe um Stufe auf den Hinterrädern hinunterzubalancieren. Doch das war illusorisch. Es war undenkbar, seinem Freund zu folgen.

Verzweifelt kniff er den Mund zusammen. Er beugte sich so weit wie möglich vor und versuchte zu erkennen, was eine Etage unter ihm passierte. Leider erspähte er nichts weiter als eine Nische, die in die Wand geschlagen war. Sie war durch ein Gitter versperrt, das neu aussah. Aus der Römerzeit stammte es ganz sicher nicht. Es musste nachträglich eingebaut worden sein.

Plötzlich trat ein Mädchen an die Absperrung. Mit seinen kleinen Händen umklammerte es die Gitterstäbe. Es war nackt. Blasse schmutzige Haut spannte sich über ihre hervorstehenden Rippen. Sie riss ihre Augen auf, dann ihren Mund und gab ein markerschütterndes Kreischen von sich. Es endete in einem Krächzen. Kraftlos sank die Kleine neben einen Hundenapf. Sie kroch rückwärts zurück in die Mauervertiefung und somit aus Daniels Sicht.

Zornig ballte er die Fäuste. Er bekam eine Gänsehaut, obwohl er innerlich kochte. Unruhig umkreiste er die Öffnung. Er hörte Kampfgeräusche, konnte aber nicht ausmachen, was vor sich ging. Tomasz gegen zwei Männer. Gegen einen Sadisten, dem es Spaß machte, Menschen wehzutun. Der zweimal getötet hatte. Verena Haas und Petra Schumacher.

Als ein Schuss in dem Gewölbe knallte, kam die Lautstärke der Explosion einer Bombe nahe. Aufgebracht rüttelte Daniel an seinen Armlehnen. Sein Blick glitt zur Treppe, die ins Erdgeschoss führte, aber die Kollegen ließen auf sich warten.

Er war Toms Partner! Er sollte jetzt dort unten bei ihm sein. Stattdessen saß er nutzlos hier herum.

Schritte auf der Treppe, die in den römischen Vorratskeller führte, ließen ihn aufhorchen. Er hoffte, dass Tomasz die beiden Kinderschänder überwältigt hatte. Aber im antiken Souterrain wurde noch immer gekämpft, leiser nun, eher gerangelt.

Keine Sekunde später tauchte Uwe Becks Hinterkopf in der Öffnung auf. Instinktiv griff Daniel nach seinem Holster, aber er trug nicht einmal einen Gürtel. Vor allen Dingen keine Walther. Als Gehbehinderter durfte er keine Dienstwaffe führen. Was sollte er machen? Einen brutalen Kerl wie Beck mit bloßen Händen zu attackieren schien ihm mehr als gewagt.

Das Brecheisen! Ohne weiter nachzudenken, hob er es auf. Er heizte seinen Rollstuhl an, sodass er einen Satz nach vorne machte. Wild entschlossen schlug er Beck, der gerade mal mit dem Oberkörper aus der Luke herausragte, die Stange ins Genick. Der Länge nach flog Beck hin.

Diese Dreistigkeit, die Flucht nach vorne anzutreten, bewies Daniel nur Becks unerschütterliches Selbstbewusstsein. Es musste sich zu Größenwahn gesteigert haben, weil sein Lupanar so lange unentdeckt geblieben war, er bis dato ungeschoren mit dem Mord an Verena Haas davongekommen war und er es geschafft hatte, Schumanns Leiche an einem halb öffentlichen Ort abzulegen, ohne identifiziert zu werden.

Daniel erinnerte sich an das Gespräch mit Abuu Beti vor der Mikwe.

„Es gibt keinen vernünftigen Grund, warum er sein kleines Opfer hier deponiert hat."

„Doch, den gibt es. Der Täter wollte, dass die Leiche gefunden wird."

„Welcher Mörder will das schon? Haben nicht alle im Sinn, ihre Tat zu vertuschen?"

„Nicht die Angeber unter ihnen."

Uwe Beck hatte nicht nur Roman Schäfer eine verkappte Warnung schicken wollen, sondern er wollte sich auch profilieren. Das leitete

Daniel davon ab, dass Beck sich in dieser Situation doch tatsächlich durch das Erdgeschoss der Nummer 13 davonmachen wollte, obwohl er ahnen musste, dass sich noch Polizisten im Haus aufhielten.

Zu seiner Verwunderung erhob sich Beck. Er betastete seinen Nacken. Sein Gesicht flog zu Daniel herum, verzerrt vor Schmerz und rot vor Wut.

Der Schlag war nicht fest genug gewesen. *Verdammt!* Daniel hatte zwar das Überraschungsmoment genutzt, aber nicht nachgelegt. Er nahm sich vor, nie wieder seine Rollstuhltaschen im Auto liegen zu lassen. Darin befanden sich der Einsatzmehrzweckstock und die Handschellen.

Schneller als Daniel es Uwe Beck zugetraut hätte, sprang der Ex-Knacki auf seine Füße. Er wirbelte herum und schoss wie ein Hochgeschwindigkeitszug auf ihn zu – groß und massiv.

In der Not setzte Daniel den Kuhfuß wie einen Schlagstock ein. Entschlossen hieb er nach Beck. Er ließ die Brechstange durch die Luft sausen. Einen Moment lang hielt er seinen Gegner damit auf Distanz. Doch dann schaffte es Beck, sie zu packen. Ein Gerangel entstand. Daniel wusste, dass er verloren hatte, wenn Beck ihm das Eisen entriss. Aber dieser konnte seine Kraft viel besser einsetzen, da er stand und Daniel saß.

Unter anderen Umständen hätte Daniel ihm in den Bauch getreten, aber das war gerade keine Option. Darum heckte er einen anderen Plan aus, einen gewagten.

Plötzlich ließ er die Stange los. Irritiert reagierte Beck zu spät und drohte nach hinten zu fallen. Er fing sich jedoch rechtzeitig, lachte abfällig über diese vermeintliche Dummheit und schlug nach ihm. Aber seine Berechenbarkeit schwächte ihn. Genau im richtigen Augenblick, kurz bevor der Kuhfuß ihn erreicht hatte, versetzte Daniel Becks Handgelenk einen Schlag. Gezielt mit der Handkante. Voller Wucht. Wie sein Trainer es ihm beigebracht hatte.

Durch den Impuls ließ Uwe Beck das Werkzeug fallen. Verärgert blinzelte er Daniel an. Als dieser zurückwich, ging Beck wohl davon aus, dass er Angst vor ihm bekam, denn er fand sein überhebliches Grinsen wieder. Dabei war Daniel lediglich auf der Hut. Er unterschätzte den verurteilten Straftäter keineswegs, aber er lockte ihn in die Falle wie einen Dorftrottel, und dieser merkte es nicht.

Schnaubend wie ein Stier stürmte Beck auf ihn zu und stürzte sich mit einem Löwengebrüll auf Daniel, die Hände zu Habichtklauen geformt, als könnte er sich nicht entscheiden, welches Tier er repräsentieren wollte.

Daniel bemühte sich, ruhig zu bleiben, was ihm äußerst schwerfiel. Sein Puls raste. Der Drang, ausweichen zu wollen, wuchs. Sein Verstand teilte ihm mit, dass er nicht James Bond war, sondern ein Krüppel. Doch die Stimme seines Trainers in ihm war lauter.

In der letzten Sekunde tauchte Daniel unter Becks Händen hinweg. Er behielt jedoch den Kopf aufrecht. Seine Augen richteten sich weiterhin auf sein Ziel. Atemlos vor Aufregung haschte er nach Becks Oberkörper. Er krallte sich in seinem Pullover fest. Hoch konzentriert nutzte er den Schwung seines Gegners. Daniel richtete seinen Oberkörper auf, als Beck schon halb über ihn hinweggeschossen war, und wuchtete ihn in Judomanier über seine Schulter nach hinten – geschmeidig und lautlos.

Beck dagegen schrie vor Schmerz auf, als er gegen die Wand hinter Daniel krachte. Wie ein Sack Kartoffeln fiel er zu Boden. Benommen, aber nicht bewusstlos.

Stöhnend rieb er über seine Stirn. Er bewegte vorsichtig seine Glieder, als wollte er testen, ob etwas gebrochen war. Ein zweites Mal versuchte er sich aufzurappeln, mühsamer zwar, jedoch war er immer noch im Spiel.

Was für ein verflucht zäher Bursche! dachte Daniel zerknirscht.

Er ahnte, dass sich Beck kein drittes Mal überrumpeln lassen würde. Daniel blieb nur eine Chance, er musste ihn davon abhalten, wieder auf die Füße zu kommen. Die Brechstange lag zu weit weg, um sie rechtzeitig zu greifen. Er hatte jedoch keine andere Waffe.

Hatte er doch! Sie war Fluch und Segen zugleich. Seine Geißel und nun seine Rettung.

Flugs legte Daniel die Hände an die Greifringe. Einige Male schaukelte er seinen Rollstuhl vor und zurück, um sofort in Schwung zu kommen, sobald es losging. Pfeilschnell schoss er mit seinem Bock nach vorne. Er rammte Uwe Beck die Fußstützen in den Magen, so fest er nur konnte, und hoffte, sich nicht die Zehen gebrochen zu haben.

Beck gab einen Schmerzenslaut von sich. Er sackte auf den Boden. Die Arme um sich geschlungen, krümmte er sich.

Doch Daniel konnte seinen kleinen Triumph nicht auskosten. Als er nach der Attacke zurücksetzte, übersah er die Luke. Sein rechtes Hinterrad fuhr über die Öffnung. Der Rolli sackte ab und kippte zur Seite. Um sich abzufangen, streckte Daniel die Arme aus. Da ging ein

Ruck durch den Chopper hindurch. Abrupt blieb er schräg hängen. Das Rad hatte sich verkeilt.

Daniel war gezwungen, in dieser Schieflage auszuharren. Mit einem unguten Gefühl nahm er wahr, dass Uwe Beck immer noch nicht k. o. war.

Plötzlich hörte er Schritte auf der Treppe, die hinauf ins Erdgeschoss führte. Zahlreiche Füße liefen die Stufen in Daniels Rücken trippelnd hinab. Er wagte es nicht, den Oberkörper zu drehen, um zu sehen, wer von den Kollegen angerannt kam, weil sich das Rad durch die Bewegung lösen konnte.

Warum hat das so lange gedauert? Keine Frau könnte länger brauchen, eine verdammte Weste anzuziehen, hatte Daniel auf der Zunge liegen, obwohl auch weibliche Einsatzkräfte dabei waren, doch er kam nicht mehr dazu. Mehrere Hände packten ihn und seinen Rollstuhl. Sie hoben ihn gemeinsam hoch und hievten ihn samt fahrbarem Untersatz zur Seite.

Im nächsten Moment stand Daniel schon auf sicherem Terrain. Mit hochroten Wangen wollte er den Polizisten danken, verlegen bis ins Mark, aber da rasten sie schon in das römische Gewölbe hinunter. Weder warfen sie ihm komische Blicke zu noch machten sie spitze Bemerkungen. Stattdessen hoben sie einer nach dem anderen den Daumen, während sie an ihm vorbei nach unten stiegen, als würden sie vor ihm salutieren.

Sehnsüchtig schaute Daniel ihnen nach. Er hatte eine Ahnung, was dort unten los war, aber er wusste es eben nicht, und für einen Kommissar zählten nur Fakten.

Leander hob die Actioncam auf und trat beiseite, damit zwei Kollegen Uwe Beck verhaften konnten.

Daniel hatte nicht bemerkt, dass die Kamera vom Rollstuhlsitz gerutscht war. Dankend nickte er dem Hospitanten zu und hielt die Hände hin, um sie wieder an sich zu nehmen, doch Leander befestigte das Stirnband an seinem Kopf.

„Du willst Voigt doch wohl nicht die Genugtuung verschaffen, in deinem Bericht das Lupanar nicht beschreiben zu können, weil du keine Treppen steigen kannst. Das wäre ein gefundenes Fressen für ihn." Mit einem Zwinkern klappte Leander die Schutzbrille hinunter. Er schaltete die am Bügel befestigte Kamera ein und folgte den Kollegen ins Kinderbordell.

46. KAPITEL

An seinem Tablet-PC verfolgte Daniel, wie Leander die uralte Treppe überwand. Diesmal bewegte sich der Hospitant gemächlicher fort als im jüdischen Ritualbad. Er ließ seinen Blick langsamer umherschweifen. Keine hektischen Manöver. Kein plötzliches Drehen des Kopfes. Somit blieb das Bild, das die Actioncam auf den Computer übertrug, auch ruhiger. Hin und wieder verschwand es, weil die dicken Mauern das Übertragungssignal des Livestreams unterbrachen, aber nur für eine Sekunde. Dann war es wieder da. Mit all der Grausamkeit, die es offenbarte.

Daniels Handy klingelte. Erschrocken zuckte er zusammen. Die übertriebene Reaktion zeigte ihm, wie angespannt er war. Das, was er gleich zu sehen bekam, würde kein Zuckerschlecken sein. Leanders Name blinkte auf dem Display. Daniel nahm den Anruf an und schob seine Schreckhaftigkeit auf den Kampf mit Beck.

„Kein Vorratskeller." Mit diesen Worten meldete sich Leander. „Ich tippe auf den Teil einer römischen Kanalisation."

Mit dieser Einschätzung lag er bestimmt richtig. Nicht mehr als zwei Polizisten konnten nebeneinander durch den Gang gehen. Es gab keine Lagerräume, nur einen schlanken Tunnel. Die Backsteine am Boden und das untere Drittel der Wand waren schwarz. Der Schein der aufgestellten Kerzen warf gespenstische Schatten der Kollegen an die Wände. Durch das Flackern zuckten die Silhouetten hin und her und führten einen bizarren Tanz auf.

„Halt! Was war das?" Daniel winkte, um seinen Kollegen zurückzuscheuchen, kam sich dann aber blöd vor, weil dieser es natürlich nicht mitbekam, und ließ es bleiben. „Geh noch mal zurück, bitte."

„Das wollte ich eigentlich vermeiden", sagte Leander trocken und lachte dann nervös. „War nur ein Scherz! Das ist doch nur ein Fass mit Trinkwasser."

Wohl kaum, dachte Daniel, denn ihm waren Mineralwasserflaschen aufgefallen, die am Abgang neben Körben und Tüten mit Lebensmitteln lagen. Warum hätten Beck und Engel Getränke mitbringen sollen, wenn sie doch Wasser hier unten hatten? Sie hatten ja unter einem enormen Zeitdruck gestanden. „In der Flüssigkeit schwimmt doch etwas herum."

An Leanders Stelle hätte Daniel die Neugier dazu gebracht, schneller zu gehen, doch sein Kollege schlich sich ängstlich heran, als befürchtete er, der tote Roman Schäfer könnte herausspringen.

Plötzlich zuckte er zurück. Er zog den Ärmel des Anoraks über seine Hand und hielt diese vor Mund und Nase.
„Was ist los?" Für Daniel war es schlimm, das Versteck nicht in 3D zu erleben. „Sag schon!"
„Das Zeug brennt in den Atemwegen."
„Säure?" Daniel bekam keine Antwort auf seine Frage, denn Leander neigte sich gerade über das Fass und erstarrte. „Was ist es?"
„Ich bin mir nicht sicher."
„Leuchte mal mit deiner Taschenlampe rein."
Als der Hospitant die Lampe anschaltete, zitterte der Lichtkegel, der auf die Flüssigkeit fiel. „Sind ... sind das menschliche Überreste?"
Daniel murrte. Nun, im Lichtschein, sah er, dass neben den Knochen auch winzig kleine Fetzen in der Säure schwebten. Er vermutete, dass es sich um Gewebe handelte, das sich noch nicht vollkommen zersetzt hatte. Eine dunkle Ahnung machte ihm zu schaffen. „Ich glaube, wir haben Verena Haas gefunden."
„Überlassen wir das dem Erkennungsdienst und der Gerichtsmedizin." Leander wandte sich so rasch ab, dass das Bild auf dem Tablet-PC pixelig wurde.
Daniel meinte, Würgegeräusche über die Telefonleitung zu hören, konnte aber nicht erkennen, ob sie von Leander kamen, denn er hielt das Handy erst wieder an sein Ohr, als er zu dem Loch kam, durch das Michael Engel versucht hatte zu flüchten. Es befand sich in Hüfthöhe, hatte ausgefranste Ränder, was Daniel ableiten ließ, dass es planlos und spontan in die Wand geschlagen worden war. Außerdem war es so klein, dass ein Kind hindurchpasste oder ein Mann von schmächtiger Statur wie Engel, aber auch er hatte es nicht rechtzeitig geschafft, sich hindurchzuzwängen.
Wie Daniel durch Gespräche zwischen Tomasz und den Kollegen im Hintergrund mitbekam, hatte Tom erst mit Uwe Beck gekämpft. Als er jedoch bemerkte, dass Michael Engel bereits mit dem Oberkörper in der Öffnung verschwunden war, ließ er von Beck ab und wandte sich dem jungen Mann zu. Er zerrte ihn zurück in die römische Kanalisation und feuerte auf den flüchtenden Beck, der die Treppe hochstürmte. Doch er verzog den Schuss, da Engel sich in dem Moment auf ihn stürzte.
Forscher als zuvor leuchtete Leander in die Öffnung hinein. „Was für ein Gestank!"
„War das gerade eine Ratte?"

„Sie haben versucht, in die moderne Kanalisation zu flüchten."
„Engel muss das Netz unter Ehrenfeld durch seinen ehemaligen Job bei der Stadtreinigung gekannt haben."
„Dem Schutt und den Werkzeugen nach zu urteilen, waren Beck und Engel gerade dabei gewesen, die Wand zu durchbrechen, sind aber nicht weit genug gekommen."
„Engel hätte sich mit ein paar Blessuren durchquetschen können. Aber für Beck war das Loch noch zu klein." Nicht sein übergroßes Selbstbewusstsein hatte den Sadisten dazu getrieben, zu versuchen, durchs Haus abzuhauen, wie Daniel zuerst gedacht hatte, sondern pure Verzweiflung.

Ein Quietschen war hinter Leander zu hören. Obwohl Daniel es nur über die Leitung vernahm, bekam er eine Gänsehaut. Scharniere, ahnte er.

Nachdem Leander sich herumgedreht hatte, fand Daniel seine Vermutung bestätigt. Die Kollegen öffneten die Zellen. Kleine vergitterte Ausbuchtungen. Hundezwingern ähnlich. Allesamt ausgestattet mit einem Wassernapf.

Es gab sechs Gefängnisse, jeweils drei auf der rechten Seite des engen Ganges und drei auf der linken. Früher, so mutmaßte Daniel, wurden darin Fässer zum Kühlen aufbewahrt. Die Pädophilen hatten die Kuhlen ausgeschabt, kleine Höhlen daraus gemacht und Gittertüren davor angebracht.

Das Lupanar war geboren.

Daniel erschauderte. Die Gänsehaut, die er bekam, blieb hartnäckig lange. Wie grausam musste es für die Kinder gewesen sein, in dem Gewölbe eingesperrt zu sein! Ohne Licht. Ohne Hoffnung, es jemals wieder zu verlassen. Ihren Wärtern hilflos ausgeliefert. Männer, die so viel stärker waren als sie. Verurteilte Sexualstraftäter. Sie hatten ihre Haftstrafen abgesessen, aber anders als Roman Schäfer waren sie keineswegs geläutert.

Langsam schritt Leander an den Nischen vorbei.

Nur drei der sechs Zellen waren belegt, doch das erleichterte Daniel nicht.

Ein Mädchen, vielleicht sechs Jahre alt, mit langen, verfilzten blonden Haaren, stürzte sich in die Arme einer Polizistin. Ihr hemmungsloses Heulen zerriss Daniel fast. Sie wollte gar nicht mehr aufhören zu weinen. Die Kollegin bekam kaum noch Luft, so fest klammerte sich die Kleine an ihren Hals.

Ein weiteres Mädchen, das bereits an der Schwelle zum Teenager stand, verließ seinen Kerker mit einer starren Miene, die Daniel bestürzte. Sie wirkte hart, wie eine Soldatin, die die Kriegsgefangenschaft überlebt hatte. Die bereit war, mit aller Brutalität zuzuschlagen, sollte ihr noch einmal jemand ein Unrecht tun, und sei es nur, sich in der Warteschlange vor dem Kino vorzudrängeln. Ihre Wangen waren beschmutzt und Daniel schloss nicht aus, dass es sich um ihren eigenen Kot handelte. Wahrscheinlich hatte sie auf diese Weise versucht, die Pädophilen auf Distanz zu halten.

Die dritte Tür wurde geöffnet, aber niemand kam heraus. Als Leander in die Zelle hineinschaute, fing die Actioncam das Bild einer zusammengekauerten Gestalt ein. Sie saß in der hintersten Ecke, hatte die Arme um die angezogenen Beine geschlungen und den Kopf auf den Knien abgelegt. Als wollte sie sich so klein machen, wie eben möglich. Als bemühte sie sich, mit der Dunkelheit zu verschmelzen und unsichtbar zu werden.

Leander hockte sich hin. Er redete so sanft auf das Kind ein, wie Daniel es niemals gekonnt hätte. Bewundernd lauschte dieser. Der Hospitant klang freundlich und vertrauenswürdig, nicht lockend und klebrig-süßlich, sondern vollkommen aufrichtig. Dieser Zauber erreichte sogar Daniel. In diesem Moment hätte er ihm sogar das Geheimnis seiner Jugend erzählt, den Beinahe-Mord an seinem gewalttätigen Vater.

Nach einigen Minuten zeigten Leanders Worte Wirkung. Die Gestalt hob den Kopf.

Daniel keuchte. Überrascht. Erschrocken. Und schlussendlich erleichtert. Es war ein Junge. Daniel erkannte ihn sofort. Auf dem Foto, das er von dem Kleinen gesehen hatte, war er jünger gewesen. Und aus seinen Locken waren braune Wellen geworden. Wie bei seinem Vater.

Sie hatten Noel Haas gefunden.

47. KAPITEL

Daniel legte die Hand an die Klinke. „Bist du bereit?"
Eifrig nickte der Junge. Seine Mundwinkel zogen sich nach oben. Er leckte sich immer wieder über seine Lippen, während er seinen rechten Fuß anhob und wieder senkte, als würde er ungeduldig scharren. Vor Aufregung bekam er rote Flecken im Gesicht. Er drängte sich vor den Rollstuhl, legte die Hände an die Tür und warf Daniel über die Schulter hinweg einen ungeduldigen Blick zu.

Kaum hatte Daniel geöffnet, stürmte Noel auch schon ins Krankenzimmer hinein. Er war nicht zu bremsen. Vermutlich hätten keine zehn Pferde ihn davon abgehalten, voranzupreschen. Dabei hatte Daniel gar nicht vorgehabt, ihn aufzuhalten. Kreischend lief er auf seinen Vater zu, sprang auf die Bettkante und fiel ihm um den Hals.

Daniel ließ Lioba Zur den Vortritt und folgte ihr. Gleißender Sonnenschein, doppelt so hell durch die Reflexion der Schneedecke auf dem Vorplatz, erhellte den Raum. Draußen war es bitterkalt, doch der blaue Himmel nach den vielen dunklen Schneeregenwochen brachte die Kölner dazu, freundlicher und rücksichtsvoller zu sein.

Eng umschlungen weinten Stefan und Noel Haas herzzerreißend. Das Schluchzen schnürte Daniels Kehle zu. Er wandte sich ab und schaute aus dem Fenster, um Vater und Sohn einen Moment der Intimität zu schenken. Aber er konnte nicht umhin, das Geschehen, das sich in der Fensterscheibe spiegelte, zu beobachten. Sichtlich überwältigt schob Stefan Haas Noel so weit weg, dass er ihn ansehen konnte. Er strich über seine eingefallenen Wangen, seine Haare, die stumpf wirkten, und küsste ihn auf die Stirn. Dann drückte er ihn wieder an sich und schluchzte verzweifelt. Obwohl es sich um eine Vereinigung handelte, etwas Positives, ging Daniel die Zusammenführung an die Nieren. Zum einen, weil er wusste, dass beide die Hölle durchgemacht hatten. Zum anderen, weil er das erste Mal Vatergefühle verspürte. Nicht für Noel, sondern für den Sohn, den er selbst haben könnte.

Auch die Staatsanwältin ließ Stefan Haas gewähren, denn, wie sie nun wussten, war von ihm nie eine Gefahr ausgegangen. Als die beiden aufhörten zu weinen und sich stumm in den Armen lagen, stellte sie sich neben das Bettende. „Ich habe diesem Treffen nur zugestimmt, weil Noel seine Aussage von damals revidiert hat."

„Wie meinen Sie das?" Stefan Haas' Augen weiteten sich.

Daniel schob seinen Rolli dicht an Noel heran und legte ihm die

Hand auf den Rücken. „Würdest du bitte einen Moment bei dem Polizisten auf dem Korridor warten?" Der Kollege war noch zu Stefan Haas' Bewachung abgestellt worden und würde nach diesem Besuch abgezogen werden.

Durch Daniels Berührung zuckte Noel zusammen. Sein Kopf flog zu ihm herum, der Mund zu einem stummen Schrei aufgerissen. Schuldbewusst entfernte sich Daniel um eine Radlänge. Der Kleine würde noch viele Monate, wahrscheinlich sogar Jahre brauchen, um die Gefangenschaft und den Missbrauch zu verarbeiten. Unter Umständen schaffte er es nie. Dass er sich jedoch seinem Vater in die Arme warf, deutete Daniel als weiteres Zeichen für dessen Unschuld. Hätte er Noel sexuell genötigt, hätte der Junge sich in dieser Situation vollkommen anders verhalten.

Erst als sein Vater ihn sanft vom Bett hinunterschob und sagte: „Nur für einen kurzen Moment. Dann darfst du ja wieder zu mir", verließ Noel widerwillig das Krankenzimmer.

„Als Sie verhaftet und wegen Missbrauchs verurteilt wurden, war Noel noch ein Kleinkind." Lioba Zur zog ihren gefütterten Mantel aus und hängte ihn über den Arm. „Plötzlich wurde er von ihnen weggerissen. Die Erwachsenen gaben ihm das Gefühl, Sie, Herr Haas, seien hinterhältig, alle würden das erkennen, und sie ermunterten ihn, zuzugeben, dass Sie ihm etwas angetan hätten. Man würde ihn beschützen – vor Ihnen. Manche gingen dabei subtil vor, zum Beispiel der Polizeipsychologe, wie ich zwischenzeitlich den Videoaufzeichnungen entnommen habe, aber, so klein Noel auch war, er nahm die Tendenz wahr. Ihre Frau dagegen sprach es ihm gegenüber freiweg aus, wie er berichtete. Und eine Mutter sagt in den Augen ihres Kindes doch immer die Wahrheit."

Verächtlich schnaubte Haas, aber kein böses Wort kam über seine Lippen.

„Jedenfalls redeten alle so lange auf Noel ein, bis er total durcheinander war. Er traute sich kaum noch, den Mund aufzumachen. Schließlich sagte er genau das aus, was seine Mutter und der Psychologe, der die Vernehmung durchführte, hören wollten. Damit sie endlich aufhörten, auf ihn einzureden. Und weil er ihnen gefallen wollte. So sind Kinder. Sie wollen nur geliebt werden."

Daniel schloss nicht aus, dass die Ermittler damals Noels Andeutungen und Zeichen so deuteten, wie sie es wollten. Anscheinend stand ihre Meinung über den Vater längst fest. Sie wollten nur eine

Bestätigung von seinem Sohn hören. Eine Schlappe der Justiz. „Es tut mir unendlich leid."

Überrascht über Daniels Emotionalität sah Zur ihn an, während Haas leise bittere Tränen weinte.

„Inzwischen ist er älter. Er erinnert sich daran, was wirklich vorgefallen war. Nämlich nichts. Meistens ist ein gemeinsames Bad eben nur ein Bad. Außerdem ..." Daniel blieben die Worte im Halse stecken. Seine Kehle war wie zugeschnürt. Er bekam einfach nicht heraus, was er hatte sagen wollen. Sein Magen krampfte sich zu Rosinengröße zusammen.

Die Staatsanwältin kam ihm zu Hilfe. Sie stellte sich neben ihn und legte ihm die Hand auf den Unterarm, um ihm mitzuteilen, dass sie übernehmen würde. Möglicherweise nutzte sie die Situation auch aus, um ihn anzufassen. „Inzwischen weiß Noel – entschuldigen Sie, aber ich muss das Thema offen ansprechen –, was sexueller Missbrauch bedeutet, und hat nach der Befreiung aus der Gefangenschaft in der Bruchstraße 13 ausgesagt, hundertprozentig sicher zu sein, dass Sie sich ihm niemals unsittlich genähert haben."

Stefan Haas wandte sich wimmernd ab und verbarg sein Gesicht in den Händen. Heulkrämpfe schüttelten ihn.

Das Schlimme war, wurde Daniel bewusst, dass seinem Sohn der Missbrauch im Lupanar nur zustoßen konnte, weil sein Vater zu Unrecht verurteilt worden war. Mit diesem Fehlurteil hatte eine Kette von Ereignissen ihren Anfang genommen, die dazu geführt hatte, dass Noel genau das widerfahren war, was man Stefan Haas irrtümlicherweise vorgeworfen hatte. Wäre er nicht fälschlicherweise als Kinderschänder verurteilt worden, wäre er nicht in die Nummer 13 eingezogen und Noel nicht in die Fänge von Engel und Beck geraten.

Vater und Sohn waren nicht nur Opfer der beiden Pädophilen geworden, sondern auch der Justiz. Nun lagen sie im selben Hospital. Hier wurden Noels Wunden versorgt, er wurde psychologisch betreut und konnte seinen Paps, wie er ihn nannte, besuchen.

Es dauerte eine Weile, bis Haas sich so weit erholt hatte, dass er wieder sprechen konnte. Seine Stimme überschlug sich ab und zu und klang belegt. „Ich bin an allem schuld."

„Absolut nicht!" Daniel fuhr näher an ihn heran. Zurs Hand rutschte von seinem Arm. „So dürfen Sie nicht denken."

„Ich hätte nicht bei den Pädophilen einziehen sollen. Aber ich wusste einfach nicht, wohin, und Roman Schäfer war so nett und enthusiastisch. Mehr als das, er war ein Idealist. Ich wollte doch nur einen Ort, an dem ich mich wieder sicher fühlen konnte. Und vielleicht auch etwas Gutes tun, indem ich Roman half, das Thema Resozialisierung neu anzugehen. Doch eines Tages entdeckte ich den Keller unter dem Keller."

„Das Lupanar."

„So nannten sie die Gruft, ja."

„Ein Teil der römischen Kanalisation", korrigierte Daniel ihn.

„Ein Grab, Kommissar Zucker, das war es. Die Kinder dort unten hätten diesen schrecklichen Ort nie wieder lebend verlassen." Erneut rannen Tränen über Haas' Wangen.

Daniel ahnte, dass er gerade an Noel dachte. Ihm fiel Verena Haas ein. Der Gerichtsmediziner hatte inzwischen Daniels Vermutung bestätigt, dass es sich bei den Knochen und den Geweberesten in dem Säurefass um die Überreste von Noels Mutter handelte. Dem Jungen hatte man ihren Tod noch nicht mitgeteilt. Der Psychologe wollte warten, bis der Kleine psychisch etwas stabiler war. „Ihre geschiedene Frau, was geschah wirklich mit ihr? Wir wissen, dass sie nicht bei der Autoexplosion umkam."

Mit der Bettdecke wischte Haas über sein Gesicht. „Uwe und Michael, sie haben Verena und Noel entführt. Zwei perfekte Druckmittel, um mich zu zwingen, den Mund zu halten. Doch das reichte ihnen nicht. Noel sperrten sie zu den anderen Kindern. Verena ... Ich habe sie gehasst, das gebe ich zu, aber ich hätte auch sie nicht in Lebensgefahr gebracht. Hätte Uwe sie nur gefangen gehalten, ich hätte ebenfalls geschwiegen. Aber er hatte andere Pläne mit ihr. Manchmal denke ich, er wollte nur einen weiteren Menschen umbringen."

„Er hatte es zwei Wochen vorher das erste Mal getan, nicht wahr? Petra Schumann, die Studentin, das Date von Engel."

„Michael war nur ein Mitläufer. Er war schwach und ließ sich von Uwe vor den Karren spannen. Ein dummes, blökendes Schaf. Aber Uwe war gefährlich. Die junge Frau tötete er spontan, damit die Bullen nicht ins Haus kamen und das Lupanar witterten. Ich glaube, er hatte Blut geleckt und nutzte die Chance, einen weiteren Erwachsenen umzubringen. Woher ich weiß, dass es ihm einen Kick gab, dass es ihn erregte?" Haas sah zuerst Daniel und dann die Staatsanwältin an. „Weil ich dabei war."

„Und Sie haben ihn nicht aufgehalten?" Fragend runzelte Lioba Zur ihre Stirn.

Daniel warf ihr einen rügenden Blick zu. Das war kaum der richtige Moment, um Stefan Haas Vorwürfe zu machen.

„Seit dem fingierten Tod meiner Familie hielt er Verena in einer langen Holzkiste, einer Art Sarg, unter seinem Bett gefangen, an Armen und Beinen gefesselt und geknebelt. Ich weiß nicht, ob er sich daran aufgeilte, ob er zuerst vorgehabt hatte, es dabei zu lassen, oder es ihm einfach nur Spaß machte, sie und mich ein paar Wochen lang damit zu quälen." Mit der flachen Hand rieb Haas über seine Lider. „Eines Tages kam er in meine Wohnung und schlug mich zusammen. Fesselte meine Arme mit einem braunen Stoffgürtel hinter dem Rücken und brachte mich ins Obergeschoss, in die gegenüberliegende Wohnung von Michael."

Daniel nickte. Alles fügte sich. „Die leer steht."

„Genau. Er hatte mich so fertiggemacht, dass ich nicht einmal mehr stehen konnte. Schon als er hinausging, schwante mir Übles. Ein Mann kam in den Hauptraum. Zuerst dachte ich, es wäre Michael, weil er seine Mönchskutte trug."

„Das Obi-Wan-Kostüm."

„Der Umhang stand vorne offen, mit dem Gürtel waren ja meine Handgelenke zusammengebunden. Uwe sah mich unter der braunen Kapuze her an. Sein Lächeln sah so grausam aus, dass ich eine Gänsehaut kam. Er fand den Auftritt wahrscheinlich cool, er genoss die Macht über mich und meine Ex-Frau. Ich traue ihm aber auch zu, dass er Hinweise hinterlassen wollte, die Michael belasten würden, sollte trotz seines Vertuschungsplans wegen Mords an Verena ermittelt werden."

Lioba Zur legte ihren Mantel über die Stange am Bettende. „War sie zu diesem Zeitpunkt schon tot?"

Haas schüttelte den Kopf. „Uwe schob sie vor sich her in das Apartment. Sie war nackt. Er ... das sadistische Schwein ... spielte eine Weile mit ihr. Zwackte sie so fest, dass sie aufschrie, schlug ihr ins Gesicht und auf die Brüste und packte ihr grob zwischen die Beine. Ließ sie bis zur Tür laufen, fing sie wieder ein und zerrte sie an den Haaren zurück. Immer wenn ich versuchte einzugreifen, trat er mich nieder. Verena beschimpfte mich als Loser, Weichei und Kinderficker. Sie wehrte sich verzweifelt gegen Uwe. Am Ende verlor sie den Kampf. Vor meinen Augen vergewaltigte er sie brutal und schnitt ihr als Höhepunkt des Höhepunktes die Kehle durch. Er warnte mich, sollte ich jemandem von dem Kinderbordell erzählen, würde er dasselbe mit Noel tun."

Betretenes Schweigen trat ein. Eine Weile sprach niemand von ihnen.

Daniel sah seine Theorie bestätigt. Elisabeth Hamacher hatte einen Mord beobachtet. Wahrscheinlich sogar beide, den an Petra Schumann und den an Verena Haas, nur hatte sie sie aufgrund der Beruhigungsmedikamente, die ihre Tochter Gitte ihr verabreichte, für eine Tat gehalten. Wie zwei Träume, die sich übereinanderschoben und zu *einem* Albtraum wurden.

„Was geschah an dem Abend, als Sie vor den Wagen liefen?" Zur verlagerte ihr Gewicht von einer Seite auf die andere. Sie trug einen kurzen karierten Rock und kniehohe Lederstiefel.

Daniel fand, dass sie gut aussah. Nicht für eine kleinwüchsige Frau, sondern generell. „Sie befreiten Noel aus dem Lupanar, habe ich recht?"

„Ja, Ihre Ermittlungen lenkten Uwe ab. Michael lag noch im Krankenhaus. Roman hätte mich nicht aufgehalten, denn es widerte ihn an. Es stand im krassen Gegensatz zu seinen eigenen Zielen, wieder ein anerkanntes, aufrichtiges Mitglied der Gesellschaft zu werden. Also nutzte ich den Moment. Ich lief mit Noel weg. Wir kamen aber nicht weit." Seufzend fuhr sich Stefan Haas durch das wellige Haar. „Uwe war uns dicht auf den Fersen."

Der Schatten, den Theo aus dem Kiosk heraus gesehen hatte, dachte Daniel.

„Ich wusste nicht, ob ich ihn stoppen sollte oder konnte. Dummerweise ließ ich mich zurückfallen und schrie Noel zu, er solle vorlaufen. Dann fiel mir ein, wie leicht Uwe mich an dem Tag, an dem er Verena tötete, niedergeschlagen hatte. Mich verließ der Mut. Ich bin kein Schlägertyp. Also lief ich wieder schneller hinter Noel her und rief ihm zu, er sollte auf mich warten. Durch dieses Hin und Her rannte ich über die Kreuzung, ohne auf den Verkehr zu achten."

Daniel verstand ihn. Haas hatte sich vollkommen darauf konzentriert, an Noel dranzubleiben und gleichzeitig Beck in Schach zu halten.

„Meine Unsicherheit rächte sich." Haas' Blick wurde leer. Er wirkte unendlich müde. „Ich wurde angefahren und konnte Noel wieder nicht beschützen."

In einer Geste der Verständnislosigkeit legte Zur die Handflächen aneinander und hielt sie hoch. „Aber warum haben Sie uns das nicht gesagt? Wir hätten Ihnen doch helfen können."

Haas schnaubte. „Uwe stattete mir nach meiner Not-OP einen

Besuch ab. Kalt lächelnd erzählte er mir, dass er Noel eingefangen und zurück in sein Gefängnis gebracht hatte." Als er geräuschvoll die Luft ausstieß, zitterte sein Atem.

„Hätten Sie mit der Polizei kooperiert, wäre Ihr Sohn ermordet worden, ich verstehe." Die Staatsanwältin ließ die Arme hängen. Sachlich klärte sie Stefan Haas darüber auf, dass sein Fall neu aufgerollt werden würde. Das Urteil konnte nur Freispruch heißen. Sie klärte ihn über eine Haftentschädigung auf. „Sie können mit 25 Euro pro Inhaftierungstag rechnen, abzüglich 6 Euro für Kost und Logis."

Mit gequälter Miene richtete sich Haas auf. „Ich saß unschuldig im Knast und soll auch noch dafür zahlen?"

„So steht es im Gesetzbuch. Bis 2009 gab es sogar nur 11 Euro Erstattung pro Tag."

„Soll ich für die Erhöhung etwa dankbar sein?" Als er sich wieder flach hinlegte, entwich die Luft aus der Matratze unter ihm.

Zur wusste offenbar, wann sie besser den Mund halten sollte.

Auch Daniel schwieg. Er kapierte es ja selbst nicht. Für einen verlorenen Urlaubstag bekam man von den Gerichten 50 bis 100 Euro zugesprochen. Die Diskrepanz war nicht zu erklären. Saß man unschuldig im Gefängnis, blieb zudem selbst nach einer Rehabilitierung etwas Negatives an einem haften. Der Ruf wurde nie wieder vollkommen hergestellt. Meistens ging das Getuschel weiter, die skeptischen Blicke blieben, die Freunde, die man verloren hatte, kehrten auch nicht zurück, und die alte Arbeitsstelle war längst vergeben, ob das nun der Wahrheit entsprach oder nicht.

Daniel und Lioba Zur gaben Stefan Haas noch etwas Zeit mit seinem Sohn. Der Polizist, der vor der Tür Wache gehalten hatte, würde den Jungen später auf sein Krankenzimmer bringen und danach anderweitig eingesetzt werden.

Am Ausgang der Uniklinik blieb Lioba Zur plötzlich stehen. Ihr Lächeln war etwas zu warmherzig, um es als Freundlichkeit unter Kollegen zu verbuchen. „Wie wäre es mit einem Kaffee oder einem Tee in der Cafeteria?"

„Tut mir leid." Er spürte, wie Hitze in seine Wangen stieg, und lenkte sich, und hoffentlich auch die Staatsanwältin, damit ab, indem er umständlich seine Jacke anzog. „Keine Zeit."

„Vergessen Sie bei der vielen, aufwühlenden Arbeit nicht, auch einmal Pause zu machen und ein wenig Spaß zu haben, Kriminalkommissar Zucker."

Daniel fragte sich, wie sie das mit dem Spaß meinte. „Ich habe versprochen, Sie als Dankeschön für Ihre Unterstützung bei der Fahndung nach Noel zum Abendessen einzuladen, und ich halte meine Versprechen."

„Klingt, als fühlten Sie sich dazu gezwungen." Sie tat eingeschnappt, aber ihre Augen funkelten belustigt.

Vielleicht flirtete sie auch wieder, Daniel wollte sich da nicht festlegen. So langsam, wie sie in ihren Mantel schlüpfte, hoffte sie wahrscheinlich, dass er einlenken würde. Aber er wollte zu Marie. Er freute sich mehr darauf, Lioba Zur auszuführen, als es schicklich war, doch jetzt hätte ihn nichts davon abgehalten, nach Hause zu fahren. „Ich rufe Sie an, um einen Termin auszumachen."

„Hört sich an wie ein Geschäftsessen."

Ist es das denn nicht, um das Verhältnis zwischen Polizei und Staatsanwaltschaft zu verbessern? Offenbar nicht. Daniel wurde abwechselnd heiß und kalt.

Zur band den Baumwollschal vorne zusammen, schritt durch den Ausgang hinaus ins Freie, gefolgt von Daniel, und steuerte den Parkplatz an. Ohne sich zu ihm umzudrehen, verabschiedete sie sich mit den Worten: „Sie melden sich ja doch nicht."

„Lassen Sie sich von mir überraschen", rief Daniel, der in die andere Richtung musste, aus einem spontanen Impuls heraus hinter ihr her. Er saugte seine Unterlippe ein und biss darauf, als wollte er seinen Mund dafür bestrafen, dass er ein Lächeln in seine Stimme gelegt hatte. Diese Frau verunsicherte ihn und er hatte keinen blassen Schimmer, nicht einmal eine Ahnung, ob das gut oder schlecht war.

Als er in seinem Wagen saß, spähte er am Klinikkomplex hinauf. Erst jetzt fiel ihm auf, dass das Betreten des Spitals das erste Mal keine negativen Assoziationen bei ihm heraufbeschworen hatte. Kein einziges Mal hatte er an seinen eigenen Leidensweg gedacht. Vielleicht weil Lioba Zur ihn abgelenkt hatte. Oder weil er hergekommen war, um Stefan Haas mitzuteilen, dass er rehabilitiert werden würde, und ihn mit seinem Sohn Noel zu vereinen.

Oder weil Dr. Bingen ihm nach seinem ersten Besuch an Haas' Krankenbett Hoffnungen gemacht hatte, die er endlich Marie mitteilen wollte. Die Informationen konnten unter Umständen seine Ehe retten. Falls es nicht schon zu spät war.

48. KAPITEL

Als Daniel sie an diesem Abend gebeten hatte, ins Wohnzimmer zu kommen, weil er etwas mit ihr zu besprechen hätte, war Marie als erste Reaktion das Herz in die Hose gerutscht. Durch seine ernste Miene war ihr spontaner Gedanke, er könnte zu dem Schluss gekommen sein, dass sie in ihrer Lebensplanung nicht zusammenpassten. Nicht mehr, zumindest. Der Unfall, der ihn in den Rollstuhl brachte, hatte gravierendere Auswirkungen, als sie in den ersten Monaten hatte wahrhaben wollen. Die Langzeitwirkungen kamen erst jetzt zum Vorschein. Da sein letzter Fall Daniel sehr beansprucht hatte, hatten sie sich nur selten gesehen und Zeit zum Nachdenken gehabt.

Als sie jedoch zu ihm ging, sah sie, dass er ihr ein Glas Syrah eingeschenkt hatte. Er saß auf der Couch und stellte gerade seine Flasche Bier ab. Einladend legte er den Arm auf die Rückenlehne des Sofas. Da erinnerte sie sich daran, wie er sie, untypisch für ihn, in Ehrenfeld vor aller Augen zu sich hinuntergezogen und geküsst hatte.

Nein, sich eine Auszeit nehmen oder Schluss machen wollte er auf keinen Fall. Erleichtert nahm sie neben ihm Platz. Ein Brocken, so groß wie ein Felsmassiv, fiel von ihrem Herzen. Aus Nervosität fragte sie: „Und, hatte Vinzent Quast etwas mit dem Kinderbordell zu tun?"

„Er wusste nichts davon. Aber ich möchte jetzt nicht über die Arbeit sprechen."

Marie nippte an ihrem Rotwein und hielt das Glas in der Hand, froh darüber, dass wenigstens eine Hand etwas zu tun hatte. Sie wusste selbst nicht, warum sie so aufgeregt war. Aus irgendeinem Grund sah sie Daniel an diesem Abend mit anderen Augen. Vielleicht lag es daran, dass er so entspannt schien wie selten. Als würden die Dämonen, die ihn seit dem Kletterunfall belasteten, endlich Ruhe geben. Möglicherweise genoss er auch nur die Aufklärung des letzten Falls.

Daniel schlang seine Finger in ihre. „Erinnerst du dich an Dr. Bingen aus der Uniklinik?"

„Der Urologe?"

„Ich habe mit ihm über unser Problem gesprochen." Geräuschvoll stellte Marie ihr Glas auf den Tisch, sodass er nicht weitersprach, sondern die Augenbrauen hochzog. „Wir können das Thema nicht ewig unter den Tisch kehren."

„Lass mich erst …"

„Ich weiß, es geht dir unter die Haut, Marie, aber ich habe Neuigkeiten."

„Bitte, Daniel, hör mir zu. Lass mich zuerst etwas loswerden, ja?"

Er knirschte mit den Zähnen. „In Ordnung."

„Ich habe Tag und Nacht gegrübelt, bis ich Kopfschmerzen bekam. Ein paar Tränchen sind auch geflossen, das gebe ich zu. Aber dann habe ich mir vorgestellt, dich zu verlassen, um ein Leben zu führen, wie es sich jede Frau wünscht. Also dachte ich, ich müsste auch so ticken."

Mehrmals schluckte er schwer. Er schaute auf das Kölsch, nahm es jedoch nicht. Seine Hand lag kraftlos in ihrer.

„Ich habe mich mit einem anderen Mann und zwei Kindern gesehen. Eigentlich hätte mich die Fantasie glücklich machen sollen, schließlich wäre damit meine Idealvorstellung oder das, was ich eine Zeit lang dafür hielt, erfüllt." Ihre Worte trafen ihn, das sah sie ihm an, deshalb fuhr sie rasch fort: „Aber das tat sie nicht. Sie fühlte sich falsch an. Und warum? Weil du nicht der Partner an meiner Seite warst."

Seine Augen schimmerten, aber Marie wusste nicht, ob sie feucht waren oder sich nur der Schein der Lampe auf dem Beistelltisch darin spiegelte.

Ihr Puls raste, weil sie befürchtete, es nicht richtig angepackt zu haben, ihm zu vermitteln, was in ihr vorgegangen war. Sie trank einige Schlucke Wein, um ihre Zunge zu lösen, denn als Kind hatte sie gelernt, ihre wahren Emotionen zu unterdrücken. Das, was sie wirklich empfand und dachte, kam bei ihren Eltern nie gut an. Bis heute.

„Was ich eigentlich sagen wollte, ist ... Ich will dich an meiner Seite haben! Bis dass der Tod uns scheidet. Du bist die Liebe meines Lebens, Daniel Zucker." Oh Gott, hört sich das kitschig an, dachte sie, *aber es entspricht der Wahrheit.*

„Ich liebe dich auch." Der Druck seiner Hand nahm wieder zu. „Aber ..."

„Nichts aber! Mir ist bewusst geworden, dass ich noch nicht bereit für Kinder bin. Ich habe mich nur von meinen Eltern gegen dich aufbringen lassen." Marie ärgerte es, dass Irene und Rainer Bast es wieder geschafft hatten. „Außerdem sprach der Zeitungsbericht über den Missbrauch und den Mord an Timmy Janke, wegen dem Uwe Beck in der Strafvollzugsanstalt saß, meine Mutterinstinkte an."

„Du möchtest doch Kinder haben."

„Natürlich. Aber noch nicht so bald. Ich werde Ende des Monats erst 30. Ich bin glücklich mit meiner Arbeit als Kostümbildnerin und finde den Job als Gerichts- und Phantombildzeichnerin spannend. Das habe ich durch Elisabeth Hamacher und die Schusters wieder gespürt. Ich möchte nicht zu Hause bleiben, noch bin ich nicht bereit dazu, und eine Tagesmutter kommt für mich nicht infrage. Außerdem bleibt noch genug Zeit, sich mit Adoptionen auseinanderzusetzen."

„Du möchtest aber ein Baby von mir, nur von mir, das war deine Aussage."

„Ich bin zu diesem Kompromiss bereit, denn ich möchte alt und grau mit dir werden."

Erstaunt beobachtete Marie, wie eine Träne über Daniels Wange hinabrann. Er weinte sehr selten, selbst während der harten Genesungsphase im letzten Frühjahr und Sommer, die ihn psychisch mehr forderte als körperlich.

„Sag jetzt ja nichts!" Er wischte den Tropfen an seinem Kinn weg, aber die feuchte Spur blieb. „Eine Adoption steht nur an dritter Stelle."

Irritiert runzelte sie die Stirn. „Wie meinst du das?"

„Dr. Bingen hat mich aufgeklärt, dass meine Hoden funktionstüchtig sind. Sie produzieren weiterhin Sperma, auch wenn ich von der Hüfte abwärts nichts spüre."

„Aber du kannst keinen Orgasmus haben." Also nutze dieses Wissen rein gar nichts.

„Es gibt zwei andere Möglichkeiten, ranzukommen. Entweder durch Elektrostimulation, um einen Samenerguss herbeizuführen, oder durch eine Biopsie der Hoden."

Unter anderen Umständen stellte sich Marie diese Verfahren schmerzhaft vor, aber Daniels Unterkörper war ja taub.

„Eigentlich würde ich mir eher einen Finger brechen, als mir etwas rektal einführen zu lassen." Dass er seine Flasche in einem Zug leerte, zeigte Marie, wie stark ihm allein die Vorstellung zusetzte. „Aber da das der einzige Weg ist, um die Prostata zu stimulieren und den Erguss herbeizuführen, muss ich wohl da durch."

„Du spürst doch da unten nichts."

„Schon mal von Phantomschmerzen gehört?"

„Männer!" Lachend warf Marie den Kopf in den Nacken. Sie schmiegte sich an seine Seite und stützte sich auf seiner Schulter ab. „Das alles ist schön zu wissen. Aber im Moment möchte ich nur, dass wieder Ruhe in unsere Ehe einkehrt. In einigen Jahren, wenn wir beide so weit sind, denken wir erneut über unseren Kinderwunsch nach. In Ordnung?"

„Liegt es daran, dass ich bei euch wohne?", sagte eine jugendliche Stimme vom Flur her.

Überrascht drehte sich Marie um. Sie hatte Benjamin gar nicht aus seinem Zimmer kommen hören. Die Spuren vom Kampf mit Michael Engel und Uwe Beck waren immer noch zu sehen, aber sein Teint war schon wieder rosig. „Wie kommst du nur darauf?"

Er humpelte heran und ließ sich in den Sessel fallen. „Weil ich den einzigen Raum, der als Kinderzimmer infrage käme, in Beschlag nehme."

„Red nicht solch einen Unsinn!", sagte Daniel scharf und fuhr milder fort: „Wir haben dich gerne bei uns."

„So gerne, dass ich bei euch wohnen bleiben darf?" Ben schaute zwischen Marie und Daniel hin und her.

Marie schluckte das euphorische „Ja!", das ihr auf der Zunge lag, hinunter und entschied sich für die Vernunft. Was nutzte es Heide und Hans-Joachim Mannteufel, wenn der Preis für das Kitten ihrer Ehe der Verlust ihres Sohnes wäre? „Deine Eltern werden traurig sein, wenn du nicht in ihr neues Haus einziehen wirst."

„Ich weiß, Cousinchen."

„Und trotzdem möchtest du es nicht?"

„Ich hab ihnen meine Entscheidung noch nicht mitgeteilt, weil ich euch erst fragen musste."

„Liegt es daran, dass du nicht nach Rodenkirchen willst? Hier in der Südstadt ist natürlich mehr los und du bist mittendrin."

„Das auch."

„Aber?" Ungeduldig zupfte Marie an den kupferfarbenen Pailletten auf ihrem braunen Pullover herum.

Daniel beugte sich vor und stützte sich mit den Ellbogen auf den Oberschenkeln ab. „Nun rück schon raus, was dich bedrückt!"

„Ich bin sauer auf sie! Das ist die Wahrheit." Obwohl Benjamin redete, knibbelte er an seiner Unterlippe, was seine Worte leicht verzerrte. „Seit der Sache mit GeoGod kümmern sie sich nur noch um sich. Alles, was für sie zählt, ist, dass sie glücklich sind. Aber was ist mit mir? Jetzt plötzlich erinnern sie sich wieder an mich. Ich komme mir vor wie ein Hund, der in Pflege gegeben wurde und jetzt nach Hause geholt werden soll. Keinen Bock, so zu tun, als wären wir eine intakte Familie! Einen Scheiß sind wir."

„Es klingt, als hätten sie dich zu uns abgeschoben, doch das trifft nicht zu. Du hattest die Möglichkeit, mit ihnen bei meinen Eltern zu leben." Marie ignorierte Bens Schnauben, denn sie verstand ihn gut. Auch sie wollte eher unter einer Brücke schlafen, als zurück in den goldenen Käfig der Basts zu ziehen. „Außerdem ist es so – hätten Heide und Hajo nicht diese Intensivtherapie gemacht, wäre ihre Ehe wahrscheinlich gescheitert."

„Stimmt schon." Benjamin zog die Weinflasche zu sich heran. Marie befürchtete schon, er wollte daraus trinken, um seinen Frust hinunterzuspülen, doch er drehte sie nur unentwegt zwischen den Händen. „Aber ich hatte auch meine Probleme. In der Schule werde ich ausgegrenzt, der Warnschussarrest war auch nicht gerade easy, und dass ich meine Zeit mit Ex-Knackis verbracht habe, wäre ihnen niemals aufgefallen."

„Du denkst, sie interessieren sich nicht für dich, aber das ist falsch. Wie oft haben sie dich eingeladen, nach Rodenkirchen zu kommen, damit du siehst, wie weit sie mit den Renovierungsarbeiten sind. Und du hast ein eigenes Zimmer dort." Natürlich konnte Marie nachvollziehen, dass er eingeschnappt war, aber er sah nur seine Sicht der Dinge. „Manchmal brauchen Eltern eben Zeit für sich, denn sie sind nicht nur Väter und Mütter, sondern auch ein Liebespaar."

„Sie haben mich alleine gelassen."

„Das haben sie nicht. Sie wussten, dass du bei uns in guten Händen bist, dass wir dich lieb haben und uns um dich kümmern. Auch wenn wir anstrengende Jobs haben und nicht so oft zu Hause sind, wie wir es uns wünschen, so sind wir doch immer für dich als Ansprechpartner da."

„Heißt das, ich darf bleiben?"

„So lange du möchtest", sagte Daniel, ohne zu zögern. Da er kein Bier mehr hatte, nahm er das Weinglas und roch daran.

Mit dem Nagel versuchte Ben, das Etikett von der Flasche zu lösen. „Und ich kann mit euch über alles reden?"

Marie nickte. „Selbstverständlich."

„Ich ... ich denke ... vielleicht ... ach, Scheiße." Benjamin lehnte sich zurück, verschränkte die Arme vor dem Oberkörper und starrte zwischen seinen gespreizten Beinen auf den Boden. „Ich glaube ... ich ... ich mag Männer."

Daniel, der gerade getrunken hatte, spuckte den Syrah zurück ins Glas. Entschuldigend sah er Marie an. „Wein ist eben nicht wirklich meins."

Marie konnte sich ein Grinsen nicht verkneifen. Sie kannte ihren

Mann zu gut und wusste, was gerade in ihm vorging. Kerle sprachen nicht über intime Dinge. Sie gingen zusammen in eine Kneipe, zischten ein Kölsch oder, noch besser, mehrere und prosteten sich gegenseitig zu, um ihre Zustimmung zu signalisieren.

Mit *Die souveräne Leserin* von Alan Bennett, Maries aktueller Lektüre, die auf der Armlehne des Sofas gelegen hatte, fächerte sich Daniel Luft zu. „Ich hätte keinen Wein auf das Bier trinken sollen."

„Hast du doch gar nicht. Du hast den Schluck wieder ausgespuckt", bemerkte Marie und beobachtete mit Genugtuung, wie sein Teint noch eine Nuance dunkler wurde. Sie wandte sich wieder Ben zu und drückte seinen Arm mütterlich. „Das ist völlig in Ordnung. Nimm dir Zeit, um herauszufinden, welchem Geschlecht du zugeneigt bist. Schwul zu sein ist das Natürlichste der Welt, nicht wahr, Daniel?"

Der griff zur Bierflasche, setzte sie an und goss die letzten Tropfen heraus, die sich auf dem Boden zu einer Pfütze gesammelt hatten. „Die ColognePride … zwei Wochen lang geht sie, jedenfalls soweit ich weiß. Aber was weiß ich schon über so was?", stammelte er. „Ach ja, die Christopher Street Day Parade … das ist der Höhepunkt – von der Veranstaltung. Herrgott, die Veranstaltung, meine ich!"

Benjamins Stirn wies tiefe Furchen auf. Seine Miene war ein einziges Fragezeichen.

Die Verzweiflung stand Daniel ins hochrote Gesicht geschrieben. Er ließ seinen Blick durch das Wohnzimmer schweifen, wohl in der Suche nach den passenden Worten. „Der Schwulenbezirk … Wo lag der noch gleich? Na klar, zwischen Heumarkt, Neumarkt und Waidmarkt – das soll jetzt kein Tipp für dich sein, Benni!"

Marie gluckste, denn Daniel nannte ihren Cousin nie so. Sie amüsierte sich königlich.

„Ich erwähne das … nur so. Was ich sagen will …"

„Was willst du ihm denn nun mitteilen?", steckte Marie ihren Finger tiefer in die Wunde.

Daniel gab ein Knurren von sich. „Gerade in Köln ist das kein Problem, also, schwul zu sein. Mach dir also keinen Kopf! Wie heißt es so schön? Jeder Jeck ist anders."

„Meinst du wirklich?" Bens angespannte Miene wurde weicher.

„Ja, klar, wichtig ist nur, dass der …", ungeschickt gestikulierte Daniel herum, „wenn man zusammen ist, das in beidseitigem Einverständnis stattfindet. Liebe sollte auch im Spiel sein."

„Oh bitte! Also ob man keinen Sex haben kann, ohne gleich an eine gemeinsame Zukunft zu denken." Lächelnd nahm Marie Daniels Überraschung zur Kenntnis. Mit solchen Worten ausgerechnet aus ihrem Mund hatte er bestimmt nicht gerechnet. „Probier dich aus, Ben. Lerne dich und deine Vorlieben kennen. Ich selbst habe auch schon mal ein Mädchen geküsst, meine beste Freundin, damals mit 13, auf ihrem Geburtstag, als wir heimlich Kussspiele spielten und wir, naiv wie wir waren, nicht daran gedacht hatten, dass die Auswahl beim Flaschendrehen auch zwei vom gleichen Geschlecht treffen könnte."

„Du hast was?" Daniels Augen wurden groß und rund wie Bullaugen. „Ich will Details!"

„Und ich dachte, das Thema wäre dir unangenehm, so rot wie du bist." Marie zwinkerte ihm kess zu.

Sichtlich verlegen räusperte sich Benjamin. Eilig stand er auf. „Ich verschwinde dann mal und lasse euch besser allein."

„Holst du mir vorher bitte die restlichen fünf Flaschen Kölsch aus dem Kühlschrank", bat Daniel. „Heute könnte eine lange aufschlussreiche Nacht werden."

– ENDE –

DANKSAGUNGEN

Soll ich Ihnen etwas verraten? Wenn ich für meine Zucker-Krimireihe recherchiere, fühle ich mich selbst wie eine Kriminelle. Denn ich schaue mir nicht nur die Örtlichkeiten, Museen und Sehenswürdigkeiten an, sondern suche vor allen Dingen nach Stellen, an denen sich ein flüchtiger Verbrecher verstecken oder man eine Leiche deponieren könnte – und mache mich damit selbst verdächtig. Ich ernte skeptische Blicke, werde kritisch beobachtet und nicht mehr aus den Augen gelassen. Block und Stift in meinen Händen machen es da nicht besser, sondern damit falle ich noch mehr aus dem Rahmen. Ein Wunder, dass ich bisher noch nicht darauf angesprochen wurde, was zum Henker ich vorhabe. Deshalb möchte ich mich als Erstes bei den Menschen bedanken, bei denen ich Skepsis hervorgerufen habe, die mich aber trotzdem haben ziehen lassen, statt mich festzuhalten und die Polizei zu rufen. Obwohl – das hätte die Recherche noch intensiver gemacht.

Ich möchte diesen Roman Prof. Dr. Markus Rothschild vom Institut für Rechtsmedizin in Köln widmen, weil ich ihn – Asche über mein Haupt – bei meiner Danksagung in „Leiden sollst du" vergessen habe, obwohl er mir so wertvolle Informationen gab. Es tut mir aufrichtig leid! Herzlichen Dank für Ihre Hilfe bei dem unappetitlichsten Thema eines Krimis. Ich weiß sie sehr zu schätzen!

Herzlichen Dank an Dr. phil. Christian Hardinghaus, der als Fachjournalist regelmäßig in regionalen und überregionalen Magazinen publiziert, für seine Hilfe bei Zeitungsartikeln. „Warum schreibt eine Autorin die nicht selbst?", höre ich Sie fragen. Nun, das habe ich versucht und selbst gemerkt, dass mein Artikel über die vermeintliche Entführung von Thijs Schuster nicht authentisch klingt. Daher holte ich mir Rat bei „Dr. Haus" und bekam als Erstes die Bestätigung dieser Annahme: „Du schreibst Zeitungsberichte wie Romane, so geht das aber nicht." Tapfer steckte ich den berechtigten Rüffel weg und formulierte mit Christians Hilfe den Artikel um. Schreiben ist eben nicht gleich Schreiben.

Herzlichen Dank an Sandra Kästner, die, da bin ich mir sicher, eine der warmherzigsten und kompetentesten Krankenschwestern ihres Berufsstandes ist. Sie gab mir wertvolle Informationen rund um das

Thema Krankenhaus und Krankheiten, selbst solche, nach denen ich nicht gefragt hatte, die jedoch der Ehe von Marie und Daniel eine andere, hoffnungsvollere Wendung gaben. Die beiden bedanken sich herzlich dafür! Nicht alles fand Verwendung in diesem Roman, aber es war dennoch interessant, gewisse Dinge zu erfahren. Dadurch ist mir erst bewusst geworden, wie intim der Bereich Erkrankungen ist. Sollten Sie eines Tages auf Sandras Station landen, was ich nicht für Sie hoffe, dann seien Sie versichert: Sie sind in guten Händen!

Tausend Dank an Polizeihauptkommissar Volker Scherzberg von der Abteilung Öffentlichkeitsarbeit, der mir liebenswürdigerweise immer als Ansprechpartner zur Verfügung steht, wenn es um Polizeiliches geht.

Wie schon in Band 1 „Leiden sollst du", habe ich mich auch in Band 2 „Nr. 13" bemüht, den Polizeidienst und den Alltag als Rollstuhlfahrer und Querschnittsgelähmter so nah an der Wirklichkeit anzusiedeln, wie es mir möglich war. Allerdings habe ich mir die kreative Freiheit herausgenommen, für die Handlung unwichtige Details unerwähnt zu lassen oder Vorgänge zu straffen, um die Spannung zu erhöhen und Daniel nicht bloßzustellen.

Danke auch an meine Lektoren Thorben Buttke und Daniela Peter, an MIRA Taschenbuch und den Vertrieb in der Domstadt, den äußerst angenehmen Kontakt, das Engagement für die Zuckers, die köstliche Überraschung auf dem Zimmer, in dem ich während der Loveletter Convention in Berlin Ende Mai 2013 wohnte, die wundervolle Lesung auf dem Krimischiff der Crime Cologne Anfang September 2013 und all die anderen gemeinsamen „Schandtaten".

Ebenso danke ich dem gesamten Team der Literarischen Agentur Kossack, allen voran meinem wundervollen Literaturagenten Lars Schultze-Kossack.

Die Figur der Lioba Zur wurde übrigens inspiriert durch die Staatsanwältin Silke Schönfleisch-Backofen.

Wie immer habe ich versucht, Fehler zu vermeiden. Sollten Sie trotzdem welche finden, lieber Leser, gehen sie allein auf mein Konto, und

Sie dürfen sie behalten, denn sie sind im Kaufpreis inbegriffen. ;) Ich hoffe, Ihnen gefallen die Zuckers und Sie möchten, ebenso wie ich, noch viele weitere Fälle mit ihnen zusammen lösen. Wenn Sie „Nr. 13" lesen, schreibe ich bereits am nächsten Abenteuer. Es wird wieder haarig werden für Daniel, Marie und Ben. Der neue Fall ist brutal und menschenverachtend. Tötungsdelikte sind immer grausam, aber es gibt Morde, die sind bestialisch und eiskalt.

Beenden möchte ich meine Danksagung mit einem Zitat, das mir auf der Loveletter Convention 2013 zu Ohren kam. Es ist bei mir haften geblieben, weil ich es wunderbar treffend fand. Der Ehemann meiner werten Autorenkollegin Susanne Schomann, selbst fast 40 Jahre als Kriminalkommissar in Hamburg tätig, sagte sinngemäß zu meiner Idee, einen Kommissar im Rollstuhl aktiv ermitteln zu lassen: „Es ist zwar nicht realistisch – aber äußerst reizvoll!"

Ein Mörder mit einem perfiden Plan, eine junge Frau auf Abwegen und ein Kommissar im Rollstuhl: der erste Fall für die Zuckers!

Originalausgabe

Laura Wulff
Leiden sollst du

War es wirklich ein Unfall? Die 17-jährige Julia, monatelang vermisst, wird plötzlich tot am Kölner Rheinufer angespült. Gerichtszeichnerin Marie Zucker lässt das Ganze keine Ruhe – denn ihr Cousin Ben war mit der Toten befreundet, und jetzt scheint ihn ihr Tod kaltzulassen. Marie bittet ihren Mann Daniel um Hilfe, einen Kriminalkommissar, der nach einem Unfall querschnittsgelähmt ist. Doch er zögert, wieder in den aktiven Dienst zurückzukehren, und zwingt sie so, zunächst auf eigene Faust zu ermitteln. Sie findet heraus, dass Ben seit Wochen bedroht und verfolgt wird. Und dann taucht die nächste grausam entstellte Leiche auf. Ist Marie dem Mörder etwa den entscheidenden Schritt zu nahe gekommen?

Band-Nr. 25642
8,99 € (D)
ISBN: 978-3-86278-497-4
400 Seiten

„Fesselnde Gratwanderung zwischen Thriller und paranormaler Romance!" *Albany Time Union*

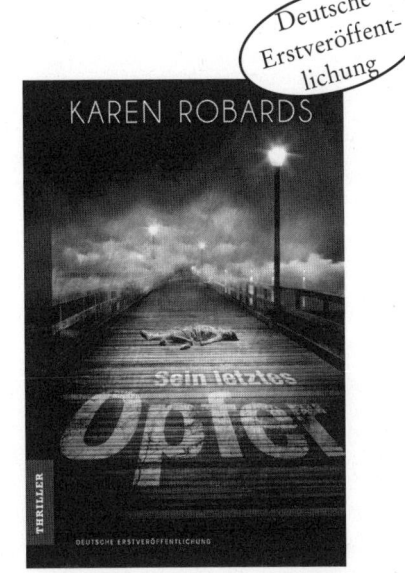

Deutsche Erstveröffentlichung

Band-Nr. 25715
8,99 € (D)
ISBN: 978-3-86278-850-7
336 Seiten

Karen Robards
Sein letztes Opfer

Was macht einen Menschen zum Serienmörder? Und wie weit kann man ihm dann trauen? Diese Fragen stellt sich Psychiaterin Charlie Stone, als sie neben dem Leichnam von Michael Garland, verurteilt wegen siebenfachem Mordes und bis eben Teilnehmer an ihrer Gesprächsstudie, kniet und mit seinem Geist spricht. Kurz zuvor hat man ihr mitgeteilt, dass der *Boardwalk-Killer*, dem Charlie einst knapp entkommen war, wieder zugeschlagen hat. Das FBI benötigt Charlie für die Ermittlungen, doch sie weiß nicht, ob sie noch einmal den Schmerz und die Angst von damals durchleben kann. Da bietet ihr der Geist des jüngst verstorbenen Michael Garland seine Hilfe an. Kann sie ihm vertrauen oder wird sie sein letztes Opfer werden?

„Die perfekte Kombination aus gewissenhafter Recherche und reinem Horror – ein fantastisches Buch."
Bestsellerautor Scott Sigler ("Infiziert")

Deutsche Erstveröffentlichung

A. J. Colucci
Die Kolonie

Eine Serie bizarrer Todesfälle versetzt New York City in Angst und Schrecken. Die Opfer sterben qualvoll – nach Angriffen einer unbekannten Ameisen-Art.

Paul O'Keefe, berühmter Wissenschaftler und Pharmakonzernberater, wird vom Bürgermeister der Stadt beauftragt, sich der Sache anzunehmen und steht vor einem Problem: Die Tiere breiten sich rasend schnell aus und sind nahezu unverwundbar. Um ihm zu helfen, lässt er Kendra Hart, Ameisenexpertin und ehemalige Öko-Aktivistin, einfliegen. Bald sehen sich die beiden nicht nur mit Billionen von Ameisen konfrontiert, sondern auch mit korrupten Politikern und machthungrigen Militärs.

Wird es ihnen gelingen die Kolonie zu stoppen, bevor die Ameisen die Insel Manhattan verlassen und ihren erbarmungslosen Beutezug über den gesamten Kontinent beginnen?

Band-Nr. 25696
9,99 € (D)
ISBN: 978-3-86278-823-1
304 Seiten